RAYMOND E. FEIST

O REI DAS CINZAS

RAYMOND E. FEIST

O REI DAS CINZAS

Tradução de
Ana Cristina Rodrigues

HarperCollins
Rio de Janeiro, 2018

Título original: ***King of Ashes***

Rua da Quitanda, 86, sala 218 — Centro — 20091-005
Rio de Janeiro — RJ
Tel.: (21) 3175-1030

CIP-BRASIL. CATALOGAÇÃO NA PUBLICAÇÃO
SINDICATO NACIONAL DOS EDITORES DE LIVROS, RJ

F332r
Feist, Raymond E.
O rei das cinzas/Raymond E. Feist; tradução Ana Rodrigues. – 1. ed. – Rio de Janeiro: Harper Collins, 2018.

512 p. : il. ; 23 cm.
Tradução de: *King of Ashes*
ISBN 978-85-9508-257-1

1. Ficção inglesa. I. Rodrigues, Ana. II. Título.

18-48163 CDD: 813
CDU: 821.111(73)-3

Leandra Felix da Cruz - Bibliotecária - CRB-7/6135

DEDICATÓRIA

Este livro é dedicado a Jonathan Matson, *in memorian*.

Ele provavelmente foi o melhor ser humano que já conheci. Sua generosidade, seu apoio e seu afeto foram muito além de uma relação de negócios; ele me manteve são mais de uma vez. Nunca julgava: o que era o coração de sua sabedoria, e a sabedoria de seu coração. Sua memória perdurará, e sinto a falta dele todos os dias.

As Geleiras
Passagem de Verão
Terras do Oeste
Porto Colos
Colinas de Cobre
Têmbria
Baronato de Marquensas
Cerro de Beran
Terras Selvagens
Reino de Ilcomen
Cidade de Marquenet
Oncon
Estreito
Profundezas Infindas
Reino de Zindaros
Têmbria
Limite das Tribos da Fronteira
Abala
Deserto Infindo
Fenda de Garn
Costa Ardente
Mar Ardente

Mar das Ilhas
Reino
de
Sandura
ar de Mato
Norte
ssagem
Reino
da
Itrácia
Colinas de Answearie
Campo dos Traidores
Ilhas do Norte
Coaltachin
Clareira
Reino
de
Metros
Sul
Ilhas do Sul
adas
N
O
L
S
A Vastidão
Mundo de Garn

SUMÁRIO

PRÓLOGO

O REI E OS CORVOS

Nuvens escuras e furiosas corriam pelos céus prevendo mais chuva. Uma boa combinação para o clima do dia, concluiu Daylon Dumarch. A batalha tinha terminado rapidamente, pois a traição saíra conforme o planejado. Os Cinco Grandes Reinos de Garn jamais voltariam a ser os mesmos; aliás, agora eram os *Quatro* Grandes Reinos, corrigiu-se Daylon silenciosamente.

Olhou ao redor e viu os carniceiros de asas: abutres, milhafres e águias-marinhas circulavam e se preparavam para o banquete. Mais ao norte, um imenso grupo de corvos tinha descido sobre o campo de cadáveres. As revoadas de pássaros zangados marcavam o lento avanço dos carroceiros que carregavam os mortos. Os carniceiros eram eficientes, pois poucos corpos iriam para a sepultura com olhos, lábios e outras partes macias intactas.

Olhou para o mar. Independentemente do clima, ele atraía Daylon; sentia-se pequeno perante sua natureza eterna e sua indiferença aos esforços dos homens. O pensamento acalmou-o e deu-lhe uma perspectiva muito necessária depois da batalha. Daylon permitiu-se um suspiro quase inaudível e voltou a atenção para a praia.

As rochas debaixo dos barrancos das Colinas de Answearie tinham providenciado um banquete para os caranguejos e aves marinhas tão rico quanto o servido nas colinas para os corvos e milhafres. Centenas de homens encontraram a morte naquelas pedras, jogados barranco abaixo pelo ataque inesperado daqueles que até momentos antes consideravam aliados.

Daylon Dumarch sentiu-se velho. O Barão de Marquensas estava no auge do seu poder, ainda não haviam se passado 40 anos de seu nascimento, mas era um ancião em termos de amargura e arrependimentos.

Milhares de homens tinham morrido desnecessariamente para que dois loucos pudessem trair um rei bom. Os demais tinham ficado de lado, sem fazer nada, enquanto um equilíbrio de quase duzentos anos era subvertido. Arte, música, poesia, dança e teatro logo iriam seguir o exército da Itrácia para o esquecimento.

Daylon não sabia exatamente quais eram os planos dos quatro monarcas sobreviventes nos Grandes Reinos para as altas torres e as grandes praças cheias de canteiros de flores de Itra, porém temia pela cidade mais civilizada do mundo, a capital do Reino das Chamas. Dentre os cinco Grandes Reinos de Garn, a Itrácia sempre produzira mais gênios artísticos. Autores itracianos tinham escrito metade dos livros da biblioteca de Daylon, e Itra era um reconhecido berçário de jovens e talentosos pintores, músicos, dramaturgos, poetas e atores, além de dar refúgio para ladrões, patifes, prostitutas e todas as outras formas desagradáveis da humanidade.

O Reino das Chamas era lar de vulcões e, em várias regiões, a superfície brilhava perigosamente com rochas incandescentes. Daylon pensava na Itrácia como um farol que liderava a humanidade para sair da escuridão ou, pelo menos, iluminava um recanto de um mundo muito sombrio. Como governante e nobre, Daylon tinha se inspirado no exemplo de liderança de Steveren Langene, e, naquela década e meia, Marquensas tinha prosperado, tornando-se o baronato mais influente e poderoso dos continentes gêmeos, quase um reino menor. "Quase outro Reino das Chamas", pensou, amargurado. Provavelmente a Itrácia logo se tornaria um poço de cinzas mergulhado no sangue dos inocentes.

Sempre existiram cinco Grandes Reinos, e agora que a Chama se tornara cinzas, apenas quatro permaneciam: Sandura, Metros, Zindaros e Ilcomen. Ninguém era capaz de antever como a história julgaria o que tinha acontecido naquele dia. Daylon sentia a mente fervilhando; quase não conseguia focar no presente, quanto mais pensar nas consequências políticas a longo prazo do horror que o cercava. Era como o seu pai havia lhe dito, anos antes: havia momentos em que tudo o que se podia fazer era ficar parado e respirar.

Daylon segurou um longo suspiro de arrependimento. Em algum lugar mais acima na colina, Steveren Langene, Rei da Itrácia, conhecido como Jubardente, amigo vitalício de todos os homens de bom coração, aliado de Daylon e de muitos, muitos outros, estava sendo algemado e acorrentado por homens que já tinha chamado de companheiros, para ser levado até a plataforma improvisada que seus irmãos, os outros reis, mandaram construir para aquela farsa.

Daylon desviou a atenção dos horrores futuros e da repulsa que sentia pela sua participação na traição daquele dia e procurou algum lugar para lavar a batalha do rosto. Encontrou uma carroça de suprimentos virada, os cavalos mortos ainda presos nas rédeas. De alguma forma, porém, um barril de água tinha conseguido permanecer quase completamente reto. Usando a faca, cortou a cobertura de lona e enfiou a cabeça na água fresca e limpa. Bebeu e se levantou, cuspindo água, arrancando a sujeira e o sangue do rosto. Ficou encarando a água enquanto ela ondulava e depois se acalmava. Era a única coisa em seu campo de visão que não estava coberta de morte; ao seu redor, a lama do campo de batalha estava repleta de mijo, merda e sangue, partes do que antes haviam sido homens valentes, e as bandeiras dos tolos estavam cobertas de sujeiras.

SUA VIDA TINHA SIDO MARCADA POR BATALHAS E MORTE. Casado por duas vezes antes dos 35 anos, tinha amado de verdade sua primeira esposa, porém uma doença incontrolável, que não pudera ser impedida por nenhum sacerdote ou curandeiro, a levara no terceiro ano de casamento. Ele não gostava muito da atual esposa, mas ela tinha trazido consigo uma aliança forte, um bom dote e, apesar de vaidosa e tola, tinha um corpo firme e jovem que ele apreciava, e já estava grávida do primeiro filho. A promessa de um herdeiro era o único brilho de esperança na vida dele.

Forçou sua atenção para longe desses pensamentos sombrios e viu uma figura familiar aproximando-se.

— Meu senhor — disse Rodrigo Bavangine, Barão das Colinas de Cobre. — Você sobreviveu.

— O dia ainda não terminou — Daylon respondeu. — E a traição ainda abunda. Mantenha as esperanças, talvez ainda possa cortejar a minha jovem viúva.

— Piada de mau gosto — disse Rodrigo. — Muitos bons companheiros estão cobertos pelas próprias tripas, enquanto sujeitos em quem eu não mijaria se estivessem em chamas estão celebrando.

— É sempre assim, Rodrigo.

Daylon analisou o velho amigo. O Barão das Colinas de Cobre era um homem de cabelos negros e olhos azuis impressionantes. Na corte, usava o cabelo comprido, coberto de óleo e cacheado, porém, naquele momento, o tinha preso em uma bandana vermelha para mantê-lo debaixo do elmo durante a batalha. Tinha a pele pálida, como a maioria da população da terra enevoada e coberta de nuvens que governava. Daylon sempre considerava estranho que tivessem se tornado tão próximos, pois era um homem de pensamentos profundos e Rodrigo parecia nunca se incomodar com as consequências de seus impulsos, mas conhecia o humor de Rodrigo tão bem quanto o seu. Via o rosto do amigo e sabia, mesmo sem palavras, que pensavam o mesmo. Ambos consideravam se a batalha teria tido outro resultado se tivessem se aliado a Steveren ao invés de se oporem.

Rodrigo estreitou os olhos claros e se aproximou para falar mais baixo, apesar de não haver alma viva por perto.

— Digo o seguinte, Daylon: de hoje em diante, não conseguirei ir para a cama sem o auxílio de uma bebida forte ou de um traseiro jovem, de preferência os dois, e dormir uma noite tranquila. Isso aqui só trará mais destruição, não irá diminuí-la como foi prometido.

Daylon recostou-se na carroça, observou os carpinteiros terminarem a plataforma do executor e virou-se para o velho amigo.

Rodrigo reconheceu o comportamento.

— Você é um idealista, Daylon, então precisa de justificativas. É por isso que está angustiado.

— Sou mais simples, Rodrigo. Eu meramente escolhi o lado que iria ganhar.

— E eu o segui.

— Como outros também — disse Daylon. — Mas não ordenei a nenhum vassalo, nem pedi aos amigos e aliados que viessem por um capricho meu. Poderiam ter negado.

Rodrigo lançou um sorriso amargurado para o amigo.

— Sim, Daylon, e aí está a genialidade. É um dom seu. Ninguém ao seu redor iria contra o que pensa. Você é experiente o bastante nos jogos do poder para que eu siga o que diz, mesmo que a causa não seja justa.

— Você poderia ter se oposto a mim e servido Steveren.

— Para terminar no meio deles? — disse, apontando para os mortos que apodreciam na lama.

— Há sempre uma escolha.

— A escolha de um tolo — Rodrigo responde em voz baixa —, ou a de um sonhador. — Apontou para os trabalhadores no topo da colina, que finalizavam a plataforma, e mudou de assunto. — O que está acontecendo ali?

— Os nossos monarcas vitoriosos querem um pouco de drama teatral — Daylon respondeu amargamente.

— Lodavico não fechou todos os teatros de Sandura?

— Sim, depois de reclamar que todas as peças faziam piada com ele. O que não deixa de ser verdade, mas lhe falta perspectiva e senso de humor — Daylon respondeu. — E ele é incapaz de perceber a ironia.

— Esse cenário está macabro demais para o meu gosto. — Rodrigo fez um gesto amplo para o campo de batalha coberto de mortos. — Matar no calor da batalha é uma coisa. Enforcar ou decapitar criminosos é outra. Posso até assistir aos hereges queimando sem me incomodar muito, mas essa chacina de mulheres e crianças...

— Lodavico Sentarzi tem medo de retaliações. Não deixar nenhum Langene vivo quer dizer que o Rei de Sandura pode dormir à noite. — Daylon deu de ombros. — Pelo menos, é o que ele pensa.

Manteve os olhos fixos no palco improvisado no topo da colina. Os trabalhadores tinham finalizado a construção apressada do palco: dois degraus acima da lama, alto o bastante para que quem estivesse na colina pudesse ver, forte o suficiente para aguentar o peso de várias pessoas. Dois serviçais corpulentos carregando um cepo de madeira subiam os degraus com dificuldade, enquanto um punhado de homens da guarda pessoal de Lodavico andava entre a construção improvisada e a multidão que se formava lentamente.

— Essa coisa de jogar bebês na parede, aquilo foi feio... e matar aquelas belas jovens, filhas e sobrinhas... não foi simplesmente um desperdício, foi uma iniquidade — reclamou Rodrigo. — Aquelas mulheres eram de tirar o fôlego, com longos pescoços, corpos esguios e todo aquele cabelo vermelho...

— Você pensa demais com o pau, Rodrigo — Daylon tentou soar descontraído. — Já teve mais mulheres e rapazes do que qualquer outro que eu conheça, e ainda assim quer mais.

— Cada um com seus desejos — respondeu Rodrigo. — Os meus são facilmente despertados por uma bunda redonda e uma boca bonita. — Suspirou. — Não é pior que o amor do Rei Hector pelo vinho ou a paixão do Barão Haythan pelo jogo. — Estudou o amigo por um momento. — E você, Daylon, o que alimenta seus desejos? Nunca consegui decifrar.

— A única coisa que desejo é não desprezar o homem que vejo no espelho — respondeu o Barão de Marquensas.

— Isso é abstrato demais para mim. O que realmente move você?

— Parece que não muita coisa — Daylon respondeu. — Quando era jovem, pensava em um propósito maior, afinal os sacerdotes do Deus Único não disseram aos nossos pais que a Fé traz a paz para todos os homens?

Rodrigo olhou ao redor, para o campo de batalha coberto de cadáveres.

— De certa forma, a vida acaba trazendo a paz.

— Deve ser a coisa mais profunda que já ouvi você dizer. — O olhar de Daylon seguiu o de Rodrigo e ele murmurou: — Os sacerdotes prometeram coisas demais.

Rodrigo soltou um longo suspiro, quase teatral, porém Daylon sabia que o amigo não era do tipo de fazer drama e estava cansado até os ossos.

— Quando quatro dos cinco Grandes Reis declaram que só uma fé é verdadeira e todas as outras são heresias, acho que você pode prometer qualquer coisa.

Daylon franziu a testa.

— Quer dizer que a igreja teve envolvimento nisso?

— Não quero dizer nada, velho amigo. Fazer isso seria convidar o desastre. — A expressão dele era de quem dava um aviso. — No tempo de nossos avôs, a igreja do Deus Único era uma entre muitas; no tempo de nossos pais, tornou-se uma grande força. E agora… — sacudiu a cabeça de leve — ... no tempo de nossos filhos, os outros deuses terão definhado até terem se tornado uma memória. — Olhou ao redor, para garantir que não estavam sendo ouvidos. — Ou, se os padres foram espertos, irão contorcer a doutrina para torná-los mensageiros do Deus Único, e irão sobreviver como sombras do que já foram. Alguns já falam isso. — Parou por um momento e depois continuou: — Sério, Daylon. O que fez você se envolver nisso? Poderia ter ficado em casa.

— Para colocarem meu nome numa lista junto com aqueles que apoiaram abertamente Steveren? — Daylon fez uma pausa antes de continuar: — A verdade?

— Sempre — respondeu o amigo.

— Meu avô e meu pai construíram um baronato rico. Peguei o que eles me deixaram e fiz com que fosse ainda mais bem-sucedido. Quero deixar tudo isso para meus filhos, e que eles tenham uma posição segura.

— Você está bem perto de ser rei, não é?

Daylon e o amigo compartilharam um sorriso amargo.

— Prefiro riquezas e segurança para meus filhos a qualquer título.

Satisfeito por saber que ninguém estava escutando, Rodrigo pousou a mão no ombro do amigo por um momento.

— Vamos, precisamos assistir. Não é um bom momento para estar ausente, a não ser que esteja morto, o que suas majestades Lodavico e Mazica podem considerar uma desculpa aceitável. Qualquer outra, não.

Daylon concordou inclinando a cabeça, e os dois nobres marcharam pela encosta enlameada enquanto a chuva voltava a cair.

— Da próxima vez que me chamar para uma batalha, Daylon, tenha a decência de fazê-lo em uma manhã seca, de preferência no final da primavera ou no começo do verão, para não estar calor demais. Minhas botas estão cheias de lama, minha túnica está encharcada pela chuva, minha armadura está enferrujando e minhas bolas estão mofando. Não uso uma túnica seca faz uma semana.

Daylon não fez nenhum comentário até alcançarem o topo da colina, onde a execução iria acontecer. Soldados olhavam por cima dos ombros e, ao verem dois nobres, iam deixando-os passar até que Rodrigo e Daylon estivessem na fileira da frente. A plataforma estava terminada e os prisioneiros eram levados até lá das celas improvisadas onde tinham passado a noite.

Steveren Langene, Rei da Itrácia, tinha recebido relatórios falsos por um ano, até se convencer de que estava se unindo a seus aliados para resistir às agressões do Rei Lodavico. Daylon foi um dos últimos barões a saber do plano, o que lhe dera pouco tempo para pesar opções. Ele e Rodrigo tiveram menos de um mês para conversar com outros barões e agir; mais importante ainda: não tiveram oportunidade para avisar Severen e o ajudá-lo.

Naquela manhã, tinham acordado para posicionarem-se em ordem de batalha, trombetas soando e tambores batendo, com as forças de Steveren na posição mais à esquerda, esperando o ataque de Lodavico. A ordem para batalhar fora dada e de repente os aliados do Rei Steveren se viraram contra ele. Foi uma luta difícil que durou a maior parte do dia, mas, no final, a traição triunfou.

Daylon podia ver os prisioneiros sendo retirados das tendas do outro lado da plataforma. Enquanto o exército de Steveren estava no campo de batalha, arrastando-se pela lama de uma severa tempestade de verão fora de época, invasores capturaram toda a família real da Itrácia em sua *villa* de verão na costa, a menos de um dia de cavalgada de distância.

Primos de sangue e parentes por casamento já tinham sido mortos, pela espada ou jogados dos penhascos nas rochas debaixo da *villa*, uma estimativa de mais de quarenta pessoas entre homens, mulheres e crianças. Nem os bebês foram poupados. Porém, a família direta do rei ganhara um dia a mais de vida para sofrer aquela humilhação pública. Os reis Lodavico e Mazica estavam determinados a mostrar o fim da linhagem Jubardente para o mundo.

Agora a realeza estava sendo empurrada por pontas de lança para a morte.

As crianças vinham na frente; em silêncio por causa do medo e do espanto. Arrastavam os pés, os olhos arregalados e os lábios trêmulos, o cabelo vermelho sem brilho por causa da chuva. Daylon contou três pequenos: dois meninos e uma menina. Seus irmãos mais velhos vinham logo atrás, seguidos pela Rainha Agana. Por último, o Rei Steveren. Todos os adornos tinham sido arrancados e estavam vestidos da forma mais humilde possível, rostos e membros mostrando as marcas dos espancamentos.

O Rei Steveren usava uma canga de madeira, com algemas de ferro nas pontas prendendo os pulsos, e pernas acorrentadas de forma que precisava se arrastar em vez de andar. Ele foi empurrado até a plataforma enquanto o exército se reunia. Pelos hematomas no rosto, era um milagre que conseguisse andar sem ajuda. Daylon encolheu-se ao ver o sangue seco na boca e no queixo, pois percebeu que haviam cortado a língua do rei para que ele não pudesse falar aos que se reuniam para vê-lo morrer.

Alguns soldados gritaram insultos desanimados, pois todos ali estavam cansados, muitos também feridos, e queriam que aquilo terminasse rápido para que pudessem comer e descansar. A maioria só tinha lutado pelo iminente saque de Itra, que só poderia começar quando aquele assunto terminasse, por isso queriam que o fim fosse apressado.

Daylon olhou de relance para Rodrigo, que sacudiu a cabeça, resignado. Não havia precedente para aquela carnificina e não podiam conciliar o que estavam prestes a ver com a ordem tradicional das coisas. A história ensinava que um rei só matava outro rei no campo de batalha; mesmo barões raramente eram executados — geralmente pagavam um resgate e se transformavam em vassalos.

Na memória do mundo de Garn, cinco grandes reinos sempre dominaram os continentes gêmeos da Têmbria do Norte e do

Sul. Espalhados entre eles, estados independentes governados pelos barões mais poderosos, homens como Daylon e Rodrigo, nobres que se aliavam aos reis, mas não se submetiam. A nobreza menor possuía terras e títulos nos cinco grandes reinos.

Daylon encarou Rodrigo e no mesmo instante percebeu que o amigo também sabia que uma era chegava ao fim. Um longo período de prosperidade e até de alguma paz tinha acabado.

Por dois séculos, os cinco reinos das duas Têmbrias tinham permanecido unidos pela Aliança: a solução encontrada para os séculos de guerra pelo controle do Estreito — a passagem marinha entre os dois continentes. Era o ponto de estrangulamento em que dois afloramentos de terras criaram uma passagem tão estreitada que não mais de meia dúzia de navios — três a leste e três a oeste — podiam navegar e passar com segurança ao mesmo tempo. A necessidade de reduzir a velocidade aqui e as rochas negligenciadas fizeram deste o local mais valorizado em Garn, para quem quer que controlasse os estreitos, controlava todo o traslado leste–oeste entre os dois continentes; as rotas marítimas alternativas ao redor do norte ou sul dos continentes gêmeos eram tão difíceis e demoradas que eram consideradas quase impossíveis. O transporte terrestre alternativo tomaria o triplo do tempo e o dobro do custo.

A Aliança garantia que todos tivessem direito de passar por ali. Uma fronteira circular formada pelas terras da Aliança tinha sido criada ao redor do Estreito nos dois continentes. Nenhuma cidade poderia ser construída ali, onde só ficavam pequenas vilas e aldeias, e todos os governantes garantiam a neutralidade. Essa doação recíproca de terra pelos cinco grandes reinos tinha levado a paz e permitido o crescimento do comércio, das artes e da prosperidade.

"Até hoje", pensou Daylon, amargurado. Os sobreviventes daquela loucura podiam continuar a mentira de que a Aliança ainda existia, mas Daylon sabia que acabara. O acordo parecia definhar, porém já estava morto.

Analisou o rosto da família real da Itrácia, o terror nos olhos das crianças, a resignação e a desesperança nos rostos das mulheres e a expressão desafiadora do rei. Steveren Langene, chamado de Jubardente pelo cabelo vermelho e brilhante, a marca da sua linhagem, foi forçado a se ajoelhar por um chute nas pernas, enquanto dois soldados puxavam com força a canga de madeira.

Daylon queria estar em casa com a mulher. Seco, limpo, alimentado e deitado com ela. Pensou com amargura que a segurança futura de seu baronato e de seus herdeiros tinha sido o preço. Os reis de Sandura e Zindaros tinham concordado em ratificar seu herdeiro escolhido sem questionar, caso morresse sem herdeiros diretos naquela batalha ou depois. Ele tinha aceitado, adiando qualquer questão sobre a soberania do baronato de Marquensas; devia a promessa de paz ao seu povo. E mesmo com Steveren vivo, sem aquela garantia os outros quatro reis iriam querer forçar seus próprios pretendentes, já que Marquensas era o baronato soberano mais poderoso e rico em Garn. Se não deixasse uma linha sucessória clara, seu legado seria guerra e destruição. Tinha traído um homem a quem amava como a um irmão para poupar seu povo de futuras devastações. Como diziam os sacerdotes do Deus Único, Daylon tinham feito um pacto com o Sombrio, vendido a alma.

Tinha sido uma ironia amarga: na manhã da partida, a mulher lhe informara que estava grávida. Comprometido demais para se afastar daquela carnificina, sentira a alma doente desde então.

Os últimos a subirem na plataforma foram Lodavico de Sandura e Mazika de Zindaros, suas armaduras e seus mantos visivelmente livres de lama e sujeira.

— Estão faltando dois reis — murmurou Rodrigo.

Daylon assentiu e, como a multidão de soldados estava anormalmente quieta para um evento como aquele, teve que sussurrar a resposta:

— Bucohan e Hector avisaram que estão de cama por causa do cansaço e de alguns pequenos ferimentos. Podem ter sido cúmplices, mas estão satisfeitos em ficar nas tendas enquanto Lodavico e Mazika levam o crédito por essa farsa. E é da natureza de Lodavico querer todo o crédito possível. Ele acha que isso é glória.

— Não existe farsa — sussurrou Rodrigo — quando o sangue é de verdade.

Como Daylon esperava, foi Lodavico que se adiantou para falar. O Rei de Sandura era o nobre mais detestado nos Cinco Reinos, pois seu governo era duro e arbitrário. Abominava tudo que via como ameaça a sua dignidade, sem perceber que não tinha nenhuma na sua natureza ou em suas ações. Vinte anos antes, quando se encontraram pela primeira vez, Daylon o chamara de monarca sinistro e melancólico, e nada do que conhecera do homem naqueles anos todos tinha mudado sua opinião. A roupa preta enfeitada de vermelho não ajudava a diminuir a impressão.

— Estamos aqui para restaurar a ordem, entregar um traidor ao seu destino e para encerrar uma ameaça à soberania de nossos reinos-irmãos.

Daylon pensou que, para alguém que detestava teatros, Lodavico tinha uma tendência para a atuação. Sua postura e dicção eram claramente exageradas, quase uma autoparódia, embora o Rei de Sandura jamais conseguisse perceber e ninguém se arriscaria a avisá-lo. Então, todos permaneciam aguentando os exageros, e só o criticavam depois em privado, enquanto bebiam. No entanto, naquele momento, Daylon não achava divertida a péssima atuação de Lodavico.

Desde que o plano para matar Steveren entrara em ação, espalharam-se rumores que o Rei da Itrácia ambicionava a coroa das outras nações. Mesmo sem base, os atos mais triviais eram descritos como prova de suas ambições e homens ansiosos para saquear as riquezas dos Grandes Reinos precisavam de muito pouco para alimentar sua crença e sua raiva. O saque da Itrácia podia dar a um nobre ou a um guerreiro mais riquezas do que uma vida inteira de escaramuças nos limites das Terras Selvagens, das Terras Queimadas ou da Barreira de Montanhas.

Encenaram uma rebelião de descontentes dentro das terras da Aliança. "Outra farsa com sangue de verdade", pensou Daylon. Disseram para Steveren que Lodavico estava por trás — a única verdade numa série de mentiras. Como Lodavico e seus aliados previram, Steveren tinha respondido ao chamado do dever, liderando o grosso de seu exército até a traição mais cruel jamais vista na história de Garn.

— Os frutos de uma árvore venenosa são veneno — Lodavico continuou, apontando para as crianças. Seu rosto estava contorcido em uma máscara de raiva forçada, com olhos arregalados e sobrancelhas arqueadas, a cabeça inclinada como se escutasse ameaças; o comportamento esperado de um louco tentando convencer a plateia de que aqueles inocentes eram uma ameaça à sua existência. — Toda a linhagem deve perecer — encerrou Lodavico, batendo o punho direito na palma esquerda para enfatizar.

Um soldado aproximou-se por trás da criança menor. Daylon tentou lembrar o nome do garoto, sem sucesso, antes que o soldado agarrasse um punhado de cabelo ruivo e puxasse a cabeça para trás. Um corte rápido de uma adaga afiada e os olhos do menino rolaram nas órbitas enquanto o sangue jorrava do pescoço.

Uma comemoração desanimada dos soldados. Daylon sabia que eles só queriam que aquele espetáculo sinistro terminasse para que pudessem comer, descansar e se organizar para marchar ao sul, até Itra. Ele não duvidava que muitas das companhias livres já tivessem partido, ansiosas para escolherem primeiro os espólios; companhias mercenárias estavam livres de considerações políticas e corriam para reclamar o saque primeiro. Se existisse alguma justiça no mundo, Steveren teria deixado uma guarnição poderosa o bastante para causar dano de verdade naqueles aventureiros. Que os apressados pagassem o preço da sua ganância, e dessem ao povo a oportunidade de fugir antes que a maioria das forças de Lodavico caísse sobre eles. As únicas nações com frotas grandes o bastante para impedir uma fuga pelo mar eram Helosea e Zindaros. A marinha zindariana tinha transportado o exército até ali e Helosea tinha decidido não fazer parte daquela carnificina. Sua marinha era grande o bastante para que pudessem ignorar as exigências de Lodavico. Podia ser que se arrependessem daquela escolha algum dia, porém Daylon gostara daquela decisão. Se alguns dos cidadãos de Itra conseguissem encontrar barcos para alcançarem o mar aberto, talvez conseguissem reconstruir a nação…

Daylon reprimiu uma onda de culpa e vergonha para encarar o fim do derramamento de sangue daquele dia. O que estava feito estava feito, e se arrepender não serviria para nada.

O carrasco movia-se com rapidez e precisão, puxando a cabeça das crianças e depois a das mulheres.

— Quem está faltando? — Rodrigo perguntou.

— Os dois filhos mais velhos — respondeu Daylon. — Morreram na batalha.

Steveren Langene, o último rei da Itrácia, assistia em raiva silenciosa ao massacre da família. Daylon quase se encolheu ao ver o homem que amou como a um irmão perder a capacidade de se manter em pé sozinho. Dois soldados agarraram as pontas da canga de madeira que o prendia, segurando-o quando as pernas cederam. A última a morrer foi a esposa com quem vivera por mais de trinta anos, rainha e mãe de seus filhos. Ela lutou quando puxaram seu cabelo, não para evitar a morte, mas que pudesse ver o rosto do marido quando deixasse a vida.

— Não há glória nisso — murmurou Rodrigo.

— Nossos quatro reis remanescentes querem garantir que linhagem dos Jubardentes termine aqui.

Enquanto os soldados tiravam os mortos da plataforma, Lodavico sentia que era necessário reforçar todos os pecados inventados dos Jubardentes, embelezando as mentiras com insinuações de que poderiam descobrir mais perfídias e traições.

— Isso não termina nunca? — sussurrou Rodrigo.

Finalmente chegaram ao rei. Lodavico terminou o discurso e ficou de lado enquanto um soldado se aproximou, com uma espada larga em mãos. Outros agarraram o cepo de Steveren, baixando-o até que ele estivesse de joelhos, e o soldado mediu a distância entre a coleira de madeira e a base do crânio do rei. Com um único golpe elíptico, trouxe a lâmina para separar a cabeça dos ombros.

A plateia aplaudiu, novamente sem convicção. Como se estivesse desapontado pela falta de entusiasmo, Lodavico sinalizou para que o carrasco pegasse a cabeça do rei morto pelos cabelos ruivos flamejantes.

— Vejam qual é o destino de um traidor! — gritou.

Novamente, uma resposta fraca.

Lodavico olhou para as centenas de soldados, como se quisesse memorizar rostos para um futuro acerto de contas. Franziu a testa ao fechar a cara, a mandíbula se projetando para a frente, pronto para desafiar todo o exército. O momento constrangedor passou quando Mazika Koralos, Rei de Zindaros, interveio.

— Terminem de cuidar dos mortos e feridos, comam e descansem; pois, ao amanhecer, marcharemos para Itra! — anunciou.

Aquilo gerou uma reação mais entusiasmada e os homens começaram a dispersar.

Daylon virou-se e viu uma pergunta silenciosa na expressão de Rodrigo.

— Um rei executando um rei? No campo de batalha é uma coisa, mas assassinato? — respondeu, dentes cerrados, encarando Rodrigo. — Isso não se faz.

— Você matou Genddor de Balgannon depois de tomar seu castelo — a declaração carregava um tom de desafio.

— Ele não era um rei — respondeu Daylon. — Era um usurpador, um impostor. E eu o matei enquanto ele me encarava em seu salão. Além disso, Balgannon não era um reino.

— Não mais, pois foi anexado por Ilcomen. — Rodrigo suspirou. — E mal era um baronato. O pai de Genddor não passava de um chefe militar convencido. Você deveria ter ficado com ele.

Olhou ao redor e viu que os homens se afastavam da plataforma. Sinalizou para Daylon para que também saíssem dali.

— Agora, vem a recompensa — Daylon disse enquanto desciam a encosta.

— As riquezas da Itrácia são nossas?

Daylon pôs a mão no ombro do amigo.

— Você pode ficar com a minha parte, vou levar meus homens para casa. Estou cansado disso.

Daylon tinha sido um dos poucos barões realmente independentes e neutros. Os governantes de Marquensas e Colinas de Cobre não juraram lealdade a nenhum rei, mas a maioria dos demais trinta barões tinha obrigações sociais ou financeiras que na prática os ligavam a um dos grandes monarcas, pelo menos até débitos serem quitados ou obrigações dispensadas.

— Seus vassalos não vão reclamar? — perguntou Rodrigo.

— Meus vassalos são livres para viajar com os seus reis — Daylon respondeu secamente. — Não tenho planos para ir em campanha de novo tão cedo, então se querem apostar sangue por ouro, que seja. Meus castelões irão voltar comigo sem reclamar. Eu os sustento bem.

— Você pode achar que está livre para escolher, meu amigo — disse Rodrigo. — Mas dependendo do humor de Lodavico, sua partida pode ser considerada um insulto. Ele pode não ligar para que mercenários ou outros malnascidos saiam sem avisar, mas você... não é um desconhecido.

— Ele vai estar ocupado demais brigando pela Itrácia para notar que não estarei lá. — Deu de ombros, mostrando que não estava preocupado. — E se notar, não vai fazer alarde para não ofender os outros barões livres.

— É tão querido assim, meu amigo? — Rodrigo forçou um sorriso.

— Não, mas se meu solar e minhas terras forem tomados por Lodavico, qual seria seu primeiro pensamento? — Daylon retribuiu com um sorriso tênue.

— Quem será o próximo? — Rodrigo parou onde deixaria Daylon para retornar ao próprio acampamento. — Você pensou bem nisso.

— Pensei. Tudo o que eu fiz foi para garantir a sobrevivência da minha família e do meu povo. Lodavico é ambicioso e bem louco, mas não é estúpido. — Daylon indicou a carnificina ao redor. — Um homem estúpido não consegue derrubar um reino rival em um dia. Lodavico planejou isso por muito tempo e em detalhes, e não pagou barato para que acontecesse. Ele se voltaria contra mim por despeito? — Deu de ombros e suspirou, fatigado. — Ele sabe que cada barão livre e seus vassalos vão pensar como nós. Sozinhos, nenhum de nós é uma ameaça; juntos, poderíamos derrubá-lo.

— Não seriam poucos os vassalos de Lodavico que aproveitariam a oportunidade de mudar de lealdade se todos os barões livres se erguessem juntos. Ele não os trata bem. Se libertar dessa corrente valeria o risco.

Rodrigo assentiu, concordando.

— Certamente, irá chegar o dia em que Lodavico terá causado raiva o bastante para forçar uma aliança de inimigos, mas esse dia ainda demorará anos. Ele explorou várias rivalidades, plantou muitas inimizades entre aqueles que precisariam se unir contra Sandura, e existem muitos que o apoiam por medo ou para se beneficiar.

Daylon respirou fundo e soltou o ar antes de sorrir sarcasticamente.

— Sim, esse dia vai chegar, mas não hoje.

Rodrigo pensou por alguns instantes antes de deixar seus pensamentos de lado com um aceno de mão.

— Bem, volte para casa, para sua jovem esposa. Se eu não for até Itra, terei que lidar com uma rebelião. Não pago meus castelões há algum tempo; preciso do meu quinhão do saque para pagar os ordenados e ainda guardar um pouco.

— Boa caçada, meu amigo — Daylon retrucou com um sorriso tênue. Os amigos apertaram as mãos e tocaram o peito um do outro. Daylon aproveitou o momento para sussurrar no ouvido de Rodrigo: — Mas um aviso. O homem sábio se prepara para a próxima guerra depois da última batalha, não quando ela já grassa sobre sua terra. — Olhou nos olhos do amigo. — E como eu disse, a guerra está vindo, mesmo que não agora. O equilíbrio de poder se alterou. — Acenou na direção da colina onde Lodavico estivera minutos antes. — Sandura está em vantagem agora, mas com as coisas assim, outro pode decidir tentar tirá-la. Um dia, alguém tentará se tornar o novo quinto rei. Esteja pronto.

— É ambição que ouço em sua voz?

— Não quero aumentar minhas posses, porém prefiro derrubar outro governante a perder o que é meu. Precisa pensar nisso, meu amigo. Prepare-se; não para as pequenas guerras que irão nos atormentar logo, mas para uma como essa, em que coroas são o objetivo. — Daylon apontou para o campo ensanguentado e se aproximou ainda mais. — Talvez leve cinco ou dez anos, ou até mais, só que essa guerra virá com certeza. Lodavico está doido para ser o novo Grande Rei. — Cutucou de leve o peito de Rodrigo. — E você lá no fundo também sabe dessa ambição. — Olhando ao redor mais uma vez para se assegurar que estavam sozinhos, continuou: — Porém, em algum momento Lodavico irá exagerar, e é quando devemos estar prontos.

Rodrigo sacudiu a cabeça.

— É um aviso sombrio. — Suspirou antes de continuar: — Mas bem pensado. — Com um aceno, começou a se afastar, porém parou de repente, como se tivesse lembrado de algo. — Não havia um bebê?

— Não entendi. — Daylon franziu a testa.

— Achei ter ouvido falar que a rainha dos Jubardente tinha tido um filho temporão. — Rodrigo olhou o amigo nos olhos.

— Sim, ela teve um temporão... — Daylon disse, soltando um longo suspiro. — Provavelmente, morreu durante a tomada da *villa*.

Jogaram bebês do alto do penhasco quando mataram a criadagem. Talvez ele tenha sido um.

— Talvez. — Rodrigo deu de ombros. Virou-se novamente e se afastou sem falar mais nada.

Daylon continuou ali.

— Um bebê — murmurou, divertindo-se pela primeira vez em dias.

Histórias sobre um bebê Jubardente sobrevivente iriam impedir que Lodavico dormisse bem pelo resto da vida, mesmo se fossem falsas. Chegou a considerar momentaneamente a ideia de pagar a um fofoqueiro para alimentar o boato. Nada mais naquele assunto malévolo era digno de risadas. Olhou para o céu, tentando ignorar os círculos de revoadas dos carniceiros e aproveitar o que pudesse do sol poente e do céu azul no horizonte.

— Bom, pelo menos o mundo não acabou — disse para si mesmo.

De todos os nobres ali presentes, Daylon era um dos poucos que poderiam ser considerados intelectuais. Tinha estudado os mitos que cercavam as famílias mais antigas e sabia de um em específico que predizia caos devastador sobre o mundo se a linhagem dos Jubardente terminasse. Como não testemunhara nenhuma horda trovejante de demônios correndo pelo campo de batalha, Daylon foi em direção de seu pavilhão se perguntando se realmente Steveren fora o último da linhagem...

Passou por imensos amontoados de corpos esperando para serem enterrados. Soldados exaustos trabalhavam cavando covas coletivas, enquanto sacerdotes do Deus Único rezavam sobre os cadáveres. Resistiu ao impulso de amaldiçoá-los em nome dos Velhos Deuses, afinal não queria ser denunciado e queimado na fogueira.

Perdido em pensamentos, só percebeu que chegou ao pavilhão quando avistou dois homens esperando em silêncio na frente da entrada da tenda. Reinhardt, capitão da guarda de Daylon, usava o tabardo da casa Dumarch. Um veterano que ganhara sua posição perante anos de serviço leal.

O homem ao lado dele também lhe era familiar. Corpulento e de ombros largos, forte e de olhos astutos, começava a mostrar leves sinais de envelhecimento. Embaixo de olhos escuros havia sombras e linhas, sinais de uma vida dura. O cabelo castanho estava ficando prateado e ralo. O caminhar traía rigidez no quadril, provavelmente resultado de algum ferimento antigo de batalha. Coberto de sujeira, tripas e sangue seco, fez uma ligeira reverência, pouco mais que um aceno, mas o bastante para satisfazer a necessidade de Daylon por deferência.

— Edvalt — Daylon o cumprimentou.

— É o dia, meu senhor — respondeu Edvalt.

— Precisamos fazer isso agora? — Daylon soltou um longo suspiro.

— É o dia, meu senhor — ele repetiu com ênfase.

— Dez anos... realmente já passou tanto tempo?

— Ao meio-dia, exatamente dez anos — confirmou Edvalt.

— Já estamos no meio da tarde, você se atrasou?

Edvalt não achou graça.

— Estava ocupado me mantendo vivo ao meio-dia, senhor. O rei Steveren armou um contra-ataque na retaguarda e dominaram o depósito e minha ferraria. — Olhou o governante de Marquensas nos olhos e perguntou: — Sua promessa, meu senhor?

Daylon se irritou com a insinuação de que não fosse cumprir a promessa, mas segurou o impulso de bater no homem. Estava zangado e fatigado, e sabia que parte da frustração vinha por perder os serviços de Edvalt.

Capturado em uma disputa de fronteiras, Edvalt foi poupado da coleira de escravo apenas porque Daylon tinha percebido a qualidade das armas do inimigo. Rapidamente identificou Edvalt como o ferreiro e lhe deu uma escolha: escravidão pela vida toda ou dez anos de serviço bem prestado em troca de liberdade. Daylon tinha apostado que o ferreiro precisava da perspectiva de liberdade para executar o melhor trabalho possível para o novo mestre.

— Sim, eu lembro. — Daylon soltou a respiração de forma pensada, controlando o temperamento.

— Dez anos de serviços leais pela minha liberdade — disse Edvalt, o tom sereno, a expressão revelando a determinação que Daylon conhecia bem.

O barão colocou a mão no ombro do ferreiro.

— Eu sei — falou em tom resignado. — É uma barganha da qual me arrependo. Se eu conhecesse totalmente seu dom, eu lhe teria oferecido a liberdade naquele dia, em troca de uma promessa de nunca deixar o serviço.

— Dificilmente seria liberdade — respondeu Edvalt.

Daylon sentiu-se frustrado. Odiou cada minuto daquela jornada e perder Edvalt para uma promessa feita depois de outro confronto sangrento era quase mais do que poderia aguentar.

— Tenho certeza de que preciso de você, Edvalt, como tenho certeza de que o sol nasce a cada amanhecer. Vai haver mais guerra, agora que Lodavico colocou o mundo de cabeça para baixo, e você é o melhor ferreiro que já conheci. Fique e eu o deixarei rico.

Edvalt hesitou por um momento, pego desprevenido pela oferta. Olhou para a carnificina ao redor.

— Agradeço pelo elogio, meu senhor, mas meu maior desejo é jamais ter que ver algo assim novamente. — Olhou nos olhos de Daylon. — Chegou o dia.

Cansaço, raiva e frustação começaram a ferver dentro de Daylon. Ele podia simplesmente ignorar a promessa e manter Edvalt a seu serviço, mas sabia que, se fizesse isso, iria perder as habilidades dele para sempre. Esperou por um longo momento antes de sua melhor parte finalmente vencer.

— A partir deste momento, você é um homem livre, Edvalt Tasman. — Virou-se para Reinhardt: — Encontre um escriba e faça com que ele escreva um passe livre para Edvalt...

— E para Mila — o ferreiro o interrompeu.

— Quem? — Dumarch questionou.

— Minha mulher: Mila.

Daylon presumiu que ele estivesse falando de uma das muitas seguidoras do exército ou mesmo de uma garota da cidade, mas viu uma oportunidade ali.

— Você casou sem minha permissão?

Edvalt enrijeceu. Como um homem comprometido, deveria ter pedido permissão para casar. Hesitou antes de responder:

— Não na frente de um sacerdote. Nos prometemos um ao outro. Temos uma filha.

— Não tenho nada a ver com sua mulher — disse Daylon. — Mas com sua filha. Por lei, é minha propriedade. Nasceu durante seu serviço.

A ligeira mudança na expressão e na postura de Edvalt foi um sinal que tanto Daylon quando Reinhardt reconheceram imediatamente. Mostrava que o ferreiro estava pronto para lutar de mãos nuas se fosse preciso.

Daylon reuniu todo o bom senso que lhe restou e acenou para dissipar a raiva crescente de Edvalt.

— Não vou tirar sua filha de você, Edvalt. — Deu um longo suspiro. — Mas, em troca, precisa fazer uma promessa.

— Qual promessa, meu senhor? — Edvalt respondeu, estreitando os olhos.

— Já responderei a isso, mas antes... para onde você vai?

A resposta veio sem hesitação:

— Para o Estreito. Vou encontrar uma aldeia que precise de um ferreiro e vou começar vida nova nas terras da Aliança. Posso fazer arados e enxadas, ferrar cavalos e mulas. Se precisar, conserto uma lâmina ou forjo uma nova... — Deu de ombros. — Porém, ficarei contente se nunca mais fizer outra arma.

Daylon refletiu sobre aquela resposta. Pelo menos, o melhor ferreiro que tinha conhecido não iria prestar serviço a um senhor rival.

O Estreito estava livre de conflitos armados por enquanto, então Edvalt teria pouca demanda por armas ali.

— Muito bem — disse o Barão de Marquensas. — Não temos mais nada a resolver, além da promessa: se encontrar um aprendiz com capacidade para o igualar, irá mandá-lo para mim.

— Não irei prender outro homem — respondeu Edvalt.

Incomodado com a resposta, Daylon estourou:

— Não vou obrigar um homem livre a prestar serviço contra sua vontade. Você foi um prisioneiro de guerra e eu tinha o direito de matá-lo ou de vendê-lo como escravo. Não fiz nenhum dos dois. — Ambos sabiam que isso se devia exclusivamente ao talento de Edvalt e não a generosidade de Daylon. — Irei pedir para que trabalhe para mim, e irei recompensá-lo, se ele aceitar.

Mas o ferreiro-soldado aproveitou a oportunidade.

— Se eu encontrar alguém assim, irei mandá-lo primeiro até você — concordou. — Se aceitar de bom grado sua oferta, é escolha dele. Mas se quiser seguir seu próprio caminho no mundo, tudo bem?

Daylon assentiu.

— De acordo. Então, estamos resolvidos. Leve sua mulher e sua filha, e viajem em segurança. — Acenou para Reinhardt. — Veja para que tenham salvo-conduto. Encontre uma charrete ou um carroção inteiro, para que possa carregar suas ferramentas, e lhe dê metade de um peso de ouro.

O capitão assentiu.

— Como ordenar, meu senhor. — E sinalizou para que Edvalt o seguisse.

Edvalt ficou surpreso com a generosidade do barão.

— Agradeço, meu senhor — murmurou, antes de partirem.

Daylon ficou sozinho na entrada do seu pavilhão, observando o melhor forjador de espadas que já conhecera se afastar. Sabia que se aproximava o dia em que precisaria de muitas armas excelentes.

Estava grato de não ser aquele dia ainda. Virou-se e afastou a abertura da tenda.

Ao entrar, viu a roupa limpa colocada para ele por seu valete, Balven. Sempre achava divertido que seu meio-irmão bastardo fosse a única pessoa em que realmente confiava. Balven chegara ao castelo do pai ainda menino, para fazer companhia ao jovem herdeiro. Quando o pai deles morreu, Daylon o mantivera por perto como valete, mas na verdade era um conselheiro de mais confiança do que os oficiais.

Balven esperava do lado de um balde de madeira com água limpa, segurando uma toalha grossa. Um banho de verdade só quando chegasse em casa, mas pelo menos poderia tirar o grosso da sujeira.

Quando Balven começou a tirar sua armadura, o barão voltou a pensar no bebê Jubardente. E se *existisse* uma criança destinada a incomodar o sono dos quatro reis restantes?

Balven era mais novo por dois anos, mas acompanhava Daylon desde os seis e conseguia captar bem o humor do meio-irmão. A mãe de Daylon tinha feito de tudo para afastá-los, mas só conseguiu aproximá-los mais. Daylon tinha sido uma criança de natureza rebelde que não se atrevera a revelá-la ao pai, fazendo com que sua pobre mãe aguentasse a maior parte do impacto. Como resultado, os dois eram muito mais próximos do que senhor e serviçal.

De altura mediana, cabelo castanho cortado rente de olhos escuros, Balven tinha uma aparência pouco marcante, apesar de ser parecido com Daylon na área dos olhos. Balven estudou o rosto do irmão enquanto o ensaboava.

— Está preocupado? — perguntou com gentileza. Tinha se antecipado ao humor instável de seu mestre, e deixara uma jovem esperando em um canto da tenda, ao invés de mandá-la para a cama do mestre, pois sabia que o humor dele podia ir numa direção ou na outra depois de uma batalha. Os olhos castanhos dela estavam fixos no barão, esperando a ordem em silêncio.

Daylon a examinou por um momento e sacudiu a cabeça. Estava cansado até os ossos. Balven a dispensou com um pequeno movimento da cabeça. Ela assentiu e se retirou em silêncio.

O barão a observou sem sentir o menor vestígio de desejo. Queria apenas uma refeição quente e uma longa noite de sono depois do trabalho sangrento daquele dia. Aguentou a água fria e o sabão duro, pois o desconforto valia a pena para retirar a sujeira e o sangue.

— Sinto falta de um banho quente — disse para Balven enquanto se enxugava.

Seu irmão assentiu, concordando.

— Sinto falta de casa.

O barão concordou com um grunhido. Também desejava o sol quente do litoral de Marquensas, onde o castelo tinha vista para um pomar que se estendia pelas colinas até a costa do Mar Ocidental. Sentia falta do cheiro forte das flores de laranjeira na brisa da primavera e da beleza pura da sua propriedade. Tinha saudade do corpo esguio da esposa e da promessa de filhos.

— O que mais sinto falta é de paz — disse, ao vestir o robe que Balven estendia. — Os sons da guerra ainda ressoam no meu ouvido.

— Ecoam nos meus também, meu senhor — Balven concordou, antes de acrescentar em um tom mais leve: — Mas pelo menos nosso mundo não acabou hoje.

Daylon riu. Uma das muitas coisas que compartilhava com o meio-irmão era o amor pela biblioteca do pai. Balven sabia sobre a lendária linhagem dos Jubardente e da suposta destruição ligada ao seu fim. Quase discutiram antes que Daylon tivesse concordado em participar da traição a Steveren, pois Balven tinha contestado se juntarem a Lodavico e os outros. Como de costume, argumentou contra o caminho que Daylon provavelmente já teria escolhido, para explorar quaisquer falhas na lógica que o barão pudesse não ter percebido. Nenhum dos dois acreditava em superstições, augúrios e profecias, mas depois de muito vinho, o debate tinha os levado em conta como fator para decisão. Pelo menos, não ignorar a lenda tinha sido parte do último argumento de Balven sobre o assunto.

— Comida?

— Irei buscar sua refeição imediatamente, meu senhor.

Em alguns minutos, Balven colocou um prato quente de carne e vegetais, com um pouco de pão e uma fatia de queijo, perto de uma garrafa cheia de vinho e um cálice. Arrumou a pequena mesa e saiu sem ser ordenado. Sabia que o humor do meio-irmão pedia solidão.

Daylon comeu sozinho, o silêncio quebrado apenas pelos sons fracos de saqueadores e ladrões de cadáveres ao longe. Depois, caiu em um sono pesado.

DAYLON ESTAVA COM A ADAGA NA MÃO MESMO ANTES DE acordar completamente. Escutou. Tudo quieto, apesar que de tempos em tempos ouvia o grito ocasional de uma sentinela distante ou o murmúrio de saqueadores brigando pelos espólios. Ouviu um ruído em um canto e sentou, arma na mão. A garota tinha voltado? Conforme a nebulosidade causada pelo sono se desvanecia, concluiu que ela não iria ficar ali parada no canto; provavelmente teria ido até a cama dele.

Foi quando ouviu um som estranho. Pegou o lampião e o abriu para iluminar o interior da tenda. No canto onde a jovem tinha esperado, havia um amontoado de roupas se mexendo.

Aproximou-se com cuidado, pois não seria o primeiro nobre de Garn a ser presenteado com uma serpente venenosa ou com um animal raivoso. Reconheceu o barulho e soube que o tecido tinha algo muito mais mortal.

O Barão de Marquensas abaixou e puxou o pano para o lado, revelando um rosto pequeno que o encarou. Aproximou a luz e viu dois grandes olhos azuis em um rostinho redondo, a testa coroada com tufos de cabelo brancos sob a luz do lampião. Naquele momento, teve a certeza de que aquele era o último dos Jubardente, tão certo como seu nome ser Daylon. Presumiu que o cabelo branco da criança ficaria vermelho como cobre quando alcançasse dois ou três anos; e ao redor do pescoço, alguém tinha colocado um fio de cobre onde estava pendurado um anel de ouro com um único rubi; o anel símbolo da Itrácia, o anel do rei.

Quem teria colocado aquela criança na sua tenda? Como tinha passado pelas sentinelas ou por Balven, que dormia na entrada? Com cuidado, pegou o bebê para examiná-lo na luz do lampião e viu que era um menino. A criança olhou em seus olhos e a certeza de que era um Jubardente só aumentou.

— Deuses novos e antigos, por que eu? — murmurou, agachando no chão enquanto o bebê o encarava.

NA BEIRA DO MAR, LONGE DO CAMPO DE BATALHA, UM HOMEM esperava perto de um afloramento rochoso. Daylon podia vê-lo claramente contra a luz do sol nascente conforme cavalgavam lentamente em sua direção.

O homem estava com o nariz e a boca cobertos, deixando apenas os olhos expostos. A única pista de sua identidade eram as linhas de idade ao redor dos olhos. Além disso, parecia ser um soldado comum sem insígnia ou tabardo, mas era um membro do exército jamais visto de Coaltachin, a lendária Nação Invisível.

Os governantes de Coaltachin nunca colocaram seus nomes ou selos na Aliança, e essa exclusão a tornara uma nação à parte, porém tinham honrado o pacto desde o começo. Poucos eram os nobres, e menos ainda os plebeus, que entendiam a genialidade da segurança de Coaltachin, e seu sucesso se devia aos *Quelli Nascosti*, "os que se escondem". Coaltachin tinha os melhores espiões, infiltradores, sabotadores e assassinos do mundo. Nas ruas, popularmente conhecidos como *sicari*, "os homens da adaga".

A Nação Invisível era publicamente execrada e empregada em privado por todo o governante que tivesse como pagá-la. Também eram temidos por todos, pois as histórias diziam que podiam atravessar paredes, matar com o hálito e tornar-se invisíveis quando quisessem, ou pelo menos era assim que os mitos os retratavam. Na verdade, eram os assassinos, sabotadores e espiões mais eficientes de Garn.

A verdadeira força de Coaltachin estava na extensão da sua rede. Tinham colocado agentes em todos os lugares, das mesas dos nobres às gangues de assassinos das cidades mais perigosas do mundo. Poucos sabiam onde a Nação Invisível realmente se localizava entre milhares de ilhas nas costas orientais da Têmbria do Sul. Poucos navegadores orientais de confiança podiam navegar a rota até Coaltachin. Só o que os demais sabiam era que ficava em algum lugar entre a Têmbria do Sul e Enast.

Daylon tinha certeza de que os *sicari* estariam próximos numa batalha como aquelas. Uma traição tão majestosa estava além das habilidades de homens como Lodavico Sentarzi ou Mazika Koralos. Balven demorou um dia e uma noite procurando alguém para mandar a mensagem marcando aquele encontro ao amanhecer do segundo dia depois do banho de sangue, e Daylon teve que cuidar da criança enquanto isso. Balven encontrou uma cabra com filhote no meio do rebanho, improvisou uma mamadeira e rasgou pedaços de tecido para manter a criança limpa e seca. Daylon, que nunca tinha tocado um bebê na vida, conseguiu manter o garoto escondido. Agradeceu aos deuses que a criança estava disposta a dormir a maior parte do tempo.

Não sabia exatamente o que esperar daquele encontro e por um tempo ficou imaginado quem ele seria. Antes da batalha, poderia ter servido no seu exército, ou mesmo no de Steveren, como mensageiro, carroceiro, cozinheiro ou vendedor no acampamento dos seguidores, um homem sem rosto em um mar de rostos. Daylon tinha certeza que aquele homem, ou outros de sua ordem, havia se infiltrado no exército itraciano para espalhar ordens contraditórias ou confusas, paralisando as forças de Steveren Langene enquanto ele tentava organizar sua defesa contra a traição repentina.

Daylon deu um sorriso triste. Talvez também tivesse superestimado seu próprio poder e segurança, principalmente por estar ali, ao lado do irmão, encarando um assassino perigoso.

O grosso do exército de Daylon já estava a caminho de casa, apenas os castelões tinham ficado para proteger seu senhor, de cama por causa de uma dor de estômago. Não era provável que alguém fosse até seu pavilhão, pois a maioria dos exércitos já havia partido para Itra, mas a desculpa manteve o bebê longe de olhos curiosos enquanto esperava a resposta do homem à frente. A mensagem chegara depois do pôr do sol, e Daylon passou uma noite inquieta esperando o amanhecer.

Daylon cavalgava cuidadosamente entre as pedras, o rugido ininterrupto das ondas mascarando o bater dos cascos do cavalo enquanto ele se dirigia ao ponto de encontro. Atrás dele, Balven, carregando o bebê Jubardente.

Quando alcançaram o homem, Daylon ergueu a mão e perguntou:

— Você sabe quem eu sou?

— Sei — respondeu o falso soldado.

— Tenho um trabalho para você. Aceita o meu ouro?

— Diga qual é o trabalho — disse o homem.

— Este bebê deverá viajar com você até sua terra natal. Devem cuidar dele como se fosse filho da família de seu mestre e devem lhe dar um nome, que eu não quero saber qual será. Só entrem em contato se a criança morrer; a mensagem deve dizer *O potro ficou preguiçoso e teve que ser sacrificado*. Se nada desafortunado acontecer, não há necessidade que nos comuniquemos mais. Por esse trabalho, irei pagar cinco pesos de ouro a cada ano até o menino se tornar um homem.

Um dia que demoraria dezessete anos para chegar.

Daylon indicou o meio-irmão.

— Este é meu homem, Balven, que pode ser reconhecido pela marca perto do coração, feita em um acidente de caça. — Balven colocou o bebê no braço direito e com o esquerdo puxou a gola da túnica para mostrar a cicatriz. — É a única pessoa em quem confio totalmente. Daqui a exatos dezessete anos, ele estará no portão principal de Marquenet. A criança deverá ser levada até a cidade e entregue a ele ao amanhecer. Se Balven não estiver mais entre nós, irei escolher outra pessoa para tomar seu lugar e o avisarei. Irei dar o nome do substituto pela mensagem *O cuidador morreu, seu herdeiro é...* Seu senhor pode cuidar da criança como quiser, mas não deverá ser ferido ou maltratado. Deve ser educado, pois é nobre, e ser treinado para se proteger. O ouro deixará de ser pago no dia de sua maioridade, e será quando você o levará até os portões para encontrar com Balven.

O assassino pensou na proposta por um tempo.

— Dez pesos por ano.

Daylon encarou os olhos escuros sobre a máscara.

— Sete, e estamos combinados — disse finalmente.

— Sete — concordou o assassino.

— Você consegue chegar na sua terra sem que o bebê seja visto?

— Se for para não sermos percebidos, vou precisar de oito pesos para a viagem.

— Certo — Daylon disse. Colocou a mão em uma pequena bolsa pendurada na sela de seu cavalo e contou as pequenas barras de ouro, longas como a mão de um homem, e com a grossura de um polegar. Cada uma poderia alimentar uma aldeia por um ano. — Aqui tem oito, como mais sete deste ano; total de quinze. Irei mandar mais sete todos os anos, neste dia. Avise no meu baronato para onde devo enviar o ouro.

O agente dos Quelli Nascosti pegou o ouro e foi até o lado de Balven para pegar o bebê. Balven olhou longamente para o mestre antes de o entregar.

Daylon observou o homem se afastar até que só o que podia enxergar era o sol nascente desvanecendo a neblina matinal, e tudo o que podia ouvir era o som das gaivotas no vento e o bater das ondas nas pedras. Virando o cavalo, acenou para que Balven caminhasse ao seu lado.

— Estou errado em achar que talvez tenha sido a coisa mais impulsiva que você já fez? — o valete olhou para o meio-irmão.

Daylon deu de ombros, antes de dar uma risadinha.

— Provavelmente.

— Se Lodavico sequer desconfiar do que aconteceu nesta manhã, vai mandar o exército dar meia-volta e marchar direto a Marquenet para enforcá-lo na primeira árvore que encontrar.

— Ainda pode acontecer. Vou ter que pagar pela decisão de não participar no saque de Itra, já que provavelmente o rei de Sandura vai perceber minha desaprovação. — Daylon riu enquanto viajavam de volta na direção do caminho que levava ao topo do platô. — Mas mesmo Lodavico não é tão impulsivo. Não, ele vai guardar esse desgosto por eu ter ido para casa. Sou livre para desprezar o rei de Sandura, desde que não o faça em público.

Pensando na sua impulsividade, Daylon se amaldiçoou por não ter mantido seu exército em casa, deixando o destino da Itrácia cair em outros ombros e mantendo as mãos limpas do sangue de um amigo.

Balven viu a expressão no rosto de Daylon e soube o que ele estava pensando, mas foi o barão que falou em voz alta.

— Talvez eu devesse ter matado a criança.

— Embora fosse uma solução mais simples, nunca conseguiria matar um bebê indefeso. Matar a criança nunca foi uma opção, meu senhor.

Daylon sabia que o irmão estava certo. Não seria capaz de ver ou ouvir seu próprio filho sem pensar no que matara, especialmente sendo filho de um amigo traído.

— Você está certo, como quase sempre, aliás. — Daylon assentiu.

— Se nosso pai me tivesse deixado para morrer...? — Balven riu.

— Jamais teria conhecido alguém em quem confiasse — completou o Barão de Marquensas. — Você pode ser bastardo, mas temos o mesmo sangue.

— Quantos irmãos e irmãs você acha que ainda não conhecemos? — perguntou Balven.

Daylon deu uma risada cínica.

— O único homem que poderia competir com ele no apetite por mocinhas bonitas é Rodrigo.

— E o pai não gostava de mocinhos bonitos.

— Então, talvez tenhamos alguns — Daylon concluiu, olhando para o horizonte, na direção do mar, enquanto entravam na trilha que levava para o campo de batalha.

— O que o preocupa, meu senhor?

Daylon respirou fundo e expirou lentamente, cavalgando em frente.

— Este assunto não terminou, mesmo que demore anos.

— Pode ser que este dia se prove útil — Balven afirmou. — Muitos sequer suspeitam que possa haver um bebê Jubardente no mundo. Alguns desconfiam, mas nós *sabemos*. Confiá-lo aos cuidados dos Lordes Invisíveis foi... inesperado, mas pode se provar uma grande vantagem.

O rosto de Daylon se desanuviou um pouco.

— Você sempre vê a vantagem em qualquer situação.

— Não se preocupe, meu senhor. Pense em possibilidades mais agradáveis e deixe que eu me preocupo.

— Esse é um dos motivos de mantê-lo perto de mim, irmão.

A ideia de que aquele bebê pudesse ser útil o reconfortava, mas a ideia de outro bebê, prestes a chegar, o fez sorrir.

1

PASSAGENS E PARTIDAS

Seu nome era Hatushaly, mas as outras crianças o chamavam de Hatu.

Por natureza, era um jovem que se enraivecia fácil, com dificuldades para controlar-se e rápido para explodir, porém, naquele momento, Hatu estava tentando não rir.

Seus dois melhores amigos estavam ao seu lado no telhado de uma loja aberta, escondidos de quem estivesse por baixo por um toldo de lona verde. Estavam tentando não ser percebidos.

A raiva de Hatu era deixada de lado na presença de Hava ou Donte. Apesar de não entender o porquê, os dois tinham se tornado seus amigos, apesar da ira constante e das explosões de fúria, e ambos conspiravam para manter sua vida mais complicada. Quando estava sozinho, Hatu era introspectivo e zangado, mas quando estava com eles, os pensamentos sombrios que ameaçavam consumi-lo desapareciam.

Donte, Hava e Hatu tinham uma tarefa: observar as idas e vindas do mercado. Donte tinha feito um comentário sem relação nenhuma com a lição, mas que ameaçava expô-los para o mercador da loja, já que seus companheiros lutavam para não cair na gargalhada. O humor irônico era um de seus muitos talentos, porém muitas vezes não acertava na hora de fazer a piada, o que lhe rendia uma boa dose de reprimendas, serviços e surras.

Hatushaly tentou ignorar o comentário do amigo, enquanto Hava simplesmente fechou os olhos e encostou a testa no braço esquerdo, ambos tentando não escutar Donte. Era mais fácil para Hatu do que para ela. A praça do mercado estava agitada: pescadores, fazendeiros, mercadores e viajantes enchiam cada canto da cidade. A área portuária era, na verdade, parte da cidade de Corbara, o principal porto na ilha de Coaltachin. O Reino da Noite tinha seu centro na ilha maior, mas também se espalhava por dezenas de ilhas menores, lar de várias aldeias de pescadores, comunidades agrárias, pequenas fortalezas e ancoradouros para uma imensa frota de navios de guerra e comércio.

Os três jovens estavam aproveitando o passeio: seus instrutores dificilmente os deixavam fora o dia todo. Hatu, Donte e Hava eram estudantes em uma das muitas escolas sem nome em Coaltachin, localizada em Morasel, uma pequena ilha que também tinha um vilarejo de pescadores e uma aldeia de fazendeiros. Todos que moravam ali trabalhavam sob o mando firme do Mestre Facaria.

Hava era uma garota de humores intensos, bons e maus, que raramente desempenhava suas tarefas sem determinação ou ponderação. O cabelo escuro ia até os ombros, mas naquele dia ela o prendera em um lenço preto para tirá-lo do rosto. Ela não seria considerada bonita pela maioria dos homens, mas Hatu gostava daquela aparência. Tinha o rosto fino e parecia estar sempre apertando os olhos, mesmo dentro de casa, apesar de ter uma visão excelente como demonstrava sempre que pegava um arco. Sua boca era ligeiramente curvada para baixo nos cantos, mas ele achava o sorriso lindo. Ele a conhecia desde sempre. Era ágil e forte, e conforme Hatu começara a transformação de menino para homem, também passou a achar seu corpo esguio mais atraente e perturbador. Já a vira nua muitas vezes, pois os estudantes geralmente nadavam ou tomavam banho juntos no riacho atrás da escola, mas agora a achava intrigante, mais até do que as outras garotas. E como ela estava lutando para não rir, isso tornava mais difícil para Hatu se manter sério.

Donte parecia estar sempre sorrindo ou rindo. Como Hava, ele tinha cabelo escuro, mas seus cachos eram ainda mais escuros, quase negros. Tinha ombros largos e era mais forte do que os demais garotos da escola, além de mais rápido que a maioria, exceto Hatu e Hava. Quando Donte decidia se tornar amigo de alguém, este não tinha muito o que fazer. Havia uma loucura tranquila na forma como encarava a vida, uma vontade de se colocar em perigo só por fazer. E não importava a seriedade do momento, Donte sempre encontrava uma piada, geralmente imprópria, que fazia o riso surgir de repente; mesmo a piada não sendo exatamente engraçada. Hatu se preocupava com ele, mas Donte parecia seguir pela vida sem uma única preocupação. Era aplicado o bastante na escola para que seu jeito descuidado não causasse maiores problemas. Enquanto Hatu pensava no futuro, Donte vivia para o momento, buscando apenas o prazer imediato, fosse numa bebida forte ou numa garota bonita. Mesmo assim, ainda era o amigo mais próximo que Hatu tinha entre os garotos da escola.

— Olhem — Hava disse, tirando-os do clima de brincadeira. Apontou com o queixo a rua principal, que levava das docas até o mercado. — Ao longe, quatro homens.

Hatu os viu, pareciam ser marinheiros, mas de um tipo novo. Os marinheiros de Coaltachin usavam calças largas de tecidos leves, as blusas soltas para protegê-los do calor. O povo de Coaltachin geralmente tinha a pele escura ou bronzeada, com cabelos castanhos ou negros, mas aqueles homens tinham a pele clara avermelhada pelo sol. Dois tinham cabelos castanhos-claros, um era loiro e o último era ruivo.

— Parentes? — Hava perguntou.

— Essa piada ficou velha há anos. — Hatu suspirou.

Apenas os estudantes que tinham sido criados com ele sabiam a cor verdadeira do seu cabelo. Ele o pintava regularmente e algumas vezes tinha sido forçado a passar sujeira nas raízes até poder lavá-lo e pintá-lo de novo. Hatu se destacava entre os outros estudantes. Por séculos, as ilhas a leste dos continentes gêmeos tinham sido o lar do povo conhecido como Igara. A altura variava, mas a maioria tinha pele que se bronzeava facilmente, e o cabelo ia geralmente do preto ao castanho-escuro. Alguns eram loiros, mas Hatu era a única pessoa que ele conhecia a ter fios vermelhos. O cabelo escuro de Hava só ficava avermelhado depois de horas no sol quente, mas o de Hatu era de um vermelho acobreado com reflexos dourados.

— Olha só aquela testa, ele deve ser é da sua família — disse Hatu, meio desanimado, o que fez Hava rir com pena e Donte sacudir a cabeça.

— É — disse Donte. — Não brilha tanto. O cabelo de Hatu é de cobre em chamas. O daquele é... cenoura escuro, se é que isso existe.

— Por que você não raspa de vez? — Hava riu baixinho.

— Se você acha que um rapaz ruivo chama a atenção, já pensou em um careca? — Hatu sacudiu a cabeça. — Se eu precisar correr e me confundir com a multidão, cabelo castanho é melhor.

— Então, até ele aprender a fazer crescer cabelo castanho em segundos, ele tem que pintá-los — Donte acrescentou. — Além do mais, o que aconteceria se estivesse fazendo um serviço e fosse pego com uma navalha?

— Nada de armas. — Hava assentiu.

— Nada de armas — repetiu Hatu. Conforme se aproximavam da idade adulta, os estudantes aprendiam que, quando a violência irrompia, tinham mais chances com as autoridades se jogassem fora as armas para não serem pegos. Roupas largas costuradas com trapos para rasgar pedaços ensanguentados, além de outros vários truques, tinham sido ensinados aos futuros agentes da Nação Invisível.

Todo o treinamento tinha como objetivo tornar os jovens mais úteis para seu reino: a Nação Invisível. Juravam lealdade não a um rei, pois Coaltachin não tinha nenhum, mas ao conselho composto pelos sete mestres mais poderosos que os governavam, um sistema que existia há séculos naquela região.

Enquanto os tutores eram responsáveis pela educação dos jovens, os mestres eram a autoridade suprema em Coaltachin. Cada hierarquia na cultura de gangues da ilha tinha um capitão, equipes, gangues e regimentos, mas no topo da ordem, eram simplesmente chamados de "mestres". Acima deles, estava o Conselho, formado pelos sete mestres mais poderosos de Coaltachin, e quem liderava o Conselho era Mestre Zusara, o homem mais poderoso da nação, o mais próximo de um rei que eles tinham.

— Estou com fome — Donte resmungou.

— Você está sempre com fome — Hava e Hatu responderam juntos, o que novamente quase provocou outro ataque de risadas enquanto tentavam se manter escondidos.

As incursões nas diversas cidades, vilas e aldeias de Coaltachin eram parte da educação deles, mas Donte sempre agia como se fosse uma folga, o que deixava seu mestre e seu instrutor muito consternados. Ele começou a construir uma lança em miniatura a partir de um galho de árvore jogado pelo vento no toldo onde estavam, usando sua adaga para transformá-lo em algo que servisse para empalar uma salsicha que fritava na grelha abaixo.

— Queria ter uma lança de verdade — murmurou.

Hatu sacudiu a cabeça enquanto Hava sorria ao implicar com o amigo.

— Nós deveríamos estar observando discretamente. Saltitar pelo mercado com uma lança seria tudo, menos isso.

O mercador estava ocupado, vendendo seus produtos às pessoas que corriam para o trabalho, e para os servos das residências próximas, procurando quitutes para seus mestres. Se algum cliente notou que havia três jovens fazendo a lona colorida afundar um pouco mais do que o normal, ninguém disse nada.

Quando a oportunidade finalmente chegou, sem que ninguém estivesse olhando, Donte golpeou com a lança e conseguiu empalar uma salsicha grossa na chapa. Puxou rapidamente enquanto o comerciante estava de costas para o fogo.

— Vamos apanhar por sua causa — sussurrou Hatu.

Donte tentou tirar a salsicha do arpão improvisado e queimou a ponta dos dedos, enquanto os amigos tentavam abafar as risadas. O som de algo se rasgando alarmou Hatu.

— O toldo! — sussurrou.

Os estudantes se arrastaram na direção do teto acima do toldo o mais rápido que conseguiram, mas ao se moverem o rasgo aumentou e o tecido começou a ceder. Não conseguiam ver através do toldo, porém um grito zangado abaixo deles deixou claro que o comerciante tinha percebido que a lona listrada estava caída com um rasgo que crescia.

Os três chegaram ao topo do telhado sem parar, depois rapidamente deslizaram para o beiral na parte de trás da casa. Como todos os outros edifícios ao redor da praça, a casa era a moradia do comerciante, além de acolher o negócio. Havia um quintal de bom tamanho com uma carroça e um portão que se abria para uma viela. Donte olhou para um lado e para o outro, antes de sinalizar para que Hava e Hatu o seguissem enquanto ele andava na ponta dos pés pela beira do telhado. Quando chegou à viela do lado da casa, ajoelhou-se e pulou, sendo imitado pelos dois companheiros. Donte olhou de volta para o mercado tumultuado antes de indicar que deviam segui-lo até a viela além do quintal.

Moveram-se rapidamente, mas sem correr, pois haviam sido ensinados que isso chamava muita atenção. Donte virou uma esquina apenas para ser confrontado por um homem grande e largo, com uma barba negra cerrada e um gorro de lã azul. Ele segurava um bastão na mão direita e tinha os braços cruzados.

— Roubando salsichas? — perguntou.

Antes que qualquer um pudesse responder, o homem os impediu com um olhar severo e acenou com a cabeça, indicando que deveriam segui-lo de volta ao mercado.

— Largue a salsicha — ordenou a Donte, que imediatamente jogou o quitute quente e saboroso no chão.

Seguiram o homem carrancudo, um capitão de gangue chamado Hilsbek, que tinha ficado incumbido de zelar pelos pupilos de Facaria enquanto o mestre estava em uma reunião, o que não era incomum pois os jovens passavam tanto tempo em campo quanto na sala de aula ou no pátio de treinamento.

— A salsicha? — Hilsbek repetiu.

— Fiquei com fome — disse Donte, tentando não sorrir.

Um rápido tapão na orelha disse a Donte que o líder não achou graça. O golpe foi forte o bastante para chamar a atenção do estudante sem machucá-lo. Os olhos de Donte marejaram por causa da dor, mas ele não deixou que as lágrimas saíssem. Seu rosto e sua postura mudaram para uma posição que Hatu e Hava conheciam bem demais. Donte geralmente desafiaria qualquer um que lhe batesse assim. Ele até arriscaria lutar contra um capitão se achasse que podia vencer, mas não iria desafiar ninguém de nível maior.

Donte era neto de Mestre Dugal, um dos setes mestres do Conselho, o que lhe dava um pouco mais de status, apesar de isso jamais ser comentado abertamente. Os estudantes deveriam ser tratados igualmente, mas, na prática, os privilégios eram ditados pelo poder detido por parentes próximos.

Apesar não haver uma hierarquia oficial, a ordem social entre os estudantes já vinha definida desde antes de deixarem suas mães. Hava era extremamente talentosa, entre os melhores no arco, na corrida e na luta corporal, entre meninos e meninas, o que lhe conquistara mais respeito do que o devido à filha de um fazendeiro. Hatu era um órfão, anomalia sem conexões, mas era tratado com mais cuidado do que se esperaria.

— Qual era o dever de vocês? — Hilsbek perguntou, olhos se estreitando para os rostos culpados.

Hatu e Hava se entreolharam, enquanto Donte manteve a voz impassível ao responder:

— Vigiar o mercado para observar qualquer anormalidade.

Hilsbek assentiu.

— Vocês ficaram naquele teto por mais de três horas...

— E fiquei com fome — Donte acrescentou, o que lhe fez ganhar outro tapão, forte o bastante para deixar uma marca vermelha na bochecha e lágrimas nos olhos.

Hilsbek o encarou, como se o desafiasse a continuar falando.

Donte ficou em silêncio. Hilsbek também não disse nada por um momento.

— O que vocês viram? — perguntou por fim, em tom calmo.

— Um mercado agitado — Hava disse.

Donte hesitou antes de responder:

— Nada de incomum.

Em seguida, Hilsbek virou-se para Hatushaly, que pausou antes de responder:

— Havia um grupo de homens tentando parecer... normais. Vieram das docas e andavam ligeiros, como se estivessem com pressa mas não quisessem ser notados. Usavam roupas simples com capuz. Um tinha botas, os demais usavam sandálias. Foram para o norte e não consegui mais vê-los.

— Muito bem. — Hilsbek olhou para Hatu. — Se você estivesse de serviço quando visse algo assim, o que faria?

— O que me tivessem me dito para fazer. Se tivessem dito para reportar na mesma hora, deixaria meu posto e iria. Se me dissessem para esperar até ser rendido, eu...

— Basta — Hilsbek interrompeu Hatu, apontando para ele, enquanto se dirigia aos outros. — Ele sabe como ver. Vocês olharam, mas não viram. Aprendam.

Observou os três jovens por um tempo antes de continuar:

— Faltam poucos meses para receberem suas posições... — Ficou em silêncio e sacudiu a cabeça. — Se deixassem o treinamento hoje, conseguiriam um trabalho, mas logo...

O silêncio caiu entre eles pela terceira vez.

— Encontrem outro telhado. Observem até o pôr do sol. Vejam se conseguem descobrir mais homens tentando... parecer normais. Me encontrem no refúgio.

Quando os estudantes começaram a se afastar, ele deu um tapa na nuca de Donte.

— Não me importa quem é o seu avô, garoto. Faça algo estúpido assim de novo enquanto estiver trabalhando e em algum momento vai conseguir com que sejam mortos.

Com algum esforço, Donte conseguiu ficar calmo até estarem longe do alcance dos ouvidos de Hilsbek.

— Ele vai se ver comigo algum dia.

Hatu sacudiu a cabeça, em desaprovação silenciosa, enquanto Hava riu abertamente.

— Nem sempre seu avô vai estar por perto para tirar você de encrenca. Nós cometemos erros e apanhamos.

Hatu concordou com a cabeça.

— Você erra, e só é mandado até seu avô — Hava continuou.

— Há! — Donte riu. — Nossos preceptores e os outros mestres têm medo do meu avô, então ele me bate mais forte. Meu avô não tem medo de ninguém. — Depois de um tempo, acrescentou: — Bem, a não ser da minha vó.

Hava riu.

— Você leva alguma coisa a sério? — Hatu falou. — Você entendeu o que Hilsbek quis dizer, não é?

— O quê? — Donte perguntou enquanto procuravam por um novo ponto de observação.

— Está chegando o momento em que iremos saber demais — Hatu sussurrou com rispidez.

— Demais? — Hava retrucou.

— Para nos deixar viver — Hatu continuou sussurrando, exasperado. — Assim que soubermos todos os segredos...

Hava arregalou os olhos. Hatu assentiu, já era hora de ela entender.

— Precisamos ser mais cuidadosos — disse, ainda em voz baixa.

— A vida é curta demais para ter cuidado — Donte respondeu, aborrecido, quando chegavam ao centro do mercado. Ele parou para olhar ao redor. — Onde?

— Ali, acho — Hatu respondeu depois de refletir em silêncio.

Ele não apontou — outra lição aprendida cedo, apenas ergueu o queixo na direção de um grande prédio no lado oposto do mercado. Não estava numa posição tão vantajosa quanto a anterior, mas oferecia uma boa visão de quem estivesse chegando, vindo das docas.

— Como está sua orelha? — Hatu perguntou a Donte enquanto se moviam ligeiros entre a multidão.

— Dói — foi tudo que Donte disse.

— Um dia, vai dizer algo que vai acabar te matando. — Hava sacudiu a cabeça e franziu o cenho.

— Talvez — Donte disse enquanto guiava seus companheiros pela viela do lado do novo ponto de observação. Deu uma rápida olhada ao redor e com um aceno de cabeça indicou que Hatu deveria subir primeiro. Donte fez um apoio com as mãos e o amigo saltou sem hesitar. Jogado para cima, Hatu agarrou o beiral do telhado e puxou o corpo sem esforço. Virou-se e ficou deitado, deixando os braços balançando na beirada.

Donte ergueu Hava para que pudesse alcançar os braços de Hatu, e quando ela chegou ao telhado, deitou-se ao lado do amigo. Donte pulou e pegou nas mãos dos companheiros que, juntos, o puxaram.

— Duas horas para o poente — Donte disse ao se ajeitar.

— Tente ficar acordado — ralhou Hatu.

Hava riu enquanto começavam a procurar algo incomum na multidão.

O porto era o coração de Coaltachin e, ao mesmo tempo, não era. Para aqueles que viviam no Reino da Noite, e para seus associados de confiança, era chamado de Corbara: a capital de um conjunto de pequenas ilhas espalhadas, habitada por um povo cujo principal produto de exportação era assassinato, espionagem e crimes. Seus moradores eram mestres na arte de detectar qual recém-chegado merecia respeito e qual podia ser enganado. Por tradição e hábito, ninguém usava o nome da cidade na frente de estrangeiros. Corbara era só chamada de "aqui", "casa" ou "esta cidade". Alguns viajantes passavam mais de uma vez pelo porto e continuavam sem saber onde tinham estado. Essa era a cultura de Coaltachin.

Essa combinação de sigilo e comércio forjou um sentimento de irmandade tão forte quando o de qualquer tribo em Garn. O mais humilde camponês de Coaltachin sentia-se ligado ao maior dos mestres; e apesar de poucos nativos reconhecerem isso, os forasteiros que lidavam com aquela nação eram forçados a navegar com sensibilidade através da natureza isolada e chauvinista do seu povo. Qualquer um que não fosse de lá era visto, com boa vontade, como aborrecimento necessário; e com má vontade, como inimigo em potencial. Essa atitude em relação aos estrangeiros, mesmo com visitantes amigáveis, estava tão entranhada que nunca era discutida, mas simplesmente aprendida desde a infância.

Os três jovens que observavam o mercado e o porto já eram parte da elite da nação. Os filhos dos mestres e dos preceptores, como Donte, eram selecionados automaticamente para as escolas, assim como as crianças de potencial extraordinário, como Hava. Ela tinha sido uma criança combativa e sua disposição para enfrentar crianças maiores e mais fortes desde cedo tinha chamado a atenção do mestre local, Facaria. Não se sabia nada sobre o passado de Hatu, mas ter sido admitido na academia o marcava como alguém excepcional, e por isso o fato de ter vindo de uma linhagem estrangeira era ignorado por aqueles que tinham crescido com ele.

Os estudantes estavam treinando para serem soldados, mas diferentes dos de qualquer outra nação. As forças de Coaltachin incluíam esquadras de navios, geralmente disfarçadas, mas prontas para repelir as raras incursões de marinheiros que não entendiam de quem eram aquelas águas onde tinham entrado. Algumas das ilhas maiores tinham guarnições de defesa, com pequenas unidades de arqueiros, lanceiros e espadachins. A verdadeira milícia de Coaltachin era invisível, envolvida em reputação e rumores, mitos e habilidades letais.

Na língua antiga, eram os Quelli Nascosti, que significava "os escondidos" ou "os invisíveis" e possivelmente aqueles três jovens estariam em suas fileiras algum dia. Como neto de um mestre poderoso, Donte com certeza avançaria.

Hava estava entre os melhores estudantes nos treinos de combate e com armas, além de possuir raras habilidades atléticas.

A vantagem de Hatushaly era única. Ele sabia que estava recebendo tratamento especial: nunca ouvira falar de outra criança estrangeira naquela ou em outra escola. Aquele mistério era uma das fontes da sua raiva constante, assim como a incerteza sobre o futuro.

NAQUELA NOITE, 23 ESTUDANTES ESTAVAM SENTADOS EM pequenos grupos nos fundos de um armazém atravancado. A maioria dos jovens era conhecida pelos três amigos, vários eram de outros lugares e estavam ali porque seus mestres tinham sido chamados para um encontro importante. Ao andarem da porta até os fundos do armazém, onde havia comida à espera, Hatu viu um rosto familiar observando-os. Hava percebeu a mudança de expressão.

— O quê? — perguntou em voz baixa.

— Raj — Hatu respondeu com veneno na voz enquanto apontava o queixo na direção do jovem que os encarava.

Ao ouvir o nome, Donte se virou. Do outro lado da sala, perto de onde as bolsas dos estudantes estavam guardadas, estavam três jovens agachados, comendo em silêncio. O sorriso torto de Raj era facilmente reconhecível. O garoto tinha um rosto estranho: feições delicadas e olhos castanhos sombreados por um sobrecenho pesado, o que desequilibrava a aparência.

— Não comece nada, ouviu? — Donte suspirou antes de falar. Agarrou a túnica de Hatu. — Conheço aquele olhar; Raj está pronto para encrenca. E ele sabe que consegue provocar você, então deixe para lá.

Hatu desviou o olhar com esforço.

— Já estamos encrencados com Hilsbek, e se começar uma briga com Raj... — Donte acrescentou, sem fazer mais comentários, e colocou a mão no ombro do amigo, encaminhando-o para onde a comida esperava.

Alguns passos depois, Hatu sacudiu os ombros para desalojar a mão de Donte.

— Não vou começar nada — assegurou, olhando de volta para Raj e percebendo que o garoto ainda estava encarando os três.

— O que há entre vocês, afinal? — Hava perguntou.

Hatu permaneceu em silêncio até chegarem aonde a comida havia sido disposta em pratos de madeira. Voltou a falar quando se acomodaram em um canto desocupado.

— Não sei, começou...

— Anos atrás — Donte completou. — Você se lembra do motivo daquela primeira briga?

— Ele me chamou de alguma coisa — Hatu disse. — Acho.

— Você acha? — Hava perguntou, testa franzida.

— Foi antes de você chegar na escola — Donte respondeu, pegando comida do prato.

A comida era simples e fria, como de costume, mas comiam com gratidão pois tinham passado anos sendo treinados para períodos de privação, e ficar sem comer era parte de suas vidas, mesmo que só por curtos períodos em treinamento.

O armazém estava silencioso. Os estudantes raramente falavam enquanto comiam. Desde pequenos, aprendiam a se focar em coisas que as outras pessoas desconsideravam, como água, comida e descanso, para conservar e aumentar a força. Tinham sido treinos e lições difíceis: dois dias sem comida não é uma ameaça à vida, mas para uma criança parece ser uma eternidade de fome. Muitas manhãs tinham começado com fortes dores de estômago quando os jovens aprendiam o que era seguro comer e quando. Água estava sempre disponível, pois se é possível passar vários dias sem comida, uma desidratação severa mataria rápido e os incapacitaria ainda mais rápido. O descanso era precioso, pois os rigores da vida sob ordens dos mestres exigiram com frequência longos períodos sem dormir.

Hatu olhou para o pequeno quadrado de madeira que servia como prato e comeu com os dedos: bocados frios de arroz grudento em um caldo gelado, uma fatia de rolo de comida, e uma pequena porção de verduras amargas. Iria comer cada migalha.

— Antes de eu chegar? — Hava perguntou depois de um momento de silêncio. — Quantos anos você tinha?

— Sete ou oito — respondeu Hatu, baixinho.

— Eu perdi a conta de quantas brigas tiveram. — Donte deu de ombros.

— Sete — Hatu respondeu, mantendo a voz baixa, apesar de os amigos perceberem a tensão crescente. Olhou de relance para Donte. — Oito?

— Mais — disse Donte. — Eu perdi a conta em oito.

— Dez, onze? — Hava sacudiu a cabeça sem acreditar. — Então você e Raj simplesmente decidem brigar pelo menos uma vez por ano?

— Às vezes, você só não gosta de alguém — Donte falou. — Sem motivo. A maioria das pessoas demora um pouco para não gostar de Hatu, mas Raj o odeia desde o primeiro momento em que se encontraram.

— Não me importo com o motivo, aliás, não me importo nem se ele tem um — falou Hatu, claramente incomodado. — Ele é um merda com todo mundo. Eu só revido.

— É verdade — Donte concordou, voltando-se para Hava. — Você e eu somos os únicos em Garn que gostamos de Hatu de verdade, mas ninguém gosta de Raj. Ele só ameaça as pessoas para que finjam gostar dele.

— Eu sei — Hava respondeu. — Só queria saber quem começou isso tudo.

— Não lembro — Donte falou. Sorriu e pegou as verduras do prato de Hava, um furto que ela permitiu sem protestar. Não tolerava as folhas amargas e sempre as comia por último, e só se um capitão ou um mestre estivesse observando. Elas a deixavam enjoada, porém isso não importava para quem estivesse supervisionando a refeição dos estudantes.

Donte, por outro lado, comia quase qualquer coisa. Já ganhara várias apostas por comer todo o tipo de nojeira, inclusive insetos grandes e ainda vivos.

Hatu não ligava muito para comida. Gostava de alguns sabores, mas não os procurava para matar uma vontade. Até onde sabia, a comida era necessária para viver e ele não tirava nenhum prazer dela além disso.

Enquanto comia em silêncio, Hatu voltou-se para si mesmo e sua frustração começou a crescer. Às vezes, ele achava as travessuras de Donte divertidas, especialmente quando estavam na companhia de Hava, mas em outras ocasiões o desrespeito do rapaz pela autoridade causava problemas.

A presença de Raj não ajudava a acalmar a situação. Hatu podia sentir o olhar do rapaz em si, e precisava de todo o seu autocontrole para não se virar e encará-lo. Sentia a raiva crescer enquanto tentava desviar seus pensamentos dos encontros anteriores e de sua irritação por Donte tê-lo afastado da luta; e mais irritado com o fato de que Donte estava certo.

Se Hatu continuasse naquele caminho, podia facilmente começar a se ressentir do amigo e saber disso o incomodava, pois, dentre os estudantes, Donte era seu amigo mais próximo e um dos poucos por quem arriscaria a vida. Hatu ainda não aceitara completamente a lição de que um dia poderia ter que escolher entre completar uma missão ou salvar a vida de um amigo. Quando mandavam que pensasse nisso, tinha pouca dificuldade em deixar a maioria dos estudantes de lado, mas jamais conseguira atingir o lugar na mente que permitiria abandonar Hava e Donte em uma morte solitária. Mas havia momentos que as atitudes de Donte o incomodavam tanto que considerava matá-lo. Sabia que estava deixando a raiva mais profunda emergir e se forçou a praticar um exercício para acalmar-se em silêncio enquanto comia.

Terminou e colocou o prato no chão. As ordens eram simples: silêncio até que todos terminassem de comer, quando iriam esperar por instruções.

Olhou ao redor, evitando Raj, e viu apenas alguns poucos rostos conhecidos entre os estranhos. Hava estava reclinada na parede, de olhos fechados. Hatu admirou o perfil e sentiu uma inquietação. Deixou a súbita emoção de lado, sentindo-se repentinamente tolo, o que o deixou zangado. Viu Donte observando a sala, procurando alguém para incomodar, ameaçar ou subornar por mais comida, então sequer reparou no que Hatu considerara ser uma clara exposição da sua reação a Hava. Donte geralmente conseguia perceber o humor de Hatu com facilidade.

Hatu recostou-se contra uma caixa, sem muito conforto. Tentou acalmar a mente e falhou; sua impaciência só crescia. Os estudantes eram frequentemente mantidos à espera; Hatu suspeitava que isso era pensado para arrefecer a inquietude. Quando eram menores, os estudantes muitas vezes desobedeciam, incapazes de manter o silêncio. Hatu rapidamente percebeu que quem persistisse naquele erro desaparecia da escola logo depois.

Pensar na escola fez com que lembrasse da sua memória mais antiga. Era dolorosa, uma dor súbita que rapidamente passava. Era uma memória que se repetira muitas vezes desde que a primeira vara tocara as costas de sua mão; uma memória aguda de correção, mais do que de punição.

Lembrava-se vividamente daquela primeira experiência. Tinha esticado a mão para pegar uma carpa, dourada na luz do sol da tarde, nadando logo abaixo da superfície de um lago, e caíra na água enquanto uma das matronas estivera distraída.

Talvez fosse a estranha combinação de sensações — a queimação metálica da água no nariz, a visão subitamente embaçada e a tosse — que o fizessem se lembrar daquele momento tão vividamente, mas ele era apenas um bebê que tinha chorado até a dor aguda da vara de bétula o chocar, deixando-o em silêncio. Ele lembrava de cada segundo: de ficar em pé, pingando água, tremendo com o frio repentino, e tentando entender o que tinha acontecido.

Hatu remexeu-se enquanto ao redor os demais terminavam a refeição. Como de costume, antigas emoções surgiram com aquela lembrança, uma mistura de raiva e medo. Chegava a sentir um eco daquele primeiro lampejo de choque, que reverberava dentro dele.

A experiência marcara Hatu: desde aquele momento, tinha necessidade de saber o que era esperado dele, de entender todos os aspectos de qualquer situação que encarasse. Ficava satisfeito se fosse bem-sucedido ou falhasse por suas habilidades, mas quando falhava por falta de informações, ficava enraivecido, geralmente com ele mesmo por não ter conseguido o conhecimento necessário ou com os outros por não o terem providenciado. Não havia nada que odiasse mais do que informações pouco confiáveis.

Diziam que ele tinha sido um bebê difícil, dado a pirraças e ataques de violência, e, mesmo mais velho, a sua frustração constante o tinha colocado várias vezes em confronto com a demanda do clã por silêncio e obediência. Hatu tinha aprendido a ficar quieto quando necessário, a manter a raiva crescente trancada, longe dos outros. Deixava-a bem no fundo, raramente permitindo que alcançasse a superfície, mas isso significava que vivia no limite.

Independente do motivo que fizesse aquela raiva aparecer, a sensação era sempre a mesma: tensão que fervia e formava um nó no centro do corpo. Só depois de muitas lições e surras, aprendeu a controlá-la. Mas estava sempre ali, uma queimação logo abaixo da pele, como um fogo que não se apagava. As broncas levadas por brigar tinham o ensinado a manter as retaliações guardadas, mas por vezes o instinto borbulhava até a superfície. Meses se passaram desde a última briga, causada pelo comentário banal de um estudante no fim de um dia de treinamento particularmente exaustivo, que fez seu gênio vencer.

Um cutucão nas costelas o tirou do devaneio. Olhou de relance para Hava que viera se sentar ao lado dele e o observava com um meio sorriso, uma expressão muito familiar para Hatu. Ele estivera tão perdido em pensamentos que não percebera a aproximação.

— Quê? — exclamou, mantendo a voz baixa para não chamar atenção.

— Você está fazendo de novo — sussurrou ela.

— O quê?

— Aquele negócio quando você... entra na sua cabeça e fica zangado.

— Eu não... — começou ele.

— Não! — interrompeu a menina, aumentando um pouco a voz. — Você faz sim. Sabe que faz. Eu já vi você várias vezes parar, relembrar alguma coisa e ficar zangado com isso, de novo, por nada! Agora, pare com isso!

Hatu recostou-se, piscando. Ele não era de natureza introspectiva, apesar de se agarrar a algumas memórias, e uma parte dele sabia que ela estava certa, mas a raiva direcionou-se para a amiga, irrompendo junto com a irritação com Donte e o desprezo por Raj. Encarou-a com toda a força do olhar.

— Tudo bem — sussurrou ela. — Pode ficar chateado comigo se precisa ficar bravo com alguém, mas ficar remoendo coisas que aconteceram há tanto tempo vai fazer com que seja morto algum dia...

Ele agarrou-a pelo pulso.

— Pare! Agora! — sibilou.

Ela arregalou os olhos e puxou o braço, levantando-se. Hatu a seguiu logo depois. Ao se encararem, ambos perceberam que o menino estava prestes a perder o controle.

Donte finalmente percebeu a altercação. Apressou-se para voltar para perto enquanto se encaravam em silêncio.

— O que está acontecendo? — perguntou, consciente de outros olhares sendo atraídos para o trio.

Hatu mal conseguia falar, tão perto de explodir que estava. Finalmente, conseguiu engolir a raiva para sussurrar:

— Nada.

— Parece ser alguma coisa — Donte sussurrou. — Vocês querem que todos sejamos castigados? Hava continuou encarando Hatu até virar-se para Donte para responder. Suas palavras foram interrompidas por um grito.

— Atenção!

Todos os olhos se voltaram para o capitão da gangue, Hilsbek. Hatu, Donte e Hava rapidamente se abaixaram para não se destacarem entre os demais que permaneciam sentados. Do lado de Hilsbek, um homem que os três reconheceram. Bodai era um dos mestres mais importantes, membro do conselho. Ele olhou ao redor até ver Hatu em um canto. Apontou e gesticulou para que ele se levantasse.

— Vá pegar suas coisas! Encontre-nos lá fora — Hilsbek gritou enquanto ele se erguia.

Hatu correu até onde estavam as bolsas esfarrapadas no canto do armazém e rapidamente desencavou a sua. Parecia muito com as outras e continha uma muda de roupa, poucas moedas costuradas em um bolso falso, algumas ferramentas estrategicamente disfarçadas, e uma pequena lata de tinta para cabelo. Era uma tinta oleosa, que fazia a sujeira grudar, mas necessária. Ao contrário dos homens e das mulheres que buscavam recuperar a juventude ou mudar sua aparência por vaidade, Hatu só precisava de um pouco para transformar o vermelho berrante em um castanho sujo.

Ele correu na direção da porta e, de repente, estava caindo. Rolou, evitando se machucar, embora fosse ficar com hematomas no ombro e no quadril, e ao ficar de pé viu Raj afastar-se sorrateiramente, o sorriso provocador e zombeteiro, desafiando Hatu a reagir, enquanto os demais ao redor evitavam chamar atenção, não querendo ser ligados ao que estava acontecendo de jeito nenhum.

A raiva dentro de Hatu finalmente explodiu. Ele deu um passo na direção de Raj antes de sentir que braços o prendiam por trás, quando Donte o ergueu e o afastou.

No mesmo momento, Hava passou por ele e com uma rapidez doentia girou e golpeou com um chute vingador a lateral da cabeça de Raj enquanto ele levantava para enfrentar Hatu, sem dar tempo para reagir. Raj voou de lado, batendo em uma caixa, os olhos revirando antes de cair no chão.

Donte segurou Hatu mais um pouco, enquanto Hava se virava e dava um passo à frente, quase encostando o nariz no dele.

— Seu estúpido! — falou alto, sem se importar com quem ouvia. — Você acabou de ser convocado por um mestre e vai brigar com Raj?

Donte soltou Hatu, que tinha parado de se debater. A súbita intervenção de seus amigos tinha, de alguma maneira, murchado a raiva. Hava inclinou-se e pegou a bolsa, entregando-a a ele.

— Vai! — ela ordenou, claramente enraivecida pelo que via como uma intransigência do amigo em se deixar ser provocado por Raj.

Hatu olhou ao redor e viu que todos os estudantes no armazém os observavam. Uns poucos olhavam ao redor para ver se havia alguém em posição de autoridade presente, pois seu aprendizado tinha lhes ensinado que, por mais injusto que fosse, grupos inteiros eram punidos pelos erros de um. O fato do chefe da equipe estar do lado de fora com o Mestre Bodai fez com que muitos se acomodassem com expressões aliviadas.

Cambaleou na direção da porta e notou que não tinha dito nada aos amigos. Olhou por cima do ombro e viu os dois o observando. Hatu acenou com a cabeça para se despedir.

Não era a primeira vez que um estudante era destacado para acompanhar um mestre ou preceptor em uma missão. Hatu já tinha viajado com ambos, mas era a primeira vez que mandavam que viajasse sozinho com um. Nesse tipo de missão, ele geralmente ia com um pequeno grupo de estudantes.

Do lado de fora, Hilsbek estreitou os olhos para o garoto como se fosse dizer algo, mas antes que falasse, Mestre Bodai virou-se.

— Eu conheço você, não?

— Sim, mestre. Eu já o vi antes... — Hatu deu de ombros.

— Me chame de "Irmão", pois sou um homem santo e você a partir de agora é meu pedinte.

Hatu vestiu o papel imediatamente.

— Eu o vi antes, Irmão, quando veio visitar Mestre Facaria. Mas nunca nos falamos... — Bodai ergueu a mão indicando que Hatu não deveria falar mais. Assentiu para Hilsbek.

O capitão desejou uma boa viagem e voltou para o armazém. Por um momento, Hatu se perguntou se ele perceberia a condição de Raj, mas logo voltou a sua atenção para o Mestre Bodai.

— Então, nos conhecemos de fama. — Ele gesticulou para que Hatu o seguisse. — Vamos embarcar logo e ter muito tempo para repassar detalhes, mas por agora me conte o que ouviu.

Hatu ficou tão espantado com a pergunta que parou por um instante e precisou acelerar para alcançá-lo. Bodai já era velho o bastante para ter começado a perder cabelo e tinha "testa alta", mas o que sobrava era grisalho e chegava à gola. Hatu achava que ele tinha por volta de sessenta anos, apesar de ter passos ágeis para um homem da idade, além de se movimentar com força que o marcava como um oponente perigoso apesar de avançado em anos. Experiência e força bruta podiam muito bem vencer um inimigo mais forte e jovem.

— Só sei o que os outros estudantes falaram, Irmão. — Hatu parecia preocupado enquanto se esforçava para encontrar a coisa certa a dizer. — Você explica as coisas. Para prepará-los para o que vão precisar fazer. Alguns gostam de você.

Bodai sorriu de leve, o rosto bronzeado enrugando como couro amassado ao redor dos olhos azuis, nariz quebrado e queixo proeminente.

— Alguns gostam de mim? — perguntou. — E os outros?

Hatu hesitou.

— Acham que eu falo demais? — Bodai sugeriu.

Hatu assentiu e Bodai parou para rir.

— Talvez eu fale mesmo. Mas prefiro matá-los de tédio a morrer por causa da ignorância.

Hatu ficou surpreso ao ver que achava a resposta divertida e reconfortante. Apreciou o bom humor do mestre e a atitude dele encantava sua fome de entender tudo. Não havia informação demais para ele; seu desejo de aprender estava na base da raiva e da frustração constantes.

— Achou engraçado?

— Não, Irmão, mas gostei.

— Muito bem — Bodai respondeu dando um tapa brincalhão na nuca de Hatu. — Como a missão da minha vida é agradá-lo, garoto, começamos bem.

— Sim, Irmão.

— Eu vou chamá-lo de... Venley. Quantas línguas você fala, Venley?

— Onze, mas só sou fluente em cinco — respondeu Hatu.

— Diga quais as cinco.

— A nossa — começou.

Bodai franziu a testa e retomou a caminhada.

— Claro. Não me faça perder tempo com o óbvio. Então, fala quatro línguas em que não é nativo. Quais são?

— Oriental...

— Qual dialeto? — Bodai o interrompeu enquanto viravam uma esquina e entravam em uma avenida movimentada que levava até as docas.

— Ilcomen.

— Bom. Não irá demorar para aprender os outros se for preciso. Que mais?

Atravessaram uma rua estreita e se aproximaram do mercado onde Hatu e seus companheiros tinham passado o dia.

— Falo a língua comercial de Matasan como se fosse nativo da ilha de Katalawa — Hatu continuou e Bodai assentiu como se aprovasse. — E também itrácio.

— Quem lhe ensinou o itrácio?

— Um preceptor do idioma, irmão. Foi ordem do Mestre Facaria, que insistiu para que eu aprendesse. — Hatu deu de ombros. — É um reino morto; nunca entendi o motivo.

— Ainda não está totalmente morto — resmungou Bodai. — E por último?

— Sanduranio, como se tivesse nascido lá.

— Ótimo, porque é em Sandura que precisaremos estar.

Hatu pensou naquilo enquanto atravessavam o mercado e se dirigiam para as docas.

— Então, somos um sacerdote e um pedinte do Único?

— Não exatamente — disse Bodai. — Sou monge, não sacerdote. Eu irei explicar o resto quando chegarmos no ponto principal de Sandura.

A expressão de Hatu revelou impaciência. Ele queria saber logo, não depois.

— Até lá, vai estar ocupado — disse Bodai quando chegaram nas docas, em direção a um navio que se preparava para partir.

Hatu soltou um suspiro resignado. Iria novamente ser marinheiro. Era sua terceira missão a bordo e, apesar de não detestar o trabalho, podia fazer uma lista de coisas que preferia. Sabia que provavelmente ficaria com a vigília noturna, pois os alunos eram mantidos geralmente longe da tripulação.

— Vamos partir, então. — Bodai sorriu ao ver que Hatu entendeu. Alcançaram a prancha de embarque do navio.

Era um navio mercante largo, instável em mares mais agitados. Esperava não ter que passar por isso no alto do cordame durante a noite. Resignado com as futuras atribulações, seguiu o Irmão Bodai pela prancha.

2

UMA TAREFA COMPLETADA

A OFICINA DO FERREIRO NÃO TINHA JANELAS. A entrada era por um longo corredor que seguia uma parede externa e virava uma esquina antes de sair na forja por uma cortina. Na parede oposta, portas grossas cobertas com couro endurecido mantinham a luz fora; o brilho da forja era a única iluminação.

Ferraduras, arreios, esporas, lâminas para arado: todos os tipos de ferramentas comuns podiam ser feitas com a luz do sol derramando-se pelas portas, mas espadas eram sempre forjadas na escuridão, para que o ferreiro visse a verdade escondida na cor do metal.

O aprendiz-pleno Declan foi encarregado da forja pela primeira vez, e estava derretendo ferro para obter aço há três dias. Ajoelhou-se para examinar o entulho no fundo da fornalha antes de voltar para o grande fole pendurado no teto. Declan e Jusan, aprendiz que no momento dormia em um canto, tinham usado o fole dia e noite. Declan bombeava lentamente, olhou as brasas brilhantes erguendo-se no ar quente até a chaminé acima do fogo, e voltou a observar o entulho para estudar as cores do metal em chamas.

O ferreiro analisou a fornalha, procurando mudanças indesejáveis na tonalidade. O vermelho, o laranja e o azul falavam com Declan, contando se o ferro estava se transformando no aço que ele queria. Adicionou camada sobre camada de areia de ferro e carvão, prestando atenção ao calor, e no coração brilhante daquele entulho, surgiu um milagre: aço-joia.

Era o aço que confeccionava as melhores espadas do mundo, material que poucos conseguiam produzir.

Inteligente e talentoso, ele tinha uma habilidade rara. Era um jovem bonito perto de fazer 22 anos, mas tinha conseguido o título de aprendiz-pleno aos dezoito, cinco anos mais cedo que a maioria. E agora estava tentando fazer sua obra-prima doze anos mais cedo do que o normal para um mestre ferreiro. Nunca se ouvira falar de um tão novo, mas o mestre de Declan, Edvalt Tasman, achou que ele estava pronto para o desafio.

A figura esguia do jovem escondia a força geralmente aparente nos peitos musculosos e nos ombros largos da maioria dos ferreiros. A força excepcional de Declan só era evidente nos antebraços, pulsos e mãos, bem mais musculosos do que o resto do corpo. Ele tinha olhos verdes e sobrancelhas claras, e a cabeça coberta por uma grossa camada de cabelo louro-acobreado.

Jusan, um jovem de quinze anos bem proporcionado, roncava alto em um canto.

— Ei! — Declan se virou e chamou.

O rapaz acordou na mesma hora e piscou por um instante antes de rapidamente ir até o ferreiro.

— Está na hora? — Jusan perguntou, olhando por cima do ombro de Declan.

— Observe e aprenda.

Jusan observou com atenção enquanto Declan usou um longo gancho de ferro para puxar a argila para fora da fornalha. Com quase dois metros, tinha demorado um dia e meio para ser feito. Carvões incandescentes se derramaram enquanto ele puxava o resíduo, o inspecionava e o colocava de volta.

— Só mais um pouco... — Declan murmurou.

Jusan sorriu e assentiu para o professor. Ele tinha o rosto largo e grandes olhos castanhos, e quando a fumaça o fazia piscar, Declan o achava parecido com uma coruja. O garoto estava começando a deixar a fase desajeitada da adolescência, e sua força aproximava-se daquela de um homem adulto. Ele olhou interessado para a massa de aço na base da fornalha.

Declan analisou em silêncio a pilha de metal e se virou sorrindo para Jusan. Declan assentiu.

— Vá buscar Edvalt.

O mestre ferreiro chegou logo depois e se ajoelhou para analisar a massa azul-acinzentada. Inclinou-se até o calor ameaçar queimar suas sobrancelhas e sentou nos seus calcanhares com expressão de satisfação no rosto. Com um aceno de cabeça, indicou a Declan que ele tinha passado pela primeira fase: criar o aço.

Usando grandes pinças, Declan puxou o resíduo do fundo da fornalha e correu para a maior das duas bigornas da ferraria. Enquanto o aço esfriava, ele o martelou até formar um cubo quase perfeito, para depois movê-lo para a bigorna onde finalizaria o trabalho.

Jusan pegou um balde e jogou água por cima. Vapor se ergueu do metal quente e Declan rapidamente deslizou um pedaço de papel grosso debaixo do metal, enrolando o resíduo. Por um momento, os três ferreiros pararam e rezaram em silêncio para o antigo deus da forja: Hagama.

Na infância do pai de Edvalt, os ferreiros faziam um ritual junto com a oração, mas desde então, os sacerdotes do Deus Único tinham acusado vários ferreiros de heresia e os queimado — agora, sequer falavam as palavras em voz alta.

Jusan passou um pote de argila para Declan, que aplicou uma grossa camada nas laterais do cubo enquanto Edvalt o girava. Quando tinha esfriado o bastante para que a argila ficasse grudenta, mas não endurecida, Jusan passou um grande jarro de cinzas para o artífice, que as jogou sobre o cubo enquanto Edvalt continuava a girá-lo. As cinzas, a argila e o papel manteriam o metal isolado do ar para passarem ao próximo passo, pois o equilíbrio entre ar, calor e pó de carbono era vital para o último passo na confecção do aço.

— Fole — Declan acenou para Jusan.

Jusan se afastou enquanto os dois outros ferreiros pegavam seus martelos. Edvalt passou as pinças para Declan e Jusan bombeava o fole, encorajando o fogo a voltar ao seu ponto máximo.

Declan colocou o bloco nas chamas e observou o papel pegar fogo, a argila endurecer ao redor do aço. Esperou o momento ideal e devolveu a massa incandescente para a bigorna.

O aço que tinham produzido se chamava "aço-joia", ou "aço precioso", na língua secreta dos ferreiros. Era a mistura de areia de ferro e pó de carbono que produzia um aço de grande força e durabilidade. Aquela parte do processo não era secreta, qualquer bom ferreiro podia criar um bom aço, mas a criação do aço-joia requeria um nível de arte que poucos possuíam. Edvalt era um desses e Declan estava determinado a também ser.

— Jusan, pinças — Declan instruiu.

O rapaz correu para pegar as pinças de Declan, que olhou para Edvalt antes de descer o martelo no cubo, fazendo com que aço, argila e papel irrompessem em uma explosão de faíscas brilhantes. Declan martelou com o ritmo preciso de um percussionista enquanto Jusan habilmente virava o metal coberto de cinzas com as pinças. Edvalt alternava golpes em um contraponto perfeito. Bate, gira; bate, gira; sincronia era fundamental, pois aquele era aço para uma espada de qualidade rara, que valia o preço de uma centena de outras.

Edvalt observava cada movimento de Declan. Aquela era a sexta vez em que o jovem participava na criação de uma arma daquelas, mas a primeira em que havia sido responsável por cada etapa. Da escolha de materiais até o polimento final, seria Declan que determinaria o sucesso ou o fracasso de sua primeira espada de aço-joia. Se tivesse sucesso, seria sua obra-prima, a arma que o elevaria ao nível de mestre ferreiro. Se ele cometesse um único erro, teria que recomeçar o processo.

— Bom — murmurou Edvalt, o único encorajamento que daria a Declan sobre suas decisões. O Barão Bartholomy, futuro proprietário da espada, tinha dado a ele muito tempo para confeccioná-la. Se Declan errasse, o velho ferreiro teria tempo para fazer outra.

Edvalt e Declan eram mais próximos que pai e filho. Pais e filhos frequentemente competiam, mas mestres e aprendizes tinham apenas um propósito: garantir que o conhecimento não morresse. Declan era o filho que Edvalt jamais tivera, a filha agora estava já crescida e casada, e exceto por um filho natimorto não houve mais nenhum.

Malharam e dobraram o metal, até que Declan indicou a Jusan com a cabeça que era hora de colocar a extensão de metal na fornalha. Com um longo passo, o jovem aprendiz jogou a lâmina no fundo dos carvões e começou a virá-la.

Declan observava cada faiscar e cada rebrilhar no metal quente, até que colocou a mão no ombro de Jusan.

— Agora — sussurrou, como se falar alto representasse um perigo ao processo.

O jovem aprendiz levou a lâmina de volta para a bigorna. Novamente os martelos desferiram poderosos golpes e o pedaço de metal incandescente lentamente tornava-se uma longa e lisa lâmina de aço.

— Pinças — Declan disse e Jusan lhe passou a ferramenta.

Enquanto Edvalt afastou-se para assistir, Declan virou o aço em um determinado ângulo e golpeou com força, dobrando o metal ainda incandescente, transformando o oblongo em um quadrado. Edvalt dobrava metal na metade daquele tempo, mas Declan ganharia velocidade com a prática. Agora, o que importava era a qualidade do aço.

Aquilo era crucial na criação das melhores lâminas. Declan iria dobrar o aço dezenas de vezes; horas de martelação e aquecimento estavam por vir, mas, a cada dobra, centenas de camadas de metal seriam criadas. Quando terminasse, sua lâmina teria no mínimo cinco mil, cada uma fortalecendo a espada.

Quando Declan ficou satisfeito com seu quadrado, colocou de volta na forja, e Jusan derrubou as paredes de argila da fornalha. Ninguém fora da ferraria iria testemunhar como aquela espada tinha sido criada, como a argila havia sido moldada na fornalha, cada pedaço transformado em poeira, até a preparação da camada de carvão e do estoque de cinzas, e como o fole seria reposicionado sobre a forja aberta quando finalmente terminassem: o aço especial que era preciso para a encomenda era um dos segredos mais bem guardados de Garn. Mesmo Jusan só podia ver parte do processo; a maior parte do trabalho de finalização tinha sido feito por Edvalt sozinho ou com Declan enquanto aprendia o ofício.

Jusan seria o último aprendiz de Edvalt e o primeiro de Declan, e um dia ele também iria em frente e estabeleceria a própria forja. Bons ferreiros eram sempre necessários, e geralmente estavam entre os plebeus mais importantes, principalmente aqueles que faziam armas para os barões. Ferreiros e moleiros podiam ascender socialmente, adquirindo riquezas o bastante para desafiar os barões. Nunca comandariam exércitos nem viveriam em castelos, mas podiam ter uma vida decente que os demais só imaginavam.

Declan era guiado por dois desejos: criar sua obra-prima e não cometer nenhum erro que repercutisse no mestre. Era órfão, filho de uma criada de taberna assassinada com um pai desconhecido, criado por Edvalt e Mila, sua esposa. Seu mestre era o mais próximo de um pai que jamais teria. O ferreiro era um homem fechado que raramente demonstrava emoções, mas sempre equilibrara sua natureza severa com gentileza, e Declan queria muito agradá-lo.

O jovem aprendiz colocou a lâmina perto do rosto por um instante, um hábito que pegara de Edvalt como forma de testar se o metal estava pronto para o próximo passo. Declan julgou a combinação de cores e o nível de calor que sentia se erguer do aço. O jovem colocou a lâmina de volta nas brasas.

Declan assentiu e Edvalt olhou para Jusan.

— Você foi bem. Vá. Coma e descanse.

O aprendiz mais novo não precisou ser convencido, pois estava faminto e cansado, e logo saiu pela pequena porta. Jusan sabia que sua lição tinha terminado; os segredos que seriam passados entre mestre e aprendiz naquele momento também seriam seus um dia, mas não naquele.

Declan iria ver o passo final pela primeira vez: o segredo para tornar-se um mestre na arte de criar lâminas.

— Fole? — pediu.

Edvalt concordou com a cabeça e largou o martelo para pegar os imensos braços do fole.

Suspenso por correntes grossas, cada braço largo como o de um homem, o grande saco de fole era feito com couro endurecido. O velho ferreiro empregou toda a sua força para afastar aqueles braços, e o som do ar entrando era como o arquejo de um gigante; depois, apertou com firmeza, mandando uma enxurrada de brasas para cima, na direção da chaminé de cobre e ferro acima da forja, que impedia que colocassem fogo nos telhados da aldeia.

Após analisar o tom do metal, Declan encontrou o lugar perfeito entre as brasas. Sem dizer nada, Edvalt largou o fole, pegou um punhado de carvão e o espalhou cuidadosamente na beira do fogo. Declan largou o martelo e pegou um ferro para, com Edvalt o observando, começar a colocar os novos carvões na fornalha, selecionando pontos onde o combustível não iria abaixar a temperatura.

Segundos depois, Declan foi até o fole. Enquanto trabalhava, o calor varria mestre e aprendiz em ondas, mas ignoraram a sensação, completamente focados.

— Perfeito — Edvalt murmurou.

Anos de treinamento paciente se mostraram quando o aço atingiu a temperatura adequada. Declan largou de repente o fole e se colocou abaixo dele. Pegando um par de pinças pesadas, agarrou o metal incandescente enquanto Edvalt abria o compartimento de carvão e pegava o martelo. Declan pegou outro e, sem precisar de instruções, golpeou. No instante em que o martelo deixou o aço, o de Edvalt se chocou contra o metal maleável.

Suor brotava em testas, costas e braços, mas eles continuavam a martelar em um padrão rítmico nascido de anos de trabalho conjunto, o aço sendo aplainado.

— Agora, é hora de fazermos magia — disse Edvalt, a declaração mais poética que Declan o ouvira proferir. Ele tinha ajudado Edvalt a fazer esse tipo de lâmina rara antes, mas só agora teria permissão para testemunhar o último estágio.

Edvalt foi até um baú de ferramentas e ergueu uma pequena caixa de madeira. Declan o notara no primeiro dia como aprendiz e muitas vezes se perguntou o que haveria ali, mas nunca externou a curiosidade.

Edvalt abriu a caixa e dentro dela Declan conseguiu ver finos grãos de algo que parecia sal, brilhando avermelhado na luz da forja.

— Areia das Terras Escaldantes — disse o mestre ferreiro. — Você precisa aprender a fazer isso sozinho, então venha aqui e fique onde estou. É o último segredo do nosso ofício que posso ensinar.

Declan foi até o outro lado da forja, já com as pinças e o martelo a postos.

— Aplaine — Edvalt ordenou e Declan começou a bater no metal incandescente, deixando-o mais fino a cada golpe.

— Fique pronto — disse o homem mais velho ao colocar a caixa perto de Declan. — Quando eu disser "agora", precisa fazer três coisas bem rápido: primeiro, avaliar a cor do aço. Depois. Pegar um punhado de areia da caixa e a espalhar bem no meio da lâmina. Quando a areia brilhar como as estrelas no céu, deverá dobrar o metal pela última vez.

O suor escorria pelo rosto e pelo peito de Declan, tanto pelo calor como pela concentração. Ele estudou o metal, movendo a lâmina enquanto golpeava, e quando julgou que estava pronta para ser dobrada, ouviu Edvalt dizendo:

— Agora!

Declan largou o martelo e puxou a lâmina para si enquanto pegava um punhado de areia; sentiu seu peso, medindo quanto seria preciso, e a polvilhou no metal incandescente.

Fumaça e chamas irromperam. A areia brilhou e flamejou em pequenos pontos de luz branca, e alguns ficaram presos na lâmina.

— Mais na lateral direita! — Edvalt instruiu no mesmo momento em que Declan decidira que precisava de mais areia naquele lado. O jovem aprendiz estava exultante: criava a alma da espada.

— Agora! Só nas bordas! — disse Edvalt e, de repente, Declan entendeu o segredo: a areia endurecia o aço a cada golpe. O centro, levemente mais suave e mais resistente, impedia que a espada se estilhaçasse, enquanto a areia extra nas bordas criava um aço mais duro que poderia ser afiado.

Ele sabia!

Sem hesitar nem pensar duas vezes, Declan começou a bater no aço até começar a parecer com a arma que havia sido encomendada pelo barão: uma espada forte de tamanho médio, longa o bastante para alcançar por cima do pescoço de um cavalo e ser usada contra soldados a pé, mas sem atrapalhar o cavaleiro. Quando alcançou o final da lâmina, levou-a de volta para a fornalha e colocou a ponta no carvão. Declan tentou não mostrar sua animação ao ver que o fim da tarefa se aproximava, mas estava quase tonto por se saber prestes a atingir aquele objetivo. Forçou-se a ficar calmo. Quando a cor escureceu na ponta cega da lâmina, ele a tirou do carvão, voltou para a bigorna e girou o metal, para que pudesse ajustar a espiga onde as pinças tinham apertado. Rapidamente, martelou o metal para que seguisse sua vontade.

Estava feito.

Declan olhou para Edvalt. O ferreiro estava com um balde de água pronto. A maioria dos ferreiros enfiaria a lâmina na água de uma vez, abafando o calor e fazendo com que endurecesse rápido, mas Edvalt preferia segurar a lâmina enquanto o aprendiz jogava água de um grande balde de madeira no metal. Ele dizia que era mais fácil para analisar o processo de resfriamento, vendo a cor da lâmina mudar enquanto o vapor explodia ao contato. Declan não ligava para a forma que os outros ferreiros faziam, afinal, conhecia a qualidade do trabalho de seu mestre e estava determinado a igualá-la.

Dessa vez foi o aluno que segurou a lâmina e o professor que a molhou. Quando a lâmina esfriou o bastante, Edvalt deu um rápido aceno de aprovação ao aprendiz.

Declan pegou um pano grosso e agarrou a lâmina ainda quente. Escolheu uma guarda e a colocou na espiga, enfiando-a com força em um buraco no fim da bigorna, feito especialmente para isso. Guardas podiam quebrar e precisarem ser trocadas, mas Declan achava que aquela espada iria ser usada por anos sem o menor problema.

Pegou um rolo de couro fino, cortou um pedaço pequeno e rapidamente enrolou a espiga para fazer o punho. Quando terminou, segurou a lâmina por um momento, testando o balanço. Ele mal podia acreditar na perfeição. Ergueu a espada e olhou para o mestre.

Os dois sentiram os olhos marejar por causa da beleza do que tinham criado, e palavras eram desnecessárias.

Edvalt foi até as portas da ferraria e as destravou, deslizando-as para abrir. A luz brilhante do sol da tarde cegou os dois homens por um momento, e uma brisa relativamente fria os refrescou. Era um dia quente de verão, mas o ar dentro da ferraria enquanto se fazia uma espada era ainda mais quente.

— Pomo? — Declan perguntou.

— Se sua excelência queria alguma pedra ou metal especial, não mencionou. Iria lhe dar essa escolha quando ele chegasse.

Declan jogou a espada com o punho virado para Edvalt que a pegou. Declan foi até o poço, puxou o balde para cima e o soltou para levá-lo até a ferraria. Edvalt colocou a lâmina debaixo do braço e pegou o balde com as mãos grandes, erguendo-o até os lábios para beber. Depois, deixou que seu aprendiz o imitasse.

Edvalt ergueu a espada e a inspecionou à luz do sol. Olhou toda a sua extensão e jogou-a para Declan.

O jovem a pegou e a segurou como um espadachim faria. A espada era de um cinza azulado e precisaria ganhar fio com uma pedra de amolar, para depois ser polida, primeiro com uma base, depois com um finalizador e por fim com um pano de seda. Em mais alguns poucos dias, a espada estaria pronta e seria de um prateado brilhante na luz do sol. Olhou para seu mestre que o observava, esperando, para finalmente declarar, devolvendo a espada.

— Não achei defeitos.

— Porque não existem — disse Edvalt e, com uma demonstração inesperada de afeto, apertou o ombro de Declan com a mão livre. — É uma obra-prima. Você foi ótimo.

— Tive um ótimo professor — Declan respondeu, as emoções à flor da pele.

Olhando ao redor para não serem ouvidos, mesmo por alguém de confiança como sua esposa ou seu aprendiz, Edvalt baixou o tom de voz, pouco mais que um sussurro:

— A areia vem do norte de uma ilha. A partir da cidade litorânea de Abala, na beira das Terras Escaldantes. Você irá cavalgar um dia inteiro na direção leste seguindo a costa, até chegar nos penhascos. Ali, onde a costa se ergue como uma colina, seguirá a praia até chegar em um promontório, onde irá olhar para cima. Verá três árvores imensas, como as irmãs sombrias de uma lenda amaldiçoada. Olhe para o sul e, se o dia estiver claro, verá a ilha. Um homem forte chega lá nadando em uma hora. Não alugue um barco para que ninguém adivinhe seu propósito. Pegue o que for precisar; essa caixa me manteve por dez anos. Você sabe o quanto é preciso para uma lâmina, e em todos os seus anos aqui, só fiz cinco dessas. Uma caixa deve durar uma vida inteira.

Tomou fôlego para continuar:

— Quando estiver a salvo de olhares curiosos, peneire a areia várias vezes, para tirar todas as impurezas, depois ferva em uma pasta e filtre. Cubra a areia enquanto seca, para proteger de impurezas, e peneire de novo. Essa areia deve ser branca como sal, sem manchas, e é isso que distingue essa lâmina das outras, mesmo as que são feitas com aço-joia. É isso que a deixa com um fio imbatível. Nenhuma outra areia faz isso. Essa areia é uma mistura perfeita, feita pelos velhos deuses para os ferreiros, pois é um segredo que vem desde antes do Deus Único — ele finalmente concluiu. — Você agora conhece o segredo do aço do rei.

Declan ficou espantado. Até aquele momento, acreditava que o aço do rei era uma lenda, contada pelos ferreiros para impressionar aprendizes, pois se dizia que em tempos antigos a habilidade com armas e armaduras ultrapassava o que sabiam então por causa do conhecimento perdido pelas guerras e pela passagem do tempo.

— Fiz cinco dessas lâminas.

— Mas você nunca disse que o aço era... — Declan começou a dizer, mas foi interrompido quando Edvalt apertou seu ombro.

— E você também nunca irá dizer, até ter um aprendiz que valorize tanto quanto valorizo você. Então, poderá compartilhar o segredo, mas com mais ninguém. Poucos ferreiros sabem que não é uma lenda e menos ainda conseguiriam reconhecê-lo. — Sorriu. — A maioria acharia que é aço-joia, um grande feito pelo que sabem, mas os poucos que conseguiriam ver o que realmente é... esses também manteriam o nome em silêncio. É o segredo mais valioso de nosso ofício e apenas um punhado de nós o conhece. Agora, você é o mais novo a saber. Guarde-o com sua vida, pois é isso que o fará rico um dia. Ensine ao seu filho ou a alguém que você ame como um.

Declan assentiu, com medo de falar e a voz tremer. Edvalt tinha sido um pai para ele, mas o assunto nunca tinha sido tratado abertamente por nenhum dos dois. Seus olhos ficaram marejados e ele assentiu novamente. Edvalt correspondeu, engolindo em seco, para depois sorrir.

— Se o barão pagar o preço combinado, não precisarei mais me preocupar com o futuro, mesmo que você não compre a ferraria. Mais uma coisa: se um dia o procurarem para fazer uma arma assim, sequer admita conhecer o processo até ter um juramento que não irá se falar disso — e apontou para a espada que Declan segurava — com outra pessoa; você está partilhando desse meu segredo com o barão porque é sua obra-prima. Nem o seu aprendiz deve saber sobre a diferença entre aço-joia e aço do rei até que o nomeie mestre do ofício. Pode ser que nunca tenha um aprendiz assim, então não passe esse dom para um ferreiro menos valoroso por medo de o segredo se perder. Sempre seremos poucos.

Colocou a mão no ombro de Declan, os olhos brilhando, e continuou, ainda mais baixo:

— Estava pronto a levá-lo para o túmulo, até que você apareceu. — Engoliu em seco e retomou seus modos abruptos. — É, e se você precisar admitir esse conhecimento a outro mestre, há um jeito de fazer. A frase é "É uma lâmina rara. É uma joia". Se não tiver confiança para responder ou se achar que o outro ferreiro não sabe sobre o aço do rei, agradeça o elogio generoso. Mas se for um mestre e você precisar falar sobre o assunto, a resposta certa é "Obrigado; acho que é uma joia digna de um rei". Você saberá que está falando com um igual.

Edvalt parou de falar. Um momento depois, como se estivesse pressentindo algo extraordinário, ele olhou lentamente ao redor. Declan acompanhou seu movimento e viu o que ele via.

A ferraria estava localizada na ponta oeste da aldeia de Oncon. A localização fazia com que o vento não soprasse na direção do resto da aldeia, assim a fumaça, a fuligem e o barulho incomodavam menos.

Era uma feliz coincidência de terreno e clima; a localização da ferraria fora decidida por causa do amplo suprimento de água do poço e pelo fácil acesso à estrada.

Edvalt continuou a olhar o horizonte e Declan tentava adivinhar o que ele estava vendo. Declan se lembrava pouco da sua vida antes de chegar ali, com cerca de cinco anos. Mesmo assim, parou e prestou atenção no que Edvalt observava, pois algo naquele momento parecia ser vital para o ferreiro.

A antiga aldeia de Oncon ficava nas terras da Aliança, perto do reino de Ilcomen e era típica das comunidades da região. Era próxima demais da fronteira para lucrar com os viajantes; a maioria continuava para leste, na direção de Bashe, ou para oeste, na direção de Ilagan, a primeira cidade de Ilcomen. Um viajante infeliz era o que planejava sua viagem para passar uma noite na suposta hospedaria de Oncon; não havia quartos e os hóspedes dormiam no chão, até mesmo debaixo das mesas. A aldeia sobrevivia do comércio das fazendas da região, principalmente de ovelhas para a feira da primavera em Ilagan, e havia peixe o bastante no mar para alimentar a todos. Ninguém era rico em Oncon, mas ninguém passava fome.

Aquela região, chamada de Estreito, era um funil entre os reinos orientais e ocidentais, e a rota mais rápida entre as Têmbrias do Norte e do Sul. Havia mudado com o passar dos anos, lentamente no começo, porém ultimamente as coisas estavam se tornando mais perigosas. A Aliança ainda se mantinha no geral, mas havia rumores de problemas no leste e que se dirigiam para lá, o que fizera Edvalt avisar os demais habitantes para ficarem atentos a estranhos e prontos se houvesse problemas.

Declan às vezes se perguntava sobre o mundo além da aldeia. Se estivesse fora da ferraria, às vezes conseguia ver um navio passar e imaginava de onde ele vinha.

Aquela aldeia, na pequena região da Aliança, unindo a Têmbria do Norte a do Sul, era o seu mundo. O resto de Garn era composto de cinco continentes menores. Os dois mais próximos, Alastor e Enast, eram habitados por bárbaros e guerreiros, alguns autoproclamados reis, reunidos em cidades-estados e fortalezas, mas considerados indignos de menção pelos homens civilizados. Apenas comerciantes e bandidos se arriscavam viajar até lá. Ou era o que tinham lhe dito quando criança os viajantes que ali paravam para ferrar cavalos, consertar os eixos das carroças e tinham tempo para falar com um menino curioso. Um deles chegara a contar que viajou para Alastor, onde encontrara homens que tinham estado do outro lado do mundo.

Os outros três continentes só tinham nome, geralmente contestados pelos cartógrafos, e com a fama de serem habitados por monstros, espíritos malignos, praticantes da magia mais sombria, além de uma multidão de outros horrores e maravilhas. Declan sempre duvidara. Tinha conhecido viajantes o bastante e ouvido muitas gabolices na pequena hospedaria de Oncon para saber que as histórias aumentavam com o tempo e o álcool.

Mas ele só conhecia Oncon.

Declan não achava que era um lugar ruim para morar. Gostava do clima, pois as estações na costa do Estreito eram agradáveis: verões quentes, invernos moderados. Sempre havia comida e bebida. A brisa do mar soprava, como sempre naquela hora do dia, e Declan banhou-se na sua refrescância. Percebeu que estava exausto e sedento.

Bebendo do balde, ergueu os olhos e viu que Edvalt o observava.

— O que você vê aqui, rapaz? — perguntou, a voz baixa mal se escutando.

— Meu lar. — Declan sorriu.

— Sim, e não é nada mau considerando tudo. — Colocou a mão no ombro de Declan. — Quando chegou aqui, estava viajando com uma família que não era a sua. Eles o entregaram para ser meu aprendiz em troca do conserto da carroça. — Baixou ainda mais a voz: — Bastou apenas um olhar para saber que a história era verdadeira, pois você era um menino grande, com olhos curiosos, e os filhos deles eram pequenas criaturas assustadas. — Ele riu. — Mila ficou muito zangada por eu ter pego um rapaz que iria demorar anos para ser útil, pois ainda era muito pequeno. Porém desde o começo você procurou fazer por merecer, esforçando-se para carregar o balde de carvão, ou segurando bravamente os cavalos irritadiços enquanto eu os ferrava. Você a conquistou, garoto. Foi o melhor dentre os que treinei, e se eu tivesse um filho, gostaria que fosse como você. Se quiser começar sozinho, irei entender, mas se quiser, gostaria muito que ficasse com a minha forja.

— Você ainda tem muitos anos pela frente, Edvalt, e eu não sei se... Eu não sei — Declan hesitou. Ele não tinha muita certeza de como se sentia com a oferta de Edvalt. — Tenho pensado em sair e encontrar meu caminho, me acomodar com uma boa mulher e começar minha família.

— Não é uma má escolha. Pense nisso. Por hoje, declaro que é um mestre ferreiro e meu igual.

— Isso nunca, mestre.

As emoções de Edvalt transpareceram em seu olhar, mas sendo um homem de poucas palavras, só conseguiu colocar a mão no ombro do jovem, apertando de leve antes de se virar para casa.

Declan ficou sozinho por um momento, o cansaço e a emoção quase o derrubando. Depois de alguns minutos, seguiu Edvalt.

3

DESCOBERTA PERIGOSA

OS HOMENS NAS DOCAS ARRASTAVAM O NAVIO PARA o cais no lado norte do porto de Sandura. Sete homens puxavam uma grossa amarra, enquanto dois jovens arrumavam as proteções de madeira entre o casco e o ancoradouro, para que o movimento da maré não danificasse o navio fazendo-o raspar na pedra. Tinha chegado com a maré matinal, mas o meio-dia se aproximava quando finalmente um barco do porto remou até eles para jogar as cordas para a tripulação na proa.

Hatu terminou de recolher as velas e desceu até o cordame, pulou e foi até o deque dos marinheiros, onde estava sua bagagem. A tripulação no convés arrumou rapidamente tudo o que precisava ser amarrado, enquanto Hatu e os demais desciam.

Enquanto ele abria caminho entre os marinheiros até sua rede, viu que vários estavam tirando gargantilhas de couro do pescoço e soltando pequenos objetos amarrados nos cintos. Reconheceu-os como símbolos diversos de Othan, deusa do mar e do clima, e percebeu que os escondiam. Hatu entendeu que aquilo significava que estavam em um lugar onde a Igreja do Único tinha poder e ser visto com um item associado a um dos velhos deuses poderia mandar alguém para a pira dos hereges.

Ao alcançar o deque principal, Hatu viu Mestre Bodai. Ao ver o rapaz, ele gesticulou para que se aproximasse e ficasse ao seu lado. Quando o jovem alcançou o homem que fazia o papel de um frade mendicante, Bodai falou:

— Vamos esperar.

Ele se apoiava em uma muleta que tinha a altura do seu ombro, quase um cajado de batalha, mas mais discreto, e Hatu sabia que Mestre Bodai conseguiria usá-lo com precisão letal se a ocasião pedisse.

Hatu demorou um instante para sentir que a farsa começara; como um dos mais importantes mestres em Coaltachin, Bodai seria um dos primeiros a desembarcar, mas ali, como monge pobre, estaria entre os últimos.

Quando o passageiro antes deles saiu, Bodai colocou a mão no ombro de Hatu.

— Prepare-se — instruiu.

Hatu assentiu. Tinha perguntas, mas sabia que teria que esperar até um momento mais reservado; até lá, deveria simplesmente seguir as instruções e os passos do mestre. Hatu foi atrás, sendo o último a passar pela prancha, mantendo a cabeça baixa e tentando parecer um serviçal sem importância.

Nas docas, tinham dado poucos passos quando dois homens se aproximaram: um soldado com o símbolo vermelho e amarelo de Sandura na túnica, e outro que usava um grande emblema negro com um círculo branco no centro, sinal do Único.

— Quem é você, viajante? — questionou o servidor da Igreja.

— Irmão Chasper, vindo de Turana, uma ilha de Lanobly.

— Irmão? — replicou ele. — Mas você não usa hábito ou insígnia.

O recém-batizado Chasper sorriu largamente.

— Sou um frei mendicante da Ordem do Arauto. Esse é meu pedinte, Venley.

O rosto do soldado mostrou confusão e o oficial da Igreja parecia aborrecido.

— Estávamos esperando por um epíscopo da sua Ordem com seu séquito... — ele não terminou a frase e fez um gesto circular que englobava o monge itinerante.

— O epíscopo não chegou? — disse Bodai, fingindo apreensão. — Eu deveria me juntar a ele, para lhe dar uma notícia... — Deu um suspiro que Hatu, agora chamado de Venley, achou teatral demais. Porém, funcionou, já que o oficial da Igreja os direcionou para a cidade.

— Vão pela avenida principal do outro lado da praça, e peguem a rua ao norte, passem dois cruzamentos, virem para oeste até verem o prédio queimado que foi o templo da sua ordem — quase cuspiu as últimas palavras, pois todos os edifícios do Único eram chamados de igrejas. Os seguidores de Tathan tinham sido os primeiros a modificar a doutrina para se integrar à Igreja do Único, dizendo que o Deus da Pureza tinha sido apenas um profeta, o Arauto do Único. Muitos viam os seguidores de Tathan como pouco melhores que os hereges.

Bodai assentiu, inclinou-se e empurrou Hatu pelo ombro na direção que o homem indicou.

— Interessante, não acha? — disse, quando estavam a uma distância segura.

Hatu olhou para o mestre e esperou por um momento para ver se a pergunta tinha sido retórica ou se o velho realmente queria saber sua opinião. Por fim, assentiu, concordando.

— O que você pode tirar disso? — Bodai perguntou.

Hatu pensou por um momento.

— Estão procurando alguém ou estão preocupados com estrangeiros, talvez as duas coisas. A maneira como questionaram você, irmão, me fez pensar que a Igreja do Único está preocupada com alguma coisa, e que o rei os apoia. — Deu de ombros.

Bodai assentiu.

— Olhe ao seu redor, o que você vê?

Hatu fez uma rápida análise da longa rua, enquanto se aproximavam da praça.

— Está um belo dia.

— Sim, está — Bodai concordou. — O clima aqui geralmente é fechado e escuro, nublado ou chuvoso, mas hoje, o sol está brilhando. O que mais?

Quando entraram na pequena praça, Hatushaly olhou ao redor, parando por um momento para analisar tudo que o cercava.

— Este não é um lugar feliz.

Em vez das tendas movimentadas cheias de produtos que esperava ver em toda cidade que visitava, apenas algumas poucas pessoas se movimentavam ao redor de uma pequena fonte, pequena e bem conservada, mas sem nada de notável.

— Por que diz isso? — Bodai perguntou ao parar perto da água, estendendo as mãos para esfregar o rosto e o pescoço com gestos exagerados.

Hatu seguiu o exemplo e se abaixou para se refrescar antes de responder:

— Ninguém para aqui. Não há vendedores, apesar de ser um excelente lugar, então alguém... o rei, talvez, ou alguém importante decidiu manter essa praça livre de mercadores. — Hatu espalhou um pouco de água no rosto, olhando ao redor enquanto passava as mãos para enxugar. — Eles não querem que as pessoas se reúnam aqui. Ali tem três homens armados com a mesma roupa. A guarda da cidade? Para um lugar deste tamanho, com tão poucas pessoas, são soldados demais. Eles observam. As pessoas que passam por eles desviam o olhar. Vi o mesmo comportamento nas ruas do porto.

— Basta — Bodai sussurrou, enquanto sacudia as mãos como se livrasse do excesso de água. — Venha comigo.

Hatu seguiu o monge de araque pelas ruas conforme o oficial os instruíra. Eles encontraram o lugar do antigo Templo de Tathan, agora apenas um esqueleto de madeira queimada e um altar enegrecido. A chuva e o vento tinham limpado o prédio abandonado das cinzas, e podiam andar pelo chão de pedra sem ficar com pés pretos dentro das sandálias.

— Algum tempo atrás — Bodai disse baixinho —, o rei desta nação dolorida abraçou a Igreja do Único. Todos os outros deuses e deusas foram considerados seres menores e demoníacos e, no seu entusiasmo para livrar a cidade dos lugares malignos de adoração, os soldados reais foram um pouco longe demais. Não conseguiram se lembrar que esta ordem tinha construído uma narrativa, uma história formidável que transformava Tathan, o Puro, em um ser profético, um mensageiro dos céus que proclamava a chegada do Único.

O falso monge bateu com o cajado em um pedaço de madeira que ainda estava de pé.

— Hum, com alguns bons operários, este lugar poderá ser reformado antes do que eu esperava. — E como se falasse para si mesmo, resmungou: — Só raspar o que está queimado, ver o quanto de madeira boa sobrou...

Depois de analisar a madeira queimada, Bodai voltou a si.

— Como eu estava dizendo, esse rei foi o primeiro grande governante a elevar a Igreja do Único sobre todas as outras, e foi por aproveitar essa oportunidade que Lodavico Sentarzi, rei de Sandura — abaixou mais a voz — e conhecido como o "Rei das Tristezas", não só ganhou um novo título, o de "Sua Mais Sagrada Majestade", o qual ele parece considerar muito agradável, como também deu a Igreja do Único uma base oficial para operar, um lar. Recebemos uma mensagem meses atrás que a antiga cidade de Sandura — ele indicou com o gesto o lugar onde estavam — estava sendo chamada de "Cidade Sagrada", o que também parece agradar Lodavico.

Bodai continuou:

— Você irá aprender que alguns lugares são muito importantes. Os lugares óbvios são as posições defensáveis nas estradas que outros podem querer ocupar ou tomar, ou lugares vantajosos de onde lançar ataques. Estar perto de um bom suprimento de água e de terra fértil, um bom porto ou outras características naturais geralmente convencem as pessoas a construir uma cidade, ou pelo menos faziam antigamente; não vemos muitas cidades surgindo agora, não é?

Hatu percebeu que era uma pergunta retórica e não disse nada, somente acenou a cabeça, concordando.

— Outros lugares importantes são simbólicos: lugares onde houve grandes batalhas, onde lembramos o heroísmo dos vitoriosos ou lamentamos a perda dos derrotados. Ou os lugares sagrados. — Ele apontou para a porta queimada e Hatu olhou para o planalto que mal se via sobre o teto do prédio do outro lado da rua. Bodai continuou: — Lá em cima, a Igreja está construindo seu lugar mais sagrado: uma catedral, a maior das suas igrejas e o lar de um epíscopo. Mas essa catedral será o lar de vários deles, de todo o seu conselho governante. — Suspirou dramaticamente, parecendo divertido demais na opinião de Hatu. — E a estão construindo do lado do palácio de Sua Mais Sagrada Majestade.

— Mas... — Hatu ficou confuso.

— Isso irá comprometer a defesa do castelo de Lodavico, eu sei. — Bodai sacudiu a mão, indicando a cidade. — Porém, o castelo é agora uma cidadela, por causa do quanto a capital cresceu desde que seus antepassados construíram a fortaleza. Se um exército bater nos seus portões, a catedral pouco irá afetar. Ele já terá perdido a guerra. — Sorriu para Hatu. — Mas é bom ver que você presta atenção quando falam sobre história militar, ao contrário daquele seu amigo cabeça-dura.

Hatu fez força para não sorrir, pois sabia que Bodai estava falando de Donte. Ser o neto de um dos sete mestres do conselho tinha salvado Donte imerecidamente de muitas punições severas. Qualquer outro estudante já teria sido mandado embora por várias de suas infrações, ou pela quantidade de regras que o amigo de Hatu quebrara durante os anos na escola.

Quando menino, Donte tinha sido apenas irrequieto, mas conforme envelhecera, seu comportamento tinha se tornado um desafiar quase constante. Hatu achava que em alguns anos Donte podia ser o capitão de uma equipe ou mesmo de uma gangue, ou podia estar morto, mas duvidava que seu amigo conseguisse subir até o status do pai e do avô. Poderia ter uma chance se aprendesse a controlar os impulsos, mas Hatu duvidava da possibilidade de Donte se tornar um mestre.

Alunos que eram mandados embora das escolas quando pequenos e devolvidos aos pais tornavam-se aprendizes de ofício nas cidades ou iam trabalhar nas fazendas e aldeias pesqueiras. Mas depois de certa idade, quando certos segredos tinham sido aprendidos... Hatu não queria pensar nisso, porém tinha chegado à conclusão que aqueles alunos eram discretamente assassinados.

Era a maldição de ser escolhido: ser selecionado para treinar como sicari e poder se tornar um membro do Quelli Nascosti, o exército secreto de Coaltachin, significava que depois de certo ponto, você não poderia sair. Hatu sentia que ele, Hava e Donte estavam se aproximando desse ponto. Embora alguns detalhes sobre o funcionamento interno do exército ainda fossem mantidos em segredo dos estudantes da sua idade e experiência, Hatu vira o bastante para extrapolar o que sabia e tentar adivinhar como a nação Coaltachin se organizava, e pouco do que lhe vinha sendo contado ultimamente o surpreendera, o que havia aumentado sua confiança. Lembrou-se da conversa que tivera com os amigos depois da bronca de Hilsbek e percebeu que talvez já tivessem passado desse ponto. Não era uma certeza, pois tinha pouco mais do que especulações como base. Havia um antigo ditado sobre o que acontecia com famílias poderosas quando alguém como Donte não conseguia sucesso: "Aqueles que sabem, não falam, e aqueles que falam, não sabem".

Pois o segredo mais profundo do Reino da Noite era que, além das suas ilhas, representava o maior e mais extenso império criminoso de Garn. Coaltachin não era um reino, pois não havia rei, porém era governado pelo conselho dos sete mestres, sendo que cada um controlava uma "família". E dentro dessas famílias estavam os sistemas que dirigiam muitas gangues em várias cidades.

Os títulos do conselho geralmente passavam de um membro da família para outro — a não ser que a família perdesse seu lugar para outra mais poderosa, geralmente a custo de muito sangue e da criação de facções; a organização se formara para resolver essas disputas e, acima de tudo, proteger um modo de vida. Mestre Zusara era o juiz final para assuntos que o conselho não conseguia resolver e, embora os mestres pudessem discutir entre si, todos se uniam contra os forasteiros.

A atividade criminosa gerava o grosso da renda da nação, mas os agentes enviados ao redor do mundo para trabalhar com governantes ou mercadores importantes eram quem providenciava o bem mais vital: descobriam informações cruciais sobre economia e política antes dos demais; geravam riqueza considerável, pois os serviços daquela nação insular não eram baratos, mas a mercadoria mais importante era informação e sua arma mais poderosa era o medo. Aqueles acima dos chefes das equipes e dos regimes eram os sicari. Não só os melhores guerreiros, mas também tinham de ser espertos o bastante para comandar criminosos e manter controle efetivo de suas gangues.

Acima dos sicari estavam os *nocusara*. O termo significava "invisível", "escondido", ou "oculto", e era reservado apenas pelos sicari de maior talento, aqueles que alcançaram o mais alto nível de treinamento e confiança. Eles eram os lendários guerreiros fantasmas: os assassinos, espiões e agentes do Reino da Noite que podiam entrar em qualquer lugar, não importava a segurança que tinha, e tirar a vida de qualquer governante. Eram os agentes que desviavam informações e faziam alguns nobres ganhar poder sobre os rivais. A maior parte de sua reputação era devido ao planejamento inteligente, truques teatrais e selecionados agentes adequados e treinados para tarefas específicas. Embora não fossem seres sobrenaturais, os nocusara estavam entre os assasinos e guerreiros mais bem treinados de Garn, os melhores dos sicari.

O Reino da Noite se apoiava em sua reputação, bem merecida pelos Quelli Nascosti e seus sicari, mas no geral era uma nação de bandidos, criminosos, malandros, ladrões e contrabandistas. Praticamente nenhuma atividade criminosa na parte oriental da Têmbria do Norte, no quadrante nordeste da Têmbria do Sul ou mesmo nas Dez Mil Ilhas acontecia sem a participação ou conhecimento de Coaltachin. E nada acontecia sem sua aprovação tácita.

Como era da sua natureza, Hatu estava cheio de perguntas, mas experiências dolorosas haviam ensinado a ficar quieto até que uma oportunidade de perguntar sem sofrer represálias surgisse. A referência brincalhona que Bodai fizera sobre o comportamento de Donte não significava permissão para pressionar com perguntas mal-vistas e podia inclusive ser um tipo de teste; os mestres e preceptores geralmente atraiam os estudantes para armadilhas lógicas ou comportamentais para julgar, corrigir ou punir de acordo com a situação.

— Devemos esperar aqui, mas acho que não será por muito tempo. Um ou dois dias, talvez, não muito mais — Bodai disse. Olhou ao redor e continuou: — Mas hoje à noite devemos agir como membros respeitáveis de uma ordem questionável sob um poder que cresce rápido demais. E precisamos comer. Tigela?

Hatu abriu a bolsa e tirou uma simples tigela de madeira, um pouco mais rasa e larga do que uma de sopa. Tinha usado para comer, mas iria virar sua tigela de pedinte.

— Iremos começar a farsa de verdade amanhã. — Bodai jogou alguns trocados na tigela. — Tem uma praça maior a três ruas daqui, a segunda maior da cidade, e no canto noroeste tem uma taberna. Não é nossa, mas temos agentes ali. Se algo acontecer comigo, deve ir até lá e procurar por um homem chamado Luke.

— De uma ilha do leste. — Hatu assentiu.

Bodai sorriu com a resposta. Era o código correto para identificar alguém de Coaltachin que precisasse de ajuda.

— Não vá lá por qualquer outro motivo, só em caso de grande necessidade. — Recostou-se, ignorando a sujeira na parede, e bateu as mãos nos joelhos. — Ao sul, do outro lado do começo da rua mais a noroeste, três portas para baixo, tem uma padaria. Ali, irá barganhar por um tempo com o dono por um pão, ele faz um excelente, com alecrim e um toque de alho. Ao voltar, passará por um vendedor de queijo. Compre um não muito passado, só um pouco de mofo, e por fim consiga um odre de vinho. Isso com as moedas que te dei.

Hatu olhou para o céu e viu que passava um pouco do meio-dia.

— Quanto tempo devo ficar, Irmão?

— O tempo que for necessário para escutar fofocas, descobrir rumores interessantes ou saber de algo útil. Agora, vá!

— Sim, Irmão. — Hatu agarrou a tigela e se foi.

HATUSHALY CAMINHAVA OBJETIVAMENTE, MUDANDO A velocidade e nunca ficando muito tempo no mesmo lugar. O mercado era de tamanho razoável; podia atravessá-lo completamente em pouco mais de uma hora. Não se movia nem rápido nem devagar demais, com cuidado para não chamar atenção, e sabia muito bem que não devia se aproximar muito das tendas dos vendedores. Um pedinte perto de seus produtos imediatamente chamaria a atenção de qualquer comerciante experiente, pois furtos eram uma ameaça constante. Os produtos mais valiosos sempre ficavam mais para o fundo. Alguns organizavam mesas em quadrados abertos, para que fosse necessário entrar para analisar toda a mercadoria, enquanto nas barracas menores, uma única mesa desafiava o ladrão a tentar alcançar o fundo da barraca para roubar os melhores produtos, uma ação que com certeza faria um bastão ou uma lâmina golpear qualquer delinquente que não fosse rápido o bastante para escapar.

Hatu também fez uma rápida observação da área da cidade entre a praça do mercado e a rua principal, que subia a colina até a cidadela onde a catedral estava sendo construída. No lado noroeste da praça, a rua subia em curvas fechadas, até sair pela parte norte da praça; era cercada ou murada até chegar ao limite do terreno ao redor do velho castelo. A rua era movimentada e, pelo que descobriu, os estabelecimentos mais próximos do castelo eram os mais velhos e os mais bem-sucedidos, pois seus proprietários conseguiam se retirar rapidamente para o castelo em caso de ataque, enquanto que os que ficavam para baixo tinham mais risco de serem saqueados.

A primeira impressão de Hatu sobre a cidade foi reforçada pelas maneiras e pelo humor das pessoas no mercado. Muitos guardas patrulhavam a área e, ao passar por um deles, Hatu fez o seu melhor para imitar um local cuidando da vida; porém, quando podia, observava a multidão. Procurou pontos onde pudesse parar por alguns minutos e observar. Não havia nenhum sinal de alegria no barulho que o cercava. Na maioria dos mercados abertos, era possível escutar uma risada ocasional ou o som de música se houvesse artistas tentando ganhar moedas, mas em Sandura a população parecia desconfiada como se estivesse constantemente vigiada. Naquele momento, Hatu tinha a opinião de que eram mesmo.

Terminou a última tarefa, de encontrar um vinho muito barato, mas bebível, e começou a viagem de volta para Bodai, constantemente observando o máximo possível. Estava contente por não ter a companhia de Donte. A sutileza não era a melhor qualidade do amigo, que parecia ter necessidade de chamar a atenção nos piores momentos possíveis. Era como se não conseguisse ficar quieto. Hatu se perguntou o que ele faria quando deixasse a escola: não parecia se encaixar como sicari. Talvez Donte se desse melhor no exército mais tradicional, porém modesto, de Coaltachin.

Ou talvez se tornasse capitão do sistema, responsável por várias equipes em uma ou várias cidades.

Hatu teria recebido bem a companhia de Hava. Ela tinha um conjunto de habilidades quase perfeito e uma natureza calma que serviria bem a uma missão como aquela. Sua presença o relaxava e também o excitava, e ultimamente seus sentimentos estavam se complicando. Ela tinha sido sua amiga e confidente por quase toda a vida, mas o confundia. Não sabia se ela o entendia, ou se simplesmente o aceitava. Em um ambiente onde todos tentavam mudá-lo ou lhe colocar defeitos, ela o considerava como ele era.

Ele já estivera com outras moças, pois as meninas da cidade estavam mais do que dispostas a fazer sexo com os estudantes. A chance de ser a mulher de um capitão, ou mesmo de um mestre, era a única oportunidade de ser mais do que seus pais. Hatu jamais soubera de um caso desses, mas o sonho persistia. Porém, seus sentimentos por Hava eram mais complexos que o simples desejo. Ele lutava para conseguir defini-los, mas havia conforto e familiaridade ali. Sentia também um desejo crescente, mas os estudantes eram proibidos de fazer sexo uns com os outros. Tais relacionamentos eram proibidos, e se uma garota talentosa como Hava ficasse grávida, o garoto envolvido teria a pena de morte.

Hatu tirou Hava da cabeça ao perceber que estava se distraindo. Parou para olhar ao redor e tomar nota do que perdera, para voltar à tarefa. Circulou pelo mercado até o ponto onde tinha começado, sem encontrar nada de interessante para relatar, e, por fim, alcançou o templo queimado, onde o Irmão Chasper cochilava. Porém, ao se aproximar, Hatu viu que era fingimento. O Mestre Bodai estivera observando o movimento com atenção.

— Alguma coisa? — perguntou, sem erguer os olhos.

— Nada de mais. — Hatu sacudiu a cabeça. — Movimento normal de um mercado, discussões, conversas sobre famílias, negócios e fofocas.

— Ah — respondeu o mais velho, exagerando ao fingir que acordava. — Bem, estou faminto.

— Devo procurar madeira para o fogo? — Hatu perguntou.

— Hoje acampamos no frio — Bodai disse, sacudindo a cabeça. — Além do mais, nada do que temos precisa esquentar.

Hatu tinha enrolado o pão, o queijo e o vinho em um papel duro que fez um barulho alto quando o desdobrou para transformá-lo em uma bandeja improvisada. Sem dizer nada, Bodai pegou o pequeno pedaço de queijo e o quebrou no meio, arrancou um pedaço do pão e começou a comer.

A refeição transcorreu entre poucas palavras, pois Bodai estava concentrado em estudar aqueles que passavam pela rua enquanto a tarde anoitecia. Hatu bebeu com parcimônia. Não sabia dizer se era bom ou não, pois ainda não estava acostumado a beber vinho ou outras bebidas alcoólicas, e tinha pavor de ficar bêbado. Detestava sentir-se sem controle.

— O que você acha de um passeio no escuro? — Bodai perguntou, ao terminarem a parca refeição.

Hatu sorriu. O velho não estava perguntando se ele queria, mas, sim, informando o que seria feito.

— Vai depender de onde irá me mandar passear.

Sem dizer nada, Bodai olhou para o prédio do outro lado da rua, e Hatu percebeu que estava prestes a ser mandado para investigar a catedral perto do palácio e seus arredores, talvez até mesmo entrar na cidadela se conseguisse. Respirou fundo para se acalmar e começou a retraçar mentalmente seus passos pela cidade até a rua que levava ao castelo. Queria ter prestado mais atenção no caminho.

NAQUELE MESMO DIA MAIS CEDO, HATU TINHA ARRISCADO uma rápida caminhada pela estrada que levava ao planalto acima da cidade. Para a incursão daquela noite, passou correndo por várias lojas se preparando para fechar, e rapidamente entrou em uma perto do final da estrada sinuosa que levava ao palácio. Ele queria evitar chamar a atenção dos guardas que ficavam no fim da rua, para que não vissem alguém perto demais do posto.

Hatu acenou para o vendedor de tecidos finos e olhou ao redor por um momento, enquanto o comerciante estreitava os olhos, analisando o rapaz malvestido. Com um sorriso, Hatu saiu correndo pela porta, grudado na parede e se enfiando entre dois prédios. Agachou-se e olhou ao redor, esperando que ninguém o tivesse visto na luz vacilante.

Os guardas entediados não deram sinais de tê-lo visto, enquanto conversavam, cada um de um lado da rua. Hatu não conseguia entender o assunto. Observou com mais atenção o que só vira rapidamente durante o dia.

Depois do portão para a cidadela, havia uma área livre. As muralhas antigas de pedra ficavam a uma boa distância da ponta do planalto. Hatu tinha aprendido um pouco de teoria e história militar, então sabia que havia um motivo, mas não fazia ideia qual. Imaginou que podia se transformar em um caminho para a catedral, mas não sabia nada sobre engenharia, então como fariam aquilo seria uma questão para outra hora, se a curiosidade voltasse.

Ele tinha dificuldade para diferenciar igrejas, templos e catedrais, pareciam ser a mesma coisa na sua cabeça: lugares onde as pessoas iam para adorar. O tamanho não devia ter importância. Hatu tinha visto alguns templos em lugares mais afastados, alguns ainda em uso, e na maioria eram prédios modestos, tão grandes quanto uma hospedaria. Alguns eram pequenos o bastante para serem capelas, apenas o teto e um único banco. As igrejas não eram muito maiores, mas tendiam a ser mais ostentativas, pelo que se lembrava. A catedral, porém, era um empreendimento imenso.

Parte da construção lhe pareceu estranha: uma torre que parecia ter sido construída para vigiar o velho pátio de treino no lado leste do palácio. Sentiu-se incomodado por perceber que tinha alguma informação vital que não sabia e a deixou de lado para se concentrar na tarefa: despistar os guardas no portão. Passar por eles era impossível. O portão ficava fechado para a noite e tinha uma porta pela qual só uma pessoa podia passar de cada vez.

Hatu olhou para trás pela passagem estreita onde estava e viu uma caixa de madeira apoiada na lateral do prédio seguinte. Podia usá-la e pular para o telhado.

Ele já tinha corrido por telhados antes, apesar de não gostar, principalmente estando sozinho e no escuro. A caixa era providencial, pois não tinha ninguém para dar impulso ou puxá-lo. Ele não tinha certeza, mas achava que conseguia pular os espaços entre os prédios e alcançar o último teto antes do portão.

A parte complicada de pular entre telhados era a chegada. O ideal era mirar no topo, onde seria seguro e sólido. Na escola, se contavam histórias sobre estudantes atravessando telhados de palha sem suporte, telhas velhas ou mesmo placas finas de madeira. Mas o problema de mirar no pico era que a estreiteza do alvo, com poucos centímetros de largura, tornava mais fácil errar, perdendo o equilíbrio e rolando pelo beiral, um resultado tão ruim quanto atravessar o telhado.

Aterrissar em um telhado era ruidoso, então tinha sido treinado a só tentar quando estivesse correndo pela sua vida. Algumas placas de pedra também eram perigosas. Telhas pregadas eram o melhor material. Ele tinha estudado os telhados antes, por hábito, e os daquela rua pareciam ser de placas pesadas ou telhas de madeira, então calculava que sua chance de chegar à catedral era boa.

Ele foi até a caixa, viu que a madeira era boa e alcançou o topo do primeiro telhado com facilidade. Havia mais quatro casas e ele se agachou, calculando o primeiro pulo e caiu o mais silenciosamente possível, bem próximo ao topo. Embora ainda tivesse achado demais, Hatu percebeu que só se alguém estivesse diretamente abaixo dele quando aterrissou teria percebido o barulho.

Hatu alcançou a beirada do penúltimo telhado e analisou a distância até o último. Percebeu que era apenas um pouco maior do que o pulo que costumava dar em uma brincadeira de criança; recalculou a corrida e o pulo, deu dois passos para trás e executou um salto simples, agachou e pulou. Aterrissou com os dois pés bem no topo do último telhado, sem fazer um som.

Sentindo-se mais convencido do que o normal, Hatu correu na ponta dos pés até chegar no fim do telhado. Em outra época, talvez tivesse existido uma muralha rodeando a beirada do planalto, demolida quando a cidade construiu outras muralhas. Nada restava além de alguns montes, provavelmente bases cobertas por séculos de terra, que se erguiam em intervalos irregulares.

O que restava da muralha estava do outro lado da rua, completa, com um imenso portão e guardas. O prédio onde Hatu estava era uma barreira que bloqueava acesso à cidadela.

Ele julgou a largura da muralha que quase encostava no prédio, para ver onde podia pular em segurança, mas estava distante demais para uma tentativa com alguma chance de ser bem-sucedida.

Reverteu sua posição e abaixou-se até ficar pendurado dos beirais; soltou-se, tentando manter-se em silêncio. Dobrou os joelhos quando caiu e prosseguiu agachado, virando-se para olhar os guardas no portão.

Hatu tinha descido onde a esquina do prédio quase encostava na muralha do portão. Uma criança pequena poderia passar por ali, mas um adulto não. Presumiu que o portão servia mais para segurança interna do que para defesa militar, pois um exército invasor teria que lutar pela cidade inteira para chegar naquela posição e derrubar a casa atrás dele tomaria menos tempo do que derrubar o velho portão com um aríete.

Ele olhou para o fundo do prédio, subitamente preocupado sobre como iria voltar para Bodai, e percebeu que uma pilha de alvenaria quebrada tinha criado uma parede improvisada entre onde ele estava, perto da beira do prédio, e a beirada do terreno. Hatu tentou inspecioná-la o melhor possível na luz fraca das lamparinas do portão e torceu para não precisar sair às pressas. Foi quando viu uma caixa de madeira de aparência sólida. Com cuidado, foi até lá, pois não tinha ideia no que podia pisar entre os escombros, e seu papel de mendigo exigia que usasse calçados ruins. Ficou aliviado ao ver que a caixa atendia suas necessidades. Era firme o bastante para que ficasse em cima e se içasse de volta para o telhado quando precisasse ir embora.

Pegou-a em silêncio, apoiou-a na cabeça e lentamente voltou para a beirada do prédio, mantendo o guarda mais próximo em seu campo de visão o melhor que podia. Ele já estava longe o bastante da parte mais próxima do portão; a não ser que o guarda se virasse totalmente, ele continuaria a não ser visto. Tudo o que precisava fazer era continuar em silêncio, lembrou a si mesmo. O guarda parecia sonolento e Hatu podia ouvi-lo resmungando com seu companheiro do outro lado do portão, embora não conseguisse distinguir as palavras.

Hatu chegou no muro e colocou a caixa no chão. Dando um passo para trás, concluiu que, se tivesse um bom impulso inicial, ele poderia pular nas caixas e alcançar a beirada; dali, conseguiria se puxar para o telhado. Soltou um suspiro aliviado, apesar de ainda se perguntar o quão silencioso ele conseguiria ser. Porém, levou em consideração que, se estivesse com pressa, manter a discrição provavelmente não seria um problema.

Olhou ao redor, analisando a melhor forma de se aproximar da catedral. Ele já tinha se arriscado a tropeçar em escombros e materiais de construção, então pensou que era melhor ficar o mais longe que pudesse do prédio, procurando o caminho mais limpo. Ele caminhou lentamente até a beirada do terreno, consciente que os telhados abaixo, escondidos na escuridão, estavam a uma altura que garantiria morte rápida se escorregasse. A luz das muralhas do castelo, lançada por tochas a três metros de distância umas das outras, iluminava pouco, e a catedral semiconstruída parecia um monstro deformado espreitando nas sombras. Estava frio e úmido, o ar marinho trazendo neblina o suficiente para tornar a visão mais limitada que o normal. Era bom para não ser percebido, mas péssimo para encontrar um caminho.

Hatu pensava que motivos Bodai teria para mandá-lo ali, a não ser que estivesse tentando fazer seu aluno ser pego. Hatushaly não via nenhuma oportunidade de observar a cidadela naquele ponto e a catedral parecia vazia. Supôs que o velho mestre queria que ele se arrastasse pelo prédio incompleto para ver se salas secretas ou estranhas estavam sendo construídas, mas como iria reconhecê-las era um mistério. Não entendia nada de construção, nunca tendo sido aprendiz de nenhum dos ofícios relacionados, exceto por ter ajudado a consertar uma cabana em uma aldeia, e, além de instrumentos de combate pessoal, armas pesadas eram um mistério tão grande para ele quanto alvenarias e andaimes. Podia tropeçar em uma balista desmontada e nem desconfiar. E uma sala vazia iria parecer igual a outra, sem revelar nenhum propósito especial.

Um grande palete de alvenaria, uma mesa e uma grande caixa de ferramentas e suprimentos estavam entre Hatu e a entrada, já terminada, da catedral. Debaixo da mesa vazia, havia uma caixa comprida, contendo papéis que Hatu supunha serem as plantas da catedral. Por um momento, pensou em inspecioná-los o melhor que pudesse na luz fraca da rua, mas duvidava que conseguisse descobrir muita coisa. Nunca tendo trabalhado em uma construção desse nível, ele nunca tinha analisado uma planta antes. Achou melhor deixá-las quietas. Estava pensando em como se arrastar em segurança até a construção quando ouviu uma voz fraca.

Hatu agachou-se atrás de uma pilha grande de pedras: placas de mármore ou granito, ele não saberia dizer. Ouviu a voz ficar mais alta enquanto alguém se aproximava. Estava chamando alguém. Arriscou uma olhada rápida e viu um velho vindo da fortaleza e outro saindo da catedral para cumprimentá-lo. Quando se encontraram, ouviu o que estava sendo dito, mas não reconheceu a língua. Era vagamente familiar, algumas palavras quase reconhecíveis, mas não era capaz de entender.

Novamente, Hatu olhou por entre os blocos de pedra e viu os dois homens pararem e continuarem a conversa na frente da entrada semiconstruída da catedral. Um deles carregava uma lanterna parcialmente coberta, que emitia apenas luz o bastante para que pudessem passar em segurança pela massa de pedras e escombros, e que impedia que fossem vistos.

Hatu sentiu os pelos se erguerem no pescoço e nos braços. Percebeu que o estilo de um dos homens — roupa escura, cabeça coberta e sapatos leves — era familiar. Um sicari? O companheiro estava usando algo que lembrava a roupa do oficial da igreja que ele e Bodai tinham encontrado nas docas.

Hatu permaneceu imóvel e torcia para não fazer nada que denunciasse sua presença. Se havia um sicari ali, estaria morto no momento em que fosse descoberto.

Os dois homens entraram na catedral. Quando desapareceram na escuridão, Hatu agachou-se e se forçou a ficar calmo. Concentrou-se em respirar mais devagar, o que diminuía o ritmo do seu coração, que por alguns instantes parecera que ia explodir no peito. Ao relaxar, percebeu o quão perto tinha chegado de ficar em pânico. Sem o seu treinamento, estaria morto.

Hatu avaliou as opções. Podia voltar naquele momento e informar Bodai sobre o que havia visto, porém, sabia que o velho mestre teria muitas perguntas para as quais não teria respostas, e era bem provável que o mandasse voltar. Só tinha uma opção.

Tentou manter-se composto. Ele não tinha ideia se os dois homens já estavam mais para dentro da estrutura ou logo na entrada, então descartou segui-los diretamente pelo portal escuro e incompleto. Em vez disso, moveu-se rapidamente em silêncio para se abaixar atrás de um pedaço de parede no lado direito da porta. Ouviu as vozes sumindo e o rastro vago de botas no chão de pedra conforme os dois homens entravam cada vez mais na catedral.

Hatu deu um passo para a esquerda e espiou pela ponta do portal. Quando estivesse completo, Hatu imaginava que a moldura teria uma imensa porta de madeira, de pelo menos seis metros, dado o tamanho da abertura. A luz fraca das lanternas estava se afastando ainda mais, indicando que os dois continuavam adentrando o imenso edifício.

Logo descartou a ideia de segui-los pela porta. Sem ter uma noção dos tipos de obstáculos, dos possíveis esconderijos ou de quanta gente poderia estar na escuridão, seria arriscado demais.

Rapidamente foi até o canto esquerdo da catedral e espiou ao redor. A parede que chegava ali ainda era um pequeno monte de pedras, alto o bastante para ele se esconder atrás e só. Ele se agachou e começou a andar do lado de fora da parede, em um curso paralelo ao que achou que os dois homens tinham feito a partir do portal.

Hatu tentou ignorar o fato de que qualquer erro de sua parte iria possivelmente causar sua morte. O principal objetivo de seu treinamento, como para todos os estudantes de Coaltachin, era não ser detectado. Focou em usar cada truque e habilidade que havia aprendido.

Andar agachado era difícil até mesmo para um jovem habilidoso como Hatu; suas coxas estavam protestando dolorosamente quando conseguiu ouvir as vozes nas sombras e parou, agradecido. Endireitou-se lentamente e olhou sobre o ombro, memorizando o caminho no caso de precisar deixar o lugar rápido. Havia luz o bastante para que pudesse ver formas mais escuras na penumbra, com o reflexo ocasional vindo da cidade abaixo.

Hatu sabia que haviam ferramentas e pedras empilhadas pelo canto que tinha acabado de passar, então se tivesse que correr e não desse de cara com eles, podia sobreviver. Se conseguisse sair daquela catedral, alcançar a caixa que deixara perto do portão da rua principal e alcançar o primeiro telhado... Hatu não terminou a cadeia de pensamentos. Remoer coisas demais ao mesmo tempo provocava erros, como fazer algo estúpido que não fosse propício para observação e invisibilidade.

Ainda conseguia ouvir as vozes baixas dos homens a distância. A escuridão era uma benção e uma maldição. Mal podia ver onde colocar o pé, mas estava protegido do escrutínio. Hatu virou a cabeça, tentando detectar a direção de onde vinham as vozes.

Respirou fundo e exalou ao se içar para o topo do pequeno monte de pedras. Hatu imaginava que mais pedras eram colocadas todos os dias, então agradeceu aos deuses em silêncio por não estar fazendo aquilo na semana seguinte. Baixou-se com cuidado para o chão no lado de dentro da catedral e parou para ouvir de novo.

Grandes pilares de pedra que um dia serviriam de apoio para o teto erguiam-se no chão de pedra, e pelo seu tamanho Hatu podia ver que o teto seria bem alto e pesado. Cada pilar tinha um metro de grossura, grande o bastante para ele se esconder, se tivesse cuidado.

Moveu-se o mais cautelosamente possível, esperando que ruídos da rua abaixo e a movimentação dos animais noturnos mascarassem qualquer som que pudesse vir a fazer, mexendo em uma ferramenta esquecida, pedaço de pedra ou bocado solto de concreto seco. Fazia com que seus movimentos parecessem lentos demais, porém Hatu sabia que estava avançando na direção dos dois homens.

As vozes ficavam mais distintas conforme se aproximava, e já conseguia distinguir uma terceira voz. Posicionou-se atrás de um pilar e escutou por um momento, depois se abaixou e olhou ao redor. Conseguiu ver silhuetas delineadas pelo brilho de um braseiro. Quatro homens estavam ajoelhados ao redor do fogo, falando baixo com os dois que Hatu tinha seguido.

O braseiro era do tipo usado para cozinhar e aquecer, um pequeno pote de cerâmica preparado para aguentar o calor do carvão e projetado para não iluminar muito; em Coaltachin, era chamado de hibachi.

A luz ajudou Hatu a detectar os movimentos, mas não deu maiores detalhes; de onde observava parecia que os quatro homens usavam roupas pretas ou pelo menos bem escuras; porém mal conseguia distinguir suas silhuetas, quanto mais ver algo que os identificasse.

Analisou se valia ficar mais tempo ali: apesar de sentir uma estranha familiaridade com a língua, não conseguia entender o que estava sendo dito e só ouvia metade da conversa, pois os homens mantinham as vozes baixas.

Foi quando Hatu escutou uma palavra que reconheceu. Foi repetida imediatamente por um dos homens, mas numa inflexão que a tornava uma pergunta. O coração de Hatu acelerou e ele se forçou a ficar calmo para se focar no que estava sendo dito. Abaixando-se o máximo possível, continuou a espiar pelo canto do pilar e de repente passou a entender o que estava ouvindo.

Puxou a cabeça de volta e encostou as costas contra a pedra, o pânico ameaçando surgir enquanto seu coração batia descompassado. Abaixando-se ao máximo, forçou-se a ficar imóvel, respirando devagar ao invés de profundamente, uma prática para acalmar que aprendera desde cedo. Assim que obteve o controle total de si mesmo, ele espiou por trás do pilar. Seu treinamento tinha lhe ensinado que, se alguém olhasse na sua direção, não estaria olhando para o chão. Se acontecesse, iria ficar paralisado e torcendo para que a escuridão fosse o bastante para escondê-lo. Se não fosse, saberia logo depois.

Um dos homens ajoelhados levantou-se e foi até um pequeno monte de pedras que esperavam ser colocadas no muro crescente e abriu uma lamparina protegida.

Hatu congelou, a bochecha colada no chão frio, lutando contra todos os instintos para não sair de onde estava. Havia sido ensinado a se esconder sempre, mas cada fibra de seu ser queria sair dali, correndo o mais rápido possível. Sabia que movimentos na penumbra atraíam atenção, enquanto uma silhueta estranha não se destacaria. Do ponto de vista daqueles no aposento, se alguém olhasse na sua direção, sua cabeça iria parecer apenas uma pedra de formato estranho, mas qualquer movimento o denunciaria. Forçou-se a acreditar naquele mantra e foi percebendo que estava a salvo; nenhum dos homens olhava na sua direção. Lentamente, expirou em silêncio e continuou a observá-los.

O homem com a lamparina voltou para o grupo e tirou um papel dobrado de dentro de um pacote de couro. Entregou para um dos dois homens que Hatu seguira. Ele sentiu os pelos da nuca se erguerem de novo. Os quatro homens ao redor do braseiro também estavam vestidos como sicaris, os assassinos e espiões de Coaltachin, mas com ligeiras diferenças, numerosas o bastante para fazer Hatu ter certeza de que não eram da sua nação.

Os homens começaram a falar de novo, e o que segurava o documento apontava para o papel em resposta, repetindo a frase que Hatu entendera.

Hatu permaneceu imóvel, tornando-se parte do cenário indistinto. Ele sabia que deveria sair dali logo para se reportar ao falso monge que o esperava.

O homem devolveu o papel ao pacote e fechou a proteção da lâmpada. Hatu aproveitou o momento para se mover e se esconder de novo atrás do pilar. Sabia que mesmo uma pequena mudança na iluminação faria os olhos de quem estava no aposento precisarem se ajustar, causando um breve momento de escuridão; teria uma boa chance de permanecer sem ser detectado. Mas também sabia que a mudança na luz não impediria que fosse ouvido se fizesse algum som.

De costas para a pedra, forçou seus joelhos a colocá-lo de pé e, quando conseguiu, apoiado no pilar protetor, concentrou-se, controlou sua respiração, deu um passo para longe da parede, afundando na escuridão.

Refez seus passos o mais lentamente e com o maior cuidado que conseguia. Quanto mais se afastava dos homens reunidos, cada novo metro aumentava seu desejo de simplesmente pular a parede baixa e sair correndo; apenas a disciplina adquirida em uma vida de lições impedia que cedesse ao impulso. Quando Hatu alcançou o muro perto do portal incompleto, subiu-o e desceu, caindo com suavidade na ponta dos pés.

Tentou ficar fora da linha de visão da abertura, mas moveu-se rapidamente, quase correndo até ver a caixa que tinha deixado perto do edifício. Ele arriscou três passos rápidos e pulou na caixa, agarrou a beira do teto e se içou para cima. Se os guardas no portão tivessem percebido algum barulho, Hatu já teria atravessado os telhados dos três edifícios próximos antes que tivessem a chance de subir e investigar.

Hatu alcançou a beira do último telhado e, sem ver sinal de perseguição, sentou. Seu coração parecia que ia sair do peito e mal conseguia respirar. Ele esperou um tempo para se recompor e, quando estava pronto, desceu para o chão e virou a esquina da rua que iria levá-lo de volta ao mercado e ao templo destruído além. O garoto andava em um bom ritmo, rápido o bastante para parecer ter um objetivo em mente: o tipo de comportamento que mantinha ladrõezinhos, assaltantes e bandidos longe, que dizia que era melhor procurarem outra presa. Mesmo um mendigo esfarrapado podia ter algo de valor. Ainda era cedo o bastante para ter pessoas andando pelas ruas e os bêbados ainda não tinham sido despejados dos bares para vaguear.

Para Hatu, pareceu que se passaram horas até encontrar o caminho de volta para o Mestre Bodai, mas sabia que no máximo tinham sido minutos. Mesmo com gente na rua, uma figura solitária àquela hora da noite iria atrair a atenção da guarda na maioria das cidades e aquela cidade parecia estar sobre vigilância severa, então ele não se apressou e parou diversas vezes para garantir que não fosse visto.

Quando Hatu passou pela porta queimada, viu o falso monge remexendo algo em uma panela sobre uma pequena fogueira. Bodai olhou para o rosto de Hatu e, ignorando o calor, usou o bastão para virar a panela de barro e apagar o fogo.

— O que foi? — perguntou com calma.

Hatu agachou-se.

— Consegui entrar no terreno da cidadela e antes de procurar uma maneira de entrar lá, fui inspecionar a catedral como instruiu. Vi dois homens indo até o prédio inacabado. Falavam uma língua que não reconheci logo. Um estava vestido como aquele soldado da igreja nas docas, um servidor ou um oficial, mas ele se encontrou com outros cinco homens escondidos, vestidos como sicari.

Bodai ergueu a mão e Hatu parou de falar.

— Como sicari?

— Não deu para ver muita coisa, mas havia diferenças.

— Descreva-os.

Hatu parou para organizar seus pensamentos.

— Seus capuzes não eram como os que nossos homens costumam usar. Pareciam mais turbantes — fez um movimento como se amarrasse algo ao redor da sua cabeça —, não como aqueles grandes dos comerciantes...

— Basta — Bodai interrompeu. — O que mais?

— Pude ver pouco, mas um deles abriu uma lamparina rapidamente e vi que as roupas eram mais largas que as dos nossos sicari, com um cinto largo e uma túnica, mas estava muito escuro. E consegui entender um pouco do que diziam.

Bodai inclinou a cabeça, como um cachorro faz ao prestar atenção.

— Continue.

— Falavam a nossa língua, mestre. Mas com um sotaque que nunca ouvi antes. Era forte e estranho aos meus ouvidos.

— Descreva-o.

— No começo, não conseguia entender, porque... — ele fez uma pausa e continuou: — Parecia que engoliam os sons e não os falavam como nós. — Bodai assentiu. — O "o" deles parecia preso na garganta, não ficava claro.

— Eles abreviavam as palavras? — Bodai sugeriu.

Hatu arregalou os olhos.

— Sim, isso mesmo! Por isso que meu ouvido não se acostumava! Falavam como se tivessem pedras nas bochechas!

Bodai soltou um longo suspiro. Assentiu e começou a juntar as poucas coisas que tinham, colocando-as na sacola de viagem.

— O que mais?

— Falaram de encontros, mensagens e muito estava em código, mas sabiam do que estavam falando — Hatu continuou. — Disseram apenas uma palavra que deu para entender claramente, a repetiram por duas vezes e foi a primeira que reconheci.

— Qual?

— O seu nome, "Bodai". Trouxeram o que parecia ser um mapa, e cada um recebeu um portão para ser vigiado, e um ficou com as docas. O homem da igreja disse que mandaria outros junto com os cinco sicari e depois mandaria reforços.

— Vamos agora — ordenou Bodai, levantando-se.

Hatu agarrou sua bagagem e seguiu Bodai para fora do prédio. Moveram-se na direção das docas, mas viraram para leste na praça.

— Precisamos ir a um lugar antes de sermos encontrados — disse Bodai enquanto andavam rápido. — Pois se não nos virem tentando sair amanhã, irão começar a procurar de verdade na cidade.

Olhou ao redor quando chegaram a uma esquina vazia e passou a falar mais baixo:

— Se algo me acontecer, ou se nos separarmos, precisa voltar a Coaltachin. Sabe como procurar um navio?

— Sim, procurando um que vá para a ilha no leste — Hatu disse.

Bodai assentiu, concordando.

— Procure Zusara e conte a ele o que me contou. — Hatu assentiu, apesar de que a possibilidade de encontrar o mestre mais poderoso de Coaltachin sozinho só aumentava suas preocupações.

— Os homens que você confundiu com sicari são de Azhante. Repita esse nome para mim.

— Azhante — Hatu repetiu.

— Agora, não diga esse nome a mais ninguém além de Mestre Zusara ou de mim, nem mesmo a outro mestre. Entendeu?

— Sim, mestre — Hatushaly falou.

Ele olhou para Hatu e gesticulou para que o seguisse.

— O que mais você viu? — perguntou ao confirmar que não houvesse ninguém por perto.

— Emblemas, acho. — Uma lembrança atingiu Hatu de repente. — Eles usavam pequenos emblemas em um formato diferente de tudo que eu vi. Só reparei neles por causa da forma como brilharam na luz da lanterna.

Bodai assentiu.

— Emblemas negros laqueados, por isso refletem a luz. Impede que infiltrados... — Parou e olhou para Hatu. — Deixe para lá. Você só deve saber o que for necessário, e já sabe um pouco mais do que isso.

Os dois se moviam com a determinação de quem estava indo a algum lugar um pouco atrasados, por isso o passo apressado. Hatu ficou um passo atrás de Bodai, como um pedinte faria, mostrando respeito ao homem santo.

— De onde esses homens são? — Bodai perguntou, olhando de um lado para o outro.

— Azhante — respondeu Hatu. Ser testado tão cedo depois de aprender o nome fez Hatu saber que Bodai considerava aquilo muito importante.

Viraram em uma esquina e Bodai parou na primeira porta à direita, do lado oposto a uma enseada do porto coberta de detritos flutuantes, peixes mortos e outras sujeiras. Bodai bateu na porta uma vez, esperou. Bateu mais uma vez, esperou novamente e bateu três vezes. A porta se abriu, revelando dois homens armados, armas desembainhadas.

— Precisamos viajar para uma ilha no leste. Os dois homens deram um passo para o lado e abaixaram as lâminas, e Bodai e Hatu entraram.

Era uma sala parcamente mobiliada com uma lanterna pousada em cima da mesa. Duas cadeiras tinham sido posicionadas encostadas em uma parede; havia uma lareira apagada na parede oposta, perto de uma porta coberta com uma cortina escura.

— Tem um navio partindo com a maré da manhã — aviso um dos dois homens.

— Talvez chegar às docas seja um problema — disse Bodai. — Parece que o rei e a igreja estão nos procurando. Alguém deve ter percebido quem eu era depois que saímos das docas hoje de manhã.

— Nunca é fácil, não é? — o homem que tinha falado disse para seu companheiro silencioso, que sacudiu a cabeça. O primeiro homem trouxe as duas cadeiras para perto. — Sentem-se. Precisamos encontrar uns rapazes e depois iremos levar vocês. Vamos planejar algo antes do amanhecer. Com fome?

Hatu assentiu.

— Estava pronto para comer quando tivemos que fugir — respondeu Bodai, que sentou, suspirando de alívio.

— Vou pegar alguma coisa nos fundos. Tem pão fresco, além de carne fria e queijo.

— Um banquete — Bodai disse, com leveza.

Hatu percebeu que seu corpo estava completamente tenso, como se estivesse cerrando o punho e a sensação tivesse o percorrido da cabeça aos pés. Respirou devagar e tentou relaxar. Fracassou.

Bodai olhou para ele e assentiu, como se entendesse o que ele estava passando.

— Vamos esperar — disse, por fim.

Enquanto um navio de carga era preparado para a partida, os marinheiros no deque viram uma procissão colorida abrindo caminho até a prancha de embarque. Uma liteira achatada, carregada por seis escravos grandes e seguida por meia dúzia de serviçais, todos fortemente armados, chegou até a prancha e foi baixada ao chão. A cortina diáfana foi aberta, revelando um homem obeso com uma imensa barba negra e cachos oleosos que iam até os ombros. Ele desceu do transporte, antecedido por um jovem em roupas finas.

— Quando estiver tentando escapar de alguém que o procura, é inteligente se parecer com alguém que não precisa ser procurado — disse Bodai através da grossa barba falsa para Hatu, que o ajudava a sair da liteira.

Hatu estava exausto por causa do medo de ser descoberto e pela noite que passou tendo a pele pintada para parecer com um habitante das ilhas do sul. Mesmo assim, a visão de Bodai enrolado em um rolo de tecido para dobrar de tamanho, usando a roupa extravagante que seus agentes tinham encontrado para ele, conseguia ser engraçada.

Seguiu Bodai rampa acima enquanto sua comitiva de agentes recrutados às pressas partia para se dispersar pela cidade. Hatu achou aquilo absurdo, mas mal podia esperar para algum dia descrever o incidente para Hava e Donte, pressupondo que vivesse o bastante para revê-los.

4

NOVAS CONSIDERAÇÕES E UM VELHO AMIGO

DECLAN ESTAVA SENTADO EM SILÊNCIO, APRECIANDO um caneco de cerveja. A forja estivera ocupada desde que terminara sua obra-prima, enquanto punham em dia o trabalho deixado de lado para terminar a espada. Mas por fim os arados, as ferramentas e as ferraduras tinham sido terminados às três da tarde. Ainda havia algumas pequenas tarefas, porém nada urgente, e Edvalt tinha dito a Declan para sair mais cedo e começar a analisar suas opções.

Ele tinha tirado a túnica e a calça sujas e ensopadas de suor, e jogado baldes de água do poço sobre a cabeça para se limpar o melhor que pudesse. Edvalt tinha se apropriado da banheira de madeira para poder se esfregar devidamente e, já que tinha tirado a maior parte do suor e da sujeira, Declan decidiu que podia esperar mais um dia para tomar um banho de verdade. Deu um rápido mergulho no oceano, livrando-se da água salgada com um balde de água doce, determinado a tomar seu banho logo.

Não tinham falado nas opções de Declan desde que ele terminara a espada do Barão Bartholomy, mas a decisão pendia sobre a cabeça do novo mestre ferreiro o tempo todo. Embora Declan sempre tivera consciência de que aquele dia chegaria, e que deveria estar pronto para partir e criar seu próprio futuro, de repente parecia que tinha sido pego de surpresa. Percebeu que pensar em algo e viver esse algo eram coisas bem diferentes.

Edvalt tinha deixado bem claro que iria pensar na aposentadoria assim que o barão pagasse pela espada. Bons ferreiros eram capazes de ter uma vida melhor do que a maioria dos homens comuns, porém mesmo assim eram raros os que tinham a oportunidade de se aposentar, e geralmente viviam com seus filhos ou filhas até que a morte viesse buscá-los. Alguns ganhavam a simpatia do povoado, ao ponto de as pessoas proverem sua velhice, mas isso era raro. Uns poucos, como Edvalt, eram bons o bastante para se planejar para o dia em que não poderiam mais fazer justiça ao seu ofício. Ganhariam dinheiro o bastante para se alimentar pelo resto da vida e viver em uma cabana na beira da vila ou alugar uma residência na cidade.

Declan sabia que Edvalt e Mila não iriam viver com a filha e o marido. O velho ferreiro ainda poderia trabalhar por anos, mas estava chegando a uma idade em que iria apreciar um ritmo mais lento. Declan compreendia. Durante sua vida, percebera que Edvalt mantivera sua habilidade, mas sabia que o ritmo estava diminuindo. Tarefas que antes levavam uma hora passaram a demorar mais. Mesmo tendo um aprendiz talentoso como Jusan, a produtividade de Edvalt tinha caído.

Logo, iria reduzir drasticamente. Era um fato da vida. Se vivesse em uma grande cidade, um artífice como Edvalt ainda conseguiria se manter produzindo, fazendo itens pequenos e valiosos, principalmente armas e armaduras, mas ali, em Oncon? Para cada espada encomendada, tinha que fazer centenas de ferraduras e arreios, reparar eixos de carroças e aros de rodas, consertar ou fazer arados e foices, e todos os outros itens de aldeia que devoravam os dias e davam pouco retorno.

Declan pesou suas escolhas. Edvalt iria querer uma resposta logo, provavelmente em questão de dias. Sabia que deveria ficar e comprar a ferraria; seria uma transição fácil, pois simplesmente continuaria a trabalhar como fizera por toda a vida, pagando a Edvalt uma porção do que ganhava com o trabalho até se tornar totalmente o proprietário. Era um plano tentador, pois aquele fora o único lar que tinha conhecido.

Porém, havia curiosidade dentro dele, um desejo de ver um pouco do mundo. Garn era um lugar imenso, com pessoas diferentes e costumes estranhos. Não existiam lugares exóticos só nos continentes gêmeos e nas ilhas que os cercavam, havia terras distantes além do mar que poucos haviam visitado. Durante sua vida, muitos viajantes tinham passado por Oncon e eles tinham despertado seu interesse por esses destinos imaginados.

Um mestre ferreiro, mesmo jovem como Declan, teria boa vida e prosperidade garantidas na cidade certa, e com o patrocínio do barão local poderia esperar até mesmo riqueza. Quem podia saber se haviam mestres ferreiros além-mar? Ou se alguém do outro lado do oceano conhecia o aço-joia?

O encanto do desconhecido e o conforto do familiar o puxavam com força igual. Soltou um leve suspiro e percebeu que, apesar de ter que decidir entre eles em breve, não precisava tomar a decisão naquele exato instante.

Marius, o proprietário da sala que fingia ser uma taberna na aldeia, com três mesas e um pequeno bar que só acomodariam quatro amigos muito próximos, veio na sua direção.

— Veio cedo, Declan?

— Edvalt... — ele começou a falar, mas decidiu não entrar em detalhes — ... deu a tarde livre para Jusan e para mim. Temos trabalhado duro e pensei que uma cerveja pudesse deixar a noite mais leve.

— Tudo bem, então — Marius respondeu. Ele era um homem esguio já nos seus últimos anos, o mais perto de um homem de bens que existia naquela aldeia. Ele tinha um negócio estável de vinho e cerveja, mas também emprestava dinheiro e como resultado tinha pequenas participações em vários estabelecimentos locais. E como Oncon não tinha uma hospedaria de verdade, por algumas moedas Marius deixava que viajantes dormissem no chão da taberna ou no celeiro. Também vendia alguns produtos, se pedissem, e trazia itens das cidades próximas. — Quer outra?

Declan olhou para a cerveja pela metade e pensou na pergunta. Não era de beber muito e nas poucas ocasiões que tentara, sempre acordara enjoado e infeliz. Sacudiu a cabeça.

— Não, estou bem.

O som de uma carroça passando na frente da hospedaria chamou a atenção de Declan que ouviu uma voz conhecida gritar:

— Marius! Traga esse traseiro mole aqui fora e me ajude a descarregar!

— Rozalee! — Declan disse, rindo.

Marius parecia aborrecido, pois sabia que aquilo envolvia trabalho pesado.

— Declan, ajude essa megera a descarregar e a bebida é de graça.

— Mais uma quando terminarmos, para nós dois? — Declan negociou.

Com resignação fingida, Marius concordou e Declan correu para fora, para ver uma de suas pessoas favoritas descendo da carroça. Rozalee era quase tão alta quanto ele, o rosto marcado pelo sol e pelo vento, pelas noites dormindo ao relento e, principalmente, pelas risadas. Rozalee ria muito.

Ela estava usando um chapéu mole e de abas largas, preso no queixo com um laço, que foi para trás quando jogou os braços ao redor de Declan e o abraçou forte, sem cerimônias, erguendo-o do chão. Não era uma mulher pesada, porém tinha ganhado força com os anos guiando mulas, carregando e descarregando carroças. Agarrou a bunda dele com as duas mãos, brincando, e apertou com força.

— Como vai meu aprendiz de ferreiro favorito? — perguntou assim que o soltou.

— Já faz anos que não sou aprendiz, Roz — disse Declan, rindo, enquanto se soltava.

— Não estava falando de você, bobalhão. — Ela deu uma tapa na bunda dele. — Estava falando de Jusan. Ele está ficando uma gracinha.

Declan riu de novo ao se dirigir para a traseira da carroça. Era uma charrete convertida em que ele tinha trabalhado algumas vezes. As bordas laterais e traseiras podiam ser removidas se Rozalee precisasse amarrar caixas grandes ou outro tipo de carga, que ficavam no lugar graças aos ganchos de ferro feitos por Edvalt anos antes. Com as bordas no lugar, podia transportar várias coisas.

Rozalee desamarrou várias cordas que passavam pelos buracos de ferro colocados na lona pesada que cobria a carroça. Com um salto ágil, ela pulou no veículo e enrolou a cobertura. Declan admirou seus movimentos.

Ninguém diria que Rozalee era bonita, tinha o rosto longo demais e seu cabelo castanho claro estava ficando grisalho, porém sua confiança atraía os homens como o mel atrai abelhas e ela não escondia o quanto gostava da atenção.

Ela entregou a primeira caixa para Declan, que a colocou perto da porta. Pelo cheiro, tinha algum tipo de fruta fresca. Tirando as amoras encontradas nas colinas, frutas eram raras em Oncon, e Marius cobrava caro por elas. A esposa de Edvalt, Mila, tinha ameaçado plantar árvores frutíferas atrás da sua casa por anos, mas nunca fez. Todos sabiam que ali, tão perto do oceano, havia sal demais no solo para que crescesse algo além das plantas mais robustas.

— Acho que essas são as últimas frutas até a próxima primavera — Roz disse quando descarregaram a quarta caixa. Entregou uma caixa de carne para Declan. — Recém-abatida, mas precisa ir para o porão agora.

Declan assentiu e ergueu a caixa pesada no ombro. Carne de carneiro e de galinha eram fáceis de conseguir na aldeia, assim como carne de porco quando os leitões eram abatidos, mas carne bovina tinha que ser importada: outra raridade pela qual Marius cobrava caro.

Declan entrou na taberna para ver que Marius estava convenientemente ausente, já que o proprietário evitava levantar peso sempre que possível. Caminhou pelo pequeno aposento até o quintal. A única estrutura no quintal malconservado era um estábulo deplorável, raramente usado por cavalos, já que os poucos que chegavam a Oncon geralmente ficavam alojados com Edvalt. À esquerda da porta da hospedaria, havia degraus que levavam para a adega abaixo do prédio. Mais uma vez Declan ficou chateado por Marius ser pão-duro demais para construir uma escadaria dentro da taberna, mas passou rápido. Era como ficar chateado com a maré por ela subir à tarde: simplesmente era a natureza dele.

Declan pousou a caixa, abriu a porta de madeira, deixando entrar apenas luz o bastante para enxergar. Carregou a caixa pelos degraus até a adega e encontrou um canto fresco para a carne, onde pousou a carga. Olhou ao redor e viu que Marius não estava estocando muitas coisas de fora. Moveu uma caixa de vegetais murchos para perto da porta para que fossem usados antes de estragar completamente. Marius não desperdiçava nada, então Declan sabia que deveria evitar o cozido da taberna pelos próximos dois ou três dias.

Voltou para a carroça e carregou várias outras caixas até a adega. Quando terminou, encontrou Rozalee jogando a lona na parte de trás da carroça.

— Vai voltar para a ferraria? — ela perguntou enquanto fechava a traseira do veículo.

— Vou terminar a minha cerveja. Tem uma para você, Marius vai pagar.

— Então, vou beber — Rozalee respondeu, rindo. Escalou o banco da carroça e virou as mulas. Os animais já tinham estado em Oncon diversas vezes e sabiam que faltava pouco para serem soltos dos arreios, comerem e beberem, assim, os bichos, geralmente teimosos, estavam ansiosos em agradar.

Declan voltou para sua cerveja e ficou enrolando até Rozalee voltar. Pegou duas canecas novas com Marius, que as entregou com uma careta, mas sem dizer nada.

— O que há de novo? — ele perguntou ao se sentar na frente dela.

— O de costume — ela respondeu depois de um longo gole de cerveja, limpando a boca com as costas da mão. — Guerra no leste; Sandura está se mobilizando contra um punhado de senhores livres que fizeram alguma coisa para desagradar Lodavico. E há rumores de bandidos, animados com o tumulto, fazendo incursões pela Aliança.

— Você não é a primeira a nos avisar. — Declan assentiu. — Porém, não tem muito para ser roubado na Aliança, não vejo o motivo.

— Comida, estupros, alguns badulaques e pouco risco. — Ela fez uma pausa. — Pense que quem faria isso se sente tentado por pouco.

— Você já viajou e viu muito. — Ele deu de ombros. — Eu só sei o que conheço daqui. Porém, ainda escuto algumas coisas. O rei de Sandura pode se arriscar muito em suas pequenas guerras, mas o primeiro governante a se mobilizar na Aliança irá ter os outros três reis e a maioria dos barões livres se opondo a ele. — Tentou não sorrir, mas não conseguiu.

— Você está estranho desde que cheguei. — Rozalee estreitou os olhos. — Nunca ouvi você falar assim antes. O que aconteceu?

— Terminei minha obra-prima. — Outra vez segurou o sorriso. — Poucos dias atrás, Edvalt me nomeou mestre.

Rozalee levantou-se e se inclinou sobre a mesa, pegando o rosto de Declan entre as mãos e o beijou. Quando se sentou, deu um tapa na mesa.

— Vou trepar com você hoje. Jusan pode esperar minha próxima visita.

Declan não sabia o que fazer além de rir. Como vários dos outros jovens da região, tinha perdido a virgindade com Rozalee. Um rito de passagem. Rozalee era generosa com seus talentos, mas não libertina. Tinha recusado mais do que aceitado. Ser escolhido por ela era uma marca de honra para um jovem.

— Você está falando sério. — Declan parou de rir.

— Você é um homem bom, Declan. — Ela meneou a cabeça. — E, para falar a verdade, tenho sentido sua falta.

— Eu nunca perguntei porque... bom, as histórias sobre você e... mas... — Encorajado pela bebida, continuou: — Seu marido, ele não liga para... isso? — Fez um gesto com a mão indicando ele e Rozalee.

— Meu marido, se você quer saber, já era velho quando me tomou como esposa, e eu mal tinha idade para ter filhos. Isso foi há 25 anos. Agora, ele fica satisfeito em cochilar depois de um bom almoço e várias taças de vinho. O pau às vezes levanta e precisa da atenção de uma das meninas da cidade, mas tem muitas dispostas, afinal, ele é rico e generoso. — Ela se inclinou para sussurrar. — Assim, elas não dizem a ninguém que só dura um minuto e depois cai no sono.

Rozalee parecia triste.

— Nunca foi uma união significativa. Não tivemos filhos. — Então se alegrou. — Mas eu consegui a liberdade para viajar, o que ele odeia, e conduzir nossos negócios, já que ele não tem cabeça para isso, e posso fazer o que quiser com quem eu quiser. — Apertou a mão dele e o olhou nos olhos. — O que perturba você?

— Fico ou vou? — Declan perguntou.

— Agora, a aldeia tem dois mestres ferreiros, e só precisa de um.

— Na verdade, precisa de um ferreiro, e Jusan será um em poucos anos. Apesar de não ser brilhante, é bom o bastante. Raramente aparecem encomendas de armas ou armaduras, então muito do que Edvalt ensinou é... — Ele encolheu os ombros. — Gosto de aprender sobre armaduras, mas a arte de fazer aço... — Suspirou. — É difícil, e tem pouco valor quando a maioria das pessoas que vai na ferraria pede apenas para consertar um arado ou o eixo da carroça... — Encolheu os ombros de novo, deixando as frases se completarem por si mesmas. — É o oficio que eu gosto. — Ele deixou seu olhar vagar para além dela, como se tentasse espiar o futuro.

— Ficar ou ir — repetiu ela. Colocou de novo sua mão sobre a dele. — Você gosta de alguma garota daqui?

— Não. — Declan riu. — A maioria dos pais de Oncon adoraria ver suas filhas casadas com o ferreiro, assim como gostariam de ter o moleiro de Trosh como genro. Em uma aldeia de pescadores e fazendeiros, serei considerado um homem rico logo.

— Não se divertiu com ninguém?

— Não disse isso. — Deu um breve sorriso. — Mas um pouco de diversão durante um festival não é um noivado e não sei se tenho interesse. Esposa, filhos...

Ela o observou antes de falar:

— Mas vai ter. Está na sua natureza ser marido e pai. — Ela recostou-se. — Só que é do tipo que se estabelece antes, para que possa provê-los. Se for, guardou o bastante para começar sua própria ferraria?

— Um pouco, e Edvalt com certeza vai me dar um presente, é uma tradição entre os ferreiros. — Ele olhou para ela, admirando o fato de ela ser a mulher mais atraente que ele conhecia. Tinha uma postura incomum e, apesar da idade, um corpo esguio, porém forte e musculoso.

— E você? — perguntou. — Tem o bastante guardado?

Ela riu alto e virou para Marius, pedindo mais duas canecas.

— Preocupado comigo?

— Você viaja sozinha numa época perigosa. — Deu de ombros. — Seu marido está velho, como você mesma disse. Algo pode acontecer.

— Você é um doce, Declan. Meu marido nunca teve jeito para os negócios. Então, quando casei com ele, fiz uma barganha com Jack.

— O nome dele é Jack? Acabei de perceber que, em todos esses anos, nunca ouvi você falar o seu nome.

— Eu tento não falar — Rozalee respondeu, com um sorriso irônico. — De qualquer forma, aprendi o negócio e depois de alguns anos o convenci a me deixar viajar com ele. Um ano depois, estava viajando sem ele. Arrumei tudo de forma que foi fácil convencê-lo de que ele era necessário para tomar conta das coisas em casa. Até hoje, acho que não percebeu que só fiz isso para passar o mínimo de tempo possível com ele.

Ela parou de falar quando Marius chegou com as canecas.

— E chega! A não ser que queiram pagar — o velho taberneiro avisou, antes de se virar e sair, deixando Rozalee e Declan às gargalhadas.

— Eu conduzo os negócios, Declan — Rozalee continuou. — Jack fica sentado lá e de vez em quando pega um pedido de um comerciante, mas sou eu que determino as taxas e recolho o dinheiro. Dou dinheiro para ele gastar, mas Jack não faz ideia de quanto faturamos por ano. E ele realmente não se importa, desde que possa comprar bebidas, bugigangas para jovens impressionáveis e roupas novas de vez em quando. Guardei para o futuro, sim. Se for preciso, posso parar de trabalhar hoje e terei o bastante para viver o resto da vida.

Ele apenas assentiu, sem surpresa nenhuma.

— Já pensou para onde ir? — perguntou ela.

— Nunca estive em lugar nenhum, só fui um pouco além nesta estrada. Você viaja. O que acha?

— Oeste, depois subir pela costa — ela respondeu depois de pensar um pouco. — Tem várias cidades decentes na costa oeste, próspera, com um comércio que cresce e é o mais longe que dá para chegar das guerras orientais sem um navio.

— O oeste é uma direção tão boa quanto qualquer outra — respondeu ele.

— Você deveria voltar para a ferraria, a não ser que esteja planejando ficar bêbado. Preciso de um banho e de comida. — Ela fungou na direção dele, fazendo troça. — Você também está precisando de um bom banho.

Declan esvaziou a caneca e se levantou, sentindo-se tonto. Teve que concordar, mais uma ou duas canecas e estaria bêbado. Ao sair, sabendo que ela iria encontrá-lo na ferraria mais tarde, ela o agarrou pelo pulso.

— Você irá embora, Declan — ela disse em voz baixa. — Se não agora, logo. — E em um tom mais leve, acrescentou: — E acho bom me avisar para onde for.

Percebendo que recebera ordens para tomar banho e o que isso significava, Declan caminhou aos tropeços de volta à ferraria, sentindo que aquela era a melhor época da sua vida.

5

UMA PARTIDA E JULGAMENTOS

HAVA CERCAVA A GAROTA COMO UM GATO, DANDO cada passo com um objetivo e alterando o equilíbrio de forma que ela pudesse se mover em qualquer direção e não deixar a oponente ditar as escolhas. As duas jovens seguravam cajados, capazes de causar danos sérios se usados em um oponente indefeso, mas que geralmente não eram letais se não mirassem o crânio. Hava observava a rival, esperando uma abertura.

O dia estava anormalmente quente, o suor encharcava as duas apesar da leve brisa marinha. Todos os estudantes estavam usando roupas de luta: calças largas e uma túnica de mangas curtas e aberta na frente, um lado fechando sobre o outro, presa com uma faixa de tecido amarrada no lado esquerdo.

A área de treino era improvisada: uma várzea acima da praia, dividida por um riacho que alimentava um rio que se esvaziava no mar um quilômetro e meio à frente na encosta. Por motivos que não haviam sido compartilhados com os alunos, vários mestres tinham viajado para Corbara, o principal porto de Coaltachin, e cada um tinha trazido seus pupilos mais velhos. Enquanto os professores faziam o que quer que fosse que tinham ido ali fazer, os jovens tinham sido entregues a um par de preceptores locais para continuar o treinamento. Aquele era o segundo dia de exercícios e os alunos estavam completamente entediados.

Não havia aulas, apenas treinamentos. Por baixo daquela rotina de exercícios e lutas, Hava tinha a sensação de que algo estava para acontecer; tinha percebido a tensão dos dois preceptores, esperando por algo. Os estudantes tinham sido alojados na escola local, lotada com os recém-chegados, mas na noite anterior não houve as brincadeiras e fofocas de costume, como se todos dividissem a mesma expectativa desconhecida.

Os estudantes mais velhos eram mandados para fora quando terminavam sua educação, mas aquela viagem parecia diferente. Algo estava errado e Hava não conseguia pensar no que seria, mas naquele momento ela não podia prender sua atenção em especulações: era sua terceira luta do dia, estava exausta e toda a sua concentração se focava na oponente.

O preceptor a emparelhara com uma garota chamada Nessa, de uma escola em uma ilha próxima. Hava não a conhecia bem, apesar de já terem treinado juntas em duas ocasiões anteriores quando estudantes de escolas diferentes se juntaram para treinar e lutar. Lutar contra Nessa era quase como lutar consigo mesma, já que a garota também era esguia, rápida e ágil, mas as semelhanças paravam por aí. Nessa também era uma das meninas mais bonitas que Hava já vira, um fato reforçado pelos comentários dos garotos. Apesar de ter pernas longas como Hava, os quadris e os seios de Nessa eram mais cheios, fazendo que o seu físico fosse mais curvilíneo. Seu cabelo castanho da cor do mel tinha marcas de sol e seus olhos verdes se destacavam no rosto bronzeado e com algumas sardas. Seus lábios cheios estavam apertados enquanto se concentrava.

Disseram a Hava que Nessa era uma das melhores alunas lutadoras em sua aldeia. Apesar de já terem treinado juntas, aquela era a primeira vez que se encaravam em uma luta. Nessa podia ser a melhor na sua escola, Hava pensava enquanto cercava a garota lentamente, esperando que ela fizesse o primeiro movimento, mas não importava o quanto os meninos — e algumas meninas — a admirassem, Nessa jamais se tornaria uma sicari. Na opinião nada generosa de Hava, a jovem era estúpida no combate: precisava que repetissem as instruções e geralmente não as seguia, e seu estilo de luta era totalmente previsível.

Para testar a teoria, Hava fingiu que ia dar uma rasteira nos pés de Nessa, e a garota reagiu como esperado, pulando para trás e aumentando a distância. Hava tinha se demorado em certos movimentos, mostrando-se lenta e atacando por cima, provocando Nessa a pular o cajado que a golpeava e se aproximar. Então, ou Nessa era muito mais esperta do que pensara e tinha visto a armadilha, ou era mesmo uma péssima lutadora.

Nessa era rápida e reagia rápido, mas Hava sabia que os talentos dela se resumiam a isso. Deu um passo para trás, preparando-se para um contra-ataque. Concluiu que a maior parte do treinamento de Nessa devia ter sido contra oponentes ainda menos talentosos, que não possuíam a força de Donte ou a rapidez de Hatu.

Sentindo que estava ficando cansada do exercício, Hava fingiu de novo, dessa vez fazendo um movimento de espetar com a ponta do cajado, e Nessa, como previsto, o bloqueou e golpeou para baixo, para a esquerda. Hava girou para a própria esquerda e ergueu o cajado até o lado direito do pescoço de Nessa, preparado para dar um golpe fulminante na cabeça.

— Alto! — gritou a preceptora, uma mulher chamada Elana. As duas alunas deram um passo para trás e se viraram para encará-la. — Hava, você sabe que golpes na cabeça não são permitidos.

— Sim, senhora. Por isso que parei o golpe em vez de derrubar Nessa no chão.

— Você tem um ponto. Esta luta foi sua — a preceptora respondeu com uma expressão entre amarga e divertida. Olhou para o ângulo do sol sobre a campina. — Terminamos por hoje. Tomem banho no rio e se reúnam para a refeição na escola dentro de uma hora.

As classes combinadas tinham se reunido no lado norte da ilha, do lado de fora da cidade de Corbara, e se espalhado pelo campo em pequenos grupos misturados sob a supervisão de instrutores de nível mais baixo, que um dia seriam preceptores. Os preceptores estavam com os mestres na cidade, discutindo assuntos importantes.

A escola local era no topo da colina, perto da área de treinamento. O dia estava quente e os estudantes rapidamente foram até o córrego, muitos tirando as togas de luta enquanto corriam para a água.

Hava e Nessa alcançaram a margem do córrego juntas e se despiram.

— Você luta bem — disse Nessa ao entrarem no riacho raso, parando para jogar água no corpo.

Hava parou por um momento, pensando se dava uma resposta sincera ou um cumprimento inútil.

— Você é rápida — Hava preferiu uma mistura das duas possibilidades. — Mais rápida que qualquer um que já enfrentei, exceto Hatu.

— Lembro dele — disse Nessa, acomodando-se na água fria, descansando de costas e apoiando-se nos cotovelos. — É o... garoto estrangeiro?

Hava assentiu enquanto imitava a posição de Nessa, evitando as poucas pedrinhas afiadas até estar deitada somente sobre as lisas. Olhou ao redor e percebeu que sentia falta de Hatu.

— Ele é... meu amigo.

Nessa sorriu e inclinou a cabeça.

— E seu outro amigo, o grandão?

— Donte? Está viajando. — "Estar viajando" era um código para não fazer mais perguntas, pois significava que Donte estava em uma missão para um mestre.

— Mesmo? — Nessa ignorou o aviso.

Hava estava prestes a detestar Nessa e para tentar diminuir a irritação, tentou cortar a conversa:

— Ele partiu ontem.

E agora ela também sentia falta de Donte e a irritação com a outra jovem só aumentou.

Nessa suspirou, regalando-se com a água fria. Hava olhou para além das curvas da jovem e viu alguns dos garotos lançando olhares na direção delas, apesar de ter outras jovens nuas perto deles. Hava respirou fundo e exalou lentamente. "Garotos", pensou. Nessa era a garota mais bonita dali, mas para Hava ela era pouco melhor do que as garotas enviadas para os bordéis para ouvirem rumores lançados pelos viajantes bêbados.

— Você é a melhor com quem já lutei — disse Nessa, distraída. — Entre as garotas, claro.

— Claro — Hava concordou, de testa franzida. Estava decidida a deixar de lado o desagrado crescente por ela; algum dia podia se ver trabalhando com Nessa. Podia nunca virar uma sicari, mas a beleza previa que ela iria acabar nos braços de alguém influente ou talvez até mesmo poderoso. E podia ser que surpreendesse Hava e se tornasse uma *noconochi*: uma assassina especial.

— Sabe, você confia demais na sua velocidade — disse, disposta a dar um aviso. — Acaba caindo em um padrão.

— Eu sei. — Nessa fechou a cara. — Só venço porque sou mais rápida que a maioria. Mas não ligo. Só luto porque me obrigam.

Hava ficou tão espantada que não conseguiu mais falar. Ser capaz de lutar por sua vida era uma habilidade vital para qualquer estudante que quisesse servir à nação. Podia entender que talvez alguém como Hatu, por ser estrangeiro, não tivesse as mesmas crenças, mas uma jovem de Coaltachin, tão avançada no treinamento? Qualquer estudante que mostrasse esse tipo de atitude ao alcance dos ouvidos de Mestre Facaria teria sido mandado embora da escola, para ser usado como trabalhador, vendido como escravo a um mercador de fora, ou mesmo morto. Ou o mestre de Nessa era mais livre em seu treinamento do que Mestre Facaria ou já tinham decidido que o destino dela estava em outro caminho. Se ela não fosse tão tola quanto parecia, e, sim, tão inteligente quanto bela, talvez virasse mesmo uma noconochi, e suas armas seriam uma bebida envenenada ou uma adaga nas costas. Talvez, pensou Hava, seu mestre já tivesse traçado seu caminho.

— Sou capaz de me defender, mas não tenho vontade de depender disso — explicou, como se percebesse a surpresa de Hava. Sorriu enquanto se esticava e sentava, olhando por cima do ombro para onde os rapazes tentavam não deixar transparecer que estavam olhando, enquanto outros estudantes gritavam e jogavam água mais à frente. — Garotos. Tão fáceis. — Deixou seu olhar escorregar pelas linhas do corpo de Hava. — Garotas também. — Ela se inclinou para a frente, com um sorriso de predadora. — Temos outras armas além de cajados e lâminas. — Abaixou a voz para perguntar: — Já esteve com uma mulher?

Hava manteve a expressão calma, não querendo trair nenhum sentimento. Não importava se ela estava apenas procurando uma reação ou revelando interesse verdadeiro, sua resposta foi uma máscara de indiferença:

— É proibido — Hava respondeu calmamente.

Nessa riu e vários garotos olharam na sua direção. Ela acenou para eles, que desviaram o olhar.

— Como eu disse, tão fácil. — Voltou a olhar para Hava. — E, sim, é proibido.

O sorriso dela indicava assuntos em que Hava preferia não entrar. Sexo entre os estudantes era estritamente proibido. Nunca deram o motivo, mas com o passar dos anos, os mais inteligentes tinham chegado às próprias conclusões. Ela tinha discutido isso com Donte e Hatu, quando mais novos; Donte fez as piadinhas óbvias, mas Hatu pareceu desconfortável. Ela achou isso estranho, pois não era proibido falar e sexo era geralmente discutido abertamente na escola. Por ter vivido perto das fazendas da ilha, ela tinha visto animais procriando desde antes de entender o que era.

A maioria dos alunos achava que a proibição era para evitar a gravidez, mas Hava sabia que havia como impedir isso. O verdadeiro motivo era mais sutil: sobre criar laços e relações, impedir que ficassem acima da lealdade à família, aos clãs ou à nação. Hatu geralmente ficava perdido nesses debates, por ser estrangeiro. Quando eram bem mais jovens, Hava, Donte e outros alunos tinham perguntado aos instrutores sobre as origens de Hatu, mas o silêncio ou as pancadas nas costas das pernas logo mostraram que o assunto não era para ser discutido.

Hava deixou esses pensamentos de lado. Estava realmente aborrecida com Nessa.

— Vou voltar para escola e esperar a refeição — disse e levantou-se.

Nessa pareceu surpresa, mas só deu de ombros. Hava vestiu-se depressa, pegou o cajado de treinamento e caminho na direção da escola. Ao alcançar a sala, viu uma figura conhecida descansando com as costas apoiadas na parede, a bolsa de viagem usada como travesseiro improvisado.

Hatu cochilava no calor da tarde. Hava o cutucou de leve na perna com a ponta do cajado. Ele abriu os olhos de repente, o corpo tenso, até perceber quem era e soltar um suspiro.

— Por que me acordou?

— Estou entediada, preciso de alguém para me distrair. — Ela agachou-se ao lado dele com um sorriso brincalhão no rosto e bateu no ombro do amigo. — Quando voltou?

— De manhã. Mestre Bodai me disse para vir para cá, e você estava lá fora. — Ele indicou o campo de treinamento com a mão. — Eu não queria correr o risco de ser mandado lutar. Estou cansado demais, fiquei com a vigia noturna no navio, preciso dormir.

Ele se recostou e fechou os olhos, mas ela bateu de novo.

— Disse que preciso me distrair — ralhou ela, de brincadeira.

— Donte não é mais tão engraçado? — Ele disfarçou um bocejo, levemente aborrecido.

— Ele está viajando.

— Quando? — Hatu se endireitou.

— Desde ontem. Mestre Facaria trouxe os estudantes mais velhos para cá...

— O conselho está reunido — Hatu a interrompeu.

— Onde você esteve?

— Viajando — Hatu respondeu com suavidade. Hava raramente deixava suas emoções transparecerem, mas a expressão em seu rosto comunicou-se com Hatu. — Desculpe.

Ela assentiu bruscamente, mostrando que compreendia, apesar de claramente não gostar.

— Fiz alguma coisa para te aborrecer? — Hatu perguntou ao sentir sua irritação.

Ela franziu a testa e sentou do lado dele, soltando um suspiro algo dramático que fez Hatu erguer uma sobrancelha.

— Não — ela disse depois de um tempo. — Só estou... cansada. E uma garota me deixou de mau humor.

— Garota? — Hatu sentou-se mais reto, ajustando-se na parede para dar toda a atenção à amiga.

— Não é nada — disse Hava, olhando Hatu nos olhos. — Eu a deixei me irritar.

— Bom, porque ninguém te irrita se você não deixar — Hatu respondeu, com empatia.

Ela arregalou os olhos e riu. Inclinou-se para a frente e o beijou na bochecha.

— Senti sua falta, cabeça-dura.

— Mesmo? — Ele franziu a testa.

Ela bateu no ombro dele de novo, dessa vez com força o bastante para que ele se encolhesse.

— O quê? — perguntou ele.

— Sim, mesmo. — Ela estreitou os olhos, um olhar que ele conhecia bem desde que eram crianças. Pelo menos por enquanto aquela discussão estava encerrada. Por fim, continuou: — Me pergunto quanto tempo ainda vamos ficar aqui.

— Acho que não muito — disse Hatu. Considerou o que podia e o que não podia contar. — Sabe quando fui chamado para fora do armazém pelo Mestre Bodai?

Ela assentiu.

— Eu viajei com ele. — A expressão de Hava deixou claro que ele estava afirmando o óbvio, dado o tempo que ficaram ausentes. — Eu... nós estávamos voltando e... — Novamente pesou o que podia contar a ela, respirou e prosseguiu: — Mestre Bodai mandou uma mensagem para os outros mestres para nos encontrarem aqui quando chegássemos, ao amanhecer.

— Você falou com o Conselho? — Ela arregalou os olhos, pois o Conselho era quase uma entidade mística para os estudantes de Coaltachin.

— Não — respondeu Hatu. — Só esperei a manhã toda do lado de fora, e pouco tempo atrás, Mestre Bodai me disse para vir até aqui e esperar. É só... o que quer... — Ele deu de ombros, sem completar o pensamento. — Acho que a maioria de nós vai voltar para a escola.

— Acho que não. — Hava colocou a mão no ombro dele.

— Por quê?

— Fomos mandados de volta quando você partiu com Mestre Bodai. Mestre Facaria convocou apenas os estudantes mais velhos... Donte, mais três e eu... para vir até este encontro. Os mais novos ficaram em casa. Foi assim com todas as escolas. Apenas os mais velhos estão aqui. Antes de partirmos, nos disseram para colocar todos os pertences na bagagem.

Hatu parecia preocupado.

— Espere. — Hava levantou e atravessou a sala. Remexeu sua sacola e voltou com um pequeno saco de pano. — Você não guarda muitas coisas, mas peguei isso para você.

Ele abriu o saco e encontrou alguns de seus itens pessoais, na maioria lembranças: uma lâmina de treino quebrada que guardava desde criança para dar sorte, uma pedra especialmente bonita que tinha encontrado em um córrego, um novelo grande de linha boa que roubara de uma tenda anos antes, uma colher de metal de boa fabricação e um laço.

— Obrigado. — Ele ergueu os olhos para Hava. — São só... coisas, mas foi atencioso.

Ele a encarou como se a visse por uma nova luz.

— Somos amigos — disse ela. — E Donte estava muito ocupado sendo Donte para lembrar que você já tinha partido. Só ficamos um pouco em casa antes de virmos para cá.

Ela sentou novamente e suspirou. Hatu assentiu.

— Nós só... — interrompeu—se antes de contar que tinham estado em Sandura — ... ficamos um dia em terra antes de voltar. Fiquei no mar o tempo todo, desde que parti. É estranho... — Ele se recostou, o tom de voz ficando contemplativo: — Durante toda a nossa vida, nos dizem que a escola não é nosso lar, apenas um lugar onde aprender antes de partirmos e fazer o que nos ordenarem...

— Mas é nosso lar... — ela o interrompeu e sacudiu a cabeça. — É mais meu lar do que a cabana de meus pais. Você e Donte são mais meus irmãos do que meus irmãos. Mal lembro o rosto deles.

Hatu sentiu uma pontada de apreensão. Se deixassem de ser estudantes e saíssem pelo mundo em missões como a da qual ele acabara de voltar, queria dizer que não veria Hava de novo? A ideia era como um soco no estômago.

— O quê? — Ele viu a expressão preocupada dela.

— Nada, mesmo — ele respondeu quase sussurrando, depois de um momento de silêncio. — Só um pensamento estranho.

Os outros estudantes retornavam para esperar a refeição e interromperam a conversa. Hava apoiou-se na parede perto de Hatu. Logo depois, bateu gentilmente na mão dele.

Nenhum dos dois falou por um tempo.

Nessa entrou com um grupo de rapazes atrás dela e reparou nos dois. Acenou para Hava e olhou para Hatu o avaliando, mas não disse nada.

— Você não gosta mesmo dela — Hatu comentou, estudando o rosto de Hava.

— Como sabe?

— Conheço essa cara. Os outros podem não ver, mas tem alguma coisa nela.

— Ela é diferente. — Hava olhou para baixo, evitando contato visual. — Tem algo nela que me deixa... desconfortável.

— Como?

— Não sei dizer, mas vejo como os garotos a seguem. — Ela ergueu a cabeça, indicando o ponto do outro lado da sala onde Nessa estava, cercada de admiradores.

— Eles só a desejam — disse Hatu. — Mesmo que seja proibido.

— As pessoas sempre querem o que é proibido. E você?

— Tem garotas melhores. — Ele sorriu, olhando para Hava. Ela o encarou por um momento e desviou o olhar.

— Ela é preguiçosa — disse em voz baixa.

Hatu deu de ombros enquanto Hava o olhava de lado.

— Ela vai acabar casando com alguém importante, provavelmente em um país estrangeiro, e vai passar a vida mandando mensagens para o Conselho. Ela pode ser preguiçosa, desde que seja esperta.

— Talvez seja, mas para mim é tão óbvia.

Um pensamento ocorreu a Hatu.

— E se nós também parecemos óbvios para os outros?

— Talvez. — Ela riu baixinho e sacudiu a cabeça de leve. — Iria ser útil, fazer com que as pessoas te subestimassem.

A comida foi trazida e os estudantes comeram em silêncio relativo, como haviam sido treinados para fazer na escola, principalmente quando cercados por pessoas não muito conhecidas. Era um dos muitos hábitos incutidos neles desde a infância.

Quando a refeição estava terminando, Bodai e Facaria entraram na sala com dois homens que Hatu e Hava não conheciam. Facaria veio até onde estiveram comendo, e os encontrou já de pé e com as mãos fechadas à frente.

— Seu aprendizado acabou — ele disse para Hava. — Agora é hora de passar tempo em outros lugares. Vá para onde as outras meninas estão se reunindo e espere mais instruções.

Ela pegou suas coisas e mal teve tempo de acenar com a cabeça para Hatu, o mais próximo que teriam de uma despedida.

Sentiu novamente uma dor no peito ao pensar que não veria Hava de novo por um bom tempo ou até mesmo nunca mais, e quase não conseguiu se concentrar no que Mestre Facaria dizia.

— Você irá até o porto. Procure uma embarcação chamada *Loira Encantadora*. O capitão está esperando você e mais três rapazes e irá partir na maré noturna. Vão lhe dizer o que fazer quando chegar. Vá.

Hatu hesitou por apenas um momento antes de agarrar a sacola e sair apressado pela porta. Do lado de fora, um caminho levava para a estrada que iria direto para o porto. Hava estava ali, ao lado de Nessa e outras quatro garotas. Ela o viu e sorriu. Ele levantou a mão e acenou em despedida e, ignorando o frio que apertou o peito de repente, concentrou-se em chegar no porto antes de o navio partir.

Podia ouvir outros garotos correndo atrás dele, seguindo seu caminho, mas se recusou a olhar para trás. Deixou de lado a raiva já familiar que surgiu e apertou os dentes, tentando não pensar em Hava.

HATUSHALY ESTAVA EM SILÊNCIO EM UMA ESQUINA DA cidade de Numerset, sabendo exatamente o que esperavam dele, e se sentia calmo e confiante com esse conhecimento. Estava no distrito de Washa, lar dos mercadores que atendiam aos ricos e nobres da cidade. Hatu tentava se misturar o melhor que podia como um garoto esfarrapado em uma cidade cheia deles.

Tinha chegado duas semanas antes e encontrara o capitão da equipe local, que o levara até um armazém. Encontrar Donte ao chegar tinha sido uma surpresa bem-vinda, e depois de falar alguns minutos com seu velho amigo, Hatu sabia que seus dias de escola estavam realmente terminados. Ele tinha pensado que terminara quando Hava tinha sido enviada em missão e Mestre Facaria o mandara até ali, porém, era agora que estava começando seu verdadeiro trabalho para Coaltachin; era um criminoso de verdade. Então, apesar de ter gostado de se reunir a Donte, só aumentou sua preocupação de que jamais veria Hava de novo, o que levantava sentimentos que não podia explicar.

Respirou fundo e examinou a multidão. Naquele dia, ele era parte de um grupo de quatro garotos, uma "equipe de apoio", e seu papel era o de "atraso". Sua tarefa era interromper o progresso de um membro bem-sucedido da multidão por um momento ou dois, permitindo que o "cortador" cortasse sua bolsa enquanto a vítima estivesse distraída. O cortador era o membro mais experiente, escolhido pelas mãos leves e reflexos, capaz de rasgar um casaco e roubar uma bolsa de moedas de dentro de um bolso, ou de separar a bolsa do cinto sem ser percebido. Segundos depois, o cortador iria entregar sua faca e seu prêmio ao "saco", que iria sair correndo o mais rápido possível. O movimento era chamado de "lançamento". Naquele dia, Donte era o saco.

Se a vítima, ou "alvo", percebesse e fosse rápido o bastante para alcançar o cortador, o garoto não estaria com a faca nem com a bolsa, tornando as acusações impossíveis de serem provadas.

O quarto garoto, o "olho", era quem sinalizava um possível alvo. Vagaria entre as tendas do mercado procurando alguém de bolsa cheia e pouca atenção, o tipo que não iria reparar no sumiço do dinheiro até os garotos estarem em outro lugar.

Hatu se remexeu, inquieto. O olho ainda não sinalizara, apesar de ter passado por vários possíveis alvos promissores. Era como se estivesse esperado por alguém. Hatu começou a sentir um desconforto que já lhe era familiar, o de não estar sabendo de algo importante.

O sinal veio: o olho, um garoto chamado Jolen, tirou o boné e limpou a testa quando um mercador atarracado e bem-vestido passou por ele. Hatu moveu-se sem hesitar.

Viu que o alvo carregava a bolsa no lado direito, indicando ser canhoto, pois homens inteligentes mantêm a bolsa do lado oposto à mão que usam. Hatu virou-se levemente para passar ao lado esquerdo do homem e tropeçou na frente dele, atraindo sua atenção por um instante. Aproveitou a oportunidade para fazer contato visual e começou a pedir:

— Senhor, por favor, pode me dar uma moeda? Sou órfão e não como há dias!

Brendant, o cortador, estava em posição para pegar a bolsa e sair correndo, mas, em vez disso, sacou a adaga e a enfiou no estômago do homem. Hatu viu o rapaz empurrar a lâmina para cima, por dentro das costelas, no fundo do fígado. O alvo iria sangrar até a morte em minutos. Tudo o que conseguiu fazer foi arquejar, mal fazendo barulho quando os joelhos perderam as forças.

— Foi tarde! — o olho gritou, e os garotos saíram correndo, o mais rápido que conseguiam, lançando-se entre a multidão, indo na direção das docas.

Estavam já na metade do quarteirão seguinte quando ouviram o primeiro grito de alarme atrás. Brendant gesticulou para que os outros seguissem até um beco, onde tirou a jaqueta, revelando uma blusa esfarrapada de manga curta. Colocou a jaqueta atrás de uma pilha de lixo e indicou que os outros deveriam imitá-lo.

— Berço? — Hatu olhou de relance para Brendant.

Com um balançar de cabeça, Brendant indicou que não iriam voltar para a base.

— Mar aberto — foi tudo o que disse em resposta, e os outros três começaram a mudar de roupa para seus novos papéis.

Quando Hatu tirou a jaqueta e estava prestes a jogá-la na pulha, Brendant o parou.

— Não esqueça sua coisa.

Hatu assentiu e pegou uma pequena lata redonda de um bolso interno da jaqueta. Colocou-a por dentro da blusa, debaixo do cinto. Sabia que ia incomodar, mas era vital que não esquecesse o que os outros chamavam de "sua coisa". Era uma pomada para escurecer o cabelo e deixá-lo em um tom mais comum de castanho. Era resistente a água e a lavagens, então só precisava reaplicar depois de dias.

Em menos de dois minutos, quatro jovens marinheiros saíram do beco e afastaram-se calmamente da cena do crime na direção das docas, enquanto o alarme se espalhava pelo mercado como ondas em um lago.

Hatu sentiu a raiva crescendo e a engoliu à força. Ninguém lhe dissera que não seria apenas um furto; e a raiva ainda era maior, pois tinha sido forçado a abandonar o primeiro par de botas que servira bem nele em quase um ano. Mas, principalmente, estava se sentindo inseguro, como muitas vezes desde a infância. Brendant não era um garoto comum, era um homem que parecia mais novo, um sicari experiente, pois nenhum ladrão comum seria encarregado de um assassinato.

Os quatro marinheiros andavam tranquilos pela multidão, sua conversa sem sentido se perdendo entre o ruído das ruas. Donte regalava Hatu com especulações sobre uma atendente de bar e Hatu se concentrava nele somente o bastante para grunhir em resposta.

Estava tentando entender o que tinha acontecido. Aquela equipe estava trabalhando em Numerset há mais de um ano antes de Donte e Hatu se juntarem a eles, estabelecendo-se entre os rufiões e batedores de carteira da cidade. Cada equipe passava metade do tempo lutando pelo direito de participar do lucro criminoso local.

Tinham vindo de Coaltachin um por um, e se encontrado aos poucos, misturando-se entre as centenas de anônimos que o destino condenara à pobreza. Tinham encontrado uma pequena gangue e, depois de algumas lutas para mostrar seu valor, rapidamente tomaram conta e a transformaram em uma das mais eficientes equipes da cidade. Com outros capitães tinham juntado suas equipes no que chamavam de regimento, e juntos tinham efetivamente tomado conta do crime na região. Regimentos se reportavam diretamente a um dos mestres em Coaltachin, que se coordenava com os outros mestres no Conselho.

Os meninos e meninas que mostravam ter talento podiam permanecer, enquanto que aqueles que provavam ser um risco para a gangue tinham sido desligados, deixados para morrer, serem capturados ou se juntar a outra gangue. A equipe de Hatu tinha se mostrado cruel desde que ele tinha chegado.

Às vezes, como tinha acontecido um dia antes, uma mensagem em código chegava para Brendant, que informaria aos outros sobre a tarefa. Hatu, Jolen e Donte: todos sabiam sem que fosse dito que essas instruções vinham dos líderes do Conselho.

A equipe de Brendant, que naquele momento tinha 25 garotas e garotos, gerava lucro para Coaltachin. O dinheiro era entregue para ele todos os dias. Havia um capitão em cada nível, então o contexto criava uma variedade de títulos. Brendant era capitão de equipe. Abaixo dele, um subcapitão chamado Jadique que mandava na ausência do outro, e que iria tomar conta agora que Brendant estava deixando a cidade.

A equipe tinha se tornado uma das mais eficientes da cidade, por isso era bem recompensada. Hatu tinha guardado sua parte, sem desperdiçá-la com jogos, mulheres, drogas ou bebidas. Por vezes, permitia-se o luxo de uma boa refeição em uma hospedaria perto do portão oriental, já que apreciava privacidade e, em sua avaliação, ninguém da equipe tinha a perspectiva de ser uma boa companhia exceto Donte.

Mas aquilo era o máximo de autoindulgência. Quando podia dar uma escapada, trocava moedas por pedras preciosas com um comerciante de confiança. Tinha um pequeno bolso costurado na calça que ele poderia pegar rapidamente se houvesse necessidade. Calculava que podia viver por um ano ou mais com o que tinha guardado. Mais um ano ali e poderia viver de forma modesta durante anos.

Havia pelo menos uma dúzia de equipes no regimento da cidade; os jovens estavam divididos em companhias de tamanhos diversos, dependendo da necessidade. A maioria se envolvia com os pequenos, mas lucrativos, crimes de rua, enquanto equipes formadas pelos garotos maiores agiam como seguranças e mantinham a ordem dentro das gangues, assim como mantendo os criminosos locais fora das regiões mais lucrativas. A cidade toda estava sob a autoridade do mestre de regimento. Nem todos os membros das equipes eram de Coaltachin, mas os principais sim. A maioria dos locais não sabia que trabalhavam para o Conselho, sequer sabiam de onde seus chefes eram. A muralha de segredo, a barreira do conhecimento era absoluta, e todos os membros do grupo de Hatu que tinham vindo da ilha sabiam que violar isso era uma sentença de morte.

Era responsabilidade de Brendant fazer com que o dinheiro fosse enviado para o Conselho. Depois dos abatimentos permitidos, ele passava o pagamento para um homem específico nas docas, que por sua vez passaria para o capitão do navio que iria para Coaltachin. Uma determinada quantia era esperada a cada mês e, embora Hatu não soubesse quanto, não conseguir significava ser punido, talvez duramente, então a equipe trabalhava para que não acontecesse. Mais de um rapaz ambicioso tinha ido parar na baía com orelhas e narizes cortados, ou com dedos arrancados, como aviso para os demais.

Porém, suas tarefas, como assaltar um armazém, atacar um mensageiro ou, como nesse caso, assassinar alguém, servia a fins que nenhum dos garotos entendia. Não se achava necessário que entendessem por que determinados alvos eram escolhidos, o que frustrava Hatu. Outros podiam ter o temperamento para obedecer cegamente, mas aquilo o atormentava intimamente. Estava começando a pensar em como seria deixar a terra onde crescera e se aventurar em um mundo além do que conhecia. Metade desse pensamento vinha de curiosidade, mas a outra metade era fruto de frustração, a raiva constante dentro dele que nunca sumia.

Uma coisa sobre a qual Hatu nunca falara, nem mesmo com Hava ou Donte, era sobre sua sensação de ser diferente, de não ser completamente de Coaltachin, apesar de ser o único lar que conhecia. Hatu sempre soubera, desde os primeiros dias, que iria partir. Ele jamais chegaria a ser um Quelli Nascosti. Não saber para onde o destino o levaria também alimentava a raiva sempre presente. Duas sensações surgiam quando pensava em sua situação: medo de não entender o porquê de o deixarem partir sabendo tanto sobre o Reino da Noite e uma raiva frustrante de não saber por que era diferente e como isso era permitido.

Quando o grupo chegou no fim da doca mais próxima, um trabalhador acenou para Brendant e fez um sinal que Hatu reconheceu, identificando-o como agente da gangue. Com a cabeça, indicou qual navio deviam pegar, e os quatro se apressaram a subir pela prancha, puxada segundos depois dos pés descalços de Hatu tocarem o convés.

Começaram a trabalhar sem precisar de ordens. Hatu e Donte subiram no cordame, pois eram os melhores para fazer o serviço perigoso e traiçoeiro. Jolen e Brendant se juntaram à tripulação no convés. Pranchas foram içadas, velas desfraldadas, e o navio gentilmente se afastou das docas.

Numerset não tinha um porto de verdade, simplesmente um longo atracadouro protegido por um velho quebra-mar de pedras que precisava muito de conserto. Com o tempo ruim, os navios ancoravam no mar aberto, com reforços a cada junta para se manter flutuando, pois se fossem colocados no atracadouro, arriscavam-se a bater nas rochas sobre as quais ele havia sido construído. Mas com tempo bom, o atracadouro permitia uma partida rápida, sem a necessidade de guia.

O navio era um enxambeque com o nome *Nelani* pintado no casco; era uma embarcação estreita com três mastros de velas triangulares, construída para ser rápida e carregar cargas pequenas e valiosas. O *Nelani* era um navio costeiro, não para águas profundas, mas nas ilhas era raro ficar fora da vista da terra por mais de meio dia. Esses navios de águas rasas corriam menos riscos por causa dos recifes escondidos e de obstáculos inesperados, e havia muitos portos para se abrigar de tempestades.

Com Donte posicionado do outro lado do arraçal, Hatu desamarrou uma das três grandes velas e subiu pelas escadas de corda para firmar o topo. Velas triangulares eram projetadas para se abrir com facilidade, mas ainda precisavam serem firmadas por causa de mudanças súbitas na direção do vento.

Hatu viu que Donte estava sorrindo para ele e se irritou. Sabia que Donte estava se divertindo com a confusão sobre os eventos recentes. Frequentemente se perguntava por que ainda eram amigos. Eram a dupla mais improvável, e tinham se unido quando ainda eram crianças, mas nenhum dos dois conseguia explicar por que se mantinham próximos; por vezes, Donte divertia Hatu, mas em outras ele o enraivecia.

Quando as três velas estavam enfumadas e seguras, os jovens se agarraram nas cordas e desceram ao convés. Preparar o navio não deixava tempo para conversas, mas mesmo com o trabalho terminado, com tantos ouvidos por perto, conversar não seria inteligente. Havia uma hierarquia invisível em Coaltachin e ninguém sabia ao certo quem poderia saber o quê. Desde a infância, os estudantes destinados a posições de destaque, e mesmo os que se uniriam aos níveis mais baixos, eram ensinados a serem cuidadosos com quem poderia estar escutando.

Uma rápida observação do convés não deu a Hatu uma ideia clara do que era esperado dele, então caminhou até a escada para descer, seguido por Donte. Pegaram uma das duas mesas no lado oposto do aposento da tripulação. As doze redes indicavam que aquele navio era um que viajava distâncias curtas com uma tripulação pequena. Ao contrário de navios maiores, a *Nelani* não tinha cabines para os oficiais, apenas uma larga cortina definia proa e popa, e o capitão e um único oficial dormiam do outro lado da cortina. Hatu também achava que pequenas distâncias compreendiam dois turnos de seis homens cada, ao invés de três turnos de quatro. Seis tripulantes em um navio desse tamanho significava que seria uma viagem relativamente fácil.

Seus dois companheiros apareceram logo depois que Hatu chegou e quando estavam sentados, foi Donte quem falou:

— Alguma ideia?

— Só recebi a mensagem para tomar conta daquele mercador gordo, deixar a cidade e voltar para casa. — Brendant sacudiu a cabeça.

— Casa — Hatu resmungou.

— Algum problema? — perguntou Brendant em tom de desafio.

Hatu parou para analisar o olhar de Brendant. O líder da equipe estava obviamente chateado com alguma coisa também, mas não havia contado para os outros. Como um sicari, vivia em um mundo completamente diferente na maior parte do tempo, e provavelmente não gostava de trabalho com crianças recém-saídas da escola. Seus olhos avaliaram Hatu.

— Só joguei fora umas botas muito botas — Hatu resmungou, recostando-se no casco do navio.

Brendant aceitou a explicação.

— Espero saber o que está acontecendo quando chegarmos.

— Se eles se importarem em nos contar — disse Jolen, que geralmente era o mais quieto.

— É assim que as coisas são — respondeu Brendant.

O capitão desceu a escada e se aproximou da mesa.

— Não sei o que vocês fazem e não quero saber — ele começou, em um tom nada aberto a comentários ou respostas. — Só me disseram para partir no momento em que chegassem e ir para casa. — Parou por um momento e olhou cada um deles, avaliando-os. — Vocês dois — apontou para Donte e Hatu — fiquem no convés com a tripulação. Os outros ficam na vigia noturna. Durmam no convés. — Apontou para o chão debaixo da mesa. — As redes são para os meus rapazes. A vigia é depois da janta.

Virou de costas para eles e subiu a escada para o convés.

— Bem, temos nossas ordens — Donte disse, com um sorriso irônico. Bateu sem força no ombro de Hatu com as costas da mão e inclinou a cabeça na direção da escada. — Vamos.

Levantou-se, com Hatu logo atrás, enquanto Jolen e Brendant começavam a procurar um lugar para dormir, longe do caminho de quem descesse.

— Tem algo acontecendo. O capitão não está contente conosco — Donte falou assim que saíram no convés.

— Tem — Hatu concordou.

O oficial acenou para eles.

— Vocês dois, lá pra cima. Precisamos de mais olhos.

— Problemas? — Donte perguntou.

Um tapa na nuca de Donte indicou que o oficial não queria ser questionado e os dois rapidamente subiram o cordame. Donte foi para o mastro principal, Hatu subiu no que ficava depois da mezena. O pequeno navio costeiro não tinha nada parecido com a gávea dos navios maiores, apenas uma plataforma circular em cada mastro, grande o bastante para um homem de pé ou sentado. Sentinelas alternavam as posições, já que nenhuma era confortável e os músculos ficavam duros e doloridos se ficasse na mesma posição por muito tempo.

Hatu e Donte escolheram ficar em pé primeiro, pois sentar na madeira com as pernas agarradas no mastro era custoso para pernas e bundas, mesmo por pouco tempo.

— Parece que tem muita gente chateada por estarmos aqui — Donte falou em uma altura para que não o ouvissem lá embaixo.

— Se o capitão, o oficial e Brendant forem muita gente, acho que você tem razão.

— Bem, você está zangado por causa das botas, então são quatro.

Hatu não conseguiu segurar a risada.

— E eu estou zangado porque ia passar a noite com Florinda.

Hatu riu de novo. Florinda era a mais nova garota de taberna na lista de conquistas de Donte desde que chegara à cidade. Hatu tinha perdido a conta de quantas foram antes. Donte tinha sumido por várias noites na semana anterior, então Hatu presumia que o charme do amigo funcionara.

Os dois jovens ficaram em silêncio, pois sabiam que continuar conversando iria distraí-los da tarefa: observar o horizonte à procura de sinais de problemas. As horas passaram lentamente.

Perto do pôr do sol, Donte deu o alarme.

— Hatu, a nordeste!

Hatu olhou na direção que Donte apontara e logo depois conseguiu distinguir três pontos escuros contra o brilho do anoitecer.

— Velas! — gritou.

— Onde? — foi a resposta imediata do capitão no convés.

— Nordeste, dois pontos para norte, aproximando-se rápido!

Nos segundos que tinham passado, os pontos tinham crescido tanto que Hatu sabia que os três navios estavam vindo direto para eles.

— Mostrem a bandeira! — gritou o capitão.

Hatu olhou para Donte que o encarava com a mesma expressão de ignorância. Um minuto depois, uma bandeira negra tinha sido erguida e tremulava no anoitecer. Mostrava um círculo amarelo com uma faixa vermelha atravessando-o de cima a baixo: o símbolo de um navio de Coaltachin.

Hatu estreitou os olhos para o amigo e de novo a expressão de Donte refletia a própria confusão. A bandeira era raramente usada, pois não era comum que os navios de Coaltachin se revelassem, mas quando o faziam era para avisar potenciais atacantes: tão próximos do território das ilhas, a promessa de uma vingança implacável fazia com que a maioria dos corsários mudasse o curso.

Aqueles três navios o mantiveram.

— Continuam vindo, capitão! — Hatu gritou para o convés.

Hatu não conseguiu ouvir o que o capitão disse ao oficial, mas podia imaginar. Poucas pessoas que cruzavam aqueles mares iriam procurar confronto com Coaltachin, mas quem o fazia estava entre os piores adversários que aquela nação tinha.

— Cortar para sotavento, reverter!

Sem hesitar, Hatu e os outros marinheiros na parte de cima preparam as retrancas para virar, já que o capitão decidira fugir. Todos a bordo eram lutadores treinados e alguns, como Brendant, estavam entre os mais letais, mas a força de Coaltachin estava em evitar conflito aberto quando possível. Sua força era furtividade, surpresa e astúcia. Hatu sabia que o capitão combateria um navio sem pensar, dois talvez, mas três era motivo o bastante para procurar escapar.

Donte se movia tão rápido quanto Hatu, preparando a manobra que com certeza significaria que ficariam pendurados para salvar suas vidas. O leme foi puxado com força e o navio adernou, para se endireitar tão abruptamente que quem não estivesse segurando corria o risco de ser jogado para fora. Ele não podia parar para ver se Donte estava seguro, mas sabia que o amigo era tão experiente em navegar quanto ele.

Amarrando as cordas assim que se aprumaram, Hatu parou para ver as três embarcações que se aproximavam. Seria uma corrida. Eram menores que a *Nelani*, mas talvez tivessem velas para estender e fossem rápidas o bastante para alcançá-la. Tinha uma vaga ideia de onde estavam, mas imaginava que houvessem por volta de meia dúzia de ilhas espalhadas perto da direção que o capitão escolhera. Estavam ao sul de uma vastidão de água chamada Caminhaberto, uma área sem ilhas, o que fazia que os arquipélagos fossem conhecidos como do Norte ou do Sul. Estavam adentrando nas Ilhas do Sul, uma região praticamente desabitada e tida como perigosa.

Se o capitão conseguisse tatear ao redor de uma das ilhas e proteger seu navio de ser visto por dez minutos, teria a chance de despistá-los no arquipélago e depois seguir seu caminho para o norte, atravessando o Caminhaberto e entrando em território mais amigável.

Era fim da tarde e o sol iria se por em menos de duas horas. Desceu por uma corda até o convés. Pelos seus cálculos, iriam encarar uma perseguição dura por uma hora antes de serem alcançados, mas se o capitão encontrasse uma ilha para se esconder, poderiam ficar na escuridão para depois escapulir.

— Ilhas — Donte gritou do alto, apontando para a frente.

Hatu olhou para a popa e viu o capitão instruindo o homem no leme para tomar uma nova direção. Alguém falou "armas" e sem se importar em ver quem tinha dado a ordem, Hatu correu para o castelo de proa com os demais. Portas com grandes dobradiças foram abertas para revelar um arsenal de armas digno de uma guarnição. Espadas, lanças, escudos, arcos e aljavas cheias de flechas. Hatu hesitou e deixou os outros se armarem primeiro. Vários escolheram lanças e espadas e só um pegou um arco. Olhou para onde Donte ainda estava de vigia e pegou duas aljavas, pendurou-as no ombro, para pegar dois arcos.

Escalou rápido o cordame e alcançou o topo, entregando um arco e uma aljava para o amigo.

— Obrigado — disse Donte. — Vejo que não temos muitos arqueiros.

— Três aparentemente — disse Hatu indicando o outro arqueiro com a cabeça.

Hatu manteve os olhos nos navios que se aproximavam e se forçou a se acalmar. Acertar um alvo móvel quando se está parado já é bem difícil, mas acertar um quando seu posto se move ao gosto das ondas é duas vezes mais. Sabia que teria sorte se acertasse alguém, porém poderia incomodar o inimigo o bastante para impedi-lo de jogar os ganchos.

Hatu se preparou para esperar. Olhando para o convés, apreciou a disciplina demonstrada pela tripulação. Iria demorar algum tempo para que os navios alcançassem o *Nelani*, se chegassem a alcançar, e o momento era de conservar energia, não desperdiçá-la antecipando uma luta que poderia jamais ocorrer. Em menos de uma hora o sol iria se por e minutos depois ou estariam lutando até a morte de cada um a bordo, ou iriam ter escapado dos perseguidores. Qualquer possibilidade era válida, então Hatu esperou e tentou ficar calmo.

Os minutos passavam devagar, e com o arco e a aljava pendurados nas costas, Hatu ajustou as velas como ordenado e manteve os olhos no horizonte. Lutar com os outros rapazes era uma coisa, e nem mesmo das lutas de gangue ele tinha medo, mas nunca lutara a bordo de um navio, e provavelmente contra piratas experientes que conheciam todos os truques do combate no oceano.

Conforme o sol descia e os navios se aproximavam, Hatu sentiu a umidade do ar subir e olhou na direção da proa. Estava indo em direção a um nevoeiro. Na verdade, era mais a condensação do ar no crepúsculo, com a queda da temperatura, comum nas ilhas. Uma neblina noturna se formava para se desvanecer na manhã seguinte com o aumento da temperatura. Qualquer coisa que ajudasse a obscurecer a visão de quem os seguia seria bem-vinda.

O capitão ajustou o curso alto o bastante para ser ouvido, mas sem gritar. Os perseguidores estavam perto o bastante para que qualquer chance de serem ouvidos fosse evitada.

O *Nelani* adernou para estibordo e Hatu viu que o capitão planejava um curso circular ao redor de uma ilha. Viu outra silhueta escura por trás, outra massa de terra. Hatu confiava no conhecimento do capitão sobre aquelas águas e voltou sua atenção para aqueles que seguiam seu navio.

Subitamente adernaram quando o vento veio de outra direção, uma mudança leve, mas o bastante para que a tripulação nas cordas precisasse cortar as velas.

Hatu olhou para trás e não viu sinal dos perseguidores. A ordem para mudar o curso de novo e diminuir as velas veio de baixo. O capitão estava diminuindo a velocidade e sabia onde queria estar quando os navios alcançassem o *Nelani*.

Para um enxambeque, diminuir as velas significava ajustar a posição da retranca e recolher as velas mais do que recolher o escolho como em uma vela quadrada, então Hatu montou na retranca conforme ela descia lentamente, puxando metros de tecido e o guardando para ser descido quando a retranca parasse. O navio diminui de velocidade e ele viu que o capitão estava o levando para mais perto das pedras. Iriam se esconder.

Estavam em um canal estreito e Hatu esperava que o capitão conhecesse o caminho. Quando a retranca estava a poucos centímetros do convés, parou de se mover e Hatu e outros marinheiros a prenderam. As ordens eram dadas por sinais e qualquer coisa que pudesse fazer barulho foi guardada, amarrada ou abafada com tecidos. Recolher as velas totalmente iria deixar o navio à deriva, as velas soltas, os tecidos e os guinchos iriam chacoalhar, e a madeira iria ranger e grunhir. Daquela forma, se mantinha tensão o bastante para ficar relativamente em silêncio e torcer para que o barulho do mar mascarasse qualquer pequeno ruído que escapasse.

Os segundos se arrastaram e os homens podiam ouvir seus corações baterem.

Hatu tinha navegado o bastante para saber que não era um marinheiro de verdade; podia até fingir que era e fazer as tarefas, mas as correntes e os ventos, reconhecer um navio pelo seu som e pela madeira debaixo de seus pés estava além dele. Tinha que confiar em que seus mestres jamais colocariam um tolo responsável por aquele navio. Tudo o que podia fazer era esperar e estar pronto para lutar.

Um movimento; uma silhueta escura passou na penumbra: o vislumbre uma vela passando na frente da estreita faixa de visão entre as duas ilhas, pouco mais que um lampejo; depois outra e por fim a terceira. Hatu suprimiu um arrepio, pois tinha mais sentido do que visto os navios e isso o incomodava de uma forma inexplicável.

Mais dolorosos minutos se passaram e o capitão falou em um sussurro. Um marinheiro repassou a ordem:

— Vamos nos abrigar aqui. O capitão diz que não vai arriscar se virar no escuro. Vamos deixá-los se afastar e saímos daqui ao amanhecer. Recolham totalmente as velas e lancem a âncora. Fiquem em seus postos, mas descansem um pouco.

Hatu percebeu que tinha prendido a respiração e exalou em silêncio. Sentiu um puxão no tecido e recolheu totalmente a vela. A âncora foi descida o mais silenciosamente possível, em lentidão agonizante.

Finalmente, tudo estava em silêncio.

6

TALENTOS DESIGUAIS

HAVA ESTAVA SENTADA E TENTANDO PARECER CALMA, mas ficava se ajeitando de um lado para o outro, como se a esteira fosse desconfortável. Não era, mas ela estava aborrecida e entediada com a lição e isso a deixava inquieta.

A parte sexual do treinamento tinha sido um pouco difícil, e ela estava tentando conciliar receber ordens sobre como se comportar com o sentimento sobre os atos. Uma frustração constante a acompanhara durante o mês que tinha passado com as Damas Pintadas e estava começando a pensar se era assim que Hatushaly se sentia. Ele parecia frustrado durante a maior parte do tempo.

Também ficava aborrecida em ver como seus pensamentos tinham se voltado para ele de novo. Pensar nele e, em menor grau, Donte, era inútil, pois era bem possível que jamais visse algum dos amigos de novo. Mesmo Coaltachin não tendo a imensa população dos reinos maiores ou mesmo dos baronatos mais poderosos, estavam espalhados pelo mundo. O pensamento a incomodava mais do que podia explicar, mas soubera durante toda a vida que aquele seria seu futuro. Donte estava destinado a ser um mestre se não se autossabotasse, e, embora não conseguisse explicar como, sabia que o destino de Hatu iria levá-lo para muito longe da escola da ilha de Mestre Facaria. Porém, uma coisa ser inevitável não a tornava mais fácil de ser suportada quando chegava, concluiu.

A lição atual era focada em como ser uma noconochi: uma bela mulher que conseguia elogiar sem parecer interesseira ou óbvia. Tudo aquilo era perdido em Hava. Algumas estudantes tinham jeito para flertar e elogiar da maneira certa, mas ela não. Se perguntava como deveria rir de uma piada ruim ou de uma tirada burra se não era sequer capaz de reconhecê-las como péssimas tentativas de humor. Também achava difícil responder rápido, precisando parar para pensar na maioria das vezes. Ela não tinha a menor facilidade para ser frívola, não era de sua natureza. Era boa em conversas diretas, como Hatu e Donte poderiam atestar, mas não em conversa fiada. Não se importava com o silêncio, mas quando era hora de conversar, queria falar sobre qualquer coisa, desde que fosse interessante.

No começo, tinha pensado que o sexo iria ser a parte mais exigente do treinamento, mas, tirando a dor de perder a virgindade, tinha se tornado algo banal. Tinha crescido entre fazendeiros e visto sexo entre animais antes de saber o que era aquilo, e quando ficou debaixo de um homem só a sensação lhe era desconhecida. Desde aquela primeira vez, houve momentos em que ficou encantada de descobrir coisas sobre seu corpo e como ele respondia. E tinha prazer em aprender coisas novas: apreciava a forma como seus professores mais experientes escutavam o que ela dizia e a ajudavam a se tornar mais eficiente em cada ato sexual. Parecia que ser um bom parceiro sexual exigia um nível de autoconhecimento acima dos que tinham a maioria dos homens e das mulheres de Coaltachin, ou talvez de todo Garn, pelo que os instrutores diziam.

Hava tinha tido mais dificuldade com as instrutoras e com as alunas; apesar de apreciar a beleza feminina e de achar alguns atos muito prazerosos, na maioria das vezes ela preferia os corpos mais firmes e angulosos dos homens. Bem, de alguns. Alguns de seus parceiros masculinos tinham sido tão difíceis quanto as mulheres.

Tentou voltar a prestar atenção na aula e viu, divertida, que Nessa, mais uma vez, se colocara diretamente na frente da instrutora, uma mulher mais velha, porém ainda atraente chamada Senhora Mulray, que era a diretora da escola. Nessa parecia determinada a ser a melhor aluna a qualquer custo, mesmo que não houvesse competição. E durante o último mês, tinha parecido que os instrutores estavam perfeitamente conscientes dos pedidos por atenção.

Hava não podia calcular a idade da Senhora Mulray, mas supunha que era velha o bastante para ser sua mãe, talvez entre 35 e quarenta anos. Ainda estava esguia e em forma, quando a maioria das mulheres de Coaltachin estava gasta pelo trabalho duro e pelos vários filhos; andava com uma postura que indicava autoridade.

Em Corbara, Hava tinha visto mulheres como Mulray às vezes, sendo carregadas em liteiras ou acompanhadas por um séquito: esposas ou amantes de mercadores e viajantes estrangeiros e ricos. Quando criança, Hava tinha imaginado que aquelas mulheres não eram humanas, mas criaturas míticas, belas e graciosas. Só quando ficou mais velha é que aprendeu sobre cosméticos, pintura de cabelo e roupas modeladas para aprimorar. Porém, ser aluna de uma mulher como aquela a intrigara por um tempo. Havia uma aura de comando ao redor da Senhora Mulray que não tinha visto nas mulheres estrangeiras que visitavam Corbara, uma autoridade enraizada em suas habilidades, não na posição social. O cabelo escuro emoldurava um rosto moreno de olhos escuros e lábios cheios. Eram os olhos que davam sinais de uma força incomum na maioria das mulheres que Hava tinha encontrado. Aquela força, por baixo da arte de seduzir e manipular homens e mulheres, ecoava em menor grau nas outras instrutoras: todas tinham, mas nenhum superava a Senhora Mulray. Ela fazia cada lição parecer fácil, até que os estudantes tentassem imitar o que ensinara. A combinação de beleza e poder tinham intrigado muito Hava nas primeiras semanas. A novidade já tinha passado, e Hava ficava se perguntando se todas aquelas mulheres bem-vestidas e pintadas tinham sido como Nessa na sua idade.

Nessa demonstrava uma atenção devota à aula, e novamente Hava se perguntou por que ela estava tão determinada a ser a melhor em tudo. Hava estava feliz em deixar, pois assim Nessa não a incomodava. Hava não tinha vontade de passar tempo com Nessa, mas, por algum motivo, Nessa conseguira reunir as boas graças de um grupo de garotas, que a seguiam como se liderasse sua própria equipe.

Uma noite, estavam aprendendo como beber sem ficar bêbados, o que envolvia saber a comida a ser ingerida ou os óleos que cobriam a garganta e o estômago. A turma inteira ficou bêbada. Isso levou a uma orgia espontânea, o que, apesar de expressamente proibido, parecia ter sido parte do exercício, pois, apesar do sexo, ninguém foi punido no dia seguinte e o incidente sequer foi mencionado. Hava tinha considerado aquilo um exemplo de perda de controle enquanto se acreditava que ainda o tinha. As muitas ressacas e os estômagos atormentados do dia seguinte foram lições práticas sobre autoilusão.

Ela tinha conseguido bloquear os avanços de vários garotos e garotas, mas conforme as coisas começaram a sair do controle naquela noite, Nessa tentara se enfiar debaixo de seu cobertor. Hava fingira que dormia e se enrolara firmemente no cobertor.

Nessa fedia a vinho, suor e sexo, uma combinação que causava repulsa em Hava. Por fim, golpeou com o cotovelo a lateral do pescoço de Nessa, com força o bastante para deixar claro que não queria aquele tipo de atenção. Depois disso, Nessa desinteressou-se de Hava a ponto de ignorá-la. O que funcionava para Hava.

A aula terminou e os alunos, na maioria moças, levantaram-se para sair, mas antes que Hava pudesse chegar na porta, a Senhora Mulray a chamou com um aceno.

— Precisamos conversar — disse a instrutora quando ficaram sozinhas. Indicou que Hava devia segui-la e a guiou por um corredor com portas dos dois lados. Hava sabia que atrás de cada porta havia um quarto onde alunos e professores praticavam muitas das coisas apresentadas nas aulas.

Ao chegarem aos aposentos de Mulray, Hava ficou em silêncio na porta até a professora indicar que ela deveria entrar e se sentar em uma poltrona do outro lado de uma pequena mesa. Em um canto, uma esteira de dormir, travesseiros, outra mesinha e um guarda-roupa encostado na parede — o espaço pessoal da instrutora.

Hava sentou-se e ficou observando a outra mulher. Mulray a encarou por um longo minuto.

— Você não é boa em nada disso, não é?

— Acho que não, senhora. — Hava suspirou.

— Algumas mulheres não têm a habilidade para ser uma noconochi, mas a maioria consegue ser uma mulher comum, mesmo uma grosseira, porém astuta se for preciso, mas você... Estou perdida. Por que a mandaram para cá?

Hava foi pega de surpresa com a pergunta e hesitou antes de responder:

— Não sei, senhora. Mestre Facaria me disse para vir, então eu vim.

Mulray assentiu lentamente.

— Quem são os seus, a sua família?

— Fazendeiros — Hava falou sem hesitar. — Meu pai e meus dois irmãos mais velhos...

— Você não é a mais velha?

— Sou a irmã mais velha — disse Hava.

— Então Facaria escolheu você, mas não seus irmãos?

— Ele chegou um dia na nossa fazenda e nos observou. — Hava deu de ombros, pois não achava aquilo importante.

— Observou? — a Senhora Mulray parecia interessada. — Continue.

— Acho que meu pai não estava esperando aquela visita. Eu era pequena, então não sabia que era alguém importante. Ele falou comigo e me deu um doce, também conversou com meus irmãos.

— Sobre o que ele falou?

— Não lembro, senhora. Eu era muito nova.

Mulray assentiu.

— Pergunto-me por que ele a escolheu.

Hava inclinou a cabeça, pensando na pergunta.

— Eu era a menina mais rápida da aldeia — respondeu. — A melhor lutadora também. E talvez meu pai precisasse de meus irmãos na fazenda?

— A melhor lutadora? — Mulray estreitou os olhos.

— Eu costumava entrar em brigas — Hava explicou. — Não deixava as outras crianças me chatearem. Apanhei muito, mas sempre reagi e por fim me deixaram em paz.

— Ah — Mulray disse, como se aquilo explicasse tudo, e sorriu. — Acho que nós duas sabemos que seu tempo aqui acabou. Você pode ter aprendido uma coisa ou outra que serão úteis se conseguir aprender a elogiar pessoas que não mereçam, mas no geral acho que não leva jeito para o nosso tipo de treinamento.

Hava sentiu uma onda de sentimentos conflitantes: alívio por não ter que continuar a fazer sexo com estranhos e fingindo gostar, junto com uma ponta de pânico.

— O que a incomoda? — Mulray a observava.

— É só que... — Hava fez uma pausa. — Eu não entendo por que falhei. Não sou bonita o bastante?

Mulray ficou surpresa com a pergunta, mas riu.

— Não, não é isso. Se ficasse aqui, quando começássemos a ensinar como se preparar... — Olhou nos olhos de Hava. — Nessa irá passar anos, talvez a maior parte da vida, sendo o brinquedo de alguém poderoso, homem ou mulher. Ou talvez de vários. Ela se sente compelida a conseguir aprovação e favores, pois nasceu sendo esse tipo de mulher. Pode levar a grandes ganhos pessoais, porém, pode ser uma armadilha. Jovens como você... nós podemos fazer com que fiquem bonitas ou não, depende de nossa conveniência. Temos jovens trabalhando em tabernas, bordéis, seguindo exércitos... Muitos ficam vagueando de um lugar para outro. Se precisarmos que seja a filha de um hospedeiro em uma cidade distante como Abala ou Sandura, é quem será por um longo tempo ou... — Ela não terminou a frase. — Nessa poderá passar anos com um homem que despreza, e riqueza e posição social não vão diminuir esse sentimento. — Olhou séria para Hava. — Antes de vir para cá, algum rapaz tentou fazer sexo com você? Ou garota?

— Eu entendi as regras. — Hava não se perturbou com a pergunta. — Nada de sexo.

— Poucas na sua idade obedeceram totalmente a essas regras. E ainda menos garotos.

— Meu pai me disse para sempre seguir as regras — Hava respondeu.

— E você segue?

— Geralmente. Eu tenho... tinha uns amigos e às vezes... era punida por estar com eles. — Hava riu. — A verdade é que eu nunca teria feito aquelas coisas sozinha, só com eles. — Deu de ombros.

— Você sente falta deles — Mulray disse. Não era uma pergunta.

— Sinto... — Hava admitiu. — Nos ensinam a não esperar encontrar nossos colegas depois da escola, mas... é difícil.

A mudança na postura de Mulray disse a Hava que a discussão terminou.

— Eu ainda não tenho certeza de por que Facaria a escolheu para esse treinamento, mas ele teve seus motivos. — Levantou-se e Hava a imitou. — Você pode perguntar a ele quando o encontrar. Estou mandando-a de volta para a cidadezinha dele em Morasel. Seu lugar não é aqui.

Sem saber o que mais dizer, Hava inclinou-se.

— Devo ir para a próxima aula?

— Não. Tire o dia de folga. Vou fazer os preparativos para você partir amanhã. Tem um comerciante que traz comida da cidade para nós que estará aqui hoje. Ele descarrega, passa a noite na cozinha e sai logo de manhã. Você irá com ele até uma hospedaria nas docas e arranjarei passagem para Corbara e dali para Morasel.

Hava curvou-se com respeito e saiu dos aposentos da Senhora Mulray, movendo-se lentamente pelo corredor, insegura sobre o que fazer no resto do dia. Sons que atravessavam portas fechadas e corpos nus visíveis pelas abertas deixavam claro que as lições da tarde tinham começado. Não viu nada de excitante na visão de jovens nus engajados em diversos atos sexuais e por um momento perguntou-se se haveria algo de errado com ela.

Aquela onda súbita de insegurança a deixou com raiva, o que a lembrou de Hatushaly. Parou por um instante e olhou de relance por uma porta parcialmente aberta, vendo uma das instrutoras de joelhos dando prazer a um dos estudantes, um jovem musculoso que ela conhecia vagamente. A justaposição daquela imagem com pensamentos sobre Hatu era desconcertante. A ideia de fazer sexo com Hatu permaneceu por um momento e ela a deixou de lado. Era seu melhor amigo... e desde que entrara na escola de Facaria, tal pensamento era proibido. Hava voltou a andar, considerando se não deveria voltar para os aposentos das moças e tirar uma soneca.

Ela não estava nem um pouco cansada, no entanto. Ao contrário, sentia-se tensa e aborrecida. Hatu era um garoto estranho, sempre fora. Um bom amigo, mas dificilmente atraente com seu cabelo de cor esquisita e rosto sardento. Mesmo assim, gostava do sorriso dele, que não era muito frequente.

E por que ela não se sentia assim sobre Donte? Ele era muito mais bonito em qualquer aspecto, com ombros largos e sorriso fácil, além do indomável cabelo escuro e selvagem, que lhe dava um ar devasso. Forçou-se a ficar calma. Talvez estivesse simplesmente sentindo falta dos amigos e era impossível estar naquela escola, com as Damas Pintadas, e não pensar em sexo.

Mas pensar em Donte a fez perceber que estava com fome. Imediatamente decidiu fazer da cozinha seu destino. Ali, encontrou cozinheiros e ajudantes trazendo alimentos do lado de fora. Eles a ignoraram até a cozinheira-chefe a ver pegando uma maçã.

— Sem comida! Se perdeu uma refeição, fica com fome. É a regra — gritou.

Hava sorriu, subitamente se sentindo como se estivesse de novo com Donte e Hatu, roubando comida da cozinha de Facaria quando ninguém estava olhando. Passou correndo pela cozinheira, saiu pela porta e desviou-se das pessoas que descarregavam caixas de uma grande carroça puxada por bois.

Correu por uma colina coberta de grama, os gritos zangados da cozinheira diminuindo atrás dela e de repente percebeu que estava alegre. Ao morder a fruta sumarenta, sentiu a sensação de um peso sendo tirado das costas.

Os anos de treinamento, a amizade com dois garotos — um decididamente estranho e outro que talvez fosse a pessoa mais confiante que conhecia — e sua habilidade em ser excelente em quase tudo que se dedicasse, tudo isso se combinou para dar-lhe a certeza que talvez ela não fosse boa em sedução, elogios e fingir gostar de sexo com estranhos, mas não havia nada de errado com ela.

De repente, lhe ocorreu o pensamento de que não teria nenhum problema em fazer sexo com Hatu ou Donte — não que quisesse, mas tinha quase certeza que faria muito melhor do que com seus parceiros de treinamento. Com suas experiências recentes era um pouco estranho querer fazer sexo com pessoas de quem gostava. Porém, era isso.

Um instrutor-assistente, Hector, a tinha feito rir, e foi o melhor sexo que tivera desde que chegou; ele tornava o sexo divertido. Os outros instrutores, menos, e havia um sujeito chamado Almos, que quase a enojara. Ele era tão destituído de emoções que parecia um cozinheiro ao preparar uma refeição, ou um carpinteiro fazendo uma caixa, depois de anos de prática.

Ela começava a entender por que não fora feita para a vida de Dama Pintada, uma em que usaria seu corpo como arma de assassinato. Ela iria voltar ao Mestre Facaria e falar francamente com ele. Seria uma sicari talentosa, se ele permitisse. Se não... ela se preocuparia com isso quando o momento chegasse.

Viu o sol de relance e avaliou que tinha o prazer de ficar de preguiça por pelo menos mais três horas antes de a ceia ser servida. Observando os arredores, Hava percebeu que nunca tinha ido além daquela pequena ravina abaixo da colina, exceto para os exercícios matinais e vespertinos diários.

Estar em forma ali era um conceito diferente do da escola em Morasel. Terminou a maçã e jogou o resto em uns arbustos próximos. "Talvez nasça uma macieira aqui", pensou, alegre.

Decidiu que iria subir a colina para ver como era a ilha. Tinha apenas uma vaga noção de onde estava. Na ida, os alunos tinham se mantido na parte de baixo do convés. Tinha viajado menos que Donte e Hatu, e sabia pouco sobre o ofício de marinheiro. O confinamento a exasperava ainda mais porque ela sabia que era fisicamente capaz de executar tarefas no convés. Tinha certeza de que Hatu e Donte tinham exagerado sobre os rigores de trabalhar em um navio, mas mesmo se suas reclamações sobre as longas horas de trabalho duro fossem verdade, sabia que estava apta. Havia muito pouco que eles conseguiam fazer melhor do que ela. Donte era mais forte e Hatu um pouco mais rápido, mas ela tinha vencido os dois por vezes o bastante para julgar que os três eram iguais.

Hava escalou a colina e descobriu uma vista adorável para o lado oeste da ilha. Atrás dela, mais colinas se erguiam, bloqueando a paisagem, mas, de onde ela estava, era capaz de ver por quilômetros. Talvez, agora que estava livre dos estudos, pudesse voltar e observar o pôr do sol.

Sentou na grama e sentiu a brisa do mar, que se erguia todas as tardes naquele horário. Os moradores da escola tinham mencionado que a estação das chuvas iria chegar em poucas semanas e o clima se alternaria entre sol e tempestades. Ela não estaria ali para ver.

Hava perdeu a noção do tempo conforme deixava seus pensamentos livres, e depois de um tempo sentiu a sonolência chegando.

Levantou-se, sacudindo a sensação de cansaço. Ela não se permitiria adormecer e perder uma segunda refeição. Andou até o topo da colina, o limite entre a ravina de grama aparada e o mato alto com arbustos, pisando com cuidado, pois podia ter pedras soltas no meio do mato que fariam um descuidado tropeçar, e ela não queria ter que mancar de volta para a escola com um tornozelo torcido.

A uma curta distância de onde estava, algo chamou sua atenção. Hava não era uma rastreadora treinada, mas tinha passado tempo o bastante ao ar livre com quem era para saber que alguém tinha estado ali recentemente. A grama alta tinha sido remexida e vários caules foram quebrados ou dobrados para fazer uma pequena clareira por trás de uma cortina de caules intactos; o terreno tinha sido limpo das pedras, para que se pudesse sentar confortavelmente. Ela olhou para trás e viu que era uma boa posição para observar a escola das Damas Pintadas.

Ajoelhou-se e observou os caules, concluindo que quem tivesse feito a clareira tinha estado ali recentemente, pois ainda havia umidade na grama curvada, e, se sua memória estivesse correta, isso teria secado em um dia ou dois depois do dano. Os caules quebrados estavam secos, então ela calculava que alguém tinha estado ali no dia anterior.

Não conseguia entender o que se saberia em espionar dali, por causa da distância, a não ser as idas e vindas de alimentos, como a daquele dia, ou a chegada de visitantes e alunos. Não era possível enxergar dentro do prédio.

Olhou cuidadosamente a beirada da ravina e na metade da encosta viu algo estranho. Correndo até lá, descobriu um segundo ponto de observação, que dava uma perspectiva diferente o bastante para se ter certeza de que havia alguém espionando a escola.

Hava sentiu uma súbita urgência de avisar os instrutores, mas antes estava determinada a fazer uma varredura completa da região ao redor da ravina para ver quantos outros pontos de observação poderia descobrir. Começou a descer a colina e estava na metade do caminho entre o segundo ponto e o limite do bosque da escola quando um som a alertou para o fato de que não estava sozinha.

Com um passo rápido, Hava foi até a grama alta e se agachou. Se tivesse sido vista descendo a colina, seria muito ruim, mas se não a tivessem percebido, talvez pudesse continuar escondida e descobrir quem estava ali. Não havia guardas ao redor das escolas de Coaltachin, pois as ilhas que as recebiam eram completamente controladas pela nação e poucos estrangeiros tinham permissão de entrar. Aqueles que ali viviam sabiam muito bem que não deviam perturbar a escola. As Damas Pintadas estavam sobre a proteção do Conselho, e estudantes de todos os mestres eram treinados ali. Então, se alguém tinha chegado em segredo, devia ser estrangeiro. Mas por que tinha ido e para quem estava espionando?

— O que você está fazendo, mocinha? — perguntou uma voz amigável por trás de Hava.

Ela se virou e viu um homem de pé na grama. Era de estatura média, de aparência comum em quase tudo, com cabelo castanho cortado curto. Usava uma túnica simples e calças, além de sandálias de tecido. Parecia estar desarmado, mas carregava uma sacola larga segura por uma tira atravessada no peito.

— Se escondendo de alguém? — Sorriu ao perguntar.

— Meu pai. — Ela devolveu o sorriso. — Vim com ele da cidade e não queria ajudar a descarregar a carroça. — Acenou para a parte de trás da escola, onde a entrega estava quase terminando. — Ele já tem bastante ajuda do pessoal da cozinha. — Exagerou o sotaque para soar como as meninas das fazendas.

— Ah, fugindo do trabalho? Entendo. Já fiz isso uma vez ou outra.

— Quem é você? — ela perguntou o mais inocente que pôde, resistindo ao instinto de piscar os olhos, como vira outras meninas fazerem, pois sabia que não seria convincente. Preferiu um olhar arregalado.

— Meu nome é Mareed — respondeu ele. — Vivo do outro lado da colina e sou um artista. — Ele bateu na sacola.

— Mesmo? — Fingiu admiração. — Nunca conheci um artista. O que isso quer dizer?

— Eu desenho. — Ele abriu a sacola e tirou um pedaço grande de papel. Ela esticou as mãos, mas ele tirou do alcance dela. — Desculpe, mas papel assim é raro e não quero danificá-lo.

— Desculpe. — Ela tentou parecer decepcionada.

— Tudo bem. — Ele segurou o papel para que ela pudesse ver um desenho da colina e das árvores, com nuvens sobre o mar distante.

— Oh, que lindo.

— Quando eu terminar, vou colocar cores e pendurar na parede para outros verem.

— Que interessante — disse Hava.

Ele pegou a sacola, mexendo na tira sobre seu pescoço enquanto segurava o papel na outra mão. Abriu para colocar o desenho. Hava olhou dentro enquanto Mareed guardava o papel com cuidado.

— Por que aqui? — questionou ela, fingindo inocência. — Por que não mais perto do mar? A escola não atrapalha a vista?

— Escola? Estava mesmo me perguntando o que seria. Não, eu só desenho...

De repente, Mareed avançou, com uma pequena faca na mão esquerda.

Hava estava esperando o ataque e habilmente deu um passo na direção dele, usando o braço direito para bloquear. O pior que poderia acontecer era um corte no braço ou no ombro, que não seria fatal. Anos de treinamento de combate a ensinaram a ignorar o impulso de pular para trás, expondo o torso e o pescoço a um golpe potencialmente mortal.

Ela colocou todo o peso em um golpe para cima, usando a base do punho esquerdo, atingindo o nariz do homem. Sabia que ele ia ficar cego e atordoado por um instante.

Hava sentiu o sangue correr pela mão ao se esticar para agarrar o pulso esquerdo dele com sua mão direita, mas ele puxou para trás, cego, mas prevendo o movimento.

Ela tentou dar sequência, colocando a perna direita atrás da dele, fazendo com que ele tropeçasse ao golpeá-lo de novo. A dor no antebraço direito dizia que ia pagar por aquilo, mas estava em estado de luta: coração acelerado, sentidos ampliados, alerta e sem sequer pensar no que fazia, só agindo de acordo com anos de treinamento.

Mareed caiu e tentou rolar para a direita, só para ser recebido com o pé de Hava debaixo do queixo. Não havia ninguém na escola melhor em chutar. Donte e Hatu tinham reclamado mais de uma vez da dor que ela causava com seus chutes circulares, e ela tinha visto os hematomas que deixara.

Mareed recuou, e Hava o chutou novamente, mas ele conseguiu agarrar e torcer seu pé, fazendo com que ela caísse. Ao atingir o chão, ela rolou e se ergueu enquanto ele ainda tentava levantar, quase cego com as lágrimas e o sangue de um nariz partido e um chute na cabeça.

Ela começou a dar outro chute, mas viu que ele se afastou rolando, prevendo isso, então deixou que a inércia a virasse. Ao ver uma pedra grande, Hava continuou a rolar para a frente agarrando a pedra ao passar, enquanto ele se erguia.

Estava claro que Mareed era um lutador treinado e só estava viva porque ele a subestimara. Tinha achado que era uma simples menina da vila que precisava ser silenciada e encontrou uma que fora treinada para ser uma assassina habilidosa.

Ela considerou arremessar a pedra, mas percebeu que se não conseguisse deixá-lo inconsciente, iria ficar desarmada. Amaldiçoou a regra que proibia carregar armas na escola; e agora entendia por que Donte sempre andava armado, onde quer que estivesse.

Mareed a circulou devagar, procurando cortar qualquer caminho que Hava pudesse escolher se decidisse fugir. Ele segurou a faca, pronto para golpear caso ela atacasse primeiro.

Hava parou de andar, esperando que ele se movesse. Sua melhor opção era esperar e usar sua velocidade e sua agilidade para contra-atacar, com sorte finalizando com um golpe usando a pedra, forte o bastante para deixá-lo inconsciente ou com ossos quebrados. E sabia que só teria uma chance.

O tempo pareceu parar para Hava e, como se fosse um diálogo interno, ela se perguntou qual seria o melhor movimento dele. No mesmo instante, concluiu que ele iria forçá-la a descer a colina de costas, torcendo para que tropeçasse ou se desequilibrasse, mesmo por um momento, dando abertura.

Sem pensar mais, fingiu que tropeçava e, como tinha esperado, Mareed aproveitou para atacar. Ela começou a mexer o braço direito e, quando ele avançou, girou para a sua direita, mantendo a perna esquerda no lugar. Quando ele passou, a lâmina perigosamente próxima mesmo enquanto ela recuava, Hava golpeou com a pedra o mais forte que podia na parte de trás da cabeça dele.

Houve um barulho alto de algo se partindo e o impacto fez seu braço tremer. Mareed caiu de cara na terra. Seu corpo tremeu e depois ficou imóvel.

Hava o rodeou, para o caso de estar fingindo, mas quando ela viu o rosto, soube que estava mesmo morto. Olhos abertos e parados.

Ficou imóvel por um momento, quase arquejando, e começou a tremer. Apesar dos anos de treinamento, galos, hematomas e ferimentos ocasionais, aquela tinha sido sua primeira disputa valendo a vida, e a realidade a atingiu com força

Por um minuto, ficou parada, encarando o homem morto, sentindo vontade de rir e de chorar alternadamente. Depois, sentiu-se enjoada. Virou a cabeça para o lado e vomitou a maçã que tinha comido. Cuspindo para tirar o gosto amargo da boca, virou-se e desceu a colina, atravessando a ravina.

Ao chegar na carroça já vazia, o condutor a olhou de relance para depois a encarar.

— Menina, você está sangrando!

Ela olhou para o braço direito e percebeu que a manga estava vermelha de sangue, que escorria pela pedra, ainda em sua mão.

— Acho que sim — disse ela. Suas pernas perderam as forças. — Acho que preciso descansar.

Hava estava quase perdendo a consciência quando mãos fortes a seguraram e a ajudaram a se levantar. Sua consciência voltou um pouco, e percebeu que dois ajudantes de cozinha a levavam para dentro.

Sentaram-na em um banco ao lado de uma mesa na cozinha, e o foco de Hava se foi. Uma dor aguda no braço a despertou e ela percebeu que uma das instrutoras estava fechando seu corte, dando pequenos pontos com cuidado. Atrás dela, estava a Senhora Mulray.

— O que aconteceu?

— Havia um homem na colina espionando a escola. Ele me atacou e eu o matei.

Com um gesto de cabeça, Mulray indicou que dois homens da cozinha deveriam investigar. Hava finalmente compreendeu o motivo de não terem guardas na escola, pois cada membro daquela equipe era um sicari treinado, e os estudantes eram apenas um pouco menos mortais. Por algum motivo, nunca tinha lhe ocorrido antes, mas agora parecia óbvio.

Entregaram uma caneca de suco.

— Beba — disse alguém. — Você perdeu sangue.

O gosto doce e forte dizia que estava bebendo o mosto, o suco da uva antes de tirarem as cascas para ser fermentado e virar vinho. No seu estado ainda desfocado, perguntou-se por que não sabia que havia um vinhedo ali perto.

O suco ajudou-a a despertar um pouco e ficou em silêncio até a instrutora terminar de costurar o ferimento.

— Tintura — a mulher disse ao aplicar um líquido que queimava. — Isso vai impedir que inflame — explicou ao enfaixar o braço. — A ferida é grande, mas não é funda. Mesmo assim, mantenha coberta por alguns dias e, se sentir coceira, não coce. Deixe sarar e coloque uma atadura nova daqui a três dias.

A instrutora se levantou e deixou Hava a sós com a Senhora Mulray.

— Agora, me diga o que aconteceu.

Sentindo-se menos tonta, Hava contou o ocorrido o melhor que podia. Quando terminou, um dos dois homens tinha retornado com a grande sacola de lona.

— Encontramos o corpo. Procuramos e encontramos a faca, além disso.

Ele entregou a Mulray um emblema laqueado negro com um alfinete de metal. A mulher arregalou os olhos o bastante para Hava notar que aquele emblema a alarmara. Mulray gesticulou para que abrissem a sacola e jogassem o conteúdo sobre a mesa.

Mais de uma dezena de pedaços de papel caíram, junto com pedaços de carvão e borrachas.

— Ele disse que estava desenhando nuvens... ou algo assim. Mas os menores são desenhos de rostos.

Mulray a encarou e Hava a viu empalidecer.

— São alunos — disse ela.

— Por quê...? — Hava estava confusa.

Mulray a interrompeu, erguendo a mão.

— Pegue a bagagem de Hava nos aposentos dos estudantes. Ela irá dormir em um quarto silencioso hoje. — Olhou para a aluna. — Descanse. Enviarei comida. Não quero que deixe o quarto ou fale com outros alunos. Irá retornar para Coaltachin e terei mais instruções amanhã.

Mulray partiu e, não tendo motivos para continuar ali, Hava levantou-se e seguiu uma instrutora para um dos quartinhos da escola. Ela assentiu em agradecimento quando a mulher fechou a porta. Hava deitou-se e, enquanto sua mente ainda tentava entender o que tinha acontecido, adormeceu.

HAVA ACORDOU COM A PORTA ABRINDO. TINHA DORMIDO até a hora do jantar, levantado para comer, adormecido rapidamente depois. Como disseram, seu machucado estava dolorido e começando a coçar.

— É hora de ir — disse a jovem na porta.

Hava levantou e percebeu que tinha dormido de roupa, e pelo ângulo do sol entrando pela janela, já tinha amanhecido há algum tempo. Ela correu pela escola e quando estava virando para a cozinha, sua guia a impediu.

— Não, por aqui.

Hava seguiu-a, tentando lembrar sem sucesso do nome da garota, até que chegaram na porta que levava aos estábulos. Uma bela carruagem de dois cavalos esperava, com um assento alto na frente para o condutor, e o corpo quadrado da carruagem atrás dele acomodava um banco com laterais para impedir que os passageiros caíssem, com uma abertura de cada lado sobre um degrau mantido no lugar por um intricado trabalho em ferro.

Hava nunca tinha visto nada assim antes, e estava impressionada com o tamanho das rodas largas. A Senhora Mulray esperava debaixo de uma cobertura de lona suspensa acima dela por um delicado conjunto de suportes de madeira entalhados. A mulher mais velha sinalizou para que Hava subisse e ela obedeceu, sentando ao lado da professora e segurando sua bagagem no colo.

— Como está se sentindo hoje? — Mulray perguntou quando o condutor sacudiu as rédeas e os cavalos começaram a avançar.

— Dormi bastante e meu braço dói, mas não tanto que eu não seja capaz de ignorá-lo — Hava respondeu.

— Você é cheia de surpresas. — Mulray sorriu. Hava não sabia como responder, então continuou em silêncio. Depois de um momento, a instrutora continuou: — Deixei que dormisse porque você precisava e eu queria falar com você a sós. Em vez de esperar um navio, ordenei que um partisse assim que você estivesse a bordo. Tenho documentos para o capitão e irei entregá-los pessoalmente. Agora, temos tempo para continuar a conversar. Queria que me contasse de novo o que aconteceu com o... artista, já que está mais lúcida e pode se lembrar de detalhes que possa ter esquecido ontem.

Hava repetiu o relato, acrescentando alguns detalhes, e quando terminou, Mulray bateu carinhosamente na mão da menina.

— Você foi perfeita dadas as circunstâncias.

Chocada, mas tentando não demonstrar, Hava desviou o olhar, contemplando a manhã agradável enquanto desciam até a cidade e o porto.

— Obrigada — disse, afinal. — Para falar a verdade, não tinha nenhum plano. Só... agi.

— Como deveria, Hava — emendou a mulher mais velha. — Você foi treinada para agir de certas formas sem pensar, fazer o que precisa ser feito. — Mulray fez uma pausa, mantendo a mão sobre a de Hava. — Mestre Facaria é muito... conservador. Tem seus defeitos, mas com frequência vê coisas que o resto de nós deixa passar.

Hava percebeu o "nós" e notou que Mulray não era apenas a encarregada pela escola, a líder das Damas Pintadas, também tinha o mesmo nível dos mestres.

— Eis o que você deve entender — a Senhora Mulray continuou. — Primeiro, ninguém deve saber sobre o que aconteceu ontem. Ninguém. Só deve falar sobre isso com membros do Conselho. Se não falarem com você sobre isso, irá esquecer tudo; ontem foi um dia sem incidentes. Estou sendo clara?

— Sim, senhora.

— Bom. — Mulray encarou Hava. — Tem algo que preciso dizer. Você perguntou se não era bonita o bastante para ser uma de nós. Os homens procuram muitas coisas, e a maioria deles pode ser cegada pela beleza. Uma mulher como Nessa terá homens poderosos disputando entre si para se deitar com ela. Alguns até irão se casar com ela, se forem capazes, mas no fim, Nessa não é nada além de um objeto, um prêmio a ser exibido. Esse é o segredo da força dela; ela irá ouvir muitos segredos porque alguns bêbados tolos irão querer impressioná-la, ou irão achar que a amam e que podem confiar nela. E irá traí-los e servir a Coaltachin. — Fez uma pausa antes de continuar. — É raro um homem que a vê pelo que você realmente é. Facaria é assim e por isso compreende. Nós, mulheres, vivemos sofrendo com homens cegos pela beleza. Facaria, e os poucos como ele, são mais sábios. Escute-o, e ignore quem nos trata como se fossemos possessões, troféus para seu poder e habilidade. Existem homens que podem ser manipulados e usados. São presas para serem destripadas.

Mulray ficou em silêncio por um tempo.

— Em algumas épocas você se sentirá sozinha e vai precisar saber quem são seus aliados — continuou. — Treine-se para separar os verdadeiros dos falsos. Você consegue?

Hava não sabia como responder.

— Você conhece alguém que colocaria a vida em risco por você? — Mulray perguntou ao notar a hesitação.

— Sim — Hava respondeu sem vacilar.

— Quem?

— Um rapaz — Hava respondeu, pensando em Hatu.

— Você não teve amantes antes de vir para cá — Mulray disse. — Você falou que segue as regras. Então, é um amigo?

— Hatushaly. Eu acho que ele arriscaria a vida por mim.

— Acha ou sabe?

Hava refletiu por um minuto.

— Sei.

— Ah. Saber que tem alguém assim no mundo, mesmo que a quilômetros de distância, ou que vocês tenham passado anos sem se ver, isso faz diferença. — Mulray bateu na lateral da cabeça com o dedo. — Saber disso, sim, isso faz diferença.

Ficaram em silêncio quando passaram por um lento carro de bois. Hava retribuiu o aceno do condutor; Mulray o ignorou. Pelo resto da viagem, a líder das Damas Pintadas fez alguns comentários inocentes, entremeados por longos períodos de silêncio.

Por fim, chegaram à cidade costeira onde Hava desembarcara apenas um mês antes. A carruagem andou pela cidade, cujo nome Hava ainda não sabia. A situação não lhe era surpreendente: poucos estrangeiros tinham pisado naquela ilha desde a criação da Escola das Damas Pintadas, por isso a cidade não precisava de nome oficial.

Quando a carruagem parou, um trabalhador das docas correu para ajudar a Senhora Mulray a descer. Ela o dispensou com um aceno, deixando claro que a ajuda era desnecessária ao descer com facilidade apesar da longa saia estreita.

Hava, usando calça como de costume, precisava ainda menos de ajuda. Colocou a sacola no ombro e seguiu Mulray até o fim das docas, onde um pequeno navio esperava. Quando chegaram na prancha, um homem corpulento as viu e correu para recebê-las, tocando a testa com o dedo direito, em saudação.

— Bom vê-la de novo, Senhora Mulray.

— Também, capitão. — Mulray indicou-lhe Hava. — Ela vai ser sua única passageira, e esta será sua única carga. — Entregou um grande saco lacrado. — O mais rápido que puder para Corbara e se encarregue pessoalmente para que isto chegue ao Mestre Zusara.

— Entendido — ele disse ao pegar o saco.

Mulray virou-se para Hava.

— O capitão a levará em segurança até Corbara e dali arranjará sua passagem até Morasel. Tente se lembrar do que aprendeu aqui, você vai ver que algo poderá ser útil.

— Irei — Hava respondeu.

Mulray mordeu o lábio inferior por um momento, pensando, um gesto que Hava considerou revelador. Ela tinha algo a lhe dizer, mas estava pensando em como fazê-lo.

— Eu estava errada sobre algo.

— Sobre o quê, senhora?

— Sei exatamente por que Mestre Facaria a mandou para cá.

Mulray inclinou-se para a frente, falando bem baixinho na orelha de Hava:

— Para que você aprendesse o que nunca deve se tornar.

Hava ficou sem palavras. Mulray virou-se, andando de volta para a carruagem.

— Você deve ser especial, menina — o capitão disse a Hava, quando ela finalmente se voltou para ele.

— Meu nome é Hava — ela disse enquanto ele seguia na direção da prancha.

— E eu sou o capitão Joshua. Vai ser uma viagem rápida, os ventos estão favoráveis e fortes nesta época do ano. Tenho uma cabine para você.

Hava seguiu-o pela prancha.

— Capitão Joshua, quero trabalhar. Vou ficar entediada sem nada para fazer.

— Trabalhar? — o capitão repetiu, olhando para trás ao descer no convés do navio. — Quer ser pirata?

Hava franziu a testa e estreitou os olhos.

— Pirata? Por quê?

— Porque as únicas mulheres tripulantes de navio neste oceano são piratas. Elas gostam disso por algum motivo.

— Estou em forma e aprendo rápido. Vou enlouquecer se ficar sentada sem nada para fazer.

O capitão riu.

— Bem, se você conseguir lidar com uma tripulação difícil...

— Consigo — Hava retrucou com firmeza. — Não é minha primeira vez em um navio.

— Bem, então você será Hava, a pirata. Alguém irá lhe mostrar onde guardar suas coisas, e irá dormir em sua cabine, não com a tripulação. E a aconselho a comer sozinha: o jeito como esses homens comem tira o apetite de um faminto.

Acenou para um tripulante que parecia ser apenas alguns anos mais velho que ela.

— Esta é Hava — disse para o marinho. Continuou falando com Hava: — Este é Daniel, ele irá mostrar-lhe seus aposentos e depois começar sua educação. — Olhando de volta para Daniel, completou: — Esta jovem dama quer ser pirata, então irá treiná-la. Quando ela estiver no convés, será uma recruta.

O jovem louro sorriu abertamente.

— Recruta mais bonito que já tivemos, capitão.

— Pode parar. Diga a todos que ela está sob a proteção de Mestre Zusara.

Qualquer sinal de humor sumiu do rosto de Daniel ao ouvir o nome do líder do Conselho.

— Senhor — disse o jovem, que se virou para Hava, falando respeitosamente: — Siga-me e lhe mostrarei tudo.

Hava seguiu Daniel, considerando o que significava estar sob a proteção do homem mais poderoso de Coaltachin. Ouviu o capitão gritar.

— Preparem-se para zarpar! Icem as ancoras.

Hava tentou segurar o sorriso. Iria aprender a ser marinheira.

7

INCIDENTE NA ESTRADA DA ALIANÇA

DECLAN ACORDOU CEDO NO DIA SEGUINTE, O SOL ainda se erguendo, e Oncon envolta no nevoeiro da manhã. Ele se despedira de Roz quando ela retomara sua jornada para casa, conferiu o fogo da forja e se assegurou que os baldes de água estivessem cheios. Pegou sua obra-prima e começou a aprontá-la para o comprador. Tinham recebido a notícia de que o Barão Bartholomy chegaria naquele dia ou no seguinte para finalizar a compra da espada.

O sol iluminava o horizonte a leste. Declan estava sentado em um poste para amarrar cavalos, polindo cuidadosamente a lâmina. Era a única prova física que tinha se tornado um mestre ferreiro. Ele precisava ficar se lembrando que aquilo tinha mesmo acontecido; e Edvalt estava esperando que ele fizesse a escolha de ficar ou partir.

Declan pensou, não pela primeira vez, na ironia de Edvalt ser um mestre na confecção de armas. Ele parecia considerar a fabricação de armas, principalmente de espadas, algo desagradável, porém, era brilhante nisso.

No começo do aprendizado, Declan percebeu, apesar de ser um ferreiro muito habilidoso, era nas armas que o talento de Edvalt realmente estava. Lâminas para foices e dentes perfeitos para um arado mostravam um bom trabalho, mas espadas e lanças mostravam arte. Ferramentas de cultivo e consertos de carroças não exigiam que se dominasse o fogo e a dobradura do aço. A maioria dos ferreiros comuns se contentava em comprar seus materiais de comerciantes, já forjados como um aço de qualidade inferior.

Um ferreiro poderia trabalhar a vida inteira dedicando-se a pequenos reparos e nunca dobrar aço como Declan tinha feito no dia anterior. Apesar de ser provável que seu aprendiz nunca mais tivesse a chance de forjar uma arma como aquela, Edvalt tinha parecido quase desesperado para transmitir o conhecimento. Declan era jovem demais e não conseguia imaginar tal sentimento, porém, sabia que poderia se sentir assim se tivesse um filho.

No entanto, o destino tinha feito com que Declan aprendesse com um grande mestre de verdade. Durante os anos em que Declan o servira, rumores sobre a habilidade de Edvalt tinham corrido, e apesar de morar na Aliança, tinha recebido mais pedidos de armas. Declan não sabia como medir o que aprendera com Edvalt, mas imaginava que tinha atingido um nível alto por causa do professor e que apenas um punhado de ferreiros estaria na mesma posição.

Olhou para a obra-prima e sentiu que seria doloroso ver o barão levá-la. Declan saberia que era sua, apesar de o crédito da confecção ir para Edvalt. Declan estava em paz com isso, pois devia tudo que era e sabia àquele homem.

E havia Roz. Ela tinha cumprido sua promessa, e o sexo aquela noite tinha sido o mais intenso que jamais fizera. Porém, a melhor parte havia sido a conversa depois, uma intimidade que Declan nunca tinha experimentado. Ele sentiu uma paz imensa e havia, por falta de palavra melhor, confiança, um espaço onde ideias e sentimentos podiam fluir.

Roz tinha se levantado antes de começar a clarear, sacudindo da roupa a palha do estábulo usada como cama, e enquanto o prenúncio da alvorada clareava o céu oriental, ela conduziu a carroça na direção da estrada.

Declan sentiu uma pontada de arrependimento ao vê-la partir. Não era apenas o sexo, apesar de ela ser a melhor amante que conhecera. Ir para cama com as meninas da cidade era um prazer que declinava com cada vez mais frequência. Roz tinha estabelecido um padrão que elas não conseguiam atingir. Riu para si mesmo ao pensar que talvez tivesse um pouco a ver como o grande amor dos apaixonados que os menestréis cantavam: amantes separados por circunstâncias infelizes, que conseguiam vencer tudo ou que morriam tragicamente, dependendo da história.

Declan não se via como herói, nem via Roz como uma donzela, mas sabia que seus sentimentos por ela talvez fossem maiores do que queria admitir. Ela quase tinha idade para ser sua mãe e suspeitava que tinha amantes por todo o continente, e mesmo alguns ali em Oncon, no passado. Achava que sabia quem tinham sido, apesar de nunca ter perguntado.

Era porque ela fazia com que ele se sentisse diferente sobre as coisas, mas principalmente sobre si mesmo. Não tinha bem certeza do motivo, porém, sabia que aqueles sentimentos eram importantes, e que precisava entendê-los melhor. E antes que se acomodasse e casasse. Não importava quem fosse, a mulher para ser sua esposa tinha que fazê-lo se sentir daquele jeito.

Declan não era introspectivo por natureza, porém, pela primeira vez na vida se viu com muito o que refletir. Na conversa tranquila que tinha tido com Roz na noite anterior, acabou compreendendo que iria sair de Oncon mais cedo do que pensava. Não iria comprar a ferraria.

Apesar do que dizia, Edvalt ainda tinha muitos bons anos de trabalho à frente. Declan o conhecia bem o bastante para saber que uma aposentadoria passada naquela hospedaria duvidosa do Marius não combinava com a natureza dele, principalmente porque o lugar vivia vazio, exceto por algumas horas durante a noite se o clima estivesse bom. Ficar sentado em um banco, pescando além do quebra-mar não seria um passatempo duradouro para o ferreiro. Mila talvez finalmente o convencesse a plantar algumas árvores frutíferas atrás da casa, mas Declan não conseguia vê-lo como um cultivador ou um jardineiro.

Edvalt era o tipo de homem que trabalharia até não poder mais. Declan não podia imaginar nada além porque Edvalt era alguém para quem o trabalho era vida e a vida era trabalho. No fundo do coração, Declan sabia que se o velho ferreiro parasse, seria o primeiro passo para a morte. Pensar em velhice, doença e morte fez seu humor piorar, então voltou a mente para o momento, concentrando-se na espada que tinha feito um dia antes.

Conforme o sol se erguia no horizonte, Declan examinou a lâmina. Nunca tinha finalizado uma dessa qualidade — sempre tinha sido uma tarefa de Edvalt — e viu que o metal resistia mais ao polimento que o aço comum. Era da natureza daquele material, concluiu. Tinha sentido aquilo ao finalizar a forja, quando também descobriu que equilibrar o fio para que ficasse afiado era uma tarefa mais delicada do que tinha previsto. Ali tivera que agir rápido para afiá-la, mas agora podia levar um bom tempo no polimento.

E, para o novo mestre ferreiro, funcionava, pois o Barão Bartholomy ainda iria demorar dois dias para chegar. Declan iria deixar a espada de lado quando começasse o trabalho diário e retornaria a ele de noite, polindo a lâmina lenta e decididamente, para que brilhasse como uma joia na luz do sol.

Jusan apareceu na porta. Geralmente ao se levantar, ele fazia pequenas tarefas para Mila antes de atender as necessidades de Edvalt. Ele acenou para Declan.

— Amoras!

Declan riu, pois no verão as amoras cresciam nas colinas mais baixas e Jusan ficaria fora por metade do dia. Edvalt ficaria aborrecido, mas jamais mencionaria o desagrado para a esposa.

Pouco tempo depois, Edvalt saiu da pequena casa.

— Amoras? — perguntou ao ver as costas do ajudante que se afastava.

Declan assentiu.

— Bem, preciso lembrar Mila de que ela irá precisar tomar conta disso se você nos deixar, já que seremos só Jusan e eu.

— Boa sorte — Declan respondeu.

— Certo. Como está indo o polimento?

Declan passou-lhe a espada. Edvalt a girou na mão, virando-a para o sol nascente e inspecionando a finalização.

— É um aço lento — disse, devolvendo a espada.

Antes que Declan pudesse responder, Jusan reapareceu, correndo pelo pequeno caminho que levava à estrada principal.

— Cavaleiros! — gritou ao mesmo tempo em que o som de cascos distantes os alcançava. — Cavaleiros armados!

— Mercenários ou pertencem a algum senhor?

— Vi emblemas de Sandura, mas sem uniformes, parecem mercenários.

Edvalt assentiu e disse:

— Traga minha espada.

Jusan correu e voltou momentos depois com duas espadas. Jogou uma espada de duas mãos para Edvalt e puxou uma espada larga de uma bainha, que depois descartou.

— Não vamos começar nenhuma briga, mas estaremos prontos para uma.

Edvalt olhou para Declan que girou rapidamente a espada recém-confeccionada, testando seu equilíbrio. A expressão no rosto de Edvalt inquiria do novo mestre se ele estava pronto para lutar.

Declan assentiu. Nem ele nem Jusan tinham encarado um homem armado em combate antes, porém Edvalt os treinara para serem tão competentes com uma arma quanto os homens que iriam usá-la, pois era um mau ferreiro aquele que não sabia como seus produtos seriam usados. Declan tinha tido suas escaramuças quando mais novo, assim como Jusan, então ambos sabiam como se defender, contudo o combate armado era diferente por completo.

Declan sabia que tinha a habilidade para lutar, apenas não sabia ainda se tinha estômago para isso. Jusan parecia assustado, mas era um garoto determinado e iria se manter firme.

Os cavaleiros apareceram no caminho, vindos da estrada. Era um trio, movendo-se com determinação na direção da ferraria. Um grupo de homens a pé parou no limite da estrada, esperando.

Os cavaleiros pararam a uns poucos passos na frente do ferreiro. O líder olhou para Jusan e depois para Declan. Olhou para a forja e para os foles.

— É estranho um ferreiro saudar um estranho com armas à mostra — disse.

— Diga o que querem. — Edvalt ignorou o comentário.

— Isso é o que eu quero — disse, apontando para Declan e depois para Jusan. — Rapazes fortes capazes de usar uma espada. — Os homens atrás dele riram e ele corrigiu: — Ou de tentar aprender a usar.

— Ele era meu aprendiz, agora é um mestre ferreiro — disse Edvalt. O ferreiro segurava a espada na mão direita, a parte chata da lâmina apoiada no ombro, de forma a sugerir que estava disposto a usar, mas não estava procurando por briga.

— Você é um soldado, ferreiro? — o líder perguntou.

Declan estudou os homens. O líder era um homem magro, de olhos e cabelos escuros e aparência nervosa, montado em um cavalo cinza que era o melhor de um grupo de pobres montarias. Declan avaliou os outros dois animais, e pelo seu julgamento, pareciam estar a poucos dias de se tornarem inúteis: um tinha uma artrite bem óbvia que logo o deixaria mancando, e o outro um espasmo em seu movimento que sugeria um tendão rompido ou um casco inflamado. Os homens em si também tinham péssima aparência, seu equipamento pouco mais do que o lixo que carniceiros tiravam dos mortos em batalha para vender no mercado.

Um deles usava um colete de couro — um tecido fortemente acolchoado para deter ataques que não fossem diretos —, o outro, couro com placas de metal, e o líder usava uma sobrecamisa de malha metálica bem-feita, porém danificada. Todos usavam uma faixa de tecido marrom com marca amarela enrolada no braço esquerdo, a marca de Sandura. Se realmente serviam a um rei, eles eram do nível mais baixo: mercenários sem juramento. Provavelmente escravistas fingindo serem recrutadores de Sandura.

Declan olhou para Edvalt, que assentiu, e o aprendiz ouviu o que o seu mestre não disse. Aqueles homens eram experientes em combate e imprevisíveis. Em resposta, Declan acenou que estava pronto.

— Lutei quando era mais jovem — Edvalt respondeu. Olhando para Declan, acrescentou: — E só um ferreiro ruim desconhece o uso das armas que faz.

O líder ficou em silêncio, como se avaliasse o risco.

— Temos licença do rei para levar recrutas.

— Não aqui — Edvalt respondeu calmamente. — Alguns quilômetros para trás, onde as estradas se encontram e há um carvalho negro, tem uma placa de madeira onde está entalhado o Emblema da Aliança. As cinco coroas — ele se interrompeu. Antigos hábitos morrem devagar, pensou, pois já faziam mais de quinze anos que não havia cinco coroas. — As quatro coroas concederam essa estrada. — Apontou para onde os homens, que ele agora sabia serem recrutas forçados pra o exército de Sandura, esperavam. — A Aliança do Estreito cobre todas as terras que a cercam! Seu rei não tem esse poder aqui!

O líder olhou para os homens atrás dele, ainda tentando decidir o custo-benefício. Edvalt, apesar de mais velho, ainda era uma figura poderosa e tinha a postura de um guerreiro experiente. Jusan era grande para a idade e estava pronto para lutar, com expressão determinada, cauteloso, mas sem medo. Declan era um homem alto e forte, e seu preço seria equivalente ao de três garotos menores, principalmente se o comprador precisasse de um ferreiro. Os três estavam de pé, com as mãos nas espadas, prontos a reforçar sua demanda.

— Vocês podem não ter prestado o juramento ao rei de Sandura, mas agem em seu nome — Edvalt acrescentou. — Você quer que Lodavico seja conhecido como perjuro?

O líder dos mercenários ponderou as opções em silêncio por mais um momento.

— Na verdade, velhote, não somos bem homens de Lodavico. Ele só está pagando melhor que os outros hoje em dia! — de repente, gritou e esporeou o cavalo. O animal pulou para a frente, empurrando Edvalt para o lado. O ferreiro cambaleou para trás antes de firmar os pés e jogar o peso para a frente, golpeando o cavaleiro.

O cavaleiro se virou enquanto Jusan e Declan se preparavam para o ataque dos demais. Edvalt não hesitou e atacou com a espada, golpeando com tanta força que cortou completamente a perna do homem logo abaixo do joelho, passando pelos estribos de couro e atingindo o animal, que empinou e sacudiu, quase derrubando Edvalt.

O sangue jorrou da perna cortada do cavaleiro que berrava e foi arremessado do cavalo, voando pelo ar antes de atingir o chão com um baque doloroso, a sela caindo com ele.

O cavalo empinou de novo e disparou por causa da dor, indo direto para cima dos outros dois cavaleiros, fazendo com que se separassem. O líder continuou gritando por um momento, agarrando a perna, o sangue ainda jorrando. Declan sabia que se ninguém aplicasse um torniquete, logo o homem sangraria até morrer. Ergueu a espada, ignorando o moribundo tão próximo, e encarando os demais cavaleiros.

Eles se entreolhavam e estava claro que não havia um segundo em comando. Nenhum dos dois parecia saber o que fazer.

— Vocês! — Edvalt exclamou, ainda calmo. — É melhor darem a volta e deixarem a Aliança. Não iremos nos entregar sem luta, nem os rapazes da aldeia próxima. Vocês não irão receber nada além de sangue e dor pelo trabalho.

Os cavaleiros ainda hesitavam.

— Vão embora! — Edvalt gritou em tom de comando.

— Mas e ele? — o homem mais próximo do ferreiro perguntou, olhando para o líder inconsciente que sangrava no chão.

— Nós o enterraremos. Agora, vão!

Os dois ficaram imóveis por um momento, até que um virou o cavalo e foi seguido pelo outro. Edvalt sinalizou para que Jusan e Declan ficassem perto dele.

— Eles vão voltar com outros — ele disse, sem tirar os olhos da estrada. — E, dessa vez, já irão descer atacando. — Olhou ao redor e correu na direção de sua casa. — Sigam-me.

Declan olhou para o cavaleiro caído e imóvel. Os olhos estavam fixos em um ponto acima dele e não tinham nenhum sinal de vida.

Alcançaram a porta de casa na hora em que Mila a abria.

— Eu vi — disse ela. A esposa de Edvalt era queimada de sol e pequena, mas durona como couro envelhecido na opinião de Declan. O cabelo tinha sido loiro quando mais nova, mas fora ficando branco nos últimos dez anos.

— Então, vá para a aldeia o mais rápido possível, minha velha, e traga jovens armados e todos os velhos que queiram manter seus filhos livres!

Sem dizer mais nada, ela correu na direção da aldeia, como se tivesse um terço da idade.

— Declan, a espada — Edvalt avisou.

Declan sabia que ele estava falando para não deixar que ela caísse nas mãos daqueles mercenários. Observou-a. Sem finalizar e apenas parcialmente polida, parecia uma espada comum. Antes de terminada, poucos reconheceriam seu valor. Porém, um espadachim experiente só precisaria sentir seu equilíbrio e testar seu fio para saber que era uma arma de excelência e qualquer bom ferreiro que a polisse iria reconhecer o tesouro.

— Os rapazes da aldeia logo estarão aqui — disse Edvalt. — Mas provavelmente iremos precisar causar alguns ferimentos antes. Estão prontos, garotos?

Olhou de Declan para Jusan antes de voltar a atenção para a estrada. Os dois assentiram.

— Agora, em um ou dois minutos, eles virão correndo por aquele caminho com os homens a pé tentando se manter por perto. Se fossem espertos, viriam todos de uma vez, mas como parece que não possuem nem a inteligência que os velhos deuses deram aos peixes, é capaz de os cavalos estarem um pouco na frente. Tentem desviar no último momento. — Os dois jovens tinham trabalhado o bastante com cavalos para ter uma boa ideia de como seria ser pisado por um. — Mantenham as costas para a parede e só os mantenham afastados até os outros chegarem.

Como previsto, os dois cavaleiros vieram galopando pelo caminho que levava à ferraria e Declan ergueu a espada. Ele nunca tinha encarado alguém numa luta de verdade e seu coração batia com força. Tentou se lembrar de tudo que Edvalt o ensinara durante todos aqueles anos, mas a mente estava cheia de pensamentos conflitantes, que eram em sua maioria abafados por uma súbita vontade de virar e sair correndo.

Podia sentir seus joelhos tremendo e o suor corria pelo rosto e pelas costas como se estivesse na forja, mas só que fedia a medo. Hesitou por um momento quase longo demais, e um cavaleiro se aproximou, a espada para trás, pronto para cortar fora a cabeça de Declan. Subitamente, começou a se mexer.

O cavaleiro golpeou baixo e Declan só continuou com a cabeça por sorte, pois o homem segurou a espada erguida para o lado esquerdo e sem querer ele bloqueou o golpe. Cambaleou ao sentir o choque nos braços e foi jogado para o lado abruptamente pelo cavalo. Foi de relance, porém o desequilibrou e ele sentiu o ar ser expulso dos pulmões por causa do impacto com a parede da ferraria.

A raiva surgiu e o medo desapareceu quando viu o cavaleiro virar a montaria, fazendo com que ela avançasse de novo. Declan se preparou e se agachou, soltando um golpe baixo que tirou a perna esquerda dianteira do cavalo do chão. O cavaleiro gritou em uma mistura de raiva e choque ao ser jogado por cima das rédeas do cavalo, e Declan se virou e correu até onde ele tinha caído na terra. Declan desviou do animal que gritava e escoiceava e avançou no mercenário. Ele ainda estava tentando se erguer quando Declan atacou em um golpe para cima, cortando fundo a garganta do homem. O sangue brotou como um chafariz e, por um momento, Declan sentiu que a espada estava presa, então a puxou de volta, virando-se para analisar a luta.

Estreitou os olhos e, com uma clareza inesperada, pode ver cada aspecto do combate. Jusan e Edvalt estavam cercados pelo outro cavaleiro, porém como tinham se posicionado perto de uma lateral da casa, o cavalo era mais um obstáculo para o cavaleiro do que uma ameaça.

Declan sentiu mais do que ouviu o primeiro dos soldados a pé se aproximando. Girou e atacou quando ele chegou perto. Conseguiu ver o golpe antes dessa vez, tão claramente quanto quando treinava com Edvalt e o segurou na parte mais forte da espada. O choque foi devolvido, fazendo o braço do atacante recuar e ele se virar para o lado errado, abrindo a guarda para um contragolpe rápido. Declan girou o pulso e estendeu o braço, cortando a barriga do guerreiro desprotegido como se fosse um peixe. O homem caiu e Declan acabou com a vida dele com um golpe da lâmina.

O medo dos primeiros momentos do combate foi varrido por uma onda de energia que não parecia com nada que Declan tivesse sentido antes na vida. Não sentia sua própria mortalidade, apenas uma certeza de que iria terminar essa luta vitorioso. Girou no lugar, procurando o próximo oponente e viu que a cena pouco tinha mudado desde que o homem o atacara. Parecia que o tempo tinha parado.

Correu para ajudar Edvalt, que protegia Jusan do cavaleiro remanescente. O rapaz estava ferido e com as costas apoiadas na parede da cabana. O sangue escorria por um dos braços. Com um salto, Declan agarrou o colarinho do colete do cavaleiro por trás e o arrancou da sela. Edvalt na mesma hora foi para cima do homem caído e enfiou a espada na garganta dele antes de Declan terminar de se levantar. O cavalo assustou-se e fugiu, e Declan viu cada detalhe. Os guerreiros continuavam a se aproximar e ele se perguntou por que tinham demorado tanto.

Deixou o pensamento de lado e virou-se para encarar sete homens armados que se espalhavam à frente, devagar. Pelas expressões e pela falta de liderança, Declan sabia que nenhum queria ser o primeiro a brigar. De relance, viu que Edvalt estava agachado e pronto para atacar.

Declan riu, e três dos atacantes deram um passo para trás. O jovem ferreiro deu um único salto à frente, girou e golpeou a cabeça de um deles. Viu-o cair para trás, quase tombando ao recuar. Os outros dois atacaram, e Declan se moveu com velocidade e precisão que ele não imaginava possuir, apesar das horas de prática com Edvalt. Parou o golpe de um deles facilmente com a espada, depois girou e atacou o outro na garganta antes que ele pudesse erguer a espada. Prosseguiu, fechando o círculo para atingir o primeiro nas costas, deixando-o de joelhos.

Edvalt correu e acabou com um deles, enquanto Declan se virava para encarar outro. Os três que tinham recuado não precisavam de mais motivos para abandonar a luta; viraram e fugiram. Os dois últimos ainda em pé viram Mila liderando os aldeões na direção dele, muitos segurando armas velhas e ferramentas de cultivo, mas todos gritando e prontos para lutar. Saíram correndo, poucos minutos depois dos que já estavam fugido.

Declan hesitou por um momento, pensando se deveria segui-los.

— Ajude! — A voz de Edvalt cortou o ar.

Viu que o ferreiro também estava ferido, um corte profundo na lateral, mas ele ignorava o ferimento enquanto se ajoelhava do lado de Jusan, que caíra sentado no chão, as costas ainda apoiadas na parede.

Declan já vira ferimentos o bastante para saber que o de Jusan era sério. Correu para dentro da casa e agarrou alguns trapos na cozinha, voltando apressado para ver que alguns dos aldeões corriam atrás dos traficantes de escravos, enquanto outros estavam sacrificando os cavalos moribundos. Uns poucos tinham se reunido ao redor de Mila e Edvalt, que estava cuidando de Jusan. O jovem aprendiz tinha o rosto pálido e o olhar entrava e saía de foco, porém ainda estava consciente.

Declan entregou os trapos para Mila que os apertou com firmeza no corpo de Jusan.

— O sangue é vermelho — disse. — Então, se conseguirmos parar o sangramento, vai viver.

Ele sabia que se o sangue estivesse escuro, significava que o fígado ou outro órgão havia sido perfurado e Jusan estaria morrendo. Ajoelhou-se ao lado de Edvalt para avaliar o ferimento dele.

— Está feio — disse, ao ver o longo corte nas costelas do velho ferreiro.

— Pegue minhas coisas de costura — Mila ordenou, e Declan correu para casa. O coração dele batia com força, e ele apertava as mãos como se lutasse para retomar o controle de si. A mente estava acelerada como se ainda estivesse lutando, porém sentia uma calma estranha que o mantinha focado. Com dois passos, foi até onde Mila guardava a cesta de costura, um triângulo de palha apertada com tampa. Um dos benefícios de se casar com um ferreiro é um suprimento abundante de agulhas, cujas vendas tinham tido parte importante na prosperidade de Edvalt.

Ele carregou a cesta para Mila, que a pegou e, de forma eficiente, puxou uma agulha grande, na qual colocou fio.

— Precisamos salgar a ferida — disse ela.

Edvalt mantinha a mão comprimindo a lateral do corpo enquanto se acomodava em uma posição confortável. Mila virou-se para Declan:

— Pegue sal, uma mão meio cheia, e um jarro de água pela metade. Misture bem e traga até aqui.

Novamente, Declan foi até a casa e fez o que foi pedido. Voltou com um jarro pela metade de água salgada. As populações costeiras tinham aprendido há tempos que, por motivos que só os deuses conhecem, feridas banhadas com água do mar infeccionavam menos do que as banhadas em água doce. Como era longe demais para correr até o mar, salgar a água doce também resolvia. Não era uma garantia de que a ferida de Jusan não iria inflamar e matá-lo, mas lhe dava mais chances.

O garoto gritou sem forças e se contorceu quando Mila lavou a ferida. Declan teve que segurá-lo enquanto a mulher costurava. Jusan apertou os dentes tentando não chorar, porém mal conseguia se controlar. Por fim, Mila amarrou os pontos.

— É o melhor que posso fazer. Ele está na mão dos deuses agora. Leve-o para dentro — instruiu a Declan.

Enquanto o recém-nomeado mestre cumpria as ordens, Mila focou a atenção no marido.

— Já passei por coisa pior — repetia ele.

— Já fiz você passar por coisa pior — respondeu ela, com um grunhido de desprezo.

Declan deitou Jusan na cama. O aprendiz mais novo geralmente dormia na ferraria, mas agora era melhor que descansasse numa cama de verdade. A cabeça dele estava mole e os olhos fechados, mas a respiração estava tranquila, e Declan soube que ele dormia. Voltou para fora a tempo de ver os aldeões se aproximando com mais de dez cativos libertos e conduzindo um trio de carroças.

Um pescador chamado Rees apontou com o polegar na direção dos prisioneiros.

— Temos um problema, Edvalt — avisou.

— Mesmo? — O ferreiro fez uma careta enquanto a esposa terminava de costurá-lo.

— Quero dizer que tem mais vindo. — Rees ajoelhou-se na frente de Edvalt, o rosto envelhecido pelo sol, a careca brilhando de suor. — Os rapazes que libertamos contaram que os escravistas estão se movendo em grupos, espalhando-se para peneirar as terras da Aliança. Parece que o velho Lodavico de Sandura está reabastecendo seus exércitos. Perdeu um bocado de soldados no ano passado, algo a ver com a destruição dos antigos aliados da Itrácia. O exército da Sandura pode estar vindo na nossa direção, mas antes disso — ele apontou com o polegar para os corpos no chão —, esse pessoal já está se comportando como se não existisse trégua no Estreito.

Edvalt apoiou-se na lateral da ferraria sem dizer nada por um longo minuto enquanto refletia sobre o que tinha escutado. Rees recomeçou a falar, mas o ferreiro ergueu a mão.

— Estou pensando — foi tudo o que disse.

Não havia um governo oficial em Oncon. Como em muitas aldeias na Aliança, os locais se governavam por consenso, o que às vezes levava a uma justiça muito severa, mas que funcionava como sistema na maior parte do tempo. Edvalt era visto pela maioria como um líder natural, em parte por causa da posição: o ferreiro era o homem mais importante da aldeia, e ele sabia mais sobre o mundo do que qualquer outro morador. Alguns sugeriam que tinha sido um soldado, até mesmo um oficial.

— Então, precisamos nos preparar para os problemas — disse por fim. Gesticulou para que Declan o ajudasse a se levantar. Assim que se ergueu, ficou de pé por um instante, testando a sua firmeza. Recusou a ajuda de Declan.

— Estou bem.

O respeito pela opinião de Edvalt em assuntos importantes era tanto que os aldeões reunidos ao redor permaneceram em silêncio. Uns poucos ajudavam os cativos libertados a se acomodarem na sombra da ferraria e da casa, enquanto todos esperavam.

— Algum deles escapou? — Edvalt perguntou.

Rees se levantou.

— Vocês conseguiram pegar todos? — perguntou aos outros aldeões.

Um homem chamado Flet ficou na ponta dos pés para falar sobre a cabeça dos vizinhos.

— Uns dois subiram a estrada. Deixamos para lá quando viraram para o leste e continuaram correndo. Não vão voltar tão cedo.

— Não — disse Edvalt. — Não tão cedo, mas vão voltar — grunhiu, desconfortável. — Vão voltar por causa disso — apontou para os prisioneiros que estavam sentados ali perto — e por quaisquer outros que conseguirem pegar.

— O que devemos fazer? — uma mulher chamada Thea perguntou. Era uma viúva com único filho, já crescido, que cuidava dela. — Se levarem meu menino, irei morrer de fome.

— Não, Thea — Edvalt sacudiu a cabeça. — Não somos o tipo de comunidade que a deixaria morrer, mas está certa em algo. Eles irão levar seu menino, e os outros também, como Declan e Jusan.

— Então, o que faremos? — Rees perguntou, fazendo eco às preocupações da viúva.

— Bem, primeiro... deve ter algo de valor nessas carroças — Edvalt falou, e dois dos aldeões se viraram para examiná-las. Apontou para os cativos. — E precisamos alimentar esse povo antes que eles morram.

Afastou-se do prédio, novamente recusando a ajuda de Declan.

— Eu só me cortei, garoto. Não estou morrendo. — Chegou no centro da clareira, de onde podia olhar para baixo e ver o resto da aldeia. Continuou: — Precisamos ter cuidado, pois se não tivermos, aqueles bastardos podem começar a nos matar antes que estejamos preparados.

Ergueu a mão, pedindo silêncio e antecipando o fluxo de perguntas que começou.

— Eis o que iremos fazer — retomou a fala depois de um momento. — Todos os garotos e os jovens devem deixar a aldeia. Temos três, talvez uns quatro dias para eles escaparem. Os mercenários devem ter um comandante em algum lugar. Ele não vai gostar de ter perdido seus homens nem seus cativos. Se aqueles que escaparam o encontrarem hoje à noite, ele irá chamar os outros grupos e estarão reunidos amanhã à noite. Mais um dia para chegar aqui... Três dias, talvez quatro.

— Como iremos fazer com as colheitas? — perguntou um dos fazendeiros. — Com os rapazes longe, iremos perder mais da metade.

— Os pescadores irão ajudar. Com menos bocas para alimentar, não irão precisar pescar todos os dias. Quando a colheita terminar, os fazendeiros podem aprender a puxar redes. E os rapazes não precisam ir embora para sempre, só por algumas semanas. Iremos mandar alguns até Nova Baía. É longe o bastante para que possamos mandar mensagens por barco se os mercenários forem naquela direção. Se só encontrarem velhos e crianças, talvez desistam das nossas aldeias.

— E as moças? — perguntou uma mulher, colocando a mão no ombro da filha, uma menina de quatorze anos.

— Sim, elas também precisam ir — Edvalt assentiu. — Se aqueles bastardos estão procurando por combatentes e não os encontrarem por aqui, podem querer achar mulheres para vender ou ao menos usar. Também podem queimar algumas cabanas em troca. Não vamos dar motivos para nos matarem. — E acrescentou com raiva: — Mas estejam prontos para lutar e matar se for preciso.

Os homens tentaram parecer determinados, mas sabiam que só ficariam adultos com mais de cinquenta e crianças.

— Alguns rapazes deveriam ir com as moças para Aliança Verde. Tem uma ordem de mulheres santas lá.

— Freiras — uma aldeã acrescentou.

— Sim, do tipo que alimenta leprosos e cuida dos loucos — adicionou outro.

— Sim, devemos mandá-las para... como chama mesmo?

— A Abadia da Esperança — a primeira mulher respondeu.

— É um bom nome — disse Edvalt. — Contem a quem estiver encarregado o que aconteceu aqui e perguntem se podem abrigar as moças até que avisemos que é seguro voltar. Os rapazes podem ajudar na cidade em troca de comida, ou podem se arriscar a voltar. O perigo já deve ter passado então.

Edvalt não soou tão convincente na última frase.

— E eles? — perguntou depois outro pescador, indicando os ex-prisioneiros.

Edvalt olhou para os homens esfarrapados, com idades que iam do final da adolescência ao começo dos trinta. Todos mostravam sinais de terem apanhado e passado fome.

— O que vocês querem? — perguntou ao prisioneiro mais próximo.

— Alguma coisa para comer cairia bem — respondeu ele, e alguns dos aldeões riram. — Depois, eu quero ir para casa.

— Onde é a sua casa? — Edvalt perguntou.

— Marquensas. Sou carroceiro. Pegamos uma carga de frutas para o mercado de Dunkeep e no caminho de volta fomos pegos por aqueles assassinos.

— Dunkeep? — um aldeão questionou. — Mas isso fica em Ilcomen!

— Eu mencionei isso quando nos acorrentaram — explicou o carroceiro. — Mas eles não ficaram impressionados. — Fez um gesto na direção das carroças. — Uma daquelas é minha, ou melhor, era do meu mestre. Ele morreu lutando contra eles.

— Bem, é sua agora — disse Edvalt. Dirigiu-se aos aldeões: — Vamos alimentar esses rapazes. Depois de comermos, vamos nos encontrar aqui para nos organizar. Precisamos estar prontos, o problema está longe de acabar.

Conforme os aldeões ajudavam os cativos, Edvalt fez um gesto para que o carroceiro ficasse.

— Você irá ser alimentado logo, mas acho que podemos ajudar um ao outro. Qual é seu nome?

— Ratigan.

Edvalt riu e fez uma careta por causa da dor no corte.

— Aposto que chamam você de Rato.

O homem franziu o cenho. Ele parecia duro, magro mas cheio de músculos, e Declan pode ver por que os mercenários o pegaram: com treinamento, podia se tornar um bom guerreiro.

— Não desde que aos onze anos bati em Jono Bolles até ele desmaiar por causa disso — respondeu em um tom desafiador.

— Bem, Ratigan — Edvalt disse, batendo no ombro do rapaz. — Somos todos amigos aqui, ou estaríamos mortos. Venha comigo e irei lhe contar o que estou pensando.

Ratigan entrou na cabana depois de Mila e Declan, e foi seguido por Edvalt. A mulher abriu a arca de comida, tirando o pão feito no dia anterior e cortando uma fatia grossa.

— Tem peixe salgado e um pouco de queijo também — disse ela. O homem faminto assentiu enquanto mordia o pão seco.

— Agora — continuou Edvalt. — Tem um rapaz naquele catre fraco demais para andar e temos que tirá-lo daqui em um ou dois dias no máximo. E acho que sei de um jeito que irá nos beneficiar.

— Como? — perguntou Ratigan.

— Quero que você leve meu antigo aprendiz — apontou para Declan — e o aprendiz dele...

— Meu aprendiz? — Declan interrompeu.

— Seu aprendiz — Edvalt confirmou. — Se sobrevivermos aos próximos dias, sempre posso encontrar outro rapaz para treinar. Eu iria lhe vender a ferraria se quisesse ficar, mas se escravistas estão correndo livres e a Aliança está sendo ignorada, pode ser que não haja ferraria em breve. E se queimarem isso aqui, Mila e eu teremos que recomeçar em outro lugar.

Ele não parecia muito preocupado com a possibilidade. Declan sabia que Edvalt tinha hábitos simples e escondera ouro o bastante para que recomeçar não fosse um problema. Declan também percebeu que Edvalt não queria que ele comprasse a ferraria; podia dizer que estava pronto para se aposentar, mas na verdade não estava, mesmo que não tivesse compreendido até aquele momento. Edvalt iria gostar do desafio da reconstrução. Declan achou tudo de uma ironia deliciosa e adorou sentir a decisão sendo tirada de suas mãos. Não, para Edvalt recomeçar não seria problema. Sobreviver aos próximos dias sim.

— Quero que você leve minha bigorna menor, meu segundo melhor conjunto de ferramentas e aquela caixa de areia. — Declan ergueu as sobrancelhas um pouco, mas não disse nada. Em um tom mais suave, Edvalt continuou: — Fique com a espada que está finalizando. — Inclinou-se e sussurrou para Declan: — Meu instinto me diz que quando o Barão Bartholomy chegar, se chegar, só irá encontrar ruínas fumegantes.

Declan olhou nos olhos de seu antigo mestre.

— Espere pelo melhor...

— Prepare-se para o pior — Edvalt completou. Voltando ao seu tom normal, continuou: — Acompanhe Ratigan até Marquensas. Prometi ao Barão Daylon que se eu encontrasse um aprendiz que fosse meu igual, eu o enviaria até ele. — Antes que Declan protestasse por ser comparado a Edvalt, o velho ferreiro ergueu a mão para impedi-lo. — O barão é um homem justo a sua maneira. Se entrar para o seu serviço, ele irá tratá-lo bem. Se não quiser, tudo bem. Procure uma aldeia ou uma cidade próxima que precise de um ferreiro e se estabeleça. Sandura pode ser corajosa aqui na Aliança, mas aposto que Lodavico irá demorar anos para enfrentar alguém como o barão. Irei lhe dar um pouco de ouro, para que possa comprar ou alugar uma casa. Você sabe o que fazer a partir daí. É um bom ferreiro, Declan. O melhor aprendiz que já tive e tem jeito para ser um bom espadachim pelo que vi hoje. De qualquer forma, precisa seguir seu próprio caminho. Jusan é um bom aprendiz e você irá ajeitá-lo tão bem quanto eu faria. E agora chega deste assunto.

Declan conhecia o antigo mestre bem o bastante para aceitar que quando Edvalt falava que chegava, chegava mesmo. Ele assentiu e deixou o condutor engolindo a comida enquanto Edvalt descansava.

Ao colocar o pé para fora, um homem chamado Posey acenou.

— Declan! Você precisa ver isso!

Posey estava parado do lado do cavalo-guia da primeira carroça e, assim que Declan se aproximou, virou-se e passou apressado pela segunda. Na terceira, Declan hesitou ao ver a primeira mula. Depois, correu para confirmar suas suspeitas, e sentiu um frio na espinha ao reconhecer a terceira carroça.

— Roz? — perguntou baixinho.

— Sem sinal dela — foi a resposta de Posey.

Declan viu dois ex-prisioneiros sentados na sombra da ferraria, engolindo a comida que alguém da aldeia lhes dera, e correu até eles.

— Vocês sabem o que aconteceu com a mulher que conduzia a carroça com as mulas?

Os dois assentiram. Um, com o rosto mal enfaixado, respondeu com a boca cheia.

— Encontraram ela na tarde de ontem. Estava vindo de algum lugar ao norte daqui... — Sacudiu a cabeça, percebendo que os detalhes eram inúteis. — Enfim, a carroça estava vazia e disseram que era velha demais para ser vendida a um bordel, então decidiram que iam se divertir um pouco com ela.

— Ela lutou bem, só digo isso. — O outro assentiu. — Ela sacou uma faca e estava fora da carroça antes que o primeiro deles desmontasse. Ela o castrou como se fosse um bezerro e o deixou berrando como uma criancinha enquanto sangrava até morrer.

— Ela manteve os outros longe — acrescentou o da cabeça enfaixada. — E enfiou a faca em si mesma.

— Deixou claro que não ia ser violada — o colega acrescentou. — Tirou a vida para não se entregar.

Declan sentiu-se tonto. No lugar do estômago havia um buraco quente e doloroso. Ficou imóvel por um momento.

— Onde?

— Uma hora de distância, estrada acima — disse o primeiro homem. — Eles a deixaram lá, na beira da estrada, do lado daquele que ela matou.

Declan sentiu um golpe frio na barriga e deixou de lado qualquer noção de que Roz pudesse estar morta. Até ver com seus próprios olhos... Ele virou e andou em silêncio até a ferraria. Logo depois, voltou com uma pá na mão e foi até a primeira carroça. Pulando no banco, pegou as rédeas e fez os cavalos se moverem para virar a condução.

— Para onde vai, Declan? — Posey perguntou.

— Vou me despedir de uma amiga — Declan respondeu, olhos fixos à frente. Com um sacudir das rédeas, a carroça partiu na direção da estrada.

Declan exigiu muito das mulas e, dada a natureza teimosa das criaturas, ficou surpreso com a disposição delas para correr. Ao contrário dos cavalos, Declan percebeu que mulas eram espertas e preferiam o caminho mais fácil, se pudessem escolher, porém se recusavam a avançar se estivessem sobrecarregadas. Por isso que carroceiros como Roz, que geralmente não tinham pressa, preferiam mulas.

Aves carniceiras mostravam a Declan para onde ir e, ao virar uma curva da estrada, ele quase gritou de alívio. Roz estava sentada no chão, as costas apoiadas em uma pedra, sacudindo a faca para os dois abutres que pareciam não estar dispostos a esperar que ela morresse. Declan os espantou e ajoelhou-se ao lado dela. Roz sorriu, fraca.

— Demorou... — disse antes de desmaiar.

Ele rapidamente examinou o ferimento e descobriu que ela enganou os soldados fazendo um corte grande, mas pouco profundo. O sangue empapara túnica e calça rapidamente: as roupas estavam sujas o bastante para fazer os mercenários acreditarem que ela estava morta, mas não tinha sido o suficiente para matá-la rápido. Declan tirou a camisa e usou a adaga para fazer bandagens improvisadas, e fez o melhor possível para estancar o sangue fresco que ainda saía da ferida. Ergueu-a até a carroça o mais gentilmente que pode, e tentou posicioná-la de forma confortável entre os sacos de mercadoria para aliviar a dureza da viagem, mas sabia que rapidez era essencial.

Ao virar a carroça e instigar as mulas para o passo mais ligeiro que pudessem, o alivio pela sobrevivência de Roz brigava com o medo de ser lento demais para levá-la até os cuidados de Mila. O dia não estava nem na metade, mas desde o amanhecer sua vida já mudara mais do que pudera imaginar horas antes.

8

UMA MUDANÇA INESPERADA NA MARÉ

HATU COMEÇOU A DEVANEAR E SE SACUDIU PARA ficar mais alerta. A maior armadilha de estar de vigia em uma situação como aquela era acabar ficando embalado por uma falsa sensação de calma. O outro risco era se deixar levar por uma imaginação hiperativa e ver coisas inexistentes na escuridão. Uma vantagem da posição em que estavam era ser quase certo escutar outro navio se aproximando antes mesmo de vê-lo. Então, escutar era primordial.

Ainda assim era fácil a mente vagar a cada poucos minutos, e para Hatu isso significava revisitar velhos deslizes e questões não respondidas, ou o rosto de uma garota.

Ficou inquieto ao pensar em Hava e reprimiu a lembrança dela no banho. Ultimamente, vinha pensando nela como mais do que simples amiga. Naquele último dia na escola perto de Corbara, algo diferente tinha passado entre eles sem ser dito, e Hatu achava excitante e perturbador. Não compreendia totalmente o que era, mas o deixava sentindo falta dela.

Porém, mesmo sem esforço, voltou a pensar nela: lembranças dos anos crescendo juntos e da estranha amizade.

Ela era a única estudante que podia derrotá-lo na maioria das disputas de treinamento. Ele geralmente a derrotava na luta, apesar de por vezes ela antecipar seus movimentos e o derrotar, então ele nunca achava que a vitória estivesse garantida. O mesmo era verdade para Donte, pois qualquer disputa envolvendo força, ele vencia a todos na ilha, mas em outras Hava e Hatu tinham tido seu quinhão de vitórias. O único lugar em que ela sempre vencia era nas corridas de longa distância. Nas curtas, Hatu conseguia ganhar, mas se corressem distâncias maiores, ela sempre terminava na frente. Donte implicava sem cessar com Hatu sobre isso, dizendo que Hatu não conseguia derrotá-la porque ficava prestando atenção na bunda dela. Deixava de lado o fato de que ele também não conseguia derrotá-la. E embora nunca fosse admitir isso a Donte, Hatu achava que Hava tinha a bunda mais bonita que já tinha visto. Ela não era o que a maioria dos garotos chamaria de bonita, mas Hatu gostava da aparência dela, sempre tinha gostado.

Recusar-se a admitir sua atração por ela era importante, especialmente quando estavam competindo e Donte assistindo. Ele deveria sentir por ela o que se sente por uma irmã, mas de alguma forma aquilo mudara pouco antes de se separarem, o que incomodava Hatu de forma inexplicável. Qualquer coisa além da amizade era proibida, e ele podia jamais vê-la de novo. Essa possibilidade às vezes o deixava quase enraivecido.

Seu constrangimento com as brincadeiras de Donte o fez se focar em vencer Hava em todas as disputas que tivessem, o que o deixava ainda menos eficiente para vencer.

Ele se sacudiu para sair do devaneio. Se não estava pensando no corpo e no rosto dela, mesmo assim ainda estava fixado nela: o beijo suave na bochecha, a sensação da mão dela na sua. Usou a raiva para deixar as memórias de lado. Precisava ficar alerta.

Tudo ainda estava quieto, o gentil bater das ondas na costa era o único som a quebrar o silêncio. Naquela latitude, o clima em Garn era quase previsível, os extremos eram mais comuns nos mares profundos. Ali, as correntes entre as ilhas eram bem mais preocupantes que tempestades repentinas ou picos de marés. Correntes eram constantes até não serem mais, por recifes que se partiram ou areias que se moveram. De repente, uma passagem estreita e segura tornava-se traiçoeira.

A lua só apareceu antes do amanhecer, o normal para aquela época do ano. As marés se inclinaram gentilmente para o leste, e talvez o tempo mudasse um pouco. O clima naquelas águas raramente era violento naquela parte do ano, apesar das tempestades que porventura acontecessem tendessem a serem selvagens e ameaçadoras. No mar, poucos navios seriam capazes de sobreviver a essas raras tempestades, e se abrigar era a única opção segura.

A luz da lua iluminou o horizonte e, por um instante, Hatu fixou seus pensamentos nela. De acordo com um dos mestres que tivera, Mestre Tagaga, ou a lua era muito pequena e próxima, ou muito grande e distante. Ele concluíra que devia ser o segundo caso, pois ela se movia muito devagar no céu. Hatu ficou curioso para saber como ele chegara àquela conclusão, mas não o bastante para perguntar: o professor tendia a falar muito, principalmente quando bebia, e raramente era tão divertido quanto o Mestre Bodai.

Porém, aquelas lições tinham avivado a imaginação de Hatu, fazendo o jovem pensar sobre coisas que não tinha considerado. Pensamento independente e questionamentos constantes não eram comportamentos encorajados entre os estudantes que poderiam se juntar aos Quelli Nascosti. Se ele tivesse nascido em Coaltachin, já estaria na metade da hierarquia interna se fosse analisado favoravelmente pelos mestres. Hatu sabia que jamais seria um sicari. Perguntava-se qual seria seu destino.

Isso o perturbava, mas por vezes ele se sentia aliviado; a obediência era fundamental e dar a vida por Coaltachin era uma possibilidade muito real. Ele sabia que era diferente dos outros alunos. Nenhum tinha o rosto de bochechas coradas ou o cabelo acobreado como ele, mas era mais do que apenas seu local de nascimento. Hatu não sabia como tinha ido parar na escola ou quem era seu povo. Tinha sido ensinado a fazer poucas perguntas, e só quando fosse instruído.

Houveram sinais sutis, coisas que ele tinha apenas começado a reconhecer no último ano, que diziam que ele era diferente: havia sido protegido de formas que os outros alunos não. Era exposto aos riscos do treinamento, mas resguardado de danos maiores. Por vezes, um estudante se feria gravemente e ficava incapaz de continuar o treinamento; mortes eram raras, mas aconteciam. Os instrutores de Hatu sempre encontravam uma forma de minimizar riscos. Ele não sabia o motivo, e assim como várias coisas em sua vida, isso apenas o frustrava e o deixava zangado.

Ele tentou se focar no horizonte, mas o mar e o céu escuros se misturavam, e encarar o vazio nebuloso fazia sua mente se soltar. Espontaneamente, Hava voltou aos seus pensamentos e ele se lembrou da vida na escola. Enquanto crianças, tinham brincado e treinado juntos. Como Donte, ela tinha estado na sua vida todos os dias, até suas missões longe da ilha de Morasel os separarem.

Ele se lembrou da primeira vez em que estar perto dela fez sua pele enrijecer e a vergonha que sentiu, pois foi naquela etapa da maturação em que era apenas um garoto, mas o corpo de um homem começava a se formar. Donte tinha sido seu aliado, defendendo o amigo das depreciações dos outros garotos durante o banho. Hatu se perguntava se Donte estivera lhe protegendo das zombarias, ou resguardando os outros de sua raiva. Hava não foi a única garota a causar aquela reação, e ele não era o único garoto dessa idade a reagir a uma garota daquela forma. Os instrutores eram vagos quando questionados, dizendo que iriam passar por aquela fase, e simplesmente os lembravam das regras contra o sexo.

Hatu não estava preocupado em quebrar as regras, e sabia que Hava nunca o faria, mas estava preocupada que ela o visse excitado quando estavam nus no banho ou durante o treinamento. Ele não queria que nada mudasse a amizade dos dois.

Ele sacudiu os pensamentos e se resignou a sentir falta dela.

Olhou de relance para Donte e viu que ele estava alerta e observando a penumbra à procura de qualquer coisa que pudesse ser uma ameaça.

Hatu tentou se concentrar na tarefa, porém alguma coisa ficava puxando sua mente para Hava. Talvez fosse por estar voltando para sua ilha natal e haver uma pequena chance de reencontrá-la. Perguntou-se por que sentia um vazio tão grande quando pensava nela, talvez por ter acreditado que ela sempre estaria ali e de repente não mais. Uma parte dele tinha se perdido quando a viu pela última vez, enquanto corria para as docas em Corbara.

De repente, algo mudou.

Os instintos de Hatu o avisaram que o perigo se aproximava. Olhou para Donte que encarava a escuridão para oeste. Era fácil ser levado a observar o nascer da lua e ignorar ameaças saídas do escuro.

Donte mal estava visível na luz fraca do luar, uma silhueta de sombra e luz delineada, mas Hatu percebeu que ele voltou a atenção para ele. Também tinha sentido alguma coisa.

Quando Hatu estava prestes a soltar um aviso, ouviu o som da água se erguendo dos dois lados do navio, seguido pelo barulho de corpos pesados aterrissando no convés. Olhando para baixo entre as velas recolhidas e no escuro, podia apenas distinguir as formas de homens estranhos movendo-se de forma esquisita pelo convés, pareciam estar ondulando em vez de rastejando. Apesar disso, eram rápidos.

Os homens que estavam adormecidos no convés acordaram em segundos e foi quando os gritos começaram. Hatu olhou para Donte, cujos olhos estavam arregalados o bastante para refletir a luz do luar, e balançou a cabeça, avisando-o para não se mover.

Mais homens começaram a gritar.

Hatu ficou paralisado com o choque. Aqueles eram homens de Coaltachin, guerreiros duros por baixo de qualquer papel que estivessem desempenhando no momento. Eram irredutíveis e não se assustavam fácil, porém os sons que vinham de baixo eram de terror profundo e primal.

Na penumbra do luar, Hatu só conseguia ver formas, mais obscurecidas ainda por causa da movimentação frenética. Os homens se retorciam no convés, tentando escapar daquilo que os atacava: seres maiores que pessoas e que se moviam com velocidade inumana. Viu uma criatura pegar um grumete, golpeá-lo ou abraçá-lo e se lançar no ar, caindo em arco sobre a água com estrondo. Hatu olhou para Donte e viu a imagem obscura do amigo imóvel com o terror que acontecia abaixo.

A confusão esmagou Hatu, deixando-o incapaz de pensar. Tentou olhar melhor na escuridão, forçando-se a ver o que estava acontecendo. Sentiu o pânico crescendo enquanto o terror invisível levava sua imaginação a um ponto primitivo, transformando-o em um animal encurralado. Não ser capaz de ver era pior do que ver, pois os sons indicavam que a tripulação estava sendo arrasada. Os gritos de raiva e fúria comuns de uma batalha estavam ausentes, substituídos por um uivo coletivo de puro terror que seria inimaginável para Hatu minutos antes.

Olhou de novo para Donte e do pouco que conseguiu perceber, o amigo estava tão paralisado pelo medo quanto ele.

Donte sentiu Hatu olhando na sua direção e apontou para baixo, fazendo um movimento com a mão que indicava que deveriam ficar onde estavam. O que quer que aquelas criaturas no convés fossem, seu movimento ondulante não indicava que eram capazes de subir pelo cordame e Hatu não estava disposto a argumentar com a lógica de Donte.

Os sons de terror foram diminuindo conforme os homens lá embaixo iam sendo mortos ou carregados para o mar. Gritos abafados foram os últimos sons que os dois rapazes ouviram vindos do convés, seguidos por mergulhos no mar. Fez-se silêncio.

Hatu esperou, imóvel, com medo de que os horrores que os tinham visitado ainda estivessem à espreita. Podia ouvir o bater suave das ondas na praia e o leve som de madeira rangendo conforme o navio balançava levemente, fazendo cordas e pranchas soltas encherem a noite com seu chacoalhar ocasional.

O tempo se arrastava enquanto a lua subia e sua luz fraca ia gradativamente dando mais claridade ao que acontecera. O convés brilhava coberto de água e sangue, e Hatu suspeitava que, quando a alvorada chegasse, poderiam ver os corpos espalhados.

O silêncio o sobrepujou. Estava aterrorizado demais para se mover, porém todos os seus instintos lhe diziam para descer, pular pela lateral do navio e nadar até a costa, para se afastar o máximo possível daquele lugar. Continuou olhando para Donte, que às vezes o olhava de volta. Nenhum dos dois estava querendo deixar o que parecia ser um lugar seguro.

As horas se arrastaram.

A falsa alvorada no leste trouxe luz o bastante para tornar a carnificina abaixo de Hatu e Donte visível em tons de preto e cinza. Os dois jovens sentiram que era hora de descer e decidir o que fazer. Moveram-se com cuidado, o terror continuando a mantê-los o mais quietos que conseguiam.

Assim que chegaram ao convés, podiam ver partes de corpos e sangue por todo o lugar, mas nenhum rosto reconhecível. Era como se aqueles que não tivessem sido levados tivessem sido literalmente despedaçados e seus pedaços espalhados em todas as direções.

— O que vamos fazer? — o rosto de Donte estava acinzentado quando sussurrou.

— Não sei — respondeu Hatu no mesmo tom, entendendo a relutância do amigo em falar alto. Olhou ao redor. Tinha a sensação de que se olhasse por tempo o bastante, talvez o que acontecera fizesse sentido. — Tem mais alguém vivo?

— Acho que não — disse Donte. — Está tudo em silêncio há muito tempo, não escutei ninguém ferido gemendo. Parece que aquelas coisas desceram lá para baixo, pelas escadas. O que era aquilo?

— A Matrona Mona nos contou histórias sobre o mar — Hatu respondeu. — Homens do oceano, talvez.

— Homens do oceano? Nagas marinhas? Demônios da água? — Donte replicou, olhando para o leste e vendo o sol se erguer acima do horizonte. — São apenas histórias. — Sua expressão deixava clara a recusa em aceitar a possibilidade que criaturas míticas tivessem atacado o navio e matado ou sequestrado todos menos eles.

— Então, não sei! — exclamou Hatu, baixando a voz logo depois. — Não sei. O que quer que sejam, são grandes e saíram da água, e arrastaram metade da tripulação para o mar.

— Por que os levaram? — Donte perguntou, como se Hatu de alguma forma conseguisse entender aquilo pelos dois.

— Eu não sei! — Hatu retrucou. Manteve a voz baixa, mas seu tom revelava que a raiva estava ameaçando emergir. — Eu tive o mesmo treinamento que você. Por que eu saberia e você não?

Donte baixou os olhos, sacudindo a cabeça como se não conseguisse suportar que um mito se mostrasse vivo.

— O que vamos fazer? — repetiu.

— Não conseguimos navegar isso sozinhos — Hatu disse, olhando ao redor. — Precisamos encontrar outra forma de chegar a Coaltachin.

— Um barco? — Donte disse, apontando para o bote pendurado na popa. — Isso nós conseguimos.

— Para onde? — Hatu perguntou.

— Qualquer lugar que não seja aqui — foi a resposta. — Você sabe onde estamos?

— Aproximadamente — Hatu refletiu. — Eu naveguei com Mestre Bodai e com Mestre Cardina em algumas pequenas viagens antes de termos sido mandados para Numerset. Achei que sabia onde estávamos antes de virarmos para o sul e fugirmos daqueles três navios. — Apontou para o norte. — Se formos naquela direção, iremos encontrar a Clareira e, em um ou dois dias, outros navios.

— Vamos.

— E essas coisas?

— Talvez eles durmam durante o dia, como morcegos ou corujas. Eles só atacaram de noite.

— Vamos torcer para estar certo — disse, já subindo as escadas que levava ao castelo da popa. Parou de repente.

— O que foi? — Donte perguntou.

— Vou lá embaixo.

— Por quê? — Donte agarrou seu braço.

— Comida, água, armas, qualquer coisa que possamos precisar. Apronte o bote.

Donte assentiu, o rosto mostrando que estava bem satisfeito em deixar que o amigo fizesse aquela visita. Hatu correu pelas escadas e puxou a lona pesada que separava as camas da tripulação dos aposentos dos oficiais.

Hatu foi até a cama do capitão e abriu o baú próximo. Ele não fazia ideia do que esperar, mas julgou que, se houvesse algo importante e não levasse para casa, seria o responsável.

No baú, descobriu os papéis do capitão, junto com uma bolsa pesada de moedas. Se sobrevivessem a essa tentativa de chegar em casa, daria todas aquelas moedas ao primeiro mestre que encontrassem. Donte talvez protestasse, mas Hatu desde cedo aprendera que não dar o que era devido aos que ocupavam postos mais elevados era uma forma rápida de acabar flutuando de barriga para baixo em algum canto. No fundo do baú, debaixo das roupas do capitão, encontrou uma bolsa de lona. Parecia que continha papéis, mas estava costurada e selada com cera. O material impermeável dizia a Hatu que continha algo importante, algo que o capitão e quem quer que tivesse lhe dado aquilo não queriam que sofresse danos. Pegou os papéis, um diário e a bolsa selada e colocou tudo em uma bolsa de couro encerada. Aquela carga permaneceria seca a não ser que encontrassem um clima muito pior do que o esperado naquela região e naquela época do ano.

Um olhar rápido na cozinha o fez ter ânsias de vômito ao encontrar a primeira cabeça cortada, de um grumete chamado Chou, encarando-o com olhos vazios. Hatu agarrou uma bolsa e a encheu com pão duro, frutas secas e carne defumada. Não tinha muita variedade, mas era o bastante para mantê-los alimentados e com forças suficientes para remar por uma semana ou mais, se fosse necessário.

Evitando pensar nos perigos que os esperavam, Hatu pegou duas camisas penduradas em pregos e dois casacos pesados. O clima no mar podia virar bruscamente, mesmo em estações amenas.

Alcançou o topo do castelo de popa quando Donte soltava o pino do segundo turco. Tudo o que precisavam fazer era desamarrar as cordas e baixar o barco. Era uma embarcação leve e estreita, com um pequeno mastro e uma vela, além de remos, então poderiam conservar energia de vez em quando se fosse uma longa jornada.

— Queria que tivéssemos mais água — disse Hatu ao colocar os suprimentos no barco. — Tem barris cheios, mas a maior parte dos potes na cozinha está quebrada. Isso foi tudo o que encontrei. — Ergueu duas garrafas e as entregou a Donte. — Vou pegar dois odres.

Correu para a parte de baixo mais uma vez e voltou com dois odres de couro cheios.

— Pode ser que tenha mais uns dois desses, mas não consegui encontrá-los. A bagunça é demais para ficar revirando. Vamos ter que racionar a água.

— Tem outras ilhas próximas — Donte disse. — Quando sairmos daqui, podemos parar em algum lugar verde e procurar água.

Hatu deu de ombros, concordando, e procurou a corda na ponta do barco. Olhou para o amigo que assentiu e começaram a baixar em um ritmo constante.

Deixaram a embarcação descer lentamente, com cuidado para não inclinar. O desenho estreito facilitava o ganho de velocidade quando remando ou velejando, mas não tinha sido pensada para cargas excessivas. O que tinham retirado do navio mal deixaria espaço para velejar ou remar, mas manter todas as provisões podia ser a diferença entre a vida e a morte.

Os turcos tinham sido equipados com grampos de proteção. Se puxassem a corda com suavidade, os grampos se soltavam e os dois podiam puxar a corda devagar. Se soltassem a corda de repente, os grampos se fechariam e impediriam que o barco escapasse. O perigo nesse processo era que se uma corda fosse solta enquanto a outra estava sendo segura, a proa ou a popa poderiam se inclinar para baixo, jogando as provisões no oceano.

Quando o casco se aproximou da superfície da água, duas figuras imensas emergiram do mar, uma perto de Hatu e a outra de Donte. Pareciam humanas, com olhos grandes e cenhos pesados, mas não havia cabelo em seus crânios e fendas parecidas com guelras tremiam onde deveriam estar os narizes. A pele era pálida, como se nunca vissem a luz do sol, e debaixo da cintura, rabos serpentinos sacudiam-se para mantê-los no lugar. Braços imensos se estenderam quando Hatu e Donte viraram, mas a tentativa de fuga foi bloqueada pela popa do navio e os membros das criaturas envolveram os dois jovens.

Por um breve instante, Hatu viu o céu da manhã. Depois, ele e Donte foram puxados para baixo da superfície da água.

9

UM SINAL DE COISAS MUITO RUINS

As duas carroças atravessaram os estreitos portões da cidade depois que Ratigan conversou com um dos soldados. O homem parecia ser um pouco mais inteligente que os outros e, depois de ouvir sobre os recentes acontecimentos na aldeia de Declan, decidiu que precisava mandar um relatório completo para o rei, que estava no seu castelo de verão na costa, a alguns dias de viagem de Ilagan. Pararam as carroças na sombra perto da muralha e um escriba da corte chegou em uma hora. Declan e Ratigan deram seus testemunhos enquanto Roz e Jusan dormiam. Declan tinha declarado que deveria levar Roz para casa e depois retornar para contar sua história, mas o soldado encarregado do portão nem quis ouvir. Ele só os liberou quando o escriba teve certeza de que tinha registrado todas as informações úteis.

Roz acordou pouco depois de começarem a se mover de novo e Declan lhe deu uma boa porção de água. Ela estava se recuperando lentamente da perda de sangue e ele segurou sua cabeça enquanto bebia da caneca.

— Onde...? — sussurrou ela.

— Quase em casa — respondeu ele.

— Que bom — disse ela, fechando os olhos e adormecendo novamente.

Declan conduziu a carroça de Roz atrás da de Ratigan e pensou nas mudanças inesperadas na sua vida. Poucos dias antes, ele estava ansioso sobre se ficaria em Oncon ou deixaria sua casa, mas de repente o destino tirara completamente a decisão de suas mãos.

A viagem tinha sido tediosa. Demoraram dez dias para chegar em Ilagan, quando normalmente fariam em seis ou sete. Declan se recusara a acordar Jusan e Roz ao amanhecer no dia seguinte ao ataque.

O tédio não ajudou Declan com suas preocupações. Será que os atacantes voltariam? Será que o lar deles estaria a salvo algum dia? Mesmo se a aldeia não fosse tocada, não havia mais garantia. Se a Aliança estava sendo ignorada pelos nobres depois dos anos de calma desde a traição dos Jubardentes, não seria inteligente voltar até saber quem reivindicaria Oncon e quem a protegeria, ou até a Aliança ser restaurada. Nos reinos, aldeias do tamanho de Oncon nunca ficavam tão longe da proteção de uma cidade ou pelos menos de uma guarnição de defesa.

Declan trabalhara o bastante com cavalos e mulas, então era capaz de conduzir gentilmente a carroça de Roz enquanto ela descansava atrás. Jusan ia na carroça de Ratigan. Não ter um segundo condutor para trocar fazia com que no fim do dia os dois jovens estivessem prontos para descansar, mas eram forçados a dividir a vigília noturna até estarem próximos de soldados de Ilcomen.

Declan tinha passado a conhecer Ratigan melhor ao acamparem todas as noites. O jovem ferreiro descobriu que o carroceiro era uma companhia de viagem que, apesar de agradável às vezes, era geralmente irritante, ansioso demais para se colocar a caminho. Ao ser pressionado pelo motivo da pressa, foi evasivo, e Declan concluiu que provavelmente tinha a ver com a morte do mestre.

Declan e Ratigan quase se socaram no segundo dia de viagem, mas o carroceiro recuou quando Declan insistiu, determinado a fazer o cuidado com Roz e Jusan valer mais do que a urgência dele em voltar para Marquensas. Declan insistia em deixá-los dormir depois que o sol nascia, em vez de se por a caminho ao amanhecer, porque viajar nas carroças não era descanso; depois fazia com que parassem por um bom tempo ao meio-dia e que acampassem cedo à tarde. Assim que saíram da Aliança e entraram no Reino de Ilcomen, a viagem transcorreu sem incidentes.

Roz e Jusan estavam se recuperando lentamente, e os quatro viajantes tinham finalmente alcançado a capital de Ilcomen, Ilagan, o maior centro de comércio do reino e lar de Roz. Ao se encaminharem para a casa dela, Declan observou o panorama confuso à frente.

A cidade tinha claramente evoluído ao redor de um forte em cima de uma colina e dali se espalhado para baixo da acrópole. A região ao redor era plana, então o morro e a fortaleza no centro da cidade dominavam a vista. Ilagan era agitada, cheia e cheirava mal, porém Declan conseguia perceber que a cidade era um grande centro de comércio. Era como se cada lugar disponível nas ruas e passagens tivessem uma mesa de mercadorias ou a barraca de um comerciante ou um tapete no chão mostrando o que quer que estivesse sendo oferecido.

O progresso através da cidade era lento, já que a multidão que enchia as ruas relutava em dar passagem às carroças. Impaciente, Ratigan não parecia se importar em jogar pessoas na lama e Declan ficou preparado para brigar conforme iam deixando um rastro de punhos erguidos e insultos gritados.

Ratigan tinha passado por aquela cidade várias vezes, e não parecia preocupado com a indignação da multidão. Declan concluiu que era um comportamento normal na cidade. Quando chegaram na casa de Roz, Declan decidira duas coisas: entendia por que Roz viajava tanto e ele jamais estabeleceria uma ferraria perto daquele lugar pestilento. Era lotado demais, barulhento demais e fedia demais. Canais de pedra cortavam o meio das ruas para servir de esgoto, penicos eram esvaziados ali e, por vezes, o conteúdo era jogado dos andares superiores das construções. O cheiro de dejetos humanos e lixo apodrecido quase derrubou o rapaz do campo, não habituado a esses odores pungentes. Concluiu que os construtores da cidade confiavam nas chuvas frequentes da região para manter a população de moscas sob controle.

Começaram a subir a colina, na direção da fortaleza, e Declan percebeu a diminuição do fedor, das moscas e dos sons do mercado. Eram substituídos pelos sons mais familiares do martelo no aço de uma ferraria próxima, e outros sons de trabalho.

O pequeno grupo chegou ao destino: um amplo quintal aberto com um portão de ferro que poderia ser fechado à noite. Havia um grande armazém à esquerda e o que parecia ser um escritório à direita; um imenso estábulo e um lugar para reparar carroças estavam na frente do portão.

Ao verem a carroça familiar ser conduzida por um estranho, os trabalhadores correram para investigar. Declan pediu para que deixassem Jusan dormindo sob os cuidados de Ratigan enquanto ele falava com o marido de Roz. A casa deles era um prédio amplo atrás do estábulo, com lojas no térreo e a residência nos dois andares de cima.

O marido dela, Jack, os encontrou na porta e ficou em choque enquanto serviçais corriam para tomar Roz das mãos dos trabalhadores que a carregavam.

Roz parecia exausta, mas conseguiu sorrir de leve ao dar um abraço doloroso em Declan, sussurrando seu agradecimento, antes de deixar que os serviçais a ajudassem a subir, andando com dificuldade.

Declan seguiu Jack até uma sala que suspeitou servir para negócios, além de funções sociais. Uma mesa na parede oposta sugeria exatamente isso, e havia cadeiras confortáveis e pequenas mesas espalhadas. Na parede de frente para a porta, uma grande estante de livros, com vários volumes encadernados em couro separados por peças de pedra esculpida e alguns itens decorativos. Declan não tinha ideia de para que serviam, além de enfeite, mas pareciam ser caros, de pedra polida e metal precioso. Achou que um da ponta parecia um tipo de pássaro. Jack sinalizou para que Declan sentasse.

— Por favor, me dê licença por um minuto enquanto vejo minha esposa.

Antes que Declan pudesse responder, Jack saiu da sala e foi para o andar de cima. Ele era parecido com a descrição de Roz, porém Declan viu coisas no homem que ela nunca tinha mencionado. O marido era corpulento e estava ficando careca, mas deixava a borda de cabelo acima das orelhas e ao redor da nuca crescer até os ombros. Declan já havia visto vários tipos de viajantes passando por Oncon e havia percebido há muito tempo que não entendia o estilo de quem tinha dinheiro, e nem queria. Jack usava um colete sem mangas de veludo vermelho, calças de couro macio e botas muito polidas que pareciam nunca ter visto lama.

Declan passou alguns minutos a sós, encontrando pouca coisa para se ocupar, além de tentar descobrir o que eram aquelas pequenas esculturas de metal e pedra nas prateleiras, mas curtindo o conforto daquela cadeira depois de dias sentado em um banco de carroça sem encosto.

Poucos minutos depois, Jack voltou.

— Os serviçais estão dando banho nela. Já chamei um curandeiro para examiná-la, mas por enquanto, ela está... — Sentou-se, o rosto pálido. — Por favor, conte o que aconteceu...

— Declan — completou o jovem ferreiro.

Uma jovem apareceu na porta. Declan a achou muito bonita, apesar de parecer um menino de corpo esguio, mas os imensos olhos de um azul intenso eram ainda mais impressionantes por causa do cabelo preto, preso embaixo de uma touca rendada. Ela era o extremo oposto de Roz, e talvez fosse esse o motivo de estar ali enquanto Roz estava na estrada. Declan não persistiu a especulações enquanto Jack a mandava ir buscar vinho e copos. Declan começou a protestar, sem querer prolongar a reunião desconfortável mais do que o necessário, mas Jack interrompeu com um aceno de mão.

— Então — Jack perguntou. — Como minha mulher ficou assim?

Declan explicou o que tinha acontecido da melhor forma possível sem tocar no seu relacionamento com Roz. Não deu detalhes do que aconteceu até a chegada dos traficantes de escravos, e, enquanto contava como tinha procurado Roz depois da batalha, os olhos de Jack encheram-se de lágrimas e seu rosto ficou ainda mais pálido. A mão tremia visivelmente ao bebericar o vinho, e quando Declan terminou, pousou o copo. Cobriu o rosto por um bom tempo e seus ombros sacudiam de leve. Declan sentia-se constrangido, não por estar chorando, mas por não ter ideia do que falar.

— Ela foi... foi muito corajosa — disse, por fim.

Jack assentiu por trás das mãos.

— Ela é extraordinária. Eu não a mereço — disse, tomando fôlego depois de um longo momento. Ele estava muito mais impactado pela notícia do que Declan tinha esperado. Seus sentimentos por Roz eram obviamente bem mais profundos do que ela relatava. Jack respirou fundo. — Você é um dos jovens dela?

— Eu... como?

Jack gesticulou com a mão, mostrando que não deveria se preocupar, enquanto a garota enchia a taça.

— Roz e eu temos um acordo. Não fazemos perguntas, mas... vamos dizer que você faz o tipo de rapaz de que ela gosta de aproveitar. — Olhou para a serviçal que sorriu de volta. — Não nos negamos nada.

Jack tomou um bom gole de vinho e pediu mais; depois, com um gesto, indicou que ela deveria ir.

— Meus amigos estão me esperando — Declan disse ao se levantar.

— E temo que eu o tenha prendido por tempo demais, e preciso cuidar da minha esposa. — Jack levantou. — Como posso recompensá-lo?

Declan ficou levemente ofendido.

— Recompensar? Roz é minha amiga, você não me deve nada.

Jack sorriu de modo quase paternal.

— Posso ver por que ela o escolheu. — Fez um gesto na direção da porta e acompanhou Declan. — Então saiba que se algum dia precisar de algo que esteja dentro do meu alcance, você o terá. — Declan começou a protestar, mas Jack levantou a mão e o impediu. — Não como o pagamento de um débito, mas... como prova de amizade.

Ele estendeu a mão, que Declan aceitou.

O jovem saiu e ficou do lado de fora da porta fechada por um momento. Aquela experiência tinha lhe mostrado, assim como as outras que tivera desde que tinha deixado Oncon, que sabia muito pouco da vida além da aldeia. Apesar de ainda estar preocupado com a recuperação de Roz, sabia que ela iria sobreviver. Estava aliviado por poder sair de Ilagan.

Subiu na carroça, e Ratigan acenou na direção de Jusan que estava dormindo profundamente.

— Vamos logo — disse o condutor em um tom mais baixo. Declan percebeu que, apesar de ter algumas características irritantes, no fundo ele era um bom homem.

Conforme viajavam em direção a Marquensas, Declan concluiu mais uma vez que não conhecia Roz tão bem quanto pensara. Ainda lutava com seus sentimentos conflitantes por ela, porém, no fundo, ficou com a sensação de que muito do que ela contara tinha sido inventado.

Roz com certeza sabia como dar prazer a um homem, e tinha ensinado a Declan quase tudo o que sabia sobre como dar prazer a uma mulher, mas nunca se imaginou sendo dela. Afinal, já era casada, tinha passado da idade de querer filhos e viajava demais. Tinha a certeza de que casaria feliz com alguém como ela, mais nova, porém com o mesmo humor — e sem outros jovens esperando seu prazer.

Tentou deixar essa confusão para trás, analisando se iria algum dia reencontrar Roz. Concluiu que se isso acontecesse, faria as perguntas que fossem oportunas, e pensar nelas antes era esforço desperdiçado.

Tinha sido a sua primeira visita a uma cidade, e achou a experiência interessante. Como estavam na mesma carroça, ele e Ratigan podiam conversar mais à vontade.

— É sempre tão cheio assim?

— Estamos na estação vazia — riu Ratigan. — Rei Bucohan e sua corte estão na costa, longe do fedor e das moscas, então toda a loucura da realeza foi para outro lugar por um tempo. Vai ser assim por mais um mês, até o rei voltar. Deveria ver isso aqui na feira da lã, na primavera. Mercadores de toda a região se juntam aqui para comprar e vender imensas quantidades de lã. Eles a enviam para todo o continente e pelo mar de Semalon e de Anoke. Durante a feira, a população da cidade cresce três a quatro vezes, mais de cinquenta mil pessoas passam por aqui — sorrindo, completou.

Ratigan continuou explicando que não era uma só feira, mas uma série de eventos durante uma semana que aconteciam em seis das cidades ao redor. Os mercadores moviam suas mercadorias enquanto compradores iam e vinham, porém, como a maior parte da movimentação passava por ali, era conhecida como a Feira da Lã de Ilagan.

Depois de deixarem a cidade, a jornada através de Ilcomen transcorreu sem incidentes. Pernoitaram em uma hospedaria de verdade na cidade de Lovan, um centro de comércio que também estava sossegado naquela época do ano. Jusan estava se recuperando tão bem que Declan cedeu ao pedido de Ratigan para saírem mais cedo a cada dia. Progrediram lentamente por Ilcomen até chegar na fronteira com Marquensas.

O vigor juvenil de Jusan se esvaíra com o cansaço de viajar em uma carroça de carga, acomodado entre sacos de trapos e as ferramentas de Declan, incluindo a bigorna. Como Roz, Ratigan e seu mestre estavam carregando frutas quando foram atacados. A carga tinha estragado a tempos e posta para fora da carroça, exceto por um saco de laranjas que Jusan usava como um travesseiro impiedoso.

Dias se passaram enquanto se moviam em direção à costa.

— Esse é o marco da fronteira. Estamos em Marquensas — disse Ratigan quando passaram por uma antiga pilha de pedras.

Declan sentiu um ligeiro arrepio ao passarem pelo marco. Talvez fosse sua imaginação, porém havia algo de diferente ao entrarem no baronato. Poucas horas depois, viu o cenário mudar e percebeu que, independentemente do que sentira, Marquensas era muito diferente de Ilcomen.

Árvores apareceram no horizonte e, ao se aproximarem, Declan pode ver mais agrupamentos espalhados nas laterais da estrada e as colinas à leste estavam claramente cobertas com florestas. Havia ali uma imensa riqueza em madeira cuidada com atenção. Caminhos de lenhadores corriam para se encontrar com a estrada larga e comerciantes e viajantes apareciam com muita frequência. Alguns iam na direção de Ilagan, mas a maioria eram carroças com madeira indo na mesma direção que eles. Por causa da quantidade de madeira pronta indo na direção de Marquenet, Declan concluiu que deveria haver uma serraria por perto, ou um centro com grande número de lenhadores.

Ao fim do dia, tinham passado por três aldeias cercadas por fazendas. Aquela visão familiar mostrou a Declan que era uma comunidade feliz e próspera. As crianças riam e brincavam até o pôr do sol, em vez de ficarem trabalhando exaustas, o que significava haver comida o bastante. A roupa delas estava bem-cuidada, ninguém usava farrapos. O cheiro de comida fez Declan e Ratigan sentirem fome e até acordou Jusan.

— Comida? — perguntou o jovem, os olhos claros e limpos pela primeira vez desde o ataque.

— Vamos acampar logo — disse Declan. — Agora, descanse.

— É difícil descansar com tanto sacolejo — reclamou, mas logo cochilou enquanto Declan e Ratigan sacudiam a cabeça e riam.

Acamparam entre duas aldeias naquela noite, mas Declan sabia que logo estariam em uma hospedaria e teriam cama e banho de verdade quando chegassem à cidade. Jusan ficou acordado a maior parte do fim da tarde e garantiu que estaria bem o bastante para começar cedo no dia seguinte, e adormeceu instantaneamente depois da refeição.

De manhã, passaram pela primeira cidade grande que viam em Marquensas.

— Aqui é Aoldomon — explicou Ratigan. — Geralmente não paro aqui. Meu falecido mestre não parava. Não gostava da hospedaria nem do dono por algum motivo. Além do mais, sempre carregávamos provisões suficientes para chegar a Ilagan.

— Quando chegaremos a Marquenet?

— Logo depois do almoço.

Declan recostou-se e assentiu.

ALCANÇARAM O PRIMEIRO PORTÃO DA CIDADE LOGO DEPOIS do almoço e foram parados por um guarda. Ele inspecionou o saco de laranjas, as ferramentas e a bigorna do lado de Jusan e os deixou passar. Assim que Ratigan fez a carroça avançar, um sargento aproximou-se.

— Você não é o rapaz de Milrose?

— Sim — respondeu Ratigan, puxando as rédeas dos animais.

— Não vi vocês saindo da cidade juntos semana passada?

Ratigan suspirou e Declan soube que ele estava esperando problemas.

— Meu mestre está morto. Foi assassinado por mercadores de escravos.

— Onde? — perguntou o sargento, o rosto preocupado.

— Na Aliança — Ratigan respondeu.

— É assunto para o barão — o homem disse, depois de um momento. — Vá lá antes de mais nada, rapaz.

O bom senso de Ratigan suplantou seu desejo de retomar os negócios do mestre.

— Sim, sargento. — E fez os animais avançarem.

Enquanto andavam pelas ruas, Declan pode ver a antiga fortaleza, Caer Marquenet, no topo de uma colina íngreme no centro da antiga cidade. Declan pensou que fazia sentido, pelo menos para ele, que a maioria das cidades crescesse ao redor de fortalezas. Além de sua acrópole, Marquenet era muito diferente de Ilagan e de outras cidades que tinha visto na viagem. Era uma cidade de paredes caiadas, branca no sol de meio-dia, com telhados vermelhos, cinzas e azuis, e calçada com pedras que mostravam suas cores quando não estavam cobertas por lama ou poeira. As ruas pelas quais passavam eram estreitas, mas Ratigan conhecia a cidade como a palma da mão, e navegou sem facilidade por um curso que evitava a maioria do tráfego urbano. Olhando para oeste, Declan podia ver a multidão na rua maior abrindo caminho por carroças e carruagens enquanto Ratigan avançava livre na direção do castelo.

Saíram da rua estreita que dava em uma grande praça de mercado.

— Aqui as coisas ficam mais devagar — Ratigan avisou. — Fique de olhos abertos para problemas.

— Que tipo de problemas? — Declan perguntou.

— Qualquer tipo — explicou Ratigan. — No mercado, há ladrões e delinquentes de todos os tipos.

Jusan ergueu a cabeça da cama improvisada.

— Estou vendo soldados à frente — disse.

— Sim — respondeu Ratigan. — Guarda da Cidade. São os piores.

Moveram-se lentamente para a direita e Declan viu uma vasta área coberta com estandes e lonas. À primeira vista, parecia que tinham sido colocados ali de qualquer jeito, mas depois de um tempo, chegaram na interseção de dois caminhos, cercada por uma rua mais larga onde todas as ruas daquela área da cidade convergiam.

— O cais fica para oeste — Ratigan falou. — Embarcações de todos os lugares chegam ali e à noite os pescadores locais entregam o que pegam. Eu costumava trabalhar por perto, pois meu mestre cuidava da entrega de peixes assim como da de fruta. Os pomares ocupam vários quilômetros na região ao norte da cidade. Para o leste, ficam as terras de cultivo, e pelo que dizem estão entre as melhores do mundo. E acabamos de passar pela região montanhosa, que alguns chamam de Fronteira Selvagem.

— Não parecia tão selvagem assim — disse Jusan.

— Não sei por que chamam assim, garoto. Apenas é.

— Deve ser uma história antiga — Declan comentou.

— Provavelmente sim — concordou Ratigan. — Existe uma história antiga para a maioria das coisas. Mas eu não ligo para isso, tenho mais com o que me preocupar.

— Você tem estado inquieto desde que nos aproximamos daqui. O que foi? — Declan perguntou.

— Meu mestre está morto e não tenho nenhum direito sobre suas coisas. Se algum magistrado de merda não for com a minha cara, posso muito bem ser considerado culpado pela morte dele. Ele não tinha família, e coloquei minha vida e minha liberdade em risco pelos negócios dele, então tenho direito a reivindicar suas coisas, não tenho?

— Sim — Declan concordou, achando melhor não insistir no assunto. Já estava viajando com ele tempo o bastante para saber que qualquer sinal de discordância só deixaria as coisas piores. Era da natureza de Ratigan pegar um comentário bem-intencionado e distorcê-lo da pior forma quando estava mal-humorado.

Abriram caminho lentamente através da multidão, na direção da larga estrada noroeste que levava até a colina da fortaleza. Declan olhou ao redor, observando as peças de metal exibidas, e viu muitos itens de cozinha bem-feitos: panelas, facas, pratos e outros materiais simples, mas lucrativos. Alguns poucos vendedores de armas também mostravam seus produtos que, a distância, Declan julgou serem razoáveis. Viu que alguns dos homens naqueles estandes reparavam na carroça enquanto ela passava, vendo a grande bigorna e as ferramentas saindo pela beirada das caixas.

Ratigan percebeu a reação de Declan aos olhares.

— Com certeza, antes de o sol se por, todos os ferreiros, armeiros e artesãos de metal irão saber que há um novo ferreiro na cidade.

— Isso é um problema?

— Pode ser. — Ratigan deu de ombros. — Vamos ver.

Deixando o mercado e subindo a colina, Declan percebeu que os prédios, hospedarias e outras lojas aparentavam serem mais prósperos. Concluiu que deviam ser os mais antigos, já que aqueles que construíram depois da fortaleza terminada teriam tentado ficar o mais próximo possível da segurança da fortificação.

— Aqui deve ser bom viver, o ar é fresco. — Jusan já estava quase completamente recuperado.

Declan já estava acostumado com o jeito dele falar, pois o criara como se fosse um irmão mais novo.

— Muito bom — disse Declan.

— Do que vocês estão falando? — Ratigan perguntou.

— Jusan só estava falando que é bom ficar aqui em cima. O ar não fede.

— Quase todo o dia a brisa vem do oceano — Ratigan disse. — Pode ficar quente e úmido na cidade às vezes. — Estalou a língua e instigou os cavalos ao chegaram no topo da estrada. Havia mais algumas centenas de metros de estrada reta adiante deles, indo direto ao portão dos mercadores, na muralha da fortaleza.

Declan falou:

— Onde crescemos, dava para sentir a brisa do mar, era fresca mas tinha cheiro de peixe morto. — Ele inclinou a cabeça. — Aqui tem um cheiro diferente.

Ratigan respirou fundo e assentiu, o máximo de concordância que Declan iria ter do teimoso.

A carroça diminuiu a velocidade quando alcançaram o portão externo na muralha ao redor da fortaleza do barão. Era alto, dois imensos blocos de madeira com dobradiças e placas de madeira, cercados por uma grande guarita quadrada, colocada no centro da muralha sul, cercando um portículo de ferro duplo, levantado no momento. Pela aparência, Declan achava que não tinha sido usado defensivamente em anos, talvez nunca na memória de alguém vivo. Perguntou-se se conseguiram baixá-los, já que dava para ver muita ferrugem. Sua curiosidade fez com que, por um momento, quisesse subir e inspecionar as correntes e o mecanismo, apesar de saber que dificilmente aquilo aconteceria.

Dois guardas esperavam, usando os já familiares tabardos de Marquensas: uma rosa dourada em um campo azul claro. Os dois levantaram as mãos.

— O que procuram? — um deles perguntou.

— Os rapazes no portão da cidade mandaram que viéssemos até aqui quando contamos sobre escravistas na Aliança, usando as cores de Sandura. Contamos a história para vocês? — Declan disse, antes que Ratigan pudesse responder. As duas sentinelas se entreolharam.

— Sargento! Portão dos mercadores! — um deles chamou por cima do ombro.

O grito foi repetido por outros soldados e alguns minutos depois um soldado mais velho usando uma veste com três divisas no peito surgiu.

— O que foi?

— Relato de escravistas na Aliança, senhor — um dos soldados disse, indicando Declan com a cabeça.

O sargento sacudiu a cabeça, como se estivesse sendo apresentado a um problema com o qual preferia não lidar, porém aproximou-se dos três jovens na carroça. Declan já tinha encontrado vários soldados na vida, pois muitos acompanhavam nobres que precisavam ferrar seus cavalos ou reparar equipamento ao passar por Oncon. Declan já tinha visto aquele sargento antes, ou pelo menos uma meia dúzia de homens como ele, e o considerou como alguém severo e direto. Tinha barba grisalha, o cabelo ia até a gola e embora tivesse perdido músculos e ganho gordura na barriga,

Declan não tinha dúvidas de que o homem ainda era muito perigoso numa luta.

— Que história é essa? — perguntou.

Declan olhou de relance para Ratigan, silenciando-se antes que o condutor pudesse falar.

— Venho da aldeia de Oncon, na Aliança, perto da fronteira com Ilcomen. — E passou um relato conciso sobre o ataque dos escravistas.

O velho sargento suspirou.

— O meu senhor vai querer ouvir isso. Deixem a carroça ali. — Apontou para um lugar do lado do portão. Depois de Ratigan levar a carroça até lá, o sargento gesticulou para Declan.

— Você, siga-me.

Declan desceu da carroça e seguiu o sargento pelo grande pátio que cercava a velha fortaleza. Ao virarem a esquina, viu que um prédio de dois andares tinha sido acrescentado à torre original de seis andares, e que outros prédios novos se acomodavam na muralha. A necessidade de manter uma posição defensiva tinha diminuído com o tempo, pois com o passar dos séculos a cidade cresceu e cercou a casa do primeiro governante de Marquensas.

Ao virarem outra esquina, viram o pátio de treinamento. Os estábulos estavam na muralha norte da fortaleza e o dormitório dos soldados na do oeste.

Declan viu um homem e um menino vestidos de túnica e calça na frente de dois cavalos sendo preparados para sair. O homem de cabelo loiro acenou para o sargento.

— O que houve? — perguntou.

— Notícias da Aliança, meu senhor — indicou Declan.

Pelo tratamento, Declan presumiu que o homem era o Barão Dumarch e o garoto, seu filho. Havia semelhanças: o rapaz parecia ter uns quinze anos, os ombros começando a alargar e postura muito similar à do homem mais velho.

Declan fez uma reverência desajeitada.

— Escravistas atacaram a aldeia de Oncon, meu senhor. Usavam as cores de Sandura.

— Quando foi isso? — Daylon perguntou.

— Três semanas atrás, senhor — Declan respondeu. — Meu aprendiz quase morreu na luta, e por isso precisamos avançar devagar. A aldeia foi abandonada, todos se dispersaram. Não sei se voltaram ou se a aldeia ainda existe.

O filho do barão parecia prestes a perguntar algo, mas o pai ergueu a mão e o silenciou.

— Aprendiz? Qual seu ofício? — O barão o avaliou por um momento antes de perguntar.

— Sou ferreiro, senhor.

— O que faz?

— O que o senhor quiser — enquanto Declan respondia, outro homem apareceu e se aproximou. A roupa o marcava como alguém de posição alta, mas não um nobre. Declan já vira homens como ele antes, um conselheiro de confiança ou serviçal de alto posto do barão. Declan o estudou em silêncio, já que havia algo estranhamente familiar nele, apesar de estar certo de nunca terem se encontrado.

— Armas? Armaduras? — Daylon perguntou, e Balven parou ao seu lado.

— Sim, meu senhor.

— Você parece jovem para ser um armeiro — disse o recém-chegado.

— Eu sou... senhor — Declan respondeu.

— Balven é meu valete — disse o barão.

Declan inclinou a cabeça.

— Senhor, sei que sou jovem, mas já sou mestre. O ataque aconteceu poucos dias depois de ter terminado meu aprendizado, meu senhor.

— Mestre — Daylon repetiu. — Tenho meu próprio ferreiro, mas se... problemas aparecerem, vamos precisar de todos os ferreiros disponíveis em Marquensas. — Ele encarou Declan por um longo tempo. — Eu o conheço?

Declan foi pego de surpresa.

— Acho que não, meu senhor. É minha primeira viagem para fora da Aliança e com certeza lembraria se o senhor tivesse passado por nossa aldeia.

— Tem algo em você que me parece familiar. — Ele estudou o jovem ferreiro por mais algum tempo. — Talvez me lembre de alguém. Agora, outra pergunta. Poderia ter escolhido vários destinos depois de sair da Aliança, então por que veio para cá?

— O homem que era dono da carroça na qual chegamos, Milrose, era de Marquensas. Ele morreu quando os escravistas pegaram sua carroça e seu condutor. Acho que estavam levando fruta para a Aliança ou para Ilcomen. Libertamos Ratigan, o condutor, e ele achou que deveria voltar.

Daylon virou-se para o filho.

— Espere aqui. Vamos precisar adiar nosso passeio por mais alguns minutos.

O jovem pareceu desapontado, mas não disse nada.

— Quero ver a carroça — Daylon disse e passou pelo sargento, por Balven e por Declan, que se viraram e o seguiram até a carroça.

— Você é o homem de Milrose? — perguntou a Ratigan.

Ratigan tocou na testa e baixou a cabeça.

— Sim, senhor.

— Eu reconheço o nome — Balven acrescentou.

— Conte o que aconteceu. — Daylon assentiu.

Ratigan olhou para Declan, que permaneceu impassível.

— Bem, tínhamos acabado de sair de Ilcomen, indo para Avaran Distante onde tínhamos um comprador para uma carroça de laranjas e peras. Estávamos com pressa porque, como sabem, quanto mais frescas, melhor o preço. Geralmente, só leva uma semana viajando rápido. Chegamos perto de Dunkeep, meio dia de viagem de Ilagan, quando nos atacaram. Mataram mestre Milrose e jogaram metade das frutas na estrada. Queriam a carroça para os prisioneiros. Me enfiaram com uma meia dúzia de miseráveis e lá fomos nós. Eu estava com eles há apenas quatro dias quando encontraram Declan e os aldeões de Oncon. Eles mataram os canalhas e... bem, eu sabia que devia vir para cá contar o que aconteceu, meu senhor. E ainda há a questão da carroça e dos cavalos.

— Milrose tinha família?

— Uma filha, casada com um alfaiate de Julland, criando os filhos.

O barão ficou em silêncio por um momento antes de se virar para Balven:

— Quero um cavaleiro pronto para viajar até Ilcomen em uma hora. Terei uma mensagem para o rei Bucohan. Ele não deve estar sabendo que escravistas são audaciosos o bastante para cruzar sua fronteira e atacar na Aliança.

— Sim, meu senhor — Balven respondeu e, com um gesto ligeiro para o sargento, indicou que ele deveria obedecer aquela ordem. O soldado apressou-se em sair.

— Avise meu filho que vamos ter que adiar o passeio de hoje — Daylon gritou para ele. Depois, virou-se para Ratigan: — A mulher de um alfaiate não precisa de uma carroça e você nos fez um serviço ao ter vindo nos contar. Fique com ela, e, se algum condutor ou carroceiro questionar seu direito, diga que eu permiti. Seja seu próprio mestre.

— Obrigado, meu senhor — Ratigan respondeu, claramente satisfeito. Declan sabia que o custo de uma boa carroça com animais era mais do que Ratigan iria ganhar em três anos trabalhando como condutor.

— Uma última coisa, meu senhor — Declan falou.

— Sim? — Daylon virou-se para ele.

— Meu mestre disse que eu precisava honrar a promessa dele.

— Quem foi seu mestre?

— Edvalt Tasman.

Daylon olhou para seu meio-irmão, que ergueu a sobrancelha e mexeu a cabeça. O barão ficou em silêncio por um momento.

— Ele foi o ferreiro mais talentoso que já conheci. Eu fiz com que ele prometesse me enviar seu melhor aprendiz. Seria você, então?

— Ele me considerou pronto para ser chamado de mestre — disse Declan. — Eu sou órfão e ele foi como um pai para mim; por isso, honro a promessa que ele fez, meu senhor.

— Você diz isso mais por obrigação do que por vontade de estar a meu serviço — Daylon falou depois de um novo silêncio.

— Na verdade, meu senhor, eu prometi a ele que faria isso, mas minha ambição é estabelecer minha própria forja e ser meu próprio senhor.

— Bem parecido com seu mestre. — Daylon sorriu e Balven assentiu, concordando. — Quando se estabelecer em algum lugar, e espero que seja dentro das minhas fronteiras, avise ao meu sargento sobre onde está residindo. Podemos precisar de seus serviços.

— Avisarei, meu senhor.

Declan subiu na carroça, e Ratigan fez os cavalos virarem, indo na direção do portão e para fora do pátio de treinamento.

Conforme o vagão se afastava, Balven virou-se para o meio-irmão.

— Você acha que o reconhece? — O tom tinha um pouco de deboche.

— Você o reconhece? — o barão perguntou.

Com uma risada curta, Balven colocou a mão no ombro de Daylon.

— Aquele rapaz parece mais com nosso pai do que você ou eu.

O barão arregalou os olhos quando finalmente reconheceu a familiaridade.

— Outro irmão bastardo?

— Você não achou que éramos só nós, achou? — Balven disse.

— Pensando nisso agora, não, não de verdade. Só nunca pensei que conheceria outro.

— Bem, depois do ataque que sua mãe deu quando o pai me trouxe para cá, acho que passou a deixar seus bastardos onde estavam, mas sempre pensei que podíamos encontrar um, mais cedo ou mais tarde. — Olhando na direção da carroça, Balven completou: — O pai com certeza gostava de mulheres.

— Isso é verdade — Daylon disse antes de ficar em silêncio.

Depois de um tempo, Balven quebrou a quietude:

— Você está pensando.

— Às vezes, eu faço isso — o barão respondeu secamente. — Não iremos mencionar a identidade dele para ninguém. Pode vir a ser uma vantagem para nós no futuro, mas se não for, vamos garantir que o jovem ferreiro não se torne um problema.

— Como quiser — Balven disse com uma ligeira reverência. — Meu senhor.

— Agora, preciso mandar cartas para Bucohan e alguns outros nobres, para contar da nova bobagem de Lodavico. Preferi ignorar suas idiotices enquanto ele as manteve no leste, mas agora está perto demais das nossas fronteiras.

Balven assentiu e andou de volta para a fortaleza com seu meio-irmão. Parou por um momento para olhar por cima do ombro, para o vagão que recuava, antes de voltar a atenção ao barão.

— O ferreiro?

— Fique de olho nele. Se for tão bom quanto Edvalt, vou querer que faça armas para nós, e não para nossos vizinhos. Além disso, você provavelmente não será o único a perceber a aparência familiar.

Balven não disse nada ao subirem os degraus da fortaleza.

10

NAS PROFUNDEZAS ESCARLATES

Hatu acordou de repente, com dor e na escuridão. Levou alguns minutos para organizar sua mente o bastante para lembrar que estava em um barco com Donte antes de ser puxado para baixo do mar por criaturas marinhas monstruosas. Os ferimentos em seu corpo ardiam por terem sido expostos à água salgada, vários hematomas doíam. Ele piscou e viu silhuetas escuras se movendo na penumbra.

Sacudiu a cabeça ao perceber que estava pendurado pelos pulsos, algemado a correntes presas no teto. Seus ombros doíam como se estivessem sendo separados. Hatu olhou para cima, mal sendo capaz de ver o teto da caverna escura e úmida. Viu um brilho vindo das poças de água espalhadas pela caverna ampla e de bolsões nas paredes e percebeu que era um tipo de água fosforescente. Iluminava o bastante para criar trechos de luz e sombras. Olhou para cima de novo e, conforme seus olhos se ajustavam, começou a perceber mais detalhes: as correntes passavam por um anel de ferro preso ao teto por um imenso gancho.

A sua esquerda, uma figura inconsciente estava dependurada de outro par de algemas. Hatu apoiou os pés no chão e percebeu que tinha poucos centímetros para se movimentar ao ficar de pé. Um homem mais baixo ficaria literalmente pendurado pelas correntes. Ignorou o frio nas pernas por causa da água nas canelas e ficou o mais ereto possível, movendo os braços um pouco. Isso aliviou levemente a dor nos ombros e ele os mexeu. Eles latejaram quando a circulação voltou, mas percebeu que nada estava deslocado ou seriamente machucado.

Um gemido ecoou, vindo de um pouco mais longe, e ele podia ouvir o som de água batendo. Hatu olhou para a direita e viu outra corrente pendurada vazia e talvez uma quarta atrás dela, mas não tinha como ter certeza.

Ficou na ponta dos pés, o que aliviou ainda mais seus ombros. Quando a dor sumiu, agarrou as correntes com a mão e puxou, causando um estalo nos dois ombros, que pareceu alto no silêncio da caverna. Sentiu um alívio imediato e se moveu o melhor que dava nas circunstâncias.

A calma se quebrou com um grito que veio da penumbra: um uivo fraco que era só dor e terror. Hatu tinha ouvido homens gritar desde a infância, então entendia as diferenças. Tinha ouvido homens gritar de dor quando seus ferimentos eram tratados, alguns berravam de raiva, ou davam voz a uma sede de batalha, mas aquele grito era...

O som terminou em um arquejo, como alguém que dá um último suspiro, seguido por um suspiro longo e angustiado que sumiu no silêncio. Pela primeira vez na vida, Hatu sentiu um medo que se instalou em seus ossos, um que o deixou ainda mais frio do que qualquer caverna úmida poderia fazer. Apertou os dentes para que não batessem, a mente rodopiando como um animal procurando fugir. Por um longo tempo, foi impossível pensar de forma coerente.

Hatu parou de se apoiar nos pés, o lampejo de dor que sentiu ao ficar novamente pendurado no teto foi o bastante para banir aquele terror insano e dar espaço para que o substituísse com a raiva, mais útil. Outra lição crucial ensinada por todos os mestres e professores desde que se lembrava era que enquanto estivesse respirando, haveria esperança. Puxou as correntes mais algumas vezes e concluiu que tentar forçá-las era completamente inútil, então focou a mente em onde estava e quem o capturara.

Ele não podia ver ninguém além da figura imóvel de Donte à esquerda, apesar de pelo menos metade da caverna estar escondida pelas sombras ou pela completa escuridão. Hatu virou-se para o amigo.

— Donte? — sussurrou.

Donte permaneceu pendurado e imóvel. Hatu mal conseguiu perceber um ferimento na cabeça do amigo: um corte que sangrava livremente, banhando a lateral da cabeça, do pescoço e do ombro. Por causa do treinamento, sabia que feridas na cabeça geralmente pareciam piores do que realmente eram, mas ficou preocupado pois a forma largada de Donte sugeria que o corte pudesse ter sido provocado por um golpe forte, que o deixara inconsciente por tanto tempo e poderia estar matando-o em silêncio. Sua educação incluíra cuidar de feridos, e ferimentos na cabeça eram geralmente os mais difíceis de entender e tratar: um homem podia levar um golpe na cabeça e parecer estar se recuperando, apenas para morrer subitamente. Mestre Bodai tinha visto curandeiros cortar as cabeças de homens mortos para aprender as causas disso, apenas para permanecerem tão confusos quanto antes. Supôs que o dano tinha sido provavelmente mascarado pela inspeção, a evidência destruída quando o curandeiro abriu o crânio.

Hatu chamou Donte de novo, mas o amigo permaneceu em silêncio. Ele podia ver o peito de Donte se movendo suavemente, então pelo menos sabia que estava respirando.

Hatu desviou a mente do terror insano ao tentar entender os arredores, procurando uma forma de fugir. Ele não tinha ideia de onde estavam, mas antes de se permitir ser sufocado por outros problemas, seu primeiro objetivo era se libertar das algemas. Ele tinha ouvido falar de sicaris que haviam treinado para deslocar os polegares e conseguir deslizar as mãos por essas amarras. Ele moveu os dedos e percebeu que não tinha noção de como fazer aquilo. Puxou e empurrou, mas qualquer que fosse o truque, estava além da sua capacidade.

Hatu deu mais um puxão nas correntes sabendo que era uma vã tentativa de descobrir uma fuga no último instante, quando ouviu vozes distantes quebrando o silêncio. Decidiu fingir que estava inconsciente para talvez conseguir entender algo.

As vozes se fortaleceram para virar suaves tons femininos, falando uma língua que lhe era desconhecida. Ao se aproximarem, ele podia sentir a presença mesmo de olhos fechados e cabeça baixa.

— Este está fingindo — a mulher falou na língua de comércio das ilhas. — Não é verdade, garoto?

Hatu não viu vantagem em prolongar a farsa e arriscar as consequências, então abriu os olhos, levantando-se da melhor forma possível.

As duas mulheres estavam vestidas com mantos vermelhos parecidos, os capuzes jogados para trás. A luz cintilante das poças fosforescentes fazia com que fosse difícil distinguir suas feições de início. O jogo de sombras no rosto delas disfarçou-as até os olhos de Hatu se ajustarem à luz.

Uma das mulheres parecia ser poucos anos mais velha que Hatu. A outra tinha idade para ser mãe dela, ou uma irmã mais velha, mas não havia nenhuma semelhança entre elas. A mais nova tinha feições angulosas que Hatu imaginou que pudessem se tornar bonitas conforme seu temperamento as moldasse. Ela olhou para a companheira e de repente se virou para ele, e Hatu só viu loucura nos olhos arregalados.

A mulher mais velha tinha um rosto surpreendentemente comum e um sorriso agradável, porém, dada sua corrente posição e como o navio tinha sido atacado, Hatu presumiu que a doçura era um disfarce. As duas certamente tinham tido algum papel naquela carnificina, que envolvera magia da mais sombria possível. As criaturas que tinham atacado não haviam saído de uma lorota de um marinheiro bêbado tentando fazer com que lhe pagassem um trago. Aquelas coisas de forma humana eram o produto de algo poderoso e maligno.

— Ah — disse a mulher mais velha. — Os dois últimos daquele navio amaldiçoado. O que fazemos? — olhando para a companheira, perguntou. — Comida, cama ou mergulho?

A mais jovem se aproximou de Hatu.

— Ele não é bonito o bastante. Comida. — Aproximou-se de Donte. — Esse é bonito. — Examinou a ferida na cabeça dele. — Cama, se ele sobreviver. — E acrescentou em um tom petulante: — Não me divirto há muito tempo, Madda. Nem fiz uma filha!

— Você é jovem, Sabina. — disse a que se chamava Madda. — Quer se divertir o tempo todo e deixa seus deveres de lado, só pensa em ir para cama e fazer filhas. — Lançou um olhar de reprovação para a jovem. — Houve um tempo, antes da minha juventude, em que garotas como você também eram comida. Havia mais de nós e nós dominávamos este oceano — baixou a voz ao terminar. — Seja grata que as coisas mudaram.

A expressão maliciosa da outra se retorceu em raiva e ressentimento, quando a reprimenda a atingiu. Ela fechou a cara e Hatu percebeu que não havia nada de atrativo naquele rosto anguloso. A mulher chamada Madda deveria ter cuidado com aquela.

A primeira mulher correu as mãos pelo peito de Donte e acariciou sua virilha.

— Ele é grande. — Sorriu com um brilho maligno nos olhos.

— Se ele recobrar a consciência, pode levá-lo para cama, depois, comida.

— Cama — a que se chamava Sabina sussurrou. — Não comida, ele é bonito demais.

Madda começou a dizer alguma coisa, mas parou. Reclinou-se para perto de Hatu, perto o bastante para que ele pudesse dar uma boa olhada em seu rosto. Ele sentiu que qualquer opinião que tivesse formado era secundária, o que importava mesmo sobre ela era algo que nunca tinha sentido antes: uma aura forte, esmagadora. Foi tomado por desejo quase insano de ficar o mais longe que pudesse daquela mulher e, quando percebeu, estava puxando as correntes que o suspendiam, com força o bastante para esticar braços e arrastar costas na parede atrás. O medo, seguido de perto pela raiva, o tomou.

Um gemido escapou de Hatu e ele virou o rosto quando ela estendeu a mão para tocar a bochecha dele. Ele apertou os olhos com força, mas eles se abriram de repente, prendendo seu olhar no dela. Quando ela estava prestes a tocar o rosto, afastou a mão, sibilando como se sentisse dor.

— Vá, traga Hadona aqui. — Ele a ouviu dizer.

— O que... — a mais jovem começou a reclamar.

— Traga Hadona aqui! — a mulher mais velha gritou, o tom deixando claro que não haveria discussão. A mais jovem saiu correndo e Madda virou-se para ele, sussurrando: — Quem é você, jovenzinho?

Hatu não disse nada, a mente consumida por um medo que o reduzira a um animal trêmulo. Seu único desejo era estar em qualquer outro lugar que não fosse naquela caverna com aquela mulher. A raiva cresceu junto com o medo, logo atrás.

— O medo conduz a besta — Madda murmurou. Hatu sentiu-a agarrando-o pelo queixo e virando sua cabeça, o nariz quase tocou o dela.

Reuniu cada gota de disciplina e ficou em silêncio, determinado a não deixar seu medo dar àquela criatura mais vantagem do que já tinha.

De repente, uma onda de energia o varreu e ele relaxou. Encarou os olhos dela e foi recompensado quando ela se afastou um pouco, soltando o queixo e recuando.

— Você é mais do que parece — sussurrou ela.

Hatu pensou ter ouvido um toque de medo nas palavras dela, mas não disse nada. As lições o tinham ensinado que sua melhor chance de sobreviver era se manter calmo e nunca parar de procurar uma forma de fugir. Um mestre chegara mesmo a lhe dizer "cair de um penhasco na direção das pedras embaixo dele, gritando sem pensar, significa morte certa. Se, naqueles últimos segundos, dedicar sua mente a encontrar uma saída, provavelmente ainda irá morrer, mas pelo menos se deu uma chance de sobreviver". Tinha falado quase como uma piada, mas havia uma ponta de verdade.

A mulher estava reagindo intensamente a ele, quase como se conseguisse sentir a raiva crescendo dentro dele direcionada a ela como arma, e talvez isso fosse uma vantagem.

Quando ela recuou mais um pouco, Hatu olhou rapidamente para o amigo, ainda pendurado imóvel. Pelo menos, Donte fora poupado daquele terror. A imobilidade contínua fez Hatu concluir que ele não iria se recuperar do golpe na cabeça. A raiva eliminou o resto do medo, e Hatu pensou que, se de alguma forma conseguisse sobreviver, temia a hora de contar ao Mestre Kugal que seu neto estava morto. A possibilidade cômica daquela resolução quase fez Hatu cair numa sensação de euforia que sentiu muito próxima da histeria. Por medo ou raiva, histeria insana não era uma escolha, então usou todos os truques que inculcaram nele desde a infância para manter-se calmo.

Por cima do ombro de Madda, Hatu viu um grupo de mulheres surgir lentamente na penumbra; cercavam uma mulher velha e recurvada, mantendo distância respeitosa. A jovem Sabina vinha na frente.

Hatu piscou para focar a visão até que a mulher a sua frente, que impedia sua visão, fosse para o lado e fizesse uma reverência.

— Hadona — falou em saudação. — É este aqui. — Apontou para Hatu.

Se as outras mulheres repeliam Hatu, Hadona causava repulsa total. Ela não era apenas feia e envelhecida, os ombros curvados pelo peso dos anos e o rosto parecendo um pergaminho em cima de osso.

O mal emanava dela como um miasma palpável, uma nuvem que a cercava e que ficava mais forte conforme ela se aproximava.

Ela ficou na frente de Hatu.

— O que é isso? — ela resmungou.

— Foi por ele que mandei chamar você — Madda respondeu. — Sinto...

— Fogo — a mulher mais velha a interrompeu ao se aproximar dele. Podia ver cada detalhe do rosto dela. Ela era antiga, mas a luz naqueles olhos não tinha idade, e o rosto tinha a expressão de um gato selvagem e astuto, calculando o melhor jeito de capturar sua presa. Hadona estendeu a mão, as pontas dos dedos mal encostando no peito de Hatu.

— Quem é você? — sussurrou ela e pôs a palma da mão no peito dele.

Ele foi para um lugar sombrio onde sombras se moviam contra outras ainda mais densas, e imagens surgiam ali, mas de um tipo que ele nunca vira: como a impressão que fica quando se fecha os olhos por causa de uma claridade súbita. As faixas de cor se dissolviam em formas fluidas: rostos de seu passado surgiam e sumiam, virando outras imagens, mudando e revirando constantemente. Eram cores que não existiam.

E como se sonhasse acordado, ele lembrou.

A BRIGA COMEÇOU POR CAUSA DE ALGUMA OFENSA IMAGInária, dois garotos trocando insultos sem outro motivo além de tédio. Hatu sequer sabia qual tinha sido o primeiro comentário ou quem o fizera. O confronto só tinha chamado sua atenção quando progredira para insultos e empurrões.

Ele e Donte estavam entre os observadores que tinham se reunido em um armazém vazio. Era um dia quente, os ganhos tinham sido menores do que os mestres esperavam, e todo ladrão, batedor de carteira, sentinela e vigilante estava no limite. Não importava os motivos, pessoas sempre eram punidas pelos líderes por um resultado ruim.

Havia dois tipos de gangues de rua operando nas nações da Têmbria do Sul, nas centenas de portos espalhados pelas duas mil ilhas a leste do continente. Algumas eram completamente controladas pelos Quelli Nascosti. Outras, como aquela, haviam sido infiltradas pelos membros do Exército Escondido.

Hatu olhou para Donte que, com um leve aceno de cabeça, indicou que deveriam ficar fora da briga. A gangue em que estavam se chamava Aranhas Negras, e não teriam sido dignos de atenção se não tivessem expandido recentemente suas atividades de forma agressiva, o que fora percebido pelo Conselho de Mestres em Coaltachin. Hatu e Donte tinham sido colocados ali para descobrir a identidade da Viúva Negra, líder da gangue. As gangues locais podiam operar desde que não se tornassem muito ambiciosas. Quem quer que fosse a Viúva Negra, tinha se intrometido em operações controladas por Coaltachin.

Tinha demorado algumas semanas para que Hatu e Donte se infiltrassem naquela equipe e tivessem uma noção geral da organização dos Aranhas. Donte tinha uma pista que, se desse certo, lhes daria a identidade da Viúva e poderiam mandar uma mensagem para casa: o gatilho que provavelmente causaria a morte da Viúva Negra e a absorção ou a dispersão da gangue.

— Não — uma voz surgiu na mente de Hatu. — Você é mais do que um reles ladrão.

Um lampejo de luz, uma faixa de escuridão, e ele estava de volta a sua ilha. O calor banhava os estudantes que lutavam para aprender a tarefa. A arte de ficar em silêncio era o objetivo da lição daquela manhã; a lição que Hatu mais odiava. Ele não se importava de ficar em uma perna só, era forte e tinha equilíbrio, nem de ficar em silêncio, mas achava quase impossível esvaziar sua mente, o que quer que aquilo significasse.

Tinha quase onze anos de idade e sua mente já era acelerada. Queria saber coisas, entender como funcionavam, ou por que eram... como eram. Havia tantas perguntas sem respostas na sua mente, mas falar com um treinador sem que tivessem falado com ele antes era proibido. Qualquer infração trazia a vara ou o chicote. Então, ele se mantinha em silêncio, e os anos de obediência silenciosa mascaravam a raiva fumegante, sempre escondida no fundo.

— Não — veio a voz de Hadona — Mais.

Outro lampejo de luz, mais escuridão, e Hatu estava na aldeia perto da escola. Parte de sua mente sabia que aquilo não era real, e por um breve momento, ele lutou contra a compulsão de obedecer à realidade que lhe era oferecida, mas não sabia como resistir, e foi levado ainda mais.

Hatu viu o cachorro e, sem saber por quê, ficou com medo. Queria gritar e sair correndo, mas mesmo com cinco anos de idade, já tinha sido treinado para não chorar ou demonstrar sofrimento. Um pequeno gemido foi tudo que deixou escapar.

Estava brincando com umas pedras coloridas que uma das matronas lhe dera enquanto ela pendurava a roupa para secar. Outras crianças brincavam ali por perto, entretidas com várias coisas para mantê-las longe de encrencas, mas ele era o mais próximo da estrada.

Hatu levantou-se e correu até onde a matrona prendia a roupa em uma linha e puxou a saia dela. Ela olhou para baixo e levantou uma sobrancelha, como se perguntasse algo. Ele apontou para o cachorro.

Na mesma hora, ela largou a roupa lavada e pegou Hatu nos braços. Olhou ao redor e viu dois trabalhadores rurais andando pela estrada vindos do campo.

— Cachorro louco! — gritou ela e carregou Hatu na direção das outras crianças.

Por cima do ombro da matrona, Hatu viu quando os homens, que carregavam um ancinho e um forcado, perceberam o comportamento estranho do cachorro e correram para resolver.

— Não... outra coisa.

Não havia palavras dessa vez. Sua visão estava confusa e memórias aleatórias entravam e saíam de foco. Luz e sombras dominavam seus pensamentos, e Hatu se viu lutando para nomear conceitos. Ele era pequeno.

Sua existência conhecia toque, cheiro, luzes e sombras, calor ou ausência deste, fome ou contentamento. Porém, havia mais: nos breves momentos entre se alimentar e dormir, sentia outras coisas passando pela sua mente, coisas que não entendia, mesmo sabendo que a compreensão um dia chegaria. Havia energias que pareciam estar à parte do mundo de sensação e percepção em que estava crescendo, e ele gostava da ligação ao que mais tarde chamaria de "o outro".

Foi naquele momento em que também perdeu "o outro", e sem palavras para descrever a perda, Hatu apenas sentiu uma grande ausência, o eco de algo importante e perdido, o eco de uma ausência que iria ficar na raiz de seu constante sentimento de raiva e frustração.

— Aqui está. — Ouviu a voz. — Aqui estão as coisas que preciso saber.

Alguém o pegou e barulhos alto o assustaram. Ele começou a chorar, mas uma mão cobriu sua boca e abafou o som. Ouviu vozes falando palavras que ele não entendia na memória, apesar de entendê-las agora que a revivia.

— Estão matando os bebês! Pegue-o e fuja!

— Para onde? — uma voz perguntou perto dele, talvez a pessoa que o apertava contra o peito. Podia sentir um calor suave e ouvir um coração batendo.

— Para o riacho, saindo do lago, siga-o pelo barranco até o vale. Parece que ele termina ali nas quedas, mas tem uma trilha que continua no lado direito. Siga-a até a costa. Então vá até onde o pai dele está lutando. Veja se alguém sobreviveu. Se não, esconda a criança o melhor que... — as vozes e as imagens sumiram.

HATU DESPERTOU, COM FRIO ATÉ OS OSSOS E BATENDO OS dentes. A bruxa maligna espiou seus olhos e novamente sensações estranhas o percorreram, como se uma tempestade se aproximasse e fizesse os pelos de seus braços e de sua cabeça ficarem em pé. Ela cantou e ele ouviu palavras que quase entendeu. A dor sumiu de seus ombros e não apenas sentiu-se renovado, mas sua força retornou de uma vez só. Ela acenou com a mão e a sensação de bem-estar sumiu.

— Ele é tocado pelos deuses — sussurrou ela. — É cria da vingança. Ele tem magia dormindo dentro dele.

— Mate-o — Sabina exclamou. — Comida!

— Não! — Hadona disse, parecendo estar prestes a bater na mulher mais jovem, que recuou e se encolheu. — Você traria destruição para todas as Irmãs das Profundezas. — Hadona virou-se para Madda: — Ele é uma criatura de poder, uma arma. Não podemos deixar que seja usada contra nós, mas quem o matar irá despertar fúria jamais vista. Ele precisa morrer longe daqui e não por nossas mãos. — Ficou em silêncio por um momento. — Faça os nadadores o devolverem.

— E o outro? — Madda perguntou.

— Fique com ele para brincar. Talvez uma primeira filha ensine coisas que ninguém mais é capaz. — Madda riu, e Hadona continuou: — Chame os nadadores e o tire daqui, agora!

Hatu olhou para amigo, ainda dependurado e imóvel, desejando ser capaz de se despedir. Hadona passou a mão na frente do rosto dele e a escuridão o sobrepujou de novo.

11

UMA INSTRUÇÃO E UMA INTRODUÇÃO RÁPIDAS

A CARROÇA ESTAVA A MENOS DE UM QUARTEIRÃO AO sul do portão principal de Caer Marquenet quando um grupo de homens parou no meio da rua, bloqueando a passagem. Os três mais velhos estavam no meio, segurando martelos imensos que os marcavam como ferreiros.

— Qual de vocês diz ser ferreiro? — inquiriu o que estava mais à afrente, um sujeito louro e de ombros largos.

— Seria eu — Declan assentiu, o rosto uma máscara sem expressão.

— Os rapazes disseram que tinha um cara novo na cidade, indo para o caer com uma bigorna e ferramentas na carroça. Desça daí para conversarmos.

Alguns locais pararam para assistir o possível confronto entre os três jovens na carruagem e uma meia dúzia de ferreiros mais seus aprendizes, dezoito no total.

— Tudo bem — Declan disse para Jusan e Ratigan, descendo da carroça. Fez um gesto para Jusan. — Minha espada.

Jusan a entregou, e Declan a embainhou antes de andar lentamente até estar defronte ao autoindicado líder do grupo.

— Então, o que há? — perguntou, mantendo um tom calmo.

— Temos padrões em Marquenet.

— Vocês são uma guilda?

— Não — disse o ferreiro louro. — O barão não permite guildas, mas é mais honrado que a maioria dos nobres, e nós seguimos o exemplo dele: oferecemos bons trabalhos por pagamentos justos e não deixamos qualquer um — inclinou-se para a frente, examinando Declan — que nem acabou o aprendizado, entrar aqui e baixar preços e a qualidade. Temos uma tradição em Marquenet.

— Padrões, você diz — Declan respondeu.

O outro ferreiro assentiu. Declan considerou que sua postura era uma ameaça implícita, não um desafio aberto. Mesmo assim, estavam muito próximos de um possível confronto.

— Padrões são uma coisa boa — Declan deu um leve sorriso, assentindo.

— Qual seu nome?

— Declan, e o seu?

— Gildy.

— Você fala por todos os ferreiros desta cidade, Gildy?

O homem grande deixou o martelo deslizar pela mão até segurá-lo abaixo da cabeça de ferro e cruzou os braços.

— Nesta discussão, sim, eu falo. — A expressão de Gildy se fechou como se ele estivesse esperando por problemas. Os homens reunidos atrás dele também pareciam prontos para a briga.

— Bem, para começar, não vou cobrar menos que ninguém. Sequer decidi onde quero me estabelecer ainda. Eu tinha uma mensagem para o barão e agora que a entreguei, acho que vou sair da cidade e procurar um lugar que esteja precisando de ferreiro. Aqui, claramente não está faltando.

Gildy relaxou um pouco. Ele assentiu, reconhecendo as intenções de Declan. Os homens atrás dele também pareceram relaxar.

— E, por fim, não sou mais aprendiz. Sou um mestre ferreiro.

— Mestre? Você não parece ter idade o bastante. — Gildy franziu o cenho.

— Aprendi com o melhor.

— Quem?

— Edvalt Tasman, em sua forja em Oncon.

Gildy olhou por cima do ombro e outro ferreiro assentiu.

— Nós o conhecemos quando ele trabalhava para o barão. Ele é... muito bom.

Declan puxou a espada e, antes que qualquer um reagisse, a entregou com o punho virado para Gildy.

— Esta é minha obra-prima.

Gildy olhou a espada sem polimento por um momento e a pegou de Declan.

— Não parece... — Sentiu o peso e o equilíbrio, e a olhou mais de perto. Passou o polegar lentamente pelo vinco, o centro mais elevado da lâmina, a segurou na sua frente e observou-a. — É bem equilibrada. Muito bem. — Levou-a para perto dos olhos de novo e esfregou a borda, revelando um brilho suave. Os outros ferreiros e aprendizes estavam em silêncio enquanto Gildy continuava a mover a lâmina no ar.

Por fim, passou por Declan e apoiou a parte chata da lâmina na roda da carroça. Bateu de leve com o martelo, o que produziu um som vibrante, e aproximou a lâmina do ouvido.

— Maldição — disse em voz baixa.

Gildy virou-se para Declan, uma pergunta escrita no rosto e, depois de um breve momento, Declan assentiu.

— *É uma joia* — Gildy disse de forma que só Declan pudesse ouvir.

Novamente Declan assentiu, mas não disse nada.

— Conte-me como ela foi feita — o homem perguntou ao devolver a espada.

— Construí a fornalha, barro sobre pedra, preparei o carvão e escolhi o ferro. Misturei as cinzas de carvão e a areia de ferro, e analisei o resíduo pela cor. Dobrei o aço...

— Quantas vezes?

— Doze. — Declan sorriu.

— É uma bela arma. — Gildy assentiu. — Mas precisa de polimento.

— Não queria parecer muito óbvio — Declan respondeu ao embainhá-la.

— É modesto também! — Gildy riu e virou-se para os demais. — Declan é quem ele diz ser se fez mesmo esta espada, e já que não temos motivos para duvidar dele, este, rapazes, talvez seja o mais jovem mestre ferreiro que já viram.

Bateu no ombro de Declan de forma amigável e o clima mudou. Muitos dos demais presentes mexeram a cabeça para cumprimentar Declan.

— Abra seu negócio onde quiser, mas passe na minha ferraria para bebermos algo juntos antes de deixar a cidade, para que eu lhe diga como as coisas são por aqui, assim não irá causar tumulto com seus amigos ferreiros. — Ele apontou para o sul. — Três ruas para baixo tem um vendedor de roupas, a placa é uma ovelha branca e preta. Vire à direita e vai achar minha forja no lado esquerdo da rua, um pouco mais para baixo.

— Combinado. — Declan estendeu a mão, que Gildy apertou.

— Vamos voltar ao trabalho, pessoal. — O ferreiro louro se virou para os demais.

Quando o grupo de ferreiros e aprendizes partiu, Declan subiu na carroça.

— Você fez bem — Ratigan disse. — Não tem gente mais durona na cidade do que os ferreiros, exceto, talvez, os carroceiros. Fique do lado errado e as coisas podem ficar bem feias.

— Você não se lembrou de me avisar sobre essa... fraternidade antes de chegarmos?

Ratigan deu de ombros e sacudiu as rédeas para colocar os animais em movimento antes de responder:

— Não achei necessário. Você nunca falou sobre o que tencionava fazer depois de conversarmos com o barão.

— Tem razão, acho. — Declan suspirou e olhou ao redor, a carroça descendo a rua de volta ao mercado. — Para onde vamos?

— Não sei você e o garoto — disse Ratigan —, mas estou indo ao mercado para ver se precisam de transporte. Quando chegarmos lá, irei ajudá-lo a descarregar a bigorna e as ferramentas.

Declan olhou o condutor e riu.

— Sim, claro. — Parou de sorrir. — Vou precisar de seus serviços por mais um tempo, até encontrar um lugar adequado para minha forja.

— Preciso ganhar dinheiro, Declan — Ratigan respondeu com rispidez. — Tenho que alimentar os cavalos, que estão magros por pastarem desde que saímos de Oncon. Precisam de grãos. Grãos custam dinheiro.

— Vou comprar comida para eles e lhe dar mais algumas moedas de prata, mas não posso simplesmente parar na estrada e usar minhas ferramentas. Preciso de uma forja ou de um lugar para construir uma.

Ratigan assentiu. Estava claro que não iria se livrar fácil de Declan e Jusan, e, apesar de sua natureza egoísta, tinha consciência de que devia sua liberdade, até mesmo sua vida, aos aldeões de Oncon. Os dois homens que o acompanhavam tiveram papel central na sua libertação.

— Geralmente, tem alguém no mercado que pode ajudá-los — disse após o silêncio.

Seguiram seu caminho pelas ruas movimentadas até uma interseção a um quarteirão de distância do mercado. Ratigan os levou com facilidade por um beco estreito para uma grande área aberta, cheia de cavalos, carroças, carrinhos e alguns animais de carga. Achou um lugar fácil de sair, parou a carroça e saltou, gesticulando para que Declan o seguisse.

— É melhor você ficar de olho. Ninguém vai incomodar durante o dia, mas se deixarmos a carroça sem vigias, essas ferramentas provavelmente não estarão aqui quando voltarmos.

— Descanse aqui, volto já — Declan disse para Jusan, que estava quase totalmente recuperado e pareceu aborrecido ao ser deixado para trás, mas não disse nada.

Declan caminhou ao lado de Ratigan até o mercado.

— Deixar as minhas ferramentas lá seria mesmo um problema? — perguntou ao se aproximarem da primeira tenda.

— Talvez não. Ninguém mexe com os cavalos e as carroças, mas algo que pode ser pego e carregado? — Ele deu de ombros e apontou. — Lá está ela.

"Ela" era uma mulher de meia-idade, forte, que usava um lenço de cabelo azul de onde saíam cachos e mechas de um cabelo chocante de tão laranja. Bochechas queimadas de sol e sardentas dominavam seu rosto redondo e seu corpo largo estava coberto por uma blusa cinza, sem mangas e de gola alta, e uma imensa saia de azul brilhante que se arrastava no chão. Ela estava atrás de duas mulheres mais novas, uma menina esguia de pele escura e rosto anguloso, e uma loira curvilínea que tinha uma alguma semelhança com a mulher atrás. Declan achou a loira uma das garotas mais bonitas que já vira.

— Ei, Kalanora! — Ratigan gritou em saudação.

Os olhos dela se estreitaram ao ver Ratigan se aproximando.

— Não me faça perder tempo e nem venha incomodar minhas meninas, Ratigan! — Sua expressão ficou confusa e ela arregalou os olhos. — Você não tinha ido para algum lugar com Milrose?

Ratigan ignorou a rispidez do primeiro comentário e respondeu:

— Milrose está morto. Fomos atacados por escravistas perto da fronteira da Aliança com Ilcomen.

— Hum — foi tudo o que Kalanora disse ao olhar para o condutor como se acreditasse que o quer que tivesse acontecido de ruim com seu mestre, provavelmente era culpa de Ratigan. — Quem é seu amigo? — Kalanora perguntou, virando seu olhar avaliador para Declan, como se precisasse pensar duas vezes antes de dar a quem acompanhasse Ratigan o benefício da dúvida. Declan tinha certeza que os dois tinham um passado.

Antes que Ratigan pudesse responder, uma corneta ressoou alto e a batida de vários tambores unidos encheu o mercado, sendo rapidamente seguidos por uma balbúrdia de vozes. Declan e os outros viraram na direção da fonte do tumulto.

— O que é isso? — Kalanora perguntou em voz alta.

Ratigan e Declan foram na direção do som e por entre a multidão conseguiram ver uma procissão chegando ao mercado vindo do sul. Seis homens em mantos de cinza escuro, com os capuzes jogados para trás, entraram na praça. Seu avanço foi retardado pela multidão, que abria caminho lentamente, apesar do clamor da corneta e dos tambores.

Atrás deles, vinha o veículo mais estranho que Declan já vira, e ele tinha consertado eixos e rodas em todos os tipos de carroças, carros e carruagens conhecidos no continente. Era puxado por seis cavalos, e ele não conseguia ver as rodas ou os detalhes da parte de baixo da carruagem por causa da multidão, mas só a parte de cima era estranha o bastante para chamar a atenção de Declan.

Parecia uma carroça de feno, as laterais altas cortadas e com uma plataforma alta no topo. Uma poltrona de madeira forte, quase um trono, tinha sido pregada na plataforma, e nela estava um homem velho usando um manto negro e uma coroa em forma de caveira vermelha que parecia só estar no lugar com muito esforço. Tinha o rosto pálido e seus olhos remexiam-se como se estivesse procurando algo na multidão. O sorriso parecia forçado, quase como se fosse uma careta de dor, e fazia um gesto estranho com a mão direita, erguendo-a e acenando de leve. Para Declan, parecia que ele estava dando um tipo de benção para o povo reunido.

A estranha carroça avançava e grunhia. Sem olhar, Declan podia dizer que o eixo era fixo, logo, todo solavanco ia direto para o traseiro de qualquer dignitário que estivesse sentado na tola construção. E mesmo assim o sorriso duro do homem permanecia.

— Quem é? — perguntaram Ratigan e Kalanora quase ao mesmo tempo.

Declan deu de ombros.

— Acho que vamos descobrir. Eles estão parando — disse Ratigan.

Para o desgosto de vários mercadores, a corneta soou mais uma vez, seguida por um rufar de tambores, e a procissão parou no meio dos compradores em potencial. Um homem que vinha à frente dos animais da carroça avançou mais um pouco.

— Silêncio! — gritou.

A ordem só fez com que uma balbúrdia de vozes zangadas se erguesse e novamente ressoou a ordem para fazer silêncio. Depois de um minuto de reclamação, o barulho finalmente diminuiu, sendo substituído por um murmúrio baixo de conversas e sussurros curiosos.

— Por ordem do Conselho do Único — o arauto gritou, ao ver que era o mais próximo do silêncio que iria conseguir — um guia santo foi enviado a cada estado e nação. Em cada estado e nação, uma prelazia deverá ser estabelecida na capital, onde irá residir um homem de alto posto, com a incumbência de zelar pelo bem-estar espiritual do povo e liderar a caça aos heréticos. Vocês estão agora na presença do Prelado de Marquensas, sua excelência Epíscopo Hosa.

— Que nome estranho — disse Kalanora.

A multidão murmurou, sem saber ao certo o que os esperava. A Igreja do Único tinha ganhado poder nos últimos cem anos, removendo outras fés por meio de manobras políticas, alianças astutas, propina e ameaças descaradas. Tinha se tornado mais agressiva nos últimos trinta anos, e o derramamento de sangue tinha sido substituído por manipulações do mais alto nível. A Igreja declarava que sua ascensão se devia à supremacia de seu deus, e isso era prova de que sua fé era a única verdadeira.

Edvalt tinha contado a Declan que, quando era um garoto, havia uma paz relativa entre a maioria das religiões, mas desde então tinha visto aquela nova igreja sistematicamente destruir as outras. Apenas algumas outras religiões menores ainda eram toleradas, e mesmo estas tinham se adaptado para que pudessem dizer que adoravam ao mesmo deus.

— Bem, acho que ganhamos mais alguém para nos dizer como viver nossa vida — reclamou Kalanora, com um grunhido de desdém.

— A Prelazia se estabeleceu no prédio da Colina Oeste — o arauto voltou a falar. — Foi consagrado na noite de ontem. O Epíscopo abençoou o prédio e uma dúzia de heréticos foram queimados na estaca. Os serviços começam ao amanhecer e terminam ao pôr do sol. Os fiéis serão sempre bem-vindos.

Os condutores, que estavam de cada lado dos cavalos, sacudiram as rédeas como se fossem uma pessoa só, fazendo os animais avançarem, e a procissão começou a deixar o mercado, indo na direção de outro mercado no caminho de volta a Colina Oeste.

— Na Colina Oeste? — falou Ratigan. — É isso que estavam fazendo lá? — Virou-se para Declan: — Costumava ser o templo de Othan, deusa dos oceanos e do clima. Cada marinheiro na cidade ia até lá orar antes de partir em viagem, quando eu era um garoto.

— Eles a pegaram dois anos atrás. — Kalanora deu um tapa de leve na nuca de Ratigan. — E se você não passasse o tempo todo bebendo e importunando boas moças, saberia disso, Ratigan.

Ele se virou e disparou facas com o olhar, esfregando a nuca.

— Converteram o templo ao Único — prosseguiu ela. — Agora, é chamado de igreja. Fazem rituais, queimam um monte de incenso e alguns hereges. O quarteirão inteiro ficou fedendo a mirra, sálvia e bálsamo — ela baixou a voz — para esconder o fedor de carne queimada. — Voltou ao tom de voz normal; — E a cantoria... — Sacudiu a cabeça enquanto a procissão deixava o mercado. — Bem, pelo menos agora sabemos que *epíscopo* é um título e não um nome.

— É melhor um sacerdote nos dizendo o que fazer do que dez, acho — Ratigan disse enquanto retornavam à venda de Kalanora.

— Você é jovem demais para entender — disse Kalanora. — Inferno, eu sou jovem demais e sou mais velha que você. — Deu uma risada que era quase um grunhido ao chegar atrás da mesa onde suas filhas a esperavam. — Quando eu era criança, algumas das velhas igrejas ainda tinham influência, mas também havia... o que se pode chamar de respeito. Você podia fazer oferendas e sacrifícios a qualquer deus que quisesse, e as pessoas raramente se importavam. Agora, se você sequer murmura o nome de um velho deus perto de um dos roupas-pretas, acaba amarrado em uma estaca no cimo de uma pilha de lenha. Mesmo os seguidores de Tahan andam dizendo que o Deus Sol era apenas um profeta do Único, espalhando luz, preparando os justos para a chegada da palavra. — Ela suspirou. — É bem inteligente, afinal mantiveram seus empregos, desde que dividam os lucros.

Declan não falou nada. Pensava pouco em religião, já que não havia templos ou capelas em Oncon, e era difícil chegar nos que existiam em Ilcomen. Ele tinha ido a alguns quando viajava com Edvalt, que ocasionalmente parava e jogava um punhado de moedas na caixa de um sacerdote para receber benção. Declan não fingia que entendia desses assuntos, sendo que na verdade mal se importava.

Kalanora soltou um longo suspiro resignado. Estreitou os olhos.

— De novo, o que você quer, Ratigan?

— Meu amigo Declan é um ferreiro e está procurando onde estabelecer sua forja. Disse a ele que se havia alguém capaz de dizer o melhor lugar em Marquensas, esse alguém era Kalanora.

— Ferreiro, hein? — Kalanora resmungou enquanto analisava Declan. Suas filhas iluminaram-se visivelmente, sorrindo e ficando mais atentas, já que um bom ferreiro poderia estabelecer uma família e prover o ano inteiro. Quando deram um passo à frente, Kalanora as fez recuar com um aceno de mão. — E é bom?

Declan assentiu.

— Bem, Marquensas tem mais ferreiros do que pulgas num vira-lata, principalmente aqui na cidade. Então, não importa o quão bom seja, já existem ferreiros estabelecidos tão bons quanto, e tirar negócios deles não vai lhe tornar popular.

— Por isso que viemos até você, Kalanora — Ratigan disse com um sorriso que para Declan pareceu absolutamente falso.

Kalanora ergueu o canto da boca numa expressão desdenhosa.

— Tem uma forja vazia perto da fronteira. — Virou-se para Declan: — Pode ser uma região perigosa, mas você parece ser o tipo de rapaz que sabe cuidar de si mesmo.

Novamente Declan assentiu.

Ela ficou em silêncio por um instante antes de se virar para Ratigan:

— Isso não é um favor, Ratigan.

Declan colocou a mão no cinto e pegou a bolsa de moedas. Pegou duas moedas de prata de Ilcomen e as entregou. Ela olhou-as e assentiu.

— Vá para o norte, seguindo a costa, passando a *villa* do Lorde Dumarch no promontório, e depois a estrada que leva para o interior, até a aldeia de Pashtar. Três dias viajando direto e irá achar uma cidade chamada Cerro de Beran. Um lugarejo simpático. A cidade mais ao norte de Marquensas, então pode ficar um pouco agitado, até mesmo perigoso, como disse, mas é uma rota de comércio movimentada. O ferreiro de lá morreu faz algumas semanas, pelo que me disseram, então, a não ser que alguém tenha invadido, a forja está vazia. Vá para a Hospedaria das Três Estrelas e pergunte pelo dono, Leon. Ele cuida dos direitos da viúva sobre a forja. Diga a ele que eu o mandei e faça uma oferta razoável para a viúva e vai ter uma forja decente em uma boa rota. Talvez tenha que desalojar um invasor, se Leon já não o tiver feito, mas é o lugar mais fácil para começar por aqui. Dizem que é uma boa forja. Só conseguiria melhor se trabalhasse para a nobreza.

— Obrigado. — Declan assentiu e lhe entregou outra moeda de prata.

Ela a observou e assentiu.

— Agora, vão. Tenho que cuidar do meu negócio e já tive interrupções demais por um dia.

— Vejo você em breve, Kalanora. Adorei a cor do cabelo — Ratigan disse, sorrindo.

— Aquela vaca da Clothild jurou que ia ficar igual a quando eu era mais nova — Kalanora resmungou. — Agora parece que tem cenouras nascendo na minha cabeça. — Sua expressão se amainou e ela riu. — Uso o lenço para não acharem que sou o bebê dos Jubardentes!

Ratigan recuou.

— Um pouco velha para isso, não? — disse, e ela perdeu imediatamente o bom humor. O condutor fez uma leve reverência e saiu de perto. Declan acenou, agradecendo, e percebeu que as duas jovens os observavam enquanto partiam.

— Bebê dos Jubardentes? — Declan disse, quando estavam fora do alcance.

— Onde você cresceu? — Ratigan disse.

— Oncon.

— Isso explica — disse o condutor quando voltavam para a carroça. — Costumavam ser cinco grandes reinos, agora só são quatro. O rei da Itrácia era chamado de Jubardente, por causa do cabelo vermelho. Toda a sua linhagem tinha. Um dourado acobreado que parecia queimado de sol, de acordo com as histórias. A lenda diz que todos os Jubardentes foram mortos, menos um bebê que foi levado por um serviçal. Além disso, há uma maldição ou coisa assim relacionada à morte do último Jubardente.

— Último? Mas você não disse que ainda há um bebê vivo?

— É só uma história — Ratigan respondeu. Estavam se aproximando da carroça. — Por outro lado, têm muitas coisas ruins acontecendo no leste desde que esse rei morreu. Talvez realmente houvesse uma maldição. — Parou por um minuto. — Mas se houvesse uma criança? — Ele deu de ombros. — Os outros quatro reis iriam pagar um belo resgate por ele, que seria um jovem crescido agora. Mais alguma coisa que você queira saber?

— Aquelas garotas?

Ratigan sorriu.

— A loira se chama Phaedra, a outra é a Mina. Pais diferentes, como pode ver pela aparência. Mina é malvada e Phaedra é doce, mas se der umas taças de vinho, as duas sabem se divertir.

Declan franziu a testa. Percebeu que poderia ter com elas uma relação parecida com a que tivera com Roz, mas ele tinha sentimentos por ela. Deu um olhar desaprovador para Ratigan e ergueu os ombros.

Ratigan parou e olhou para Declan.

— O quê? Elas podem ser divertidas, o problema é tirá-las de perto de Kalanora.

— Sei lá, é que... — Ficou em silêncio. Pensou em tudo que tinha acontecido recentemente; tornar-se um mestre ferreiro, sua última noite com Roz, a conversa com o marido dela, tudo. A confusão ainda estava ali, mas ele sabia que um dia iria embora. — Não é nada — ele disse enquanto voltaram a andar.

Finalmente, quando viraram na esquina que levava à área aberta onde deixaram a carroça, ele disse:

— Sou um mestre ferreiro agora. Estou prestes a abrir uma nova forja. Deveria estar sossegando.

— Então, não tem mais muito tempo com as garotas. — Ratigan riu e deu um tapa de brincadeira nas costas do rapaz, um gesto que Declan aturou em silêncio. — Aquelas garotas são só diversão noturna, não são futuras mães. — Ele parou e reconsiderou.

— Deixe-me colocar de outra forma: é quase certo que virem mães, provavelmente logo, logo, mas não são do tipo que dão boas esposas.

Declan manteve o rosto impassível. Discutir com Ratigan seria perda de tempo e energia. Por ter falado com vários viajantes, sabia que muitos homens deviam se sentir assim. Porém, ele era um rapaz do campo e tinha crescido em um lugar onde as mães ensinavam as filhas a se portarem de certa maneira, mesmo que algumas não ouvissem — ele tinha se deitado com algumas dessas. Pensou em Edvalt e Mila, e nos outros casais mais velhos de Oncon... talvez fosse só um camponês perdido em um mundo diferente. De qualquer forma, Declan não gostou de como se sentiu ao ouvir Ratigan falar. Encontrar Jack depois de dormir com Roz o tinha deixado inquieto e percebeu que estava tentando repensar a maneira como devia se sentir sobre mulheres... e estava totalmente perdido. Ao menos, Ratigan era firme em suas opiniões, mesmo grosseiras.

— Você vai ser o único ferreiro na cidade. Muitas mães adorariam que suas filhas casassem com um ferreiro. Na maioria das cidades, seu único rival seria o moleiro ou um mercador muito bem-sucedido. Então, espere um pouco para ver que tipo de lugar é Cerro de Beran. Se não gostar das garotas de lá, guarde um pouco de dinheiro, volte para cá e veja se há alguma filha de comerciante que lhe agrade mais.

Declan parou enquanto pensava no que Ratigan tinha acabado de dizer e riu.

— Ratigan, você me surpreendeu.

— Por quê? — O carroceiro também parou e olhou para Declan.

— Para um sujeito tão destemperado, você tem profundidade. Foi um conselho excelente, de verdade. Obrigado.

Ratigan o olhou e por um momento parecia indeciso se havia sido insultado ou elogiado. Riu.

— Às vezes acontece — respondeu, e voltaram a caminhar.

Jusan estava acordado quando chegaram.

— Tudo quieto por aqui — informou a Declan. — E agora?

— Tem algum lugar seguro para guardar minhas ferramentas e a bigorna hoje à noite? — Declan virou-se para Ratigan.

— O pátio do meu antigo mestre. A não ser que alguém tenha passado a nossa frente com a notícia de sua morte, a casa de Milrose deve estar fechada. — Mexeu numa bolsa presa ao cinto e tirou uma chave. — E eu posso entrar.

— Vou encontrar Gildy e lhe fazer algumas perguntas. — Declan pegou algumas moedas. — Compre comida para os cavalos e para nós também. Vamos partir para Cerro de Beran ao amanhecer.

Ratigan disse a Declan como encontrar a casa de Milrose e ele se foi.

— Gosta de mandar, hein? — virou-se para Jusan enquanto o ferreiro se afastava.

Jusan já estava corado e riu pela primeira vez desde que se ferira.

— Você não faz ideia. Mas é alguém de confiança. Foi um irmão mais velho melhor do que o meu irmão mais velho.

Ratigan subiu na carroça, instigou os cavalos a darem a volta e foram na direção da loja de seu falecido mestre.

Declan voltou ao mercado e sentiu que o ritmo do lugar estava desacelerando. Faltavam duas horas para o pôr do sol, e quem precisava estar em casa para fazer a janta ou cuidar das crianças já tinha ido.

Depois de perguntar a alguns locais, Declan tinha uma boa ideia de onde precisava ir, e em menos de meia hora estava na porta da forja de Gildy. O louro grandalhão estava debruçado sobre o aro de uma roda que martelava em uma roda de madeira. Ao ver que não havia nenhum aprendiz por perto, Declan aproximou-se e firmou a roda para que Gildy pudesse terminar mais rápido.

— Obrigado — Gildy disse ao terminar. — Mandei o garoto ir pegar carvão e achei que dava para terminar sozinho. Não sou mais tão ágil. — Sorriu enquanto limpava a testa com um pano. — Então, o que o traz aqui?

Declan olhou ao redor para ver se não havia ninguém escutando.

— Você disse para vir e conversaríamos sobre como as coisas são por aqui. Parto amanhã, por isso aqui estou.

— Me ajude a colocar isso naquela carroça e depois beberemos algo. — Gildy riu.

Declan fez como pedido e quando terminaram, o aprendiz de Gildy já tinha retornado com um balde de carvão. Gildy deu instruções sobre as tarefas que queria feitas.

— Tem uma pequena hospedaria ali na esquina, onde a maioria de nós se reúne no fim do dia — disse a Declan, enquanto olhava para o sol. — Ainda está cedo, mas isso é bom, pois tem algumas coisas que quero discutir com você sem sermos ouvidos.

— Certo — disse Declan.

— É mesmo aço-joia? — Gildy apontou para a espada, e Declan assentiu. — A maioria dos ferreiros teria a polido como um espelho e a pendurado na parede para se exibir. — Gildy sorriu, o rosto ainda molhado de suor.

— Meu mestre não era de se exibir. — Declan deu de ombros e inclinou a cabeça.

— Eu sei sobre Edvalt. O quanto sabe do começo da vida dele?

— Um pouco — Declan respondeu, apenas.

— Bem, ele sabe sobre armas, isso é fato. Talvez seja o melhor, pelo que me lembro. Eu era apenas um aprendiz quando ele foi o armeiro do barão. Só o vi de relance uma ou duas vezes antes...

— Da traição — Declan completou. Sabia que ele só poderia estar falando da traição que acabara com os Cinco Reinos. Era um tópico sobre o qual poucos falavam abertamente, e quem o fazia tomava cuidado com quem poderia ouvir. O barão podia não se importar com o que o povo falava, mas a Igreja do Único tinha ouvidos em todos os lugares.

— Como eu disse, Edvalt estava a serviço do Barão Daylon. — Gildy assentiu. — Eu trabalhava em outra forja na cidade, ainda aprendendo o que precisava saber para ter meu próprio lugar. — Fez um gesto ao saírem da ferraria, indicando que Declan deveria segui-lo. — Agora, o que você quer saber?

— O que você queria falar comigo em particular — Declan respondeu.

— Acabamos de falar a maior parte. Talvez haja três ferreiros em Marquensas que saibam fazer aço-joia, quatro agora com sua chegada. Não que haja muita demanda para armas tão boas. Eu sou o único na cidade. O fato de você saber e de que Edvalt foi seu mestre mostra que teve um excelente treinamento, e a maioria dos rapazes não está ansiosa para ver um ferreiro melhor aparecendo. Fazer aros para rodas de carroças — apontou com o polegar por cima do ombro, tirou o avental e o pendurou em um prego na parede —: isso irá alimentar a família, mas a melhor fonte de ouro ainda são armas e armaduras. Tem estado calmo por aqui nos últimos dez anos, mas na fronteira as coisas são mais agitadas, então há necessidade maior de armas. E ouvi dizer que no leste as coisas estão piorando a cada mês, mas por aqui ainda está calmo. Então, nós aqui em Marquenet só estamos sobrevivendo. Por isso todo mundo fica meio ansioso com quem chega, como você.

— Isso ainda não explica totalmente a recepção — disse Declan.

— Bem, os rapazes ficam preocupados de alguém com pouco talento oferecer preços baixos. Isso pega mal para o resto se não os expulsamos.

— Estão começando a parecer uma guilda.

Gildy sorriu, mas logo franziu o cenho.

— Não de verdade. O barão não deixa uma guilda se organizar, além do mais, como disse mais cedo, ele é um homem justo que cumpre o que promete, então não precisamos ser formais. Ficamos em contato uns com os outros e garantimos que o aço feito em Marquenet não manche nossa reputação. Os vendedores de ferro sabem muito bem que não devem trazer minério de baixa qualidade para cá.

— Justo.

— Agora, preciso de um trago e não tem nada mais a ser dito que não possa ser ouvido por qualquer um.

Declan assentiu novamente enquanto continuaram a caminhar.

— Você não fala muito, não é? — Gildy olhou para ele.

— Não mais do que o necessário — a resposta de Declan foi acompanhada de um sorriso levemente envergonhado. Declan podia ser tagarela em um ambiente confortável e com uma caneca de cerveja na mão, mas em uma cidade estranha, procurando encontrar seu caminho, achava melhor ouvir do que falar.

Gildy o levou até uma pequena hospedaria, duas ruas depois da oficina, e escolheu uma mesa. Estava cedo demais e a maioria das lojas ainda estava aberta, então o salão não estava cheio. Uma garçonete atenciosa trouxe dois grandes canecos de cerveja, e Gildy tomou um longo gole e limpou a boca com a mão.

— Então, o que mais posso fazer por você, Declan?

— Me fale sobre Cerro de Beran.

— Cerro de Beran. — Gildy inclinou a cabeça. — Lugar interessante. Pode ser justamente o ideal para um rapaz empreendedor. — Inclinou-se para a frente, apoiando os cotovelos na mesa. — Ouvi dizer que não tem ferreiro, e as pessoas precisam viajar um dia ou até mais para consertar as coisas, ou esperar que algum consertador passe por lá. — Recostou-se depois de tomar mais um gole. — Tinha um ferreiro lá, chamado Walter. Walter Ferreiro.

Declan não disse nada. Também seria chamado de Declan Ferreiro, pois era um bastardo e seria conhecido pela sua profissão, não pelo nome de seu pai.

— Ele era um velho ruim, o Walter, embora digam que a esposa é uma mulher simpática. A cidade está no cruzamento das rotas comerciais que se desviam de lugares e estradas civilizados e andam onde almas medrosas não vão. A estrada que chega lá corta a Fronteira Selvagem duas vezes.

— Então é perigoso?

— É chamado de Fronteira Selvagem por um motivo. A metade da porção do barão está bastante quieta há anos; ele envia tropas para lá de vez em quando se as coisas ficarem muito problemáticas, mas a metade leste faz por merecer o nome. Além disso, a maioria dos lugares é, Declan. Por algum motivo, o barão não colocou uma guarnição em Cerro de Beran. Alguns especulam que ele finge não ver para que o comércio vá a leste sem pagar taxas, embora não faça muito sentido. Ele pode ter outros motivos. Ali pode ser perigoso sim, às vezes. Essa espada bonita que você fez... consegue usá-la?

— Se for preciso.

— Bom, porque a pergunta não é se Cerro de Beran é perigoso, mas sim como.

— Então, como é perigoso lá? — Declan sorriu.

— É bem tumultuado. Você é da Aliança, certo? Foi para onde disseram que Edvalt foi.

— Sim, cresci em Oncon.

— Costumava ser um lugar bem tranquilo, com os reis todos prestes a enforcar quem causasse problemas.

— Até bem pouco tempo atrás era.

— Então, onde você aprendeu a usar uma espada?

— Edvalt sempre disse que o bom ferreiro é o que sabe o que seus clientes precisam. Então, ele me ensinou a usar armas, montar a cavalo, conduzir uma carroça e a arar. Sei cozinhar um pouco para conhecer panelas e chaleiras. — Declan fez uma pausa. — Porém, com armas a aposta é maior em saber como usá-las.

— Verdade, mas tem diferença entre saber e ser bom. Você é?

— O bastante.

— Então, você vai se dar bem lá. Vai ter alguns comerciantes difíceis e guardas de caravana bêbados na maior parte do tempo, mas de vez em quando alguns tipos perigosos irão passar, dos que só ouvem aço e sangue. A maioria dos rapazes que mora lá são durões, capazes de defender a cidade.

Declan assentiu, pensando no encontro com os escravistas. Se Edvalt não estivesse lá, tinha quase certeza de que ele e Jusan estariam mortos ou acorrentados. Concluiu que ter vizinhos capazes de se defenderem era bom.

Declan fez mais algumas perguntas, especificamente sobre os preços dos bens mais comuns feitos por ferreiros naquela região. Ficou surpreso com algumas variações, mas geralmente batiam com o que Edvalt cobrava em Oncon.

— Bem, vou para casa me limpar. — Gildy esvaziou o caneco. — Minha mulher não me deixa comer se eu não lavar o rosto e as mãos. Não sei de onde tirou essas ideias, mas meu pai me ensinou que esposa feliz é vida feliz. — Riu da própria tirada. — Ou pelo menos é bem menos complicado do que os homens teimosos aturam, se me entende.

— Acho que sim — Declan respondeu, sorrindo. — As bebidas são por minha conta.

— Claro que são — Gildy concordou, rindo.

Declan apertou a mão do outro ferreiro e o observou sair. Ficou sentado mais alguns minutos pensando na sua jornada. Não era uma pessoa de natureza reflexiva. Vivia a cada dia, mas as recentes mudanças tinham sido tão inesperadas que precisava parar e pensar no que o destino lhe dera. Estava olhando mais para si e se perguntando coisas em que nunca pensara. Tomou um gole do resto da cerveja, sentindo-se intrigado e um pouco ansioso sobre como sua vida estava mudando, sem que tivesse outra opção.

Sempre soube que um dia seria um mestre ferreiro. Edvalt tinha deixado bem claro desde cedo, elogiando-o quando merecia, repreendendo quando devia, mas mostrando que Declan tinha um talento raro. O jovem ferreiro nunca se orgulhara demais, simplesmente tomara como justa avaliação de suas habilidades. Só se perguntava às vezes por que coisas que lhe eram tão naturais eram um desafio para Jusan.

Jusan compensava com esforço, e, apesar de demorar mais para aprender, assim que soubesse algo, não esquecia. Declan estava convencido que Jusan também se tornaria um mestre. Ele seria uns dez ou quinze anos mais velho que Declan era, mas teria sua forja. Depois da determinação, a maior qualidade de Jusan era o perfeccionismo. Era lento que Declan, mas o resultado do trabalho se equivalia ao dele.

Declan terminou a bebida e levantou. A garçonete o olhou, sorrindo, como se perguntasse se queria mais alguma coisa. Ele sacudiu a cabeça e partiu.

Não teve dificuldades para encontrar a loja do antigo mestre de Ratigan. Entrou por um quintalzinho e viu que os cavalos estavam em seus estábulos, comendo satisfeitos de uma manjedoura. Estavam escovados e limpos. Apesar do que Declan pensava sobre ele, Ratigan claramente se preocupava com eles. Declan já vira muitos animais maltratados precisando de ferraduras; aqueles estavam saudáveis. Também tinha visto o condutor fazer o possível para cuidar deles na estrada. Ratigan podia ter algumas ideias infelizes sobre mulheres — era divertido pensar no que Roz teria a falar com ele —, mas aparentemente era responsável.

O jovem ferreiro entrou na casa humilde que servia como loja para Milrose e encontrou Jusan e Ratigan sentados a uma mesa em uma pequena sala na parte de trás.

— Aí está você! — exclamando Ratigan, apontando para uma cadeira no canto, convidando Declan para puxá-la e se unir a eles.

Na mesa, havia uma torta de carne, um jarro de cerveja, e metade de uma roda de queijo — ou o que sobrara dela: uma fatia grande e o resto da casca vazia.

— Desculpe pelo pão, nós o comemos — disse Ratigan.

Jusan pareceu envergonhado.

— Desculpe.

Declan dispensou as desculpas com um gesto e começou a se ocupar da torta. Já bebera o bastante, então olhou para a bomba em um canto.

— Aquilo funciona?

Ratigan assentiu, então Declan pegou uma caneca vazia, lavou-a e encheu.

— Nunca vi uma bomba do lado de dentro — disse, sentando.

— Tem algumas nas cidades — Ratigan falou. — Custa um pouco caro para puxar os canos desde o poço mais próximo, mas é muito prático. Poupou muito tempo a meu mestre.

— Onde arranjou isso? — Declan percebeu um roxo no rosto do carroceiro.

— Um dos vizinhos achou que como Milrose não iria voltar, podia se mudar para cá. Tive que fazê-lo sair.

— Está instalado então? — Declan disse.

— Mais ou menos. Vou falar com aquele idiota que vou voltar, que não é para tentar entrar de novo. Não tem nada que valha a pena roubar aqui além da carroça e dos cavalos, e esses vão estar sob minha responsabilidade. Vou ver se alguém tem algo que precise ser transportado dentro da nossa rota até Cerro de Beran, porque temos espaço sobrando. Isso vai gerar um pouco mais de dinheiro. E vou ver se tem algo para ser trazido de volta também.

— Bem pensado — disse Declan.

Os três terminaram de comer e se recolheram. Ratigan cedeu a única cama a Jusan sem protestar, o que fez a opinião de Declan sobre ele melhorar de novo.

12

À DERIVA E SOZINHO

O SOM DE MADEIRA BATENDO FOI A PRIMEIRA COISA que Hatu percebeu, atravessando a névoa que envolvia sua consciência. Ele acordou completamente e se sentiu desequilibrar ao ver que estava de volta ao bote onde ele e Donte tinham sido capturados. Olhou para cima.

A pequena embarcação ainda estava presa ao navio, a água batendo logo abaixo do casco. Nada mudara. As provisões ainda estavam debaixo da vela, pronta para ser erguida, e os remos cuidadosamente arrumados em um canto.

Mexeu-se, tentando sentar, e cada centímetro de seu corpo reclamou. Além da dor já esperada dos hematomas e das juntas esticadas pelas correntes, sentia mais alguma coisa, como se cada fibra de seu ser tivesse sido insultada, e um eco da dor da energia chocante que fluíra por ele ainda persistia. Forçou-se a sentar, mas virou a cabeça para fora do barco ao ser tomado pela forte náusea. Ele não tinha nada para vomitar, mas o estômago se contraiu três vezes antes que conseguisse recuperar o fôlego.

Hatu ficou imóvel esperando que a dor, o enjoo e a súbita tontura passassem. Continuou respirando devagar, tentando absorver os horrores aos quais tinha sobrevivido.

Donte. Hatu sabia que por mais longa que fosse sua vida, jamais ficaria livre da imagem do amigo pendurado, os olhos aparentemente sem vida. O coração de Hatu ficou ainda mais apertado ao lembrar que, mesmo se Donte sobrevivesse, a coisa na caverna — ele não podia pensar nela como mulher — iria usá-lo. Sentiu as lágrimas surgindo e as limpou. Nunca se sentira tão sozinho na vida e usou a fortaleza mental que lhe tinha sido inculcada para se livrar dessa sensação de desamparo. Mesmo se Donte sobrevivesse com poucos danos, Hatu não teria como descobrir onde estava, muito menos preparar um resgate. Era melhor que estivesse morto, pois seria um destino melhor do que o reservado.

Hatu sabia que deixar o desespero tomar conta seria um caminho para a morte tão certo quanto o de que havia acabado de escapar. O porquê de ter sido libertado e o que aquelas bruxas tinham dito sobre ser amaldiçoado e um receptáculo de poder eram questões que teria que deixar de lado.

Sua primeira tarefa era sobreviver. Mas no encalço daquela percepção veio a pergunta: *por que me deixaram partir?* Ele tinha deixado a pergunta de lado por várias vezes. Não tinha ideia do que era o poder e o perigo sobre o qual tinham falado. Descobrir o que aquela bruxa maligna quis dizer lhe dava mais um motivo para querer retornar com os exércitos de Coaltachin. Cada pensamento deveria se direcionar para sobreviver e voltar.

Hatu precisava chegar a um porto amigo. Tinha uma vaga ideia de onde estava, agora que voltara ao navio. Tinha calculado por alto a velocidade do navio com as velas enfunadas e sua direção: sabia que levar um pequeno bote contra o vento e remando quando fosse preciso provavelmente lhe levaria ao mar aberto em três dias, se não se perdesse entre as incontáveis ilhas da região. Tinha provisões que bastariam por uma semana ou mais, e quando encontrasse sua casa poderia contar o que aconteceu.

Assim que o trabalho estivesse feito, poderia se preocupar com as questões levantadas naquele buraco enlameado de maldade.

Descobrira nomes para os estranhos sentimentos e para a sensação de desconexão que sentia desde a infância. Poder, magia e destino formavam uma parte adormecida desde pouco depois de seu nascimento. Iria aprender sobre sua verdadeira natureza para dominá-la.

Não sabia onde as Irmãs das Profundezas viviam, perto ou longe de onde, ou em que direção, ou sequer tinha noção de quanto tempo ficou inconsciente enquanto fora carregado de lá para cá e de volta. Os Mestres de Coaltachin poderiàm querer procurá-las ou, mais provavelmente, iriam contar a perda do navio e de sua tripulação, incluindo Donte, como prejuízos e seguir para outros assuntos. Porém, mesmo se o destino não permitisse que voltasse logo, ele retornaria um dia, encontraria aquela cova malévola e a queimaria completamente. Ele iria mostrar quem era tocado pelo fogo.

O BOTE ESTAVA ENCHENDO DE ÁGUA E ERA APENAS A MANHÃ do segundo dia. Hatu tinha amarrado o leme e tentado descansar um pouco antes de o sol nascer, só para acordar poucas horas depois, com água até as canelas.

Hatu não sabia se o capitão tinha sido omisso na manutenção, ou se o dano tinha sido causado pelas batidas contra o casco do navio enquanto ficara aprisionado, ou mesmo uma combinação dos dois, mas as pranchas de madeira tinham se soltado pouco acima da linha d'água, fazendo a água do mar entrar sempre que o navio se inclinava. Era um vazamento lento, e Hatu conseguia manter as pranchas acima da linha se ficasse alinhado a bombordo, porém, se tentasse virar, a água entrava veloz, fazendo que precisasse amarrar a vela ao leme, um truque que aprendera ainda muito novo. Depois, precisava tirar a água, só que não tinha nada com o que fazer, então conseguia tirar apenas um pouco com as mãos em concha antes de ter que tomar conta da vela e do leme.

A solução que lhe tinham ensinado era simples. Hatu deveria encontrar uma ilha, puxar o bote até a margem, encontrar resina ou substância parecida e usar o que quer que encontrasse, inclusive roupas rasgadas, para fazer ripas e selar os dois piores vazamentos. Os outros menores não pareciam que poderiam piorar, exceto se o clima ficasse muito violento, mas como nesse caso iria afundar de qualquer forma, não se preocupou.

O problema era que estava navegando por entre uma série de atóis arenosos sem nenhuma vegetação além de grama e arbustos. Alguns dos maiores sustentavam buganvílias e outras flores, e um coqueiro iria aumentar suas chances de não morrer de fome, mas embora as fibras e as folhas pudessem ser usadas como isolamento rudimentar, ainda iria precisar de substância pegajosa e impermeável para fixar as ripas nas pranchas furadas. Resinas de plantas bastariam por pouco tempo, e do que realmente precisava era piche.

Hatu fez o seu melhor para navegar entre os traiçoeiros anéis de coral. A maioria dos atóis era visível, mas havia alguns recifes logo abaixo da superfície que exigiam atenção constante. Por duas vezes no dia anterior, tinha recolhido a vela e remado, mas isso fazia mais água entrar e o cansaço estava o exaurindo. Ele já não sabia quando tinha dormido pela última vez.

O clima também não tinha sido favorável. Apesar de ser raro fazer frio de verdade naquela região, a temperatura podia cair bem, e a combinação de roupas molhadas e brisas frias o mantinha gelado. Sabia que precisava encontrar abrigo logo. Era grato pela jaqueta pesada que pegara antes de serem levados — e ainda mais grato pelas bruxas não terem ficado com ela —, mas não era o bastante. A outra jaqueta, ensopada com água salgada, estava no fundo do bote, um constante lembrete do destino de Donte.

Ele também estava com pouca água. Um dos barris do navio seria muito bem-vindo, mas ele e Donte tinham decidido que um barril ocuparia lugar demais quando subissem na embarcação, e os odres tinham parecido suficientes. Se Donte estivesse com ele, a navegação seria mais fácil, porém Hatu agora sabia que simplesmente não tiveram noção exata de quanta água iriam precisar. Tentou não se punir por não ter experiência e não prever o futuro, mas era de sua natureza ser duro consigo mesmo, então era uma luta.

O vento seco e constante tirava umidade da pele de Hatu com a mesma rapidez que levava o calor. Lábios rachados eram uma lembrança constante que a água era pouca e vital. Podia sobreviver sem comida por dias, mas a falta de água poderia matá-lo em horas exposto ao sol em um dia quente. Pegou metade de um biscoito seco e percebeu que suas provisões estavam reduzidas a outra metade e um pedaço questionável de carne de porco salgada. Mordeu o biscoito — tão duro que ele sentiu a mandíbula estalar ao tentar mastigá-lo. Precisava acabar logo com a carne, pois, apesar de salgada, era geralmente guardada no frescor do depósito perto da cozinha do navio, mas tinha ficado por baixo de uma simples lona encerada nos últimos três dias, sem contar o tempo em que ele e Donte tinham ficado aprisionados. No mesmo instante, tirou a imagem de Donte da mente, pois precisava focar toda a energia em sobreviver.

Ao meio-dia, viu algo se movendo a distância, a bombordo, e amarrou a adriça à cana do leme através de um ilhó de ferro, fazendo com que o vento direcionasse o navio e o levasse para mais perto, enquanto ele tirava mais água. Quando já tinha tirado água o bastante para retardar o afundamento do bote por mais algumas horas, podia ver que o movimento era de um bando de aves marinhas. Podiam estar seguindo um navio, voando por cima da carcaça de uma grande criatura marinha ou de um cardume de peixes perto da superfície, ou podia ser terra. Um navio ou uma ilha seria ótimo, pensou.

Ao sentir o desespero aumentar, Hatu o combateu fazendo um rápido inventário e checando a sua posição o melhor que podia. Sabia que deveria estar deixando os recifes de coral, a leste de onde as bruxas o tinham capturado. Perguntou-se se os três navios que os perseguiram estariam em conluio com as bruxas, pois Hatu agora percebia que o capitão tinha escolhido a única opção que restara: virar para oeste, afastando-se do coral e entrando... Deixou a ideia de lado. Não havia nada naquelas mulheres malignas que as ligassem a algo tão prosaico como piratas ou escravistas, e parecia que homens tinham pouca utilidade para elas, além de procriar filhas, criar os monstros que as serviam... ou comida. Tremeu e deixou de lado quaisquer especulações sobre o destino de Donte.

Os pássaros eram andorinhas-do-mar, mergulhando para pegar anchovas ou outros peixinhos. Eram pássaros migratórios, mas aquela era a época do ano em que faziam ninhos. Hatu sentiu-se animado, pois era provável que a colônia delas estivesse em uma ilha próxima, o que significava água, ou pelo menos ovos, já que, ao contrário da maioria dos pássaros, as andorinhas-do-mar gostavam de colocar ovos no chão. O potencial para encontrar uma fonte de água ou comida lhe renovava as energias.

Hatu viu uma faixa verde de terra no horizonte e, pelo ângulo do sol, concluiu que deveria alcançá-la antes do anoitecer. Ajustou a vela e pegou um vento favorável, aproximando-se do destino com uma boa velocidade. Ao chegar perto, procurou um lugar para desembarcar e viu ondas movendo-se na direção de uma praia comprida. A arrebentação tranquila indicava que não havia pedras, e Hatu recolheu a vela, preferindo remar os últimos metros. Ele se surpreendeu com o esforço que precisou fazer e concluiu que estava mais próximo da exaustão do que tinha percebido.

As ondas que iam arrebentar na praia pegaram o navio e ajudaram a levá-lo. No momento certo, Hatu recolheu os remos e pulou para a popa, puxando o leme com força e soltando-o das amarras que o prendiam no lugar, para que não se danificasse com a areia quando finalmente chegassem ao destino.

Seu peso na popa levantou a proa, fazendo o bote deslizar com facilidade para a margem. Hatu correu na frente e puxou o bote, para que ele não voltasse para o mar. As marés eram pequenas naquela época do mês, por motivos que Mestre Bodai havia explicado uma vez, chamando-a de maré de quarto, e Hatu agora não conseguia lembrar, mas tinha confiança de que a informação era boa. Voltaria para conferir o bote depois, pois no momento, sua prioridade era água, depois comida.

A ilha era maior do que Hatu pensara, e podia ver o topo de colinas acima da copa das árvores. Carregava uma faca, a única arma entre as várias coisas que ele e Donte tinham pilhado no navio, além dos odres vazios. Murmurou uma prece a qualquer deus que estivesse ouvindo para que não precisasse usá-la em sua defesa, pois nunca se sentira tão fraco em toda a vida. Tinha racionado a comida, mas a falta de água nos últimos dias estava cobrando seu preço.

Hatu deixou a areia e sentiu o solo úmido sob seus pés ao se mover na direção da ilha, um bom sinal, pois significava que havia água perto da superfície. Parava com frequência para ouvir os sons da floresta, tentando identificar se havia água corrente por perto. Depois de escalar alguns montes, viu o que parecia ser uma trilha molhada e em poucos minutos encontrou uma poça de água alimentada por uma goteira em uma plataforma. Ajoelhou-se e resistiu ao impulso de beber direto. Ao invés disso, colocou um pouco debaixo do nariz. Tinham lhe dito que água parada ou pouco movimentada podia causar problemas no estômago, por vezes fatais. A água tinha um cheiro amargo, de mofo, então Hatu a jogou fora e limpou a mão nas calças. Procurou uma forma de subir mais e viu uma trilha tênue e cheia de pedras através das poucas árvores.

Pisando com cuidado nas pedras escorregadias que faziam uma espécie de escada rudimentar, Hatu finalmente ouviu o som gorgolejante de água corrente assim que sua cabeça passou da saliência.

Com um alívio crescente, viu um pequeno córrego correndo por uma inclinação perto da plataforma molhada. Ele não hesitou e foi, jogando-se e se arrastando ao mesmo tempo até a beira da pedra para enfiar o rosto no córrego borbulhante. Bebeu com gosto. A cautela veio e ele se lembrou dos avisos que beber muito e rápido demais podia fazer com que desmaiasse ou vomitasse.

Respirou fundo e contou lentamente até dez enquanto sentia a água revivê-lo, inclinou-se e bebeu devagar. Repetiu até sentir todos os sinais de sede sumirem. Analisou os arredores ao encher o odre.

Hatu queria ficar perto da praia, assim reparar o bote seria mais fácil, mas também precisava estar perto de água e comida. Tinha sido parcimonioso com as rações no bote, e talvez ainda tivesse dois ou três dias de comida se tivesse cuidado, mas a fome era uma companheira constante e um lembrete que seu tempo sem auxílio estava chegando ao fim.

Ainda teria uma hora de luz do dia, então Hatu passou metade dela explorando a área ao redor da poça. Rastros indicavam que havia pequenos animais em abundância, e que muitos usavam um pequeno bebedouro naquela encosta no lado oposto da ilha. Pensou na ideia de mover o bote para aquele lado no dia seguinte. Estaria mais próximo da água, e a praia parecia ser tão livre de pedras e perigos como a em que aportou.

No caminho de volta para o bote, esbarrou em um arbusto coberto de tamarindos, de gosto agridoce, mas com substância o bastante para aumentar sua estada na ilha por um ou dois dias a mais se fosse preciso. Pegou um bom punhado, marcou a localização na memória, e seguiu a trilha pela floresta, chegando à borda da praia.

Uma rápida verificação para garantir que o barco ainda estava a salvo, e Hatu voltou para o limite das árvores para acampar. Fazer uma fogueira era uma espada de dois gumes, pois apesar de ser vital para calor e cozinhar, também era sinalizador para quem estivesse passando pela costa. Depois da experiência mais recente, estava disposto a desconfiar de qualquer um que pudesse ver a fogueira de um navio de passagem. Ele sabia que estava provavelmente a salvo daqueles que o pegaram, mas tinha medo.

Porém, um acampamento frio com roupa úmida era um convite para ficar doente, especialmente estando enfraquecido. Pesando opções, Hatu decidiu que a doença era uma possibilidade pior do que a chance de ser descoberto por inimigos. Ele tinha trazido aço e pederneira do navio, e, com madeira seca, sua pequena fogueira estava pronta e viva em pouco tempo.

Ele comeu o punhado de tamarindos e o que tinha sobrado da carne e do queijo, enrolou a jaqueta extra — a jaqueta de Donte — e se aproximou do fogo para se manter quente enquanto tentava dormir.

O cansaço e as imagens incessantes brigaram dentro dele enquanto tentava encontrar uma posição confortável na areia. Quando finalmente adormeceu, seus últimos pensamentos foram sobre ser muito pequeno e estar sendo abraçado por alguém muito assustado.

DEMOROU TRÊS DIAS, MAS HATU CONSEGUIU ENCONTRAR um selante para reparar o bote. Conseguiu comer tamarindos e outras plantas além de ovos de andorinha-do-mar, o bastante para recuperar um pouco de energia. Iria fazer um estoque antes de ir, mas primeiro precisava consertar os vazamentos maiores.

Uma caverna ao norte de onde tinha chegado estava cheia de grandes poças de alcatrão. As ilhas eram uma mistura de corais e rochas vulcânicas, e ele presumiu que por perto havia uma fissura submarina que jorrava lava e óleo quente. A pedra derretida rapidamente se solidificaria na água, mas o óleo quente iria se tornar o alcatrão. Geralmente afundava, mas às vezes havia bolhas de gás que o faziam subir e se mexer com as marés. Ele conseguia identificá-los facilmente, pois tinha convivido com rochas e areias daquele material por toda a vida. Tinha levado muitas broncas da matrona por ter voltado da praia com pés pretos. Uma meia dúzia de pedaços iriam dar mais selante do que precisava. Iria cortar a jaqueta de Donte para fazer a ripa e depois selá-la com alcatrão quente. Não estava muito confiante do resultado, mas não tinha visto nem sinal de outras embarcações no horizonte em todo aquele tempo, então um resgate parecia improvável. Seu medo de ser descoberto era superado pela necessidade de encontrar um jeito de ir para casa.

Ele sabia vagamente onde estava e tinha uma ideia de onde ficavam as linhas de transporte para o norte, além de uma estimativa de quanto tempo levaria para chegar. Sabia que se tivesse cuidado, iria conseguir colocar o bote em condições de navegar e teria uma chance de alcançar a Clareira.

Hatu tinha crescido em uma ilha, então sabia como pescar e tinha noção de que plantas podia comer. Faria um estoque de peixes secos e frutas, encheria os odres e partiria quando o barco estivesse terminado.

Os dias se passaram à medida que se ocupava em deixar o barco capaz de navegar. Enquanto trabalhava, os pensamentos vinham sem ser chamados. Viu novas imagens ao tentar dormir, e durante o tempo em que tentava consertar o barco daquela forma rudimentar, questões surgiam.

Quem era a mulher que o apertara contra o peito quando bebê? Hatu achava que era uma mulher, mas não tinha certeza. Aonde estavam indo? O que a bruxa quis dizer quando o chamara de "amaldiçoado" e "tocado pelo fogo"? E por que foi poupado quando todos os seus companheiros morreram?

Por fim, o trabalho terminou, e Hatu sabia que era hora de ir. Percebeu que tinha errado na sua primeira estimativa de para onde seu bote tinha ido. Sendo assim, sua estimativa de quanto tempo iria demorar para alcançar a Clareira também estava errada. Talvez fosse preciso velejar e remar por mais uma semana para alcançar a Clareira, e como prever que problemas poderia encontrar pelo caminho?

Lançar o barco quando o mar recuava lhe deu uma pequena vantagem até chegar a águas mais profundas. Hatu se lembrou de uma aula de Mestre Bodai — a pessoa que mais sabia sobre navegação que ele conhecia. Dissera que a lua afetava as marés porque puxava gentilmente o mar quando estava longe, mas puxava com mais força quando se aproximava. Ele também tinha dito algo sobre como as marés seriam se não houvesse a lua, ou se ela fosse maior, porém Mestre Bodai já tinha perdido sua atenção nesse ponto. Contudo, Hatu sabia que o risco de o clima ser ruim era maior quando a lua estava grande no céu. E queria tirar vantagem de qualquer benefício que se apresentasse. Agora, ele desejava ter prestado mais atenção.

A maré o carregou com facilidade para longe da margem e, poucos minutos depois, Hatu se convenceu que os reparos iriam aguentar por um tempo. Ainda não sabia o quanto.

Ergueu a vela e começou a volta ao redor da ilha, usando o sol para determinar seu curso.

TRÊS DIAS VELEJANDO O LEVARAM ATÉ UM AMONTOADO DE pequenas ilhas, picos de origem vulcânica, cobertos de vegetação. Passou metade de um dia e uma noite dormindo ao lado de uma fogueira protegida.

Pouco antes do amanhecer, acordou com o som familiar de um navio passando perto, o ranger da madeira e o chacoalhar das cordas. Seu bote estava escondido onde o deixou, então ficou de pé em um pulo para ver de onde vinha o som. Na penumbra que clareava, conseguiu ver a silhueta de um navio tão perto da costa que o som da passagem ecoava pelas águas calmas, acima do bater das pequenas ondas.

Por um momento, Hatu pensou em gritar ou acender uma tocha, porém um arrepio inesperado correu pela sua espinha e o fez parar.

A vela triangular que tomava forma conforme o céu clareava podia pertencer a um dos navios que o tinha levado para aquelas águas. Grato pela penumbra do quase alvorecer que diminuía as chances de ser visto por uma sentinela, ele também se sentia incomodado por não poder perceber mais detalhes e ter certeza de que estava evitando o perigo e não deixando seu resgate ir embora.

Poucos momentos depois, a silhueta do navio sumiu no oeste ainda escuro. Hatu sentou e expirou. Ia navegar para o norte naquela manhã, então, acordar uma hora antes de amanhecer não era uma inconveniência tão grande. Os odres estavam cheios, tinha fruta o bastante para mais uma semana, além de ter peixe seco para mais uma além.

Apagou todos os sinais de sua presença como aprendera com os mestres, e quando o céu anunciou que o sol estava prestes a nascer, saiu da praia e colocou o barco além da arrebentação antes de embarcar. Ia ser um dia quente e estaria seco logo.

UMA SEMANA NAVEGANDO ENTRE AS PEQUENAS ILHAS colocou Hatu onde ele achou que deveria estar, apesar de ter parado para pegar água potável duas vezes, mais do que previra. A água salgada entrava pelos remendos, mas não era o bastante para preocupá-lo. Porém, quando chegasse à Clareira, teria que encontrar um navio, ou os dois tipos de água seriam um problema.

Ao meio-dia do oitavo dia desde que deixara a primeira ilhota, Hatu viu uma vela a bombordo. Avaliou que deveria estar muito próximo da fronteira sul da Clareira, já que não tinha visto terra à frente desde que acordara. Observou a vela aproximar-se lentamente e percebeu que logo seria visto por todos a bordo. Pesou o risco de ser encontrado por piratas contra o risco de continuar sozinho no barco e decidiu que, tão perto da Clareira, suas chances de sobreviver à primeira opção eram melhores, já que a maioria dos piratas naquelas águas trabalhava para os mestres de Coaltachin.

Quando o navio chegou mais perto, ele levantou e começou a agitar o casaco no ar. Depois de alguns minutos, viu que alterava seu curso para interceptá-lo.

Recolheu a vela e esperou.

— Quem é você? — alguém gritou assim que o navio ficou ao alcance da voz. Não havia marcas claras no casco da embarcação, maior que o *Nelani*. Podiam ser contrabandistas, piratas, ou comerciantes honestos, mas haviam lhe dado instruções claras sobre como lidar com navios desconhecidos no mar.

— Meu navio afundou com todos os meus companheiros. Posso trabalhar em troca da passagem — Hatu gritou.

— Tenho uma tripulação completa — foi a resposta. — Para onde vai?

— Para uma ilha a leste daqui — era a resposta que deveria dar. Um código que indicava que ele era de Coaltachin, e se alguém de seu povo a bordo escutasse, iria saber que ele precisava de ajuda para chegar em casa.

— Tem muitas ilhas naquela direção — disse o homem que finalmente tinha entrado no campo de visão de Hatu. — Essa tem um nome?

— Qualquer porto serve — respondeu, sabendo que falava com alguém que não era de Coaltachin.

— Minha tripulação está completa — disse o homem, que Hatu presumiu ser o capitão. — Mas não posso deixar um homem se afogar. Você vai trabalhar até o próximo porto, depois ficará por sua conta.

— É justo — disse Hatu. — Tenho um baú para o dono do navio perdido. Posso levá-lo a bordo? — Levar os papéis do capitão era um risco, já que o capitão daquele navio poderia querer examinar o conteúdo.

O capitão mandou que jogassem uma linha para Hatu, que rapidamente a amarrou na proa do bote, deixando-se ser puxado.

— O que tem no baú?

— Papéis — disse Hatu. Acrescentou rapidamente: — Não consigo ler, mas podem ser importantes. Meu capitão era cuidadoso com essas coisas.

Outra linha foi jogada junto com uma escada de corda.

— Amarre no baú e venha a bordo.

A corda para seu navio foi cortada e o baú estava no convés antes que ele estivesse na metade da corda.

— Conheço a ilha — disse um dos marinheiros próximos quando ele passou por cima da beirada.

Sua fala deixou claro a Hatu que o marinheiro era dos seus, mesmo se o navio não fosse. Sentiu-se aliviado por saber que havia outro homem de Coaltachin a bordo. Tentou não encarar, mas olhou de relance por um tempo, ficando com a impressão de que o outro era um homem jovem, com menos de trinta anos, cabelos e olhos escuros, ombros largos, mas que não chamava atenção. Voltou-se para o capitão.

Um homem corpulento, músculos transformados em gordura pelos anos comendo como se fosse jovem mesmo muito tempo depois de não o ser mais.

— Eu sou Donis, capitão do *Isabela*, e este é meu imediato, Landon. — O homem ao lado dele fez um aceno com a cabeça. — Vamos colocar seu baú junto com a carga, para que possa devolvê-lo ao seu mestre quando estiver em casa. Você está a bordo de um navio honesto com tripulação honesta e ninguém irá mexer nos papéis de seu mestre. E agora Landon irá lhe passar suas tarefas.

O capitão se afastou.

— Conhece esse tipo de navio? — o imediato perguntou.

Hatu observou o homem mais velho, de aparência severa, que o analisava. O navio era uma embarcação organizada: três pequenos mastros, com a quadra da proa e principal equipadas; na proa, uma única vela, no meio, uma vela principal e outra no topo, e na popa, uma vela carangueja.

— Já naveguei em navios parecidos.

— Desça e procure uma cama. Você vai ficar com a vigia noturna.

Era o que ele tinha esperado, e estava agradecido por algumas horas de descanso antes do trabalho. Tentou ver o marinheiro que tinha falado com ele, mas tinha sumido de vista.

Desceu.

HATU ENCONTROU UMA REDE VAZIA E CONSEGUIU TER algumas horas de sono antes de ser acordado pela mudança de guarda. Seguiu seus novos companheiros de viagem até o convés e, quando estava saindo da escada, o marinheiro que tinha falado com ele o puxou para um canto.

— Que navio? — perguntou em voz baixa.

— *Nelani* — Hatu respondeu. — Todos mortos, menos eu.

— Nos falamos depois. Sou Costa. — E sumiu pela escada.

Hatu estava faminto, mas sabia que iriam lhe dizer quando pudesse comer. Olhou ao redor e viu o imediato apontando com o queixo que deveria subir. À noite, a não ser que o vento mudasse, seria sentinela e trabalharia com as velas. Era o pior trabalho em um navio como aquele, mas como náufrago precisando de carona, era o melhor que podia esperar.

Passou a maior parte do tempo de vigia, já que o navio estava sendo conduzido por um vento contínuo e as velas precisavam de pouca atenção além de apertar e afrouxar as cordas.

Percebeu que estava semiadormecido quando um movimento à direita chamou sua atenção para uma figura que subia por uma corda. Era Costa.

— Estamos indo para Halazane — disse, sem introduções. — Tem um navio lá esperando por mim, indo para casa. Assim que embarcarmos, teremos uma longa conversa. Até lá, não nos conhecemos.

Seu jeito e seu tom fizeram Hatu considerar que devia ser um capitão pelo menos, se não fosse mestre. Sumiu na escuridão, deixando Hatu sozinho com seus muitos pensamentos.

13

UMA VIAGEM CURTA E UM EVENTO ESTRANHO

Na manhã seguinte ao encontro de Declan com o barão, a carroça de Ratigan saiu pelo portão norte com duas caixas de produtos além dos pertences do mestre ferreiro. Viajaram pelos arredores das cidades, passaram pelas pequenas fazendas, entrando lentamente na área de cultivo. Para o oeste, as fazendas iam até os penhascos perto do mar, segundo Ratigan. Declan tinha vivido entre fazendeiros e pescadores a vida inteira e reconhecia a terra fértil pela qual passavam.

Durante o primeiro dia, passaram por campos e bosques, e por duas vezes se aproximaram da costa o bastante para vislumbrar o oceano no horizonte. Ao pôr do sol, acamparam na beira da estrada.

— Eu fico com o turno do meio — Declan avisou.

— Não precisa — disse Ratigan. — Não tem bandidos tão perto da cidade, e também não há muitos animais selvagens. Estamos em uma região muito civilizada, meu rapaz.

— Mesmo?

— Não é como a velha Aliança, mas quase tão pacífica. O Barão Dumarch mantém as coisas calmas. Tem patrulhas passando pelas estradas o tempo todo. Provavelmente veremos mais de uma antes de chegarmos.

— É impressionante como esta terra é rica, Ratigan — disse Declan ao desenrolar o colchonete. — Como ele conseguiu mantê-la?

— Sou um carroceiro, não um nobre — respondeu Ratigan. — Suponho que usou táticas de nobre. Viajo desde que era da altura daquela roda — apontou com o polegar sobre o ombro para a roda traseira da carroça —, e sei que o elogiam fora de Marquensas também. Pelo que ouvi, essa reputação é merecida e é um guerreiro perigoso o bastante para que até os reis o tratem com respeito. E rico o bastante para ser rei também. Respeito: algo bom de conseguir. — Assentiu para dar ênfase. Declan respondeu da mesma forma.

Ratigan virou-se para Jusan:

— Vou cuidar dos cavalos. Arrume a comida e não coma todo o pão! — E finalizou com uma risada.

— Sem problemas. Trouxemos quatro pães! — Jusan respondeu, também rindo.

Comeram e se deitaram, e a noite passou tranquila.

NOS DIAS SEGUINTES, DECLAN CONTINUOU A SE IMPRESSIOnar com a abundância das possessões do Barão Dumarch: densas florestas com caça farta, rios e lagos cheios de peixes. Pastagens bem-cuidadas e prados verdejantes dos dois lados. Declan quase se sentiu triste quando a carroça chegou ao topo de uma colina.

— Ali na frente está Cerro de Beran — avisou Ratigan.

A exuberância de Marquensas tinha começado há diminuir poucas horas antes, as árvores se tornando mais espaçadas e as campinas verdes do lado oeste da estrada dado lugar a vegetação rústica e trechos arenosos. Pelo que Declan sabia de agricultura, aquele solo mais árido podia ser trabalhado, mas iria requerer muito mais esforço para menos resultado. Era compreensível não estar sendo cultivado já que estava tão próximo de terras melhores a poucos quilômetros a sul.

Conforme a carroça avançava, Declan notou algumas fazendas solitárias, e pelo cheiro que sentia na brisa, deveriam ter chiqueiros mais à oeste. Presumiu que a cidade estava perto o bastante das terras mais férteis para que comida não fosse um problema, mas se perguntou por que alguém escolheria morar ali.

Ao chegarem à fronteira sul da cidade, a resposta a essa pergunta se tornou clara. O morro que dava nome a cidade estava no meio de cinco estradas convergentes. Declan podia ver várias carroças, carruagens e cavaleiros movendo-se pelas outras quatro estradas.

— Por que a estrada até Marquenet é tão calma?

— Comparada a outras cidades, Marquenet não é passagem. Só vai até lá porque precisa ir até lá — respondeu Ratigan. — Marquensas tem quatro cidades com portos melhores que os de Marquenet. Aqui, vai ver passar os produtos de seis domínios interioranos. — Apontou para o oeste. — E dali vem a maioria dos bens que viajam pelo mar, porque o Barão de Porto Colos cobra menos taxas. Todos deixam o Cerro de Beran em paz, porque não é um lugar rico, mas um centro de comércio que serve a todos.

Declan assentiu como se tivesse entendido tudo que Ratigan dissera, mas na verdade sabia pouco sobre comércio além de seus interesses profissionais muito específicos. Sabia que deveria comprar ferro quando os preços estivessem baixos, assim como o carvão. Passando disso e de saber os preços médios de seus produtos, estava completamente perdido no assunto.

Entraram na cidade, e Ratigan fez seu caminho pelas ruas movimentadas habilmente. Declan sentiu-se um pouco desorientado, pois a maior parte dos prédios não tinha placa de identificação. Estava acostumado em Oncon, mas lá ele conhecia cada construção da aldeia, e pelas cidades por onde passaram, a maior parte dos negócios tinha placas indicando o que faziam, mesmo que primitivas. Ali, não havia nenhuma.

— Como sabe para onde estamos indo? — perguntou a Ratigan.

— É só observar o que as pessoas carregam quando saem, comida, roupas, artigos de couro... e lembrar-se de onde você viu. — Deu de ombros, como se não fosse importante.

O carroceiro fez duas paradas rápidas para descarregar sua carga modesta antes de chegarem a uma grande hospedaria com uma placa mostrando três estrelas brancas pintadas em um quadrado preto. Ratigan fez uma curva fechada e colocou a carroça em um pequeno quintal atrás.

Jusan ficou novamente com a tarefa de vigiar a carroça. Declan estava satisfeito de ver que ele havia se recuperado completamente dos ferimentos e achou que uns dias comendo bem e trabalhando duro iriam fortalecê-lo.

Declan seguiu Ratigan até a hospedaria escura e ficaram parados por um tempo na porta, para se acostumarem com a penumbra. A sala só tinha uma entrada e uma janela grande na parede norte, algumas velas brilhavam no balcão e nas mesas. Clientes comiam e bebiam em silêncio, mas a hospedaria não estava cheia. Declan supunha que aquilo mudava conforme a tarde avançasse e pessoas passassem ali depois do trabalho.

Ratigan e Declan foram até o balcão onde um homem grande com cabelo grisalho e farto os observava.

— O que vai ser? — perguntou quando chegaram ao balcão.

— Você é o Leon? — Ratigan devolveu uma pergunta.

— Sou.

— Kalanora em Marquenet disse que deveríamos falar com você sobre uma forja. É quem cuida dos direitos da viúva?

— Você é ferreiro? — perguntou o atendente.

Ratigan apontou para Declan que assentiu sem dizer nada.

— Se Kalanora os mandou, vocês não estão aqui para me fazer perder tempo. Mas é uma forja muito grande e próspera para um aprendiz que mal entrou no segundo nível.

— Tornei-me mestre este mês e estou procurando um lugar para ser meu lar — disse Declan.

O taberneiro pegou três canecas grandes e uma garrafa preta de trás do bar.

— Não se pode falar em negócios sem beber algo — observou. — A primeira rodada é por minha conta. As próximas, vocês pagam.

Colocou uma dose pequena de um liquido âmbar em cada caneca.

— Boa saúde e negócios justos — disse e bebeu de uma vez só.

Declan nunca tinha visto aquele tipo de bebida. Não gostava de ficar bêbado: como a maioria dos jovens, tinha aprendido isso da pior maneira. Agora, bebia uma ou duas cervejas no máximo. Tinha experimentado vinho, mas não gostara muito. Deu uma cheirada e o aroma o lembrou do solvente que usava para tirar graxa das ferramentas depois de consertar um eixo. Declan viu Ratigan virar a bebida e seguiu o exemplo.

Uma sensação de queimação inesperada tomou a língua e ele tentou engolir. O líquido queimou a garganta, deixando seus olhos marejados. Arquejou, um pouco da bebida desceu errado e ele começou a tossir.

Leon tentava não rir enquanto Ratigan batia nas costas de Declan.

— Nunca experimentou uísque antes, não é? — perguntou Leon.

De rosto vermelho e ofegante, Declan sacudiu a cabeça e terminou de tossir.

— Uísque. É feito no norte pelos Kes'tun. São selvagens, sem dúvida, e na língua bárbara em que se comunicam, significa "a água da vida".

— Se você diz. — Os olhos de Declan pararam de marejar.

— Eu digo e eles também — Leon respondeu, servindo outra rodada. — Dessa vez, beba aos poucos até se acostumar com a queimadura, vai ver que é questão de hábito.

Sem querer ofender alguém com quem estava prestes a negociar, Declan bebericou. Ainda queimava, mas agora que estava preparado, não tragou e evitou outro ataque de tosse. O gosto era ácido e teve vontade de cuspir, mas engoliu. Os olhos voltaram a marejar.

— Como eu disse, é questão de hábito — disse Leon.

Declan achava improvável, apesar de uma sensação de calor estar começando a se espalhar pelo estômago. Assentiu.

— Antes de começarmos o negócio, acho que você deve dar uma olhada no lugar. — O homem se virou e gritou na direção de uma porta nos fundos: — Gwen!

Pouco tempo depois, uma moça surgiu na porta, secando as mãos no avental.

— O que foi, papai?

— Leve esse rapaz até a casa da viúva do ferreiro e deixe-o olhar. Ele está pensando em comprá-la. — Virou-se para Declan: — Esta é a minha filha Gwendolyn. Gwen, este é Declan.

Ela o avaliou rapidamente, depois sorriu.

— Declan — repetiu, como se quisesse gravar o nome na memória. — Então, vamos, Declan.

Ela esticava as sílabas, dizendo "Dec... lan", como se gostasse do som. Ela sorriu, assentiu e inclinou a cabeça para indicar que ele deveria segui-la para fora da hospedaria. Ele assim o fez, analisando-a enquanto isso.

Ela era bonita e, como o pai, tinha um cabelo cheio e escuro, que brilhava como a asa de um corvo ao sol quando tirou o lenço cinza que usava na cabeça quando trabalhava na cozinha. O corpo estava escondido pelo vestido, grande demais no tronco e se arrastando no chão, uma roupa velha e bem remendada, mas limpa. Declan perguntou-se se tinha pertencido a outra pessoa.

— Ferreiro, é? — Ela olhou por cima do ombro.

— Sim. — Ele começava a sentir os efeitos do uísque. — Procurando estabelecer minha forja.

— Essa vai precisar de alguns reparos. Não sei quanto, não entendo nada de forjas.

Declan estava se sentindo um pouco desequilibrado, por causa do uísque, mas também porque a moça era surpreendentemente atraente. Havia algo nela que o lembrava de Rozalee. Não tinha ideia do quê, já que sequer se pareciam: ela era jovem e com curvas, enquanto Roz já passara da juventude e era esguia ao ponto da magreza. Mas era a postura, a forma como Gwen se comportava, talvez? Ou simplesmente quisesse se lembrar de como ele se sentia por Rozalee.

Deixou aqueles pensamentos de lado e voltou a atenção para o presente. Abrindo caminho pela cidade movimentada, Declan tinha que se desviar das pessoas para não trombar.

— É sempre tão cheio? — perguntou.

— É pior. — Ela riu. — Quando uma caravana grande chega, todas as hospedarias lotam. — Olhou para ele. — Se você não for mole, vai se dar bem aqui.

— Quem está consertando as coisas por aqui, desde que o velho ferreiro morreu?

— Meu pai afugentou alguns invasores. Tem alguns funileiros na cidade que consertam o que for preciso para a pessoa voltar à estrada, mas se fizer uma oferta, logo vai ter mais trabalho do que imagina. — Ela virou uma esquina — Chegamos.

Declan deu uma olhada para ferraria e sabia que ficaria com ela. Ao se aproximar, começou a avaliar o que precisaria ser consertado, e, antes mesmo de abrir a porta da forja, sabia que podia deixar aquele lugar igual ao de Edvalt. Teria que acrescentar uma segunda entrada para poder bloquear a luz pela porta principal quando estivesse trabalhando o aço, mas isso poderia esperar. Duvidava que fosse receber muitos pedidos de armas, já que o Barão de Marquensas tinha Gildy e um grupo de ferreiros mais próximos, então armas muito boas provavelmente não seriam demanda. Ele sabia como fazer uma arma muito útil sem ter que fundir o aço-joia.

A ferraria tinha um pátio amplo, o que era bom pois poderia precisar consertar várias carroças se uma caravana chegasse. As portas principais eram largas e deixariam entrar muita luz quando precisasse. Abriu o lado direito.

— Como são as noites aqui? — perguntou a Gwen.

— Como assim?

— O clima, especialmente no inverno.

— Estamos um pouco longe da costa, mas é só descida daqui até o mar. Deixa as coisas mais equilibradas, segundo dizem. Então, as noites no inverno podem ficar frias, mas não demais. Se for para leste por um ou dois dias, vai encontrar colinas que às vezes ficam cobertas de neve, mas só vi neve no chão duas vezes. — Parou e refletiu. — Mas fica molhado. Tem vezes que chove tanto que um pato se afogaria.

Ele riu e ela deu um sorriso em resposta.

— Acho que vou cortar uma porta menor nessa grande. Em dias frios e noites geladas, a última coisa que quero é ter que abrir uma porta grande demais sem necessidade. Cerro de Beran é mais ao norte do que de onde eu vim, então não acho que as noites vão ser mais gentis, provavelmente serão menos.

— Você trabalha muito à noite?

— Às vezes, quando preciso terminar um trabalho a tempo, é necessário.

Declan abriu a porta e entrou. A forja era velha, mas tinha sido bem cuidada, a pedra tinha aguentado muito fogo, então Declan não precisaria se preocupar. Edvalt tinha lhe avisado para não usar pedras novas ao reparar uma forja: muitas vezes, a umidade fica presa dentro das rochas porosas e aquecê-las poderia produzir vapor e fazê-las explodir. Viu uma pilha de pedras no canto e assentiu, aprovando. O velho ferreiro mantinha sobressalentes perto do calor, para estarem secas se fosse preciso.

— Qual era o nome do ferreiro? Walter?

— Sim — Gwen respondeu. — Walter, o Ferreiro.

— Ele mantinha a forja bem cuidada. — Declan inspecionou o grande fole pendurado em correntes ligadas a anéis de ferro que deslizavam por barras também de ferro para que pudessem se posicionar sobre o fogo conforme necessário. — Ótimo. Mas vou ter que trocar esse couro logo — Declan resmungou para si mesmo.

— Isso é um problema?

— Usar couro em uma forja é sempre um problema. — Ele olhou para ela e sorriu. — O calor resseca rápido. Se conseguir encontrar, vou trocar por lona. — Estamos muito longe da costa?

— Três dias de carroça. Metade desse tempo a cavalo.

— Ótimo, posso conseguir o que preciso com um fazedor de velas. — Afastou-se do fole. — Até lá, vou usar óleo para hidratar e proteger o couro. — Olhou mais uma vez ao redor e assentiu. — Vai ser uma ótima ferraria quando eu terminar.

Gwen sorriu, e Declan retribuiu o sorriso sem pensar.

— Venha ver a casa.

— Casa?

— Lá atrás. — Ela o pegou pela mão, conduzindo-o através da porta. Ele esperava ver uma casa pequena, como a de Edvalt, com no máximo dois aposentos, mas a casa diante dele era grande para os padrões de Oncon. Tinha dois andares!

— Vai precisar de uma boa limpeza. A viúva foi para uma aldeia do outro lado de Marquenet morar com uma irmã — Gwen avisou, levando-o para dentro da casa. Ela ainda segurava a mão de Declan, que estava bem consciente disso. — É por isso que meu pai está vendendo por ela.

A casa era organizada, como a forja, bem cuidada e com uma mesa grande na cozinha. Havia um pequeno quarto atrás, onde Jusan poderia dormir, um grande avanço em relação à esteira perto da forja, onde costumava se deitar. No andar de cima, dois quartos. O maior tinha uma pequena varanda, e uma pequena porta permitia que Declan ficasse ali olhando para o que parecia ser um jardim.

— Vai dar um pouco de trabalho, arrancar as ervas daninhas e plantar os vegetais — disse Gwen. — Mas a viúva sempre tinha cenouras, repolhos e nabos frescos, dizia que valia o esforço.

Declan respirou fundo. Era muito mais do que esperava. A forja ele podia gerenciar, mas aquela casa...

— Seu pai disse quanto a viúva quer pela forja e pela casa?

— Não, mas não deve ser um problema — respondeu ela, sorrindo.

— Vamos conversar com seu pai — disse, depois de dar uma última olhada.

— Vamos.

Caminharam de volta.

— É só você?

— O quê? — Ele olhou e viu que ela o estudava. — Eu... ah, meu aprendiz está na carroça, vigiando nossa bagagem. Ele vai morar aqui também.

— Sem família?

— Não, só eu. Acho que sou órfão. Nunca conheci meus pais. Meu mestre me criou. Não me lembro de nada antes. Edvalt disse que me pegou porque eu era grande para a idade e ele achou que podia me transformar em um bom ferreiro. Dei-lhe quinze anos de serviço.

— É muito tempo.

— Parece que sim, mas agora é como se tivesse sido um instante — Declan respondeu em tom suave.

O tráfego de pedestres estava começando a aumentar conforme o dia de trabalho terminava e os lojistas estavam ansiosos para terminar tudo antes de ir para casa. Os dois jovens desviaram da multidão que carregava uma variedade de produtos.

— A maioria dos ferreiros trabalha 25 anos antes de virar mestre. Edvalt disse que eu tenho talento. — Ele se interrompeu. Não era falador, mas estava praticamente tagarelando com aquela garota sem motivo nenhum. — Acho que tenho, ou ele não me daria o título de mestre. — Ao perceber que estava se gabando, ele acrescentou: — Talvez não seja talento, só trabalho duro. — Decidiu parar de falar sobre si mesmo.

Ela sorriu.

— Você sempre morou aqui? — Declan perguntou.

— Desde que nasci — respondeu ela. — Meu pai trabalhava nas colheitas e levando gado para lá e para cá pelos campos, fazendo um monte de coisas, até conhecer a mamãe. Ela fez ele se assentar. Pouparam e construíram a hospedaria. Eu era um bebê, então é a única casa que tive.

— E sua mãe? Trabalha na hospedaria?

— Ela morreu — Gwen disse, a voz baixando. — A febre a levou cinco anos atrás. — Olhou para Declan de rabo de olho e sorriu de novo. — Acho que ela teria gostado de você.

Declan ficou sem palavras por um momento. Conhecia um flerte, mas aquilo era algo além. Percebeu que, apesar de ter conhecido Roz e as meninas de Oncon, não fazia ideia do que esperar da filha do taberneiro. Tinha sido apenas um elogio e ele se sentira ao mesmo tempo lisonjeado e intimidado. Era a mulher mais atraente que já conhecera.

Chegaram à hospedaria e entraram. Ratigan estava bebendo uma cerveja com Leon, que levantou a cabeça quando Declan se aproximou do balcão.

— Gostou?

— Parece estar em ordem. — Declan tentou não parecer muito ansioso. Ainda estava confuso por causa do aparente interesse de Gwen. Era uma ferraria muito melhor do que esperava. — Qual é o preço da viúva?

— Um peso de ouro.

O rosto de Declan permaneceu impassível, mas aquilo era três vezes mais do que o ouro que tinha. Com o grande número de reinos, burgos e cidades-estados nos continentes e ilhas, o valor das moedas estava na sua qualidade e peso. Declan carregava um terço de um peso, aproximadamente sessenta moedas de tamanhos um pouco variados, que equivaliam a dois meses — ou mais — de trabalho de um mestre ferreiro. Um peso seria igual a meio ano de trabalho, sem sobrar nada para comida, ferro, carvão ou outras necessidades.

— É muito — Declan disse por fim.

— É uma boa ferraria — respondeu Leon. — Walter trabalhou nela por anos e construiu uma boa casa atrás. E bem localizada.

Declan percebeu que além de qualquer afeto que Leon tivesse pela viúva, também ganharia uma comissão.

— Se eu concordar com esse preço, quais são as condições?

— Condições? — Leon pareceu surpreso.

— Você não estava esperando que um mestre ferreiro entrasse aqui carregando um peso de ouro, estava?

— Agora que comentou, acho que estava sim — Leon falou, coçando o queixo. Olhou para Declan. — Qual sua proposta?

— Posso dar agora trinta moedas de ouro, um sexto de um peso... e quatro moedas por mês até estar tudo pago.

Leon olhou para a filha que, o encarava firmemente, os olhos estreitando como se o desafiasse a recusar. Ela assentiu discretamente.

— Acho que a viúva vai concordar. — Estendeu a mão que Declan apertou. — Coloque seu equipamento lá, e eu mando um aviso e seu ouro para viúva.

— Vou voltar para Marquenet assim que conseguir uma carga para levar — disse Ratigan. — Posso levar para você.

Leon olhou para Declan, que assentiu, indicando que Ratigan era confiável.

— Se tiver terminado de beber, vamos levar Jusan até a ferraria e descarregar a carroça — Declan disse a Ratigan, que deu um último gole na caneca, em concordância.

Declan se despediu de Leon e de Gwen, que pegou a mão dele e a segurou um pouco mais do que esperava antes de deixá-lo ir.

Do lado de fora, dirigiram-se até a carroça.

— Temos uma ferraria — Declan disse.

— Uma boa? — Jusan sorriu e perguntou.

— Uma muito boa — respondeu Declan.

— Do jeito que aquela garota olhou para você, comprou mais do que uma ferraria, Declan. — Ratigan riu. — Vai ser pai de família em breve, aposto.

Declan olhou para Ratigan e para Jusan que riu e perguntou:

— Que garota?

Declan deu de ombros.

— Talvez não seja uma má ideia — disse baixinho para si mesmo.

14

UM BREVE DESCANSO E REVELAÇÕES

HATU BEBERICOU O CAFÉ AMARGO, UM BULE PEQUENO comprado por uma moeda de cobre ainda menor em uma hospedaria no porto de Halazane. Tinha deixado o *Isabela* na tarde anterior e descido o baú do capitão ele mesmo, pois não estava disposto a deixar mais ninguém mexer nele. Costa havia lhe dito o nome do navio onde deveriam se encontrar, o *Sasa Muti*. Era um nome estranho, que significava "árvore sagrada" na língua dos Kes'tun. O mais estranho era que se tratava de um povo de cavaleiros das planícies de Têmbria do Sul. Deveria ter uma história por trás daquele nome e talvez se lembrasse de perguntar a alguém quando estivesse indo para casa.

O *Sasa Muti* iria partir na maré noturna, então Hatu teria o resto do dia para descansar, comer e se recuperar um pouco. Ele era jovem e saudável, mas as atribulações do último mês tinham tido seu preço e ele provavelmente precisaria de mais alguns dias. Sem dúvida, seria interrogado assim que embarcasse e, depois disso, quase certamente seria posto para trabalhar.

Tinha pegado o pouco de dinheiro guardado e gastou uma pequena parte em um banho com água quente e limpa. Aproveitou para lavar suas roupas imundas enquanto se banhava. Hatu ficava sujo a maior parte dos dias, pois os papéis de mendigo e moleque de rua que costumava assumir exigiam sujeira. Mas isso não queria dizer que gostava do fedor constante e da coceira. Não conseguiu evitar um cochilo no banho e precisou ser acordado quando deu a hora de sair. A atendente que tinha esfregado sua cabeça e seus ombros pareceu desapontada quando ele escolheu não pagar pelo sexo também. Ele teria gostado, mas não tinha dinheiro o bastante para ter prazer e encontrar uma hospedaria.

Hatu tinha conseguido uma esteira para dormir em uma área de painéis daquela hospedaria, compartilhada com estranhos e sem privacidade de verdade. Dormiu encostado no baú do capitão morto, que tinha colocado contra a parede.

Durante a primeira noite, Hatu acordou duas vezes, e das duas vezes se viu apertado contra o baú, adaga na mão, em uma sala silenciosa, exceto pelos roncos. Ele tinha se forçado a dormir usando os exercícios para se acalmar que tinha aprendido na infância.

Seu sono tinha ficado perturbado desde que as bruxas que se chamavam Irmãs das Profundezas o libertaram, mas aqueles sonhos perturbadores eram diferentes dos pesadelos e terrores noturnos da infância. Não se lembrava de nenhuma imagem coerente ou outras memórias ao acordar, só de uma sensação avassaladora de desastre iminente combinada com um sentimento de desespero. As visões tinham diminuído a bordo do *Isabela* pois o trabalho duro fazia com que Hatu caísse em um sono profundo e entorpecido, apenas perturbado de leve pelos medos.

Usou o dinheiro que tinha sobrado para comprar um desjejum de mingau, metade de uma maçã e uma fatia de queijo, deixando um pão duro para mais tarde, e agora estava enrolando com o café. Deixava um gosto amargo na boca, mas era forte, e precisava ficar acordado até o baú estar a bordo. Se o *Sasa Muti* partisse na maré noturna, só atrapalharia, ou seria posto para trabalhar, se chegasse mais de uma hora antes da partida.

A hospedaria tinha dois andares de uso comum e a mesa de Hatu estava em uma varanda com vista para o porto. Nunca visitara aquele porto antes, já que seus períodos como marinheiro tinham sido curtos, apesar de intensos. Nenhum homem a serviço dos mestres de Coaltachin era incapaz de se passar por um marinheiro, mesmo que ruim. Era uma habilidade vital para uma nação localizada em ilhas. Se não fosse parte da tripulação, era passageiro, e passageiros chamam a atenção. A tripulação é parte do navio e ninguém a nota, principalmente em pequenos transportadores com grande rotatividade. Navegar era uma forma fácil de os agentes se moverem entre as centenas de ilhas importantes da região.

Hatu estava saboreando a natureza daquela cidade, se é que isso era possível. Já tinha viajado o bastante para perceber que todos os portos tinham basicamente o mesmo cheiro: sal marinho no vento, uma mistura de umidade, peixes apodrecendo e esgoto. Hospedarias baratas e raramente limpas acrescentavam os odores de álcool derramado, corpos não lavados, mijo e merda, além de bolor generalizado. Mas o cheiro de cada cidade também tinha uma assinatura própria, e Halazane tinha especiarias no ar, pois parecia ser um centro de comércio para os mercadores das ilhas ao redor. Uma das poucas coisas que tiravam a raiva e a frustração de Hatu eram as delícias de descobrir coisas novas. Sabia que toda a informação tinha o potencial para ser útil, mesmo que não fosse aparente em um primeiro momento.

Uma das coisas que cada criança educada na ilha tinha como garantida era o treinamento que recebia em muitos ofícios e tradições diferentes. Um agente dos Quelli Nascosti podia precisar passar por serviçal, mercador itinerante ou trabalhador habilidoso, e cada criança em treinamento era sicari em potencial. Hatu, ainda sem ter dezessete anos, podia passar por aprendiz em vários ofícios. Sabia tingir e trabalhar com couro, ferraria e tecelagem. A beleza de ser um jovem agente com habilidades modestas era a capacidade de procurar trabalho em várias ocupações, usando a desculpa de ter sido mal treinado por um antigo mestre sem talento.

Hatu suspirou ao se confrontar com as memórias. Tentar reconciliar o que agora chamava de lembranças *normais* com as visões que tinha sofrido desde que aquela bruxa estivera em sua mente era difícil, uma luta sem resultado claro, mas o conflito era estranhamente intrigante. Sentia coisas que não conseguia nomear, que o deixavam com a sensação de que mudanças se aproximavam, como se os lampejos das memórias mais antigas estivessem, de alguma forma, na raiz das frustrações. Em algum lugar haveria uma resposta, algo que daria sentido a tudo contra o qual lutara desde criança. Era uma esperança tênue, mas o que quer que acontecesse no futuro, algo tinha mudado. O sentimento de que havia algo trancado mudara abruptamente e estava curioso com o que poderia encontrar lá dentro.

Hatu controlou a respiração. Levaria tempo para entender e não sabia o quanto ainda tinha. Deveria chegar em casa, encontrar qualquer mestre presente e dar-lhe um relatório completo dos dias desde que deixara Numerset. Tentava ordenar os eventos mentalmente, começando com o assassinato do mercador sem nome, pelo menos para ele; já tinha aceitado que poderia jamais saber o motivo.

Também sabia que as notícias que levava poderiam não gerar gratidão nos mestres, principalmente de Kugal quando descobrisse que Hatu tinha sobrevivido e seu único neto ainda vivo, Donte, não. Não importava que Hatu também sentisse aquela perda, mestres e capitães raramente mostravam preocupação com seus inferiores. Mesmo as demonstrações de afeto de Mestre Kugal por Donte eram esparsas.

Pensar em Donte fez com que pensasse em Hava, e não conseguiu evitar o suspiro. Agora que o amigo se fora, ele sentia ainda mais falta de Hava, e de uma forma que nunca tinha sentido antes. Ela se intrometera em seus pensamentos nos momentos mais estranhos desde que o *Isabela* o resgatara. Respirou fundo e devagar, tentou tirá-la da mente e abafar a dor que crescia dentro dele.

Falhou.

Sua memória retornou à primeira vez em que a vira; era a garota mais impertinente do grupo, sem medo de confrontar ninguém, mesmo garotos com duas vezes seu tamanho. Mesmo a primeira vista, tinha ficado atraído por ela, havia algo que o tocava, como se tivesse encontrado alguém que o entendia.

Quando não estavam sendo ensinados, os alunos em Coaltachin eram deixados por sua própria conta, ou seja, estabelecendo uma hierarquia de provocações. Hava chamava a atenção porque era um pouco mais alta e magra, além do cabelo castanho incomum, então atraía os implicantes. Rapidamente mostrou que era capaz de tomar conta de si mesma, e depois de alguns narizes sangrando e um braço quebrado, os garotos maiores a deixaram em paz. Também logo chamou atenção entre as garotas e quando era preciso, as protegia, mas só tinha dois amigos de verdade, Donte e ele. Sempre foram os três.

Hatu tinha que lidar com sua própria aparência incomum, e apesar de não ser o lutador mais talentoso entre os rapazes, podia ser mortal quando enraivecido. Quase matara um garoto maior com as mãos nuas; foi impedido por um dos instrutores que o tirou de cima. Depois disso, os demais mantiveram distância. Donte era implicante às vezes, mas parecia perceber quando Hatu estava chegando ao limite da paciência e intervinha, mesmo quando não visse limites para si mesmo. Hava tinha a habilidade de acalmá-lo como ninguém, de fazê-lo esquecer a sua raiva quase sempre sem sentido.

Várias coisas importantes tinham acontecido na sua vida naquela época. Começou a perceber que era tratado de forma levemente diferente dos demais, e que ele, de alguma forma, tinha aumentado a distância que aquilo criava.

E tinha ficado ainda mais consciente de Hava.

A sensação de isolamento e seus sentimentos em mudança pela melhor amiga causavam horas de inquietação, que era como Matrona Naniana costumava chamar aquela sua preocupação constante e discreta. Ela ralhava ou tentava brincar com ele para tirá-lo daquele estado, mas tudo o que conseguia era forçar Hatu a esconder os sentimentos ainda mais.

O tratamento especial que recebia e não entender bem qual era seu lugar eram as preocupações que mais o atormentavam. A perda de Donte tornava tudo pior, e agora sentia a ausência de Hava como uma dor constante, impossível de ignorar sem estar ocupado. Hatu olhou para baixo e viu que estava apertando com força o corrimão da varanda. Forçou-se a soltar.

Bebericando o final do café, observou o mercado e o porto mais além. Hatu tinha quase dezessete anos, e era quase um homem para a maioria das nações de Garn, mas já tinha viajado e visto mais do que nove de cada dez pessoas que passavam ali embaixo. Alguns podiam ser mercadores ou marinheiros que viajavam entre aquelas ilhas, talvez indo até a costa leste da Têmbria do Sul, mas ele já tinha ultrapasso isso por duas vezes antes do seu décimo sexto aniversário, independentemente do dia em que tivesse caído. Disseram que ele era órfão, e seu aniversário tinha sido colocado arbitrariamente no sexto dia do Mês das Estrelas Cadentes no calendário de Coaltachin, para que as tradições e passagens ligadas à idade pudessem ser observadas. Provavelmente era próximo do verdadeiro dia de seu nascimento, então havia pouca diferença. Porém, era outra coisa sobre si mesmo que Hatu gostaria de saber. Reconheceu a ironia daquilo, até mesmo a graça: como muitos viajantes, precisava conciliar dias, meses e anos locais com seu calendário e muitas vezes descobrira que estava dias desalinhado quando voltava para casa. Podia voltar no dia em que achava ser seu aniversário, apenas para descobrir que tinha sido dias antes, então qual a importância da data no calendário?

Suspirou ao tentar esvaziar a cabeça daqueles pensamentos intrigantes, e olhou para a caneca de café vazia. Não queria mais, então a pousou do lado do bule e decidiu o que iria fazer no resto do dia.

Ficar ali sentado, zangado com coisas fora de seu controle era bobagem. Sentir falta de Hava ainda mais. Podia jamais vê-la de novo.

O baú que estava aos pés de Hatu impedia qualquer tipo de exploração da cidade. Vaguear com aquilo no ombro com certeza atrairia muita atenção indesejada. Um mensageiro a caminho das docas carregando uma carga passaria despercebido, então suas escolhas eram óbvias: ou passava o dia na taberna, aprofundando sua raiva e sua frustração, ou chegava mais cedo ao navio. Suspirou resignado ao dar uma última olhada para a cidade. Já estava acostumado o bastante com a vida nas ruas para saber que dificilmente encontraria algo divertido ou estranho o bastante em Halazane para valer o esforço de perdê-lo.

Fixou o olhar no quadro do mercado e do porto movimentados em frente. Hatu já tinha visto mais de uma dezena como aqueles em seus cinco anos de missões, e se confundiam em suas memórias; não tinha certeza sequer se conseguiria nomeá-los, quanto mais lembrar algo memorável sobre a maioria. Houvera um mercado que tinha um lugar onde carne temperada assada em um espeto era fatiada e servida em uma cama de arroz, coberta com um molho marrom delicioso. Subitamente sentiu raiva por não conseguir identificar o lugar, já que poderia jamais ter a chance de comer aquele prato de novo.

Perceber aquilo foi decepcionante, mas a raiva que veio era bem familiar. Hatu fechou os olhos por um momento e lembrou-se de um dos exercícios que Mestre Kugal o ensinara para se acalmar. Muitas situações necessitavam de calma apesar do que estivesse acontecendo, sua vida poderia depender disso.

A desconfiança de que seria colocado para trabalhar no navio finalmente foi vencida pelo tédio. Hatu ajeitou o baú no ombro, agradecido por ser pequeno e não estar sobrecarregado, e desceu as escadas até a rua que levava ao porto.

Abriu caminho pelo mercado, notando pequenas diferenças no estilo de roupas, comidas e joias oferecidas, além da variedade de ferramentas e armas. Viu um lenço de seda com uma estampa bonita e perguntou-se se Hava gostaria.

Hava! Ele não conseguia impedir a mente de voltar a ela. Precisava embarcar naquele navio e trabalhar.

Ela cercava seus pensamentos, assombrava sonhos e ele era incapaz de impedir. Lembrava-se até mesmo da primeira vez em que ela o excitara, deixando-o morrendo de vergonha, e como Donte desafiara os outros garotos a debochar de sua carne enrijecida. Hatu ajoelhara no riacho gelado, escondendo-se o melhor que podia.

Estudantes tinham tomado banho juntos, sem separar-se por sexo, nos riachos perto da aldeia ou, por vezes, nas casas de banho comunais desde que Hatu se lembrava. Era um prazer pelo qual todos ansiavam, pois o banho era às vezes proibido por dias e coceiras e o cheiro de azedo nas roupas eram companheiros constantes. Hatu tinha visto Hava e as outras garotas muitas vezes, mas daquela vez tinha sido diferente. Só de lembrar, ainda se sentia envergonhado.

Tinha acontecido na época em que seu corpo estava começando a mudar, quando passou a ver pelos debaixo do braço e ao redor do pau; ficou esperando a barba, mas ela demorou a aparecer por causa da cor clara dos pelos. Em um dia, as mudanças eram algo que ele simplesmente ignorava, e, no seguinte, ficou dolorosamente consciente de como as garotas estavam olhando diferente para ele, especialmente Hava. Desde que eram pouco mais do que bebês, nunca se sentira envergonhado perto dela, que junto com Donte era a pessoa mais próxima no mundo. A mudança quase o fizera chorar de frustração, pois não conseguia entendê-la e não podia falar com ela sobre isso.

Quando tocava no assunto com as matronas, elas diziam para ele falar com os instrutores, que só falavam sobre sexo. Ninguém havia entendido que ele queria falar sobre sentimentos.

Aquela frustração confundia ainda mais as coisas, como sempre fazia com Hatu, e tornava ainda mais difícil falar sobre aquilo com alguém, mesmo Donte, e especialmente com Hava. Aquela relutância começou a mudar a forma como se comportava perto dela.

Conforme desviava da multidão, sua mente voltou para outro dia, depois que seus ombros começaram a alargar, sua voz a engrossar e quando a forma de ver as garotas tinha mudado por completo.

Estavam passando por combate de treinamento. Os estudantes dos Quelli Nascosti tinham base em todos os estilos de combate corporal conhecidos, tanto os tradicionais como os mais exóticos. O uso de objetos do cotidiano como armas tinha causado a Hatu e aos outros uma boa quantidade de ferimentos. Ele não se importava; aprendeu e se tornou um dos melhores lutadores improvisados na turma.

Naquele dia, tinham treinado luta com bastões, uma boa base para trabalhar com armas de todos os tipos. Hatu tinha ficado com Hava para a terceira rodada e ela o derrotou com facilidade. Donte o levou para um canto.

— O que está acontecendo? Não é porque ela está te vencendo, eu sei que ela é boa. — Olhou para Hava que se posicionava na frente do oponente seguinte. — É por ela estar vencendo com tanta facilidade.

— Não sei — Hatu admitiu, a voz revelando frustração.

Donte estudou o amigo por um longo momento, arregalou os olhos e olhou de Hatu para Hava e para ele de novo.

— Ah, entendi. Depois nos falamos — disse por fim.

Conforme o dia passou, foram progredindo do combate com bastões para o combate desarmado, que sempre resultava em punhos ralados, olhos roxos, narizes sangrando e um mau humor generalizado entre os alunos. Os instrutores tinham colocado Hava e Hatu juntos mais uma vez e, em um bloqueio fácil, ela entrou na guarda dele e atingiu com força o bastante para empurrá-lo, fazendo-o perder o equilíbrio e cair, batendo a nuca nas pedras e ficando tonto.

Ele não se lembrava de ter levantado ou de ir até uma parede se recostar, mas de repente ali estava, com luzes dançando na visão.

— Você caiu naquela. Ela está fazendo você enlouquecer — lembrava vagamente de Donte dizer.

Hatu jamais admitiria para Donte que ele estava certo, mas sabia que era verdade. Havia algo sobre Hava que dava um aperto em seu peito e fazia o estômago doer, fazia com que quisesse rir e chorar ao mesmo tempo. Não entendia esses sentimentos e, como tudo na vida de Hatu, o que não entendia só o enfurecia mais.

— Você não pode tê-la. Conhece as regras — Donte finalizou a conversa. — Então, esqueça! Pense nela como sua irmã! Conserte essa cabeça.

Daquele dia em diante, qualquer disputa com Hava era uma incógnita. Às vezes ele conseguia, como Donte dissera, consertar a cabeça e vencer. E outras, era como se estivesse tentando se mover com água até a cintura, ou subir uma duna de areia correndo, e ela sempre um passo à frente. Parecia não haver um padrão, então Hatu concluiu que era questão de foco. Quando não estava pronto mentalmente, ela o conhecia bem o bastante para sentir e tirar vantagem. Suprimiu um pequeno sorriso ao perceber que quanto mais velhos ficavam, mais consciente ficava dela enquanto mulher e mais vezes ela tirava vantagem disso e o derrotava. Pois ela era boa o bastante para que ele tivesse que estar completamente focado para vencê-la. Na verdade, não havia uma grande diferença entre a habilidade de luta dos dois. E ele admitia, mesmo que relutante, que ela era uma arqueira melhor.

Hatu sentiu o pesar surgindo quando seus pensamentos foram de Hava para Donte, e no encalço do pesar viria a raiva, então ele afastou as memórias e voltou a atenção para o lugar que o cercava. Tinha ficado imerso no devaneio por vários quarteirões, o que era uma violação grosseira do treinamento.

De repente, Hatu percebeu que estava sendo seguido no mercado. Muito bem treinado, apesar de ter andado perdido em pensamentos sobre uma garota, percebeu que já tinha visto o homem de jaqueta azul e chapéu preto na multidão, que agora mantinha um passo firme no lado esquerdo de Hatu, flanqueando. O mercado ao ar livre era um labirinto de caminhos com tendas colocadas em um conjunto desordenado de linhas através da praça livre. Hatu virou subitamente entre duas tendas e de novo no caminho mais próximo através do mercado, indo para trás de uma mesa onde vários amuletos estavam expostos. Ele viu o homem que o seguira passar, perdendo Hatu na segunda virada.

Hatu voltou pelo mesmo caminho e pegou uma rota indireta até o porto, verificando regularmente para ver se estava sendo seguido. Chegou ao cais e encontrou o *Sasa Muti*.

Subiu pela prancha e ficou no topo, esperando ser notado. Um marinheiro finalmente o percebeu.

— O que foi?

— Costa me disse para vir aqui.

— Espere — disse o homem, observando, curioso.

A espera de Hatu foi curta, já que Costa logo surgiu na escadaria da popa. O *Sasa Muti* era uma caravela de dois mastros e velas quadradas. Ele deixou o olhar viajar de um castelo de popa alto e longo até a proa; era um navio para águas profundas. Entre os navios costeiros, de águas rasas, destacava-se como um cisne em um grupo de patos. Mas qualquer curiosidade que tivesse sobre o que estava fazendo ali, em águas relativamente rasas, desvaneceu ao ouvir a voz de Costa.

— Onde você estava? — Ele não esperou uma resposta, enquanto com um gesto mandava um marinheiro próximo pegar o baú que Hatu carregava. — Minha cabine — instruiu. Diferente de antes, o homem de ombros largos não estava usando as roupas de um marinheiro comum, mas se vestia em um traje bem-feito, mesmo que discreto: calças e túnica de bom tecido, botas de montaria polidas e um colete de couro preto.

Hatu conhecia a aparência de uma autoridade entre os Quelli Nascosti. Aquele homem podia ter interpretado o papel de um simples marinheiro naquele outro navio, mas ali era definitivamente alguém de alta posição. Costa puxou Hatu para a proa.

— Quero ver qualquer um que possa nos escutar — disse, em voz baixa. — Eu o esperava na noite passada.

Hatu piscou enquanto pensava na resposta. Desculpas raramente eram toleradas e culpar um superior também não era sábio, mas naquele caso decidiu que a franqueza era a melhor escolha.

— Você não deixou isso claro quando deixamos o *Isabela*, ou eu teria vindo imediatamente.

— Sem medo? — Costa disse, sorrindo, depois de estudá-lo por um momento. — Isso é bom, e provavelmente está certo. Eu deveria ter sido mais claro. — Hatu percebeu que ele ficava olhando para cima, como se Hatu tivesse algo na cabeça. — Aconteceu alguma coisa?

— Alguém me seguiu pelo mercado, mas o despistei — Hatu disse, dando de ombros. — Não sei por quê; estava cheio e nada no baú dá a impressão de que tenha algo de valor.

Costa o estudou por um momento.

— É esse seu maldito cabelo, é quase um farol.

Sem pensar, Hatu estendeu a mão e tocou no cabelo. Costa deu--lhe um tapa.

— Não chame atenção.

— Qual o problema com meu cabelo? — Hatu perguntou. — Perdi meu gel colorido.

Os olhos castanhos de Costa se arregalaram e ele ergueu a sobrancelha.

— Gel? Como assim... — Ele parou e estreitou os olhos. — Quem é o mestre de sua aldeia?

— Facaria — Hatu respondeu.

O rosto de Costa mostrou uma expressão dolorida por um instante, mas depois retornou o olhar.

— Isso explica. Ele é muito... conservador. Sem fofocas, rumores ou informações sem base quando está de guarda. Irei conseguir mais gel antes de partirmos. Assim que chegarmos em casa, iremos visitar Mestre Facaria e... — Ele se interrompeu e perguntou: — Quantos anos você tem?

— Faço dezessete no meu próximo aniversário.

— Quando?

— No sexto dia do Mês das Estrelas Cadentes, segundo o velho calendário.

— Falta menos de meio ano. — Costa colocou a mão no ombro de Hatu. — Provavelmente foi notado porque foi a primeira vez que saiu na claridade do dia com o cabelo limpo. — Apontou para o casco. — Minha cabine está no lado direito da do capitão. Vá até lá agora e espere. Vou encontrar o gel pessoalmente.

Hatu fez como foi mandado. Se Costa iria falar com seu mestre de aldeia, ele era realmente importante. Ao passar pelas cabines, perguntou-se por que seu cabelo era tão importante.

COMO TINHA ESPERADO, ASSIM QUE SEU CABELO FICOU devidamente disfarçado, Hatu foi colocado para trabalhar organizando a carga e, pela lotação, concluiu que Halazane era a última parada do navio em uma longa viagem para casa. Navios controlados direta ou indiretamente pelos Quelli Nascosti raramente tinham permissão para ancorar na ilha, então Hatu finalmente conseguiu se sentir um pouco mais seguro quando o navio partiu naquela noite.

Depois de uma refeição ligeira, Hatu foi convocado até a cabine de Costa. Ele indicou que o jovem deveria se sentar em um baú na frente da cama, o que deixava Hatu perto demais do homem mais velho para conseguir se sentir confortável. Manter uma distância respeitável era sempre parte do treinamento.

— Mestre Facaria? — Costa perguntou, Hatu assentiu.

— Então, o que você está planejando fazer quando chegarmos em Coaltachin?

— Dar o baú do capitão e contar o que aconteceu ao primeiro mestre que eu encontrar.

O homem que disse se chamar Costa apontou para si mesmo.

— Conte o que aconteceu, rapaz. Sou Mestre Reza.

Hatu sabia que era verdade, pois ninguém mais em Coaltachin ousaria dizer ser ele. Seu pai era Mestre Zusara, o mais perto de um rei que existia em Coaltachin, por liderar o Conselho. Também era o cabeça da família mais poderosa da nação, controlando mais regimentos e capaz de convocar mais soldados e sicari que quaisquer outros dois mestres juntos. Reza era um dos três filhos que protegiam os interesses da família; cada um controlava um regimento maior que as famílias menores.

Diziam que Zusara era o primeiro entre iguais, e o que não tinha em autoridade oficial, compensava ao usar influência. Se havia uma votação apertada no Conselho, era seu voto que tinha mais peso; e, embora alguns alegassem que era simplesmente bom em forjar o consenso, Hatu se lembrava de Facaria ter tido que embora nenhum homem fosse ser rei de Coaltachin, Zusara tinha chegado o mais perto na história da nação. Ele era quase uma lenda, pois raramente deixava sua casa e parecia recluso. Era como uma aranha no centro da teia: o mestre sempre sabia o que estava ocorrendo nos limites, sem deixar seu coração.

Hatu começou sua história com a morte do mercador e a fuga de Numerset, mas quando chegou a hora de descrever o ataque ao navio e a tentativa dele e Donte de fugir no bote, sentiu as emoções se tumultuarem. Uma dor profunda surgiu e ameaçou quebrar sua calma quando tentava relembrar a conversa com a líder das bruxas, Madda. Viu-se lutando contra as lágrimas e sua voz ficou grave com a emoção quando descreve, o destino de Donte e a discussão entre Hadona e Madda. Sem que percebesse, as lágrimas estavam correndo pelo rosto.

Reza recostou-se no casco atrás dele, sem dizer nada até que Hatu chegou ao fim da história. Ele deu um momento ao jovem para que recuperasse o controle.

— Você fez bem, mas agora tenho mais perguntas do que antes — Reza disse em voz baixa. — Irei levá-lo até o meu pai e irei convocar Facaria. O Conselho vai querer ouvir. E deve lembrar o máximo de coisas sobre essas Irmãs das Profundezas. — Esperou para ver se Hatu tinha algo a dizer, e depois indicou que estava dispensado com um aceno de cabeça.

Hatu deixou a cabine e foi até o dormitório da tripulação, debaixo do convés. Ficou se perguntando o que ele tinha querido dizer com "mais perguntas", mas estava emocionalmente drenado, além de exaurido pelo trabalho, então deixou a curiosidade se desvanecer, encontrou uma rede vazia e deitou. Em minutos, estava profundamente adormecido.

15

UMA VISITA INESPERADA E RUMORES DE GUERRA

DAYLON JOGOU AS RÉDEAS DA MONTARIA PARA UM lacaio e assentiu para o filho mais velho.

— Foi uma boa cavalgada — cumprimentou o rapaz.

Marius era seu segundo filho, dois anos mais novo que o herdeiro de Daylon, Wilton. As mais novas eram suas filhas Linnaya, que estava brincando com bonecas em algum lugar do castelo, e a bebê, Betina.

Balven surgiu como Daylon esperava, bagunçando o cabelo do sobrinho.

— Pegaram alguma coisa?

— Não fomos caçar. Só cavalgamos. — Marius riu e fez uma careta.

O menino estava passando as rédeas do animal para outro criado quando Daylon o impediu.

— Cuide você mesmo de seu cavalo, Marius.

O jovem olhou feio para o pai, mas não disse nada ao seguir o criado. O pai ainda completou:

— Quando souber cuidar dele tão bem quanto Jon — apontou para o lacaio que estava levando o cavalo —, então poderá deixar outra pessoa fazer isso. Se não cuidar de seu animal no campo, quem fará? Se não souber do que ele precisa, como irá saber se os cuidadores estão agindo certo?

— Sim, pai — foi a resposta amuada.

Quando o garoto sumiu de vista, Balven riu.

— Deus, como ele lembra você nessa idade.

— Deus? — Daylon perguntou. — Qual deles?

Balven ergueu as mãos, como se estivesse se rendendo.

— Por favor, meu senhor — disse em tom teatral. — É só uma expressão, não me chicoteie.

— Costumava ser "deuses" quando éramos crianças.

— Quem acha que os templos e as igrejas dos antigos deuses irão voltar é um tolo, meu senhor — disse Balven em voz baixa, aproximando-se do meio-irmão. Quase em um sussurro, completou: — E pode levar a acusações de heresia. Você não se opôs à Igreja do Único, mas também não a abraçou. Já estão começando a perceber.

— Alguma sugestão? — Daylon perguntou, sabendo que ele com certeza teria.

— Construa um templo para ela. Um pequeno templo em um canto do castelo, e faça com que os ícones de outros deuses sumam antes que um dos... como se chama? Epíscopo? Isso. Antes que um daqueles prelados chatos e balançadores de incenso venha consagrá-lo. Faça com que a visitem nos dias santos que achar apropriado e irá evitar queimaduras rápidas.

— Acho que deve parecer uma queimadura bem lenta para quem está amarrado na estaca. — Daylon assentiu. — Muito bem, faça isso. — Olhando por cima do ombro do meio-irmão, disse. — Quem está aí?

Balven virou-se para ver que Daylon tinha percebido os animais extras sendo cuidados no estábulo.

— O Barão Rodrigo das Colinas de Cobre chegou enquanto você estava fora.

— Não é costume dele aparecer sem aviso — disse Daylon. — Onde ele está?

— Ou está no salão, conversando com a Baronesa Linnet, ou na cozinha, incomodando uma das garotas.

— Há quanto tempo chegou? — Daylon perguntou ao se virar e ir na direção da entrada principal.

— Menos de uma hora — Balven respondeu, apressando o passo para ficar do lado do meio-irmão.

— Então ainda está flertando com minha esposa. Só vai começar a incomodar a criadagem depois de duas taças de vinho.

Os dois se apressaram para chegar ao castelo e entrar no salão. Daylon viu sua esposa aturando as tentativas de ser charmoso do Barão Rodrigo. Sofria durante a conversa com um sorriso fixo que lembrava Daylon das máscaras pintadas usadas pelos atores em feiras. Ao ver o marido, ela se animou visivelmente.

— Aí está ele.

Linnet era a segunda esposa de Daylon, um casamento totalmente político. Ela tinha laços familiares com três dos quatro reis restantes da Têmbria do Norte, e mais de meia dúzia de barões entre os parentes. A primeira esposa, Marie, tinha morrido no parto junto com o filho; tinha sido o amor de sua vida, algo que Linnet soubera desde o dia em que se encontraram pela primeira vez. Daylon ainda sentia a morte de Marie.

Apesar de não ser um casamento apaixonado, Linnet e Daylon tinham passado a se conhecer bem; aceitavam as falhas um do outro e conseguiam organizar as necessidades do casamento e da aliança entre as famílias. Era uma relação confortável. Ele lhe dava atenção o bastante para que ela não precisasse procurar em outro lugar e tinha até mesmo parado com o hábito de dormir com garotas longe de casa. De diversas formas, Daylon considerava que era um casamento feliz, apesar de por vezes ser tomado por surtos de melancolia quando pensava sem querer em Marie. Eram tão jovens quando se encontraram, e pensava nela como o amor de sua vida — quem poderia saber se ainda se sentiria assim, tantos anos depois, se ainda estivesse viva.

Deixou essa introspeção mórbida de lado e assumiu que Linnet se esforçava e conseguia ser uma boa esposa para um barão.

Era uma mulher impressionante com seus trinta anos, dezessete anos mais jovem que o marido, o cabelo escuro começando a mostrar os primeiros sinais de grisalho. Os olhos eram verdes e, quando o encaravam, Daylon via o quanto eram penetrantes. Ela nunca tinha sido o que ele chamava de bonita, mas seu corpo ainda estava em forma e suas feições angulosas eram marcantes, lindas quando ela sorria ou ria. A vida sexual deles depois de três filhos ainda era prazerosa, mesmo que não tão frequente. Na estimativa de Daylon, ela ainda tinha alguns anos antes de escolher um jovem amante, e ele não sabia se isso o faria sentir raiva ou alívio.

Com certeza Rodrigo a achava bastante atraente, e Daylon fingia sentir ciúmes quando tinha vontade, sempre confundindo o Barão das Colinas de Cobre. Daylon descobrira o quanto gostava de deixá-lo confuso anos antes, e raramente sentia-se culpado.

Daylon e Rodrigo apertaram as mãos enquanto Linnet se levantava.

— Bem, agora que está de volta, irei deixar os homens conversar. — Ao sair da sala, perguntou: — Devo mandar outra jarra de vinho?

Por reflexo, Rodrigo olhou pela janela para a altura do sol e avaliou que já estava perto o bastante da ceia para que beber não o deixasse roncando antes da hora costumeira de ir para cama. Concordou com a cabeça, e a baronesa se foi.

Balven esperou até a criada aparecer com o vinho e dispensou-a, pegando a jarra, enchendo a taça de Daylon e completando a de Rodrigo.

— Então, o que o traz de forma tão inesperada para Marquenet? — Rodrigo disse, depois de um gole.

— Estou precisando de um mestre armeiro. Você se lembra de Brembol?

— Um mestre do ofício — disse Daylon.

— O único melhor era aquele sujeito que o serviu, qual era o nome dele?

— Edvalt — Balven disse sem hesitar.

— Sim. — Daylon olhou de relance para o meio-irmão. — Edvalt Tasman.

— O que aconteceu com ele? — Rodrigo perguntou.

— Ele ganhou sua liberdade. — Daylon silenciou-se por um momento antes de continuar: — Depois da batalha.

Rodrigo não precisou de esclarecimentos sobre qual batalha Daylon estava se referindo. Raramente falavam da grande traição, os dois mantendo para si seus sentimentos sobre a destruição do rei da Itrácia, mas quando precisavam se referir a isso, sempre diziam "aquela batalha".

— Bem, o velho Brembol está morto — Rodrigo disse.

— Morto? — Daylon gesticulou para que Balven enchesse seu copo de novo, o que foi feito. — Ele não era tão velho assim.

— Não — Rodrigo concordou. — Não era, mas seu fígado com certeza era, por causa do amor à bebida. Adorava uísque e em grandes quantidades. Semana passada, seu aprendiz o encontrou uma manhã com a testa na mesa, com meia taça de uísque na mão direita.

— Você deve ter outro bom ferreiro em Colinas de Cobre — disse Daylon.

— Tenho muitos bons, se precisar consertar uma carroça ou fazer a lâmina de um arado. E embora alguns sejam adequados para forjar armas simples para o povo que responde ao meu chamado por homens, prefiro o melhor para meus castelões e minha família. Parece que há uma escassez de bons armeiros hoje em dia.

— E por que essa súbita necessidade de boas armas?

Rodrigo conhecia Daylon há anos e entendia sua relação com Balven, por isso se sentia à vontade para falar o que pensava.

— Tem estado calmo nos últimos anos, mas você sabe que outra guerra está vindo.

— A guerra é um risco constante em nossos tempos. — Daylon deu de ombros.

Rodrigo bebeu um longo gole de vinho e sinalizou para que Balven enchesse a taça novamente. O valete de Daylon assim o fez.

— Nunca entendi esse seu gosto para fingir discrição, Daylon. Você não é a filha de um nobre, fingindo ser tímida para enganar um pretendente como se não tivesse cavalgado o pau do cavalariço dezenas de vezes. Conhece os ventos da mudança melhor que qualquer outro. — Rodrigo bebeu novamente e limpou a boca com as costas da mão. — Foi você quem me disse, depois daquela batalha miserável nas encostas de Answearie, que não deveríamos pensar em... — Parou, parecendo frustrado. — Inferno, não lembro exatamente o que falou, evito pensar na traição o máximo que posso, mas comentou sobre longo prazo. Estava pensando no futuro e esse futuro irá chegar logo. Lodavico está se preparando para outra guerra, ou sou muito estúpido. Ele parou de invadir os vizinhos e já converteu o quê? Uns cinco ou seis baronatos que agora são parte de Sandura ou indiretamente controlados por ele. Não sei quantos barões livres se tornaram seus vassalos, mas os ataques na fronteira do leste têm piorado. E é certo como eu estar aqui que muitos desses "bandidos" e "saqueadores" são homens de Sandura.

Daylon ficou em silêncio e bebeu um bom gole de vinho.

— Acabei de ouvir um relato de um ataque na Aliança, perto do Estreito — disse por fim.

— Sandura? — Rodrigo perguntou.

— De acordo com a história que eu ouvi, não são quem alegam ser. Talvez escravistas, mas com a clara intenção de vender jovens para Sandura como soldados.

— Recrutas forçados são algo perigoso. — O rosto de Rodrigo era uma máscara de confusão. — Você só está criando um bando de desertores felizes na primeira oportunidade. Meu pai me ensinou um pouco de história militar, deixou claro que ter homens leais e conscritos lutando juntos era péssima ideia, forçando você a ter uma parte do exército vigiando a outra enquanto a guerra continua.

— Seu pai estava certo. Pressionar por navios, sim, pois só é preciso vigiá-los no porto. Mas no caos de uma batalha? E, pior, se a batalha muda de lado, esses homens fazem o mesmo.

— Algo além de soldados, então? Trabalho escravo?

— Talvez — Daylon concordou. Olhou para Balven, que com um leve aceno de cabeça indicou que entendia o desejo do irmão: de noite, despachos seriam enviados para leste, para os agentes empregados para ganhar informações, e voltariam o mais rápido possível. Com sorte, dentro um mês, Daylon teria uma ideia razoável sobre o que Sandura estava fazendo com os homens capturados.

Rodrigo aceitou outra taça de vinho de Balven.

— O que mais me preocupa é a ligação dele com a Igreja do Deus Único — ele disse. — Eles certamente reordenaram a... ordem das coisas. — Ele riu da escolha desastrosa de palavras.

— É algo com que se preocupar. — Daylon sorriu.

— Eu tento ser tolerante. Quando era garoto, joguei várias moedas em vários pratos de oferendas, como meu pai me ensinou, mas essa coisa de "Sua Majestade Mais Sagrada" que Lodavico recebeu da Igreja...

— Não foi barato — Balven disse secamente.

— É mais do que ouro — Rodrigo disse, olhando para Balven e depois para o anfitrião. — Ele tem tomado como ofensa que se mantenha ligações com os velhos templos e igrejas, e declara guerra a quem faz isso, mesmo que não abertamente; e ordenou a destruição de todos os templos e igrejas de Sandura que não são do Deus Único.

— Isso eu não sabia — Daylon assumiu. — Não estou surpreso, mas mesmo assim... — Ficou em silêncio por um minuto. — Acredito que seus instintos estejam corretos, meu amigo.

— Se me permite, senhor — Balven falou —, mas não consigo ver como Lodavico declarar essa afiliação com o Deus Único irá beneficiá-lo.

— Isso lhe dá a desculpa que ainda não tinha — Daylon respondeu.

— Daylon, você só não é rei de nome. Pegou esse baronato maravilhoso que seu pai lhe deixou e o tornou ainda mais rico, forte e influente. Poderia se declarar rei e exigir uma posição igual à de Lodavico, nenhum dos demais reis iria se opor abertamente.

— Só abertamente? — Daylon riu.

— Talvez — Rodrigo consertou.

— E dar a Lodavico e a Mazika uma desculpa para fazer aqui o que fizeram na Itrácia? Precisariam de ainda menos manipulações e mentiras. A benção da Igreja e a promessa de estraçalhar Marquensas seriam o bastante para que metade dos barões de Garn se alinhasse com eles.

— Então, o que planeja fazer? Sabemos que a guerra está vindo. — Ao ver o rosto impassível de Daylon, acrescentou: — Então, tem um plano, mas não está se sentindo confiante.

— Somos amigos há anos, e confio em você mais do que em qualquer outro que não seja de minha família, mas algumas discussões são prematuras, e essa seria uma. Agora, de volta a questão de encontrar um bom armeiro...

— Você tem um que pode me deixar carregar?

— Talvez. Você se lembrou de Edvalt, e por coincidência, um dos seus aprendizes, que agora é mestre, esteve aqui há alguns dias.

— Ele ainda está na cidade? — Rodrigo perguntou, muito interessado.

— Não, deixou a cidade — Balven respondeu, antes que Daylon falasse.

— Deixou? — Daylon encarou o meio-irmão.

Balven inclinou a cabeça.

— Sabia que iria querer saber onde ele estava, então mandei que o seguissem. — Acenou com a cabeça na direção de Rodrigo, mas também na direção da parede oposta, com seus mapas, diários e todas as anotações que o barão tinha coligido sobre o conflito que se aproximava.

— Então, para onde foi?

— Um de nossos agentes o ouviu falando com uma fofoqueira local, Kalanora, e depois se encontrando com um ferreiro chamado Gildy. Ele está indo para uma ferraria recém-vaga em Cerro de Beran.

— Escolha interessante — Daylon comentou.

— Irei procurá-lo — Rodrigo disse.

— Você me faria um favor? — Daylon perguntou. — Acho que ele não irá querer entrar para seu serviço, já que recusou o meu, mas use-o enquanto procura outro mestre armeiro para seu castelo. Gostaria de saber sua opinião sobre a qualidade do trabalho. Agora — completou, erguendo-se —, preciso trocar essas roupas empoeiradas e me preparar para o jantar.

— Preciso de um banho também — disse Rodrigo. — Poderia mandar alguém...

Daylon olhou para Balven, que assentiu.

— Cuidarei disso.

Daylon se despediu com um aceno de Rodrigo, e seu meio-irmão virou-se para acompanhar o Barão das Colinas de Cobre ao quarto de hóspedes.

Sozinho por um momento, Daylon Dumarch, o mais poderoso barão livre em toda Garn, tentou ordenar seus pensamentos. Se Rodrigo estava alarmado com os eventos acontecendo no leste, com as demonstrações de força de Sandura, então as coisas estavam se movendo mais rápido do que esperava.

Isso apresentava dois problemas para Daylon. Primeiro, ainda não estava totalmente pronto para desafiar Lodavico abertamente, e, depois, havia o preocupante envolvimento da Igreja na política. A ordem vinha flertando com o poder desde que Daylon era criança, mas agora tinham escancarado. Por que tinham se aliado tão abertamente com Sandura era um mistério para Daylon. Assim que Balven voltasse, conversariam sobre as mensagens que seriam enviadas para os agentes no leste.

Porém, ainda era melhor ter um problema do que um exército na sua porta, Daylon pensou ao se dirigir aos seus aposentos e a roupas limpas.

16

VESTÍGIOS DE VERDADE E DESÍGNIOS SOMBRIOS

A VIAGEM A BORDO DO *SASA MUTI* FOI TRANQUILA, exceto por uma pequena chuva fora de época no segundo dia. Reza tinha mandado o aviso em um barco mais rápido. Como estavam completamente carregados e mais lentos, quis garantir que o relato de Hatu estaria a salvo nas mãos de seu pai caso alguma desgraça lhes acontecesse. Dez dias depois de zarpar, avistaram as docas principais de Coaltachin na cidade de Corbara, chamadas de Porto Seguro, mas também de vários outros nomes, dependendo de quem estivesse chegando. Os locais simplesmente diziam "o Porto" e "a Cidade" quando falavam com estrangeiros.

Serem vagos era um dos muitos truques usados pelo povo de Coaltachin para espalhar a incerteza entre inimigos em potencial. Apenas visitantes de confiança e aqueles que pertenciam a Coaltachin sabiam que Porto Seguro era parte de Corbara.

Hatu olhou de norte a sul, observando os detalhes do porto, mas não sentiu nada ao olhar o lugar. Não era um vazio, mas uma ausência de qualquer sentido de lar, de lealdade ou afinidade. Era apenas um lugar para estar, e apenas um pouco mais seguro do que o exterior.

Foram direto para um dos ancoradouros mais importantes. Hatu não ficou surpreso, dado quem o estava acompanhando. Dois cavalos os esperavam no fim da rampa. Mestre Reza não falou sobre o baú, então Hatu assumiu que o assunto estivesse resolvido e que iria de alguma forma cumprir o destino que o Conselho considerasse apropriado.

Reza mal olhou para Hatu para confirmar se estava montado e instigou o animal. Hatu já tinha cavalgado antes, mas não tinha muita experiência, então lutou para manter o ritmo até Reza diminuir o seu e abrir caminho entre a multidão da cidade.

Hatu tinha passado por Porto Seguro várias vezes, mas nunca ficado, logo estava perdido e precisou se focar em manter as costas de Mestre Reza no campo de visão. Subiram uma colina, passando por algumas lojas prósperas e uma hospedaria, até chegarem a uma estrada sinuosa que levava a uma clareira. Ali havia um poste de madeira com anel de ferro, onde Reza desmontou e amarrou as rédeas do cavalo. Hatu seguiu o exemplo.

— Vamos andando — Reza disse, apontando para um caminho estreito que sumiu em um denso agrupamento de árvores.

Hatu o seguiu, passando por uma ponte fina sobre um córrego vivaz, além de um pequeno pomar de árvores frutíferas com um poço, terminando nos três degraus que levavam à varanda de uma casa humilde. Era pouco mais do que uma cabana grande, encarapitada em estacas de madeira. Hatu passou pela porta depois de Reza.

— Pai, este é o garoto, Hatushaly,

Um homem de meia-idade, sentado em uma almofada no chão, levantou os olhos do documento que estava lendo.

— Bem-vindo de volta, filho — disse a Reza e gesticulou para Hatu. — Fique aqui para que eu possa vê-lo melhor.

Hatu tinha encontrado vários mestres e viajado com alguns, como Bodai, e sentia que sabia sua posição em relação a eles. Mas Mestre Zusara era uma lenda em Coaltachin.

Por isso, Hatu ficou surpreso por achá-lo tão decepcionante. Estava esperando uma criatura mitológica, um homem poderoso, talvez até mesmo mágico, mas encontrara um homem com cerca de sessenta anos, bem comum, vestido com calça e túnica cinzentas, sandálias de tecido no pé, sem anéis ou quaisquer outras joias. Se Hatu o tivesse visto no mercado, mal teria percebido Zusara.

Ao se mover até o lugar indicado, Hatu percebeu que aquilo provavelmente era de propósito e parte de sua genialidade. Tinha sido ensinado, quando aprendeu a marcar seus alvos no mercado, que muitos homens sentiam necessidade de chamar atenção para si com roupas finas, ostentações de riqueza e filas de serviçais. Mas Mestre Zusara não era desses. Hatu ficou imóvel, esperando em silêncio.

— Ele já atingiu a maioridade? — Zusara perguntou, olhando para Reza.

— O dia chegará no próximo mês. — Reza deu de ombros. — E é dois anos mais velho que meu filho mais novo.

— Tem os ombros um pouco mais largos, talvez, mas sim, parecem ser da mesma idade — Mestre Zusara assentiu. Olhou em silêncio para Hatushaly e perguntou: — Então, por que ele está aqui? Por que me trazer uma criança?

— Um navio foi perdido com todos a bordo, exceto um. — Indicou Hatu. — Acho que é uma história que o Conselho precisa ouvir em primeira mão.

O rosto de Zusara mostrou um pouco de surpresa, e Hatu concluiu que aquele pai confiava no bom senso do seu filho.

— Então, vamos convocar o conselho. — Largou o rolo que estava lendo. — Li sua mensagem. Era mais enigmática do que de costume. Algumas coisas que disse ali me perturbaram. — Zusara estudou o rosto do filho por um momento — Creio que o que você não disse será ainda mais perturbador. Mandei avisar os outros membros do Conselho que você chegaria em breve e que deveriam estar prontos para vir o mais rápido possível. A maioria está em casa, embora... — Olhou para Hatu. — Não importa onde os outros dois estão. Cinco irão servir tão bem quanto sete se o Conselho precisar fazer um julgamento. Irei mandar o aviso e iremos ouvir a história dele amanhã de manhã.

Levantou-se de maneira rígida, e Hatu percebeu que Zusara era mais velho do que tinha imaginado ou que talvez sofresse de ferimentos antigos.

— Venha — disse para Hatu. — Vou lhe mostrar o quarto. Irá jantar comigo hoje e encontrar o Conselho amanhã.

— Vamos precisar de Mestre Facaria também — Reza disse. — Irei mandar um aviso.

— Aquela velhota? Muito bem, se vamos precisar, mande-o vir. Ou ele vai se pavonear com o Conselho por causa do convite ou vai reclamar por ter que passar a noite viajando. Vamos ver qual Facaria aparece amanhã.

Reza inclinou a cabeça de leve, concordando, e se virou para partir sem falar com Hatu. O jovem seguiu o mestre mais poderoso da ilha e de toda a nação, e ouviu um suspiro profundo escapar do idoso.

Nos fundos da casa, havia um pequeno cômodo com esteira, lençol de tecido, mesa e castiçal com vela apagada.

— Descanse — Zusara instruiu, gesticulando para que Hatu entrasse na sala. — Deve estar limpo o bastante. Quando a água sobe demais durante a estação chuvosa, essa parte da casa fica encharcada, o que pode deixar cheiro de mofo, mas minha esposa... — Sorriu. — Isso é história para outra hora. Hoje à noite, você irá me contar o que aconteceu enquanto jantarmos e irei modelar suas palavras para os ouvidos do conselho para que possamos fazer o melhor. Irei mandar lhe chamar. Agora, descanse.

Hatu se perguntou o que estava para vir, mas decidiu aceitar a sugestão de Zusara e deitou-se. Sentiu um nervoso já conhecido, uma mistura de preocupação, até um pouco de medo, e frustração, que afastou. Estava cansado até os ossos, então o sono chegou rápido.

Hatu acordou com o som de passos e viu uma mulher afastar a cortina que dava um pouco de privacidade ao quarto.

— Meu marido pede que se junte a ele para jantar — disse, em voz baixa e com sorriso humilde.

Inseguro sobre o que dizer, além de "obrigado", Hatu rapidamente se ergueu da esteira e passou por ela, seguindo o pequeno corredor até a sala onde tinha encontrado Mestre Zusara.

O homem estava sentado em almofadas defronte uma mesa baixa. Um cheiro delicioso se erguia de uma terrina pequena. Hatu olhou para o mestre, que indicou que o jovem deveria se sentar no lado oposto da mesa. Um momento depois, a esposa de Zusara apareceu com uma bandeja de frutas, pão e um pedaço grande de queijo.

Mestre Zusara não disse nada enquanto ela cortava o queijo e o pão em porções pequenas o bastante para serem comidas com facilidade, deixou a fruta na bandeja, e depois serviu a sopa em tigelas fundas. Saiu sem que uma palavra tivesse sido dita.

— Sua esposa não vai comer? — Hatu disse ao vê-la sair.

— Ela sabe que deve deixar os homens cuidarem dos negócios masculinos — disse Mestre Zusara com um gesto de dispensa.

Hatu absorveu aquela afirmação por um momento; se considerava um homem, mas ainda precisava aguentar as pessoas olhando para ele como se fosse criança. E como ele tinha se misturado com Hava e outras meninas determinadas por toda a vida, não estava totalmente certo do que seriam "negócios masculinos". Sem ter algo de inteligente para dizer, sorriu.

— Senhor — disse por fim, no tom mais neutro que conseguiu.

O velho mestre sorriu de volta.

— Você ficou longe tempo demais. Pegou essas ideias estrangeiras. Podemos falar sobre mulheres depois, se quiser.

A declaração assustou Hatu, com seu tom quase paternal.

— Você parece preocupado — Zusara observou.

— Eu... queria dizer algo que lhe agradasse, senhor, mas na verdade, só agora estou começando a aprender sobre as coisas que um homem deve saber.

— Ah. — Zusara observou o rosto do jovem por um momento. — E o que mais...

— Eu apreciaria sua sabedoria sobre qualquer coisa, mas essa coisa que eu...

— Aguentou? Sobreviveu?

— Sim — Hatu disse.

— Me conte sobre isso e depois falaremos sobre outras coisas, então.

Hatu começou a contar lentamente, tentando enquadrar cada momento de uma forma que pudesse dividir o terror sem o exagerar. Tinham lhe ensinado que a verdade não precisava de embelezamentos, mas esquecer detalhes também era uma falha.

Quando Hatu passou a narrar a parte onde tinha acordado em uma caverna perto de um Donte inconsciente, as emoções começaram a se agitar dentro dele, e precisou se forçar a parar várias vezes para se controlar.

— Eu fiquei aterrorizado, para falar a verdade, mestre. Eu sei que deveria... — Estava à beira das lágrimas e se forçou a ficar em silêncio.

O rosto de Mestre Zusara permaneceu sem expressão e ele não fez nenhum comentário, o silêncio dando permissão a Hatu para que levasse o tempo necessário.

— Já pensei nisso várias e várias vezes; havia algo que pudesse ter feito? Eu sequer sabia onde estavam aprisionando Donte e não sei o que poderia ter feito se soubesse. No final, só pensei que devia chegar em casa. — Engoliu o choro e se forçou a ficar calmo. Zusara deu-lhe mais tempo para se recompor.

— Casa — o velho mestre repetiu em voz baixa. O tom tinha algo de pensativo. Depois de um tempo, continuou: — Você teve tempo para pensar nisso, obviamente.

— Senhor — disse Hatu, assentindo.

— Por que acha que foi poupado?

Hatu sacudiu a cabeça e ficou em silêncio por um segundo.

— Não sei.

— Pense nisso mais um pouco, pois amanhã o Conselho estará aqui e você precisará contar a história de novo. — Estreitou os olhos. — E essa será a primeira pergunta que farão.

O resto da refeição transcorreu em silêncio enquanto o sol se escondia no horizonte. Zusara fez mais umas poucas perguntas sobre para onde tinha viajado e com quais ofícios e habilidades era familiarizado.

— Você treinou em mais ofícios do que os demais de sua idade. Você tem um preferido?

Hatu considerou a pergunta estranha, afinal aquelas habilidades eram simplesmente parte das identidades falsas que usava quando preciso.

— Funileiro, acho. Gosto de consertar coisas e trabalhar com as mãos. É simples.

— Precisamos caminhar um pouco — Mestre Zusara disse, levantando-se.

Hatu se impediu de perguntar para onde estavam indo, porque quando um mestre dizia algo, não questionava. Ele ficou de pé enquanto o mestre ia até a porta.

— Tem tochas ali — Zusara disse, apontando para uma caixa grande à esquerda da porta. — Pegue duas.

Assim que fez o que lhe foi pedido, Hatu as segurou enquanto o mestre usava a pederneira, cobrindo uma das tochas com faíscas. Logo acendeu uma pequena chama e Hatu girou a tocha lentamente, espalhando o fogo e depois acendendo a segunda tocha com a primeira.

— Sempre mantenha uma tocha pronta contra a escuridão — ensinou Zusara. — Óleo ou piche pegam fogo com uma faísca pequena.

Guiou Hatu pelos degraus até o caminho que levava à estrada, mas em vez de descer pela encosta, Zusara gesticulou para que Hatu o seguisse além do fim da estrada. Na verdade, ela continuava dali, mas era tão pouco usada que o trecho além da casa de Zusara estava coberto de mato e escondido. O mestre empurrou galhos baixos e grama alta que se curvavam sobre o caminho estreito. Depois de alguns minutos, Hatu percebeu que a estrada tinha mesmo terminado e seguiam uma trilha.

Conforme o céu ia escurecendo e as tochas se tornavam a principal fonte de luz, Hatu estudava o ambiente, procurando uma saída — uma prática nascida do hábito. Seria fácil perder-se na escuridão.

— Então, sobre os modos estrangeiros que falei. O que você sabe sobre as mulheres? — Zusara perguntou, quebrando o silêncio.

A pergunta deixou Hatu confuso por um momento, até perceber que o mestre se referia sobre o motivo de sua esposa tê-los deixado a sós. Refletiu sobre a resposta antes de falar:

— Lembro-me das matronas mandonas que me criaram quando era pequeno, e algumas das meninas da minha turma eram melhores que eu no treinamento. Vejo mulheres poderosas quando viajo. Na vila perto do porto e em todas as outras nações... Ouvi nome de baronesas na Têmbria do Norte, mulheres com autoridade e posição, porém nunca ouvi falar de mulheres com poder aqui em Coaltachin.

— Porque não têm — Mestre Zusara assentiu. — No mundo exterior, mulheres nunca são importantes na guerra, e na política só servem para forjar alianças entre famílias poderosas. No máximo, são moedas de troca em um jogo de azar. Ah, são capazes de confortar e aliviar um homem, mas também são uma distração perigosa. Filhos são a única coisa realmente nobre de que as mulheres são capazes.

Hatu assentiu, sem ter ideia do que Mestre Zusara queria. Esperou por um longo momento antes de falar:

— Não tenho certeza se entendi, mestre.

— Você já esteve com uma mulher?

O jovem ficou incomodado com a pergunta, apesar de não conseguir saber a razão.

— Sim, mestre. Algumas vezes.

Na verdade, Hatu só tinha estado com uma mulher, uma garçonete em Numerset, poucos dias antes do assassinato do mercador. Depois, tinha descoberto que Donte a pagara para ser a primeira. Ainda se sentia envergonhado, porém sabia que se gabar sobre mulheres parecia ser um passatempo importante para outros jovens. Deu de ombros, tentando parecer despreocupado, apesar de Mestre Zusara não estar olhando para ele. Hatu sabia que devia ter algo importante naquele assunto, mesmo que não conseguisse entender muito do que estava sendo dito, ou a discussão não estaria o incomodando tanto.

Zusara parou, virou-se e o analisou.

— Durante suas viagens, desejou muitas mulheres?

— Não sei como responder, Mestre — Hatu disse, depois de um momento de hesitação. — Houve garotas que atraíram meu olhar, algumas que eu gostaria de ter tido e outras que tive. — Tentou falar como se o assunto não importasse, com medo de que ser pego mentindo sobre mulheres seria um péssimo resultado para aquela discussão aparentemente despropositada. Uma parte dele percebia que, não importava o quão inocente uma conversa com Zusara parecesse ser, nada do que dizia era sem importância. Hatu só não tinha percebido ainda qual era a importância.

— Não importa — Zusara disse. — Tudo ao seu tempo. — Deixou escapar um suspiro alto. — O que se passa entre um homem e sua esposa pode não ser nobre, mas é muito importante. — Colocou a mão no ombro de Hatu. — É por isso que o povo comum de Coaltachin age como as outras nações: garoto conhece garota, acham que se amam, casam e têm filhos... Mas entre os Quelli Nascosti, os casamentos são arranjados. Homens mais velhos e sábios escolhem as esposas de seus filhos, sobrinhos e netos. Se o garoto for órfão, seu mestre decide. E é feito assim porque a esposa deve fortalecer o marido, e, por sua vez, o marido deve tornar a esposa forte, combinando duas forças de igual valor, mas diferentes. É uma escolha importante demais para nosso futuro para ser deixada aos caprichos dos sentimentos dos jovens. Sabe por quê?

— Não, mestre. — Hatu sacudiu a cabeça.

— Porque o maior serviço que podemos prestar aos nossos e a nossa nação é garantir que continuemos fortes. Nossas crianças devem ser tão ou mais fortes do que os pais.

Hatu ficou surpreso quando o mestre suspirou de novo, revelando um pouco de frustração.

— Pelo menos, é como deveria ser. Houveram algumas... más escolhas... ocasionais.

Hatu estava totalmente confuso. Não conseguia ver qual era o propósito daquela conversa, mas não disse nada.

— Então, já esteve com uma mulher?

Hatu estava grato porque na luz das tochas o mestre não conseguiria vê-lo corar e não testemunharia sua vergonha, mas a pergunta tornou-se retórica quando Zusara riu.

— Garotas de aldeia? — Hatu assentiu, aprofundando a mentira. Tentou se tranquilizar dizendo que só estava sendo um pouco desonesto.

Zusara riu como se lembrasse de sua juventude, deu um tapinha no ombro de Hatu, virou-se e continuou andando.

— Uma das coisas mais difíceis para um garoto aprender quando está se tornando um homem é como controlar seus desejos. Alguns jovens desejam ouro. Outros desejam poder. Alguns desejam sonhos trazidos por drogas ou o prazer das bebidas fortes. Outros homens não resistem a jogos de azar. — Olhou para Hatu para se certificar de que ele o ouvia. — Aqueles que não controlam tais... *impulsos*... são retirados. Eles enfraquecem a família.

Zusara retomou a caminhada, sacudindo a cabeça.

— Quase todos desejam o toque de outra pessoa. — Olhou para a frente e deu de ombros. — Homens, mulheres, não importa, é o desejo mais comum. A natureza não se importa com quem você deita, ela só quer as crianças. — Ele riu. — Mesmo quem procura outros como ele, homens que procuram homens e mulheres com mulheres... muitos deles desejam alguém para levar seu nome. Algumas das melhores pessoas para criar uma criança são assim. — Sacudiu a cabeça, como se tivesse ficado confuso com seu próprio tópico. — No fim, podemos dizer: se nossos pais não tivessem sucumbido ao desejo, não estaríamos aqui, não é?

— Eu acho... — Hatu começou a falar antes de perceber que na verdade não sabia o que pensar. Olhou para o mestre.

— Meu ponto, garoto, é que você precisa ter cuidado com o desejo e ainda mais de relacionamentos, de se importar demais com aqueles ao redor.

Parou novamente, virando-se para observar Hatu.

— É fácil esquecer que você não é um de nós.

— Não entendi, senhor. — Hatu também parou.

— Não, não entende. — Zusara estudou o rosto dele. — Foi posto aos cuidados dos Quelli Nascosti. Nós cuidamos de você, o alimentamos e o educamos. Mas não é um de nós.

Ele era diferente; o homem mais poderoso da nação tinha reconhecido abertamente algo que Hatu soubera intuitivamente desde muito novo. Decidiu dar voz à pergunta que o incomodara por quase toda a vida.

— Então, quem sou?

— É o que iremos tentar descobrir — respondeu Zusara, retomando a subida pela estrada estreita. — O destino lhe reservou um caminho diferente, Hatu, mas verá que o que ensinamos aqui servirá aonde quer que a sorte o levar.

— É muito para absorver — Hatu disse baixinho, quase um sussurro.

— Realmente é muito para um jovem absorver — Zusara disse, batendo no ombro de Hatu. — Hoje será o último dia em que irá viver como viveu; como sua maturidade se aproxima, isso iria acontecer logo de todo jeito. Então, qual o problema de decidirmos algumas semanas antes?

Hatu ainda estava confuso com o discurso vacilante de Zusara, mas estava convencido de que em algum lugar daquela discussão sobre homens e mulheres, família, espreitava algo muito importante para seu futuro. Libertou-se da necessidade de entender cada frase e palavra e decidiu esperar para que tudo se juntasse e fizesse sentido. Assentiu para o velho.

— Agora, de volta às mulheres. — Zusara fez uma nova pausa e ergueu um dedo para enfatizar seu ponto. Hatu também parou. — As mulheres que lhe dão filhos... elas valem muito. As esposas... — Suspirou. — A esposa de um homem... — Novamente parou, como se ainda estivesse inseguro sobre a direção que a conversa deveria tomar. Por fim, respirou fundo e falou: — Bem, tente não se importar demais com uma mulher, isso torna as coisas mais difíceis. Foi uma dura lição que aprendi e então passei para meus filhos. Reza foi o melhor nisso. — Olhou para o horizonte por um momento, como se estivesse perdido em suas memórias. Deu de ombros como se indicasse que havia algo implícito ali que Hatu não entenderia. — Só tente não se importar, isso faz as escolhas difíceis ficarem mais fáceis.

Ao retomarem a caminhada pela estradinha, Hatu pensou na mulher do mestre e não conseguiu imaginar como a mulher quieta e de fala mansa poderia dificultar a vida dele.

— Você adormece nos braços delas e se acostuma. — Zusara parou e soltou um suspiro. — E é aí que a dificuldade começa. Elas sussurram no seu ouvido quando escurece... — O velho sacudiu um dedo como se estivesse se protegendo de algum mal. — Aí está o perigo. — Mas seu tom se animou: — Nem todas são perigosas.

Muitas fazem o que lhes mandam sem reclamar. E há algumas que são fortes o bastante para o treino; essas garotas são muito valiosas.

— Hava — Hatu falou sem pensar.

— Quem é Hava? — Zusara piscou à luz das tochas.

— Uma garota. — A voz ficou ainda mais baixa. — Ela era a melhor lutadora... tão boa quanto Donte. Nós somos... éramos amigos.

— Hum. — Zusara olhou para Hatu por um momento silencioso. — Você gosta dela.

Não era uma pergunta.

— Ela é uma amiga — Hatu repetiu, tentando que soasse como algo desimportante, mesmo que mal conseguisse controlar suas emoções ao ouvir o nome. Depois de ter perdido Donte, queria vê-la tanto que doía, e nunca tinha se sentido tão sozinho em toda a vida. Se Hatu não se cuidasse, o terror do que tinha aguentado com as Irmãs das Profundezas iria soterrá-lo. Como fazia com a raiva constante com que tinha convivido a vida toda, ele a administrava, mas não era fácil.

Zusara fez um ruído desdenhoso.

— Você se acostuma com uma esposa — disse, retomando a caminhada. — A minha me deu quatro filhos, três ainda vivos. Conhece o mais novo: Reza... — Hatu esperou enquanto o mestre juntava seus pensamentos. — Durante anos, você se acostuma a ter a mesma mulher por perto. Se não a dispensar da cama logo depois de desfrutar dela, como eu disse, você se acostuma a adormecer ao lado dela... e então, se ela sussurrar no escuro... — Parou de novo. — Isso pode ser muito perigoso. — E voltou a andar.

— Por quê? — Hatu perguntou.

— São os sussurros. Primeiro, adormece. Depois de um tempo, conta a ela coisas antes de ir dormir. Primeiro, ela escuta, às vezes pergunta ou acalma... e depois de um longo tempo, pode começar a ouvir a visão dela. — Novamente, parou e se inclinou para sussurrar, o que, na opinião de Hatu, era desnecessário: — E então, na escuridão da noite, pode se sentir tentado a pedir-lhe conselhos. Nenhum homem importante pode cair nessa armadilha.

Virou-se e voltou a caminhar. Algo na voz dele disse a Hatu que o Mestre Zusara não acreditava no que estava falando.

— Você sabe por que é proibido que estudantes da mesma classe de treinamento façam sexo entre si?

Hatu sacudiu a cabeça, mas lembrou-se que não podia ser visto.

— Não, senhor. Avisam sobre a regra logo no começo do treinamento, mas nunca o motivo.

— E mesmo assim alguns de vocês a desrespeitam que eu sei. — Zusara riu. Fixou o olhar em Hatu. — Temos essa regra porque os deveres delas são mais difíceis que os seus, e nossas valiosas estudantes não precisam ser incomodadas por um bando de garotos que ficam de pau duro sempre que elas passam. Além de matar homens com facas, cordas ou venenos, podem precisar fazer um homem se apaixonar por elas, e é impossível aprender essa arte se ficarem pensando que estão traindo algum garoto estúpido e abrindo suas pernas para eles todas as noites. Sim, temos rapazes que treinam com as Mulheres Perfumadas, claro, pois existem homens e mulheres poderosos que preferem paus. — Deu de ombros. — E alguns gostam de tudo. Mas enquanto os jovens que deixam as Mulheres Perfumadas podem precisar ter as mesmas habilidades de sedução... — Sacudiu a mão no ar. — Eles não podem engravidar.

Hatu assentiu, reforçando o óbvio.

— Temos dez, quinze homens entre os sicari para cada mulher. Elas precisam ser mais duras que os homens, mais resistentes e mais impiedosas. Precisam saber como montar em um homem até ele ficar exausto, jurando amor e devoção, e matá-lo antes que ele acorde na manhã seguinte. Você entendeu?

— Acho que sim — declarou Hatu.

— Então, vou deixar mais claro, rapaz. A maioria das mulheres que vê todos os dias não tem importância para a nação além do papel como mães. Mas desperdiçar uma mulher rara, uma que equivalha a um homem em inteligência e habilidade, deixá-la presa com uma criança porque algum idiota ficou de pau duro… — Sacudiu a cabeça. — Uma delas vale dez garotos que passem pelo treinamento. São tão importantes assim. É por isso que a punição é tão severa. Se um garoto se deitar com uma estudante, é espancado até desmaiar; se fizer de novo, ou se ela ficar grávida na primeira vez, é morto. Fica meu aviso, Hatu. Nunca ame uma mulher. Pensar com o pau é estupidez, e pensar com o coração foi a desgraça de mais de um homem.

Hatu pensou em Zusara e sua esposa, mas sabia que não devia mencionar. O mestre estava falando isso porque seu casamento tinha funcionado ou porque falhara? Ele iria refletir sobre esse mistério mais tarde, se pudesse. De qualquer forma, não tinha certeza se concordava com muito do que ouvira, mas era difícil dizer o motivo. Isso também poderia ser pensado depois.

Fizeram uma curva na encosta e Hatu viu que a trilha continuava a subir, sinuosa, até um monte próximo, mas aninhado em uma lateral rochosa havia uma construção, pouco mais que uma cabana, porém firme e protegida do vento que viria do outro lado do pico. Havia luz lá dentro, surgindo de uma cortina que servia de porta e balançava gentilmente com a brisa noturna.

— Espere aqui até que eu o convoque — Zusara disse.

Hatu olhou enquanto ele subia os três degraus que levavam até a cabana e falou em voz baixa com quem estava lá dentro. Depois de um momento, Zusara virou-se e gesticulou para que Hatu se juntasse a ele.

— Aqui está outro tipo valioso e importante de mulher, ainda mais raro do que aquelas que chegam a ser sicari — Zusara falou em voz baixa na entrada. — Essas mulheres possuem poderes negados a todos exceto a uns poucos, poderes que alguns chamam de magia. A mulher que irá conhecer agora é assim. Seja respeitoso. Mostre consideração. — Zusara apagou a tocha em um balde de areia e entrou, sendo imitado e seguido por Hatu.

Lá dentro, duas lanternas penduradas, que pela luz eram pavios flutuando em óleo, o brilho bruxuleante causando movimentos em sombras e objetos no limite da visão do jovem. Hatu olhou ao redor e viu muitas coisas estranhas, bonecas penduradas no teto com cordas, um arranjo de penas ao redor da pele esticada de algum animal, pintada em um padrão que parecia puxar seus olhos. Conseguiu tirar os olhos dali só para serem presos pelas pinturas na parede. Forçando-se a desviar o olhar, voltou a atenção para a figura no centro da sala. Conforme seus olhos se ajustavam a pouca luz, viu uma mulher de idade, com cabelos grisalhos e um bom conjunto de rugas ao redor dos olhos e no canto da boca. Estava sentada em paz e sua postura falava de poder.

Fixou seu olhar no dela e imediatamente sentiu os pelos em seus braços e pescoço se erguerem. Sentiu energias dançando sobre ele, um lembrete doloroso do que tinha experimentado na caverna onde, pela última vez, vira Donte, e seu interrogatório nas mãos das Irmãs das Profundezas.

— Venha aqui, rapaz, para que eu possa vê-lo melhor. — A mulher acenou para que se aproximasse, falando em tom suave. Quando ele deu um passo à frente, ela perguntou: — Então, o que temos aqui?

— É isso que eu também gostaria de saber — Mestre Zusara declarou. — Ele foi pego pelas Irmãs das Profundezas e elas o libertaram.

Ela inspirou como se tivesse tocado um ferro quente e seus olhos se arregalaram enquanto se afastava de Hatu por reflexo. Logo depois, apontou para uma almofada na frente de sua cadeira.

— Sente!

Hatu quase pulou para se sentar na almofada.

— Sou Lorana e preciso de seus pensamentos — disse, e, sem esperar resposta, estendeu as mãos e prendeu a cabeça de Hatu entre elas. De repente, ele caiu na escuridão.

Ele nadou na ausência de escuridão brilhando com cores que mudavam e tremiam ao brilhar, e sentia que era estranhamente familiar. A única maneira de descrever seria como as imagens esquisitas que ficam nas pálpebras quando se encara algo por muito tempo. Compreender as imagens era impossível, havia muitas e estavam com as cores invertidas, azuis virando amarelos, vermelhos para verdes, flutuando rapidamente para longe, indo de um lado para outro. Começaram a se retorcer e se dobrar, a fluir de uma para outra, inchar e retroceder como ondas em um mar agitado pelo vento, com raias e espirais de branco e prateado. Era como se todas as memórias que tivesse tentassem se erguer dentro dele, lutando para serem reconhecidas, mas todas estavam distorcidas por algo dentro dele, algo familiar mas não compreendido, que fazia a mente disparar.

Uma voz que não era uma voz entrou na mente de Hatu, fazendo perguntas e encontrando respostas, porém, assim que as vozes sumiam, não conseguia lembrar as palavras. Sentimentos se erguiam e rapidamente passavam por ele, mas assim que se iam, não conseguia mais nomeá-los. Ecos de dor o assombravam e fugiam quando ele tentava lembrar a fonte. Não sentiu quanto tempo esse interrogatório durou, pois cada momento lhe escapava.

E, de repente, acordou.

Lorana encarou-o nos olhos enquanto Hatu piscava para ganhar foco, sentindo a cabeça flutuando. Sacudiu-a de leve e olhou para onde Mestre Zusara estava.

— Volte para minha casa e descanse — o mestre disse em voz baixa. — Teremos um longo dia amanhã. Você precisará repetir sua história exatamente como hoje. Tente deixar esses sentimentos que eu vi de lado, pois irão parecer pouco viris para os outros mestres, e esteja pronto para que eles desabem sua raiva contra você. Entendeu?

Hatu hesitou por um momento antes de levantar com pernas inseguras. Tinha uma vaga sensação de que algo importante tinha acontecido, mas não lembrava o que e se sentia cansado sem entender o motivo. Olhou para Lorana e Zusara, acenou com a cabeça para eles, partindo para descer o caminho.

Depois que ele se foi, Zusara olhou para a velha bruxa.

— Então?

— Você sabe quem ele é? — a voz dela estava áspera ao sussurrar.

— É o último dos Jubardentes.

— Mas sabe o que isso quer dizer?

— Quer dizer que ele é o herdeiro por direito do trono da Itrácia — Zusara assentiu.

Ela soltou um longo suspiro, estendeu a mão para ele e olhou ao redor, como se procurasse alguma inspiração.

— Ele é muito mais do que isso, meu velho.

Ele segurou a mão dela e apertou-a com carinho.

— O quê?

— Há magia a nosso redor, poderes que permeiam nosso mundo e os quais a maioria dos homens ignora. Essas energias se manifestam como... habilidades ou talentos, como queira chamar, e dão... um peso, uma presença, um... equilíbrio. A experiência disso para a maioria das pessoas é apenas um momento de mudança insignificante que é ir por este ou aquele caminho, a favor ou contra; quebrar uma ferramenta, a sorte de um jogador, ou uma mulher dizendo sim para seu marido quando ela geralmente negaria e concebendo um filho. — Ela parou e olhou intensamente para Zusara. Respirou fundo e continuou: — Não importa como pareça para a maioria de nós, todas essas energias estão ordenadas e relacionadas de formas que nenhum de nós pode entender. Alguns de nós, a maioria mulheres, vê relances dessa ordem e observam um pouco do padrão e uns poucos conseguem manipular um pouco da energia. Você é cego, meu amor, e eu vejo muito pouco, mas há muito mais aqui do que podemos entender... — Ela fechou os olhos, apertou a mão com mais força e soltou um longo e doloroso suspiro, quase um gemido angustiado.

Ele não disse nada, deixando que ela recolhesse seus pensamentos. Por fim, ela se recompôs.

— Existe uma ordem poderosa que brinca com magia tão profunda que qualquer um que confie é um tolo. As Irmãs das Profundezas usam a magia de sangue mais sombria conhecida; existem outras, mas nenhuma mais maligna. Elas jogam com a vida, matam meninos e criam suas filhas para que desprezem todos os homens, exceto para usá-los para fazer mais filhas, para criar monstros para servi-las ou... para comer sua carne. Existem outras, espalhadas, a Ordem da Aranha, a Irmandade da Tempestade, todas escondidas, algumas pequenas, outras mais poderosas do que possa imaginar, e todas se mantendo fora de vista. Aquelas de nós com dons sabem das outras, não tudo, mas o bastante. A magia de sangue é poderosa, um dreno de energia primal, cru e terrível. Suas camadas incluem magia de morte e magia alcançada por dor e sofrimento. Existem outras magias menores, na força vital das florestas e das bestas selvagens, a energia fornecida pelo sol, ou no poder das palavras e da música. Mas a magia de morte e a de sangue são as mais poderosas.

Ela fez uma pausa antes de continuar:

— A única mais importante é a magia elemental. É a base na qual todas as outras se apoiam. Existem quatro tipos: terra, ar, água e fogo. E esses poderes residem em alguns homens e mulheres. Há mortais que podem ler a história nas pedras ou ouvir mensagens no vento, e outros que podem viajar para onde quer que a água flua. Aquele garoto, Hatu, é a personificação do fogo. Não existe magia mais primitiva ou mais poderosa. A magia de fogo dada aos Jubardentes é antiga, imbuída no primeiro deles, antes de sua linhagem se tornar real, antes da história, e era formidável. Aquela magia é o motivo da Itrácia ter se tornado o pináculo da criatividade. Seu poder se espalhou pelos filhos e netos, e se tornou uma força que moldou e guiou a família e a nação. — Ela apertou a mão de Zusara de novo e o olhou nos olhos. — Gerações de Jubardentes tiveram esse dom.

— O que precisamos fazer? — Zusara perguntou.

— De todas as magias elementais, a de fogo é a mais criativa e a mais destrutiva. Às vezes, a terra treme, mas a natureza da terra é algo calmo e que muda lentamente. Água flui e se altera, mas se não há uma inundação, uma tempestade ou uma cachoeira, não é violenta. Entalha as rochas e muda paisagens; não é tão lenta quanto a terra, mas é firme e insistente. O ar é imprevisível, mutável e volúvel, mas raramente violento o bastante para causar dano. Como a água, pode gerar tempestades e, com o tempo, erodir as rochas, mas geralmente é gentil. Está em todo lugar e, para aqueles que sabem ouvir, o ar fala.

Ela sacudiu a cabeça.

— Mas o fogo... Gerações de Jubardentes carregaram essa magia dentro deles, e deram ao mundo criatividade, originalidade e inventividade. Eram considerados os mais bonitos, as mulheres tinham uma beleza extraordinária e todos tinham talento para a música, a dança e a arte. Seu poder era geralmente passivo, gerando luz e calor, mas estava sempre ali, beneficiando a família e a nação. Agora todo esse poder voltou para um garoto, e queima nele como brasa esperando ignição, uma raiva adormecida que pode explodir a qualquer hora. Foi forçada nele por ódio e um assassinato sangrento. Agora é algo a ser temido.

— A maldição?

— Você a trará como uma crendice popular, uma velha história sem significado. Se o último dos Jubardentes perecer... — Ela sorriu para ele. — Não é "amaldiçoado" como um jogador que perdeu vezes demais, ou alguém que sofreu um acidente porque um cachorro caolho latiu para ele, ou porque um falcão circulou o celeiro, ou qualquer uma das outras bobagens supersticiosas em que o povo acredita. Você sabe qual o preço da extinção dessa linhagem?

— Não — disse Zusara.

— O que a maioria sabe é que coisas ruins irão acontecer. Mas a verdade é a seguinte: ou coloca aquela criança em um lugar seguro, deixando-o casar e ter muitos, muitos filhos, para que essa magia possa ser espalhada em muitos...

— Ou?

Ela o encarou por um momento, incrédula que ele tivesse perguntado aquilo.

— Ou deve matá-lo, claro. A magia irá se dispersar e procurar outro recipiente. Poderá se passar gerações antes de alcançar esse nível de foco, mas irá deixar o mundo mais seguro por enquanto. Pois, se ele ganhar o controle sobre esse poder, devemos temê-lo. Se viver, poderá destruir a todos nós.

— Como? — sussurrou ele.

— Só os deuses sabem, e mesmo eles podem não saber o que acontece quando uma magia dessas está sob o controle de um único homem.

Zusara ficou em silêncio por um longo tempo, apertou a mão de Lorana afetuosamente e partiu sem dizer mais uma palavra.

17

RECOMPENSA INESPERADA E PERIGO SÚBITO

DECLAN VIRAVA A FOLHA DE METAL ENQUANTO observava Jusan martelar. O jovem estava progredindo na nova forja e poderia se tornar um ferreiro melhor do que Declan e Edvalt tinham previsto. Declan se perguntava o quanto daquilo não se devia a sua própria presença, obscurecendo a habilidade de Jusan, ou se era apenas ele amadurecendo e levando o ofício mais a sério.

— Bom, muito bom — Declan disse ao ver Jusan moldar a chapa em sua primeira lâmina; já trabalhavam juntos há tempo o bastante para palavras terem se tornado pouco necessárias, e ele sabia exatamente quando o garoto precisava que virasse o metal. Jusan meneou a cabeça, e Declan segurou a lâmina enquanto o aprendiz largava o martelo e pegava um balde de água para resfriar o metal e prepará-lo para a segunda moldagem.

— Você foi bem — Declan disse enquanto vapor subia da barra ainda quente. — As dobras estão melhores agora. Está moldando mais rápido do que antes. — Colocou o metal que esfriava na bigorna. — Continue assim e passará logo para a segunda fase de aprendizado.

Jusan devolveu o sorriso.

— Eu vi Edvalt ensinando você, além de praticar o que ele me pedia, mas como seu aprendiz — ele deu de ombros —, consigo fazer mais do que carregar carvão... e amoras. — Os dois riram. — Varrer, catar carvão, tudo o resto é igual a como era em Oncon, mas aqui eu sou o outro par de mãos no trabalho de verdade.

— Se ficar, um novo aprendiz vai ter que aguentar isso por estar abaixo de você. — Declan riu.

A expressão de Jusan ficou séria, o rosto sujo com rugas de preocupação.

— Tenho condições de ser um mestre?

Declan inclinou a cabeça e deu de ombros.

— É uma pergunta justa. Vou saber quando passar. Não vou enganá-lo, Jusan. Se tiver como se tornar um mestre ferreiro, irá continuar, se não, vou chutá-lo para encontrar um professor melhor ou começar sua própria forja. Mas eu acho isso bem mais provável agora que está trabalhando o tempo todo do que antes.

— Justo — disse Jusan, soltando o fôlego que tinha segurado durante toda a fala de Declan. — É só que sempre pareceu tão fácil para você.

— Não percebi — disse Declan. — Mas sendo direto: você sabe o bastante para que eu o deixe encarregado quando entrego as espadas para o Barão Rodrigo ou quando viajo para comprar ferro. — Jusan sorriu e Declan compartilhou da satisfação. — Venha, vamos nos limpar e tomar uma cerveja.

— Ou seria, vamos nos limpar e ver Gwen? — Jusan riu. O rosto de Declan ficou vermelho. — Você vai e eu termino aqui. Depois me junto a você, para que fique sozinho com ela, fingindo que foi lá só pela cerveja.

— Obrigado — Declan disse. — Se eu conseguisse com que o pai dela parasse de insistir para que eu bebesse uísque...

— Eu passei a gostar — disse Jusan, deixando de lado o monte de carvão que esfriava e analisando a necessidade de colocar mais.

— Apesar de um pouco durar bastante e, se beber muito, paga um preço bem caro na manhã seguinte. Descobri isso logo.

— É por isso que fico na cerveja — Declan disse, indo até um grande barril de água que era tanto o suprimento para beber como, no fim do dia, a água para lavar o rosto e as mãos. Jusan iria esvaziá-lo de noite, depois de se lavar, e o encher de novo de manhã.

Declan rapidamente se limpou o melhor que pôde e com um aceno para Jusan foi para a hospedaria das Três Estrelas. Já estava há um mês em Cerro de Beran, e seu sucesso tinha sido garantido pela chegada inesperada do Barão das Colinas de Cobre três dias depois de ter concordado em comprar a forja.

O barão ficou suficientemente impressionado com a espada de Declan, e, depois de barganhar um pouco, Declan se viu com ouro o bastante para provisões, um pagamento adiantado pelo ferro que usaria e para que outros consertassem a forja deixando ele e Jusan focados em fazer as armas. Com o que seria pago depois da entrega das armas, seria dono da ferraria dois anos antes do planejado. A vida estava se mostrando melhor do que tinha imaginado.

Ao chegar à porta da hospedaria, hesitou e se esforçou para não parecer muito ansioso. Era de sua natureza manter as coisas para si, como Edvalt tinha percebido pouco tempo antes. Já sabia que estava se tornando uma piada entre aqueles que conhecera desde que chegara em Cerro de Beran, que Gwen já tinha declarado sua posse, e certa crueldade dentro dele o fazia se rebelar contra. Declan precisava se sentir no controle da vida, apesar do fato de estar apaixonado pela garota esfuziante que esperava do outro lado da porta, e não sabia dizer por quê. Só precisava fazer as coisas no próprio ritmo.

O jovem mestre ferreiro entrou e viu alguns rostos familiares, além de um grupo de estranhos acomodado em uma mesa no canto, que pareciam viajantes. A Três Estrelas não era a melhor hospedaria, mas estava localizada perto da entrada sul da cidade, e geralmente era a primeira parada dos viajantes vindos de Marquenet. A localização era crucial para o sucesso de Leon e apesar de dificilmente ser um lugar luxuoso, era agradável e a comida e a bebida eram acima da média.

Ao chegar no balcão, Declan assentiu para Leon, que imediatamente puxou uma garrafa.

— Acordo cedo amanhã, vou ficar na cerveja — Declan disse, erguendo a mão.

— Que seja — Leon respondeu, depois de olhá-lo com olhos estreitados, quase entretido, e tirou um grande caneco de cerveja do barril atrás.

Declan olhou ao redor e Leon colocou a cerveja na sua frente.

— Ela está na cozinha.

Declan tentou agir como se não estivesse procurando Gwen, mas sabia que era melhor não dizer nada, pois só ia piorar a implicância. Dificilmente passava duas noites sem ir à hospedaria, e se estivesse sem movimento, passava a noite inteira conversando com Gwen.

Por três vezes, tinham continuado mesmo depois que Leon fechara, e Declan agora tinha certeza que ela dormiria com ele por vontade se a pressionasse; porém, por mais que a desejasse, sabia que não havia esperanças de ser apenas uma ligação casual. Ela não era o tipo de mulher que se deitava com qualquer um. Sexo seria um pedido de casamento e, apesar de estar começando a perceber que seria inevitável, Declan não estava pronto para desistir da ilusão de que tinha algo a dizer sobre o assunto. Estava preso entre querer dar o passo, torná-la sua esposa, mas... algo também o segurava.

Depois de ter bebido metade da cerveja, a porta da cozinha se abriu e Gwen apareceu, carregando uma imensa bandeja. Outra garota a seguia, uma que Declan não reconhecia, segurando de forma desajeitada uma bandeja menor, concentrando-se em não derramar. Era muito magra, até mesmo um pouco desnutrida, e quando olhou em sua direção, viu que era bonita: pele clara, com cabelos escuros e grandes olhos azuis. Também notou que era muito nova, não tinha mais que quatorze ou quinze anos.

— Quem é aquela? — Declan perguntou a Leon no momento em que Gwen o notava. Ela se animou visivelmente e sorriu.

— Garota nova — respondeu Leon.

— Você precisa de outra?

— Vou precisar um dia — disse Leon, encarando Declan, apertando os olhos. Declan tinha passado a conhecer bem aquela expressão desde que chegara na cidade, era a que Leon fazia quando estava desconfiado. — Algum dia, um camarada esperto vai aparecer e levar a minha menina embora. — Parou, olhar fixo enfatizando seu ponto. — Isso é, se aparecer alguém esperto o bastante para notar um tesouro raro quando vê. — Virou-se, pegou um trapo e começou a limpar a cerveja derramada no balcão. — Vou precisar de alguém para o lugar dela.

— Ela é pouco mais que uma criança — Declan disse ao observar Gwen ajudando a menina a colocar comida na mesa dos viajantes.

— A mãe dela está para ter bebê e, sem o marido para provê-las, não pode cuidar de mais uma boca. Então, a deixou ficar aqui onde pode ganhar a vida. — Baixando a voz, continuou: — E eu a deixo levar as sobras para casa. Tem três mais novos que ela.

— Onde está o pai? — Declan sacudiu a cabeça.

— Escravistas o pegaram há um mês mais ou menos antes de você chegar. Uma turma veio e se foi antes que a patrulha do barão chegasse. Alguns dos nossos garotos tentaram persuadi-los a ir atrás dos canalhas, mas os soldados do barão não podem atravessar a fronteira. Devem estar em algum grupo de escravos ou no exército agora.

Declan ficou sem palavras. Durante sua curta experiência viajando, tinha passado a entender o quanto tinha ficado seguro na Aliança até os escravistas aparecerem lá.

— Esse tipo de coisa acontece muito? — perguntou por fim.

— Não o bastante para o barão construir uma guarnição aqui — disse Leon, com um toque de acidez na voz. Ao ver a reação surpresa de Declan, acrescentou: — Não me entenda mal. O Barão

Daylon é um bom governante comparado aos outros. As taxas não são impossíveis, há comida o bastante e o comércio é bom. Quando abri a hospedaria, antes de Gwen nascer, tinha sorte quando dois ou três viajantes paravam para comer ou beber em uma semana. Agora, tenho dois ou três todos os dias, e meus quartos estão quase sempre ocupados.

Para concluir o assunto, disse:

— Não, o barão é um bom homem, mas realmente poderíamos ter uma guarnição, a cidade é grande o bastante. É mais de meia hora a cavalo até a guarnição de Pascoal e muita coisa pode acontecer em uma hora. — Deu de ombros. — Não temos prefeito nem xerife, apenas um grupo para resolver problemas ou coisas do tipo, mas não oficialmente. Não é bom ficar levando essas pequenas coisas para o barão, sabe?

Declan assentiu. Sabia que mesmo uma justiça rústica era melhor do que nenhuma. Oncon era uma aldeia tão pequena que quase todas as disputas eram resolvidas no consenso e algumas por quem ficava em pé — a maioria pacificamente. Por duas vezes na vida, tinha visto alguém ser expulso da aldeia pelos pescadores e camponeses para não ser morto, então esse tipo de justiça local não lhe era estranho.

— Declan — Gwen se aproximou e chamou com um sorriso caloroso. Virou-se para a menina atrás dela e disse: — Essa é Millie.

A mocinha sorriu, tímida, e cumprimentou com a cabeça. Declan lhe deu um sorriso vago e voltou a atenção para Gwen.

— Vejo que está ocupada.

— Sim, muito — respondeu. — Mas paro para uma visita quando as coisas se acalmarem. Millie, venha comigo.

Leon pigarreou, e Declan virou-se para ver outra cerveja o esperando.

— Parece que vai ficar aqui por um tempo.

— É, parece — Declan repetiu. Sentiu-se um idiota ainda maior. Parte dele sabia que estava destinado a ficar com Gwen, mas era teimoso o bastante para se ressentir que lhe dissessem o que fazer, mesmo que ninguém estivesse fazendo isso, só apontando o óbvio.

Sentindo uma petulância rara e momentânea, Declan tentou impedir que seu olhar seguisse Gwen pelo salão, mas era difícil. A relação dos dois era um segredo mal guardado; tinha ficado tão óbvio que os outros jovens da cidade tinham parado de cortejá-la. Nenhum dos pretendentes anteriores queria encarar um jovem zangado que aparentemente conseguiria vencer qualquer um de Cerro de Beran em uma briga. Não existia um ferreiro fraco, e Declan se comportava de forma a deixar claro que não estava procurando brigar por Gwen, mas que não se recusaria se fosse necessário.

Declan zelou a cerveja, pois apesar de estar ansioso para passar um tempo com Gwen, a manhã chegaria mesmo que dormisse pouco. Planejava terminar o pedido de armas em dois dias e entregá-las ao castelo do Barão Rodrigo ainda naquela semana. Tinha mandado avisar Ratigan que iria precisar de uma carroça grande, com quatro mulas, no dia depois de terminar, e sabia que o carroceiro iria reclamar muito se não estivessem prontos para partir no dia em que chegasse. Declan sorriu para si mesmo ao perceber que, apesar das suas maneiras rudes, Ratigan tinha se tornado um amigo e Declan ia gostar de vê-lo de novo.

Pensar sobre Ratigan o fez voltar para a primeira viagem, o que o fez pensar em Roz. Não tinha tido notícias dela desde que a deixara sob os cuidados do marido. Não estava surpreso, já que Cerro de Beran estava bem fora das rotas costumeiras, e ele não presumia que houvesse algum motivo para que ela o procurasse. Mesmo assim, perguntava-se como ela estaria.

Encontrar Gwen tinha colocado os sentimentos de Declan em perspectiva. Roz era uma mulher maravilhosa que tinha ensinado tudo o que ele sabia sobre sexo, mas e sobre sentimentos de verdade? Não. Estava aprendendo sobre isso com Gwen.

Meia hora depois, o salão se acalmou e Gwen se aproximou depois de instruir Millie sobre como limpar as mesas.

— Como está? — perguntou ela com um sorriso que novamente fez Declan se sentir maravilhado e nervoso ao mesmo tempo.

— Bem. Cansado. — Ele não conseguiu evitar o sorriso. — Preparando-me para levar um carregamento até Colinas de Cobre.

A expressão dela mudou.

— Vai ficar fora por um tempo, então? — Parecia preocupada.

— Umas duas semanas. Jusan pode tomar conta da ferraria enquanto eu estiver fora.

— Os viajantes têm avisado sobre bandidos ultimamente — disse, colocando a mão no braço dele. — Tenha cuidado.

— Terei — disse, satisfeito com a preocupação. — Ratigan é um sujeito forte... — quase falou um palavrão, mas parou a tempo — ... à beça, e sei usar uma espada. Além disso, só estaremos em estradas desprotegidas por um dia até a fronteira. Há uma guarnição em Vale do Meio, depois todas as estradas têm patrulhas, passando por Kalar até a fronteira com Colinas de Cobre. — Declan tinha escutado isso dos mercadores locais, então esperava que a acalmasse. Ele não queria ter que gastar contratando um guarda adicional, mas se ela o pressionasse, provavelmente cederia. Quase fez uma careta ao ver o quanto se importava com a opinião dela.

O assunto foi interrompido pela chegada de Jusan. Gwen o cumprimentou.

— Vou pegar uma cerveja para você e ver se aquele pessoal no canto precisa de mais uma rodada.

Depois que ela se foi, Jusan sorriu para o mestre.

— Parece que a cerveja está boa.

Declan fingiu um olhar cheio de reprovação, mas depois sorriu e assentiu.

— Muito boa.

Jusan olhou por cima do ombro para ver se Gwen poderia ouvir.

— Sei que é meu mestre agora, mas nos conhecemos há tempo o bastante para eu dizer na sua cara que se não agir logo, é um idiota.

— Agir? Como?

— Você é lento desse jeito? Você é tanto meu irmão mais velho como meu mestre, Declan, mas quando se trata de Gwen, é um tonto. Ela não vai esperar para sempre. Não percebeu que os outros rapazes estão começando a passar tempo perto dela quando não está aqui?

— Como vou saber o que acontece quando não estou aqui... — começou a falar, antes de perceber que Jusan estava simplesmente ficando em dia com as fofocas locais. Viu o rosto do aprendiz mudar e virou-se para ver Millie deixando a cozinha, secando as mãos no avental. Percebeu o olhar de Jusan e corou, correndo para onde Gwen estava falando com um grupo de viajantes em uma mesa no canto. Declan virou-se para o aprendiz, que estava quase boquiaberto.

— Quem é? — perguntou Jusan.

Declan virou para trás e viu Millie espiando por trás de Gwen e desviando o olhar. Percebeu que, embora ela lhe parecesse muito nova, Millie tinha um ano ou dois a menos que seu aprendiz. Viu Leon observando tudo com um sorriso irônico e disse para ninguém em particular:

— Tem alguma coisa nesta hospedaria.

Jusan não compartilhava da aversão de Declan a mostrar seu interesse abertamente. Depois de observar o garoto ignorar a bebida que Gwen lhe servira por um minuto inteiro, Declan bateu no braço dele.

— O quê? — exclamou o aprendiz.

— Sua cerveja. — Declan apontou o caneco grande na mesa.

— Ah — o jovem falou, dando um grande gole. — O que você sabe sobre Millie?

Declan contou ao aprendiz o que Leon lhe dissera, e Jusan ficou olhando a menina enquanto escutava.

— E agora? — Declan perguntou ao terminar.

— Acho que ela serve muito bem — Jusan resmungou.

— Serve? Para quê? — Declan perguntou de cenho franzido.

— Para mim! — Jusan respondeu olhando para o mestre.

— Ah, é mesmo? — Declan tentou não rir, tendo dificuldade em esconder o contentamento. — Talvez você deva conversar com ela antes de casar com ela.

Jusan olhou para baixo, envergonhado, mas depois o encarou nos olhos. Declan permitia muito mais intimidade ao aprendiz do que era o costume do ofício e aceitou o olhar desafiador sem ficar chateado.

— Não sou tão estúpido — disse Jusan. — Mas lá em Oncon, nunca encontrei uma garota... quer dizer, encontrei, mas... você sabe.

Declan suspirou. Sabia exatamente o que Jusan queria dizer. Se as coisas não tivessem acontecido daquele jeito, Roz sem dúvida teria cuidado do aprendizado de Jusan, mas mesmo sem entrar em detalhes, Declan sabia que era por ele que as meninas suspiravam, o futuro ferreiro, não o aprendiz.

— Termine a cerveja e volte para a forja — Declan disse para Jusan. — Vou ficar mais um pouco e conversar com Gwen.

A expressão de Jusan mostrou que ele não tinha ficado satisfeito com a ordem, mas não disse nada. Assentiu e tomou um longo gole de cerveja.

— Tenho certeza que Millie reparou na sua... atenção — Declan disse. — Se não tiver a assustado mortalmente, irei descobrir com Gwen se ela está interessada em conhecê-lo.

Amaciado ao saber daquilo, Jusan assentiu e olhou ao redor. Millie devia ter voltado para a cozinha, pois ele terminou a cerveja e, sem dizer nada, levantou-se e deixou a hospedaria. Declan tomou um gole da bebida e se perguntou se às vezes ele parecia tão estúpido para Gwen como Jusan provavelmente tinha parecido para Millie. Esperava que não.

Quando os últimos clientes, partiram, Gwen aproximou-se de Declan.

— Você quer mais alguma coisa? — Parecia cansada, quase sendo grossa.

— Achei que poderíamos conversar... — disse quando ela tirou o caneco vazio da frente.

O rosto de Gwen mostrou várias emoções enquanto ela colocava o caneco de volta à mesa. De repente, ela se inclinou e beijou Declan na boca, recuando um pouco para olhá-lo nos olhos.

— Declan, você é um doce e geralmente adoro nossas conversas, mas às vezes é difícil de aturar — ela disse baixinho. — Estou cansada e ainda tenho o que fazer, então vai embora antes que eu fique zangada.

— Zangada? — gaguejou ele, rosto confuso.

— Ou você sabe o que quer ou não sabe. Eu já recusei outros, e alguns tinham pais ricos. Estou cansada de esperar por um homem estúpido demais para... — Visivelmente próxima da raiva, ela continuou: — É melhor saber o que me dizer quando voltar, ou vou parar de ignorar os rapazes ricos! Faço dezenove anos neste verão, e já deveria estar casada e com um filho ano passado. Meu pai não vai me manter aqui para sempre. Temos uma nova ajudante, o que significa que é hora de encontrar meu caminho. — Ela pegou o caneco vazio, virou-se e o deixou sem palavras vendo-a se afastar.

Levantando devagar, Declan partiu, perguntando-se o que ele tinha (ou não) feito daquela vez e, ainda mais importante, o que ia fazer. Caminhando pelas ruas de volta à forja, pensou que talvez devesse prestar mais atenção no que Jusan estivera tentando lhe dizer.

18

UMA TRAIÇÃO E UMA TRAMA

HATU FICOU EM SILÊNCIO NO CANTO ENQUANTO OS mestres e preceptores estavam chegando. Tinha comido sozinho no quarto de manhã e esperado ali até ser convocado para a sala da casinha, onde tinha jantado na noite anterior.

Um semicírculo de almofadas tinha sido preparado e rapidamente ficou claro, conforme os homens se sentavam, quem eram os mestres e quem eram os preceptores. Os preceptores foram para os cantos da sala, enquanto os mestres sentavam nas almofadas.

Os preceptores eram os professores de nível mais alto em Coaltachin e trabalhavam em benefício de todos os clãs e famílias, pelo que eram muito bem pagos e recebiam a deferência de todos, exceto dos mestres. Fora de famílias e clãs, ascendiam em posição somente por suas habilidades, e eram de todos os tipos. Sua única responsabilidade além de ensinar era de permanecerem neutros nas disputas entre famílias, de onde vinham problemas ocasionais, e clãs, o que era raro, mas não inédito.

Os sete mestres mais poderosos formavam o Conselho. Eles governavam a nação, e tinham como tarefa garantir que quando Coaltachin falasse com o mundo exterior, o fizesse com uma só voz.

Porém, isso era ainda mais raro do que o conflito entre clãs. Coaltachin era conhecido como o Reino da Noite, ou a Nação Invisível, e o seu contato com o resto do mundo geralmente ocorria por meio de contratos e comissões, a maioria envolvendo assassinatos, traições, espionagem e destruição. O Conselho controlava o comércio da ilha, fosse sendo proprietário dos negócios locais, ou pela extorsão, garantindo lealdade e segredo. A maior fonte de riqueza vinha do controle que Coaltachin tinha sobre boa parte do crime em uma região grande das Ilhas do Norte e das cidades mais orientais das duas Têmbrias.

Mais raro que o Conselho agindo abertamente de maneira pública, era alguém que não fosse um mestre, dirigindo-se aos sete mestres pessoalmente. Hatu sabia que ele estava prestes a presenciar algo incomum, talvez único.

Um homem grande e de rosto vermelho, já velho, mas de aparência poderosa, entrou na sala e olhou ao redor. Ao ver Hatu, deu um passo em sua direção.

— Kugal! — chamou Mestre Zusara, fazendo que o homem zangado parasse. — Por favor, sente ao meu lado. — Indicou uma almofada do lado da que iria usar. Kugal meneou a cabeça e foi para o lado do anfitrião.

— Bem-vindos — disse Mestre Zusara quando o último dos cinco mestres sentou. — Dois do Conselho estão longe demais para estarem conosco nesta manhã, então seremos nós cinco, auxiliados pela sabedoria dos preceptores, que iremos decidir como lidar com o que ouviremos hoje.

Olhou para Hatu e com um aceno indicou que ele deveria se aproximar e ficar na frente dos mestres. Quando fez isso, Zusara disse:

— O nome deste rapaz é Hatu. Ele está perto da maturidade. É da aldeia de Mestre Facaria, que está esperando do lado de fora, caso precisemos ouvi-lo. — Olhou para Hatu e falou: — Agora, repita a história que me contou na noite passada. Demore o tempo que precisar.

Hatu lutou contra o nervosismo, pois nunca tinha falando perante mais do que dois homens importantes, muito menos em uma sala cheia de mestres e preceptores, ainda mais sobre um assunto tão grave. Todos os olhos estavam fixados nele quando mais uma vez começou o relato, indo do assassinato do mercador até ser resgatado do bote que afundava lentamente. Várias vezes perto do final parou para lutar contra as lágrimas, mas ninguém falou até que tivesse terminado.

De repente, Mestre Kugal gritou:

— Você deixou meu neto para trás! — Estava quase levantando da almofada quando Zusara o pegou pelo braço com força, murmurando seu nome. A autoridade na voz foi o bastante para que o mestre de pescoço grosso hesitasse e depois sentasse.

Hatu não sabia se aquela havia sido uma pergunta ou uma declaração, e ficou em silêncio.

— Não acho que ele tenha tido escolha, Kugal. Pelo que Hatu disse, Donte já estava morto antes mesmo que fosse libertado — a voz veio de um canto, atrás dos mestres, e Hatu percebeu que era Reza, transformado pela roupa que usava e pelas sombras da sala de tal forma que Hatu não o reconhecera quando entrara.

Zusara assentiu, concordando com o filho mais novo.

— Então, por que somente ele foi deixado vivo? — Kugal exigiu saber, apontando para Hatu. — Por que foi libertado pelas bruxas?

— É uma excelente pergunta — Zusara respondeu. Inclinou levemente a cabeça na direção do filho. — Vamos ter que especular sobre isso, não é?

Reza avançou e gesticulou para que Hatu o seguisse para fora. Deixaram a sala e desceram os três degraus até o quintal. Lá, sentado em um banco de pedra, lendo alguns papéis, estava Mestre Facaria, o governante de Morasel, a ilha onde tinha vivido a maior parte da infância.

Hatu sabia que ele lia cada relato, mensagem ou anotação enviados. Era considerado um mestre competente em se tratando de cuidar da pequena aldeia de Otashu, cuja principal tarefa era educar as crianças que iam fazer treinamento de campo.

A família dele era pequena e havia a possibilidade de que, quando morresse, a linhagem fosse extinta e as posses dele reclamadas por outra família. Para Hatu, a ideia de que outro mestre pudesse ser encarregado de Morasel era estranha. Se todo lugar que visitava deixava uma sensação diferente, Otashu lhe dava a sensação de... lar. Hatu não podia imaginar a pequena ilha sem o olhar cuidadoso de Mestre Facaria.

Hatu já se perguntara o que Facaria tinha sido quando jovem; ninguém se tornava mestre sendo apenas um bom administrador. Ser um mestre queria dizer que tinha sujado muito as mãos com sangue, durante muitos anos, e, mais importante ainda, significava que tinha sobrevivido aos ataques de rivais dentro de Coaltachin assim como dos inimigos de fora. Você podia ascender ao título ou herdá-lo, mas precisava de violência para mantê-lo. Era como se agia em Coaltachin.

— Precisam de mim? — Facaria ergueu os olhos dos papéis e perguntou a Reza, que sacudiu a cabeça.

— Irão chamar se precisarem de algum de nós. — Reza sentou no banco ao lado de Facaria. Hatu ficou com um pedaço de chão debaixo de uma árvore frondosa.

— BEM, É ISSO — DISSE MESTRE ZUSARA. HOUVE UM momento de silêncio, interrompido por Mestre Kugal:— Ele sobreviveu e deixou meu neto para morrer! Deve estar escondendo alguma coisa. Deve estar trabalhando com as bruxas!

Zusara tinha uma longa história com Kugal: passaram a infância juntos na mesma aldeia, por isso estava acostumado com a ira e a necessidade que tinha de culpar os outros. Porém, apesar das muitas falhas, Kugal era um amigo, então preferiu não contrariá-lo.

— Talvez — foi tudo o que disse como resposta.

— O que não está nos contando, velhote? — outra voz falou, e Zusara a reconheceu, assim como o tom de humor que continha.

— Mikial, não o vi chegar.

— Houve uma época em que teria mandado me chicotear se tivesse visto, pai. — O homem alto e poderoso riu e saiu das sombras. — O que ainda não dividiu conosco?

Na questão, estava implícita a ideia de que o velho Mestre dos Mestres estava compartilhando informações de maneira a desenvolver seus próprios objetivos. Zusara não era um rei, de nenhum jeito, mas era muito astuto ao garantir seu lugar como primeiro entre os iguais.

— Falei com a vidente na noite passada. Ela considerou o rapaz um grande perigo para nós. Ele é a criança dos Jubardentes.

Apenas dois mestres — e nenhum dos preceptores — sabiam.

— Impossível — murmurou alguém. — É só um mito.

— Não apenas é possível, como é verdade — Zusara respondeu. — Depois da Grande Traição, a ama da *villa* onde a família Langene aguardava notícias viu que os soldados inimigos estavam se aproximando, tirou o bebê do berço e o entregou para uma jovem, que fugiu por uma trilha até a praia. Ela correu até uma aldeia, onde entregou um broche para que um pescador a levasse de barco até o local da batalha.

— Por que ela faria isso? — Mikial perguntou.

— É o cúmulo da loucura levar uma criança na direção da carnificina — completou outro mestre.

— Só posso especular — Zusara disse. — Talvez tenha pensado que o pai da criança ainda estava a salvo, que o ataque era separado da batalha ao sul. Nós vemos a queda dos Jubardentes de um ponto privilegiado da história; ela durou apenas por um momento. — Deu de ombros. — Ou talvez tenha sido impelida por alguma propriedade dessa magia que a vidente alertou, esse fogo elemental que queima dentro do garoto.

— Queima dentro... — um dos mestres começou a perguntar, mas Zusara o interrompeu, erguendo a mão.

— Nosso papel na Traição envolvia a batalha, não a destruição da *villa* e o extermínio da família do rei. Só soubemos que o menino sobrevivera depois que Mestre Facaria assumiu o encargo do Barão Daylon. — Deu de ombros como se aquilo não importasse. — Como ele foi carregado em segurança é uma curiosidade, que nada tem a ver com nossa responsabilidade para cuidar do garoto. Ele...

— Meu neto está morto e esse rapaz está vivo por causa de magia sombria! — Mestre Kugal o interrompeu, quase gritando. — Ele está junto com as bruxas! Deve morrer!

Zusara não achou necessário debater os detalhes.

— Concordo, Kugal, mas a vidente alertou que uma grande destruição seria causada pela morte do garoto. Aquela magia irá fluir dele... — O velho mestre deu de ombros. — Ela desconhece as consequências.

— O que você propõe? — outro mestre perguntou.

— O garoto deve morrer, mas longe daqui — Virou-se para o filho: — Traga Facaria, ele está esperando do lado de fora com seu irmão e o garoto. — Virou-se para os preceptores: — O que será discutido aqui é apenas para os mestres.

Os preceptores saíram e logo depois, Mikial retornou com Facaria.

— Estou aqui, Zusara — disse Facaria, cumprimentando-o com a cabeça.

— Fale sobre o garoto.

— Ele está zangado — disse, sem hesitar. — Sempre esteve zangado; queimava dentro dele mesmo quando bebê. Aprendeu a controlar, a esconder no fundo de si, mas está lá. É algo poderoso.

— Queima dentro dele — Zusara repetiu.

— Devemos matá-lo! — Kugal gritou.

Facaria ficou surpreso com a explosão, mas ignorava o motivo.

— Não podemos.

— Por que não? — Kugal gritou ainda mais alto. Zusara gesticulou para que se acalmasse e inclinou a cabeça, como se repetisse a pergunta para Facaria.

— Temos um contrato e precisamos entregar o garoto a Lorde Dumarch mês que vem — Facaria disse.

— *Você* tem um contrato — Kugal acusou. — Aquela batalha foi sua última missão em campo e comprometeu a nós todos.

— Você pegou sua parte dos sete pesos de ouro anuais sem reclamar — foi a resposta calma de Facaria.

— Matamos o garoto — Kugal continuou. — Avisamos Dumarch e acabou. Não há necessidade de ele saber a verdade sobre como o garoto morreu. Faça com que caia de um telhado ou que se afogue pescando, não importa. Nunca irá saber.

— Nós saberíamos — Zusara disse. Suspirou fundo. — Nossa verdadeira força não está em nossa riqueza nem em nosso poderoso exército, nem mesmo nos nossos nocusara. Nossa força está na nossa reputação. Não podemos violar um contrato. Nossa força está em nossa reputação. Não podemos violar um contrato. Nossa capacidade de viver como nós depende igualmente de medo e de confiança. É por isso que... — Interrompeu-se e virou-se para Kugal: — Quantos nocusara você tem nas gangues?

— Você sabe tão bem quanto eu — Kugal respondeu. — Tenho 31.

Rapidamente perguntou o mesmo aos outros três mestres que deram respostas parecidas.

— E eu tenho 25 — Zusara continuou. — Contando com os clãs que não estão aqui, temos menos de quatrocentos nocusara no total, e temos talvez três vezes mais sicari, espalhados por metade de Garn. Temos menos de dois mil homens e mulheres que fazem tremer exércitos dez, vinte vezes maiores. É nossa reputação que os protege e mantém seu valor, não habilidades mágicas ou dons sobre-humanos. É a *ideia* de que temos essas habilidades e esses dons que nos protegem. Nós não podemos quebrar um contrato. *Nunca* — ele terminou com aço na voz.

— Não me importo como nem quando, desde que o garoto morra, então se quiser cumprir o contrato e depois matá-lo, eu concordo. — Kugal olhou ao redor como se desafiasse alguém a dizer algo.

— Se o garoto morrer um minuto depois do contrato ter sido cumprido, não me importo. — Facaria deu de ombros.

— Um minuto seria cedo demais para evitar parecermos cúmplices. — Zusara assentiu. — Também pode ser útil descobrir por que o Barão Dumarch deseja mantê-lo vivo e em segredo. Então, como fazer isso da melhor forma possível?

— Deixe alguém cuidar disso, faça com que finjam ser uma família de viajantes que precisa ir para Marquenet — disse Facaria. — O rapaz deve achar que é uma farsa e acreditar que ainda está conosco. Se chegarem no dia marcado, pode ser entregue ao homem do barão, e depois de um tempo, quando descobrirmos o plano de Dumarch, podem matar o garoto.

— Quem?

— Deixe Reza levá-lo — Mikial se pronunciou. — Eles estabeleceram uma relação. Talvez haja confiança.

— Não — Zusara falou. — Precisa ser outro. Quero que qualquer problema aconteça bem longe de nossas famílias.

Mikial pensou por um instante antes de se virar para o antigo mestre de aldeia de Hatu:

— De quem ele gosta? — perguntou para Facaria.

— Bodai — Facaria respondeu sem hesitar. — Os estudantes gostam dele mais do que de qualquer outro mestre. Ele é... diferente.

— Ele é firme, mas consegue ser gentil também. — Zusara assentiu. — Ele gosta de ensinar, o que explica por que alguém sedento por conhecimento, como Hatu, se sentiria atraído por ele. Onde está agora?

— Em algum lugar da Têmbria do Norte. O xerife da aldeia dele saberá onde.

— Mande avisar que estamos lhe enviando... um problema.

— Para chegar a Marquenet no dia marcado, precisamos mandar navios velozes — Mikial colocou.

— Navios?

— Até sabermos mais sobre aqueles três navios, quero garantir que o rapaz chegue a salvo até Dumarch. — Ficou em silêncio por um momento, enquanto pensava em outra coisa. — Passe pelos estreitos, até a costa da Têmbria do Norte, até Porto Colos, depois siga até Pashtar. Faça Bodai encontrar Reza e o garoto. Dali, Reza partirá e Bodai irá escoltá-lo até o barão. Estarão vindo do norte e, se alguma coisa acontecer, é o mais longe possível.

— Bodai deverá matar o garoto?

— Se for preciso — Zusara disse. — Mas eu gostaria de mais alguém com eles, caso algo de ruim aconteça.

— Tem outro estudante, um que esteja entre os nocusara, em que ele confie? — Mikial perguntou para Facaria.

— É um rapaz com poucos amigos, aquele temperamento... e seu amigo mais próximo — olhou para Kugal, cuja expressão se fechou ainda mais com a referência a Donte — está morto.

— Ele falou sobre uma garota — disse Zusara.

— Hava — Facaria acrescentou, assentindo. — São próximos, e também era amiga de Donte. Separar os três era um problema, às vezes. — Facaria olhou para baixo, perdido em pensamentos. — Acredito que ele esteja atraído por ela. No entanto, não tenho certeza se ele entende os desejos. Os sentimentos são frequentemente sobrepujados pela raiva. — Parou como se pensasse sobre a garota. — Ela ainda não é sicari, mas é muito boa. Marquei-a para se unir aos nocusara.

— Onde ela está agora? — Zusara perguntou.

— Na minha ilha. Voltou do treinamento com as Damas Pintadas. Pelo relatório, não é naturalmente habilidosa e precisaria de mais instrução ou... — Ele deu de ombros. — Alguns não levam jeito para esse tipo de tarefa.

Olhou de relance para Kugal, que franziu a testa. Ao contrário da maioria dos mestres, Kugal proibia seus filhos e netos de treinarem com as Damas Pintadas. Dizia que funcionava para outras famílias, mas não era o caminho de um guerreiro. Os outros mestres consideravam essa opinião peculiar, mas cada mestre cuidava de sua própria família, então ninguém o desafiava. A maioria julgava que estava negando agentes úteis à família.

— Facaria está certo, alguns não levam jeito para esse tipo de tarefa — Kugal tentou salvar um pouco de dignidade, e logo ficou em silêncio, ainda irritado.

— É a que matou o assassino? — Zusara estava de cara fechada por causa da interrupção.

Facaria assentiu.

— Você acha que ela se encaixa entre os sicari?

— Ela tem as habilidades, mas não tenho ainda certeza se tem o temperamento. Se tiver, será muito valiosa.

— Ela conseguirá matar o rapaz?

— Não sei. — Facaria deu de ombros. — Ela tem a habilidade, mas, como disse, temperamento? Defender a si mesma foi impressionante, mas matar um amigo? Ao menos, pode distraí-lo se precisarmos mandar outro. — Ficou em silêncio por um momento, antes de continuar: — Ele seria o melhor estudante que tive, se a raiva não ficasse no caminho; quando mantém a cabeça fria, é mais veloz e mais perigoso do que qualquer outro que eu tenha visto na escola. Se ele fosse um de nós, iria sugerir que começasse o treinamento para nocusara agora. É capaz de ser melhor que ela em tudo, corrida, luta, qualquer coisa, mas às vezes ela consegue ficar a sua altura. Como disse, acho que ele a deseja... ou mais.

— Mais?

— Pode alimentar ideias mais românticas.

— Ah — disse Zusara. — Pode estar certo. Ele a mencionou de passagem, mas... — Ficou em silêncio enquanto pensava. — Sim, mande-a. Se saírem assim que ela aparecer, não vão ter problemas em chegar ao castelo do barão no dia marcado. — Olhando para os mestres ao redor, perguntou: — Temos agentes em Marquenet?

— Tenho uma equipe — um homem magro, Mestre Rengara, respondeu.

— Uma equipe? — Zusara ergueu uma sobrancelha. — Por que eu não sabia disso?

— Não é assunto do conselho. — Rengara deu de ombros, diminuindo a importância do tema.

Zusara encarou o mestre mais jovem estreitando os olhos. Rengara não seria o primeiro a tentar ter seus próprios assuntos sem dar o devido aos demais mestres.

— Iremos conversar depois. Agora, preciso que os avise. Iremos esperar a garota chegar da aldeia de Facaria e quando ela, Reza e o garoto alcançarem Marquenet, quero que saibam da chegada de Reza. Vamos encenar uma pequena farsa na hora certa.

— Por que se preocupar? — questionou Kugal, o temperamento vencendo-o de novo. — Leve o garoto até a cidade para que Facaria consiga dormir à noite sabendo que o contrato foi cumprido, e mate-o!

Olhando para o velho amigo como se estivesse cansado de repetir, Zusara usou o tom que usaria com um aluno particularmente lento:

— Como disse antes, não sabemos qual o interesse que o Barão Dumarch tem no garoto, por que o entregou a nós para protegê-lo em vez de mantê-lo na sua cidade. Precisamos descobrir seus motivos, e nada deve nos ligar ao garoto. Estou conseguindo me fazer entender?

Kugal ficou rígido, desacostumado a ser tratado dessa maneira, mas depois de um momento, afundou na almofada, assentindo que havia entendido. Já tinha perdido muitas discussões com Zusara naqueles anos todos, por isso reconhecia que também perdera aquela. Zusara era o primeiro entre os iguais, alguém poderia desafiar sua autoridade implícita algum dia, mas não naquele.

— Mais uma coisa antes de encerrarmos — disse Zusara. — Os três navios?

— Rodadores? — disse um mestre chamado Tagaga, corpulento como um trabalhador braçal e olhos sempre apertados, vasculhando ao redor.

Os Rodadores eram piratas, assim chamados por causa do vasto padrão circular de ventos que corria pelas ilhas, através do Estreito, para oeste nas ilhas mais ao sul, depois subindo para a costa leste das duas Têmbrias. Tornava muito fácil a interceptação do comércio pelos piratas.

— Não conheço muitos bandos que naveguem esquadrões de três navios.

— E se estiveram de conluio com as bruxas? — Kugal sugeriu.

Zusara ficou aliviado por ver que o avô de Donte estava inclinado a espalhar a responsabilidade pela morte de Donte, aliviando um pouco a culpa depositada nos ombros de Hatu; não mudaria o destino do garoto, mas faria com que Kugal parasse de incomodá-lo sobre isso.

— Talvez, mas não vamos presumir que haja relação até termos provas. Estou mais preocupado com um esquadrão de piratas que não foge ao ver a bandeira de Coaltachin do que com a possibilidade remota que estejam de conluio com as Irmãs das Profundezas. Aquela magia... — Sacudiu a cabeça. — Podemos precisar ter que lidar com as bruxas algum dia, mas agora ter navios que nos desafiam em nossas próprias águas é a ameaça mais imediata.

Os outros mestres murmuraram, concordando.

— Mande avisar todos os nossos agentes nas ilhas e na costa da Têmbria do Norte, precisamos de pistas sobre a quem pertencem esses navios. Qualquer possível avistamento deve ser relatado, mesmo que pareça normal — disse Zusara. — São poucos aqueles que tentariam tomar um de nossos navios, mas eles se foram e assim não precisamos nomeá-los.

Os mestres se entreolharam, assentindo e concordando entre si. Coaltachin tinha poucos inimigos, todos bem conhecidos do Conselho, mas havia um que mais temiam, e todos relutavam em falar a respeito.

— Discordo — Facaria disse. — Não precisamos nomear aqueles que se perderam de nós, porém precisamos ser cautelosos se forem eles que estiverem de espreita em nossas águas.

Kugal pareceu prestes a explodir de novo, mas seu comportamento mudou de repente e soltou um suspiro alto.

— Facaria está certo. Aqueles que nos... deixaram... nos tempos dos avós dos nossos avós, são como nós. — Olhou ao redor. — E tive relatos de algumas de minhas equipes. Não uma coisa ou outra, só... vestígios de que alguém possa estar perto.

— Você consegue ser mais obscuro? — Mestre Tagaga reclamou. — Diga logo, Kugal!

Kugal estava pronto para explodir de novo, e mesmo se lançar sobre a mesa em cima de Tagaga, que também parecia mais do que pronto para uma disputa física se necessário.

— Mestres! — Zusara os repreendeu.

— Certo. — Kugal olhou para Zusara. — Aqueles que se recusaram a obedecer o conselho e foram para o sul, para se perderem nas Dez Mil Ilhas, podem estar voltando.

— Como sabe? — Tagaga questionou.

— Pequenas coisas. Tem alguém mordiscando as beiradas das minhas equipes no sul. Alguém inteligente. Achamos que é chamada de Aranha.

— Chamada?

— Alguns de meus capitães de equipe dizem que é mulher. — Kugal deu de ombros. — Talvez seja engano, mas as equipes que encontramos não são os ladrões e malandros de rua comuns. Eles têm algum tipo de arte; está escondido, mas ali.

— Foram desafiados abertamente? — Zusara perguntou.

— Não, mas... — Kugal recostou-se, sacudindo a cabeça. — Tem algo para acontecer. Posso sentir.

— Iremos esperar e discutir isso quando os outros membros do Conselho estiverem de volta e iremos avisar aqueles de nossa confiança para ficarem alertas e relatar quaisquer indícios da... volta de nossos irmãos.

Olhou para Rengara.

— E chega de "não é assunto do conselho" e estabelecer equipes onde nenhum de nós sabia. Precisamos saber de qualquer indício de ameaça, como essa "Aranha". Pode não ser nada, mas pode... — Ele baixou a voz e falou: — Azhante.

O simples murmurar daquela palavra fez os outros mestres ficarem imóveis e atentos. Suas expressões mostravam que desejavam não tê-la ouvido. Zusara fez um gesto, encerrando a discussão.

— E se há uma ligação daqueles navios com as bruxas, logo iremos descobrir. Irá chegar o dia em que iremos precisar exterminar aquelas canibais nojentas, mas não é hoje. Agora, vamos voltar ao assunto do garoto e do breve futuro dele. Alguém tem algo a acrescentar ao que foi decidido? — Quando ninguém se manifestou, olhou cada um, e sem dizer mais nada assentiu, indicando que o encontro estava encerrado.

Os mestres se levantaram e partiram; Kugal e Tagaga trocando olhares raivosos ao deixaram a sala. Quando Facaria passou por Zusara, este o fez parar.

— Diga ao garoto que esteja pronto para partir amanhã.

O velho mestre assentiu e inclinou a cabeça para Mikial ao sair. O jovem aproximou-se do pai.

— Por que sinto que isto é mais perigoso do que deveria? — Mikial perguntou quando estavam a sós.

— Não sei, mas fede a risco — o velho mestre concordou e soltou um longo suspiro. — A vidente tem limites e nem sempre fala claramente sobre o que vê, então o alcance desse perigo é desconhecido, e isso me perturba mais do que consigo explicar.

Mikial estendeu a mão e apertou de leve o ombro do pai.

— Vou dizer a Reza o que é para ser feito com o garoto.

Sozinho por um momento, Zusara olhou ao redor, para o maior cômodo da pequena casa, o lugar onde passava a maior parte do tempo. Não ficou reconfortado pela visão familiar, pois no íntimo sabia que a ameaça era muito maior do que estava disposto a dividir com o filho.

FACARIA VIU HATU ESPERANDO SOZINHO PERTO DE UMA árvore, aproveitando a sombra no calor do meio-dia. Reza estava deitado por ali, de costas e de olhos fechados, como se estivesse cochilando. Facaria gesticulou para que Hatu caminhasse com ele, e só falou quando já estavam a alguns passos de distância da casa de Zusara.

— Reza está dormindo?

— Duvido e provavelmente irá me pedir para contar nossa conversa assim que você partir. — Hatu tentou não sorrir.

— É sobre partidas que quero falar com você e não temos muito tempo.

Mikial deixou a casa e logo depois Reza estava de pé. O irmão mais velho gesticulou para que Hatu se aproximasse, e Mestre Facaria o seguiu.

— Reza, você e o garoto irão partir na maré da manhã — Mikial avisou. — O pai me pediu que dissesse a você o que precisa ser feito.

— Ah, então iremos honrar o contrato — Facaria disse.

— Sim, vamos honrar o contrato — concordou Mikial.

Facaria entregou a bolsa de viagem para Hatu.

— Como ele não partirá antes de amanhecer, e eu estou indo assim que chegar às docas, ele pode carregar a mala de um velho pela última vez. — Ele gesticulou para que Hatu o seguisse e se virou.

Hatu viu que Reza ia contestar o pedido, mas Mikial interrompeu:

— Volte assim que terminar, Hatushaly.

Facaria só falou quando estavam fora de alcance:

— Podem ser filhos de Zusara, mas ainda sou um mestre. — Encarou Hatu por um longo momento. — Eles irão perguntar sobre o que conversamos. Você irá dar de ombros e dizer que foi um velho tagarelando sobre a vida.

— Senhor?

— Você faz parte de minha última turma de estudantes, Hatu. — O velho mestre soltou um longo suspiro de arrependimento. — Sim: você, Donte e os outros vocês são minha última turma. Logo, não serei mais o mestre que controla Morasel. Vão me deixar ficar com a minha casa, mas minha família será assimilada por outra. Não tenho descendência masculina, e minha única filha está casada com outro mestre, então agora faz parte da família dele.

Hatu seguiu o ritmo do velho, que caminhava com determinação, mesmo que lentamente. Não sabia o que dizer.

— Sou o mestre mais velho ainda vivo em Coaltachin — continuou Facaria. — Há um ditado que diz que a idade traz sabedoria. Se fosse verdade, você não estaria aqui, me levando até o barco que irá me conduzir para casa, onde irei esperar a morte aparecer.

Hatu ficou alarmado. Estava prestes a falar quando Facaria ergueu uma mão, o interrompendo.

— Quando tinha sua idade, deixei minha casa para viajar e aprender com aqueles que eram mais velhos e sábios, imaginando que ou viveria para sempre ou morreria em glória, a serviço de meu povo. — Ele deu de ombros e sorriu com ironia. — Sequer sonhava que no dia em que me aposentasse, seria o último da minha classe ainda vivo. Zusara é quase dez anos mais novo, e foi parte de uma equipe que comandei por um tempo quando ele tinha sua idade.

Facaria olhou para o horizonte enquanto caminhavam.

— Todos os meus irmãos, filhos, sobrinhos, todos os membros masculinos da minha família morreram antes de mim. Minha esposa faleceu anos atrás. Sequer tenho uma neta para casar com algum rapaz promissor, capaz de assumir o dever de liderar uma família, mesmo uma pequena como a minha.

Chegaram à estrada principal que levava para a cidade e continuaram caminhando em um ritmo estável. Hatu sabia que o que estava ouvindo era importante, mesmo que não soubesse o motivo, e manteve a atenção focada.

— Vão lhe contar coisas quando chegar a Marquenet, coisas que irão esclarecer o mistério de sua vida anterior. Eu contaria, mas... — O velho mestre parou e perguntou: — Zusara em algum momento me chamou de velhota?

Hatu simplesmente assentiu, com medo de enraivecer o mestre ao falar fora de hora. Facaria riu.

— Ele costumava me chamar assim quando éramos mais novos — caminhou lentamente, perdido em pensamentos por um momento. — Estamos nos aproximando do fim, Hatushaly.

— Senhor? — Hatu disse, demonstrando claramente que não estava entendendo.

— Tudo tem seu tempo de vida, mesmo que alguns sejam longos, como os de nações. A Aliança dos Cinco Reinos durou mais de quatrocentos anos, ainda mais se considerar o período de paz que permitiu que fizessem o Tratado da Aliança. Os homens na maioria das vezes sonham que suas criações irão permanecer e viver eternamente, mas tudo morre um dia. — Apontou para longe, onde a silhueta de um pico montanhoso podia ser vista se erguendo na nebulosidade do lado norte da ilha. — Aquela montanha um dia não existirá mais; mesmo as pedras mais resistentes sucumbem à chuva e ao vento. É como as coisas são. — Ele olhou para o céu. — E quem sabe? Talvez até mesmo as estrelas morram.

Estavam entrando nos arredores da cidade e Facaria precisou erguer um pouco a voz, porém conseguindo ainda assim manter a conversa entre eles.

— Então, Hatu, isso também é um final.

— O quê, mestre? Não entendi.

— Você irá entender um dia, talvez muito em breve. — Facaria sorriu. — Agora, uma pergunta: Hava. Vocês são próximos?

Hatu não conseguiu impedir que corasse.

— Ela e Donte... — Sentiu uma pontada de dor ao mencionar o amigo perdido. — Ela é minha melhor amiga.

— Você confia nela?

Hatu assentiu.

— Pois não confie — disse Facaria. — Quando chegar a Marquenet e descobrir o que o Barão Daylon tem a lhe dizer, só então decida em quem irá confiar. Temo que ficará inseguro, mas confie em seus instintos, são tudo o que tem. Às vezes, é tudo que qualquer um tem.

A confusão de Hatu era óbvia. Facaria parou e gesticulou para que ele o seguisse até uma porta relativamente tranquila na rua movimentada.

— Você ficou aborrecido. Por quê?

Hatu hesitou antes de falar.

— Ela é minha amiga.

Facaria observou Hatushaly por um momento e sacudiu a cabeça.

— Eu vi vocês três crescendo. Ela é mais do que uma amiga.

Hatu deu de ombros, sem saber o que dizer. Facaria deu um suspiro dramático.

— Por acaso Zusara fez aquele discurso para você sobre não se apaixonar, dizendo que as mulheres só iriam enfraquecê-lo?

Hatu assentiu, com medo de falar entre as emoções que se convulsionavam dentro dele: raiva, confusão e outras que ele não conseguia nomear.

— Aquele hipócrita — disse, com um sorriso de pena. — Ele não só se apaixonou, como o fez por duas vezes. Ao mesmo tempo! — Facaria deu uma risadinha. — Porém, ele tem razão ao lhe avisar para não se envolver com nenhuma mulher dos Quelli Nascosti. — Analisou o rosto de Hatu. — Ele disse a você o porquê?

— Que se ela ficasse grávida...

Facaria o interrompeu com um aceno.

— Isso é besteira. Pode ser um problema, claro, mas não é por isso que os alunos são proibidos de ficarem juntos.

Hatu ficou em silêncio por um tempo antes de perguntar:

— Qual é a razão então, mestre?

Facaria riu.

— Sexo é uma cola poderosa, garoto, e se ama alguém de verdade, fica ligado àquela pessoa. — Olhou para Hatu ao entrarem no mercado, aquele mesmo que Hatu, Donte e Hava tinham observado de um telhado, no que parecia ter sido em outra vida. — Agora, sabe por que queremos que evite isso?

Hatu sacudiu a cabeça.

— Porque aqueles que chegam a ser sicari, ou mesmo mais alto, a nocusara, precisam colocar a nação e a família em primeiro lugar. Na língua antiga, as mulheres nocusara, as assassinas que se fingem de concubinas, esposas e cortesãs, são chamadas de noconochi. Um nocusara que tomasse uma mulher dessas como amante era morto. Para as guerreiras como sua amiga Hava, uma sicari, tínhamos outros nomes, mas no final a regra se aplicava do mesmo jeito. "Não se pode servir a dois mestres" é um velho ditado. E se aplica a um mestre e uma esposa, por isso tentamos evitar que precisem fazer essa escolha. Se estiver servindo com alguém que ama, e precisa deixá-los para trás, para serem mortos ou capturados, para completar sua missão... — Fez um gesto amplo ao redor enquanto se dirigiam para a rua que os levaria até as docas. — Entendeu?

Hatu não disse nada. Lembrou como tinha se sentido ao deixar Donte para trás, e percebeu que sequer podia imaginar escolher aquilo se fosse com Hava. Assentiu, mostrando que entendia. Ficou em silêncio até ver as docas e os navios no porto.

— Mestre, se não nasci entre os Coaltachin, por que... — Hatu lutou para achar as palavras.

— Por que o criamos como um de nós?

— Sim, mestre, se era para nunca ter sido um dos Quelli Nascosti, por que não... fui simplesmente treinado em um oficio qualquer?

— Fui encarregado de criá-lo como faria com uma criança de minha casa. Como sou um homem de palavra e um mestre, isso significava que deveria tratá-lo como se fosse meu filho ou sobrinho — sorriu de leve —, sobrinha ou filha, como tenho tratado todos que foram estudantes em nossa ilha. Seria mentira dizer que desenvolvi qualquer afeição em especial por você, Hatushaly. Com certeza, foi um dos alunos mais interessantes de minha escola, mas meu afeto por meus alunos começou a morrer com meus filhos e o resto da família. Mas tenho certeza de que tem um papel no futuro de Coaltachin, e apesar de não saber se vai ser para o bem ou para o mal, era meu dever lhe dar o máximo de conhecimento que pude para que possa executá-lo. — Chegaram na beira do ancoradouro. — Agora, volte para a casa de Zusara, aprecie a comida da mulher dele e lembre-se de que tudo que ele disse sobre mulheres é uma mentira e que sua tarefa de agora em diante é separar mentiras de verdades. Reza é esperto, então não o deixe desconfiar de nada que conversamos aqui, e quando Hava se juntar a vocês...

— Hava irá conosco? — Hatu irrompeu, interrompendo Mestre Facaria. Ao ver sua infração, consertou-se. — Desculpe, mestre. Imploro perdão.

Facaria assentiu.

— Não foi nada. Eu jamais os reuniria, mas talvez seja algo bom. Ela estará encarregada de vigiar você, então eu o encarrego de vigiá-la. Essa deve ser minha última visita aqui, Hatushaly. E com certeza é a última vez em que verei seu rosto. Que quaisquer deuses que privilegie, também o privilegiem em troca. — Estendeu a mão, e Hatu devolveu-lhe a bolsa de viagem. Ficou observando enquanto o velho se encaminhava para o navio.

Hatu ficou parado por um bom tempo. Soltou a respiração que não sentira que estava prendendo e virou-se na direção da casa de Mestre Zusara. Tentou se manter calmo, mas o coração batia com força por saber que Hava estava vindo. Forçou-se a manter um passo firme, apesar da vontade inexplicável de sair correndo pelas ruas.

19

UMA MUDANÇA NO VENTO

A CARROÇA SACOLEJAVA PELA ESTRADA POEIRENTA enquanto as quatro mulas diminuíam a velocidade para subir a próxima encosta enquanto o sol da tarde esquentava o cenário.

Declan e Ratigan usavam chapéus de palha, o de Ratigan velho e gasto, e o de Declan comprado antes de partirem, de uma velha senhora que os fazia para os trabalhadores das vinhas, pomares e campos ao redor de Marquenet. Era grato a Ratigan pela sugestão, pois o calor era implacável e um chapéu de pano ou de couro não daria tanto alívio.

— Olhe para o final da estrada — Ratigan disse.

Declan não viu nada no topo da subida.

— O quê?

— Poeira. Alguém está levantando poeira logo além da subida.

Assim que Ratigan acabou de falar, Declan viu. Uma pequena nuvem de poeira movia-se acima da colina à frente, indicando que alguém estava se movendo do outro lado.

— Bandidos? — Declan perguntou, já ajeitando a espada para que estivesse pronta em um instante.

— Tão perto da fronteira das Colinas de Cobre? Não acho.

Declan manteve a mão no punho da espada e rezou em silêncio para que, se fossem bandidos, não tivessem arqueiros. Encararia qualquer um com uma espada, mas ainda não tinha desenvolvido a habilidade para desviar de flechas.

Ao chegarem ao topo da subida, viram um pequeno contingente de soldados vestidos com as cores do regimento das Colinas de Cobre, tabardos castanho-avermelhados com um punho segurando um martelo preto bordado. Declan tinha visto o Barão Rodrigo usando algo similar. A poeira era causada por um pequeno grupo de carroças se afastando daquele posto de controle improvisado.

— Ah, faz sentido — Ratigan disse. — Não quiseram colocar o bloqueio no topo, pois as pessoas veriam antes e teriam que persegui-las. — Sacudiu as rédeas, estalou a língua alto, e os cavalos começaram a descer rapidamente.

Alcançaram o posto de controle, e um velho soldado usando as insígnias de sargento no peito levantou a mão para que parassem. Ratigan parou a carroça e outro soldado veio segurar as rédeas do animal da frente, acarinhando-o no nariz enquanto o sargento se aproximava.

— Olá, sargento.

— O que tem na carroça? — o velho de aparência entediada perguntou.

— Armas — Ratigan respondeu.

— Para o barão — Declan acrescentou rapidamente ao ver a expressão preocupada do sargento, que logo relaxou.

— Você é o rapaz de Cerro de Beran?

Declan assentiu.

— Avisaram que você estava para vir.

— Por que a parada aqui? — Declan perguntou.

O sargento deu de ombros, dizendo claramente que não ia dividir aquele conhecimento. Deu um passo para o lado e gesticulou para que avançassem.

— O que achou daquilo? — Declan perguntou ao se encaminharem para a distante cidade de Colinas de Cobre.

— Nada bom — disse Ratigan. — Só estive aqui duas vezes antes e as coisas estavam calmas assim que passava a fronteira. Patrulhas e bloqueios na estrada são sinal de que nem tudo está bem. Contrabandistas, talvez, ou podem estar procurando por bandidos. Tem algo acontecendo ou não teríamos sido parados.

— É estranho — disse Declan. — Por que tão longe da cidade?

— Não sei — o carroceiro jovem respondeu. — Você aprende algumas coisas viajando, é o que chamo de "ler a estrada", perceber quem está indo para onde, quais mercadorias as pessoas estão carregando. Se as coisas estiverem livres e fáceis, e não houver problemas por perto, geralmente são perecíveis como carne e fruta. Mas se houver a possibilidade de o comércio diminuir, vai ver feijões, carne-seca, coisas que duram mais.

Ratigan estendeu a mão para trás e bateu na lona que cobria as espadas que Declan tinha feito.

— Cem espadas? Sei que o mestre armeiro do barão morreu e que demorou até que encontrasse um novo ferreiro, mas para querer tantas espadas tão rápido... — Olhou para Declan. — Alguém está se aprontando para uma luta, das grandes.

Uma hora depois avistaram alguém caminhando na beira da estrada, uma figura esguia em uma roupa cinza empoeirada, com o capuz jogado para trás. Carregava um cajado na mão direita e tinha uma pequena bolsa jogada por cima do ombro esquerdo. Pelo brilho reluzente na cabeça, ou era careca naturalmente, ou tinha raspado o cabelo por algum motivo. Ao se aproximarem, virou-se para olhar os dois homens na carroça.

— Um frade mendicante — Ratigan disse.

— Mendicante? — Declan perguntou.

— Voto de pobreza. Vive do que as pessoas lhe dão. Acho que é de Tathan pela cabeça raspada.

— Mendicante? — Declan repetiu quando a carroça se aproximou do caminhante.

— Você aprende coisas viajando, eu disse. — Ratigan virou-se para o frade, alto o bastante para ser ouvido por cima do barulho da carroça: — Frade!

O monge magro sorriu e inclinou a cabeça.

— Benções, viajantes. — Fez um gesto de benção que Declan reconheceu como um usado pelos clérigos de Tathan, o Puro, agora chamado de Arauto do Único.

— Colinas de Cobre? — Ratigan perguntou.

— Sim, irmão — o frade respondeu.

— Se não se incomodar de sentar em caixas duras, pode ir conosco — Ratigan ofereceu, e Declan estreitou os olhos para ele. Ratigan sussurrou: — Sorte.

Parou os animais, e o homem magro rapidamente subiu.

— É gentileza sua — o frade disse ao encontrar um lugar relativamente confortável na parte de trás da carroça. — Sou o Irmão Catharian.

Declan acenou para cumprimentar enquanto Ratigan os apresentava.

— O que o leva até Colinas de Cobre, irmão? — Declan perguntou enquanto Ratigan fazia os animais avançarem.

— O desejo de nosso Deus, confesso. Minha ordem viaja, espalhando a Palavra, e nunca sei de um dia para outro aonde minha jornada irá me levar. Porém, chegou até a mim a notícia de que uma nova igreja está sendo construída em Colinas de Cobre.

— Igreja? — Declan perguntou.

— Templo — Ratigan sussurrou. — A Igreja do Único...

— Eu achei que igreja era como chamavam... — Declan se viu sem saber o que dizer.

O frade sorriu.

— Entendo a confusão. A igreja são todos os fiéis, unidos em mente e espírito, se não em corpo. Também é como chamamos nossos lugares de adoração, pois é onde nos reunimos.

Declan assentiu como se tivesse entendido e decidiu não insistir mais. Religião só o confundia. Dos parcos ensinamentos de Edvalt, tinha aprendido que, quando passasse perto de uma capela deixava uma moeda em uma caixa na esperança que trouxesse um pouco de sorte. Além disso, era completamente ignorante em assuntos de fé, e preferia assim.

— De onde está vindo, irmão? — Ratigan perguntou.

— Soladar, e, antes disso, de Jebank. — As duas cidades eram ilhas ao leste.

— Quais são as novidades? — Ratigan perguntou de modo amigável.

— Dou pouca atenção para fofocas — o frade declarou, e imediatamente Declan presumiu que a verdade era o contrário. Tinha aprendido enquanto vivia em Oncon que viajantes geralmente trocavam notícias e fofocas por comida e serviço. Mais de uma vez, Marius, o hospedeiro, tinha trocado refeições, bebidas ou uma esteira para dormir debaixo da mesa por uma boa história que mantivesse os locais contentes e comprando mais cervejas do que o normal.

Declan assentiu, como se concordasse com o religioso.

— Quem precisa de histórias que provavelmente são inventadas para trocar por comida e bebida, não é?

O rosto de Catharian só mostrou um lampejo de irritação, mas foi o bastante para Declan ver que tinha acertado.

— Bem — disse o frade depois de um momento —, às vezes, um relato pode precisar de um embelezamento para enfatizar a importância da história. — Olhou para longe, como se observasse o horizonte.

Declan e Ratigan começaram a rir, e logo Catharian se juntou a eles.

— Muito bem dito, irmão — Declan disse quando recuperou o fôlego. — Quando terminarmos os negócios com o Barão Rodrigo, irei lhe pagar de bom grado uma refeição. — Olhou para Ratigan. — Onde iremos ficar?

— Não faço ideia — Ratigan falou. — Nas outras vezes, foi Milrose que escolheu as hospedarias e nem lembro os nomes. Assim que entregarmos a mercadoria, vamos encontrar uma.

Declan pareceu surpreso.

— Achei que já tinha estado em todos os lugares e sabia de tudo.

— Só digo que estive em todos os lugares e que sei de tudo — falou o carroceiro arrogante. — Não quer dizer que seja verdade.

Catharian riu.

— Se você tem negócios com o barão, pegue a estrada maior ao deixar o castelo, passe pelo portão norte, e vire à direita na praça do mercado, onde irá achar uma hospedaria grande, a poucos quarteirões do portão ocidental. Vai reconhecê-la pela placa de três carneiros dançando em um campo verde. Se se perderem, perguntem a qualquer um onde encontrar Carneiros Dançarinos.

— Bom o bastante — disse Ratigan.

— Nós o veremos lá?

— Quando eu chegar, também tenho meus deveres, mas os encontrarei lá depois do pôr do sol para aceitar a generosa oferta.

Catharian e Ratigan conversaram e trocaram histórias, enquanto Declan escutava em silêncio, divertindo-se, até avistarem a cidade de Colinas de Cobre.

— Ali está ela — disse o frade. — Já se passaram sete anos desde que estive aqui.

— É um bom tempo — Declan falou.

— Tempo o bastante para lembranças sumirem — disse o frade. — Ainda havia alguns antigos crentes que... causaram tumulto quando minha ordem chegou aqui, e embora eu não seja da Igreja Inflexível, fui confundido com eles.

— Igreja Inflexível? — Declan perguntou.

— Uma ordem militar a serviço da igreja, em que assumimos votos diferentes daqueles que são ordenados — Catharian explicou. — Não tem como não reconhecê-los. Usam escudos completamente brancos e tabardos pretos com um único círculo branco que simboliza o Deus Único, infinito, sem começo ou fim.

Ratigan não disse nada. Declan assentiu.

— Por que estariam aqui?

— Por que estariam em qualquer lugar? — O frade deu de ombros. — Eles têm muitos homens armados, dispostos a fazer o que quer que a Igreja mande em nome de Deus.

— Nem um pouco aterrorizante — Ratigan resmungou, mas Catharian ignorou a indireta.

— Se estão em Colinas de Cobre, é porque esperam problemas. Tem uma população considerável de Kes'tun nessa área, mais a norte na região montanhosa, e ainda mantém as velhas crenças. — Ele fez um movimento circular com o dedo, o que Declan pensou ser um novo gesto sagrado, talvez para bloquear o mal. — E o Barão Rodrigo permitiu a construção de uma nova igreja e de uma prelazia para receber um epíscopo.

— Ouvimos falar sobre isso em Marquenet — Declan disse.

— Uma cidade grande onde a lei é mantida e as coisas ficam sob controle — disse Catharian. — Aqui em cima é mais difícil. Se os locais recusarem os novos rumos, e o Barão Rodrigo não conseguir manter a ordem, a igreja terá como se proteger.

Declan assentiu e olhou para a frente, vendo uma mancha negra no horizonte que ele estava certo ser o destino deles. Manteve seus pensamentos para si, mas se perguntou o que mais aquele pequeno exército de fiéis faria pela igreja se o barão não conseguisse manter a ordem. Não conseguiu identificar o motivo, mas sentiu um peso desconfortável no estômago.

— É UMA CIDADE ESTRANHA — DECLAN DISSE QUANDO CHEGARAM.

Ratigan deu de ombros.

— Pelo que dizem, algumas das antigas comunidades de mineiros que existiam aqui construíram estradas entre elas e vários tipos de mercados e passagens brotaram e meio que cresceram ao redor do castelo do barão mais à frente.

O desenho da cidade só podia ser descrito como *esparramado*. Não havia uma muralha externa única como em Ilcomen ou Marquenet, em vez disso passaram por uma série de seções muradas, quatro portões até atingirem a muralha do castelo. O prédio central estava localizado em uma colina que o deixava um pouco mais elevado. Pelo que Declan sabia, a fortaleza e o terreno ao redor do castelo tinham sido construídos para que os governantes pudessem recuar e se trancar, não para ser uma posição estratégica para lançar a defesa da cidade. Se um inimigo alcançasse Colinas de Cobre, seria cada um por si, enquanto o barão se aquartelaria para o cerco.

Sabia pouco sobre guerra, apesar de saber muito sobre como fazer armas. Durante os anos que passara com Edvalt, algumas de suas conversas tinham tocado em uma história aqui, outra ali sobre uma ou outra batalha, mas tudo o que Declan aprendera foi a certeza de sua ignorância. Porém, naquele caso já tinha visto o bastante da defesa de outras cidades para saber que se um inimigo poderoso virasse na direção de Colinas de Cobre, ela cairia com facilidade.

Por duas vezes, Declan e Catharian tiveram que sair da carroça para empurrá-la por ter ficado atolada até metade das rodas na lama. Os dois estavam imundos quando alcançaram as ruas principais. E, mesmo ali, prosseguir era difícil, pois chovera no dia anterior e paralelepípedos escorregadios cobriam a parte mais antiga da cidade.

— Veem aquela placa? — Catharian disse, ao virarem uma esquina que os deixaria na rua que levava ao castelo, apontando para uma placa desbotada com três carneiros brancos em um campo verde.

— Carneiros Dançarinos.

— Irei esperar vocês ali — disse o frade, despedindo-se.

— Não vai demorar muito mais do que uma hora, duas no máximo — disse Ratigan. Ao se afastarem, falou para Declan: — Sujeito estranho, não é?

— Gostei dele — disse o ferreiro. — Não sei bem, mas ele tem um jeito tranquilo.

— Assim como a maior parte dos malandros e salafrários que já encontrei — disse Ratigan, rindo. — Alguns dos homens mais malignos que já conheci eram adoráveis.

Continuaram em um silêncio relativo. Declan olhava boquiaberto para as paisagens da cidade enquanto se aproximavam da fortaleza. Colinas de Cobre era diferente de qualquer cidade antiga que já tinha visto. Ao contrário das casas e lojas de boa aparência que geralmente ficavam perto da fortaleza, ali havia estabelecimentos bem mais sórdidos perto das muralhas. As tabernas abundavam, assim como tendas de jogos e de vendedores de produtos misteriosos. Declan só viu as mercadorias de relance conforme passavam. Prostitutas se vendiam na luz do dia e algumas atendiam seus clientes em portais ou nos becos, onde qualquer um poderia ver. Dois homens estavam brigando em um canto, cercados por outros que os incentivavam.

— É bem esquisito por aqui — comentou Ratigan. — Só estive no castelo uma vez, e pelo que disseram, o primeiro barão que construiu a fortaleza, manteve drogas, bebidas, putas e jogos por perto e a tradição ficou. As pessoas com dinheiro construíram suas casas para lá — apontou para o oeste —, assim toda a sujeira e o fedor ficam contra o vento.

— Nunca vi uma cidade assim — disse Declan, maravilhado e um pouco envergonhado. Não era um homem pudico, tendo crescido perto do campo foi introduzido cedo ao sexo, e as meninas da cidade ajudaram assim que ficou velho o bastante, mas ver sexo, bebidas e brigas assim em público o chocou. Ficou surpreso com a própria reação.

— Espere até anoitecer — Ratigan disse para Declan rindo.

— Não sei se quero — Declan falou com uma risadinha.

— O lugar onde deixamos o frade parece um pouco mais civilizado — sugeriu o carroceiro.

Ele instigou a carroça estrada acima até puxar as rédeas na frente dos guardas na entrada da fortaleza. O portão estava completamente aberto, mas foi parado por uma sentinela com a mão erguida.

— Qual é o assunto?

— Armas para o barão — respondeu Ratigan.

— Leve-as até o pátio dos estábulos e vai ver o arsenal bem na frente. — Acenou para que entrassem e gritou para um soldado parado no topo da encosta: — Avise o mestre de armas! Armas! — Apontou para a carroça, o outro soldado assentiu e saiu correndo.

O sol estava afundando no oeste, e as sombras se alongavam, deixando o aspecto lúgubre do castelo jogado em contrastes ainda mais marcantes de claro e escuro. Aos olhos de Declan, o lugar parecia uma maçaroca de prédios, construídos em alguma ordem aleatória. Presumia que havia um projeto, mas não era aparente.

Uma torre central dominava o castelo, mas as muralhas, prédios e as torres menores pareciam ter sido construídos aleatoriamente. Declan viu homens correndo para realizar tarefas — a maioria usava tabardos, mas percebeu uma variedade de roupas e armaduras. Alguns criados e pessoas da cidade também podiam ser vistos, mas no geral o castelo de Colinas de Cobre não era um lugar inspirador.

— Lugar feioso, não é? — Ratigan comentou. Declan riu. O carroceiro tinha talento para ir direto ao ponto.

Chegaram ao arsenal e viram um homem mais velho de ombros largos sair pela porta. Uma faixa de cabelo grisalho e grosso se estendia pela cabeça, combinando com sobrancelhas e bigode, que parecia a ponta de uma vassoura, mas todo o resto era velho, duro e experiente. Seu jeito disse a Declan que aquele era um homem com quem não se gostaria de ter problemas; se isso acontecesse, teria que matá-lo antes que o matasse.

— O que temos aqui? — ele perguntou. O sotaque era estranho para os ouvidos de Declan. As vogais eram fechadas e "o" rolava de uma forma que parecia estar engolindo as palavras enquanto falava. — Sou Collin, mestre de armas do Barão Rodrigo.

— Sou Declan, o Ferreiro, trouxe armas de Cerro de Beran — respondeu ao descer da carroça. — O barão fez um pedido para mim quatro semanas atrás.

Declan foi desamarrar a cobertura de lona e ao fazer isso percebeu onde tinha ouvido o sotaque de Collin antes. O mestre de armas era um Kes'tun, o povo que vivia nas montanhas ao norte. Eram guerreiros lendários, extremamente independentes e guiados por um código de honra que deixava muitos mortos pelo chão. Encontrar um a serviço fora de suas montanhas era raro, mas quando faziam o juramento de serviço, morriam pelo seu senhor.

Declan puxou a lona, subiu na carroça e pegou um martelo aninhado entre as caixas. Usou a parte de trás para abrir a caixa mais próxima, pegou uma espada e a entregou ao mestre de armas.

O homenzarrão a virou como um especialista, e Declan pode ver que Collin não estava se exibindo, mas, sim, testando o equilíbrio da lâmina. Espadas comuns eram produzidas rapidamente e geralmente não eram bem balanceadas. Muito peso no meio e não teria força o bastante. Muito peso na lâmina e o braço cansaria rápido.

— Me tragam uma ponta de ferro — ordenou. Quando um soldado voltou, apontou para um velho toco de árvore. — Coloque ali!

O soldado mal tinha tirado a mão quando o mestre de armas impulsionou o braço em um golpe poderoso e a cortou no meio. Teve que puxar com força para soltar a espada da velha madeira endurecida e, quando a libertou, inspecionou o fio. Correu o dedo pela beirada da lâmina e assentiu.

— *Geur!* — sorriu para Declan, exclamando na língua nativa. — Essa é uma espada feita para retribuir ofensas! Quantas o barão pediu?

— Quarenta — disse Declan.

O mestre de armas fez uma careta, franzindo a testa.

— Preciso de mais. Quanto tempo para fazer mais quarenta?

— Um mês, talvez um pouco mais, além do tempo de viagem. — Declan deu de ombros e olhou ao redor. — O barão deu a entender que só estava complementando o arsenal enquanto procuraram outro armeiro.

— Ainda não encontramos. Todos os bons estão a serviço de alguém ou estão no leste trabalhando para Sandura e seu bando. — Olhou para a espada que Declan levava embainhada. — Sabe usar isso ou é só enfeite?

— Uso bem o bastante para ainda estar aqui — disse o jovem ferreiro, perguntando-se o que estava por vir.

— Pegue a espada — disse o mestre de armas. — Quero ver o que sabe.

Sem vontade de discutir e querendo ser pago, Declan assentiu e desembainhou a espada.

— Vamos logo — disse. — Foi uma longa viagem.

— Em posição.

Declan ergueu a lâmina acima da cabeça com as duas mãos, na posição que Edvalt dissera se chamar "poleiro de falcão", mais vantajosa quando não se sabe se o ataque vai ser por cima ou por baixo.

— Pronto — disse.

Declan bloqueou no alto um golpe em curva; o ataque não tinha sido pensado para machucá-lo, mas o teria feito se não estivesse preparado. O impacto reverberou pelo braço até o ombro, e ele segurou o golpe, deixando as lâminas deslizarem um pouco, para depois se afastar e torcer a espada para devolver o ataque.

O aço tilintou enquanto os dois trocavam golpes. Após alguns minutos, o mestre de armas deu um passo para trás.

— Basta. — Inspecionou sua espada, depois disse: — Deixe-me ver essa espada.

Ele pegou a espada da mão de Declan e deu uma olhada rápida, jogando-a de volta para o jovem ferreiro. Declan embainhou sua espada enquanto Collin jogava a sua para um soldado, que a pegou.

— Onde vai ficar? — perguntou, aproximando-se.

— Em uma hospedaria chamada Carneiros Dançarinos.

— Conheço. Vá para lá e quando eu tiver me certificado que essas belezinhas estão devidamente guardadas, vou procurar o barão para pegar seu dinheiro. Encontro você lá. Estou querendo fazer um pedido especial.

— Então, não encontramos o barão?

— Geralmente não — respondeu o mestre de armas. — Eu deveria lhe dizer que ele saiu para caçar, mas na verdade é mais provável que esteja por aí, comendo a filha de um fazendeiro. Nunca vi na minha vida homem mais louco por um traseiro novo. Mas é o que é. Quando ele voltar, você já vai ter se acomodado e eu o encontro para a ceia. Agora, vá.

Virou-se sem falar mais nada, e Declan olhou para onde Ratigan estava esperando. Declan subiu e sentou ao lado de Ratigan enquanto os soldados descarregavam as últimas espadas. Depois, o carroceiro virou lentamente a carroça e se dirigiu para a cidade.

RATIGAN, CATHARIAN E DECLAN TINHAM TERMINADO A primeira rodada de cerveja e estavam trabalhando na segunda quando Collin chegou ao Carneiros Dançarinos. Pelo pouco que Declan sabia de hospedarias, era um lugar agradável, mas a atmosfera mudou no instante em que o soldado entrou. As conversas viraram sussurros, e os homens se encolheram para parecer mais inofensivos.

Collin olhou pelo salão, viu Declan e foi até ele, empurrando um grupo de homens de pé entre uma mesa e o balcão. Olhares zangados o seguiram, mas não se ouviu um resmungo.

Ao chegar à mesa, gesticulou para que Declan o seguisse. Sem olhar para trás para confirmar se o ferreiro obedecera, o mestre de armas de Colinas de Cobre foi até um canto deserto da hospedaria, embaixo da escada.

— Aquela sua espada — virou-se para Declan quando ele se aproximou e falou em voz baixa — é aço nobre?

Declan hesitou, mas assentiu.

— Só conheço um ferreiro capaz.

— Edvalt Tasman, meu antigo mestre — disse Declan.

As feições enrugadas do velho soldado se abriram em um sorriso.

— Foi o que pensei. Vi sua espada cortar uma ponta de ferro sem partir, então sabia que era um aço de qualidade, mas quando vi as marcas que espada fez na minha... foi inesperado.

Collin olhou para Declan por um bom tempo, depois disse:

— Conheci Edvalt, anos atrás, quando estávamos em campanha com o Barão Daylon Dumarch. Compartilhamos um bocado de lama e de sangue naqueles dias. Um bom homem, que conheci um pouco melhor quando consertou uma espada para mim. O que preciso saber é se você consegue fazer espadas como essa que carrega.

Declan estreitou os olhos como se não tivesse entendido bem a pergunta.

— Eu fiz essa, mestre de armas... senhor.

— Meu nome é Collin. É porque Edvalt me disse algo uma vez que me deixou a impressão de que para fazer essas espadas demorava muito...ou precisasse de uma magia especial. Não sei o que, mas é por isso que são tão raras e apreciadas. Então, o que devo perguntar é quantas pode fazer e em quanto tempo?

Declan arregalou os olhos.

— Fiz três na vida, e só essa como mestre. É minha obra-prima. Se eu fizer uma... — interrompeu. Pensou bem nos detalhes por um momento. — Posso fazer uma por semana, se não fizer mais nada. — Pesou também o tempo que precisaria para descansar e se recuperar dos muitos dias sem dormir enquanto confeccionava o aço-joia.

Collin olhou para cima, como se pedisse inspiração aos céus.

— Tem alguém que possa fazer espadas como as que me entregou?

Declan refletiu sobre a pergunta. Jusan era capaz de fazer armas simples, mas precisaria de outro ferreiro, mais experiente que seu aprendiz, para manter a qualidade das que tinha entregado ao Barão Rodrigo. Vendo a oportunidade, Declan respondeu:

— Irei encontrar alguém.

— Encontre dois — disse Collin. — E mande um para cá, pois estamos desesperados por um armeiro no castelo. Se conseguir, lhe darei um extra.

— O barão não se incomoda de gastar o ouro dele? — Declan estava se sentindo à vontade com o mestre de armas, por isso a pergunta. Nunca ouvira falar sobre alguém fazendo um pedido desses que não fosse um nobre.

O velho mestre de armas riu com um pouco de amargura.

— Enquanto tiver alguém cuidando do pau dele, o barão não se importa para onde seu ouro está indo. Ele é igual ao pai, embora o velho não fosse tão exagerado. Mesmo assim, somos um baronato bem próspero. Posso lhe garantir que será bem pago. Então, outra encomenda como a que entregou — baixou a voz — e quatro espadas como a que você usa.

— Quatro?

— Para o barão, seus dois filhos crescidos e para mim — disse o mestre de armas. — Já vi o melhor homem morrer porque sua espada quebrou ao enfrentar um homem inferior. Não seria um servo fiel ao meu barão se não fizesse essa encomenda.

Declan assentiu. Ele já sabia que teria um problema. Quatro lâminas iriam consumir todo o suprimento da areia especial que Edvalt lhe dera. Porém, iria se preocupar com a reposição depois que tivesse completado o pedido.

— Quanto? — Collin perguntou.

— O mesmo preço pelas quarenta espadas. Para as outras quatro, o dobro disso.

Collin fez uma careta.

— Preço de vinte por uma? — Sacudiu levemente a cabeça, depois assentiu. — Fechado. Para quando?

— O mais cedo possível, mas vou ter que encontrar o outro ferreiro. Vou avisar.

— Ótimo — Collin disse e partiu sem dizer mais nada. Declan voltou para a mesa e viu Catharian lendo uma mensagem.

— O que foi? — perguntou.

— Uma mensagem de um dos prelados do novo epíscopo em Marquenet. Fui convocado.

— Convocado? — Ratigan perguntou.

— É incomum, mas não inédito. — O frade deu de ombros. — Mesmo assim, não é agradável virar e andar de novo por onde acabei de passar.

— Você pode vir conosco, se quiser — disse Declan.

Ratigan estava prestes a protestar, mas Declan o interrompeu:

— Preciso voltar a Cerro de Beran e depois vou a Marquenet.

— De volta a Marquenet? — Ratigan perguntou. — Estava planejando conseguir alguma carga para levar ao sul. Não gosto de viajar vazio.

Declan assentiu.

— Vai valer a pena. Recebi outra encomenda e tempo é essencial. — Sinalizou a um serviçal pedindo mais uma rodada e se recostou na parede. Soltou a respiração. Mais quarenta espadas e quatro lâminas nobres, e teria ouro o bastante para pagar o que devia da ferraria, fazer as melhorias que queria e guardar o bastante para... Sentiu uma pontada de frio no estômago.

— Começar uma família — resmungou em voz alta.

— O quê? — perguntou Ratigan.

— Nada, só cansaço — Declan respondeu.

Com sentimentos conflituosos, os pensamentos foram para Gwen. Declan quase sorriu, mas lutou para se conter. Tinha finalmente ficado sem desculpas.

20

SURPRESAS E UMA JORNADA

HATU ALIMENTOU A FORJA, MANTENDO UM OLHO NA cor dos carvões conforme o ferreiro lhe ensinara. Só tinha trabalhado em uma pequena forja por duas vezes antes e considerava o trabalho entediante, mas tinha voltado do porto e encontrado Mikial, que lhe disse para achar trabalho até que estivessem prontos para partir em viagem até o baronato de Marquensas. Ele não disse quando, mas simplesmente para encontrar um lugar na cidade, perto do porto e estar pronto para partir em pouco tempo.

Não era uma ordem incomum para um estudante, então isso não surpreendeu Hatu, mas o fato de não ter havido nem uma menção ao que ele dissera ao Conselho — sobre as Irmãs das Profundezas, o sofrimento de Donte ou a notícia sobre os três navios que os tinham empurrado para aquela ilha horrível — o incomodava e o deixava mais suscetível a sua introspecção sombria do que o normal.

Tinha encontrado uma pequena ferraria perto das docas que precisava de um aprendiz substituto, pois o que ali trabalhava — um brutamonte chamado Turhan — tinha conseguido amassar a mão com um martelo alguns dias antes e não ia conseguir trabalhar por mais alguns. Era uma situação ideal para o ferreiro, que só sabia que um estudante precisava trabalhar até partir. O ferreiro, entendendo como essas coisas funcionavam, não perguntou mais nada. Então Hatu tomara o lugar do aprendiz nesse período apesar de nunca ter trabalhado com um ferreiro de verdade.

Era normal que os estudantes só soubessem o necessário e quando fosse necessário, mas aquilo alimentava a fúria de Hatu mais do que o costume. Combinado à conversa de Mestre Facaria, que ia contra o que Mestre Zusara havia lhe dito, mais a expectativa pela chegada de Hava, fazia com que alternasse entre lampejos de frustração e ansiedade. Precisava de todo o seu autocontrole para não explodir ao menor aborrecimento, e como o aprendiz machucado era um tolo, Hatu estava em luta constante.

Porém, dos trabalhos que poderia ter encontrado, Hatu considerou aquele a melhor opção. Lembrar-se disso era a única coisa que o impedia de bater no aprendiz insuportável. Ele não sofreria nenhuma punição oficial se o golpeasse, mas não teria um lugar quente para dormir, nem comida, e sentiria o peso da desaprovação de Mikial por ter falhado em fazer o que lhe fora dito e permanecer discreto.

Trabalhar nos campos ou com o gado — trabalho pesado do qual Hatu não gostava e para o qual não tinha jeito — eram as únicas outras opções, então escolheu trabalhar na forja. Só tinha trabalhado com funileiros antes, e usado as pequenas forjas portáteis que ficava na parte de trás das carroças.

Hatu estava aprendendo coisas novas rapidamente e apesar de o trabalho ser entediante, fornecia um lugar quente para dormir, ainda que Turhan roncasse e aproveitasse todas as oportunidades para aborrecer Hatu. Ele se consolava na certeza de que o garoto seria substituído antes de aprender o ofício, pois duvidava que Turhan sobrevivesse ao aprendizado.

A outra coisa que afastava Hatu dos pensamentos que o agitavam era a própria forja. Apesar de não sentir-se inspirado, era fascinado pela habilidade do ferreiro em moldar o metal quente e transformá-lo em coisas úteis. Não entendia por que regular a temperatura do carvão era considerado algo difícil. Conseguia fazê-lo facilmente, quase sem pensar. Só sabia onde e quando adicionar carvão, remexê-los, e quando usar o fole. Observar o trabalho do ferreiro era instrutivo e a cada dia percebia mais detalhes sobre como o ferreiro lidava com as tarefas, aprendendo coisas que não esqueceria.

Quando o ferreiro não estava trabalhando, a forja não era uma boa distração dos grandes problemas com os quais Hatu se confrontava. Piorava à noite, deitado no escuro, tentando dormir no chão duro. Sua mente voltava para a última conversa com Mestre Facaria, lutando com as perguntas que surgiam, e ele não conseguia parar de pensar no que aconteceria quando Hava voltasse. O trabalho era cansativo o bastante para que adormecesse assim que a mente parava de se retorcer de preocupação, mas era um sono agitado.

Pela tradição de Coaltachin, e da maioria das nações entre as duas Têmbrias, Hatu logo seria um homem, pois seu décimo sétimo aniversário estava se aproximando, ou pelo menos o dia que Mestre Facaria marcara para a ocasião. Hatu poderia já ter feito dezessete e não saber.

Muitos dos estudantes com quem Hatu tinha treinado já tinham sido enviados para trabalhar como líderes de equipes, chefes de gangue ou estavam se tornando sicari. Alguns dos mais velhos provavelmente já estariam se tornando capitães. Hatu estava prestes a deixar Coaltachin e tudo o que conhecia para trás. Os outros estudantes, não importa qual destino estivesse separado para eles, tinham o caminho definido. Hatu estava encarando o desconhecido. Tentou não sentir medo; fora treinado para cuidar de si mesmo o melhor que um rapaz de sua idade poderia, porém, ainda se sentia inseguro e aquilo ameaçava acender a raiva profundamente enterrada.

Turhan, o aprendiz machucado que estava substituindo, entrou na forja e olhou para o carvão.

— Bom. Não preciso ficar olhando por cima do ombro. — Ele bateu no ombro de Hatu de um jeito amigável. — Mas não fique muito bom, ou meu mestre irá colocá-lo no meu lugar.

Hatu deu de ombros e se forçou a sorrir. Turhan tinha um jeito de fazer com que até boas tiradas soassem vagas. Seu senso de humor tendia para o óbvio.

— Não se preocupe. Tenho quase certeza que não é para mim.

— É uma habilidade que não é óbvia e bem difícil de aprender — Turhan disse, sorrindo, e flexionou a mão machucada. — Devo estar pronto para voltar ao trabalho em um ou dois dias.

— Isso é bom — uma voz familiar falou atrás.

Hatu virou-se para ver Hava parada na porta da ferraria.

— Reza precisa de você agora — disse ela.

Hatu sentiu um nó no estômago ao ver como ela sorria para ele. Tentou não dar um sorriso idiota, mas não conseguiu evitar totalmente.

— Sim. — E enquanto pensava em algo mais para dizer, ela virou e partiu.

— Bem, se o filho de um mestre precisa de você, acho que isso significa que vou precisar voltar agora a trabalhar. — Turhan riu. — Fique bem, Hatu.

Hatu virou-se para olhar o aprendiz e assentiu.

— Ah... sim, você também — disse por fim. Rapidamente pegou a bolsa e foi na direção da porta, determinado a se recompor antes de chegar ao ponto de encontro perto do mercado da cidade.

Ao botar o pé do lado de fora, quase foi derrubado por Hava, que jogou os braços ao redor do pescoço dele e o abraçou com força.

— Senti sua falta — sussurrou ela, a voz cheia de emoção. — E ouvi falar do que aconteceu. Donte?

Pensar em Donte era como jogar água fria no rosto. Hatu respirou fundo.

— Não sei. Provavelmente... morto.

Ela deu um passo atrás, adotou a tradicional expressão impassível e assentiu.

— Quando estivermos a sós, pode me contar o que realmente aconteceu.

Ela o levou por uma rua movimentada onde as pessoas estavam começando a fechar as lojas, e Hatu percebeu que estavam correndo porque Reza queria aproveitar a maré noturna.

Assim que Reza os viu, colocou a bolsa no ombro e assentiu.

— Sigam-me.

Enquanto apertavam o passo para acompanhá-lo, Hatu olhou de relance para Hava e viu que ela tinha os olhos fixos nas costas de Reza. Ela também não sabia para onde estavam indo.

Hatu sabia. Estavam indo para as docas, e na velocidade em que Reza estava, não tinham muito tempo até o navio partir. Qualquer que fosse o destino reservado para Hatu, estava acontecendo naquele instante.

HATU ESTAVA DEITADO EM UMA REDE, COMPLETAMENTE exaurido depois de um dia inteiro de trabalho e pouca comida. Tinha sido mandado para o cordame assim que partiram, mas quando a manhã chegou, disseram para continuar lá, pois estavam com poucas mãos. Ficou com a vigia diurna até a hora da ceia.

Reza tinha falado pouco a ele e a Hava sobre a viagem até Marquensas, tirando que, no navio, Hava era sua irmã mais nova e iria dividir com ele um pedaço da cabine do oficial, um quarto grande debaixo do castelo da popa, dividido por cordas e cortinas. Hatu era seu aprendiz em algum ofício de mercador, e iria pagar a passagem trabalhando com a tripulação.

Dizer que o navio em que estavam, *Odalis*, era econômico seria minimizar a verdade de forma grosseira. Hatu não sabia a que mestre o navio pertencia, mas presumia que provavelmente era de um homem chamado Ordan, famoso pela parcimônia. As velas tinham sido remendadas muito mais do que o recomendado. As cordas eram cortadas de tal forma que Hatu sentia que estava correndo risco sempre que as usava. A tripulação dormia no castelo de proa, uma imensa área comum, mas sem o benefício de cordas e cortinas. Hatu tinha certeza que se fosse na parte debaixo do convés veria uma vedação ruim e provisória, cheia de vazamentos. Se pudesse apostar, apostaria que o *Odalis* afundaria antes de virar sucata.

Estava claro que a decisão foi para que Hatu e os outros viajassem da forma mais discreta possível, em um navio que aparentemente não carregasse nada valioso e que não fosse um prêmio em si. O disfarce era parte do modo de vida de Coaltachin, então aquela decisão não surpreendia Hatu. Ele só queria que tivessem escolhido um navio em condições um pouco melhores.

Algo estranho que Hatu tinha percebido depois de estar lá em cima por algumas horas era que estavam sendo acompanhados. Outro navio tinha partido poucos minutos depois. Ficava atrás o bastante para dar a impressão que era apenas coincidência, mas perto o bastante para ajudar rapidamente se fosse necessário. Pelo que tinha visto de relance ao deixarem a ilha, era um navio de guerra, piratas disfarçados, o que significava que toda a tripulação era de nocusara, cada marinheiro um sicari treinado. As velas eram marrons, com um retalho visível na bujarrona, mas estava alto na água, pois não tinha carga — piratas esperavam voltar com o saque para Coaltachin. E não estava em velocidade total: as velas de cima estavam enroladas, então poderia andar mais rápido se fosse preciso. Hatu não sabia se era porque ele estava a bordo, ou se era por Reza, e realmente não se importava. Estava feliz por saber que a ajuda estava próxima caso necessário.

Tinha visto Reza apenas de relance, por cima, enquanto ajeitava as velas quadradas da velha caravela. Hava tinha ficado em seu pedaço da cabine do capitão ou tinha subido quando Hatu estivera trabalhando, ocupado demais para notá-la.

Pelo que a tripulação dissera, iriam entrar no Estreito. Hatu esperava que estivessem próximos do destino, porque a comida era horrível e o capitão só tinha organizado duas vigias, então estava lá desde a primeira luz até pouco antes do pôr do sol. Apesar dessa situação, sentia uma estranha alegria por saber que Hava estava com ele e continuaria na viagem até Marquensas. Estava certo de que em algum lugar no caminho iriam ter tempo para conversar. Queria muito falar com ela sobre Donte, pois talvez fosse a única a entender sua perda.

Ao tentar adormecer, uma memória surgiu inesperada, uma que o despertou em sobressalto dos limites do sono. Tinha sido um dia quente e úmido, e o treinamento com Dolcet, o instrutor de luta, fora brutal. A turma estava exausta antes mesmo de ser colocada para lutar em pares, e quando estavam prestes a terminar, alguns alunos estavam correndo risco de desmaiar por causa do calor. Hatu sabia o que os mestres tinham noção de até onde podiam ir com os alunos. Mesmo assim, havia ocasiões em que parecia que pediam um pouco mais do que eram capazes de dar; mas o desejo de parar era superado pelo medo de falhar. Era melhor desmaiar e se arriscar morrer do que pedir um alívio.

Havia mais de cem crianças na aldeia quando Hatu era bebê e no fim de seu tempo em Morasel permaneciam menos de duas dúzias. Hatu só percebeu quando ficou mais velho que as crianças que sumiam também eram as que falhavam no treinamento. Se desapontasse os professores, seria levado embora, para alguma outra aldeia e teria que trabalhar ou, se tivesse sorte, viraria aprendiz.

Estava deitado na rede semiadormecido relembrando o dia em que tudo pareceu mudar. Tinha acabado de fazer doze anos e a vida subitamente se tornara confusa. Não as óbvias mudanças físicas, como ganhar pelos no corpo, os ombros se alargando e a voz engrossando. Já tinha visto outros garotos começando o processo de transformação em homens, então conforme seu próprio corpo mudava, entendia que era natural.

Porém ele não estava preparado, e ninguém falava sobre isso, especialmente os outros garotos, para como essas mudanças o faziam se sentir. Tinha sonhos estranhos, a percepção estava mudando e a onda de sensações era algo tão novo que às vezes temia por sua sanidade.

Sempre lutando contra a raiva, que ameaçava irromper, e precisando ser mais vigilante, precisando de mais energia para contê-la, ela se tornou um mistério ainda maior para Hatu. Havia momentos em que quase chorava sem motivo, assim como havia momentos em que era tomado por uma alegria desenfreada sem causa aparente.

A realidade da mudança de menino para homem era esmagadora, e naquela época tinha descoberto que o caos e o conflito eram distrações bem-vindas. Não refletiu muito sobre isso, pois era sua fuga. Tinha observado os outros garotos, que pareciam calmos, sem aqueles sentimentos que o atormentava.

Hatu não conseguia dormir. Jogou as pernas sobre a lateral da rede e sentou por um momento, pensando no motivo daquelas memórias terem retornado. Percebeu que a resposta era simples: mesmo aqueles que falhavam, que eram mandados embora, tinham futuros definidos, pois iriam aprender um oficio ou se tornarem trabalhadores, encontrariam um marido ou uma mulher, casariam, teriam filhos... ou talvez morressem; mas não havia incerteza.

Estava consciente de que crescer com aquela sensação de certeza sobre o futuro dentro da ordenada sociedade de Coaltachin o dera uma segurança constante, mesmo que não percebida, quando mais novo, de maneiras que não entendia. Agora, encarava um futuro em que nada era certo, e de que pouco se sabia.

Respirou fundo e se levantou, movendo-se em silêncio ao deixar a companhia de marinheiros roncadores para subir ao convés. A alvorada e o começo de seu turno chegariam em menos de uma hora, então estava perdendo pouca coisa por ficar nas cordas em vez de deitado na rede encarando o teto acima da cabeça.

No leste, o céu começava a clarear com a prévia da alvorada. Hatu viu o turno da noite em suas posições, vários provavelmente dormindo pois o timoneiro mantinha um curso fixo, a brisa era constante, mas suave e não havia necessidade de arrumar as velas.

Hatu apreciou aquele tempo sozinho. Tivera poucos amigos enquanto crescia, Donte foi o único garoto de quem se aproximou, e apesar de ter sido treinado para trabalhar com outras pessoas, preferia a solidão. Apesar de se sentir solitário às vezes, gostava da liberdade de não ter que se preocupar com a opinião dos outros. Na maioria das vezes, não se importava, mas a boa opinião de mestres e preceptores era vital, então apreciava aqueles momentos em que não estava sendo analisado.

Uma voz vinda de trás dele o assustou.

— Hatu?

Virou-se, o coração acelerado pela surpresa e por ter reconhecido a voz. Hava ficou parada por um momento e se aproximou para ficar ao lado dele na beirada.

— Não conseguiu dormir? — perguntou ela, chegando perto como se procurasse calor no frio que fazia antes de amanhecer.

— Sim, mas está quase na hora do meu turno.

Ela assentiu, o rosto em silhueta contra o céu que clareava.

— Eu fugi — disse. — Reza está exagerando no papel de irmão mais velho. Me proibiu de sair da cabine, como se eu devesse ter medo de ser estuprada por todos os homens desse navio. — Riu rapidamente. — Você e Reza são os únicos que eu não conseguiria matar de mãos nuas.

Hatu não conseguiu pensar em nada para responder. Ainda estava lutando para manter a cabeça fria.

— Aprendi a lidar com as cordas e com o convés na minha última viagem pelo mar, e eu precisava de ar fresco. — Ela sorriu. — O capitão Joshua me chamava de Hava, a Pirata quando chegamos ao porto.

— Combina. — Hatu riu.

— Senti sua falta — declarou ela.

Ele olhou para o lado e viu o perfil de Hava virado para o mar.

— Estive com uma gangue em Numerset por meses... — disse ele, decidindo não dar mais detalhes.

Ela ficou em silêncio por um momento antes de falar:

— Estive aprendendo sobre sexo.

Ele só conseguiu assentir. Ela deu de ombros.

— Foi... estranho, não muito ruim, mas não tenho o mesmo talento que algumas garotas. Além disso, acho que não sou bonita o bastante para ser uma noconochi...

— Claro que é. — Ele riu baixinho. — Você só não tem o temperamento para rir de piadas estúpidas e fingir que não pensa sozinha.

Hava tentou segurar a risada e ele continuou:

— A primeira vez em que um nobre tentasse bater em você... — Ele não conseguiu evitar e deu uma risadinha. — Quebraria o braço dele.

Ela assentiu e suspirou.

— Provavelmente.

Sem conseguir disfarçar seu divertimento, Hatu continuou a rir.

— Com certeza.

— Você está certo, eu seria uma péssima noconochi. — Ela se juntou a ele e riu, rolando os olhos de forma teatral e abanando a mão como se segurasse um grande leque. — Oh, meu senhor, você é tão esperto — disse de forma melodramática. — Não sei como consegue pensar todas essas ideias maravilhosas.

— Nessa, certo? — Hatu disse, sem ser capaz de controlar a risada. Os dois caíram na gargalhada, fazendo com que um dos auxiliares do convés do lado oposto se virasse para ver o que tinha de tão engraçado.

Hava deslizou o braço pelo de Hatu e o apertou. Ele se sentiu subitamente consciente da sensação do corpo dela perto, o seio atrás da blusa pressionando seu braço e o cheiro suave do cabelo perto do seu rosto. Sentiu a alegria sumir enquanto emoções mais fortes surgiam.

— Queria que continuássemos navegando para sempre — continuou ela.

Ele sabia que havia algo que a incomodava, mas também a conhecia bem o bastante para saber que ela falaria quando fosse a hora. Ficou em silêncio.

Ela também ficou quieta, e quando voltou a falar, o tom era o brincalhão que ele conhecera durante toda a sua vida:

— Não importa o que você e eu pensemos de Nessa, aquelas mulheres passam por muita coisa. Não consegui descobrir o que os garotos aprendem, mas não deve ser mais fácil. Não imaginava que o prazer fosse um trabalho tão difícil. Apesar das Damas Pintadas dizerem que é importante que as estudantes aprendam a dar prazer para homens e para outras mulheres. — O rosto de Hatu mostrou a dúvida, pois ela continuou: — Não é tão ruim com as mulheres, e algumas das garotas pareciam gostar bem mais do que eu. — Olhou para o mar por um momento e depois virou para Hatu: — Deve ser melhor com alguém que realmente goste.

Ela se apertou contra ele com força de novo, e Hatu se controlou para não colocar seus braços ao redor dela. Só podia assentir e não sabia se ela viu o gesto.

Fechou os olhos por um momento e forçou-se a ficar calmo. Nunca tinha se sentido tão próximo de alguém como se sentia de Hava naquele instante. A mente fervilhava enquanto tentava pensar em algo para dizer que não o deixasse parecendo um completo idiota. Hatu abriu os olhos e viu que ela o olhava de uma forma que o assustava ao mesmo tempo que o excitava. Sentiu-se como se estivessem prestes a dizer algo vital. Os olhos dela estavam fixos no rosto dele, como se esperasse que dissesse alguma coisa.

Porém, um movimento no canto da visão, no horizonte, um ponto negro contra o cinzento, chamou sua atenção.

— Está vendo aquilo? — Ele estendeu o braço e apontou.

— O quê? — Hava olhou para onde ele apontava.

— Fique olhando. — Ela assim o fez, e ele viu o ponto de novo, e por uma terceira vez.

— Eu vi — disse ela. — O que é?

— O vigia deve ter adormecido. — Ele se virou para gritar: — Velas!

— Onde? — o timoneiro gritou em resposta.

— Estibordo à popa!

Em segundos, os marinheiros surgiram de debaixo do convés, seguidos pelo Capitão Rawitch, o oficial e Reza. Se ficou chateado com Hava estar no convés, esqueceu-se no momento em que ouviu o alarme.

Quando o capitão chegou na beirada e ficou à esquerda de Hatu, os primeiros raios do amanhecer tinham atingido a água, fazendo com que o oceano brilhasse na direção em que estavam olhando.

— O que viu? — perguntou a Hatu.

— Velas, vindo rápido, e mais de um navio.

O capitão puxou um tubo de cobre de dentro da túnica e o esticou para ficar mais comprido. Hatu tinha ouvido falar dessas lunetas, mas nunca tinha visto uma. Lentes de cristais finamente confeccionadas em cada ponta aumentavam o que se via, mais de cinco ou dez vezes pelo que diziam, e o comprimento do tubo era pequeno para ser fácil de carregar por causa de uma série de anéis que se encaixavam uns nos outros.

— Dois navios — o capitão falou depois de um tempo. — Aproximando-se rapidamente. Não têm bandeiras — gritou para a tripulação. — Todas as velas! Para bombordo... — Olhou para a posição do sol. — Sudoeste pelo sul!

Hatu pensou em uma coisa e sentiu o medo surgir.

— Onde estamos? — perguntou.

— Na ponta sul do Estreito — o capitão respondeu, ainda observando pela luneta.

A expressão de Hatu mudou e Reza percebeu.

— O que foi?

— Fiquei à deriva antes de ser encontrado. Eu não sei... — Olhou para o filho mais novo de mestre Zusara. — Lembra do que falei com você? Sobre onde fui capturado? — Não quis mencionar as Irmãs das Profundezas na frente da tripulação e do capitão.

Demorou um pouco para que Reza entendesse sobre o que ele estava falando, mas depois arregalou os olhos.

— Sim, entendo. — Virou-se para o capitão. — Deixe o rapaz ver.

Se o capitão se ressentiu por ele ter falado daquele jeito, escondeu e entregou a luneta para Hatu. Ele encostou a ponta menor no olho e por um momento ficou sem entender o que estava vendo, depois viu uma imagem de dois navios de velas triangulares.

— São eles, juro — disse. — Era uma esquadra de... três. — Ele pulou na beirada do navio, agarrou uma corda e subiu até estar na metade da altura do mastro, quando olhou ao redor, tentando entender os pontos no horizonte onde havia ilhas, procurando algo familiar. Analisou os arredores com a luneta. A área subitamente foi reconhecida quando duas ilhas apareceram na direção para qual se dirigiam.

— Não podemos ir nessa direção! — gritou para Reza. — Estão tentando nos levar para aquelas ilhas!

— É o único curso que temos para despistá-los, garoto! — exclamou o capitão. — Se mudarmos de curso, irão nos alcançar.

Hatu olhou para trás dele com a luneta e viu que o mar estava vazio.

— E o navio que nos seguiu do porto? — disse ao capitão, descendo para o convés. Reza pegou a luneta e olhou.

— Ele sumiu! — Virou-se para o capitão: — Devem ter ficado para trás durante a noite.

Hatu sentiu o medo correndo por sua espinha.

— O terceiro navio deve ter atacado nossa escolta, tirando-a do nosso curso! — Para um navio pirata ter sido atacado ou mesmo estar cercado, enquanto dois outros navios vinham na direção deles, significava que aquele confronto fora planejado e havia poucas chances de sobreviverem. Olhou de Reza para o capitão e de volta para Reza. — *Não podemos* ir nessa direção!

— Vamos alcançar o Estreito em meio dia — disse o capitão, aborrecido por um mero garoto estar querendo decidir as coisas em seu navio.

Hatu virou-se bruscamente para Reza, quase derrubando Hava.

— Você sabe o motivo!

Reza ficou imóvel por um minuto. Depois virou-se para o capitão:

— Não posso lhe dizer o porquê. Mas precisamos mudar o curso.

O capitão estreitou os olhos, estava claramente chegando ao fim de sua paciência. O pai de Reza podia ser o mestre mais poderoso de Coaltachin, mas, naquele navio, o capitão era supremo. Reza percebeu a hesitação do capitão e se aproximou.

— O voto que fiz a meu pai me obriga ao silêncio, mas deve acreditar em mim quando digo que esse garoto sabe o que está falando. Se mantivermos esse curso, estaremos mortos.

O capitão considerou as opções.

— Ou fugimos ou lutamos.

— Então, lutamos, mas do nosso jeito — Reza falou.

O capitão assentiu, pegou a luneta de volta e estudou os navios.

— Sim, estão tentando nos manter no curso atual. — Virou-se para o oficial: — Temos quantos arqueiros?

— Temos oito — foi a resposta.

— Eu sei atirar — Hava se prontificou. — E me viro no cordame.

— Assim como eu — Hatu adicionou. Acenou para Hava. — E ela é melhor com o arco que eu.

— Fique pronto para uma passagem de perto — o capitão disse para o oficial. — Quero o navio virando rápido e de uma vez, para que fiquemos a favor do vento da nave mais a leste; vamos enchê-la de flechas e diga ao melhor arqueiro para acertar o timoneiro e manter todos longe do leme. — Virou-se para Reza: — Se cortarmos o vento e semearmos a confusão entre a tripulação, o navio vai se virar na direção do outro, talvez consigamos tempo o bastante para fugir enquanto se movem para evitar uma colisão. E se não conseguirmos, pelo menos vamos encarar um navio de cada vez, em vez de dois.

Hatu e Hava se encaminharam para o armário embaixo do castelo de proa, cada um pegando um arco de excelente construção e uma aljava de quadril com flechas. Deram-lhes cintos de couro com uma corda grossa presa atrás. Hatu gesticulou para que Hava começasse a escalar as cordas do mastro principal e a seguiu até a primeira barra.

— Aqui — ele a instruiu quando ficou claro que ainda sabia pouco sobre navios, apesar de ter se tornado "Hava, a Pirata". — Fique perto do mastro — gritou enquanto marinheiros surgiam entre os arraçais para obedecer a quaisquer ordens do capitão para recolher velas. Ela assentiu, enquanto ele tomava posição do outro lado do mastro.

O capitão gritou e os marinheiros começaram a enrolar, enquanto os que estavam mais abaixo mudavam os ângulos das barras o bastante para que os dois navios que se aproximavam pensassem estar ganhando.

— Agora vem a parte difícil — Hatu ouviu o capitão dizer a Reza. — Pronto para virar! Ao meu comando, tudo para estibordo! — Esperou um pouco antes de gritar: — Virar!

O navio inclinou-se enquanto Hatu e Hava se seguravam com força no mastro e a barra debaixo de seus pés movia-se em resposta aos marinheiros puxando cordas. Hatu tocou Hava no ombro e indicou que ela deveria observá-lo. Ele pisou no arraçal e rapidamente amarrou a corda do cinto na barra.

— Fica mais fácil se você não cair! — gritou ele.

— Não tenho intenção de cair — respondeu ela, e fez uma careta enquanto o imitava, prendendo a corda na barra. — Vê se não cai também!

Ele riu, mas era uma risada de nervoso e de valentia. Só havia espaço entre eles para mirar o arco e mover a mira da direita para esquerda. Hatu verificou se Hava tinha espaço o bastante e viu que ela precisava de mais. Assim que ela sentou, pés firmes nas cordas, uma mão segurando a barra, ele ajustou a posição, movendo-se mais um pouco na barra para não interferir no campo de ação dela.

Hatu podia ver a tripulação do navio mais a leste correr para responder aos comandos do capitão. O movimento da *Odalis* tinha sido completamente inesperado e o perseguidor tinha que dar espaço ou arriscar uma colisão.

Assim que ficaram ao alcance, ele sinalizou para Hava e escolheu um alvo no cordame, um marinheiro freneticamente tentando ajeitar uma vela. A flecha não acertou, mas passou perto o bastante para assustar o homem, fazendo-o perder o equilíbrio e cair no mar. A vela que ele estava tentando recolher balançou ao vento entre os outros dois homens na barra.

Hava soltou a flecha e acertou o marinheiro mais próximo. Hatu viu que os outros arqueiros estavam sendo igualmente efetivos e que a ordem para matar o timoneiro tinha sido executada com sucesso pois o navio inimigo estava à deriva. Hatu percebeu que o capitão do outro navio estava esperando uma perseguição mais longa e não tinha posicionado arqueiros no cordame ou homens armados no convés.

Eles passariam o primeiro navio em menos de um minuto e estariam a caminho, em uma longa virada por davante, deixando-os em um curso que os levaria rapidamente de volta para águas da nação. Se os navios seguissem, outros de Coaltachin logo viriam ajudá-los quando vissem a bandeira e os outros navios em perseguição.

De repente, passaram, e não havia mais alvos. Hatu se virou para ver Hava sorrindo, satisfeita com a atuação. Ele assentiu e apontou para a corda ainda amarrada na barra.

— Cuidado — gritou por cima do vento. — Não seria bom levar um tombo agora.

Ela assentiu e se desamarrou, andando em segurança até o mastro, deslizando até o topo das cordas, de onde começou a descer. Hatu chegou no convés logo depois.

O capitão tinha ido para o convés da popa, e Hatu e Hava subiram a pequena escada para juntarem-se a ele e Reza. Estavam olhando para os navios.

— Estão em uma boa confusão agora — o capitão colocou a luneta de lado. — Agora, vamos ver quem são os melhores marinheiros. Vamos demorar meio dia, no mínimo, até chegar em águas mais amistosas. Vamos torcer para continuarmos neste curso. Os ventos não são gentis neste rumo. Vai diminuir a velocidade, mas a deles também. Assim que passarmos pela última ilha, podemos virar e colocar mais distância entre nós.

Reza inclinou a cabeça para Hatu e Hava.

— Sigam-me — disse. Levou-os para a cabine, agora vazia. — Eu não considerei isso nos meus planos. — Ficou em silêncio antes de se virar para Hatu: — Por duas vezes, o navio em que você está é atacado por aqueles... — Deixou seus pensamentos em silêncio.

Hatu tinha perguntas, e o número só aumentava a cada momento, mas a expressão no rosto de Reza o manteve em silêncio. Olhou para Hava, mas o rosto dela estava impassível.

— Muitas coisas desta missão devem permanecer escondidas — Reza recomeçou, o olhar indo de Hatu para Hava e de volta. — Mas precisam saber disso, para o caso de a má sorte nos visitar de novo e ficarem sozinhos. Hava, você irá ajudar Hatu a alcançar Porto Colos antes do primeiro dia do Mês da Lua Revolta. Isso lhes dará dois meses e meio para alcançarem o baronato de Marquensas, que fica do outro lado do mundo. Procurem Mestre Bodai, ele vai estar em Porto Colos ou por perto. Procurem nosso pessoal por ali e eles saberão como encontrá-lo. Bodai terá recebido ordens sobre o que fazer a seguir. Encontrem-no o mais rápido que puderem. — Olhou para Hatu. — Ele irá levá-lo para um homem chamado

Balven na cidade de Marquenet. Ele está a serviço do barão e vai levá-lo para vê-lo. Você fará o que mandarem até receber mais notícias. Entendeu?

Hatu assentiu. Reza continuou:

— Você irá servir de acordo com a vontade do barão. Se ele quiser que jure lealdade, irá fingir essa aliança. Novamente: entendeu? — Hatu assentiu. — Suba para o convés. O resto é só para Hava.

Quando ele partiu, Reza voltou-se para Hava:

— Mestre Rengara tem uma equipe em Marquenet. Se não encontrarem Bodai por qualquer motivo, localize alguém dessa equipe e diga a eles quem você é. Diga "Trago uma mensagem do nosso avô para o seu líder". Assim que estiver a sós com quer que lidere essa equipe, diga simplesmente: "O avô me mandou". Se a questionarem depois, repita a frase duas vezes. Diga-a menos que três vezes e será morta na hora como espiã. Entendeu?

— E depois? — ela assentiu e perguntou.

— Se puder ficar com Hatushaly, faça-o. Se não, fique fora de vista e encontre o lugar para onde Balven levá-lo. Peça ajuda para a equipe de Rengara para o que precisar. Fique de olho em Hatu e o siga o mais perto possível sem ser descoberta. Descubra o que o barão quer com o garoto e, se puder, mantenha contato com Hatu de algum jeito.

Reza pensou no que estava dizendo e balançou a cabeça.

— Sim, faça com que ele queira ficar perto. Ele já gosta de você que eu sei.

O treinamento manteve Hava impassível enquanto ela ouvia sem trair suas reações. Ela sabia que Reza subestimava os sentimentos de Hatu por ela e os dela por ele. O mestre ficou em silêncio de novo.

— Pegue toda a informação que julgar importante de Hatu, o que o barão está fazendo, qualquer coisa que tenha potencial. Se considerar que algo seja vital, encontre o chefe da equipe de Rengara e passe a informação.

Reza a encarou como se a avaliasse. Ela tinha demonstrado resiliência e talento, mas ainda era muito inexperiente e normalmente não teria missões sem supervisões nos próximos anos.

— Em algum momento, vai receber novas ordens — estudou-a com atenção ao falar. — Você ou um membro da equipe de Rengara terá que matar Hatushaly.

Ela arregalou os olhas por um instante ao ouvir aquilo e sentiu o choque percorrer seu corpo, mas seu treinamento mascarou os sentimentos. Sabia que Reza notaria algo, então inclinou a cabeça como se absorvesse suas instruções; depois de um momento, ela assentiu, mostrando que havia entendido.

— Ótimo — disse ele. — Agora fique aqui enquanto falo com o capitão sobre um novo curso.

Ele partiu, e Hava, a cabeça girando, deitou no colchão, sem ter a menor ideia do que faria a seguir.

21

UMA JORNADA TRANQUILA INTERROMPIDA

CATHARIAN TERMINOU UMA DE SUAS HISTÓRIAS E até Ratigan se viu forçado a rir. Na viagem para o sul, o frade tinha provado que valia como diversão, tanto com histórias como com observações irônicas sobre a vida. Suas viagens o tinham exposto a uma variedade de casos e descobertas sobre a condição humana, e não era tímido em compartilhá-las.

Declan rapidamente decidiu que gostava do frade, apesar de não concordarem sobre religião. Apesar de não ser tão insistente sobre sua adesão à fé no Único como outros da "Igreja de Deus", como estava ficando conhecida, Collin ainda era firme na crença. Declan, por outro lado, se não era desinteressado, não tinha inclinação para pensar muito em religião. Como seu velho mestre, achava que jogar umas moedas em um prato de oferendas era mais um dever do que um gesto impulsionado por uma forte fé na possível intercessão de um deus a seu favor. Como Edvalt tinha dito uma vez: "Se algum deus me ajudar, vou ficar grato, mas também surpreso".

Por algum motivo, Declan achava que o conceito do Deus Único era ainda mais abstrato e distante do que o vago senso de crença de Edvalt. Era dito que aquele deus estava encarregado de tudo. Os velhos deuses tinham mantido a ordem, cada um tinha seu domínio e sua responsabilidade: mar, clima, sorte, qualquer coisa que se pudesse imaginar, mas o Único... Declan se perguntava como conseguia fazer qualquer coisa, se estava encarregado de tudo.

Ratigan era abertamente ateu, e quase revoltado com a religião quando o assunto surgia. Com alguém como Catharian, Declan sentia que Ratigan provavelmente estaria livre de repreensões, mas, se outros o ouvissem, como aqueles soldados com escudos brancos em Colinas de Cobre, a história mudaria. Notícias do leste falavam sobre mais heréticos queimando conforme Sandura expandia sua influência. Se havia problemas vindo do leste, como muitos presumiam, uma atitude mais intolerante com os descrentes provavelmente viria junto.

Declan decidiu que quando fosse a hora certa, teria uma conversa com Ratigan. O jovem carroceiro parecia não entender que se aproximava rapidamente o dia em que as palavras poderiam colocar alguém para queimar na estaca ali no oeste. Por vezes, era uma das pessoas mais irritantes que Declan conhecia, mas em algum ponto do caminho, Ratigan tinha se tornado um bom amigo, confiável e fiel, apesar das reclamações constantes e da atitude azeda com a vida. Declan não queria vê-lo morto por não tomar cuidado com o que dizia.

A jornada para o sul estava demorando mais do que a viagem para norte, ou pelo menos era como parecia a Declan. Ele apostava que muito disso era mais por causa da expectativa em rever Gwen do que por atrasos reais. Uma tempestade monstruosa os forçou a ficar em uma aldeia por um dia e depois se arrastar em lama funda até que o sol secasse a estrada. Tirando isso, a jornada tinha sido calma e em bom ritmo.

Declan refletiu sobre a própria decisão. Percebeu que tinha ficado dividido por três caminhos: primeiro pela necessidade de estar financeiramente estável antes de assumir a responsabilidade por uma família e este problema seria resolvido assim que terminasse o pedido feito pelo mestre de armas de Colinas de Cobre. Depois, havia o desejo de encontrar alguém que o excitasse tanto quanto Roz, e por fim tinha decidido que não era possível, Roz era quem era por causa da vida que tinha tido, viagens e experiências, e pelo abandono aventuroso com os homens em sua vida. Chegou à conclusão que estivera se enganando ao pensar que de alguma forma tinha sido único na vida de Roz. E, por último, tinha simplesmente ficado inseguro e agora percebia que se importava muito com Gwen e que ela não esperaria para sempre.

— O que é aquilo? — Catharian perguntou, apontado para o leste, onde uma nuvem de poeira se erguia.

— Cavaleiros — Ratigan respondeu. — Se forem bandidos, o fato de estarmos sem carga pode impedi-los de nos matar, a não ser que estejam chateados. — Sem tirar os olhos da poeira que se aproximava, perguntou a Declan: — Seu ouro está bem escondido?

— Naquela caixa que você tem presa embaixo do banco, escondida entre as pranchas. Coloquei o meu junto com o seu.

— Como você sabia que tinha uma caixa escondida ali? — Ratigan perguntou, olhando de relance para o jovem ferreiro.

— Quantas carroças iguais a essa acha que já consertei?

Ratigan deu de ombros como resposta.

Os cavaleiros apareceram e alguns minutos depois mostraram ser uma companhia de cerca de uma dúzia de homens, movendo-se rapidamente e de forma eficiente.

Ao se aproximarem, Declan pode ver que eram mercenários com certeza, por não usarem tabardos nem símbolos, e suas armaduras e armas eram muitas e variadas. Quando alcançaram a interseção das duas estradas, a carroça de Ratigan a estava cruzando, e os cavaleiros passaram, ignorando a carroça.

— Eles não estão virando para Colinas de Cobre — disse Declan depois de um momento.

— Estão indo para o oeste — falou Ratigan.

— Devem estar indo para um porto — Catharian sugeriu.

— O que foi isso? — Ratigan questionou.

Declan sacudiu a cabeça, indicando que não tinha ideia.

— Se estão com pressa para ir para o leste, um navio seria mais rápido, mesmo saindo daqui de cima. A costa norte vai ficar coberta de gelo em algumas semanas, então é pelo Estreito.

— Pelo Estreito — Declan repetiu, pensando em Oncon, e, pela primeira vez em semanas, perguntou-se o que teria acontecido com todos que conhecia.

— A guerra deve estar esquentando — Catharian sugeriu.

— Ainda a leste daqui, mas se os mercenários locais estão correndo para lutar por ouro, está se aproximando. — Ratigan assentiu.

Declan pensou no pedido de espadas que tinha acabado de receber.

— Deve estar — concordou.

GWEN SACUDIU A CABEÇA PARA FAZER DECLAN PARAR DE falar. Tinha chegado cedo o bastante na tarde anterior para procurá-la e pedi-la em casamento. Ela tinha dito sim antes mesmo que ele pudesse terminar e insistiu para ele procurasse seu pai antes que a hospedaria ficasse movimentada.

Então, Declan tinha acabado de gaguejar um pedido quase incoerente pela permissão para casar com Gwen e estava parado, esperando nervosamente pela resposta de Leon. O dono da hospedaria estava de pé na frente do balcão, reclinando-se. Ele soltou um longo e dramático suspiro e virou-se para a filha:

— Você tem certeza de que não consegue coisa melhor do que esse brutamontes?

A expressão de Gwen se fechou e foi ríspida:

— Pai, não seja maldoso! Você sabe que ele foi o único que me cortejou de quem você gostou.

A expressão zangada de Leon foi traída por um pequeno sorriso, que depois aumentou.

— Então, dou minha benção — disse, apertando a mão de Declan. Puxou o rapaz para perto e sussurrou no ouvido dele, alto o bastante para Gwen ouvir: — Demorou muito. Você estava condenado desde o dia em que se encontraram.

Declan tentou não dar uma risada enquanto Gwen ficava ainda mais zangada.

— Condenado, é?

Ele evitou olhar para a noiva, dividido entre achar aquilo divertido e perceber que Gwen poderia facilmente transformar aquele momento de celebração em uma briga de família. Era uma jovem de temperamento volátil e teimosa, e o pai tinha o hábito de dizer exatamente o que a provocava.

Em vez disso, olhou de relance para o velho que estava sentado em silêncio em um canto, o único cliente naquela tarde. Era difícil dizer a idade: ele poderia estar no fim dos quarenta ou no começo dos sessenta. Era careca, exceto por uma faixa grisalha de cabelo, e o rosto coberto de rugas, mas não dava para dizer se eram linhas da idade ou causadas pelo clima inclemente. Ele usava uma túnica estranha e as calças de perna curta que as nações do leste distante preferiam, e a pele tinha um tom de bronze incomum, que Declan só tinha visto em mercadores das Ilhas Distantes.

O velho parecia não estar escutando, o que Declan concluiu que seria impossível, mas estava agradecido pela cortesia. A maioria das pessoas estariam rindo alto.

— Ah, acho que é hora de beber! — Leon exclamou, animado. Correu para trás do balcão e puxou da parte de baixo uma garrafa de uísque de porcelana. Ele serviu duas boas doses em copos combinando e deu um para Declan.

Gwen ficou observando, a expressão entre alegria pelo pai ter dado a benção ao casamento com Declan, e aborrecimento que Leon parecia incapaz de fazer a coisa mais simples sem tentar uma piada ruim, muitas vezes passando vergonha. Sabia que o pai não iria lhe oferecer uma bebida para celebrar porque era "coisa de homem", além do mais, ele sabia que ela raramente bebia, e precisaria estar de cabeça limpa para aguentar o dia de trabalho enquanto os homens bebiam.

Declan a encarou por um longo momento, sorrindo; ela assentiu rapidamente, dizendo para ele seguir em frente, e ele se permitiu um longo suspiro de alívio que a parte de pedir e permitir tinha terminado. Sorriu para ela, virou-se para encarar Leon, e ergueu o pequeno copo de fluido âmbar.

O jovem ferreiro ainda não tinha adquirido o gosto pelo uísque, preferindo cerveja, mas toda vez que Leon lhe oferecia uma bebida, era essa. Declan estava se acostumando ao gosto e à sensação de queimadura na boca, e estava quase sendo capaz de avaliar a qualidade da bebida, mas não tinha certeza se algum dia ia mesmo gostar daquilo.

Leon devolveu a saudação de Leon com seu próprio copo erguido. Declan jogou o líquido na boca e o engoliu. Reparou que deixava um gosto de nozes.

— Esse é diferente.

Leon sorriu.

— Você percebeu! É de um produtor novo na fronteira de Namoor que abriu o estabelecimento poucos anos atrás e este é o primeiro lote. Ele não só é bom, como tem preços justos.

Declan assentiu enquanto deixava o sabor desvanecer.

— Acho que é o melhor que já me serviu, Leon.

— Bem, o negócio é na maioria cerveja e vinho, algumas cervejas especiais, e tem uns poucos que só querem água, mas se é para ter uísque atrás desse bar, é melhor que seja dos bons... — Ele baixou a voz: — Especialmente se custar menos. — E riu.

Gwen aproximou-se de Declan e disse:

— O dote?

Leon fingiu surpresa.

— Dote? — Olhou para Declan. — Está pedindo dote, rapaz?

Declan arregalou os olhos e por um momento ficou sem palavras. A expressão de Gwen ficou rapidamente enraivecida e ela deu um passo para perto do pai, impedindo que Declan precisasse falar.

— Você não vai fazer esse jogo comigo, pai! — Ela o cutucou com força no peito com o dedo indicador direito. — Mamãe me explicou quando eu era pequena, e eu não esqueci e você não vai me tirar nada do que é devido e apropriado!

Leon levantou as mãos como se se rendesse, dando meio passo para trás.

— Jamais pensaria nisso. — Riu. — Só estava brincando com Declan.

A discussão foi interrompida pelo barulho de cavaleiros chegando do lado de fora, pelo menos uma meia dúzia.

— Millie! — Leon gritou.

— Sim? — a menina respondeu, aparecendo na porta da cozinha.

— Cavalos — Leon disse, indicando o exterior da hospedaria com um gesto de cabeça. — Avise Peter para estar pronto para colocá-los nos estábulos se for preciso.

— Sim, Leon — ela disse e voltou para a cozinha.

— Você terá um casamento lindo — Leon falou, virando-se para Gwen. — Mas ainda não está casada com este jovem e logo teremos clientes...

Seis homens armados, empoeirados e de aparência cansada, entram na sala comum.

— Veja o que está pronto na cozinha — Leon concluiu. Gwen já estava na porta antes mesmo que ele terminasse.

Declan ficou ali sozinho enquanto Leon corria para o deposito para repor a garrafa que tinha acabado de esvaziar. Declan reconheceu os homens como sendo o que os locais chamavam de *lejats*, espadachins de aluguel, quando passaram por ele a caminho do balcão. Estavam usando armaduras de tipos variados, nenhuma de alta qualidade. Quatro usavam couro por cima de camisa grossa, três sem mangas e o quarto com espaldeiras no ombro, placas de bronze escuro. Os outros dois usavam camisa de cota de malha.

— Vão precisar do estábulo? — Leon perguntou.

Um guerreiro mais velho sacudiu a cabeça.

— Vamos cavalgar assim que descansarmos.

Um deles esbarrou em Declan de propósito, lançando um olhar de desafio. Era um jovem com cabelo escuro e revolto, olhos negros e de aparência estranha, que fizeram a mão de Declan ir para o punho da espada.

Antes que pudessem trocar uma palavra, um guerreiro mais velho, de cabelo e barba grisalhos, agarrou o mais jovem e o empurrou na direção do balcão.

— Mexa essa bunda para cá, Tyree. Tentando começar a bagunça e nem bebeu ainda? Qual o seu problema?

Declan teve uma sensação de perigo como não sentia desde o ataque a Oncon. O jeito daqueles homens era diferente dos mercenários que costumavam passar por Cerro de Beran. Eram de aparência ainda mais brutal, rostos gastos pela vida passada ao ar livre, dormindo no chão sem sequer uma tenda para abrigá-los. Pareciam estar a um passo da bandidagem, o tipo de pessoas que um xerife vigiaria de perto, ou encorajaria a não parar.

De todas as cidades nos limites de Marquensas, Cerro de Beran não tinha nenhum tipo de autoridade civil ou militar. Era um lugar de justiça primitiva, e os residentes tinham que se proteger de ataques. Pascoal, a meio dia de cavalgada dentro do território de Lorde Dumarch, era a cidade mais próxima com guarnição. Dadas essas condições, Declan sabia que se houvessem problemas, ele e Leon estariam entre os primeiros a responder. Se todos os homens capazes da cidade respondessem, conseguiriam lidar com os seis mercenários, mas muito sangue seria derramado.

Declan olhou para o futuro sogro e, depois de um momento, Leon devolveu o olhar, expressando gratidão por Declan ter ficado. O jovem ferreiro olhou ao redor e percebeu que o velho também observava os recém-chegados. Ele e Declan se encararam por um momento e ele assentiu, voltando a comer.

A decisão de ficar mais pouco não foi difícil para Declan. A forja estava em boas mãos com Jusan e, se houvesse necessidade, o aprendiz viria buscá-lo. Jusan iria concluir que estavam tendo uma festa improvisada, celebrando o noivado.

O velho acenou para que Declan se aproximasse. Ele, curioso, foi e se sentou à frente.

— Esperando problemas? — o estranho perguntou.

Declan assentiu sem falar e sem tirar os olhos dos seis homens reunidos no balcão.

— É mais uma questão de que tipo de problema e quando.

O velho inclinou a cabeça.

— O galo velho quase não controla o mais novo. Logo, vai haver um desafio e um deles irá morrer. Com sorte, não será hoje.

— Espero que aconteça depois que deixarem Cerro de Beran — Declan concordou.

— Um homem sente-se protetor de seu lar — disse o velho.

— Especialmente agora — Declan assentiu, sem tirar os olhos dos seis homens no balcão, bebendo a primeira rodada de cerveja. — Me importo com essas pessoas. É meu lar agora.

— Você não nasceu aqui?

— Não. — Declan virou-se para ele: — Sou da Aliança. Uma aldeia chamada Oncon.

— Ah, a Aliança. — O velho inclinou a cabeça. — Um conceito maravilhoso, mas temo que não exista mais. — Olhou nos olhos de Declan. — Oncon? Você sobreviveu ao saque?

Declan sentiu os pelos do braço se erguerem e uma sensação de vazio no estômago.

— Saque?

— Ah, você partiu antes. — O velho cuidadosamente ergueu um pedaço de pão com queijo até a boca e mastigou. Declan não disse nada.

O homem engoliu antes de continuar: — Escravistas, pelo que dizem. Pouco tempo atrás, tentaram levar os jovens e foram repelidos. Voltaram um ou dois dias depois e transformaram a aldeia inteira em cinzas.

— As pessoas?

— Contam que já tinham fugido, e por isso os escravistas ficaram com raiva e destruíram tudo.

Declan soltou um suspiro lento. Não tinha percebido até aquele momento o quão profundamente tinha enterrado sua preocupação com quem ficara para trás.

— Os aldeões sobreviveram então?

— É o que se presume — respondeu o velho. — Porém, foi o marco do começo do fim da Aliança.

— O que você quer dizer?

— Me chamo Bodai. Negocio cavalos — disse o velho.

— Foi você que trouxe os seis cavalos para Tenda ontem.

— É verdade.

— Sou Declan, o ferreiro. Recoloquei ferraduras em dois deles hoje de manhã.

Bodai ficou em silêncio, observando o rosto de Declan.

— A Aliança? — o jovem insistiu.

Bodai assentiu e retomou a narrativa:

— Viajo. Escuto muitas coisas. Quando os Cinco Reinos estavam em paz, a Aliança era como se lembra. Mas com a queda da Itrácia e agora com o saque de Oncon, começou a ser desrespeitada.

— Sandura — Declan disse. — Os homens que atacaram a aldeia usavam o símbolo de Sandura.

— Disso eu não sabia. — Bodai deu de ombros. — Você estava lá?

— Estava quando chegaram. Lutei. Parti com meu aprendiz antes que voltassem.

— A mudança está na natureza da vida. Havia senhores da guerra e reis antes da Aliança e continuará a ter, mesmo se a Aliança cair, e mesmo muito depois. As coisas são assim.

Declan ficou em silêncio, observando quando Gwen saiu da cozinha com uma bandeja de pão quente e manteiga bem salgada para os mercenários recém-chegados. Era um "presente" de Leon. Ele sabia que dar aos clientes algo para beliscar fazia com que ficassem mais tempo, e se a manteiga fosse mais salgada, iriam pedir mais bebidas; muitos ficavam para uma refeição completa.

Porém, algo sobre aquele bando colocava Declan em alerta, e não apenas o agressivo Tyree que o preocupava. Podiam agir como guardas de caravana ou mercenários itinerantes, mas havia algo de diferente, e Declan não conseguia dizer exatamente o quê. Só sabia que não ia deixar Gwen e o pai sozinhos.

Os homens armados no balcão soltaram exclamações satisfeitas e alguns olharam maliciosamente para Gwen, mas se atiraram com vontade no pão. Declan viu os olhos de Tyree acompanhando Gwen quando ela voltou para a cozinha. O ferreiro sentiu os pelos da nuca se arrepiando e ficou tenso, prestes a agir se fosse preciso. Tyree sussurrou algo para um dos companheiros, que riu, e os dois voltaram a atenção para o pão e a cerveja.

Declan soltou a respiração lentamente. Sem guarnição local, xerife ou mesmo notário em Cerro de Beran, tinha se acostumado a carregar a espada com ele quando saía da forja, como muitos homens na cidade. Quem não tinha espada, carregava uma adaga ou um bastão. Na maioria das vezes não era necessário, mas às vezes surgia a necessidade. Declan lentamente se mexeu para deixar a espada mais acessível se tivesse que se levantar correndo da mesa. Acomodou-se para observar.

ALGUMAS HORAS DEPOIS, JUSAN APARECEU NA HOSPEDARIA e encontrou Declan ainda sentado à mesa com Bodai. O jovem aprendiz aproximou-se e foi apresentado, depois sentou com seu mestre e com o mercador de cavalos.

Millie veio da cozinha e, ao ver Jusan, foi até eles. Pelos sorrisos, Declan presumiu que tinham aproveitado para se conhecer melhor enquanto ele estava viajando para Colinas de Cobre.

— Declan — ela cumprimentou baixinho, tímida.

— Acabei o trabalho e seu amigo frade saiu com Ratigan para fazer alguma coisa — Jusan contou. — Então pensei em vir aqui e me juntar à festa, mas pelo visto, não tem.

— Vamos ter uma festa quando for a hora certa — Declan respondeu, sem tirar os olhos dos homens no bar.

Sentindo que havia algo errado, Jusan olhou por cima do ombro e viu dois dos mercenários olhando para Millie e sussurrando. Um riu e alguma coisa no seu tom fez Jusan se levantar. Declan o agarrou pelo braço e fez com que sentasse.

— Por insultos rudes não vale a pena derramar sangue — disse alto o bastante para ser ouvido na mesa, mas não no balcão.

— Você é sábio para a idade, meu jovem — Bodai comentou.

— Não são piores do que os outros que vêm aqui. Vai ficar tudo bem — disse Millie. — Falaram para Leon que não vão ficar na cidade, vão acampar na estrada. Logo irão embora.

Pela expressão, Jusan não ficou sossegado.

— Vou ficar mais um pouco — ofereceu.

Declan entendia. Por mais que tentasse, a calma aparente era apenas de fachada. Estava no limite e não era apenas o aborrecimento costumeiro que sentia quando outros homens davam muita atenção a Gwen. Havia algo mais.

— Estou indo para Pashtar — o velho chamado Bodai contou. — Notícias de problemas entre aqui e lá?

— Acabei de voltar de Colinas de Cobre — Declan respondeu com os olhos fixos nos homens no balcão. — Jusan?

— Rumores que homens e armas estão indo para Porto Colos, do outro lado de Pashtar. Não ouvi falar sobre problemas, mas parece que estão vindo. — Virou-se para olhar para Bodai. — O que tem em Pashtar?

— Um sobrinho. Devo cuidar dele até ele chegar em Marquenet. Ainda não é bem um adulto e... — Deu de ombros. — Coisas de família.

Jusan inclinou a cabeça, mostrando que ouvira as palavras de Bodai, mas mantendo os olhos no balcão. Subitamente ouviram o jovem chamado Tyree falar:

— Eles estão olhando para mim!

Deu um passo na direção da mesa onde Declan e os outros estavam, e Declan colocou a mão na espada, mas, antes de tirar a arma da bainha, o guerreiro mais velho, que parecia ser o líder, parou na frente de Tyree e lhe deu um empurrão com força. O jovem teria caído no chão se dois homens atrás dele não o tivessem segurado.

— Agora, você bebeu demais! — gritou para o encrenqueiro. — Hora de ir! — gritou para os outros. Com um aceno e um olhar, indicou que os dois que tinham segurado o bêbado deveriam segurá-lo enquanto saíam da hospedaria.

Tyree estava bêbado o bastante para que sua atenção vagasse enquanto tentava recompor a dignidade. Olhou para Declan quando deixaram a hospedaria e continuou a reclamar alto do lado de fora:

— Mas eles estavam me olhando!

Seu choramingo teve resposta dos demais enquanto montavam, mas Declan não conseguiu entender o que falavam.

— Bem... isso foi interessante — o velho comentou.

— Nosso mestre, Edvalt, nos contou uma história... — Declan ficou observando a porta. Jusan assentiu como se soubesse de que história Declan estava falando. — É uma longa história, mas o ponto é que existem homens que precisam ser mortos.

— Edvalt dizia que é como sacrificar um cachorro louco — Jusan acrescentou.

— Vocês acham que aquele homem, Tyree, é assim? Um homem que precisa ser morto?

— Não estou dizendo isso — respondeu Declan. — Mas digamos que não ficaria surpreso se descobrisse que sim.

Gwen veio até eles e indicou que queria falar com Declan em particular em um canto. Quando estavam longe, ela o beijou de leve.

— Obrigada por ficar, e agradeça Jusan também. Não vi muitos como eles, mas os poucos que vi... — Ela olhou para baixo. — O papai não é mais tão jovem ou bravo como pensa, e... estou feliz que você tenha ficado.

— Eu não iria embora e deixar vocês com aquelas pessoas aqui — disse, tentando soar descompromissado.

— Agora, vá embora para que eu possa arrumar tudo para o trabalho da noite. — Ela se afastou, fingindo reprovação. — Você não tem trabalho a fazer, seu vagabundo?

Ele riu.

— Mais do que acho que sou capaz para falar a verdade. Depois de colocar Jusan para fazer umas coisas, preciso fazer uma viagem até Marquenet e talvez precise de outro aprendiz.

— Outro? A forja vai ficar lotada.

Declan riu. Não tinha pensado nisso. Gwen iria morar com ele depois do casamento, o que significaria que Jusan teria que sair. Precisaria dormir na forja de novo.

— Eu vou passar...

— Não, vá descansar. Você chegou de viagem e vai viajar de novo logo, então descanse e eu o verei amanhã.

Ele assentiu e sorriu. Gesticulou para que Jusan o acompanhasse e acenou um adeus amigável para o velho. Ao caminhar de volta para a ferraria, percebeu que não seria a última vez que Gwen lhe diria o que fazer.

22

MUDANÇAS SÚBITAS DE PLANOS E DECISÕES APRESSADAS

A PASSAGEM FORA LENTA PORQUE O CAPITÃO, UM homem corpulento chamado Rawitch, manteve *Odalis* no curso mais ao norte que conseguia e ainda avançar para oeste. A maioria dos navios que avistaram estava indo na outra direção, então a não ser que seus perseguidores tivessem meios mágicos para invocar uma emboscada na frente, só tinham que se preocupar em não serem abordados por trás.

Nos três primeiros dias depois do ataque, mantiveram as armas por perto, e todos homens, e a mulher, ficaram de vigia, além dos afazeres normais. Até Reza passou horas no alto buscando sinais no horizonte de que haviam sido encontrados novamente pelos perseguidores.

Avançaram ainda mais devagar ao se aproximarem do Estreito, cuidando para não baterem nas pedras subterrâneas que se prolongavam muito próximas às duas costas. Vigias foram incumbidos de procurar sinais na água: alterações nos redemoinhos e mudanças de coloração indicavam águas mais rasas perto do navio.

Hatu observou enquanto navegavam o lado norte do estreito, debaixo de penhascos de onde seria fácil atacar navios, fazendo chover flechas e pedras. Olhando para o sul, viu que mesmo tentando navegar bem no meio, um navio ainda estaria ao alcance de catapultas e balistas dos dois lados. Quem controlasse os dois lados do Estreito teria o controle completo da passagem.

O capitão estava seguindo um curso cuidadoso, pois, apesar de o estreito ser surpreendentemente livre de pedras, havia algumas bem feias logo abaixo da superfície perto dos penhascos. Estes eram de granito intercalado com giz e sílex, ficando com uma aparência manchada. Não havia praias, então Hatu presumia que fortes correntes carregavam a areia que caísse dos penhascos. Ficou imaginando como tinha sido criada aquela abertura entre os continentes, pois parecia que um gigante tinha partido Têmbria para formar os dois continentes e inundado o espaço entre eles.

Os ventos e correntes que prevaleciam corriam de oeste para leste, então no lado sul do Estreito, os navios moviam-se em uma linha praticamente reta, navegando rápido, enquanto o *Odalis* e os outros navios dirigindo-se para oeste avançavam lentamente, parecendo balançar para a esquerda e depois para a direita, uma estranha dança de velas antes e depois. A necessidade constante de mudar as barras, e aumentar ou encurtar os panos deixava a tripulação exausta quando o sol se punha, mas essa necessidade também forçava os navios a passarem a noite ancorados. Descansaram todas as noites por uma semana, o que foi bem recebido por toda a tripulação, e aquela seria a penúltima noite em que teriam que parar o avanço, pois assim que passassem do Estreito, o canal rapidamente se alargava e os navios indo para o oeste podiam navegar durante a noite.

Hava subiu ao convés e parou do lado dele. Hatu presumiu que ela estivera falando com Reza. Ficou dolorosamente consciente da proximidade quando ela apoiou os cotovelos na amurada e pode sentir o braço dela tocando o seu. Precisou de todo o seu controle para ficar imóvel. Ele queria colocar os braços ao redor dela, mas não podia arriscar que a tripulação visse e falasse para Reza.

— É espetacular — Hava disse baixinho ao olhar para cima, para os imensos penhascos que se erguiam ao norte, com uma densa cúpula de estrelas além. Mesmo na ilha onde moravam, a neblina noturna e a luz da aldeia abafavam o céu. Hatu sentiu que ela se encostou de leve nele. A pele parecia eletrizada, e ele começou a ficar duro por causa daquele toque. Fingiu que perdeu o equilíbrio com o leve balançar do navio e rapidamente bateu o joelho na madeira que reforçava as pranchas abaixo do baluarte, uma dor aguda que no mesmo instante afastou todos os pensamentos sexuais.

— Você está bem? — Hava perguntou, mal conseguindo esconder a vontade de rir.

— Só escorreguei — Hatu respondeu, com voz firme apesar das lágrimas. — Estupidez minha. Subo em navios desde garotinho e estava ali parado sem fazer nada...

Ela estava muito perto, olhando em seus olhos, tentando não rir.

— Tudo bem, todo mundo é desastrado de vez em quando.

Desejando ter pensado em uma forma melhor de controlar a excitação, ele assentiu enquanto esfregava o joelho.

— Sim, todo mundo.

Precisava se lembrar de manter alguma distância. Queria estar dentro dela mais do que de qualquer outra garota, mas fazer isso era se arriscar a ser punido e morto. Ela o estava deixando louco, agora que tinha ficado claro que sentia o mesmo. Sabia que um dia acabariam ficando juntos, apesar de proibido. Mas saber que ia acontecer fazia com que ficar perto dela fosse ainda pior.

— Preciso me esticar — disse, subindo no cordame.

— Entendo — disse Hava, ainda tentando não rir.

Hatu exagerou nos movimentos com o joelho enquanto subia pelas cordas até o topo do mastro e sentava em uma pequena plataforma que circundava a barra. Tinha sido projetada para que ficassem em pé sobre ela, e gerações de sentinelas tinham sentado ali, pernas ao redor do mastro enquanto observavam o horizonte. Não era o mais confortável dos lugares, mas pelo menos oferecia alívio para pernas fatigadas de estar na mesma posição por tempo demais.

Depois de um tempo, o horizonte perdeu a graça, e ele baixou os olhos para o convés, vendo Hava distraída com pensamentos, fitando os penhascos. Olhando para cima, Hatu percebeu que faltava uma hora para o pôr do sol e que logo o capitão iria recolher as velas e baixar a âncora. Era o que todos faziam no Estreito.

Como o Estreito ficava no meio da Aliança, os navios estavam acostumados a uma passagem segura garantida, e Hatu pôde ver que, a não ser que alguém tomasse o penhasco acima deles, havia poucas ameaças. Cada navio acenderia suas lanternas e esperaria o amanhecer, só levantando a âncora quando o navio à frente começasse a se mover.

Assim que o sol se pusesse, iria comer e depois estaria de vigia. Ao ver onde estavam, esperava que a tarefa mais difícil fosse ficar acordado.

Ao entrarem na parte mais estreita da passagem, Hatu percebeu que havia mais fissuras, falhas e cortes erodidos na lateral da rocha. Para se distrair, começou a planejar a subida mentalmente, traçando rotas até o topo. Não tinha muita experiência em escalar, apesar de, como a maioria dos garotos da mesma idade, ter recebido algumas lições. Era ágil e tinha jeito, e se perguntou se conseguiria realmente escalar da margem montanhosa até o topo do penhasco. Era dez vezes mais alto que o prédio mais alto que já tinha visto, que precisaria ter pelo menos quarenta andares de altura para se igualar — se um prédio conseguisse ser construído alto desse jeito, pois até mesmo a catedral de Sandura tinha menos da metade.

O tempo passou e o céu escureceu, e Hatu sabia que a refeição noturna logo seria servida, então deslizou por uma corda e aterrissou no convés onde Hava ainda esperava. Ela sorriu para ele, a primeira vez em algum tempo em que parecia feliz de verdade por vê-lo.

— Comida? — perguntou ela.

Hatu assentiu e de repente ela estava ao lado, seus quadris se tocando. Ele titubeou, mas salvou sua dignidade indicando que ela deveria descer a escada antes.

Estava relativamente quieto na ponta da mesa onde Hatu ficou sentado durante aquela refeição. Hava estava sentada à frente, e Reza à esquerda. Falaram pouco, enquanto os demais tripulantes conversavam sobre isso e aquilo, muitas vezes alto, fazendo com que não fosse necessário Hatu falar. Ele estava grato.

— Quanto tempo até chegarmos a Porto Colos? — Hatu perguntou a Reza perto do fim da refeição.

— Se o tempo continuar firme, devemos chegar em mais ou menos uma semana. Vamos sair do Estreito amanhã antes do pôr do sol então não precisaremos parar. E a partir daí, teremos o vento e as correntes a nosso favor.

O turno da noite rapidamente consumiu a refeição enquanto o turno do dia esperava para comer. Hatu acenou com a cabeça para Reza e Hava e deixou a mesa antes que qualquer outro, grato pelo tempo longe da jovem.

Subiu no cordame, procurando seu posto. Como estavam parados, somente um terço da guarda estava de vigia, e o resto aproveitava uma rara noite de folga. O oficial não perguntou por que Hatu tinha se voluntariado, já que estava preparado para os resmungos dos selecionados para aquele serviço.

Assim que se acomodou, Hatu fez uma rápida análise dos arredores e ao não ver nada fora do comum, voltou a atenção para o problema mais imediato: Hava.

Hatu não era introspectivo por natureza, e esse tipo de pensamento era desencorajado entre os estudantes de Coaltachin. Ele tinha tendência a se amuar e ceder à raiva sombria se não focasse em outras coisas. Então, com o passar dos anos tinha aprendido a obedecer e a agir sem pensar. A única forma de pensamento independente encorajada durante o treinamento era ser esperto ao executar ordens, não questioná-las. Ele estivera em um turbilhão por tanto tempo que evitar a introspeção era um hábito. Agora que tinha aprendido a controlar a raiva, mantê-la sob controle, um pensamento novo formou-se em um canto de sua mente.

Todo aquele turbilhão era muito mais extremo do que o justificado pela situação, então pela primeira vez em sua curta vida, Hatu olhou para si mesmo e se perguntou:

— Por que sou do jeito que sou?

HATU VOLTOU AO CONVÉS E DESCOBRIU QUE HAVA TINHA retornado para os aposentos que dividia com Reza. Comeu uma refeição ligeira e voltou ao posto, ficando de guarda. Estava sentado sozinho na escuridão imóvel, pontuada pelo som distante do ranger de navios e de grunhidos feitos pelas correntes das âncoras se mexendo e se esfregando no buraco de madeira pelo qual passavam.

Esses sons vagos acompanhavam o bater longínquo das ondas contra as rochas debaixo dos penhascos e tudo conspirava para colocar Hatu em meditação. Reconhecia a sensação por causa dos exercícios para se acalmar que lhe foram ensinados quando estudante, mas em vez de ficar mais focado e pronto para agir, permitiu que a mente vagasse como nunca antes.

Imagens correram pela sua cabeça ao se focar em como se sentia por dentro. Encontrou a brasa sempre acesa da raiva constante. Muito da sobrevivência de Hatu estava ligado à habilidade de manter aquela raiva controlada, canalizá-la quando fosse preciso e protegê-la para usar no futuro. Tinha aguentado muitas surras, inúmeras brigas e longas lições de seus instrutores para conseguir controlá-la. Lembrou-se das bruxas e quando o primeiro eco agudo de dor surgiu, deixou-a de lado e fez com que o desejo ardente de puni-las iluminasse aquela memória. Pela primeira vez desde que escapara, Hatu conseguiu se lembrar de cada detalhe de seu aprisionamento de forma desapaixonada, a raiva em um equilíbrio perfeito com o medo.

Ecos dos dias de criança passaram por ele, imagens piscavam, iam e vinham, e, por trás delas, a raiva, tentando incendiar. Uma voz de semanas antes voltou à memória: *pensar com o coração foi a desgraça de mais de um homem.*

As palavras de Zusara ficaram em sua mente e os sentimentos que tinha quando Hava encostava-se nele voltaram sem querer. O eco do desejo se avivou e ele deixou a excitação de lado sem precisar machucar o joelho, encontrando uma nova força dentro dele que ordenava seus pensamentos.

Desejava Hava mais do que qualquer outra mulher; porém até vê-la em Corbara, não podia explicar o porquê. Naquele instante, Hatu soube. Ele a amava. Todas as histórias e canções que aprendera enquanto estudante, sobre o amor ser um sinal de fraqueza e estupidez, deveriam ser ignoradas. A energia flamejante que sentia parecia oposta a aquilo, como se alimentasse uma paixão insensata, não o pensamento reflexivo; mas sabia que com a contemplação conseguiria reconciliar aquela contradição aparente.

De repente, quebrou o devaneio e se esticou, permitindo-se um grande bocejo. Hatu percebeu que um transe mais profundo poderia revelar algo importante, mas iria acabar caindo no convés. Mesmo assim, tinha mantido o equilíbrio na pequena plataforma sem pensar.

Era mais uma coisa que ele percebeu que precisava explorar, essa habilidade de manter a mente em uma tarefa enquanto o corpo completava outra. Diziam que somente os grandes adeptos e os homens santos conseguiam aquele estado por vontade própria.

Notou que por sua época de estudante estar quase terminando, sua necessidade de aprender só começava. Como uma onda fria o atingindo, percebeu que suas ambições ultrapassavam suas habilidades. Não era um mestre em nada. Então, ele se perguntava quais eram seus pontos fortes.

Hatu quase entrou em devaneio ao refletir sobre suas qualidades, e o tempo passou sem que notasse. De repente, sentiu um puxão estranho, que só conseguiu interpretar como se algo puxasse sua mente.

Olhou para cima e viu o que pareciam tochas na borda do penhasco. Daquela distância, os pontos de luz mal eram perceptíveis, quase invisíveis ao olho humano; porém, sabia que estavam ali, podia identificar quantidade e movimentos, e até mesmo sentir a presença.

Era como se seu espírito ou sua mente, uma parte essencial de seu ser, se alienasse do corpo, se espalhasse e procurasse algo nas luzes. Olhou ao redor e de repente soube onde cada chama, vela e lanterna queimava no navio, mesmo a pequena chama no cachimbo de cerâmica na cabine do capitão.

Não ficou assustado com essa desassociação de seu corpo. Na verdade, a achou estranhamente reconfortante e o encheu de calor, um brilho calmo como nunca sentira antes. Ainda conseguia sentir seu corpo, descansando e equilibrado na barra com as costas no mastro, e estava consciente da brisa noturna gentilmente erguendo a vela e o leve balanço do navio. Mas estava à parte, e sentiu algo dentro dele querendo e atraindo o brilho.

Coisas que não poderiam ser explicadas estavam acontecendo com Hatu, fundamentais como o bater do coração ou respirar sem pensar, porém, como às vezes notava as batidas do coração e a respiração, tinha ficado consciente dessa novidade.

Não conseguia nomeá-la. Porém, sabia que era tão parte dele quanto o corpo físico. Sabia que era um despertar, algo que sempre estivera dentro e agora apto a funcionar.

Deixou a mente seguir o fluxo de energia e sentiu que poderia acompanhá-la até as luzes no penhasco acima do navio. Deixou a consciência ser atraída por aquele calor.

O tempo parou e seus sentidos sintonizaram coisas novas, sensações sem nomes, fluxos e lampejos, pulsos e ondas lentas. Pela primeira vez na vida, sentiu a ausência da frustração e da raiva por não entender. Era uma experiência única.

Olhou para baixo, para a mão que apertava uma corda, e estava coberta com um brilho suave como o reluzir do luar refletido nas ondas. Por um instante, sentiu que estava no limiar de algo maravilhoso, que de repente sumiu.

Hatu despertou para um estado de consciência quase doloroso; como se uma tigela de água tivesse sido jogada no seu rosto enquanto estava dormindo profundamente. Sentiu a brisa fria na pele úmida, sentiu o lento balançar do navio sob seus pés, e por um momento o vestígio de uma dor passou por ele.

Soltou a respiração lentamente. Percebeu que havia alguém por perto. Virou-se e viu Hava a poucos centímetros, os olhos arregalados e o rosto pálido à luz das lanternas.

— Você estava brilhando — ela disse baixinho.

Ele sorriu, uma sensação de calma pulsando dentro de si.

— Eu sei — respondeu no mesmo tom.

Ela esticou o braço devagar para tocá-lo.

— O que foi isso?

Ele novamente falou baixo, sua consciência se expandindo do foco estreito que tinha sentido momentos antes. Estava consciente de que estavam sozinhos naquela barra, que o vigia na proa olhava para a frente, e o timoneiro estava no leme. O homem obviamente não estivera olhando para cima quando a transformação de Hatu começou. Era assim que se sentia, transformado.

— O que você viu? — Hava perguntou em voz baixa, para que ninguém no convés pudesse ouvi-la. — Parecia estar banhado em luar, mas a lua ainda não surgiu e a luz vinha de dentro de você!

A mente de Hatu lentamente retraiu-se da benção da experiência para uma consciência mais prosaica. Podia perceber a sensação sem nome que o visitara se desvanecer e as preocupações habituais da vida retornarem. Ficou subitamente atento à mão de Hava apertando seu antebraço e ao quão perto ela estava.

Sem pensar, antes que toda aquela sensação que experimentara se fosse, ele se inclinou para a frente e a beijou, apertando-a contra si por um longo momento e se afastando.

Ela arregalou ainda mais os olhos.

— Por que me beijou? — sussurrou ela.

— Porque eu quis — respondeu com uma nota de humor na voz.

— Você escolheu o momento mais estranho. — Ela o encarou nos olhos. — Sempre foi o garoto mais estranho que eu conheci. — Ela se inclinou e o beijou de volta, rápido, não em um convite à paixão, mas para reconhecer e reconfortar. Hatu entendeu aquilo intuitivamente, sem que lhe dissessem.

— Se alguém tiver percebido, diga que viu fogo de santelmo.

— Isso só aparece quando uma tempestade está vindo — Hava respondeu, apesar de parecer aliviada por estarem conversado sobre algo além do que tinha acontecido entre eles.

— Então, você se enganou, porém se alguém viu, irá jogar dúvidas sobre o que foi visto. — Estreitou os olhos. — Então, por que estava no convés olhando para mim?

Ela suspirou.

— Não consegui dormir, alguma coisa me acordou. — Ela deu de ombros. — Sabia que estava de vigia, e pensei em encontrar você para... para ter com quem conversar, acho.

Ele olhou no fundo dos olhos dela e sorriu.

— Você mudou — sussurrou. — O que foi aquilo que eu vi?

— Não sei o nome, mas foi perfeito. — Ele riu.

— Você é o garoto mais estranho — sussurrou ela, olhando para baixo para ver se alguém estava de olho antes de beijá-lo de novo. — Muito estranho.

— Você vai me ajudar a entender.

Ele tocou a bochecha dela com carinho. Não era uma pergunta nem um pedido.

Ela tremeu e sem dizer mais uma palavra, saiu da barra e rapidamente desceu pelas cordas, baixando suavemente no convés perto da amurada. Ele a viu olhando de volta antes de correr para seus aposentos.

Hatu voltou-se para o leste e soube que em minutos os primeiros vestígios da alvorada iriam anunciar a chegada do sol; o turno terminaria em menos de duas horas. Observou todos os quadrantes e não viu nada estranho. Em seu íntimo, sabia que não veria, pois naquele momento ele estava em paz pela primeira vez em uma vida cheia de raiva, e tudo estava perfeito.

23

UM DESPERTAR E UM ALARME

A JOVEM ABRIU OS OLHOS EM UM ESTALO, COMO SE tivesse sido arrancada do sono. Ela encarou a chama que bruxuleava no círculo de pedras à frente por um longo instante.

— Eu o encontrei — sussurrou.

Três outras acólitas estavam sentadas em outros três pontos cardeais, olhos fechados, de pernas cruzadas e imóveis em pequenas almofadas no chão de pedra, as mãos repousando sobre os joelhos. Todas usavam robes marrons com uma borda vermelha na gola e nas mangas.

A mulher, Sabella, era a mais nova, ainda um pouco desajeitada, de um jeito que chamariam de "juvenil". A descrição se reforçou por um momento quando ela se ergueu, as pernas inseguras por causa das longas horas sentadas em estado alterado. Não fazia ideia de quanto tempo tinha passado na busca, mas pela sensação que voltava lentamente nas pernas, devia ter sido a maior parte da noite. Ela tinha um rosto redondo dominado por grandes olhos castanhos enfatizados pela pele escura e pelo cabelo castanho-escuro muito fino.

Irmã Sabella saiu às pressas da Sala do Círculo da Busca pelas escadas que levavam à biblioteca, correu entre as fileiras de rolos, tomos e livros, e rapidamente subiu as escadas até o térreo do Santuário. A escada saía debaixo de uma antiga cúpula em arco, que impedia que as tempestades, exceto as piores, ameaçassem os andares inferiores, já úmidos, com mais água. Uma borda de pedra cercava a entrada, um detalhe em que Sabella havia tropeçado mais vezes do que lembrava.

Erguendo o pé para passar sob a barreira de quinze centímetros de altura, Sabella inspirou fundo o ar frio da montanha. A escuridão, iluminada apenas por tochas distantes, fez com que ela parasse por um momento enquanto os olhos se ajustavam. A visão do Santuário à frente sempre a deixava maravilhada, não importava quantas vezes o visse, refletindo a luz brilhante do sol que fazia as cores dançarem pelos rostos de pedra, ou à noite, quando dezenas de imensas tochas e a luz vinda pelas janelas altas lhe davam um aspecto sobrenatural.

Parou por um momento, acalmando-se ao respirar fundo, lutando contra a vontade de correr desesperadamente na direção da fachada entalhada na face da montanha. Sabia que atrás dela se erguia um pequeno muro de pedra e pouco além havia um precipício que caía por centenas de metros até outra plataforma.

O pátio semicoberto do prédio antigo brilhava com a luz das estrelas refletidas por causa da água deixada no chão de pedra por uma tempestade súbita. Erguendo a barra do manto, Sabella pisou entre poças rasas até alcançar a escadaria que levava ao andar superior. Ela subiu até chegar na entrada para o andar onde estavam os aposentos que dividia com as demais irmãs, cozinha, áreas de trabalho, e uma porta para o lado de fora. O Santuário era parcialmente imbuído em uma montanha, então a saída oriental era um andar acima da ocidental.

Correu pelos degraus da torre até alcançar a penúltima plataforma, que só tinha duas portas acessíveis. Seu destino era a da direita. Ela bateu alto.

— Quem é? — perguntou uma voz sonolenta.

— Sabella. Eu o encontrei!

Em instantes, a porta se abriu completamente e um homem de meia-idade vestido com uma longa camisola olhava para a jovem. O cabelo, negro e cacheado, estava manchado de cinza, e a pele era ainda mais escura que a dela, mas os olhos estavam fundos pelos anos lendo tomos em torres escuras, ou porões profundos, e com pouca luz. Ainda tinha ombros largos, tudo o que sobrara do poder da juventude. Era um homem com mais dias para trás do que para a frente.

— Tem certeza?

— Sim, foi só por um momento, mas... — explicou, com olhos brilhando e à beira das lágrimas. — Tenho certeza.

— Onde? — perguntou o homem, totalmente acordado.

— No Estreito.

Uma expressão pensativa cruzou o rosto do homem.

— Espere.

Ele fechou a porta e a abriu de novo em poucos instantes, mostrando-se em uma calça prática, uma túnica gasta, botas e um cinto de couro.

— Temos que contar a ele.

Correram o último lance de escadas até os aposentos mais altos da antiga torre. O homem bateu na porta, e a resposta veio quase imediatamente.

— Entre, Denbe.

— Nós... — Denbe empurrou a porta.

— Vocês o encontraram — completou o velho.

O aposento era pequeno, pois a torre ia se estreitando conforme subia de uma fundação larga. Estava atulhado de rolos, livros e outros itens da biblioteca abaixo. O velho sentado em sua mesa estava vestido com uma roupa parecida com a de Sabella, de cor bege, mas com uma borda vermelha mais larga. Elmish, o Prior, Primeiro da Ordem, tinha mantido aquela comunidade viva pelos últimos vinte anos pela força de sua experiência, personalidade e intelecto incomparável. Era velho com a pele clara, o rosto parecendo um pergaminho, com manchas vermelhas nas bochechas e manchas de idade nos braços e mãos. Apesar dos muitos anos, ainda era ágil, levantando-se e indo rapidamente para a porta.

— Mostre-me — disse para Sabella enquanto corria até o corredor. Depois, ele a seguiu pelas escadas, através do Santuário, pelo pátio, e pela escadaria que levava aos salões inferiores até o Círculo da Busca. As três mulheres que estavam procurando com Sabella ainda estavam sentadas e imóveis, ignorando a chegada deles.

Gesticulando para que Sabella voltasse a sentar, Elmish ficou atrás e colocou a mão sobre os ombros dela.

— Mostre-me — repetiu.

Sabella fechou os olhos. A jovem tinha uma memória quase perfeita, o que era um dos motivos para ter subido tão rapidamente entre os acólitos apesar da juventude. Era uma sociedade antiga, secreta e pequena, conhecida como a Guarda da Chama por uns poucos; porém, aqueles que atendiam o seu chamado eram sempre talentosos, alguns mesmo prodigiosos em potencial.

Ela sentiu a presença do Prior Elmish em sua mente, observando enquanto ela se lembrava do momento em que sentira a presença daquele que procuravam, e não perdeu nenhum detalhe. A primeira vez em que ele entrara em sua mente tinha sido tão enervante que chegou a fazer Sabella fugir da ordem, mas agora era tão familiar como um diálogo. Ele possuía habilidades incomuns que compartilhava com poucos da ordem.

Quando ela terminou, Elmish ficou parado atrás em silêncio. Enquanto pensava, cruzou o braço esquerdo no peito e apoiou o cotovelo direito nele para segurar o queixo. Era um hábito estranho, mas que ela já observava há mais de três anos.

— Você consegue achá-lo de novo? — questionou por fim.

— Talvez — Sabella respondeu. — Só o encontrei porque... algo mudou. Se isso acontecer de novo...

Elmish sacudiu a cabeça.

— Não vai. Não dessa forma.

Denbe olhou para as outras três Buscadoras que ainda estavam em transe.

— Elas não sentiram nada? — perguntou.

Elmish soltou um longo suspiro, que só em parte era por ter passado muitas horas sem dormir.

— Não somos mais tão abençoados com adeptos como já fomos. A destruição da Itrácia. — Ele deu de ombros. — Porém, sobreviveram alguns de nós.

— Assim como a criança, pelo que parece — disse Denbe. Ele coçou a bochecha, distraído. — Como não o encontramos por tantos anos, e agora... parece fácil?

— Ele está mudando — Elmish falou.

— Como? — Denbe perguntou.

Elmish moveu a mão e as outras três acólitas começaram a piscar enquanto saíam do transe.

— Conseguimos muita coisa. Obrigado. Podemos precisar de vocês em breve, mas por enquanto, comam e descansem.

As três jovens, um pouco inseguras, levantaram-se sem falar nada e subiram rapidamente as escadas.

— Enquanto era criança... — Elmish disse assim que elas se foram — ... o fogo que queimava dentro dele devia estar escondido muito profundamente.

— Mas sem nosso treinamento, como não foi consumido? — Denbe perguntou.

— Eu não sei. — Elmish sacudiu a cabeça lentamente. — Deve ter sido uma criança zangada, mas por um golpe de sorte, aprendeu a manter a raiva contida. — Deu de ombros. — Precisamos encontrá-lo. Então, teremos a resposta a essa e a outras perguntas.

— E agora? — Denbe perguntou.

— Ele estava indo para oeste? — Elmish perguntou a Sabella para confirmar se a interpretação da visão combinava com a dela.

— Acho que sim — respondeu ela. — Sim, tenho quase certeza que era para o oeste.

O velho pensou.

— Se ele viaja vindo do lado leste dos continentes ou das ilhas, passando pelo Estreito, irá procurar um porto entre a Aliança e... Colinas de Cobre.

Denbe fez uma expressão de dúvida.

— Mais para cima na costa oeste ou pela margem norte, e teria sido mais fácil navegar pela costa leste e depois para o oeste, pelos bancos de gelo antes que o inverno os feche.

Denbe assentiu, aceitando a lógica.

Elmish apontou para Sabella e disse:

— Arrume suas coisas para viajar. Esteja pronta para partir... — Parou. — Que horas são?

— Faltam duas horas para o amanhecer — Denbe respondeu.

— Então partirá ao amanhecer — o prior disse para a jovem. Sabella se levantou, inclinou-se levemente para o líder da ordem e correu escada acima.

— Ela tem pouco conhecimento sobre o mundo, então preciso que cuide dela — Elmish avisou.

— Eu? — perguntou o velho soldado.

— Não existe outro candidato com a habilidade em quem eu confie — o prior respondeu. — Muitos de nós morreram na Traição. Poucos fora da nossa ordem e da família real sabiam que não éramos um destacamento normal de soldados no exército da Itrácia. Substituí-los tem demorado e ainda somos apenas um eco do que erámos, mas como o garoto escondeu seus dons, ele nos deu tempo. — Esticou o braço e apertou o de Denbe. — Ela tem a melhor chance de encontrar o garoto... um jovem já, espero. — Suspirou. — Se ele se revelou a ela por acidente, pode ter alertado outros. Não somos os únicos que sabem que a criança Jubardente sobreviveu. Leve a garota, siga-a, proteja-a e ache o garoto. Depois, traga-o aqui.

— E então?

— Então, iremos começar a reparar um erro terrível.

24

CHEGADA E UMA MUDANÇA SÚBITA DE PLANOS

PULANDO PELA LATERAL DO NAVIO, HATU CAIU NO ancoradouro. Colocou a bolsa de viagem de lado, para que ficasse ao alcance, mas fora do caminho, e ajudou outros dois homens a amarrar rapidamente a boça em um gancho nas docas.

Assim que a proa ficou segura, olhou para a popa e viu outro trio amarrando a linha de popa. As demais ele deixaria para a tripulação, já que tinha certeza de que, assim que descessem a prancha, Reza seria o primeiro a desembarcar, com Hava um passo atrás.

Hatu considerava o que tinha acontecido algumas noites antes como um despertar. Não estava certo sobre o que realmente tinha sido, mas sabia que era algo que não precisava mais combater, e, sim, entender, domar e fazer com que trabalhasse a seu favor.

Na semana desde que acontecera, Hatu tivera sonhos estranhos que o deixaram com imagens fugidias, aparentemente desconexas e muitas vezes inexplicáveis; porém, incitavam algo em seu âmago, um reconhecimento vago.

Às vezes, surgiam imagens de quando era muito pequeno, pois as pessoas ao redor pairavam acima dele, e era erguido e carregado. Vislumbrava céus cheios de nuvens, um bando de pássaros voando, um cachorro latindo enquanto alguém que o carregava passava por uma casa de fazenda distante. As imagens eram vívidas em cor, mas o som era fraco.

Outros sonhos o faziam se sentir como se fosse outra pessoa, em outros lugares, até mesmo outras épocas. Olhou no espelho e viu um ancião o encarando de volta, quase derrotado pela idade e mesmo assim satisfeito de uma forma que Hatushaly não entendia. Outra imagem era de uma jovem que desejava, mas não de forma sexual; era uma necessidade intensa por proximidade e conforto.

Em vez da constante frustração, agora Hatu estava certo que entenderia aqueles sonhos e imagens com o tempo. Pela primeira vez na vida, estava perto de sentir-se em paz, e não uma constante fonte de frustração e raiva. Considerou as imagens como a promessa de conhecimento vindouro, que não só responderia as questões recentes, mas também as que carregava desde a infância. Estava quase feliz com aquela perspectiva. Simplesmente sabia que havia coisas melhores para vir; sabia, não apenas esperava, e Hava era uma grande parte daquela certeza.

Ela parecia ter notado as mudanças nele, apesar de não ter dito nada sobre elas ou sobre o misterioso brilho que o envolvera. Ela só sorria mais vezes para ele. Nem Reza nem os demais pareciam ter percebido qualquer mudança.

Como Hatu tinha antecipado, o mestre foi o primeiro a descer a prancha, seguido de perto por Hava. Ele gesticulou para que Hatu o seguisse, então pegou sua bolsa de viagem e correu até alcançá-los.

Hatu o acompanhou. Uma parte dele, que classificava como "mente antiga", mantinha-se alerta para problemas como havia sido treinada, marcando lugares para que conseguisse achar o caminho de volta. Também avaliava possíveis rotas de escape para o caso de algo dar errado, forçando-os a fugir.

A sua nova percepção observava, analisava e classificava por importância o que ele via, o trivial, mas importante, o aparentemente prosaico, porém significativo. O sentido ainda em formação, e Hatu não tinha certeza por que tentava captar tudo ao redor de uma vez, criando confusão, mas era como sua mente insistia em trabalhar. Ele considerava a nova percepção estranha, mas não perturbadora.

Alguns quarteirões depois, Reza olhou para trás e o viu olhando fixo.

— O que foi? — Ele perguntou.

Olhando ao redor como se estivesse admirando a paisagem, Hatu deu um sorriso largo, assentindo como se Reza tivesse acabado de dizer algo engraçado. Reza e Hava o olharam fixamente. Hatu riu alto, depois disse, sussurrando:

— Estamos sendo vigiados.

— Eu sei — Reza confirmou. — Porto Colos é um dos maiores ninhos de ladrões e assassinos das costas ocidentais.

Hatu assentiu e riu.

— Não — disse, entretanto. — Não é só alguém de vigia na rua. Conheço bem. É... outra coisa.

— Onde? — Reza perguntou. Sem diminuir o passo, inclinou-se um pouco, como se compartilhassem uma anedota.

— Varanda, dois prédios à frente e à esquerda. Homem de camisa azul, chapéu preto de aba larga.

Reza riu de forma exagerada e olhou para o lugar que Hatu indicou.

— Pelos deuses, como sabe? Não posso nem ver os olhos dele, quanto mais para onde está olhando.

— Só sei — Hatu respondeu com calma. — É o terceiro. Estão nos vigiando desde que deixamos as docas.

Reza não parecia convencido, mas virou-se para Hava.

— Vigie a direita. Hatu, a esquerda. — Riu mais uma vez, batendo no ombro de Hatu, e voltaram a andar.

Enquanto abriam caminho pelas ruas lotadas, Hatu absorvia todos os detalhes possíveis. Parte de sua mente analisava qual a saída mais rápida de um conflito, outra explorava os aromas dos temperos exóticos vindos de um forno aberto em uma barraca de comida, ou se perguntava por que os locais preferiam índigo como a cor dominante nas vestimentas, apesar da grande variedade de ascendências. As raças variavam: pele escura, cabelo claro, alto, baixo, descendentes dos povos da montanha, os que tinham ancestrais entre os que dominavam as planícies ou cruzavam os desertos. Mesmo assim, quem vivia ali se vestia de forma surpreendentemente familiar: camisas largas, calças justas, botas pesadas de cano baixo para os homens, sapatos mais leves para as mulheres — sem sandálias, percebeu. A única diversidade era na cobertura das cabeças: chapéus, lenços ou nada. E a maioria do tecido usado era índigo.

Continuava acompanhando Reza e a rota que ele escolhia na direção do destino, porém, também se mantinha atento ao redor. Sabia que podia encontrar o caminho de volta para qualquer ponto, apesar do curso intrincado de Reza. Sentia-se confortável em ter sentidos tão aguçados, e essa habilidade de fazer várias tarefas ao mesmo tempo, enquanto ainda era capaz de refletir e analisar, mas não estava nem perto de entendê-la. Era uma habilidade nova, porém de algum jeito familiar, como se tivesse sido parte de sua natureza por toda a vida.

Um movimento novo o alertou que algo havia mudado, um aviso.

— Estão tentando nos interceptar.

Reza olhou para ele, expressão de dúvida. Assentiu.

— Segunda porta à direita. Quando eu virar, me sigam, vamos passar direto pela loja, sair pela parte de trás e subir o muro. A partir daí, corremos. Não fiquem para trás. Se se perderem, morrem.

De repente, Reza se moveu, Hatu e Hava meio passo atrás. A loja pela qual entraram pertencia a uma vendedora de tecidos, prateleiras cheias de rolos de panos, e grandes amostras penduradas no teto. Reza já estava passando pela porta dos fundos quando Hava e Hatu entraram, e aumentaram o passo para mantê-lo em vista. Estava pulando o muro quando passaram correndo pela porta, deixando para trás uma lojista muito surpresa, uma senhora já de idade espantada demais para reclamar.

Assim que passaram o muro, Hatu viu que Reza estava seguindo na mesma direção, mas os levando por um curso paralelo ao original. Iria levar alguns minutos para que seus perseguidores comunicassem a mudança para quem estava mais à frente, e Reza estava determinado a ficar na frente de todos.

Sem ter ideia do desenho da cidade, Hatu só podia presumir qual era o destino. Podia com facilidade fazer o caminho de volta para qualquer ponto da rota, mas se deixasse o caminho, estaria tão perdido como antes de manifestar as habilidades recém-descobertas.

Tinha viajado o bastante para entender como a maior parte das cidades se desenvolviam, os fatores que levavam a seu desenho. Negócios que cheiravam — açougueiros, tintureiros, curtidores, carregadores de dejetos — sempre ficavam contra o vento em relação às áreas residenciais mais ricas. Mercados se situavam nas interseções das estradas principais, e cidadelas e fortalezas sempre ocupavam terrenos mais altos. Especulando sobre o que tinha visto e levando em conta os destinos habituais das gangues de Coaltachin, Hatu presumia que estavam sendo levados para o setor comercial da cidade, onde ficavam os armazéns. Não era uma dedução particularmente brilhante, mas nunca tinha pensado em extrapolações antes e aquilo era raro.

Por mais sedento por conhecimento que Hatu fosse, antes dos acontecimentos do navio, nunca tinha sido capaz de especular, extrapolar ou calcular sem emoção. Geralmente, ficava amuado e afogado na raiva, e essa razão fria era novidade, mas estava gostando apesar da sensação estranha.

Hatu estava imerso em sentimentos que não reconhecia, sentindo pouco perigo, apesar da ameaça presente. Olhou para Hava e viu que estava assustada, e, por um momento, pensou nisso. Achava que ela era destemida e teve dificuldades em encaixar isso com o medo visível. Foi quando notou que ela não temia por sua vida, mas tinha medo de falhar. Tinha assumido uma tarefa e preferiria morrer a não conseguir cumpri-la.

Ele parou por um instante para chamar a atenção dela e quando ela olhou de volta, assentiu, tentando lhe comunicar que achava que ia ficar tudo bem. Ela deu um sorriso rígido e voltou a atenção para as costas de Reza.

Hatu entendeu que havia verdade no que Donte dissera. Quando encarava Hava em um treino, sempre queria agradá-la, e ela queria desesperadamente agradar os mestres. Era por isso que sempre perdia. Sempre estivera apaixonado por ela, mesmo antes de saber o que isso queria dizer, e Donte sabia mesmo que não tivesse falado diretamente. Pensar em Donte fez surgir um forte eco de arrependimento.

O som dos pés batendo nas pedras e os gritos dos passantes zangados marcaram seu rumo apressado, mas Hatu sabia que qualquer vantagem que Reza tivesse conseguido seria perdida em mais alguns minutos.

De repente, o mestre virou direto em uma viela, deu uma corrida curta entre dois prédios, e ficaram de cara com um grande armazém. Reza parou e gesticulou para que fizessem silêncio, apontado para a direita. Começaram a recuar por onde tinham vindo, quase correndo, e viraram à esquerda para ficar de pé na frente de uma porta sem marcas.

Hatu procurou vestígios de perseguição e não encontrou, mas sabia que demoraria apenas minutos antes de aqueles que o seguiam perceberem o verdadeiro caminho. Viu Reza bater em código na porta que abriu um momento depois. Um homem grande estava na frente deles, enchendo a entrada.

— Sim?

— Tenho uma mensagem de nosso avô para o seu líder.

O homem cofiou o queixo coberto pela barba negra, estreitando os olhos.

— É mesmo? E quem é você?

— Tenho uma mensagem de nosso avô para o seu líder — Reza repetiu.

— Ouvi da primeira vez. E perguntei quem é você. — Colocou a mão no punho de uma grande faca em seu cinto.

— Tenho uma mensagem de nosso avô para o seu líder — Reza disse pela terceira vez.

O homem deu um passo para o lado.

— Entre, amigo. Todo cuidado é pouco.

— Sou Reza.

— Um nome bem conhecido — disse o homem. — Sou Lachlan. Deixe-me buscar Matacaldo.

Hatu olhou ao redor e viu um ambiente que lhe era familiar. O armazém tinha uma função dupla, servindo como depósito entre viagens para comércios legítimos e ilegítimos. Contrabando passaria mais fácil pelas alfândegas se estivesse misturado com produtos legalizados. Presumiu que Porto Colos não tinha inspetores fiscais, pois o capitão tinha ordenado que os homens começassem a desembarcar a mercadoria antes que tivessem deixado o *Odalis*. Mas produtos levados para portos com mais regulação, como os que ficavam nos baronatos de Marquensas ou Ilcomen, passariam por algum tipo de exame.

O resto do prédio pertencia à equipe, e pelo que Hatu podia ver, era uma base relativamente grande. Presumiu que aquilo significava que os mestres de Coaltachin controlavam a maior parte do crime na cidade, o que o levou a se perguntar quem os servia ali. Mais escondidos uma cozinha, um dormitório simples, entradas secretas e uma saída de emergência.

Lachlan retornou acompanhado de um homem mais velho, e assim que o viu, Hatu concluiu que Porto Colos era realmente um lugar importante, pois, a não ser que estivesse muito enganado, aquele homem que chamavam de Matacaldo, que era quase certo não ser seu nome verdadeiro, era um mestre, ou no mínimo um primeiro-capitão.

O homem mais velho era um pouco menor que Lachlan, mas ainda largo, e seu cabelo e barba grisalhos não diminuíam a aparência de força e autoridade. Ele abriu um largo sorriso ao ver Reza e se abraçaram como velhos amigos.

— Como está seu pai? — Matacaldo recuou e perguntou.

— Bem, obrigado. Sem querer cortar as gentilezas, mas quase fomos interceptados no caminho para cá.

Com um único gesto, Matacaldo indicou que Lachlan deveria investigar aquilo. Hatu sabia que haveria membros da equipe nas ruas em minutos, tentando identificar quem havia os perseguido.

— Venham descansar — chamou Matacaldo. Ele deu um passo na direção dos fundos do prédio e a porta atrás de Hatu foi empurrada para fora de suas dobradiças e voou para dentro, batendo no chão de pedra.

As armas foram desembainhadas imediatamente, e Hatu, Hava e os demais viraram-se para ver homens armados irrompendo pela porta. Usavam roupas diferentes, mas pela forma como se mexiam, Hatu logo reconheceu que não eram bandidos comuns, mas soldados ou assassinos. Passaram pela porta de forma organizada, prontos para uma luta quando entrassem no armazém.

— Peguem-no com vida! — gritou uma voz do lado de fora.

O homem mais perto de Hatu hesitou por um breve momento, inseguro em como agir depois de ouvir aquele comando. Hatu deu um passo à frente e cortou o pescoço dele antes que pudesse responder.

Ficou claro que os atacantes não se importavam com mais ninguém, uma flecha passou por Hatu, perto o bastante para ele sentir o ar se mexendo na bochecha, e um grito surgiu atrás, seguido pelo som de alguém estrebuchando no chão.

Hatu cortou um homem que o atacou desarmado, tentando derrubá-lo. Quando o homem caiu, viu mais dois logo atrás. Por um momento, o tempo parou e Hatu analisou as opções, preparar-se para enfrentar os atacantes ou virar-se e fugir, mas a decisão foi tirada dele quando uma mão o agarrou com força pelo colarinho e o jogou para trás.

Matacaldo o arrastou e o empurrou na direção de Reza. Hava tinha encontrado um arco em um armário de armas e começou a atirar nos homens que estavam na porta, alvos fáceis delineados pela luz.

— Atrás de mim, a porta! — Reza gritou.

Hatu estava além dele quando ouviu uma flecha atingir o alvo e Hava arquejar. Olhou para trás e viu Reza virando-se lentamente para encará-lo, uma flecha espetada no pescoço e o sangue jorrando em arco pelo ferimento enquanto caía de lá, os olhos já vazios.

Hava arregalou os olhos, mas virou-se e, rápida, lançou outra flecha.

Hatu hesitou por um momento depois de testemunhar a morte de Reza.

— Por aqui! — gritou

Hava olhou ao redor para ver se tinha alguma ameaça imediata. Os homens de Matacaldo estavam mantendo os atacantes ocupados, então correu atrás de Hatu. Correram pela porta até uma viela estreita entre os armazéns, uma parede sólida sem portas ou janelas, e sem hesitar, Hatu virou para a direita e correu.

Ele tinha apenas uma vaga ideia de onde estavam na cidade, mas sentiu uma sensação de certeza que não podia explicar enquanto corria o mais rápido que conseguia, cortando caminho entre prédios e virando esquinas, seguindo sua intuição. Sabia que estavam indo para longe do porto e percebeu que os padrões de ruas que tinha observado antes lhe davam confiança. Sua recém-descoberta habilidade de mapear onde estivera, a intuição estranha que passara a ter e seu entendimento de como a cidade deveria estar organizada combinavam-se para apagar a incerteza.

Hava seguiu sua liderança, acompanhando-o com toda a velocidade que conseguia. Hatu podia ter sido o garoto mais rápido da turma, mas ela tinha sido a garota mais rápida e conseguia manter o ritmo dele.

Enquanto corria, muito atento aos arredores e usando suas novas habilidades para evitar que entrassem em um beco sem saída, Hatu analisava o que tinha acabado de acontecer. Tinha avisado a Reza sobre a emboscada e tinham se enganado pensando ter escapado daqueles homens. Obviamente quem quer que tivesse preparado a emboscada os alcançara e entrara no armazém com eficiência assassina e números avassaladores. Era certo que quem havia invadido o esconderijo da gangue iria acabar matando Matacaldo e equipe — alguns até poderiam ter fugido a tempo —, mas, apesar do sacrifício, aqueles que os atacaram logo estariam seguindo a trilha de Hatu e Hava. Apesar de suas habilidades e velocidade, não tinha dúvidas de que aqueles que os perseguiam teriam alguns bons rastreadores, e dois jovens correndo frenéticos pela cidade dificilmente passariam despercebidos. Sabia pouco além, exceto que fugir e conseguir abrigo eram seus únicos objetivos.

Tanto Hatu como Hava eram produto de um treinamento rigoroso, capazes de correr mais rápido e por mais tempo que a maioria, mas aqueles que os seguiam claramente não eram como a maioria. Precisavam se tornar clandestinos logo, em um lugar protegido e defensável, ou encontrar uma forma de desaparecer.

Hatu parou em uma viela pouco antes de chegaram a uma rua mais aberta, e Hava, logo atrás dele, também. Ele observou a área, mas não viu nada que lhes desse uma posição defensável. Olhou para trás e não viu sinais de perseguição. Hava o observou atentamente enquanto esperava que ele agisse.

Hatu não podia explicar por quê, mas sentiu que precisava virar à esquerda nessa nova rua. Acenou para ela com a cabeça e foi andando, movendo-se um pouco mais rápido do que os demais, mas nem tanto que chamasse atenção. Na próxima interseção, virou para a direita e logo entendeu por que estava seguindo aquela rota.

Logo à frente, havia um mercado cheio e além um grande portão. Hatu sabia que haveria um grande ponto de parada de caravanas do lado de fora, pois estavam no canto sudeste da cidade, e a estrada que saía daquele portão era a maior artéria comercial do sul para os baronatos de Colinas de Cobre, Marquensas e os demais na fronteira ocidental do Reino de Ilcomen. E isso os levaria para a cidade Pashtar e Mestre Bodai.

Um olhar por sobre o ombro tranquilizou Hatu que ainda não estavam sendo seguidos, mas sabia que não seria o caso por muito tempo.

— Quanto dinheiro você tem? — perguntou a Hava.

— Algumas moedas de ouro e pedras preciosas costuradas na barra da blusa — respondeu baixinho entre inspirações pesadas. Ele assentiu e Hava entendeu que Hatu queria as moedas.

Rasgou a parte de baixo da blusa, habilmente pegando as moedas e as pedras para entregá-las. Ele devolveu uma moeda de ouro.

— Encontre blusas novas de cores diferentes do que estamos usando, e arranje um chapéu de homem. Quando sairmos daqui, iremos ser dois homens. Vou conseguir cavalos e encontrar você logo depois do portão. Arrume também um saco de comida para viagem e um odre de água para cada um. Certo?

Ela assentiu e saiu apressada. Ele fez uma pausa momentânea, reconhecendo que tomara o comando sem hesitar, e que Hava não o confrontou. Com Reza morto, alguém tinha que decidir o que fazer e ele possuía uma postura nova, mas que de alguma forma não os surpreendera. Ele respirou fundo mais uma vez e moveu-se pela praça lotada. Além do portão, viu um vendedor de cavalos com uma fileira de montarias. Carroças, carrinhos e mulas de carga também estavam sendo carregados. Olhou para cima, percebendo que tinha acabado de passar do meio-dia. A maioria dos que fossem partir logo iria na manhã seguinte.

Hatu pagou caro por dois cavalos com arreios, mas barganhou apenas o bastante para que o comerciante não percebesse sua habilidade. Deixar um mercador satisfeito para trás iria garantir mais anonimato do que um que se sentisse enganado.

Hatu só reconheceu Hava quando ela estava a poucos metros. Usava um chapéu molengo e de abas largas, e tinha passado um pouco de sujeira no rosto. O caminhar era mais masculino, estava com um saco de bom tamanho pendurado em um ombro e falava em um tom mais grave.

— Pronto? — perguntou.

— Sim, irmão — Hatu respondeu, assentindo.

O mercador olhou para Hava e logo a ignorou. Hatu e Hava montaram rápido e começaram a cavalgar pela estrada.

Hatu deu um último olhar para trás e novamente não viu ninguém seguindo. Presumiu que a equipe no armazém tinha atrasado os atacantes o bastante para dar uma vantagem decente a Hatu e Hava, e iria demorar algum tempo para que o inimigo desconhecido pegasse a trilha novamente, se conseguisse. Hatu não estava presumindo que tinham se livrado totalmente, mas achava possível. Galoparam e deixaram Porto Colos para trás.

QUANDO O SOL SE PUNHA NO OESTE, HATU FICOU CONVENcido de que não seriam alcançados antes de a noite cair. Começou a procurar um lugar seguro para acampar e espiou uma grande formação de rochas na metade da subida de uma encosta coberta de árvores.

— Parece um bom lugar — disse para Hava, que assentiu.

— Se pudermos amarrar os cavalos um pouco para cima, e eles ficarem em silêncio, ninguém vai nos notar — respondeu ela.

Olhou ao redor e viu um pedaço de terra com pedras perto da borda da estrada e apontou. Ela o seguiu, levando a montaria enquanto Hatu guiava seu cavalo até lá. Para qualquer rastreador, iria parecer que decidiram deixar a estrada. Sabia que ao desmontarem, os rastros seriam mais rasos — apesar de somente um rastreador experiente conseguir ver a diferença, e embora Hatu ter quase certeza de que tinham um com eles, não iria apostar com sua habilidade. Era melhor presumir que ele perceberia a mudança.

Ele escolheu o caminho entre as árvores, sobre o chão rochoso, tentando deixar uma trilha falsa até o topo da subida. Uma longa faixa de rocha seguia a espinha das colinas, e quando a atingiu, Hatu viu que os pedaços de pedra e árvores modestas desciam a encosta na distância. Rapidamente calculou uma rota para baixo, mas levou os cavalos para o norte, andando em paralelo à estrada até encontrarem um longo pedaço de terra dura que levava para cima, para uma formação rochosa acima da que tinha visto antes. Era larga e profunda o bastante para abrigá-los durante a noite. Amarraram os cavalos mais embaixo, deixando-os com arreios caso precisassem partir rapidamente.

— É uma boa trilha falsa, Hatu — Hava elogiou. — Mesmo se a seguirem e voltarem, iremos ouvi-los passar e já teremos ido quando retornarem.

Ele sorriu com a aprovação e respirou fundo, o mais perto de relaxar que conseguiria.

— Sem fogo, acho.

Hava assentiu e abriu a bolsa, puxando um pacote bem apertado, e o desenrolou. Hatu reconheceu a comida de viagem: rolos secos de farinha de ervilha, um tipo específico de peixe branco, e alguns poucos ingredientes escolhidos por não terem cheiro. Um agente podia facilmente ser traído pelo cheiro, então produzir odor corporal, ou consumir comidas temperadas, perfumadas ou de cheiro forte como alho, cebola e pimentas, deveria ser evitado. A refeição era um pouco amarga, mas nutritiva.

Hava passou um rolo para Hatu. Agradeceu com um movimento da cabeça.

— Onde você encontrou rolos de viagem? — perguntou.

— Na minha mochila. — Ela sorriu. — Eu não comprei comida porque já tinha. Podemos comprar mais no caminho se precisarmos.

— Sempre um passo à frente, não é?

— Geralmente. — O sorriso dela aumentou.

Quando a noite caiu, eles se acomodaram juntos por causa do calor, e Hatu sentiu-se reconfortado pela proximidade e fascinado pelos sentimentos. Hava sempre fôra um mistério para ele, durante toda a sua vida, apesar de sentir que a conhecia melhor do que qualquer um além de Donte. Havia coisas que queria conversar com ela, sobre sentimentos e habilidades novas, mas não era a hora ou o lugar. Também sabia que nenhum deles iria dormir rápido, apesar que descansar daquele jeito fosse mantê-los mais alertas e capazes de se defender caso necessário.

Depois de um tempo, sentiu-a ficar tensa.

— Reza? — sussurrou. Sentiu que ela começou a assentir na escuridão.

— Sim — ela sussurrou de volta. — Foi um golpe de sorte para o arqueiro, mas de azar para Reza.

— Seu pai vai entender. Não vai gostar, mas vai entender — sussurrou Hatu. — Ninguém irá nos culpar.

Pensou na ira de Mestre Kugal com o destino de Donte e esperava estar falando a verdade.

Ela deu de ombros na escuridão, e ele sentiu-a relaxar um pouco.

— Treinamento de noconochi, como é? — sussurrou ele depois de minutos em silêncio.

— Por quê? — Ela estendeu o braço e colocando a mão na virilha dele. — Você quer fazer sexo comigo? — perguntou ela, tentando brincar apesar das circunstâncias.

— Sim, mas não agora — respondeu ele, gentilmente retirando a mão dela para não se distrair ainda mais. — Só estou curioso. Sei pouco sobre as Damas Pintadas.

— Eu entendo. Você não é bonito o bastante para ser mandado para lá.

Ele soprou como pedisse silêncio e riu.

— Tento não pensar na minha aparência hedionda — ele disse, e ela riu.

— O ato em si é simples, exatamente como os animais da fazenda. São as outras coisas, aprender a se comportar como se estivesse sentindo prazer com um homem. Muito é representação. Alguns papéis são difíceis no começo, mas assim que aprende, são só atos. Os homens que escolhem para treinar conosco são... ávidos, mas a maioria não é interessante para ficar junto, apesar de só ficarem depois quando estamos praticando a conversinha.

— "Conversinha"?

— Depois que o homem se esvai, a maioria quer ir embora ou simplesmente rolar e dormir. Então mantê-lo acordado na cama exige algum talento. Segurar no pau como se estivesse preparando para mais sexo funciona às vezes, fazer perguntas para ele se sentir importante também. Muitos ficam tontos ou baixam a guarda depois do sexo. Então, essa "conversinha", enquanto está no calor do sexo, é quando alguns revelam as coisas que querem manter em segredo. É fácil levar vantagem porque querem mostrar como são espertos, quanto poder têm ou são influentes. A conversinha é muito importante para uma Dama Pintada. É uma forma de espionagem pouco reconhecida. Eu não ligava muito de estar com outras garotas e graças aos deuses nunca me colocaram com Nessa.

Hatu não conseguiu evitar uma risada e se forçou a mantê-la baixinha.

— Bem, isso teria sido... interessante. — Ele se aninhou mais perto dela conforme a noite esfriava. — E talvez divertido de assistir.

Ela o golpeou com força nas costelas e ele fez uma careta.

— Desculpa.

— Iam nos ensinar a cantar, embora eu não seja muito boa, e dançar, tocar instrumentos, cozinhar pratos especiais... se não tivesse sido mandada para casa...

— Você nunca disse o porquê — observou ele.

— Conversei com a senhora encarregada da escola. — Deu de ombros. — Ela sugeriu que meus talentos se encaixariam melhor em outro lugar. Lá, ensinam tudo e qualquer coisa a levar um homem para a traição. — Soltou um pequeno suspiro. — Não acho que seria muito boa. — Queria poder contar para Hatu sobre a luta com o espião, mas obedeceu suas ordens e ficou quieta.

Hatu não disse nada. Percebeu que tinha ficado tão balançado pela chegada de Hava que nunca se perguntara por que ela estava nessa jornada com ele. Presumiu que era por não saber que Mestre Zusara tinha pedido por ela especificamente. Sentiu um arrepio gelado. Isso deveria ter ficado óbvio desde o primeiro momento.

Ela continuava a falar sobre as habilidades que tinham lhe ensinado, e enquanto ele ouvia cada palavra, a mente corria pelas possíveis razões por que ela, entre todas as pessoas, seria tirada do treinamento para acompanhar Reza e ele nessa missão. Reza seria o bastante ou Hatu poderia até viajar sozinho. Qualquer estudante ou jovem sicari teria servido, mas tinham mandado buscar Hava.

Sua mente descartou rapidamente razões prováveis e finalmente percebeu por que Mestre Facaria tinha sido convocado para o encontro. Ele tinha dito a Zusara para alocar Hava.

Mas por que ela? Um motivo ficava se apresentando, mas ele continuava o deixando de lado, explorando outras opções. Refinou cada motivo possível até se lembrar das conversas com os dois mestres, e como tinham se focado em seus sentimentos por Hava.

Hava ficou em silêncio, e Hatu percebeu que ela havia cochilado. Decidiu deixá-la dormir enquanto continuava alerta e concentrado em seu novo enigma. Depois de um tempo, concluiu que apenas uma coisa era certa. Facaria tinha dito a Zusara sobre sua ligação com Hava, e Zusara provavelmente concluíra que ela era a única pessoa em Garn que podia passar pelas defesas de Hatu. Os dois mestres consideraram que Hava era a pessoa mais importante de sua vida: podia ser uma arma poderosa para ele ou contra ele. A pergunta ainda a ser respondida era por que os mestres sentiam a necessidade de ter alguém capaz de chegar tão perto?

Um som distante o despertou do devaneio, e o garoto acordou Hava com um suave aperto no ombro. Ela ficou alerta, ouviu o som dos cavalos se aproximando e estava em pé no mesmo momento que Hatu.

Saíram rápido do abrigo e foram até onde os cavalos estavam amarrados. Acalmaram os animais acarinhando seus focinhos, e segurando os arreios com gentileza. Havia o risco de que pudessem sentir o cheiro dos animais se aproximando e relinchassem em cumprimento. Mesmo a mais remota chance de serem descobertos tinha que ser evitada.

Hava e Hatu ficaram praticamente imóveis quando o som dos cavaleiros aumentava em ritmo crescente, atingindo o ápice e depois sumindo. Hatu estava quase certo que eram do grupo que tinha atacado o armazém. Assim que chegassem na próxima cidade e perguntassem sobre cavaleiros passando por ali, iriam voltar para checar a estrada de novo.

Nem Hatu nem Hava tinham conhecimento daquela região nem daquele terreno, além de saber até onde a estrada ia.

— Eles vão voltar — Hatu afirmou.

— Quanto tempo?

— Lutaram com os homens de Matacaldo e cavalgarão a noite toda. Podem trocar de cavalos na próxima cidade, mas estarão cansados... Provavelmente vão descansar e esperar que os alcancemos. Quando não aparecermos amanhã, voltarão. O mais tardar, ao meio-dia.

Hava ficou em silêncio, observando-o na luz da lua que se erguia.

— Se conseguirmos alcançá-los, chegando na cidade sem sermos vistos, enquanto perguntam por nós, encontram novas montarias e o resto...

— Poderíamos talvez rodear a cidade? — Hava sugeriu.

— Se não estiver cercada de fazendas, sim, podemos. Mesmo um pequeno bosque esconderia nossa passagem.

Passar pelos campos poderia ser arriscado, pois um cachorro latindo poderia atrair o fazendeiro para cuidar de seus animais e colheitas, e sem matá-lo não teriam garantias de que sua passagem se manteria em segredo, principalmente se quem estivesse os seguindo oferecesse uma recompensa por informações. Eles ainda teriam uma vantagem, mas Hatu preferia que se perdessem logo.

— E se for tudo fazendas?

— Teremos que nos disfarçar e esperar que voltem por onde vieram. Podem precisar viajar por todo o caminho até Porto Colos para ter certeza de que não os ultrapassamos durante a noite. Podem pensar que decidimos pegar um navio. — Quase sussurrando para si mesmo, completou: — Só teremos problemas se decidirem se espalhar para procurar pela cidade. — Ao vê-la franzir o cenho, concluiu: — Somos capazes de derrotar um ou dois deles de cada vez.

Hatu decidiu que era melhor não mencionar que não sabia o que fariam se fossem rastreados por magia ou o que quer que estivesse lhe dando seus sentidos incomuns.

Ela assentiu.

— Se conseguirmos chegar ao outro lado da cidade sem sermos vistos, ficaremos livres.

— Quem são eles? — perguntou ela.

— Não sei — Hatu respondeu. — Mas podem ter relação com os navios que tentaram nos atacar. — Inspirou fundo e expirou devagar. — É inútil especular.

— Não tenho ideia melhor. — Ela olhou para ele.

— Então, vamos.

Enquanto montavam, Hatu pensou novamente em por que Hava tinha sido convocada e enquanto cavalgavam em silêncio pelas árvores até a estrada, especulou sobre por que ela iria tentar matá-lo e como fazê-la sentir que não seria necessário.

25

CONVULSÃO E MUDANÇA

Declan acordou com o som de vozes. Seu quarto no topo da casa geralmente era silencioso, mas o barulho era alto o bastante para vir da rua até lá. Ele colocou as calças, botas e túnicas e quando chegou ao andar de baixo, viu Jusan abrindo a porta da frente.

— O que foi? — perguntou.

— Não sei — respondeu o aprendiz. — Mas está ficando mais alto.

Correram para fora e viram um brilho laranja-avermelhado no céu.

— Fogo! — Jusan gritou.

Os dois foram apressados na direção do brilho e se juntaram à multidão crescente a caminho do clarão. Quanto mais perto chegavam do fogo, mais alto o barulho e mais ansiosos os dois ficavam. Antes de virar a última esquina, sabiam que o incêndio era na Hospedaria das Três Estrelas, e os jovens correram pelo último quarteirão até encontrarem uma muralha de espectadores.

Nada tinha sido organizado para combater o fogo, e Declan teve que empurrar para abrir caminho entre as pessoas meramente assistindo a destruição da hospedaria.

— Gwen! — gritou o mais alto que pode.

As pessoas cederam espaço enquanto ele continuava gritando o nome de Gwen e empurrando-as. Jusan seguia de perto. Alcançaram um espaço em claro na multidão um pouco antes de onde o calor ficava intenso demais. Dois homens estavam ajoelhados sobre uma figura no chão. Leon estava imóvel, rosto coberto de sangue, e Declan não precisou olhar de novo para saber que estava morto.

— Gwen! — gritou ele.

— Millie! — Jusan chamou logo depois.

— Eles só tiraram Leon — uma mulher próxima disse.

— Aqueles homens... acho que levaram as moças — alguém perto dela disse.

— Que homens? — questionou Declan.

— Uma meia dúzia de canalhas mal-encarados — esclareceu um terceiro. — Eu os vi chegar quando Leon estava perto de fechar. Acho que tentou discutir, mas pressionaram e ele os deixou entrar. — Olhando para o homem morto no chão, acrescentou: — Ele escolheria lucrar ao invés de lutar sempre, apesar de não ser covarde.

Declan agarrou Jusan pelo braço.

— Sele dois cavalos.

— Que cavalos? — disse o jovem, visivelmente abalado.

— Quaisquer cavalos. Roube-os se for preciso! — Quando Jusan saiu correndo, Declan gritou: — Eles levaram Gwen e Millie! Jusan e eu iremos atrás deles. Quem irá conosco? — Declan virou-se para um jovem parado perto dele: — Você, Mick.

O garoto desviou a atenção do fogo.

— Sim?

— Tomas do Arco, conhece?

— Todo mundo conhece. — Tomas era um rastreador quase lendário na região e com a reputação de já ter sido o melhor arqueiro em Marquensas.

— Avise-o que precisamos dele. Vá!

O rapaz hesitou como se quisesse ficar olhando o fogo, mas percebeu que pediram que fizesse algo importante, então, saiu correndo.

Vários ficaram resmungando sobre como os cavaleiros pareciam mercenários ou bandidos, ou que o fato de eles, aldeões, não serem guerreiros como bons motivos para não irem atrás deles, mas um homem empurrou a multidão para o lado. Declan o reconheceu como Bergun, um sujeito grandalhão que ia sempre a Três Estrelas.

Olhou a multidão com a expressão fechada.

— Irei com vocês. Leon era meu amigo. Vou ajudá-los a recuperar as meninas.

Depois de um momento, dois outros homens ergueram a mão, e, lentamente, quatro outros avançaram. Todos homens duros, acostumados a defender a aldeia, mas ir atrás de guerreiros treinados era algo que fazia qualquer fazendeiro ou mercador hesitar.

Quando ficou claro que ninguém mais iria se voluntariar, Declan gritou:

— Consigam cavalos! Iremos partir assim que todos chegarem na estrada para o sul!

Abriu caminho entre a multidão e correu até a ferraria. Ele encontrou Jusan puxando um par de cavalos na sua direção.

— De quem são? — perguntou Declan.

— Do Donald Dumple — respondeu ao lhe entregar as rédeas para um cavalo baio.

— Pediu? — perguntou Declan enquanto montava.

— Ele não estava em casa — Jusan respondeu. — Suspeito que está lá observando o fogo.

Declan viu o jovem Mick vir correndo na direção deles.

— A filha do Tomas do Arco disse que ele desmaiou de tanto beber — disse, quase sem fôlego, respirando fundo. — Ela disse que ia tentar acordá-lo.

Declan assentiu.

— Fez bem, Mick. Corra e veja se alguém perto da hospedaria precisa de ajuda.

O menino respirou fundo, virou e correu na direção da hospedaria incendiada.

Declan levou Jusan até o lado sul da cidade e esperou até os outros cinco homens aparecerem. Analisou os voluntários para ajudar no resgate de Gwen e Millie.

— Os homens que estamos seguindo são cruéis, não esqueçam. Agradeço por terem vindo — Declan falou. Sem esperar resposta, virou a montaria na direção sul, apertou o flanco do animal com os pés, fazendo-o disparar em um galope ligeiro.

O GRUPO DE DECLAN CAVALGAVA O MAIS RÁPIDO POSSÍVEL sem prejudicar os cavalos. Esperava que quem quer que tivesse sequestrado as meninas se achasse livre de perseguidores e tivesse diminuído o passo. Também rezava em silêncio para qualquer deus que quisesse ouvir para que não parassem, pois sabia o que aquilo queria dizer.

Depois de dez minutos de cavalgada, Declan ergueu a mão para que diminuíssem a velocidade, poupando os cavalos. Seria uma longa perseguição. Ao olhar por cima do ombro, percebeu que haviam pego outro cavaleiro, um que não tinha visto ao tomarem a estrada para o sul.

Acenou para que o grupo parasse e foi confrontar o novo cavaleiro. Aproximou o cavalo e viu um rosto familiar, semioculto pelo capuz. Inclinou-se para a frente.

— Molly do Arco, o que você acha que está fazendo?

A jovem jogou o capuz para trás e levantou o manto sobre um ombro, revelando um arco de montaria e uma aljava cheia de flechas.

— Gwen é minha amiga, Declan. Eu a conheci muito antes de você. Além disso, não tem um arqueiro nesse grupo de idiotas, e está seguindo mercenários experientes, não valentões bobocas. E sou uma rastreadora tão boa quanto meu pai.

Declan olhou por cima do ombro para os homens que tinham se virado para ver o confronto, homens que conheciam Molly bem. Vários assentiram.

— Seu pai sabe? Mandei um rapaz ir buscá-lo.

— O diabo que ele sabe. — Ela quase cuspiu. — Ele está em casa, bêbado como de costume. Nem se mexeu com todo o barulho na rua. Quando Mick apareceu, não consegui acordá-lo, então decidi tomar seu lugar.

Tomas do Arco tinha sido um caçador quase mítico, mas era de conhecimento público que desde a morte da esposa, a mãe de Molly, tinha dado para beber muito. Também era de conhecimento público que Molly agora geralmente caçava e provia a família. Ela era de altura média, ligeiramente corpulenta, e mais forte que muitos homens do mesmo tamanho. Declan já a vira carregar um cervo nos ombros.

Declan não disse nada por um tempo, depois assentiu, sem ter um bom motivo para não se juntar a eles, quando voltou para o seu lugar, na frente da companhia improvisada, já estava feliz por ter o arco dela. Nunca tinha visto um arqueiro melhor que ela, em Oncon ou Cerro de Beran.

Moveram-se rápido e atravessaram a noite cavalgando. Quando o sol estava começando a surgir, Declan viu dejetos frescos de cavalo soltando vapor no frio da manhã. Sinalizou a parada e desmontou.

— Estão perto — sussurrou.

Ergueu a mão, indicando que os outros deviam esperar enquanto ele foi à frente a pé. Ouviu vozes baixas antes de ver a luz fraca de uma fogueira.

Arrastando-se entre árvores, avançando com cuidado para evitar fazer barulho pisando em galhos ou coisa parecida, Declan ajoelhou-se e espiou as costas de dois homens que falavam baixo. Engatinhou lentamente para poder ouvir.

— ... logo para vendê-las — disse um deles.

— Tyree gostou da loira e se achar que estamos livres, vai pegá-la no meio da estrada e dane-se a gente. Que inferno, ele provavelmente iria gostar de ter público.

— Nenhum dono de puteiro vai pagar uma moeda sequer por ela quando Tyree terminar.

— Você viu o que ele fez com Misener. Vai implicar por um punhado de moedas? Choy parecia estar torcendo por Misener e Tyree o abriu como um porco, ele ficou de pé um segundo vendo suas próprias tripas caírem! Quer encarar o louco?

O outro sacudiu a cabeça.

— Viemos para cá para achar um navio. Todo mundo está dizendo que Sandura está pagando bem para guerreiros. Agora nem estamos mais indo na direção certa. Devíamos embarcar em Porto Colos, mas aqui estamos, de volta a Marquensas, na metade do caminho para Marquenet. Só porque Tyree tem pavio curto e o pau inquieto.

— Como eu disse: vai encarar?

Declan não conseguia ver tudo ao redor da fogueira moribunda. Achou ter visto de relance duas figuras nas sombras, encolhidas do outro lado do buraco que queimava, mas não podia ter certeza que fossem as duas garotas.

Declan silenciosamente se arrastou até sentir-se seguro de estar longe o bastante para ficar em pé e correr de volta. Gesticulou para que os companheiros desmontassem.

— O sol logo vai nascer e eles vão começar a se mexer. Acho que as garotas estão bem, mas não posso ter certeza. Se nos aproximarmos rápido demais, iremos alertá-los... — hesitou, inseguro quanto ao que fazer em seguida. Na penumbra ao redor da fogueira, via onde Tyree poderia estar.

Se Declan conseguisse matá-lo rápido, talvez os outros perdessem um pouco da vontade de lutar.

— Onde está a fogueira? — Molly perguntou, dando um passo à frente.

Declan apontou e ela assentiu.

— Me dê dois minutos para chegar atrás, depois apareçam correndo. Matarei quem chegar perto delas. Se ouvir algum barulho, não espere.

Enquanto Molly afastou-se em silêncio, como a caçadora experiente que era, Declan olhou para os companheiros. Jusan estava quase frenético de preocupação com Millie, então colocou a mão no ombro dele.

— Calma. Lembre-se como foi ferido em Oncon, e não repita. Ser precipitado pode fazer com que tanto você como ela sejam mortos.

Os demais eram homens duros e resolutos, vários deles brigões experientes, mas nenhum era soldado treinado. Declan tinha a vantagem dos números e do elemento surpresa, mas se não derrubassem dois antes de descobrirem que estavam sendo atacados, seria uma luta difícil e, pior ainda, as garotas estariam ameaçadas.

Declan esperou e depois do que avaliou ser tempo o bastante para Molly chegar ao outro lado da clareira, puxou a espada e acenou para os demais. Eles portavam várias armas, espadas, machados e facas longas, e pareciam determinados. Declan deu a Jusan um último olhar, tentando passar que o aprendiz precisava se manter focado e não fazer nada estúpido, então virou-se e caminhou rapidamente na direção do acampamento.

A caminhada ritmada combinada com um objetivo pareceu ter um efeito calmante sob Declan. Ele sentiu a ansiedade com a segurança de Gwen, a raiva e o nervoso se desvanecerem, e novamente sentiu o estranho sentimento de calma que o envolveu quando os escravistas atacaram Oncon. Ele o recebeu de bom grado. Uma clareza o cobriu e seus sentimentos por Gwen foram para o fundo enquanto a necessidade de emergir vitorioso vinha à tona.

Declan foi o primeiro a correr até a luz da fogueira, e quando o primeiro mercenário se levantou e virou, o sangue já jorrava de um corte profundo no pescoço. O segundo estava com a espada na mão e gritou um alerta, fazendo os demais do acampamento levantarem de um pulo.

A floresta ecoou o barulho de aço contra aço, e a batalha começou. Pela segunda vez na vida, Declan sentiu o tempo diminuir de velocidade e teve uma visão clara dos arredores. Estava consciente do homem que enfrentava, mas também podia ver o que acontecia além de sua própria disputa. Sentia tanto quanto via os homens de Cerro de Beran fazendo os mercenários recuarem, dois contra um na maioria dos casos.

Enquanto bloqueava um golpe do homem a sua frente, Declan viu uma figura correndo na direção das duas mulheres amarradas.

— Molly! — gritou, enquanto uma flecha cortava o ar.

A figura abaixou-se, rolou e ergueu-se agachando perto das duas figuras encolhidas, uma faca grande na mão. A hesitação de Declan ao ver a lâmina quase lhe custou a vida, pois permitiu que a lâmina do inimigo conseguisse entrar em sua guarda, e sentiu a espada do homem cortar sua veste de couro e sua camisa, quase rasgando as costelas.

Ele deslizou a espada dentro do golpe do homem e empurrou para cima, enfiando-a na axila e quase arrancando seu braço pelo ombro. O espadachim berrou, mas logo foi silenciado ao desmaiar de dor e perda de sangue. Declan o chutou para o lado enquanto procurava a figura que ameaçava as garotas.

Um dos mercenários correu para onde as meninas estavam amarradas como galinhas esperando o abate, com a figura agachada perto delas, e de repente o mercenário caiu para trás, uma flecha no peito. Outra flecha errou o homem agachado por alguns centímetros, e Declan o reconheceu como sendo Tyree.

Tyree caiu em cima das duas mulheres amarradas, fazendo-as dar gritos abafados, e Declan percebeu que também estavam amordaçadas além de amarradas. Golpeando Millie com um cotovelo, Tyree agarrou Gwen e engatinhou para trás enquanto outra flecha passava bem perto. Ele se encostou em uma árvore para se proteger e ergueu a moça amarrada pelo cabelo, fazendo-a gritar apesar da mordaça.

Flechas voavam pelo ar, pois Molly do Arco era capaz de atingir seus alvos apesar das mudanças rápidas de posição. Nem todo tiro era para matar, mas causava dano o bastante para parecer que havia vários arqueiros na floresta.

O coração de Declan quase parou ao perceber que o mercenário louco estava usando Gwen como escudo humano. Como seus companheiros estavam sendo derrotados, vários deles jogando as espadas no chão para se render, o jovem mercenário ergueu a faca até o pescoço dela, fazendo-o lançar um reflexo, enfatizando o perigo.

— Molly, não atire! — Declan gritou enquanto Tyree se acomodava contra a árvore, agarrado uma Gwen soluçante. Seus esforços desajeitados para erguer-se eram atrapalhados pela garota que se debatia e pela armadura que se prendia na casca da árvore.

— Solte-a! — Declan exigiu.

O jovem riu e o som causou arrepios em Declan, pois havia um tom inconfundível de loucura.

— Soltá-la? Para seu arqueiro me usar de alvo? — apoiando o queixo no ombro de Gwen, Tyree disse. — As coisas vão ser assim... — Pressionou a adaga contra a lateral do pescoço de Gwen, que a fez soltar um som abafado de dor e medo.

A raiva de Declan emergiu.

— Lembre-se do que me disse! — Jusan avisou.

Os olhos de Declan foram até a forma ainda imóvel de Millie no chão e soube que Jusan estava lutando a cada segundo para não sair correndo até ela. Sem tirar os olhos de Tyree, Declan assentiu que entendia o conselho do aprendiz para manter a cabeça fria.

Por um momento tenso, Tyree permaneceu em silêncio.

— Vou levantar e se algum dos idiotas fizer algo estúpido, a garota morre antes de mim. — Ele a moveu, fazendo a lâmina deslizar um pouco para dentro do pescoço, e uma gota de sangue acentuou o aviso.

Tyree junto os pés embaixo de si e se ergueu, puxando Gwen pelo cabelo de novo. Ela gritou de dor, ainda abafada pela mordaça, mas ficou em silêncio assim que sentiu os pés no chão.

Seus olhos estavam arregalados e Declan pode ver que estava aterrorizada, e por um momento ficou imóvel, dividido pela indecisão. Um movimento errado, e a mulher que amava estaria morta, e mesmo assim parte dele queria matar o homem que a mantinha cativa. Foi quando viu movimento à esquerda.

Circulando a borda da clareira, Molly do Arco estava procurando um bom lugar para mirar em Tyree. Declan se viu ainda mais paralisado, com medo de qualquer gesto ou expressão informar ao mercenário que Molly estava se movendo por trás, porém também lutava para se segurar e não atacar o assassino, como se pudesse resgatá-la só com a força da vontade.

Em um impasse aparente, os dois homens se encararam por alguns minutos.

— O que você quer? — Declan perguntou.

— Eu vou embora — respondeu Tyree. — Se algum imbecil tentar me impedir, ela morre.

— Você não vai conseguir montar no cavalo — avisou Declan com calma. — Se tentar subir em um cavalo com ela, vai estar morto antes de estar na sela.

— Bem, então talvez deva matar a piranha logo e acabar com isso.

Declan lentamente baixou a espada e ergueu a mão esquerda com a palma para fora.

— Se eu o deixar ir intocado, vai soltá-la?

— E vou acreditar que vocês vão me deixar ir embora? — Tyree riu. — Depois de ter matado o pai dela?

Declan olhou ao redor, vendo o resto do grupo de Tyree morto ou rendido. Viu o medo nos olhos de Gwen, implorando.

— Minha barganha é a seguinte — disse, por fim. — Você a deixa ir e luta comigo. Se você vencer, você e seus homens vão para longe daqui.

Se perder... — Declan deu de ombros. — Não vai ligar para o que acontece com eles. — Inclinou a cabeça na direção dos outros mercenários.

Tyree inclinou a cabeça para o lado enquanto pensava.

— Faça os arqueiros virem até aqui onde eu possa vê-los.

Declan gesticulou para que Molly viesse para o seu lado. Ela parou perto de Declan.

— Um? Uma garota? — Ele sorriu. — Porra, garota, você é maravilhosa! Depois que eu matar o garoto, venha comigo. Vou mostrar como caçar ouro em vez de coelhos.

Ele riu e jogou Gwen para o lado, dando um passo e um meio salto, baixando a espada contra a cabeça de Declan quase sem dar tempo para que ele conseguisse erguer a espada para bloquear. Um dos espectadores xingou.

— Nada justo nessa briga — outro reclamou.

Declan jogou o peso no bloqueio, fazendo a lâmina de Tyree deslizar na sua, e colocou o ombro na direção dele, desequilibrando-o. Declan deu um giro, erguendo a espada em um golpe circular que teria arrancado a cabeça de Tyree se tivesse atingido, mas o guerreiro mais experiente já tinha erguido a espada para bloquear ao escorregar para a esquerda, evitando ser decapitado.

Agachado, Tyree deu meio passo para trás, os olhos parecendo brilhar com loucura.

— O garoto sabe um pouco? Bom. Matança é divertido, mas não gratificante. O pai da garota foi fácil demais. Chorou que nem criança quando enfiei a espada nas suas tripas.

Declan percebeu que Tyree estava tentado fazê-lo agir sem pensar. Também reconheceu que a loucura não o tornava menos mortal. Sua forma distorcida de pensar poderia fazer com que agisse de forma que não podia ser antecipada, acabando com a vida de Declan e talvez de outros, incluindo Gwen. Não havia garantia que ela estaria a salvo se ele morresse. Molly poderia começar a atirar e os cativos podiam tentar atacar.

Declan parou de especular um segundo antes de Tyree dar um passo à frente com um golpe em arco que Declan virou para a esquerda. O ferreiro então fez um contragolpe simples estendido, a ponta da espada quase alcançando o peito do mercenário. Tyree só não recebeu um ferimento sério por ter se soltado rápido e dado um passo atrás.

Declan deixou os pensamentos submergirem e novamente sentiu o tempo parar, a imagem do oponente assumindo um aspecto mais detalhado, como se a luz e a sombra se intensificassem, e os detalhes ganhassem vida. Sentiu-se como quando lutara em Oncon, com a consciência expandida.

Podia ver os músculos tensos debaixo da pele do homem, flexionando-se e preparando-se, viu a leve mudança de peso de um pé para outro. Os olhos de Tyree dardejaram, procurando uma abertura visível, e Declan decidiu mostra-lhe uma.

Declan ergueu o cotovelo direito e flexionou o braço como se fosse dar um golpe circular no lado esquerdo de Tyree, mais vulnerável. Como previu, Tyree pulou para a frente, entrando no golpe, segurando a espada mais para trás para um impulso, ao antecipar que a frente de Declan ficaria exposta.

Declan virou a ponta da lâmina para baixo, empurrando a espada de Tyree para sua esquerda e raspando a lateral, depois ergueu o punho da espada e enfiou o forte da lâmina no pescoço exposto de Tyree. A base pesada abaixo da guarda era raramente usada, exceto em situações como aquele de combate muito próximo. Por isso que Edvalt o ensinara a colocar uma ponta ali, até o bloqueio dos braços onde a guarda estava apoiada. Ele puxou o punho da arma para a frente, e Tyree recuou, o sangue jorrando de uma artéria rompida no pescoço.

Olhou para Declan de olhos arregalados, colocou a mão no pescoço e viu-a sair vermelha. Recuou de novo, deu um sorriso estranho e caiu no chão, os olhos encarando vazios o céu do amanhecer.

Declan sentiu um isolamento gelado. Olhou para Gwen ainda amarrada e amordaçada, e por um longo momento era como se olhasse para uma completa estranha. Uma onda de calor passou por ele e um alívio repentino surgiu, deixando-o à beira das lágrimas. Correu até Gwen e a desamarrou, e ela o abraçou soluçando. Ele a apertou, sem dizer nada, deixando-a soltar seu terror.

— Sabia que você viria por mim — ela sussurrou depois de um tempo.

— Eu sempre irei até você.

Viu que Jusan tinha libertado Millie, os olhos arregalados de terror e o rosto sem sangue. Parecia estar à beira de enlouquecer, e Declan percebeu que agora tinha mais responsabilidades. Com a hospedaria queimada, Gwen e Millie não tinham nada, nem casa nem como ganhar a vida, apenas as roupas do corpo.

— Nós vamos levar vocês para casa, para descansarem, e irei pensar no que fazer sobre a hospedaria amanhã — disse alto o bastante para Millie e Jusan ouvirem.

— A hospedaria se foi — Gwen disse. Soluçou. — Vi o meu pai morrer... — A voz dela sumiu quando as lágrimas de alívio e de dor a sobrepujaram.

— Pode ser reconstruída — Declan disse. — Se quiser, irei reconstruí-la.

— Amanhã — ela disse com um lampejo de raiva. Declan a ajudou a levantar. Mal conseguia ficar de pé por ter ficado tempo demais amarrada. Podia ver hematomas no rosto, pescoço e braços, e sabia que haveria mais no resto do corpo. Duas unhas estavam bem quebradas, provavelmente quando lutou contra os captores; as roupas rasgadas e sujas. Declan sentiu a raiva nascer agora que a calma da batalha sumira.

Virou-se para analisar os resultados da batalha e ficou satisfeito ao ver que seu plano não tinha causado grandes danos aos companheiros, apenas alguns punhos ensanguentados, uns cortes pequenos e alguns olhos roxos. Restavam quatro mercenários dos sete que estavam com Tyree, os outros três caídos sem vida no chão.

Gwen apoiou-se no braço de Molly quando Declan caminhou até ficar na frente dos quatro prisioneiros. Analisou os rostos e decidiu-se pelo de aparência mais jovem.

— Levante-se. — O jovem guerreiro obedeceu, e Declan perguntou: — Há quanto tempo está nesta companhia?

— Menos de um ano — respondeu o jovem. O cabelo louro era claro, e ele tinha bochechas muito queimadas pelo sol, além da promessa de uma barba, mas ainda parecia uma criança, não um homem.

— Então, assassinou e estuprou menos que os outros?

— Até agora, só batalhas. Misener nunca permitiu banditismo. Isso foi tudo coisa de Tyree — Olhou para o cadáver do guerreiro louco. — Ele matou Misener e voltou para pegar as garotas. Tinha um plano doido para vendê-las. Não sei... — A voz dele sumiu.

— E vocês o acompanharam? — Declan questionou, olhando os homens amarrados.

— Ele matou Misener — disse um dos homens ajoelhados. — Ninguém ia discutir com quem matou Misener. Pergunte a qualquer mercenário daqui até Sandura.

Declan concluiu que Misener deveria ser o guerreiro mais velho encarregado do bando, o que tinha impedido Tyree de lutar antes de saírem da hospedaria. Presumiu que o velho tinha vivido de reputação, e isso tinha terminado.

— Mas vocês o deixaram matar Leon, incendiar a hospedaria e pegar as garotas — Declan argumentou. Agarrou o mais jovem pelo braço e o afastou um pouco. — Qual seu nome?

— Will — respondeu o guerreiro mais jovem, parecendo assustado. — Meu nome é Will.

— Will, quero que veja isso.

Declan acenou com a cabeça para os homens parados atrás dos outros três mercenários. Eles se inclinaram sob os homens ajoelhados e cortaram suas gargantas.

Declan sentiu Will enrijecer e tentar se soltar, mas o jovem ferreiro manteve um aperto firme.

— Você será poupado — avisou Declan. — Pegue um cavalo e vá para onde quiser, mas nunca retorne a Cerro de Beran. Diga a todos que encontrar que é isso que acontece com bandidos, fora da lei, estupradores e assassinos que vêm a Cerro de Beran. Irão receber justiça rápida e severa. Vá!

O jovem guerreiro não hesitou. Correu até os cavalos, montou rápido em um e partiu na direção da estrada.

— Vamos enterrar o resto dessa canalha e levar suas armas e cavalos de volta. Podemos encontrar utilidade para as armas e vamos vender os cavalos para... — olhou para onde Gwen estava apoiada em Molly — ... pagar o que precisar ser pago.

Declan olhou para os rostos dos homens da cidade que tinham arriscado sua vida para fazer o que era certo.

— Vocês são homens bons e eu sou grato — Declan disse por fim.

— Assunto desagradável, mas precisava ser resolvido — disse um sujeito corpulento, chamado Becker.

Por um breve momento, Declan entendeu que cada homem ali, além de Molly, sabia da necessidade de matar a sangue-frio depois do calor da batalha. Assunto desagradável mesmo, mas, como dissera Becker, precisava ser resolvido.

Os outros assentiram, concordando.

— Vamos resolver logo, então — outro falou. — Alguém trouxe uma pá?

— Amarrada na minha sela — respondeu um terceiro.

Enquanto terminavam o assunto da manhã, Declan olhou para Jusan, inclinado sobre Millie, ainda muda de terror, e depois para Gwen. Sabia que nada seria como antes.

26

UM ENCONTRO E REVELAÇÕES

HATU ARRASTAVA-SE AO LADO DE UMA SEBE, parando ocasionalmente para espiar por cima dela, para a cidade que já movimentada pelos madrugadores. Quando o sol surgiu no horizonte, os residentes já se remexiam para acordar. Os fazendeiros dos arredores cuidavam dos afazeres matutinos desde que o céu clareara, e os lojistas e mercadores logo estariam abrindo as portas ou montando as barracas.

Hatu virou-se e sinalizou para que Hava se juntasse, saindo do esconderijo em uma pequena vala.

— Precisamos trocar de roupa, só para o caso de alguém ter visto quando saímos de Porto Colos — ele disse quando ela se agachou ao lado. Sorrindo, completou: — Além do mais, não importa o quanto tente, não parece com um homem.

Ela franziu o cenho, ignorando o elogio. Enquanto viajavam, suas tiradas tinham sido recebidas com risadinhas ocasionais, mas estava claro que Hava aturava seu senso de humor, mais do que apreciava.

Ela pegou a bolsa de viagem, abriu e tirou um longo vestido azul-escuro. Deixou-o de lado, preferindo uma blusa de mangas compridas verde-escura e calça preta, cortada nos joelhos. Despiu a túnica cinza e a calça azul e as jogou em cima do vestido.

Hatu já tinha visto Hava nua várias vezes desde que eram crianças, mas agora apreciava a beleza única mais do que nunca. Longilínea, graciosa e de músculos firmes, sua forma atlética era adorável; ele sorriu.

— Não fique tão satisfeito — ela disse, seca. — Tem gente querendo nos matar.

— Um motivo tão bom como qualquer outro para aproveitar um pequeno momento de prazer quando temos.

— Você gosta de me ver nua? — ela disse com um leve sorriso.

— Sim — respondeu ele, deixando de prestar atenção nela para olhar por cima da sebe. — E espero ver de novo logo, e muitas vezes depois, mas, no momento, preciso procurar uma muda de roupa. Perdi minha sacola de viagem no armazém.

— E os cavalos?

— Temos três escolhas — falou, olhando para ela. — Deixá-los para serem encontrados. Vendê-los e conseguir transporte para Pashtar de carroça. Ou deixá-los descansar para cavalgar ao sul.

— Parece ser a escolha mais lógica para mim — Hava disse. Colocou a roupa antiga e o vestido de volta na sacola e esperou o próximo comentário.

— Concordo. — Hatu observou a área de novo. — Vamos fazer assim. Você volta para os cavalos e fica de guarda, enquanto vou até a cidade e encontro uma muda de roupas, verificando se quem nos caça está aqui. Se estiverem procurando por dois de nós, um garoto sozinho pode parecer despercebido.

Ela tirou o chapéu molengo e o enfiou na cabeça dele.

— Duvido, a não ser que esconda esse cabelo vermelho ridículo. Presumo que seu óleo estivesse em sua sacola de viagem?

Ele sorriu e assentiu.

— Já me virei com outras coisas antes. Um pouco de pó de carvão, ou mesmo graxa, e ele fica castanho.

— Precisamos alcançar uma cidade onde as damas pintem os cabelos — disse Hava.

— Marquenet — falou Hatu. — Que é para onde iremos quando encontrarmos Mestre Bodai em Pashtar. — Espiou por cima da sebe de novo. — Até lá, vou encontrar outra coisa.

— Use o chapéu enquanto isso.

Hatu o amassou na cabeça, cuidando para que a aba escondesse seu rosto. Enquanto se preparavam, ele estendeu a mão e a tocou no braço.

— Um dia, você vai precisar fazer uma escolha.

— O que quer dizer? — Sem pensar, ela se afastou.

— Vai saber quando chegar a hora e qual será a escolha, mas vai *ter* que escolher. Sua decisão vai mudar nossas vidas.

Sem esperar resposta, ele levantou e avançou pelo meio da sebe, ignorando o arranhar de pequenos galhos na roupa e na pele exposta.

Hava ficou sentada por um longo momento, depois deixou a confusão de lado e virou-se para o caminho que iria levá-la de volta aos cavalos.

HATUSHALY MANTINHA-SE NAS SOMBRAS FEITAS PELO SOL do começo da manhã, só que de forma casual, andando calmamente, mas com um objetivo.

Procurava sinais daqueles que o perseguiam em cada hospedaria, mas Hatu tinha apenas uma vaga ideia do que procurar, já que o caos do ataque no armazém onde Reza morrera e seu vislumbre de cavaleiros distantes não eram um bom começo. Tinha esperança de que, por alguma coincidência, sorte ou um milagre imerecido, ele os reconhecesse antes de ser visto. Tinha confiança em suas novas habilidades, mas distinguir inimigos em que nunca colocara os olhos antes não era uma com que pudesse contar.

Distraído, passou os dedos na bolsa com as moedas restantes do dinheiro de Hava, presa no cós. Pensou melhor sobre entrar em uma loja e chamar atenção para si, decidindo que chamaria menos atenção no mercado.

Quando Hatu chegou no centro da cidade, todas as barracas estavam de pé, e os vendedores arrumavam os produtos. Manteve-se no lado sombreado da praça enquanto procurava um vendedor de roupas próximo. Uma corda esticada entre dois mastros mostrando várias blusas chamou sua atenção e ele foi até lá, com cuidado para não parecer ansioso.

Ao se aproximar, o mercador ergueu os olhos.

— Procurando algo?

— Preciso de outra túnica. — Hatu deu de ombros. — Uma camisa para trabalho pesado, talvez.

— Tenho camisas e túnicas — O sotaque traía raízes estrangeiras, mas Hatu estava sob pressão demais para ficar pensando na origem. Algo parecia vagamente familiar, mas não conseguia identificar o quê.

Entrou na tenda e examinou ostensivamente vários adereços, apesar de já ter se decidido por uma camisa amarelo-claro. Era chamativa o suficiente para convencer um transeunte que não tinha nada a esconder, mas não tanto a ponto de chamar atenção.

Depois de escolher mais um pouco, e ignorando a tagarelice constante do vendedor, que garantia que cada uma era melhor que a outra, Hatu foi até a que escolhera. Tinha mangas compridas, amarrada na frente e com colarinho, marcando-a como de melhor qualidade que a maioria. Apontou para o colarinho e olhou em dúvida para o vendedor.

— A alfaiate que a confeccionou alega que erguendo, impede que a nuca fique queimada de sol e também corta o vento frio; é o que ela diz. — Deu de ombros como se dissesse que era neutro nesse assunto. — Também fez um casaco. — Ele apontou para um casaco longo cinza escura e levou Hatu para vê-lo.

— É lã de feltro, um tecido muito fechado.

Hatu examinou o casaco. Tirou-o do gancho e o experimentou. Ia até seus joelhos e era um pouco solto nos ombros, mas não a ponto de ser desconfortável. O vendedor levantou o colarinho.

— Como camisa, viu? O vento e o sol não incomodam o pescoço. Ela trata a lã com óleo para resistir a chuva, e mantém você seco.

Hatu cheirou a manga.

— Não sinto cheiro de óleo.

— Não é do óleo preto, mas óleo de carneiro. Ela diz que é como os carneiros se mantém secos. Esperto, não?

Bem melhor para mudar de aparência do que uma camisa amarela, foi o que Hatu pensou, sem se importar com a esperteza do produto.

— Quanto?

A barganha se estendeu um pouco mais do que o normal, pois Hatu queria dar tempo para Hava alcançar os animais. Concordaram em um preço por fim, quando Hatu ofereceu um pouco mais, insistindo para colocar a camisa amarela no negócio. Quando o mercador concordou, protestando que iria passar fome, Hatu soube que tinha feito um negócio justo.

Atrás da tenda, Hatu tirou o velho casaco e rapidamente vestiu a roupa amarela. Jogou o casaco velho e sujo em um canto, certo de que o mercador iria encontrá-lo, lavá-lo e tentar vendê-lo, e colocou o casaco novo, deixando os botões abertos para mostrar a camisa amarela por baixo. Estava convencido de estar diferente o bastante para não o reconhecerem.

Partiu em um ritmo lento, mas calculado, olhando em cada porta aberta e para os dois lados nos cruzamentos, tentando descobrir qualquer coisa sobre os perseguidores da noite anterior. Hatu era jovem e saudável, mas estava exausto, pois tinha descansado muito pouco nos últimos dias. Porém, quanto mais cedo ele e Hava pegassem a estrada, mais cedo chegariam a Pashtar e a Mestre Bodai.

Aproximou-se da parte norte da cidade e virou para o leste em uma rua que levava a uma pequena ponte sobre um córrego, e para a estrada que levava para o campo. Tinha visto a estrada e a ponte quando desviavam pelo lado leste da cidade e sabia que era a rota mais rápida até onde Hava esperava com os cavalos. Desejou ter conseguido pegar comida para os animais, mas um homem carregando um saco de grãos para fora da cidade chamaria atenção. Os cavalos teriam que se virar com mais um dia de pastagem e o que quer que sua inspeção da cidade conseguisse.

Ao chegar no limite da cidade, viu uma figura nas sombras. Abaixou levemente o queixo, bloqueando mais o rosto por baixo do chapéu de aba larga. Ao passar, mais sentiu que ouviu o movimento atrás de si.

Hatu deu um passo para o lado e o atacante voou pelo espaço onde estivera antes. Hatu girou, agachando-se enquanto a mão ia para dentro do casaco e saia com uma longa adaga. Uma batida rápida nos dedos com um bastão pequeno e fino quase fez Hatu soltar a arma. Ficou desequilibrado pelo golpe inesperado na mão e, ao tentar mudar o peso para compensar, viu-se pressionado de repente contra a parede com o bastão atravessado no pescoço, uma mão forte apertava seu pulso para impedi-lo de atacar com a adaga. A arma na garganta poderia esmagá-la, mas o estranho não pressionou mais.

— Se não estivesse usando esse casaco ridículo, garoto, poderia ter me matado — disse uma voz familiar. — Ele o deixa lento!

Com isso Hatu percebeu que o atacante era Mestre Bodai.

— Não queria lutar, apenas queria ficar disfarçado — respondeu depois de hesitar um momento.

O homem mais velho soltou Hatu.

— Bem, você provavelmente teria ido bem contra a maioria dos homens. Então, por que se esconder se eu deveria encontrar você facilmente?

— Nós não deveríamos encontrar você em Pashtar? — Hatu disse de repente.

O velho rolou os olhos para cima.

— Aqui é Pashtar, seu tolo. Onde achava que estava?

— Fugimos pelo mato e não sabemos quanto viajamos.

— Onde estão Reza e a garota?

— Reza está morto — Hatu disse. Bodai fechou os olhos por um instante, como se doesse.

— Zusara não vai ficar contente — disse, baixinho. — E a garota?

— Está com os cavalos, perto daqui.

— Vá buscá-la — Bodai ordenou depois de um breve silêncio. — Volte pelo norte até ficar fora de vista, e vá pela estrada principal até a cidade. Aqueles que estão procurando vocês ainda estão por aí, apesar de poderem ter voltado a Porto Colos. Quando voltar, me procure no mercado de cavalos.

— Sim, senhor.

Hatu foi até onde Hava estava esperando, explicou a situação, e os dois cavalgaram até Pashtar. Como não passara por nenhum mercado de cavalos no caminho para a cidade, Hatu deduziu que ficava para o sul, e rapidamente encontraram.

Bodai abraçou os dois de forma chamativa.

— Somos mercadores — sussurrou para ambos. — É o disfarce. Estou usando desde que cheguei nesta parte do mundo. Vocês são meus filhos.

Hava lançou um olhar de alerta para Hatu, sacudindo a cabeça de leve, e por um momento ele ficou confuso. Percebeu que embora ela não se importasse de discutir com outros rapazes de sua idade, estava preocupada sobre algo e não queria questionar o mestre. Bodai percebeu que algo se passava entre eles.

— O quê?

— Nossa aparência — Hava quase sussurrou ao responder.

Tanto Bodai quanto Hava tinham a cor da pele parecida, um tom de oliva, e alguma semelhança na testa e nos olhos, mas Hatu não se parecia em nada com eles, a pele era pálida e ficava com sardas se pegasse sol. Bodai não entendeu o que ela quis dizer, mas Hatu pegou na mesma hora.

— Alguma sugestão? — Bodai disse.

— Sim — respondeu Hatu. — Hava pode passar por sua filha, mas eu não pareço com nenhum de vocês dois, então eu deveria ser o marido dela.

Bodai ficou imóvel por um instante e assentiu.

— Sua esposa! Zusara queria que ela ficasse perto de você, então por que não? Nosso acordo com o barão não dizia nada sobre precisar estar sozinho. Sim, vai servir. Com sorte, nunca teremos de explicar a ninguém, mas se a pergunta surgir, é uma boa resposta. Vou comprar uma pequena quantidade de montarias e iremos ser mercadores de cavalos, e poderemos partir. Tem uma cidade na fronteira norte de Marquensas chamada Cerro de Beran onde poderemos vendê-los e dali viajar rápido para Marquenet. Assim que tivermos cumprido nosso dever com o barão, irei permanecer por alguns dias, e poderemos estabelecer Hava.

Hatu seguiu Bodai quando ele voltou ao mercado para selecionar os cavalos, e, ao olhar de relance para Hava, concluiu que se a missão dela era mesmo matá-lo, seria Bodai que daria a ordem.

DIAS DEPOIS, UM TRIO DE CAVALEIROS CHEGOU NO LADO norte de Cerro de Beran, cada um levando mais dois animais. Bodai os guiou pela primeira rua na direção leste, e depois por outra, até novamente viraram para leste e encontrarem a entrada de um pátio, pertencente a Tenda, o comerciante de cavalos. Um homem forte que mancava levemente da perna esquerda virou-se para cumprimentá-los.

— Bodai! De volta tão cedo?

— Encontrei um sujeito desesperado para fazer negócios em Pashtar. Então pensei: por que viajar de volta sem nada para vender?

— Acenou para Hava enquanto desmontava. — Essa é a minha filha e seu marido inútil — disse rindo, para indicar que era piada.

— Bem, temos uma demanda incomum por montarias, então irei tirá-las de sua mão se o preço valer. — Tenda passou a mão pela cabeça que começava a ficar calva.

Já tinham fechado negócio antes que Hava e Hatu conseguissem desmontar. Bodai na verdade não teve lucro algum, mas como aquilo era apenas um disfarce, o dinheiro não importava. Precisava deixar os cavalos para trás para poderem ganhar velocidade e alcançar Marquenet no dia depois do seguinte, que era a data marcada para o encontro com o homem chamado Balven.

Cavalgaram para fora do pátio do vendedor e foram para o sul atravessando a cidade. Ao chegarem na hospedaria das Três Estrelas, viram trabalhadores restaurando uma construção recentemente destruída pelo fogo. Bodai viu uma figura familiar no teto, usando um pé-de-cabra para soltar madeira queimada das vigas praticamente intactas, enquanto outros estavam trocando estruturas destruídas.

— Declan! — gritou.

Declan pareceu levar um momento para reconhecer quem falava, já que só tinham se encontrado uma vez.

— Bodai!

— O que aconteceu?

— Lembra daquele galo novo de que me avisou? — disse Declan, indo para a beirada do telhado e pulando agilmente para o chão.

— Lembro — respondeu o mercador fajuto.

— Ele matou o galo velho, um homem chamado Misener.

— Misener! — Bodai exclamou, desmontando. — Não percebi que era ele. Era um capitão famoso no leste. Não sei por que estava aqui, mas se ele matou Misener, era um guerreiro habilidoso.

— Voltou aqui, matou meu amigo Leon, e sequestrou a filha dele e outra garota.

— Isso é trágico — Bodai falou. — Uma perda terrível.

— Foi — Declan concordou.

— Ele não está falando tudo, estranho — disse um trabalhador próximo. — Declan liderou alguns rapazes e foi atrás deles, encontraram esse tal Tyree, o mataram e soltaram as garotas.

Bodai observou o jovem ferreiro por um longo momento.

— Se você matou o assassino de Misener, então ganhou renome, meu amigo. Mas talvez seja um que iria preferir não ter.

— Não sou guerreiro — Declan falou, batendo palmas para tirar a sujeira. — Não tenho planos de usar essa reputação, a não ser que venda mais espadas.

— Pelo que vi em minhas viagens, vender espadas não será um problema. Talvez fazê-las rápido o bastante.

Declan assentiu.

— Também percebo isso. Assim que colocarmos a hospedaria de pé, vou viajar para Marquenet e contratar outro ferreiro. — Olhou para Bodai. — E vou falar com o barão, se ele me receber.

A expressão de Bodai era mais ou menos neutra, mas indicava que aquela podia ser uma tarefa difícil.

— Você saberia dizer um lugar onde eu, minha filha e meu genro podemos passar a noite?

— Dê a volta e entre à esquerda na próxima rua. A hospedaria do Carvalho Verde é um bom lugar para viajantes. Você vai poder escolher entre o celeiro, debaixo da mesa na sala comum ou o quarto se ninguém mais tiver pego. Vão para Marquenet amanhã?

— Vamos — confirmou Bodai.

— Se não se importam, irei com vocês — Declan disse. — Tenho assuntos lá com o barão. Em tempos como esses, um grupo na estrada é mais seguro.

Bodai não hesitou. Quatro cavaleiros chamariam menos atenção que três.

— Partimos ao amanhecer.

— Encontro vocês lá — Declan disse.

Bodai montou de novo e guiou Hatu e Hava, deixando Declan subir no telhado e voltar a reparar o dano.

NO FIM DA TARDE DO DIA SEGUINTE, OS QUATRO CAVALEIros chegaram no cimo de uma elevação e olharam para um grande vale que ia dali até a costa, alcançando os limites dos bosques e fazendas que Declan tinha observado na primeira viagem até Cerro de Beran.

— Só viajei aqui uma vez — disse Declan para Bodai. — Encontramos um poço natural com bastante grama aqui perto, do lado esquerdo da estrada. — Apontou naquela direção. — Era um bom lugar para passar a noite, mas continuamos porque ainda tinha muito tempo de luz quando passamos. Conhece o lugar?

— Já viajei essa estrada várias vezes — Bodai falou. — É ali mesmo que iria sugerir que parássemos. Estaremos na cidade antes do meio-dia, que é quando sou esperado. É um bom lugar para descansar.

Tinham viajado desde Cerro de Beran em relativo silêncio. Declan era por natureza bem pouco tagarela, e seus três companheiros pareciam igualmente inclinados. Toda a conversa que tiveram tendia a se focar na jornada, ou observações triviais sobre a paisagem pela qual passavam.

Quando alcançaram o lugar para acampar, o sol estava baixando no oeste. Hatu desmontou do cavalo e disse:

— Vou acender o fogo.

Entregou as rédeas do animal para Hava e os outros dois para Declan que os pegou. Os cavalos sentiam o cheiro da água da fonte próxima e não precisaram de muito incentivo.

Quando os animais já tinham sido cuidados e amarrados para passar a noite, Hava, Bodai e Declan voltaram para descobrir que Hatu tinha montado todo o acampamento. Um fogo forte estava aceso e havia madeira de sobra em um denso bosque de árvores a uma pequena distância. Ele tinha tomado a liberdade de abrir as bolsas de viagem de Hava e Bodai, e colocado roupas no chão perto do fogo.

— Não sabia se você gostaria que eu mexesse nas suas coisas — disse a Declan, que acenou com a mão, apreciando a cortesia.

— Não, tudo bem.

Ao pegar o equipamento, Declan refletiu que a maioria das pessoas teria deixado para lá sem comentar. Havia algo naquele sujeito, poucos anos mais novo que ele, que lhe parecia estranho. Mas não de um jeito desconfortável, só parecia diferente. O velho e a moça eram bem comuns, embora Declan jamais os imaginaria sendo pai e filha. A forma como se comportavam era um peculiar.

Deixou esses pensamentos de lado e decidiu que estava simplesmente sendo paranoico com estranhos por causa do que tinha acontecido com o pai de Gwen. Declan lembrou-se de que ele mesmo tinha sido um estranho também até pouco tempo. Retirou um pacote enrolado em tecido impermeável.

— Tenho carne-seca e frutas frescas — avisou o ferreiro. — Sei que é uma viagem curta, então não achei que precisássemos de muita comida.

Bodai aceitou uma maçã.

— Agradeço. Comida de viagem é nutritiva, mas falta sabor. Já comi muita comida seca, então isso é muito bem-vindo.

Acomodaram-se.

— Você acendeu rápido o fogo, não vi muita lenha seca por aí — Declan disse.

— Tenho jeito para isso. — Hatu deu de ombros.

— Meu genro teve muitos ofícios antes de se juntar a minha família — disse Bodai. — Tenho certeza de que tem uma história sobre fogo. — Ele olhou Hatu com uma expressão fixa que era tanto um aviso como um pedido por uma história para aplacar a curiosidade de Declan.

Hatu ficou em silêncio encarando Bodai de volta, e olhou de relance para Hava, que manteve uma expressão neutra.

— Antes de encontrar minha amada — disse por fim. — Foi difícil encontrar um ofício. Sou órfão...

— Assim como eu! — Declan interrompeu. — Eu não seria um mestre ferreiro hoje se não fosse a generosidade de meu mentor e de sua esposa.

— Consertar coisas e a ferraria foram alguns dos ofícios que experimentei — Hatu continuou, sorrindo. — Sei pouco do trabalho sério em uma forja de verdade, mas sei como começar uma fogueira com qualquer coisa; você sabe como são essas forjas itinerantes.

— O trabalho de funilaria na maioria das vezes não precisa do calor que forjar aço precisa. — Declan assentiu. — É começar com qualquer fogo e só acrescentar uns pequenos pedaços de carvão... — Depois de um momento, falou: — Bom, parece que você encontrou seu verdadeiro trabalho. — Acenou com a cabeça para Hava e Bodai. — Na verdade, eu tinha que saber se você tem jeito, se não tivesse emprego. Há uma falta de bons ferreiros e aprendizes hoje em dia. Quando chegar a Marquenet, vou perguntar se tem um bom ferreiro querendo se mudar para Colinas de Cobre.

Bodai inclinou levemente a cabeça como se a informação lhe interessasse.

— Vou me lembrar disso se o pai de minha amada se cansar do meu jeito ruim com cavalos — Hatu disse com um sorriso.

Bodai tentou transformar aquilo em piada.

— Não é que você não tenha jeito com cavalos — disse em um tom leve. — O rapaz se vira bem em mostrá-los e mantê-los em forma, sabe até avaliar a carne. — Meneou a cabeça em aprovação. — Tem a capacidade de ver quaisquer machucados que o vendedor esteja tentando disfarçar com truques, drogas e unguentos. Dá para disfarçar o cheiro de podre se souber o que está fazendo. Mas não sabe como negociar. A barganha não é algo que se pode fazer naturalmente. Se eu deixar meu negócio com ele, vou morrer um velho pobre.

Declan riu.

— E o que aconteceu com as garotas da hospedaria? — Bodai perguntou depois de um tempo.

— Uma delas era a filha de Leon. Vai se tornar minha esposa. Vamos trocar nossos votos assim que tivermos tempo, talvez no Meio do Verão. É comum fazer isso, pois já tem uma festa. A outra garota, Millie, acho que não está reagindo bem. Meu aprendiz está apaixonado por ela, e tenta cuidar dela, mas passa os dias enfiada no quarto, só saindo para comer. Ele voltou a dormir no celeiro, pois ela não consegue dormir com ninguém perto dela. Minha Gwen precisa forçá-la a tomar banho. Não sei o que esperar.

— Como qualquer parte do corpo humano, a mente pode ser forte ou fraca. — Bodai soltou um longo suspiro. — Algumas pessoas encaram a adversidade e a superaram, em raros casos progridem, mas algumas se estilhaçam como peça de cerâmica batendo na pedra.

Declan assentiu. Lembrava-se claramente de quando percebeu que depois de ter matado Tyree, nada seria igual na vida. Gwen tentava deixar aquilo no passado, mas ele já a vira chorar em silêncio quando pensou não estar sendo observada, ou olhando para o vazio pela janela da cozinha.

Tentou fazer com que fosse comprar coisas para repor o que ela e Millie haviam perdido, e ela tinha adquirido umas poucas peças, quase todas para Millie. Ele achava que Gwen estava se recuperando, mas percebeu que podia ser sua esperança o levando a pensar isso.

— E agora tenho uma hospedaria para reconstruir. — Declan suspirou.

— Por que se dar ao trabalho? — Hatu perguntou.

— Porque minha futura esposa insistiu que seu pai lhe desse um dote. Ela perdeu tudo no incêndio. Algumas moedas derreteram, então temos o metal, mas... não é a mesma coisa. Então, vou reconstruir a hospedaria, e Gwen vai fingir que não estou gastando meu dinheiro com isso. Aí, iremos vendê-la, e ela poderá me dar o dinheiro como se fosse o dote.

Hatu deu de ombros, olhando para Hava.

— Você... — Ele parou, pois estava prestes a perguntar se ela queria um dote, enquanto estavam fingindo que já eram casados. — Você iria querer isso se estivéssemos nessa situação?

— Ele está tentando consertá-la, deixá-la feliz — Hava deu de ombros e falou baixo. — É um bom homem.

Declan inclinou a cabeça, agradecendo.

— Vamos dormir — disse. — Não precisamos de vigias estando tão perto do lar do barão.

— Mesmo assim, vou ficar acordado por um tempo. Velho hábito — falou Bodai.

Declan deitou na esteira e puxou um cobertor de viagem sobre si. Manteve as botas calçadas por prudência. No dia seguinte, chegariam a cidade de Marquenet, e depois de ter falado com o barão e conversado com alguns dos ferreiros de lá, ia encontrar um bom quarto em uma hospedaria decente, um banho quente e uma refeição. Apesar de estar preocupado em estar longe de Gwen, também agradecia por aquela breve interrupção das preocupações e incertezas.

27

AS RODAS DO DESTINO E MUDANÇAS DE VIDA

Os três viajantes mais novos entraram na cidade atrás de Bodai ao meio-dia. Quando estavam vendo a entrada norte da velha cidadela, Bodai parou.

— Aqui, devemos nos separar, meu jovem amigo — disse para Declan. — Nosso assunto com o agente do barão não pode ser compartilhado e, além disso, se quer uma audiência, vai precisar falar com os guardas no portão, certo?

— Verdade — Declan concordou. — Agradeço pela companhia. Se voltarem a Cerro de Beran, me procurem e vou oferecer uma rodada de bebidas.

— Obrigado — Bodai agradeceu. Hava e Hatu também se despediram de Declan e seguiram Bodai para sudoeste.

— Gostei dele — disse Hava a Hatu, os dois cavalgando pouco atrás de Bodai.

— Parece um sujeito decente. — Hatu assentiu. — Não invejo o que vai passar para curar os ferimentos de Gwen.

Hava o olhou como se fosse perguntar algo, mas logo entendeu.

— Esse tipo é o pior para ser curado. — E o olhou com expressão questionadora.

— Claro que eu faria o mesmo por você — disse ele.

Hava sorriu e olhou para ver se Mestre Bodai estava ouvindo. Desviaram da cidadela, passando o tempo enquanto abriam caminho pelas ruas lotadas.

Hatu já tinha visitado muitas cidades desde que deixara a ilha, mas nenhuma como aquela. Tudo o que via era sinal de riqueza. O esplendor de Marquenet não era simplesmente reflexo do tesouro do barão, mas o povo era rico em paz e segurança, além de prosperidade material. Viam pouco pedintes, e os malandros que vagavam pela cidade não pareciam em nada com os membros de gangue que Hatu e Hava tinham acompanhado no leste. As crianças brincando aos pés das mães estavam bem alimentadas e vestidas adequadamente.

Guardas andavam pelos mercados, ficando de olho em roubos e conflitos, mas não tinham a aparência tensa e alerta dos guardas em outras cidades. Pareciam tranquilos. Hatu arregalou os olhos ao ver os mercadores os cumprimentando pelo nome, e os guardas devolvendo sorrisos e trocando gentilezas. Bodai olhou para trás e percebeu a expressão de Hatu.

— Cidade maravilhosa, não é?

— Sim — Hatu falou, olhando para Hava.

Ela assentiu, concordando.

— Nunca vi nenhuma parecida.

— É como a Itrácia — Bodai contou. — Destruída quando vocês eram bebês. — Olhou para trás de novo. — Marquenet é a cidade mais rica e próspera que existe em Garn desde a destruição da Itrácia. O barão e o rei da Itrácia eram próximos, pelo que dizem, e parece que compartilhavam a ideia de manter o bem comum. A maioria dos governantes simplesmente toma do povo. Os melhores também dão em troca e sua prosperidade é dividida com todos. O Barão Daylon é generoso com sua proteção e leniente com os impostos, possuía as fazendas e as hortas mais ricas da costa oeste da Têmbria do Norte, seus negócios são justos e distribui a justiça com igualdade. O que há para não gostar?

Hatu percebeu que talvez não fosse uma pergunta puramente retórica.

— Aparentemente, pouco — respondeu.

Bodai riu.

— Hava?

Ela olhou ao redor antes de responder:

— Como Hatu falou, nada de aparente ao primeiro olhar.

— Vocês dois são jovens — Bodai grunhiu. — Vão aprender. Cidades são criaturas, de e para si mesmas. Vivem, tentam crescer, e às vezes esse crescimento ultrapassa a capacidade de se manterem, então entram em colapso e definham. Esta é uma cidade no auge. Tem duas opções: continuar a se expandir até não conseguir mais se manter ou atingir um limite confortável.

— O truque é encontrar o limite sem prejudicar a cidade — Hatu completou.

— Muito bem. Algumas cidades, estados e nações existem em um fluxo praticamente constante: desordem, calma, paz e guerra. Outros são limitados por recursos naturais, doenças, rotas comerciais ruins ou outros fatores. Mas aqui... — Bodai fez um gesto amplo com a mão — ... nada disso é aparente. E isso você precisa saber, Hatushaly, pois não foi treinado para tal. Não estou falando de contrabandistas, criminosos, inspetores de alfândega corruptos ou as outras coisas invisíveis que conhece tão bem. São outras coisas que não estão aparentes, escondidas e fora de vista, geralmente as mais importantes. O Barão Dumarch é um homem muito esperto, alguns até dizem que é o próximo Jubardente e Marquenet é a próxima Itrácia. Aqui, teatros são construídos, músicas são compostas, e a riqueza se espalha dos mais poderosos aos mais pobres. É um paraíso.

— Então, alguém virá e tentará tirá-lo dele — Hava disse.

Bodai riu e sacudiu a cabeça.

— É uma conclusão muito simplificada, não é tão direto assim, mas não significa que esteja errada. Há astúcia em você que não é vista por muitos. — Olhou de um jovem para o outro. — Vocês combinam bem. — Apontou para Hatu. — Você passa tempo demais pensando. — Bodai apontou para Hava. — E você, às vezes, passa tempo de menos. — Ele riu. Voltou-se para Hatu: — Mas você, garoto, se prepara bem antes de agir. — Apontou de novo para Hava. — E você pode aprender com isso, Hava. — Sorriu. — Já que é um pouco impulsiva. — Analisou Hatu por um momento. — Com ela, pode aprender a hesitar menos. — Parou de sorrir. — Juntos, podem se mostrar muito perigosos.

Hava e Hatu olharam o mestre com expressões dúbias enquanto ele continuava:

— Não limito a análise de meus alunos aos momentos em que trabalho com eles diretamente. Conheço Facaria e os outros mestres de aldeia, e pergunto sobre meus alunos. — Apontou para Hatu, falando com Hava: — Ele e eu viajamos juntos, então acredito conhecê-lo bem. Você... — apontou para ele — ... sei menos sobre você. — Deu de ombros e virou-se para a frente de novo, gesticulando para que continuassem.

Seguiram-no até chegarem a uma rua larga, que vinha do sul e levava ao portão principal. Parado ao lado da entrada, um homem de idade avançada.

— Quase terminamos — disse Bodai. — Mas, antes, quero falar em particular com cada um.

Indicou que Hatu deveria desmontar e segui-lo por uma curta distância. Só falou quando estavam fora do alcance de Hava:

— Agora que esse Declan e outros em Cerro de Beran o conhecem, irá continuar com a farsa de que Hava é sua esposa. Ela irá apoiá-lo nesta missão. Vai precisar da fachada por um tempo, talvez meses ou anos, mas até alguém lhe dizer outra coisa, faça o que aquele homem ali mandar. — Apontou para o senhor ao lado do portão. — Ele é o valete do barão, mas também seu irmão bastardo, e ninguém tem a confiança do barão como ele. Espere aqui.

Bodai foi até onde Hava esperava com os cavalos e colocou a mão no ombro dela.

— Agora você é a esposa de Hatu. Precisará manter essa farsa por quanto tempo for necessário. Vá onde ele for, dê todos os motivos para ele confiar em você. Faça filhos se precisar. É uma missão longa. — Hava entendia. Alguns agentes da ilha viviam durante anos disfarçados, estabelecendo-se profundamente em uma comunidade antes de serem chamados para agir.

Bodai continuou, a expressão ainda mais séria, olhando-a nos olhos como se a avaliasse.

— No momento em que receber a ordem, faça o que for ordenada, mesmo que seja matá-lo e voltar imediatamente para a ilha. Mesmo se for a mãe dos filhos dele. Consegue?

Ela hesitou por um breve instante e assentiu. Bodai acenou para que Hatu se juntasse.

— Essas são suas últimas ordens: esperem, observem e aprendam. Se descobrirem algo vital para nossos interesses, encontrem um de nossos agentes na hospedaria chamada Sinal das Gaivotas, fica naquela direção. — Apontou para sudoeste. — Não é difícil achá-la, fica na frente de uma pequena loja de curiosidades, que vende coisas do mundo todo. Um homem chamado Petyr é o mestre. Encontre-o e repita essa saudação três vezes "trago uma mensagem para o avô" e lhe dê a mensagem. Ele irá enviá-la o mais rápido possível e avisar se houver resposta. Minha parte nisto está terminada. — Virou-se na direção do portão e viu Balven se aproximando. Apontou para ele. — Aquele homem irá lhe contar o que ainda precisar saber. Venham comigo.

Gesticulou para que o seguissem. Levaram suas montarias até o portão e pararam na frente de Balven. Bodai o apresentou a Hatu e Hava.

— Você vai fazer tudo o que lhe disser. — Virou-se para Balven. — Este é o rapaz — disse, sem preâmbulos. — Nossa tarefa está encerrada. Nosso acordo terminou.

E virou-se para se afastar.

— Quem é a garota? — Balven perguntou.

— A esposa dele — Bodai respondeu enquanto montava. — O nome é Hava.

— Esposa? Mas não... — Bodai o interrompeu.

— Não fomos instruídos a impedi-lo de se casar — completou com um sorriso irônico. — Você vai ficar com dois pelo preço de um!

Sem esperar por outra resposta, Bodai virou seu animal e cavalgou para longe.

Balven olhou para Hatu.

— Tire o chapéu.

Ele fez como instruído e Balven olhou para o cabelo sujo, mas com um tom de cobre e dourado ainda reconhecível.

— Coloque de volta. Venham comigo.

Virou-se, e Hatu e Hava o seguiram. Hava olhou de relance para Hatu, inclinando a cabeça e erguendo a sobrancelha, uma expressão facilmente despercebida por outros que ele reconheceu imediatamente: ele sabia o que estava acontecendo? Ele respondeu com um breve sacudir de cabeça, mas acrescentou um sorriso, tentando passar que achava que tudo daria certo.

Ao entrarem no imenso adro, Hatu pôde ver um estábulo ao lado direito do castelo distante. Presumia que um grande pátio de treinamento ficava por trás do enorme edifício central. Dois homens se adiantaram e pegaram seus cavalos.

— Deem água e os deixem descansar, cuidem deles, mas coloquem arreios; nossos convidados partirão logo. — Os lacaios assentiram e levaram as montarias na direção do estábulo.

Hatu e Hava seguiram Balven pela entrada do castelo do barão. As antigas muralhas da fortaleza tinham sido reparadas e reformadas várias vezes, então parecia menos uma fortaleza e mais um grande monumento a paz e a riqueza. Gerações de ancestrais do atual barão tinham acrescentado fachadas e refinamentos, como portas de madeira polida e entalhada no arco principal onde haveria madeira pesada reforçada com ferro décadas antes.

O piso do corredor de entrada era feito de mármore polido e coberto com densos tapetes tecidos, em vez de granito e peles, e os corrimões de ferro tinham sido substituídos por madeira polida. Um imenso candelabro estava pendurado sobre suas cabeças, erguido por correntes muito brilhantes, para que centenas de velas pudessem ser acesas ou apagadas facilmente.

Hatu e Hava precisaram de todo o seu autocontrole para não ficarem de boca aberta com as finas tapeçarias nas paredes à esquerda da escadaria imensa, enquanto as altas janelas em arco iluminavam a entrada com a luz brilhante do sol.

Os recém-chegados foram levados a um imenso salão dominado por uma mesa longa. Uma porta dupla no lado esquerda da sala levava a outro corredor que terminava em uma sala de bom tamanho com um círculo de cadeira ao redor de uma mesa circular.

— Esperem aqui — disse Balven, apontando para um canto.

Não ser convidado para sentar-se não surpreendeu Hatu, já que seus encontros anteriores com a nobreza, mesmo que de menor escalão, tinham lhe ensinado que plebeus não se sentavam. Poucos minutos depois, Balven entrou com outro homem que usava roupas finamente confeccionadas: uma blusa de seda, calças de linho, botas de couro curtas e um cinto que combinava.

— Sou o Barão Daylon Dumarch — disse o homem bem-vestido. Fez um gesto para que Hatu se aproximasse, enquanto Balven se aproximou de Hava, deixando claro que ela deveria ficar onde estava.

O barão puxou a própria cadeira e indicou que Hatu também deveria sentar.

Hatu ficou surpreso, mas fez como pedido. Quando ele sentou, Daylon inclinou-se para a frente.

— Sabe quem você é?

Hatu ficou em silêncio por um momento.

— Sou Hatushaly. Venho do leste.

Daylon riu.

— Do leste... e aposto que tem histórias interessantes sobre essa criação... mas fica para outra hora. — Parou como se considerasse o que dizer. — Eu conheci seu pai, Hatu. Era um amigo querido. Seu nome real é Sefan Langene. E você é filho de Steveren Langene, Rei da Itrácia, conhecido como Jubardente. Por direito, você se tornou senhor do Reino do Fogo com a morte dele e de todos os seus irmãos.

Hatu ficou sentado, imóvel.

— Rei?

— Rei das cinzas, mas rei mesmo assim. — Soltou um longo suspiro, como se estivesse lidando com uma tarefa há muito esperada, mas não bem-vinda. — Eu o escondi dos muitos que queriam ver o fim da linhagem de seu pai. Mas, apesar de você ter direito a esse reino morto, não tem como reclamá-lo. — Parou e praticamente continuou para si mesmo: — E o que sobrou para ser reclamado? Aldeias espalhadas? Uma cidade antes orgulhosa, reduzida a pedras enegrecidas, poços envenenados e madeira chamuscada? — Saiu do devaneio momentâneo e dirigiu-se a Hatu: — Agora, a pergunta é: o que vamos fazer com você? — Olhou para Hava. — E com sua esposa?

— Meu senhor, não sei sobre o que está falando, nem qual sua importância. Passei a vida como homem comum. Tenho habilidades modestas em alguns ofícios, mas até esta manhã, era apenas um mercador de cavalos, trabalhando para Bodai. O pai de minha esposa. — Hatu fez uma pausa, analisando o barão por um momento. — Fui aprendiz em Coaltachin, mas não sou um. Não sou daquele exército. Nunca entendi por quê... mas agora entendo. — Ficou em silêncio, mas a mente disparou. Tudo se encaixava: porque tinha sido treinado como se fosse o filho de um mestre, e porque nunca se tornaria um.

Hatu fez uma pausa e respirou fundo.

— Fui mantido a salvo, e permitiram que me tornasse apto nas habilidades que mantém suas crianças vivas — continuou. Olhou para Hava. — Minha esposa também é capaz de cuidar de si mesma, então suspeito que nosso casamento tenha sido planejado. — Aquilo era uma mentira, mas perto o bastante da verdade para se sustentar sob escrutínio, se algo fosse questionado. Seu principal motivo para contar a mentira era deixar o barão saber que era capaz de cuidar de si mesmo.

— Muito bem — disse Daylon. — Se quiser permanecer no meu baronato, será bem-vindo. Mas prefiro que não fique na cidade. Já se passaram dezessete anos desde que seu reino caiu, mas muitos que nos visitam ainda lembram da glória da Itrácia e da herança dos Jubardentes. — Apontou para a cabeça de Sefan. — Seu cabelo é difícil de não ser percebido.

Sefan sorriu.

— Tenho disfarçado meu cabelo desde a infância. Posso continuar.

O barão ficou em silêncio por um momento.

— Preciso falar a verdade. Eu traí seu pai. — Observou o rosto de Hatu, esperando uma reação e, sem ela, continuou: — Se quiser, em algum momento do futuro, posso lhe contar como. Por ora, o que irei dizer é que encarei a escolha de ajudar os inimigos de seu pai ou me juntar a ele na destruição.

Hatu deu de ombros.

— Não posso julgar. Não entendo o que aconteceu, nenhum sentido de certo ou errado. — Deu de ombros novamente. — Deve ter sido uma escolha difícil.

— Foi há muito tempo, a sua vida toda. Mas, às vezes, eu ainda... — ele parecia arrependido enquanto falava. Fechou os olhos por alguns segundos, mas Hatu sentiu que o barão testemunhava um fluxo de memórias.

Daylon inclinou-se ainda mais para a frente, como se não quisesse que Hava ou Balven o escutassem.

— Amava seu pai como a um irmão, Hatu, mas tive que escolher entre ele e meu povo.

— Eu vi seu povo, meu senhor. — Hatu assentiu. — É um povo feliz — falou em um tom que mostrava aprovação pela escolha feita. — Eu... — ele começou a dizer, mas parou. — Esse rei...

— Steveren — Daylon completou. — O nome de seu pai era Steveren.

— Eu não o conhecia até agora. Não me sinto como se fosse seu parente ou... — Hatu lutou para conseguir conceituar e, de repente veio, como se as palavras e o conhecimento de que precisava tivessem simplesmente surgido sem compreender antes. Deixou a surpresa de lado, decidindo que lidaria com ela depois, e continuou: — Ele era meu pai, porém não sinto nada. Pelo que diz, era um bom governante, então seu povo deve sentir muito mais sua falta do que jamais poderei sentir. Agradeço por dizer isso, meu senhor, e por me manter a salvo todos esses anos. Mas ainda sou um homem comum tentando ganhar a vida por mim e por minha esposa. — Acenou na direção de Hava que o observava atentamente. Sabia que ela tinha entendido que algo importante estava sendo discutido e confiava que Hatu contaria tudo depois.

Daylon reclinou-se.

— Tem uma cidade ao norte daqui chamada Cerro de Beran. Está no extremo norte das minhas terras, mas ainda dentro dos limites de Marquensas. Recomendo que a considere. O comércio é bom, as terras ao redor são férteis, e um casal empreendedor pode viver bem, até mesmo prosperar. Está crescendo, então recém-chegados não chamam tanta atenção quanto em outras cidades dentro das minhas terras. Poderá viver lá pacificamente pelo resto da vida se mantiver sua identidade escondida.

O barão não tinha ideia de que Hatu já conhecia a cidade.

— Irei ver, meu senhor. O senhor é muito generoso.

Daylon pegou uma pequena bolsa e a colocou na mão do jovem.

— Um sinal de meu afeto pelo seu pai. Ele realmente era um grande homem, talvez o melhor que já conheci. Apesar de seu reino ter sido destruído, é bom que sua linhagem continue. Sou culpado por ter traído um homem que amava, mas posso salvar seu filho. Espero que considere todas as nossas dívidas pagas.

Hatu deu de ombros de novo.

— Como disse, não conheci o homem, então sua perda é maior do que a minha. Pela minha vida, agradeço e considero que eu é que lhe devo. Não sei o que um sujeito simples como eu poderia fazer pelo senhor, mas é só pedir.

— Novamente, sugiro que vá até Cerro de Beran. Se decidir ficar lá, mande uma mensagem de tempos em tempos. Vou gostar de saber como está o filho de meu velho amigo. — Levantou-se, e Hatu se ergueu logo depois.

Hatu fez uma ligeira reverência, inseguro como essa inesperada ascensão ao nível da realeza mudava sua vida. Sem castelo nem exército, Hatu considerou que mudava muito pouco. Olhou para Balven, que indicou que era hora de Hatu e Hava partirem.

Hava não disse nada enquanto eram escoltados até os estábulos onde seus cavalos, recém-cuidados e selados, esperavam. Hatu agradeceu Balven e os dois jovens passaram lentamente pelo portão e de volta à cidade. Quando chegaram a um lugar relativamente tranquilo, na praça em frente ao portão, longe dos mercados movimentados, Hava parou.

— Então, você é rei?

— De nome, aparentemente. Pelo pouco que sei da história da Itrácia, é agora uma terra selvagem de cidades devastadas e vilas abandonadas. O que quer que tivesse de valor ali, foi carregado quando caiu. — Sorriu. — Porém, se deixar, posso chamá-la de rainha?

A expressão de Hava deixou claro que não era isso que ela queria.

— E agora?

Hatu olhou rapidamente para a bolsa que o Barão Daylon lhe dera.

— Parece que devemos retornar a Cerro de Beran.

— Temos?

— Acho que sim. O barão parece que nos quer lá, e duvido que sejamos convidados a voltar logo, então é improvável que descubramos algo de útil na cidade. — Olhou ao redor. — Além do mais, como ele falou, tem muita gente por aqui que espalharia a notícia de minha existência, notícia que facilmente encontraria o ouvido de quem me quer morto. Precisamos de tinta de boa qualidade, que não saia facilmente. O bastante para deixar meu cabelo castanho acobreado. — Apontou para o chapéu e depois bateu na barriga. — E estou faminto, então precisamos de uma boa hospedaria e um bom quarto. — Sorriu. — E assim que estivermos a sós, os prazeres de um homem com sua esposa.

— Não somos casados de verdade — ela o lembrou, com desaprovação fingida.

— Um esquecimento que devemos retificar o mais rápido possível. Declan falou de muitos casamentos acontecendo no Meio do Verão. Podemos inventar uma história sobre querer uma cerimônia mais séria do que... a que tivemos antes. — Começou a rir. — Hoje à noite, devemos dormir em uma cama macia depois de comer uma bela refeição. — Sacudiu a bolsa que o barão lhe dera. — E vamos inventar uma história crível. Seremos marido e esposa e ficaremos em Cerro de Beran até precisarmos partir.

Hatu sabia que nunca mais precisaria obedecer às ordens de Coaltachin, pois tinha ficado claro que as palavras de Bodai para Balven o libertavam de suas obrigações com a Nação Invisível. Mas Hava ainda não precisava saber.

Colocou em um canto da mente a possibilidade de que um dia precisasse impedir sua esposa de matá-lo.

— Para onde? — perguntou ela.

— Uma boa hospedaria, e amanhã para Cerro de Beran.

— E então? — perguntou quando montaram.

— Vamos pensar nisso quando chegarmos lá, mas Declan falou sobre vender uma hospedaria. Não conheço lugar melhor para ouvir rumores e histórias de viajantes bêbados. Talvez devêssemos virar estalajadeiros?

— Uma cama quente toda noite? E fingir ser esposa ao invés de prostituta? — Hava sorriu. — Parece agradável. — Fez uma pausa. — Falando em Declan, é impressão minha ou ele parece muito com o barão?

Hatu arregalou os olhos.

— Por isso achei que o tinha visto antes! Sim, tem uma semelhança. — Por causa das lições de história, sabiam que muitos nobres tinham bastardos, e se havia algum laço de parentesco entre Declan e o Barão Daylon, não era nada surpreendente.

— Bem, então vamos procurar uma hospedaria, comer e fazer planos. — Ela sorriu e acrescentou: — Marido.

Ele estendeu os braços e quase a derrubou da sala.

— O quê? — Ela riu.

Ele a abraçou com força e sussurrou no ouvido:

— Sempre amei você, Hava, desde que éramos crianças. Eu só não tinha percebido antes de partirmos nesta jornada juntos.

Ela se afastou um pouco, com lágrimas brilhando nos olhos. Piscou para espantá-las.

— E eu o amo. Você é o meu coração.

Ele sorriu e limpou as próprias lágrimas com as costas da mão.

— Parece que temos muito para conversar. E... — Riu. — Ainda estou cheio de fome.

Ela não conseguiu evitar e riu ao responder:

— Eu também.

— E talvez, esposa, possamos... discutir o que aprendeu com as Damas Pintadas depois de comermos?

Ela o olhou por um instante e deu um de seus sorrisos provocantes.

— Talvez.

DECLAN ESTAVA IMÓVEL, SEGURANDO AS RÉDEAS DO CAVALO inquieto. Estivera esperando no portão por quase uma hora, depois de lidar com um guarda relutante, que por fim concordara em mandar um recado para o castelo, dizendo que o ferreiro de Cerro de Beran queria uma audiência com o barão.

A figura familiar de Balven surgiu e caminhou em sua direção.

— Você precisa falar com o senhor? — disse quando chegou perto o bastante.

— Cerro de Beran foi atacada — Declan avisou.

— E a guarnição em Pascoal?

— Por isso que quero falar com o barão, senhor. Foi resolvido antes que um cavaleiro pudesse ser enviado.

— Venha comigo — Balven chamou depois de encará-lo. Sinalizou para um lacaio, um garoto ainda, para que viesse pegar o cavalo de Declan. — Só espere. Não vamos demorar.

Balven levou Declan até uma pequena sala onde o Barão Daylon estava lendo um relatório.

— O ferreiro da Aliança. — Levantou os olhos e sorriu.

— De Cerro de Beran agora, senhor.

— Então, como estão as coisas em Cerro de Beran... Declan, certo?

— Sim, meu senhor. As coisas não vão bem. Fomos atacados por um grupo de mercenários que matou o dono de uma hospedaria, o pai de minha prometida. Eles a carregaram, junto com outra menina e colocaram fogo na hospedaria.

— São más notícias — Daylon disse. — Mas por que veio aqui? Deveria ter ido até a guarnição de Pascoal para que pudessem ter resgatado as garotas.

— Não deu tempo. Nós os seguimos e os matamos todos, menos um. Salvamos as garotas. — Decidiu que não valia a pena mencionar o dano causado a Millie ou a sua preocupação com Gwen.

— Oh — disse o Barão Daylon. — Você falou "menos um".

— Escolhi o mais jovem dos bandidos e lhe disse para espalhar por onde fosse que justiça rápida e dura espera por bandidos em Cerro de Beran.

— Muito inteligente. — Daylon sorriu.

— Precisamos de uma guarnição agora, senhor. A cidade é tão grande que até a falta de um condestável é um problema. A maioria das pessoas é amigável, mas por lá passam muitos viajantes e é... difícil manter a ordem às vezes. Somos parte do baronato, mas... — Declan lutou para colocar pensamentos em palavras, mesmo que tivesse ensaiado aquele discurso em sua mente uma dezena de vezes enquanto esperava.

— Vocês se sentem negligenciados — Balven completou.

— Sim. Nós mantemos a lei, pagamos os impostos e pedimos pouco, mas agora precisamos de sua proteção.

— É complicado — Daylon respondeu. — Não posso construir uma nova guarnição e ainda assim... — Ele parou para pensar. — Posso fazer algo. Como claramente foi você que resgatou as garotas e liderou os homens que cuidaram dos bandidos, irei nomeá-lo meu condestável em Cerro de Beran. — Virou-se para Balven: — Pegue uma bolsa com trinta peças de ouro.

Enquanto Balven obedecia, Daylon voltou-se para Declan:

— Vou lhe dar um estipêndio para montar uma milícia. Arme os homens que não possuem armas e veja se consegue convencê-los a treinar. Soldados que ficam parados esperando o problema acontecer custam caro, mas um grupo de cidadãos voluntários, que podem ser apoiados por Pascoal, serão suficientes até eu conseguir pagar a construção de outra guarnição. Você aceita?

Quando Balven retornou com a bolsa de ouro, Declan hesitou, mas logo respondeu:

— Vou ver o que posso fazer, meu senhor.

— Bom — disse Daylon. Indicou que Balven deveria dar a bolsa a Declan e com um gesto mostrou que a audiência estava encerrada. Balven o acompanhou até a porta para o pátio onde o cavalo de Declan esperava.

— Mande notícias daqui uma semana — Balven ordenou. — E depois a cada mês para me falar como está o progresso da milícia — acrescentou, amigável. — O barão é cauteloso quando se trata de despesas, prefere ter certeza de que o comércio está florescendo e o povo está alimentado do que pagar por soldados para ficarem parados, mas acho que você tem razão. Precisamos de uma guarnição no Cerro de Beran logo. Vou manter isso vivo em minha mente. Obrigado por trazer à nossa atenção. Um relatório de Pascoal iria demorar uma ou duas semanas. Tenha um bom dia.

Virou-se e se afastou. Declan suspirou. Não era o resultado que estava esperando, não queria mais responsabilidades, mas era melhor do que ter sido simplesmente mandado de volta. Olhou para o sol e percebeu que teria que passar a noite na cidade antes de ir para o norte. Iria procurar uma hospedaria, mas antes encontraria Gildy e discutiria a necessidade de dois bons ferreiros, um para a forja e outro para o Barão Rodrigo. Depois, tinha que correr para casa, terminar o conserto da hospedaria e começar a fazer as espadas para o mestre de armas de Colinas de Cobre.

Montou e se afastou do castelo.

DAYLON ERGUEU OS OLHOS QUANDO BALVEN ENTROU.

— Isso foi inesperado — comentou o valete.

Balven sentou-se e o irmão serviu-lhe um caneco de vinho, que deslizou pela mesa.

— Pode ser útil — disse Daylon.

— Foi um longo primeiro ato, irmão — Balven disse depois de ter tomado um longo gole.

— Dezessete anos. Mas tive muito tempo para planejar desde que encontrei o bebê em minha tenda.

— É perigoso esse jogo — Balven disse.

Daylon bebeu um longo gole de vinho.

— Eu não tenho... nós não temos escolha. Séculos de tradição e ordem foram subvertidos quando nos aliamos aos que traíram Steveren Langene. Muitos teriam se unido a mim se na manhã seguinte eu tivesse virado e lançado um ataque contra Lodavico. Mas mesmo se tivéssemos vencido, todos os reinos e todos os baronatos teriam sido reduzidos ao caos. Teríamos entrado em uma era de escuridão e selvageria. Agora, pelo menos estamos prontos. Tenho bons aliados, todos se preparando para o conflito iminente. E estou preparando o campo de batalha, atraindo Lodavico para onde o quero.

— Cerro de Beran?

Daylon assentiu.

— É um alvo muito tentador. Ele irá pensar que ganhou a junção comercial mais importante do noroeste, sem perceber, até ser tarde demais, que está preso entre três exércitos, e sua única rota de fuga será voltar por onde veio, por terras saqueadas e desertas. — Suspirou. — Estamos quase prontos.

— Quase?

— Lodavico está brigando com alguns pequenos senhores e supostos barões no estreito, em Têmbria do Sul. Ele acha que vai conseguir recursos e talvez alguns vassalos leais, talvez o bastante para conquistar o Estreito, mas ambos sabemos que está só perdendo tempo.

— Então, quando? — Balven perguntou.

— Logo, comparado ao que já esperamos. Um ou dois anos, três no máximo. Se Lodavico não estiver pronto até lá, vamos atraí-lo com uma isca.

Balven lia todos os relatórios que o meio-irmão recebia, então conhecia o plano tão bem quanto, mas não sabia qual era o próximo passo.

— E o garoto?

Daylon riu.

— Por anos, eu me perguntei como atrair Lodavico para o Cerro de Beran na hora certa. Enquanto o garoto crescia, concluí que o melhor uso para ele era como isca. Amei o pai dele e me arrependo de ter participado de sua morte. Quero proteger o filho, mas preciso vingar Steveren.

— Ah — Balven disse, com expressão de arrependimento. — Você tornou Cerro de Beran o alvo mais tentador do baronato. Mesmo se for sacudido na frente dele, Lodavico pode ainda ficar parado em outro lugar, mas se a notícia de que a criança Jubardente foi encontrada lá se espalhar...

— Nada o manterá longe.

Balven hesitou.

— O quê? — perguntou Daylon.

— Você acabou de mandar nosso irmão para essa armadilha.

— Um jovem que viu duas vezes é agora nosso "irmão"? — Daylon franziu a testa.

— Você não pode negar a semelhança com nosso pai.

— Claro que posso, mas não vou. Além disso, conhecendo o pai, você e eu provavelmente temos uma meia dúzia de irmãos e irmãs espalhados pelas cidades dos dois continentes, talvez até mais. Não o vejo preocupado com eles.

— Eu não os conheci — Balven respondeu. — Precisa admitir que esse assunto com o bando de mercenários e como ele lidou com isso... foi muito parecido com o pai.

Daylon ficou em silêncio por um momento antes de assentir.

— Sim, era exatamente como nosso pai teria lidado com a situação. Ele nunca foi de esperar que os outros o ajudassem. — Daylon ficou em silêncio de novo. — Talvez possamos usar esse conhecimento para nossa vantagem. Se é como nosso pai, talvez nosso irmão prove ser um agente útil em Cerro de Beran.

— Eu já o instrui a mandar notícias sobre o progresso — Balven disse. — Um tapinha nas costas de vez em quando e um pouco de ouro aqui e ali pelas despesas vão ajudar a manter as aparências de que Cerro de Beran não é uma doce armadilha.

— Cultive-o — Daylon instruiu.

Balven assentiu.

— Irei tratar de alguns assuntos domésticos e depois da ceia vou instruir um agente para visitar a ferraria daqui a uma semana.

Daylon assentiu, dispensando o irmão, e recostou-se na cadeira.

Ainda havia muitos assuntos não resolvidos a considerar, e um deles era a aliança crescente entre Lodavico e a Igreja do Único. Um problema que ele não tinha previsto ao mandar o bebê para ser mantido a salvo longe. Em menos de vinte anos, a Igreja tinha passado de um motivo para se preocupar a uma grande ameaça.

Daylon estava colocando as peças no lugar o melhor que podia, e não passava um momento em que não visse os riscos de suas ações. Porém, o preço era algo que seu pai jamais teria imaginado: Marquensas como a nova Itrácia, o novo centro de conhecimento e beleza em Garn, e ele mesmo não mais um barão, mas um rei.

Não foi a primeira vez na vida que o Barão Daylon Dumarch perguntou-se sobre aquele homem que via no espelho.

28

OBSERVANDO E ESPERANDO

Três figuras acomodavam-se ao redor de uma pequena mesa na hospedaria de uma aldeia na costa sul de Marquensas.

— Sem rumores, e ninguém avistou alguém com cabelo de cobre e ouro — Catharian, o suposto frade da Ordem de Tathan, falou.

Denbe inclinou-se para a frente, entrelaçando os dedos das mãos largas. Dirigiu-se à figura magra ao lado:

— Alguma coisa?

— Só lampejos ocasionais, mas do norte — Sabella respondeu. — Temo que ele tenha conseguido de alguma forma controlar seu poder, escondendo-o quando quer.

Catharian sacudiu a cabeça.

— Como é possível? Ele tem todo o poder dos Jubardente e nenhum treinamento.

Denbe suspirou como se estivesse exausto.

— Nos digladiamos com essas perguntas na noite antes de partirmos. Só podemos especular. Talvez seu treinamento entre os Coaltachin lhe deu alguma forma de manter o fogo sob controle. Ou talvez simplesmente seja talentoso por ser o último da linhagem.

Denbe e Sabella tinham partido da Sala dos Guardiões no dia depois que ela detectou a presença da cria Jubardente. Os Guardiões tinham agentes em locais-chave do mundo, assim como as outras ordens elementais. Elmish, líder da Guarda do Fogo, e Denbe, mestre da Arte, tinham discutido como melhor tratar da questão do herdeiro redescoberto ao trono da Itrácia. Elmish tinha avisado a Denbe que se tinham notado a existência dele, outros também poderiam.

— Então, amanhã vamos para o norte e começamos a busca — Catharian falou e levantou. — Agora, vamos dormir. Precisamos descansar. Precisamos encontrar o menino... o *jovem*, logo. Podemos ser as únicas pessoas nesse mundo que o procuram sem querer matá-lo.

EPÍLOGO

RETORNO

O VELHO ESTAVA SENTADO EM UM PEQUENO BANCO de madeira na frente da fogueira, e o sol sumia no horizonte. A vara estava enfiada na areia a alguns metros de distância, e ele esperava que se mexesse, sinalizando um peixe. O nascer e o pôr do sol eram tradicionalmente as melhores chances de pegar algo maior que peixinhos ou cações. Considerou encerrar o dia e recolher o equipamento, voltando para casa e levando o que tinha pegado para a esposa. Desde que os filhos assumiram o barco anos antes, passava a maior parte do dia fazendo o que ela mandava, ou pescando além da arrebentação.

Quando decidiu se ajeitar, o pescador Macomb viu algo se erguer do oceano. Ficou em pé, a mão na faca de descamar, a única coisa que tinha que lembrava uma arma.

Deu um passo à frente quando a forma encolhida de um homem surgiu na arrebentação, o rosto escondido pela penumbra do anoitecer enquanto o pôr do sol o iluminava por trás. O homem vacilou em seus passos, e logo depois Macomb decidiu que não era uma ameaça. O velho pescador guardou a faca no cinto e caminhou com água nos joelhos para ajudar.

— Venha para perto da fogueira e se aqueça — disse e o conduziu. A noite estava agradável, mas o sujeito estava encharcado e iria esfriar rápido agora que o sol se fora.

Na luz, Macomb viu que ele era um jovem grande e que tremia.

— Se eu tivesse um cobertor, eu lhe dava. Chegue mais perto do fogo e vou aumentá-lo.

O estranho se arrastou para mais perto e quase caiu de joelhos. Macomb só tinha mais um pouco de lenha, mas a jogou na fogueira e conforme as chamas aumentavam, pode ver que o jovem estava ficando menos pálido. Tinha olhos e cabelos castanhos, e parecia estar recuperando o foco. Não devia ter vinte anos. As bochechas eram lisas e estava vestido com uma blusa e uma calça de linho, sem ter outros pertences, botas, jaqueta, chapéu ou bolsa.

— Como foi parar no mar, meu jovem?

O homem encarou as chamas por um momento.

— Estava num navio — respondeu, quase em um sussurro.

— Caiu do navio? — o velho pescador tentou ajudar.

— Eu não sei... acho que... — Limpou a água do rosto e jogou o cabelo para trás. Voltando-se para olhar o oceano, disse: — Eu devo ter... eu lembro algo sobre um navio... — Fechou os olhos com força como se a cabeça doesse. — Onde estou?

— Marquensas, perto de uma aldeia chamada Calimar. Minha casa fica ali — Macomb disse, apontando para o leste. — Se estiver bem para isso, podemos ir até lá e minha senhora provavelmente vai ter comida de verdade para compartilhar.

— Obrigado — o estranho agradeceu e fechou os olhos. — Acho que bati a cabeça. Ela dói.

— Você caiu do navio? — Macomb repetiu a pergunta.

— Não lembro. — Respirou fundo. — Marquensas?

— Para onde ia?

Novamente o silêncio.

— Não lembro.

— Ah, uma batida na cabeça pode sacudir o crânio, isso é fato — ofereceu o braço e disse. — Deixe-me ajudá-lo.

O jovem pegou o braço do velho e se ergueu, as pernas ainda instáveis.

— Qual é seu nome? Você lembra?

O estranho aceitou a ajuda do velho pescador.

— O meu nome é Donte.

AGRADECIMENTOS

Este livro não teria sido possível sem a sabedoria, a gentileza, a habilidade editorial e o apoio de três damas incríveis:

Obrigado a Jane Johnson, Jennifer Brehl e Emma Code.

Fui abençoado com mais do que boas relações de negócios; fui abençoado com amigas.

PUBLISHER

Omar de Souza

GERENTE EDITORIAL

Mariana Rolier

EDITORA

Alice Mello

TRADUÇÃO

Ana Cristina Rodrigues

PREPARAÇÃO, REVISÃO E DIAGRAMAÇÃO

Balão Editorial

DESIGN DE CAPA

Dominic Forbes © HarperCollinsPublishers Ltd 2018

ILUSTRAÇÃO DE CAPA

Larry Rostant

ADAPTAÇÃO DE CAPA

Lúcio Nöthlich Pimentel

Este livro foi impresso no Rio de Janeiro,
em 2018, pela Intergraf, para a HarperCollins Brasil.
A fonte usada no miolo é Dante MT Std, corpo 12/16,3.
O papel do miolo é Pólen Soft 80g/m²,
e o da capa é cartão 250g/m².